熊治祁　编

湖湘词全编

㊄

岳麓書社·长沙

湖湘文库
续编

《湖湘词全编》各册词人

第一册

胡　曾　释齐己　欧阳彬　侯彭老　王以凝　廖行之　刘　翰
易　祓　易祓妻　章斯才　钟将之　赵　葵　雷应春　赵　溍
王梦应　李　琳　醴陵士人　徐君宝妻　刘　氏　刘　铉　欧阳龙生
冯子振　欧阳玄　马　熙　李道纯　苗善时　刘三吾　李东阳
张　治　龙　膺　陶汝鼐　王　岱　黄周星　陈　震　王素音
王夫之　陈鹏年　夏光洛　杨学林　易宗瀛　陈荣杰　张九钺

第二册

唐仲冕　黄湘南　宋宾逢　周在炽　黄本骐　王　璘　雷玉映
唐婉珠　吴小云　史韫卿　舒梦龄　唐可久　欧阳鹤　李星沅
易　棠　黎吉云　熊少牧　陈芳藻　何绍基　沈　梅　黄婉璚
邹汉璜　罗汝怀

第三册

胡　焯　邹汉勋　邓　琮　吴敏树　言友恂　何慧生　谭　溥
曾国藩　周寿昌　邹汉池　郭嵩焘　孙鼎臣　何桂珍　韶山主人
陈钟英　杜贵墀　李寿蓉　王成升　李　洽　曾传均　邓辅纶
罗　萱　周诒蘩　易佩绅　周诒静

第四册

程霖寿　邓　绎　王闿运　杨恩寿　张祖同

第五册

邓　蛟　田兴恕　龚镇湘　黄维申　张　琳　吴　獬　陈　瀚
李　蓉　陈启泰　徐树钧　周　汉　周翼杶　王先谦　何维朴
张百熙　舒佐尧　胡元仪　李辅耀　皮锡瑞　郑业本　邹世琦
周名建　释敬安　蔡培劼　刘　鉴　唐赞衮　胡元直　陈　鼎
余嵩庆

第六册

王以敏　何维棣　袁绪钦　吴恭亨　黄家骥

第七册

李鹤云　王　济　廖基植　易顺鼎　谢玉芝　谢介僧　魏　繇
陈　锐　易顺豫

第八册

程颂芬　姚肇椿　谭嗣同　罗长祎　程颂万　王　蕻　洪汝冲
黄润萱　唐宗海　何铁笛　曾广钧　胡矩贤　刘善涵　王　畇
汪诒书　黄兆枚　唐景森　唐景尧　齐廷襄　夏寿田　熊希龄

第九册

蔡传奎　章　华　黄　冰　徐芝年　朱　彝　许崇熙　黄　兴

田兴奎　陈天华　左又宜　杨　度　刘肇隅　杨　庄　刘师陶
秦力山　成本璞　欧阳钧　周家树　郭宗熙　王景峨　袁思亮
胡　煐　苏　鹏

第十册

袁思永　易　象　谭恩闿　宁调元　郑　泽　傅熊湘　袁思古
胡熙寿　张　锦　刘泽榘　刘泽檠　刘德鑫　邬思亮　陈润湘
陈　潜　杨延年　杨述章　周诒文　周翼洙　周翼崧　周勋大
周旸寅　周大备　周大肃　骆　鹏　黄　钧　曹典藩　傅道博
谭作民

目　录

邓　蛟

邓蛟，字紫垣，宁乡人。咸丰中出游，同治壬申（1872）县试第二，补博士弟子员。岁科试恒优等，候选训导。后十赴秋闱，以廪贡生终老。五十六岁卒。

满江红　踏青

绣就红罗，试莲步、弓鞋样窄。最好是、结侬姊妹，寻芳绮陌。一路香牵蝴蝶醉，千山黛压蛾眉额。憩小桥、指点粉墙儿，何人宅。

草慵斗，含情脉。花欲插，无心摘。想王孙怕践、送行陈迹。径里苔痕何事绿，陌头柳色空余碧。到而今、一去未归来，天涯隔。

满江红　饯春

南浦消魂，送君处、春波满泽。怅别后、离踪莫定，天涯咫尺。三月烟花寻旧梦，九霄车马空陈迹。待归来、把袂再相逢，经年隔。

迎君至，情弥适。挽君行，情难逆。唱骊歌、愁折离亭柳碧。一路香萦蝴蝶梦，千山黛蹙嫦娥额。劝东皇、更进酒一杯，咏今夕。

卖花声　踏青

睡起懒针毡，唾罢红绒，妆成巧样出村前。满地蘼芜春旖旎，步蹙金莲。

斗草各争先，姊妹翩翩。弓鞋摇窄小桥边。忽被隔江人觑见，一笑輾然。

捣练子　踏青

云结鬓，月弯鞋，小立桥头整玉钗。斜摘桃花红滴面，柳腰无力小姑排。

以上见手写本《虎坡草堂佚稿》

田兴恕

田兴恕（1836—1877），字忠谱，镇筸（今属凤凰）人。因与太平军作战有功，授贵州提督，咸丰十一年（1861）兼署贵州巡抚。因法国传教士在贵州被杀事件遭革职查办，遣戍新疆，经左宗棠奏留秦州防营，后被释归里。

满江红

恕幼失怙，因胞兄不事产业，家以贫。稍长，投笔从军。初，先慈姚太夫人勉之曰："吾梦宋岳忠武公而生汝，汝异日得志，其勉为忠义，勿负此佳兆。"遂仿忠武故事，为刺精忠报国四字于臂，恕乃自奋励。后秉节钺而任封疆，凡觉于义不可者，必以死生争之，惟恐偶负慈训。终以法夷事获谴，自维蹇陋，何敢妄拟前英。而受义方于萱帏则同，先振威将军资政公与忠武先德讳同，先太夫人与忠武太夫人姓同，早孤同，起行伍而少年建节同，梗和议而获戾同，惟忠武毕命于权奸。恕邀全生于圣哲，则遭际之幸不幸较异矣。缘是愈感天恩未□报称。僭拟忠武满江红词一阕以见志。

龙泉虹吐，冷边月、相看不语。问苍昊、几重天界，是人来处？节钺折磨豪侠胆，英雄退后神仙步。奈扪心、多少未酬恩，难抛去。

腥血溅，阵云怒。惊残梦，乌啼曙。泪斑斑洒热，阴山冰树。鹰隼翅翻沙漠起，鲸鳌背踏沧溟渡。缚降王、还阙解征袍，扁舟暮。

见《更生诗草·附》，同治十二年（1873）刻本。

龚镇湘

龚镇湘（1839—1921），派名运震，字子修，号省吾，又名静庵，善化（今属长沙）人。同治七年（1868）进士，钦点内阁中书。历任国史馆协修、太平府、庐州府、安庆府知府，晋授中宪大夫、通奉大夫。有《静园诗余》（一作《静园词钞》）三卷。

满江红　赠李子鹤茂才京试报罢南归

壮志云霄，时寻访、三张二陆。燕赵地、古多豪侠，声传高筑。孤鹤翱翔云万里，锦鸳定向天池浴。羡清标、劲节有谁如，凌霄竹。

黄金杳，台谁筑？松苓古，锄谁劚？等刘蕡下第，空远乡国。别恨难将珠曲谱，漏声翻怅铜壶促。问何时、重探帝城春，莺盟续？

前调　赠张憩云外甥南归续弦

胜友如云，问谁是、诗人皮陆。数乐事、高歌纵酒，弹棋击筑。张绪临风杨柳韵，谢康出水芙蓉浴。喜贞筠劲节本心虚，常师竹。

攻诗敌，长城筑。探理窟，灵根劚。似机云才调，名驰京国。晋地回车前恨晚，津波放棹今何促。渺云山、缩地倩壶公，欢情续。

前调 再赠憩云

飘瞥光阴，听秋信、又催西陆。空负却、山中泉响，枕边琴筑。彩笔冰壶尘尽洗，诗心好向瀛洲浴。入慈帏、八载慰离悰，平安竹。

杨柳地，书堂筑。清流处，墨池劚。问潇湘风景，何如京国。桂苑暂羁天路远，兰闺转盼佳期促。喜者番、博议待重编，鸾弦续。

前调 赠李荇仙明府之任武乡，三叠前韵

遗爱风流，数人物、晋羊唐陆。汾沁地、歌风勤俭，乐殊筝筑。济世良医氛祲解，如春膏泽疮痍浴。妙转移、德政沁心脾，刑除竹。

成众志，城休筑。化强暴，锄休劚。看人耕绿野，咸游乐国。春度玉门关内外，曾任哈密陇西张掖举卓异。武乡来暮声尤促。纪循良、汉吏有遗编，歌谣续。

前调 再赠荇仙，四叠前韵

慨想当年，激昂气、渐占鸿陆。西窗下、敲诗煮酒，和琴

悲筑。励志同深陶甓运，涤污共切汤盘浴。羡守身、如玉尽磋磨，歌淇竹。

开文社，书城筑。除茅塞，霜锄劚。忆交联总角，兰逾香国。鸿爪雪泥情缱绻，骊歌夜雨声催促。借酒杯、重订再来缘，欢情续。

前调 和黄鹿泉农部见赠，五叠前韵

独寐高歌，情何异、硕人居陆。赏心处、我歌君舞，揽衣按筑。磨玷玉宜山石错，澡身德共川流浴。愿偕君、并写岁寒图，松梅竹。

笑粉署，土山筑。储金锡，月锄劚。况才兼二妙，岂徒裕国。吟社诗朋论福分，西江源远流非促。羡良工、学制有传人，箕裘续。

前调 黄仲丙姻兄和予初度书怀之作，步韵奉答，六叠前韵

白雪歌成，惊奇绝、文追小陆。听不厌、东山雏鸟，声来琴筑。恍惚暮春修禊事，咏歌童冠沂川浴。美丰姿、劲节更贞筠，清如竹。

山一篑，频频筑。井九仞，勤勤劚。看凤毛济美，文当华国。漫说娇儿初啄木，大弦偏慢幺弦促。似鹤鸣、有子和松阴，声声续。

前调 黄子腴孝廉次韵和予初度书怀之作，步韵奉答，七叠前韵

鸿博才华，驰文誉、严徐贾陆。最难得、琴弹古雅，和予幽筑。掷地声同金石韵，生春笔早冰壶浴。祝长生、胜读纪年篇，书传竹。

书坐拥，城早筑。善宰割，刀待劚。羡文章巨手，名齐燕国。篱菊花增兰室艳，葡萄酒听宾筵促。喜天边、南极近文昌，珠联续。

前调 赠常石麟比部移居潘家河沿，八叠前韵

棋局长安，几经见、海田山陆。频指点、颓垣荒草，当年筝筑。潘岳故家今在否，河沿无复鸳鸯浴。卜新居、幽谷喜迁乔，鸾栖竹。

元亮宅，菊篱筑。仲蔚径，蒿莱劚。幸芳邻聚处，俨然南国。绕屋树欣群鸟托，谈心膝好良朋促。问何时、韵事会耆英，香山续。

前调 再赠石麟，九叠前韵

随遇而安，且休问、居山居陆。添好景、蛙喧鼓吹，鸟谐琴筑。才富潘江词翰美，尘氛且向天河浴。羡盈庭、富贵更平

安，花兼竹。

美堂构，勤修筑。种兰桂，亲锄劚。看一门和气，逍遥乐国。诗礼过庭看鲤对，书声午夜鸡声促。比于公、驷马焕门闾，簪缨续。

虞美人　雨后宴集陶然亭纳凉，回文七绝（二首）

翩翩意得新年少，隔屋喧歌笑。是日座客皆满，隔墙丝竹之声，不绝于耳。酒酣筵舞落花飞，卷幔院深迟客待开扉。

蝉鸣静影垂杨绿，鸟宿闲窗伏。竹深天雨晚凉迎，藕雪昼长消暑避南城。

以上京寓作

潇湘夜雨　纪游

春水初波，春云出岫，绿杨影里行舟。天教细雨洗离愁。林夹岸、桃浓渡口，花满树、杏卖街头。怡情处，湘帆屡转，到处勾留。

裁笺索画，敲诗联韵，豁我吟眸。尽无端情绪，都付沙鸥。旬日里对床有幸，重三节禊事重修。惟祈祷，明朝风顺，快上岳阳楼。

前调　本意，和张憩云韵

衡岳云开，湘江波静，桃花正笑春风。别离多在雨声中。

添浪暗增江水白，闻声愁损岸花红。人无寐，更筹细数，灯照孤篷。

江鸣声紧，月临光暗，天带愁容。正重湖待渡，巨浪凌空。曾咏凉风来自北，适歌零雨我徂东。私心祝，云销雾散，晓树挂钲铜。

念奴娇　纪事

王灵依旧，叹江山名胜，都沦狐穴。惟剩长沙干净土，无复狼奔豕突。内难潜滋，外强环伺，时事伤危陧。万人忠愤，可吞满地胡羯。

无奈毒焰熏天，含沙来蜮，暗里潜窥窃。樽俎诡谋兵革寓，义愤教人磨灭。重阂谁开，长城自坏，祸水从兹发。祠过贾傅，如闻痛哭凄切。

酷相思　阻风芦林潭，用朱竹垞韵

渺渺怀人春暮树，只道与波同去。怅咫尺、洞庭飞不渡。客身尽教羁住，客心却难留住。

三日阴霾朝复暮，默数鸥程误。问今岁，天公晴几许。行路已愁多雨，农事更愁多雨。

忆江南　有感，用李后主怀旧韵

今古事，都在小舟中。卿相帝王非有种，爻占虎变象飞龙，全恃一帆风。

满江红　借风

长住京华，久不惯、浮叶泛萍。蒲轮稳踏东华月，途熟车轻。自信忠怀多坦道，江流千顷镜同清。忆旧游、三度洞庭过，波不兴。

潇湘别，旬日行。石尤阻，岳阳停。望皖山迢递，屡误鸥程。凭仗湘灵平浪力，顺风欢达鄂王城。谱好词、新曲酹明神，君请听。

前调　纪游

放棹湘江，春分节、才过三日。空等候，蒲帆共济，迟迟难出。信宿铜官芦水地，旸光始照君山石。暮春初、快上岳阳楼，诗题壁。

渭阳赠，佩与璧。埙篪谱，声调逸。合舅甥伯仲，同歌节击。鄂渚偶留鸿爪印，湓城一过乌飞疾。计浃辰、安抵大龙山，停轮舶。

瑶台聚八仙　题岳阳楼，用张叔夏词韵

今古名贤，来此地、游兴快拂吟笺。仙楼胜概，同说风月无边。万顷君山浮一点，舳舻千里画中船。意缠绵，遍游岭海，无此山川。

舟中久雨乍霁，喜重湖稳渡，净扫云烟。远眺凭栏，风景不减从前。助我豪情逸兴，恰赢得、巴陵酒似泉。凭神力，保湖山半壁，长戴尧天。

前调 再题

巨浪洪涛，经此地、情意难寄渔樵。片帆斜挂，浑似远在天遥。两地区分吴与楚，万川声撼昼连宵。似烟消，雪泥留迹，鸿已寥寥。

危楼高耸万丈，忆朗吟远渡，仙迹飘飘。慧剑光寒，何日斩绝魔妖。我欲乘风会晤，中宵起、难逢进履桥。空乘兴，只临风弄笛，对月吹箫。

南浦 舟中即景

鼓棹趁花朝，助一时，诗兴澧兰沅芷。久雨乍新晴，重湖景、山色水光尤美。垂杨浅草，画船人在烟波里。日轮未下依山处，云光误看为水。

沙鸥展转寻鱼，恰飞贴波心，翻身仍起。双桨小舟轻，怜渔妇、来去唤声盈耳。鸣钲处处，中流鸣爆时无已。虔诚舟子随，赤脚科头，望空祈祀。

临江仙 上巳

人自酣眠船自放，橹声应答鼾声。小舟沽酒桨摇轻。春阴天气好，不见丽人行。

节过三三春欲暮，桃花浪里听莺。莫将禊事访兰亭。湘波清且浅，一为濯尘缨。

前调 踏青，舟泊金口

挑菜卖鱼人唤渡，无端天籁声声。春阴云淡峭寒轻。未歌金缕曲，先唱踏青行。

金口又经风色阻，新栽柳未藏莺。采兰同上望江亭。祈神人济济，无复整冠缨。

意难忘 饯春

美景良辰，恨声声杜宇，催促芳尘。万花同溅泪，千柳共销魂。莺语滑、燕飞频。挽驾实无因。果客行、不如归去，我亦游人。

刚逢有脚遄臻。正韶华九十，锦绣乾坤。玉壶如可买，尺璧许同珍。歌一曲、酒三巡。这别意难伸。期后会、梅开庾岭，早贲蓬门。

前调 赠别谢葆田茂才

桃李芳辰，莽天风吹送，久别音尘。鸿泥留雪迹，蝶梦醒花魂。风雨夜、笑谈频。香火溯前因。怅春归、池塘草长，不见诗人。

韶华正值青春。漫飘萍飞絮，落拓乾坤。材良工自度，玉美价同珍。鞭猛着、莫逡巡。蠖屈重求伸。准备着、蟾探月窟，龙跳天门。

如梦令 题月夜听琴图

月色光明如昼，竹影参差垂露。孤馆不胜春，漫把瑶琴闲奏。情意如诉，惹得劳人腰瘦。

桂枝香 题恒春片石图

张翰伯游台湾，得海滨赤石。归未二年，其地竟沦异域。睹物生感，绘图纪事索题。

恒春巨镇，产瘦石玲珑，土花苔晕。名士风流，携得一拳圆莹。坡公东海曾藏袖，米兄虔拜心相印。斑斓珠玉，相逢俨对，海山名胜。

叹旧地、飘零都尽。似雪泥鸿爪，沧桑谁问。宛似坚贞独抱，知机肥遁。低徊往事随流水，尽无言料同悲愤。感深兴废，而今只剩，画图题咏。

浪淘沙 感事（三首）

皖江侠吏以叠韵感事本调八章嘱和，意义阐发无遗，颇难别翻新意，勉依原韵成三叠答之。

公案类无头，罔水行舟。妄将妖孽逆天休。太息江河伤日下，莫挽横流。

劫急不知愁，残局难收。五云顿失旧瀛洲。离黍故宫诗怕读，天叹悠悠。

谶语溯春头，祸及同舟。衣冠文物霎时休。多少繁华名胜地，风雨漂流。

日落鬼神愁，离火都收。红花开遍到边洲。北望惨然时涕下，天地悠悠。

慷慨寄歌头，破釜沉舟。尚存一息那甘休。壮志投鞭还击楫，江海安流。

雪耻自销愁，失地全收。长安新隶帝王洲。收拾中原干净土，地远天悠。

满江红

辛丑长至后三日，和州王仁斋为予写真，书此自题。

卅载京华，也赢得、铜符紫绶。且喜见、翠螺山色，采虹溪口。琴鹤无声朝夕伴，静观物理凭栏久。溯循良、渤海播遗徽，吾何有。

怀宙合，值阳九。念筋力，嗟衰朽。忆餐芝旧梦，那堪回首。眷恋旧栽松与竹，静园窗外梅开否？急安排、携杖返乡庐，联三友。

满庭芳 迎春

饯腊梅残，桃符新换，延龄柏酒樽开。暗传芳讯，佳气自东来。共说阳春有脚，霎时间、暖到莓苔。芳郊外，晴光初上，淑气且潜催。

肩舆经过处，旌旗招飐，鼓吹喧豗。向芒神展礼，酒荐三杯。此地嗷鸿未集，盼新岁、同上春台。尤期望，河清海晏，歌舞遍垓埏。

虞美人 迎春，回文七绝（二首）

红旗彩耀新街六，似锦团花簇。郭门风晓聚歌声，喜溢日朝喧语众情真。

丰年判色分黄黑，乐岁占天得。雨云栊翠远凝新，碧草绿波春长水泉温。

瑞鹤仙 挽颖州太守黄铁生，用题小照原韵

秋风吹雁影，喜花马、新调豸冠初整。匆匆话西景，怅骊嘶门外，鸟催山暝。离怀未省，诘朝赴淮阳棠境。送君行、月魄重圆，未睹别来芳信。

虚回，新猷正盼，袖美除书，循良标准。卢嗟鹤化，歌楚些，抒离恨。莽天涯美玉，莫明真赝，君精金石之学，鉴别独精。妙笔谁题壁粉。比垂杨、同被情牵，瘦腰更损。

满江红 题独坐小像

年矢催人，过周甲、六旬有六。今喜见、悬弧协吉，诗成三续。自种吉祥花实茂，当筵酒进延龄菊。喜衙斋、清静似盘阿，高歌独。

勤职守，清尘牍。偷闲暇，书还读。但年丰人寿，意谐心足。踏遍软红三十载，相逢尚是真眉目。纵雪霜、偶向鬓髯侵，犹留绿。

前调 题少长侍立图

坐守庐州，经三度、篱边看菊。今幸值、欢承少长，孙曾遥祝。异质风兰连缀发，手栽丛桂将芬馥。忆福州、远隔倍思亲，书连幅。

群雄起，纷逐鹿。占进退，藩羝触。问何时整顿，挽回钧轴。巨室难将樗质任，吾庐久已菟裘筑。待良工、写就静园图，归盘谷。

前调 题醉菊图小像

客里光阴，最难得、亲朋聚首。今何幸、委蛇退食，检书行酒。乐奏埙篪谐伯季，诗歌琼玉联甥舅。况爱怜、更有掌中珠，难离手。

绿橙熟，大如斗。素兰雅，同心友。更宣炉香爇，守瓶如口。黄菊丛中堪寄傲，茱萸遍插过重九。图静园、三绝共联名，山同寿。

醉翁操　芙蓉山主人赋醉翁操见示，仿其体以署中乐园答之

乐园，天然，曾争颂堂前。鱼悬，昔多好官今谁贤。酬知刚及三年，欣有缘。丰稔遍畦田，究莫平暑寒众怨。

偶留棠荫，轻着蒲鞭。自公退食，闲取松云竹烟。莺喜鸣而声喧，蝶远来而如仙，榴红蕉映鲜。祥花珠蝉联，欣见并头莲，梅开重咏岁寒篇。

招仕操　（二首）

芙蓉山主人，仿朱子谱《招隐》《反招隐》二操寄阅。细读晦翁谱操叙词，言淮南小山《招隐》，极道山中穷苦之状，以风切遁世之士，使无遐心。左太冲、陆士衡继作，自为隐遁之词，不合题旨。虽王康琚作诗正误，而所述乃老氏言，亦非本意。今（芙）蓉主人本朱子意，撰成此二操，自与淮南新安意旨，同一深远。鄙人宦境羁栖，欲归未得。现身说法，不能强作解人。因仿其体，反其词意作《招仕》《反招仕》二阕，以贻蓉主人。游戏之文，不值大雅一噱也。

兵燹遗留，离散重收。半荒丘，下乏陪养贤侯，上有吸髓之雕搜。源枯流竭，惊见霎时休。

如驹扼辕，登山无由。待兔守株，兀坐如囚。仰天俯地思

悠悠。枭獍遍里闾，豺狼满道周。痼疾医和莫瘳，日之夕矣何所投。积薪厝火，使人徒烦忧。

右招仕　一说招隐之意，招岩穴士而出仕也。反譬而喻，招仕亦当作如是观矣。

百亩之宫，气象尊崇。皇恩隆，中有将衰老翁，制锦割肉称良工。得心应手，欢情数难终。

院有群葩，桃李春酡。园有凡枝，松竹冬浓。天时地利赖人功。顺心石投水，平情草偃风。不听鼠牙穿墉，清夜睡足吟诗筒。故乡虽美，难豁此心胸。

右反招仕　若以招隐为招隐士出山，则反招仕当如是说法矣。

满江红　题太常仙蝶图

毅魄英魂，历千载、精光不朽。留鸿雪、京华世族，降临非偶。四跂元衣黄质露，道装潇洒时酣酒。悦天颜、欢舞拜彤廷，知名久。

初过我，卯秋九。旋入梦，执予手。睹珠毛古色，未曾得有。三日瞻依符素愿，绘图留影为仙寿。相藐躬、福荫积邦家，荣昌后。

百字令　丙午元旦次日，少子凤三生

古稀虚二，正莱衣继武，孙曾膝绕。忝窃太仓逾卌载，甘苦天教尝饱。梦叶长庚，星临吉丙，又送麟兒到。筵开汤饼，添丁重索诗稿。

喜见神驾偕来，亲贻朱芾，四字题仙藻。预报悬弧元二日，取证太常三老。饮遍屠苏，香浓柏叶，诘旦铜钲皎。嫛婗堕地，佳音重慰怀抱。

前调　以少子继嗣李弟德吾喜赋，再用前韵

桃村家世，喜圭峰挺秀，湘流环绕。十四派传三百载，耕读差堪温饱。仙驾曾过，良宵入梦，栩栩连朝到。命名因物，佳祥编入文稿。

予季花甲将周，兰征犹缺，主祀虚蘋藻。妻妾无功昆仲补，借慰重泉双老。葛藟丛生，荔枝旁挺，美继宗之皎。树人如木，移根旋见连抱。

前调　戏咏前事，三叠前韵

三年金斗，看西山拱秀，淝津流绕。旸雨知时天锡羡，乐岁四民温饱。幽谷迁莺，乐园引凤，旬日先春到。尺书遥寄，喜编家庆图稿。

但愿早识之无，慧同居易，聪颖齐汪藻。三索得男爻遇良，休道生稊杨老。年近古稀，崦嵫日薄，嘒彼星光皎。高乔低梓，提携笑作孙抱。

前调 迎春，四叠前韵

春来何处，看喧阗鼓吹，旌旗飞绕。争宴官民偕乐意，酒食偏难尝饱。礼荐句芒，土牛采色，有脚应同到。为民祈谷，丰收菽粟刍稿。

试看风日晴和，柳稊将茁，生意含蘋藻。绿女红男排夹道，欢聚五更三老。丙旺南星，午临天喜，三白花飞皎。祥占岁首，喜声欢溢怀抱。

前调 咏继至二仙蝶，五叠前韵

芳踪齐降，正祥开岁首，卿云飞绕。惯学醉翁亲酒意，一饮胡然酣饱。诗纪仙缘，堂留佳话，料得闻风到。雪泥鸿印，图形小异前稿。

一样四跂双珠，章身无缺，黄黑殊文藻。神物漫惊随羽化，精气不同人老。岂易蜂衙，或偕蛛隐，栩栩临风皎。翩跹踵至，静观雅释怀抱。

如梦令 赠张尧臣四五初度，和原韵二阕

回首浃辰元夕，才过双旬人日。微物祝长生，酒绿面丝银白。休惜休惜，从此利名增益。

一刻千金春夕，三百六旬生日。万古几须臾，黄口旋看头

白。求益求益，身外浮云奚惜。

沁园春 述怀，时有量移安庆之信

浑噩无名，德速邮行，令如水流。忆寻仙揽胜，四携谢屐；曾游巢县仙人王乔两洞、庐江冶父山、合肥大蜀山。催耕省敛，五泛湖舟。麻麦盈畴，李桃遍径，三载酬知愿遂不？镌碑记，时建亭修阁，附骥千秋。

依然出谷离幽，驰远道驽骀比宛骝。念初衣未赋，岩栖无日；布帆无恙，风顺难收。胜侣餐芝，名场借枕，何日鸿泥印十洲。春光好，也携梅载鹤，同践佳游。

前调 赠王省三仙源葬母，即以送行

摩诘家传，画笔成诗，分风劈流。喜结邻元白，绿杨绕屋；缘深郭李，淝水同舟。煮酒销寒，献桃祝嘏，乐事他年可继不？君先去，怅片帆千里，一日三秋。

北堂萱老藏幽，送仙旆缁车阻白骝。羡地灵人杰，吉神暗指；风藏水聚，生气全收。羊祜祖丘，牛眠母穴，预卜三公督八州。崇阡表，待令威化鹤，千载来游。

前调 祝女兄七秩荣寿

南极星明，帨设门前，年臻古稀。羡孙曾绕膝，问安点颔；食姑谙性，羹进甘肥。秋桂先丹，春芹继绿，积善门庭耀德辉。

可曾记，忆髫龄姊弟，同上书帏。

两甥橐笔淮淝，连年别心萦身上衣。看良朋颂德，蟠桃祝嘏；诗人题句，彩笔同辉。花茂萱堂，草荣萝水，但祝年年永报晖。怡情暇，盼尺书遥寄，示我枢机。

意难忘　题桃花人面图，为胡性初作

玉质金相。仗写生妙手，点缀春芳。云鬟低可鉴，檀口细生香。堕马髻、扫蛾妆。顾影自端详。细品评、花颜人面，不辨低昂。

无端风力飘扬。怅去年崔护，前度刘郎。眼疑秋水媚，眉忆远山长。思往事、恼人肠，一顾那能忘。幸得兹、春风图画，省识容光。

东风第一枝　齿落

六八年华，形同编贝，保唇时固根柢。安贫菜咬香根，素食禄糜仓米。坚金垂赞，金齿铁牙，见寿铭。刚健吉、舌柔难比。讵难料、三六鱼鳞，片甲先飞云里。

歌鹿野、笙簧酒旨。颁杏燕、红绫香美。漱流早证同心，餐芝曾随染指。予非君负，竟轻绝、甘从隗始。尚奢望、锡我遐龄，黄发再添儿齿。

离亭宴 题流芳亭话别图

墩上古祠幽雅，一角补添亭榭。亮节清风人共慕，况复香花如画。河畔绿杨垂，遮护栏干低亚。

三载棠阴成舍，春暮莫留骢马。胜地宜人宾主恋，付与旗亭情话。痛饮且消愁，心绪尽凭诗写。

前调 前事（三首）

此地允宜三雅，旧有井亭书榭。井亭，李氏重建。予修此亭，补昔日流芳读书台之缺。犹忆池荷香绕郭，来往轻舟如画。静坐尽凝眸，三面短墙低亚。

族姓环居芳舍，镇日欢迎车马。离绪诗情应更远，不尽赏荷佳话。别酒醉流芳，付与丹青重写。

此地风流文雅，绝妙镇淮亭榭。镇淮楼，为郡中第一胜迹，今已无存。角韵钟声空缥缈，只剩遗园图画。旧迹复流芳，喜见檐楹高亚。

教弩台成僧舍，飞骑桥堪盘马。沧海几多兴废感，休题起湖山话。安得复旧观，八景庐阳全写。

静坐怡情风雅，奚用舞台歌榭。千尺潭深论别绪，不异宣南图画。往事说桐乡，风动甘棠花亚。

勇退自惭龚舍，重向皖郊盘马。乙未出京，作宣南话别图，题诗最多。良友多情珠玉堕，祖道开樽重话。三载印鸿泥，毫素深心难写。

秋波媚　题太和县仙人拳着花图，为王令树中作，补憩云诗第三韵

太和元气胜春天，万卉斗婵娟。多非一石，仙如萼绿，夜降羊权。

堂开并蒂传吴郡，旧号继双莲。天生异质，服膺善政，同此拳拳。

极相思　补题仙拳花，用憩云第四韵

写生恰趁开时，彩笔灿芳枝。丹青点缀，象形佛手，设色灵芝。

老干着花无叶护，芒四出、娇蕊多姿。惭予手拙，羌无故，实词代新诗。

满江红　题太常仙蝶图

徐叔鸿廉访以京师蝶仙降坛鸾语作记相示，续成此解。

枉顾衙斋，凡三至、两留图画。溯姓氏里居官爵，时怀疑讶。托迹适符庄叟意，蜕形知是衣纹化。阅鸾书、浩气亘湖山，腾仙驾。

翩仙寓，黄山野。琼霄史，太常社。本工诗嗜酒，性情潇

洒。三友同登忠义传，两朝犹忆沧桑话。喜从今、信史表仙缘，无疑也。

阮郎归 过李孝子坊作

光绪壬寅，李傅相鸿章薨于位，长嗣仲彭袭侯以毁，卒得旌。

亲颜难驻迫哀思，永无相见期。泪珠和血湿麻衣，穗帷随鹤飞。

椿荫失，草心灰，天恩棹楔垂。泉台长此侍庭闱，穷人得所归。

柳梢青 过李氏佳城

一为葛洲李文安光禄石室，一为枣树冈光禄祖墓。

牙床锦被，枣树冈穴名。天生吉穴，不曾闻见。马迹蛛丝，枣树冈有之。虾须蟹眼，葛洲有之。佳祥都遍。

春山晴雾冥蒙，望不到、文峰高远。好景尤多，方山东顶，枣树冈朝案正对大方山尖峰，俗名宰相笔。姥山南面。葛洲以巢湖四顶山为朝案，正向姥山宾塔，为文峰。

鹧鸪天 纪游

梨白桃红夹道荣，菜花黄润麦青青。暮春修禊增游兴，为赏奇峰到鼓城。

分界水，送还迎，寻幽不便是春阴。蜀山四面皆佳构，雾罩偏难分外明。

前调　纪事

地隔将军数十程，桐枝瓜蔓起昆仑。九峰围绕成莲瓣，中路平田号鼓城。

探少祖，枕鸡鸣，前抽一脉玉为屏。蜀山大小中旁拱，水汇巢湖绕郡行。

甘州子　和王莲友留别诗（六首）

余留别庐阳诗，两见秋兴、秋柳，原韵十二章，同人互相唱和矣。莲友亦因瓜代，将去平梁，赋诗作别，用其韵赋答六阕。

屯田分职理官庄，合肥改卫为民钱席事尤繁重。更卫籍，赞琴堂。瓜期依恋返桐乡，吟社斗诗忙。阳关曲、浣诵口生香。

良辰行乐及华年，工画笔，继书颠。凤栖手制折梅笺，自制诗笺。行止乐尧天。鸿印雪、饮啄任前缘。

暮春花放柳如丝，骊唱久，马行迟。别情不尽唱酬诗，图画寄离思。近添《流芳话别图》。留不住、河柳定先知。

自惭诗卷杂嚣尘，删与削，笔生春。曾为予删叙诗稿。不拘佛说与波旬，务得性情真。传播后、庶得赏心人。

多君治术迈时伦，吹暖律，转阳春。参谋已现宰官身，歌颂遍舆人。工制锦，美政更清新。

才高不被俗情牵，师是竹，友为莲。别字省三，近改莲友，殆自况也。相思珍重寄书笺，飞舄待来年。风流令、应继杜樊川。

满江红 淡香女史周宝珍和予留别诗，赋词见赠，步韵答之

五马驰驱，尽心力、立民纲纪。深惭愧、爱如冬日，令行流水。林畔鸮音多士集，连年鱼梦三农喜。至临歧、士庶尽攀辕，盈遐迩。

昔祝嘏，诗味旨。今赠别，词有体。念乐园吟社，桃园难比。莲幕画图抒别意，兰闺词翰尤精美。羡爱莲、别派有传人，洵君子。

百字令 菱湖观荷，和蒿庵方伯、癯庵廉访唱和词韵

湖荷齐放，趁新秋天气，招邀鹓侣。观稼蜺旌乘兴至，僚从追陪无数。溽暑初收，浓云似幂，风替清尘雨。胜游良会，先传湖景诗句。何棠孙观察诗先成。

薄暮绮散红霞，蓼蘋交映，画舫轻移去。恍惚香墩花十里，

庐州香花墩，包孝肃读书处，有十里荷花孝肃祠，语达天听。远胜新开筝浦。庐州筝笛浦，今为龚氏新开园池，荷花尚未盛开。渔唱迎风，蝉吟送夕，返棹行仍住。及时行乐，茫茫莫问前路。

前调 陈伯平廉访同年，以菱湖观荷词属和，用前韵赋呈

巨川同济，喜多年契阔，仍随鸾侣。忆昔瀛洲联袂上，离合悲欢无数。樽酒论文，疏帘衡艺，惯听蕉窗雨。太行远隔，曾赓别绪离句。

日暮犹恋余晖，腰轻斗米，未学渊明去。辜负乡山风景美，迟滞帆归湘浦。烛影摇红，杯光泛绿，胜地随缘住。大江波满，顺风齐上云路。

摸鱼子 和陈伯平廉访升任苏藩留别元韵

喜同舟、扬帆江浦，欢会难堪骤去。济川别作中流柱，私意顿增离绪。嗟后顾，遇胏石、平反情伪凭谁诉。鹓鸾远举。怅迢递关山，乱云如絮，诗梦隔吴楚。

思畴昔，雨夜联床对语。情深非第姻故。频年离合浑无定，饮啄皆关前数。时起舞，伤老大、武阳感遇孤鸿赋。途长境阻。盼立马吴山，云峰独立，应念旧时侣。

金缕曲

丙午初度前二日，仙蝶降临。一宿室中，留饮三日，一飞集窗外数次，即立春日醉饮庐州府署之二仙也。用陈方伯题望日楼词韵纪之。

正谱词稠叠。祝锡龄、秋英正美，祥花同发。南北遨游经千里，不羡琼楼宫阙。长眷恋、京华风月。仙居黄山，琼霄内史，后移居京城太常寺垂花门。淝水咏歌龙山继，太常词新引歌声阕。咏者多太常引。数日饮，忍轻别。

荣封一字头衔列。悦圣颜、盈廷赞咏，始知义骨。纯庙封为仙蝶，赋诗命奉臣和。屡叹世风沧桑改，今日尤伤千蝎。喜拜睹、古姿奇绝。独抱荩忠沉郁久，读鸾书姓字都分雪。歌击节，唾壶裂。

前 调

读陈伯平方伯赠张京卿望日楼饯别之作，叠韵赋赠次珊。

对海山愁叠。感合离、祥云易散，凉风旋发。宦海波涛无常局，不仅琼楼珠阙。犹记认、升平年月。一曲霓裳开盛会，饮乡人午夜歌声阕。屈指计，十年别。

朝班本共鹓鸾列。抱荩忱、批鳞补衮，久钦侠骨。射影忽来含沙蜮，毒甚伤人蛇蝎。握手后、雁音长绝。蓟北梓桑文宴乐，怅重逢两鬓都堆雪。唾壶击，声如裂。

前　调

刑席毛君生甫，到馆六月，辞归养病，和予仙蝶词留别，三叠前韵答之。

正雅歌三叠。忽惨闻、鹃声归去，骊歌催发。眷恋乡邦云山好，厌住皖江城阙。叙别恨、高谈风月。仙蝶两番留韵事，谱佳词双调歌声阕。岁未半，遽离别。

申韩理法逾庄列。喜寿身、儒宗心性，菩提善骨。守法救生都无恨，造命销除磨蝎。治国手、笔难轻绝。翰墨因缘原夙定，待他年认取鸿泥雪。歌舍瑟，帛应裂。

前　调

安庆府校诸生，因事龃龉，散而复聚，书此致慨。四叠前韵。

奉綍音稠叠，育众才、乘时雨降，终风频发。载诵青衿伤时变，佻达频来城阙。惜负却、髫龄年月。林泮集鸮呼类去，讲堂空三日钟声阕。等首从，严甄别。

衣冠忝厕斯文列。纵灸针、难医化外，痴皮贱骨。枉费帑金储骐骥，隐患真同蛇蝎。叹种子、自今将绝。儆谕殷勤资砥砺，数愆尤海水难湔雪。言未已，目眦裂。

前调　书愤

丁未五月二十六日徐道锡麟之变，五叠前韵。

惨乱潮稠叠。听武乐、初停震耳，枪声齐发。万众欢迎行新政，奸党潜藏门阙。蕴恶念、多经年月。天降鞠凶何太忍，秉钧衡谁俾民心阕。排满党，骤难别。

随班鹭序衣冠列。痛大君、稽衣血溅，剜心及骨。豸本逐邪今元恶，遗毒真逾蛇蝎。伏枕疏、语声凄绝。杀气戾霄虹贯日，剖心肝积愤难伸雪。天黯淡，地维裂。

甘州子　（四首）

何修园明府，考察东瀛政治归国，出东海放槎图属题。仍用和寿诗原韵谱成四阕。

参军破浪御长风，殊梅吏，异安翁。远观象外得寰中，吟咏比丝桐。藏袖石、蠡测笑坡公。

乌飞兔走势苍黄，棋一局，酒三觞。海天万里俨同堂，好句富归囊。书并画、开卷美三长。

山苍风琅雪霏天，轻远别，祝新年。礼威朝野列三千，求失汉秦前。沿与革、沧海旧桑田。

中华国粹翼群经，思奋翅，养修翎。波平帆速露烟青，仙药乞山灵。长命术、借可衍颓龄。

前调 （四首）

谭傅丞太守寄律诗四章，省会案牍之繁，无暇吟咏，用原韵赋此答之。

鸿飞印遍雪泥痕，澜莫挽，天难扪。好花相对静无言，绕膝弄曾孙。甘饮水、活泼得泉源。

悬弧仙蝶喜双过，差安适，免偏颇。吟诗未似蜀山多，昕夕苦奔波。清案牍、无暇烂樵柯。

问君何以答升平，酣酒国，拥书城。江涛海浪不心惊，山水助诗情。吟兴健、佳句法求精。

昕宵努力祝加餐，商旧学，保严寒。阅时历久早知难，利器别根蟠。驰五马、美誉嗣刘宽。

前调 （四首）

赵杏珊明府以怀归诗见示，激昂慷慨，情见乎辞，惟语多衰飒。年轻初仕，不应有此抑郁也。依原韵赋此赠之。

雪泥爪印大江滨，莺迁木，隼出尘。官称父母比家亲，乡味漫思莼。行素位、长作宦游人。

强邻商战斗心机，愁分扰，感歔欷。圣贤忧乐定行违，理道极精微。文教盛、九译尽来归。

天时冬闭至春通，风解冻，雪销融。依然万紫杂千红，仁爱本天公。钧运转、福禄自无穷。

多君法政费研求，龙文炳，凤翎修。圣门仕学重双优，上下喜同流。师孔孟、勋业比伊周。

满江红

文庙升大祀，秋丁演习礼乐，喜遇仙蝶两次降临，恭纪盛典。

学校如林，混夷夏、同嗟腐朽。赖先师、教泽乾坤无偶。礼节乐和谐圣德，歌风肄雅酾清酒。感宸衷、上祀配天神，倾心久。

佾增八，韶奏九。干羽舞，武文手。仰金声玉振，生民未有。两遇翩仙来戏彩，彝章永共河山寿。祝英灵、提唱此宗风，辉前后。

前调　前事

天上飞来，亲瞻视、衣纹如画。计睽违、一载重逢惊讶。本固苞桑全国粹，华夷共服文明化。育胶庠、凤子协来仪，游神驾。

火移斗，皖分野。下干上，典戮社。幸驱除戾气，雨师清洒。剥复相乘符易理，吉祥仙至添佳话。欣皖邦、从此庆安全，休征也。

百字令　咏前事，六叠前韵

塞笳盈耳，忽飘来韶乐，余音梁绕。籥翟两阶琴瑟和，歌舞精神酣饱。凤叶笙簧，龙谐钟鼓，彩舞仙衣到。躬逢佳会，新词争续前稿。

上祀礼重天神，馨香成治，丹桂芬芹藻。至德英灵齐效顺，尽服膺尼山老。暴胜秋阳，濯逾皖水，皞皞晴光皎。天休滋至，殷忧堪释怀抱。

金缕曲　咏前事，六叠前韵

荷圣恩稠叠。正演习、声容旌节，飞扬齐发。万古尊严君师重，黄屋形同丹阙。举盛典、丁年秋月。十二豆笾偕玉瓒，奏迎神三献歌三阕。六八佾、上中别。

两阶鹭序冠裳列。迓栩蘧、来宾不速，云衣石骨。泮水茅芹鸮音变，世事何虞千蝎。况目睹、翩仙奇绝。海外庙堂同泗水，爪哇泗水埠建孔庙。普春风化尽寒边雪。冠冕制，漫轻裂。

满江红　六九自寿，叠前韵

马齿加增，惭筋力、渐形衰朽。忆身世、难难阅历，多奇少偶。容易秋风催过客，黄花又酿延龄酒。计前番、金缕答翩仙，一年久。

叹逝日，六旬九。伤雨雪，歌携手。睹翻新花样，无奇不有。亲故星图齐祝嘏，扁舟谁赞陈恭寿。比香山、九老数年龄，狄卢后。

前调　前事，叠前韵

束缚名场，久辜负、静园图画。最堪笑、东坡海外，惹人惊讶。花马尚偕琴鹤共，红羊未与虫沙化。雨零时、依旧命倌人，催星驾。

东西政，分朝野。富强计，扶民社。盼皇图巩固，风清雨洒。乱定始知当局险，岁丰且说升平话。祝古稀、置酒待来年，非迟也。

百字令　前事，七叠前韵

频年羁旅，喜亲朋团聚，孙曾环绕。禄石二千惭素食，赢得一家温饱。宦海无涯，神风漫引，道岸何时到。芸人舍己，田园荒废刍稿。

自信与物无争，材惭樗栎，忠信昭蘋藻。没世无称君子耻，漫说诗赓难老。世路多巇坚磨未，磷白涅防污皎。圭云风景，昕宵萦我怀抱。

金缕曲　解组留别舒州友人，七叠前韵

荷圣恩重叠。记纂书、酬庸再遇，温纶颁发。以会典奖叙升过道班。五马连膺冲繁地，天上荣除官缺。自丑夏、迄丁秋月。名胜久居萦心感，宴离亭三度歌三阕。去姑孰淝水皆有诗。盛会酒，借言别。是日同官饮大观亭，作重九会。

姓名岂冀屏风列。改宪章、天花乱缀，奚容傲骨。昨日尚无京官喜，照壁差同韩蝎。感旧好、意难轻绝。恍惚去淮同祖道，先一日，翩仙忽至，颇与徐叔鸿去淮情事略同。溯前缘爪印添鸿雪。杨柳岸，笛声裂。

百字令　旬日翩仙三至，赋此志感，八叠前韵

名场初脱，感仙踪频降，庭阶欢绕。得见吉祥夸眼福，合宅都教看饱。为送行人，为酬生日，旬日双双到。写真书后，降鸾诗补文稿。

自是变化无心，形随时蜕，衣美新文藻。去岁偶见化身，今来者衣纹如旧，色更鲜明，始悟有蜕形之说。蝙蝠千年经世变，仙质不随人老。金玉遐心，诗吟空谷，驹白光同皎。茫茫前路，见君差慰怀抱。

前调　祝余左参太夫人九十荣寿，九叠前韵

星辉南极，正日长添线，莱衣欢绕。忆昔典衣亲课子，艰苦卅年尝饱。文伯忘劳，不疑慎狱，母训慈严到。经传纱幔，彬仪犹秘吟稿。寿母诗集，秘不示人。

博济远恤邻灾，宠颁宸翰，赐锦双华藻。助陕赈千金，赐大缎二匹、“乐善好施”扁额。赣水特移东鲁节，为便板舆迎老。先放鲁臬，召对，询问寿母起居，改发江西，为便迎养□典也。庭训手编，古文口授，耳顺方瞳皎。俚词九叠，介眉遥慰慈抱。

前调　前事，十叠前韵

百龄开庆，望南天设帨，心香萦绕。酌兕跻堂凫迹阻，既醉先赓德饱。霓羽承欢，莱衣戏彩，鹤曲南飞到。诗歌天保，吉祥文字盈稿。

畴昔宣武毗邻，班联鹓序，饮酒赓鱼藻。梓里姻亲传盛事，艳说萱堂二老。寿母与太夫人京居比邻，时相过从，梓里荣之。宦辙分驰，遐龄永锡，梅雪冬逾皎。词成百字，期颐欢溢襟抱。

前调　题客燕雪鸿图相片，去皖时纪念亲友而作，十一叠前韵

亭开涵远，在府署东。喜松竹齐秀，菊兰阶绕。豸绣恰将熊轼易，肉食又更莼饱。时过班开缺南归。戚友二三，冠童五六，元

恺联翩到。图中老幼十六人。抟沙将散，宦游特集图稿。

鹤曲欢奏南飞，骊歌频唱，主客齐摛藻。赠行诗词百数十起。忽报客星江左至，师弟同推二老。受业表弟徐子固从南京来送行。莲幕多贤，谢方山、李映庭、沈余卿皆在座。义床并坦，熊笏丞侄、倩文叔孙女婿。渭水琼瑰皎。张憇云外甥。九人四代，提携犹倩兄抱。

临江仙 题涵远亭雅集图

东院小亭游息便，阶前五桂成林。天偷乐趣客中深。孙曾欢绕膝，亲友共谈心。

笑我趋公劳碌甚，偷闲片刻光阴。倚栏席地立森森。抟沙喧笑里，时鸟送清音。

前 调

丙午冬月，湘阴郭谷贻太守，自东瀛查考学务归皖，赠日本绣织山水图二幅。东瀛风景，略见一斑。安置床檐，虽终日不出户庭，不啻置身神田、金井间也。遂赋此解。

衡岳潇湘经岁别，花骢到处勾留。披图旷览海天秋。梦魂飞不到，权作卧时游。

淝水姑溪风景好，连年阔我吟眸。忽来海客赠瀛洲。临流储杰阁，对坐思悠悠。

前调　前事再题（二首）

逆旅光阴如过客，百年几日身闲。有何奇术济时艰。青山应笑我，行乐几时还。

世路崎岖难托足，奚容绝顶跻攀。况兼江海涌狂澜。桃源依旧在，莫负好湖山。

商战新机工组织，营谋利析锱铢。神针绣国继孙吴。袖中东海在，拳石胜髯苏。

云树苍茫沦万里，苔青石路盘纡。似观陶令海山图。良宵来蝶梦，味与黑甜俱。

满庭芳　迎春

晓色云开，风和日丽，三白兆瑞旋晴。朱旗招飐，鼓吹先铜钲。踊跃红男绿女，六街路、山立时行。舆施彩，双狮五马，联辔喜同迎。

迎神，虔豫祝，年丰人寿，海宴河清。正岁星居未，吉语添丁。一路同安金宝，卅三载、同庆升平。强吾圉、邻邦协洽，熙绩报彤廷。

天仙子　第三曾孙生，喜赋

预兆添丁吟岁始，弥月再传孙抱子。暮春初吉值双龙，设蓬矢，兰汤洗，寝室啼声欣到耳。

诗咏曾孙来止止，绕膝传呼差可喜。兴宗续祖不须论，恒为士，堪继美，多备遗经诗与礼。

满江红

张尔常贰州之纯，用吴梅村祭酒题龚芝麓尚书寿画满江红原调原韵，题中学纪念图见赠，步原韵答之。

五马行春，正殷望、观风六县。值秋风、莼鲈触念，归心如箭。时局几经田海易，物情顿觉荣枯换。感祝厘、无计慰离怀，传诗遍。

团扇画，放翁擅。铸金像，范蠡健。喜纪图赠别，歌诗设宴。留得庐山真面目，月明远胜梁间见。况芝梅、旧事表同情，尤堪羡。

浪淘沙　答何棠荪观察赠别，八叠乾坤韵前后叠韵，互见诗集。

十载皖江滨，流水行云。瑶章满箧壮乾坤。天酿重阴浑不雨，护惜诗人。

湖海叹迷津，面目污尘。公余风雅幸逢君。为祝河清兼海宴，圣治千春。

前调　别后寄棠荪观察，九叠乾坤韵

舟舣九江滨，苦忆停云。乍离咫尺渺乾坤。记否题襟缘分在，时念归人。

乡路近南津，岳州津名。暂浣襟尘。屋梁月落俨逢君。别后佳音能继至，几席生春。

前调　安庆五路小学留图纪念，感而书此，二十叠乾坤韵

风送渡迷津，往事休论。鸥鹗野性昧亲尊。独坐咏歌堪寄傲，别有乾坤。

梅竹结芳邻，境隔嚣尘。自成八景绕衡门。跳出是非名利界，富贵浮云。

前调　前事，二十一叠乾坤韵

医国属何人，愧负师尊。风潮扰攘旧乾坤。乐育英才全国粹，桃李成春。

别墅伴圭云，老屋桃村。旧时朋辈半无存。听罢钟声闲理钓，静寿名园。

虞美人 有感，二十二叠乾坤韵

无端取茧同枯叶，化出罗浮蝶。前身岂是玉堂仙，偶遇顺风稳坐济川船。

西施媚宠增声问，稳步趋香径。扁舟远泛五湖云，回首吴宫非复旧乾坤。

以上《皖游集》

甘州子 翙仙来武昌寓中，感赋二阕，二十三叠乾坤韵

五年旧事喜重论，初庐廨，继舒门。御风千里藐乾坤，枉驾贲丘园。蜗居陋、愧乏酒盈尊。

不随冷暖判枯荣，嗤虿毒，陋蝇营。风涛霜露尾舟行，萦绕武昌城。仙佛性、磊落更光明。

前调 阅江夏县模范监狱二阕，二十四叠乾坤韵

改良犴狴设重门，殊学舍，别公园。不徒狱吏示严尊，工艺日评论。名模范、中外别乾坤。

警兵昼夜各巡行，楼眺远，室通明。囹圄苦地极光荣，部

勒俨防营。津镇外、即数武昌城。

前调 谒曾文正祠堂二阕，二十五叠乾坤韵

天人两爵久推尊，销劫运，辟龙门。河山收拾旧乾坤，青史著公论。崇庙貌、遗像肃西园。

中兴名将共光荣，清六合，始方城。勋高百战楚军营，祀典宠颁行。新学校、后起渐文明。旅鄂南校设于祠内。

前调 观武昌劝业场、图书馆、造币厂、官书局，戏题二阕，二十六叠乾坤韵

富强始足立乾坤，储国币、建公园。聚观长幼混卑尊，方便广开门。中兴业、文公可比论。

回环北户始南荣，蜂并列，雁随行。万金宫室费经营，精舍小书城。夸多识、寓目更精明。

虞美人 感怀，二十七叠乾坤韵

鹿醒庄梦余蕉叶，访旧逢仙蝶。鹤楼未遇朗吟仙，不惜往来访戴夜行船。

携杯举首天难问，待觅三三径。半空飞起怪风云，酿出千年奇异一乾坤。

前调 前事，二十八叠乾坤韵

唐花烘就无枝叶，屡误寻芳蝶。酒徒自命饮中仙，一样酣吟骑马似乘船。

山中隔水遇樵问，何处天台径？携童采药入深云，那管人间扰乱有乾坤。

前调 观鹤楼遗迹，感赋，二十九叠乾坤韵

沧桑屡变寻遗迹，空剩阶前石。仙人已杳鹤无存，一角龙旗招展震乾坤。

尘霾塞满青天界，羹沸蜩螗会。举杯招鹤鹤应知，正值阴疑阳战待扶时。

满江红 题黄鹤楼旧图

光绪戊申，侨寓武昌，游城楼，购得光绪年间重修鹤楼相片。千年胜迹，重睹快然。用萨都剌金陵怀古韵赋之。

风雨频过，盼仙鹤、杳无消息。历世变、山川城郭，依然如昔。为问造楼当日事，鹤飞侑酒无人识。怅江边、玉笛久难闻，笳声急。

赏佳日，人如织。过胜地，怀陈迹。慨承平歌舞，难期今日。作会久虚滕阁宴，感时徒抱新亭泣。剩斯图、空对别山青，鹦洲碧。

沁园春　仙缘留咏集印成自题

仙物通灵，结契神君，敬酬一觞。值菊花初放，孤踪远至，柏椒称颂，结伴成行。出谷知几，征兰报日，佳话千秋来蝶堂。真难得，值离亭饯别，同醉流芳。

回翔不问风霜，喜栩栩偕来洵吉祥。念一官佥事，元精耿耿，丹心金石，碧血沙场。内史清高，翩仙淡雅，侍从同心群表彰。题襟满，比京华小史，分外精详。

貂裘换酒　题节署桂蝶楼，用陈小石尚书题仙缘图原韵

感应非虚矣。纪仙踪、蓬莱游憩，棠疆无几。荆鄂欣逢德星聚，贵福汾阳堪拟。说往事、汴吴犹记。映日金章辉节署，凤来仪仙佛联知已。宣吉兆，翔花底。

归舟淹滞鷦枝寄。感多情、乘风遥集，冬初秋尾。藉甚画堂添盛事，历历彩衣游戏。况留恋、桂楼香里。定是金瓯龟待卜，喜蝉联名继冰堂起。销旧感，达灵意。来序因仙女事，有枨触良多之语，特释之。

高阳(堂)[台]　再题桂蝶楼，用亭秋馆题仙缘图原韵

忠孝神仙，英灵浩气，不随尘壒沦飘。界隔人天，难忘别

思迢迢。节楼桂子香如海，尽盘旋、景胜丹霄。慰慈颜、彩舞翩跹，旧恨应销。亦因来词语意，特并释之。

生成丽质清高，忆寝门定省，一日三朝。摆脱红尘，明珠时露仙标。吴山汴水承欢地，数旧游、云路非遥。报佳祥、宠荷天恩，八座三貂。

浪淘沙　题含真仙迹图，叠亭秋馆原韵（二首）

经幔设韦纱，秀毓童牙。针神三绝笔横斜。满室异香彰慧业，五色莲花。

缘满返仙家，碧水红霞。前身多是婉凌华。须女一星光远耀，不虑云遮。

妙笔写丹纱，曲谱红牙。五云楼阁影欹斜。金佩玉箫声韵杳，冠紫金花。

蝶梦说庄家，衣绚云霞。空将物论纪南华。输与桂楼亲色相，蕉叶难遮。

沁园春

七旬初度，宴客黄鹄山头景贤堂，步小石尚书致祝原韵纪事。

寿域宏开，酒酿延龄，菊妍黄花。看门弧新设，风飘缨络；锦屏重叠，色丽云霞。七秩千秋，九人四代，客里团圆胜似家。真堪羡，更天公助美，晴霭光华。

古稀盛事堪夸，喜肆雅歌风客尽嘉。幸筹添海屋，庭盈楚梓；桃陈东阁，饭赛胡麻。吉语联翩，笑声喧聚，歌舞堂前华祝加。传杯处，有摇红烛影，日继西斜。

前调　赠程子大观察

光绪戊申九月二十一日，予古稀初度，宴客黄鹄山头之景贤堂。既步贵阳尚书词韵以纪其事，同乡程子大观察之三世兄君载吉礼，亦于是日告成。予次日往贺，得入后堂，窥见室家之好，并得游观新构之石巢君子亭、养芝仙馆诸胜境。地宽大不过十数亩，有层台叠翠、仙岩灵壁、琴台石鼓、洗笔池，井栏环绕，亭左右以桃柳竹梅，随时点缀。不意湫隘嚣尘中，有此层出不穷丘壑。非雅人深致，胸有锤炉，焉能构此洞天福地耶？秉烛夜深，心目为之一畅。主人公暇即偕家人妇子，笑歌诗酒于其间，其清福不知几生修到也。艳羡之余，叠前韵复成一阕，以志眼福云尔。

鹊驾桥成，并蒂开莲，镜菱生花。听趋跄凤佩，车迎吉日；欢胪鸳阁，酒泛流霞。别室图书，后庭丝竹，沩水诗人十发家。添佳话，正桂兰毓秀，桃李秾华。

美人长寿堪夸，喜新眷如仙旧孔嘉。更亭成君子，幽探泉石；芝供古佛，如啖胡麻。晴雪梅蹊，清风竹径，花月团圞人寿加。移情处，看芝婵小影，倦态欹斜。

前调　题二难继美图，再叠前韵

聚族圭峰，继继绳绳，旧居桃花。溯两龚传汉，名标紫阁；双丁传魏，品若朱霞。渤海循良，南峰理学，诗礼渊源本旧家。今绳武，望家丞秋实，庶子春华。

三多五福同夸，看彩舞莱衣荷宠嘉。盼弟昆励志，尽成杞梓；用韦述兄弟故事。莠苗同质，扶直蓬麻。四友同堂，二难济美，赢得高堂韵事加。叮咛诫，值新猷杂出，莫误歧斜。

前　调

戊申初冬，仙缘留咏集排印成书三日，时见翩仙飞绕宅中。用福孙感怀词韵，赋此一阕。

顾我连番，眼见多欣，撰词书之。忆兆淝津瑞，题堂表著，蜕舒州影，迹异轮回。感别遥临，丁未十月至昙华林寓。哦诗继至，今秋八日寿诗成见后苑。纪盛成书第一回。从今后，喜光同日朗，事漫尘灰。

京华小史凭伊，已历数佳祥事各奇。况官详佥事，太湖纪地，籍传蒙古，至正书时。集号仙缘，曲传金缕，不比悲笳与怨丝。翩然下，盼心心相印，共酌金罍。

前调　元旦试笔，三叠前韵

运转鸿钧，拜日开云，颂称椒花。看饧胶荐食，诗吟白傅；

屠苏尝酒，色灿红霞。已进稀龄，酉占大熟，击壤欢声遍万家。详占验、记风从艮起，钦天监每于元旦奏风从艮地起，主人寿年丰。喜溢京华。

太平元日同夸，更快雪时晴气象嘉。庆朝盈三老，岁寒松柏；祥凝六出，遍野桑麻。广大配天，明良共治，海晏河清景祚加。补天手，更鹰鹯逐佞，獬豸驱邪。

前调 题贞林秋意图，四叠前韵

贞孝天生，未护长椿，悟参虚花。幸欢承王母，期颐岁月；诗吟予季，雕色云霞。女诫遗编，闺门垂范，阴教名师曹大家。一作诗礼家。图秋意，只同吟贞木，不咏桃华。

石城沪渎堪夸，喜浙水西湖景更嘉。睹明臣碑血，宫余禾黍；中兴庙貌，海易桑麻。一阁文澜，三潭月影，游历名区眼界加。传神处，看驴鞭日暮，雁字云斜。

前调 题程子大观察横览图，五叠前韵

沩水词宗，名宦荆襄，笔传江花。羡名高湘社，诗词珠玉；集成蛮语，咳唾烟霞。大夫多能，名贤三绝，书画盈船赛米家。游踪壮，喜曾经海岳，不数庐华。

石巢丘壑争夸，睹灵璧芝云趣并嘉。忆云山三晋，六桥风月；隋堤杨柳，仙径桑麻。上下千年，纵横万里，赢得鸿泥爪遍加。真堪愧，徒倦游卌载，题墨欹斜。

前　调

舍真仙迹图，曾谱《浪淘沙》二阕奉题矣。小石尚书昨以《亭秋馆集》《续印仙图全集》见贻，浣诵一过，钦感同深。六叠前韵，再题一阕。

慧业天生，玉殿红桥，座盈莲花。睹绛宫讲武，戎装耀日；霓裳调乐，绮色成霞。寿祝云中，波平海上，自古仙成忠孝家。澄清志，洒宝瓶甘露，兵洗中华。

针神绝艺争夸，更锦绣长春句自嘉。记联翩归省，承欢偕棣；团圞叙坐，预兆宣麻。身化万千，梦图卅二，惹得高堂眷爱加。云旗下，看桂楼舞彩，仙蝶风斜。仙女生前有"洛阳锦绣春如海，满地长春富贵花"之句，见《亭秋集》。

前调　上小石尚书，七叠前韵

岸谷为陵，万变云图，俨同昙花。怅舐殷牛犊，源无活水；缚如蚕茧，计阻栖霞。两袖清风，百年过客，后望惟期子克家。伤怀处，叹无知苌楚，鲜饱苕华。

羞将廉吏同夸，似抚字催科亦尚嘉。奈已空杼轴，渔怜竭泽；新添宪典，事冗如麻。肉漫医疮，萝难补屋，避债台看万丈加。无聊赖，仗滋培蒲柳，莫令枯斜。

貂裘换酒 启事

后悔难追矣。问前身、寒梅骨瘦，今生修几。作吏无才家亦毁，两袖清风堪拟。论出入、算珠曾记。疮孔岂堪挖肉补，将助予无处寻知己。愁宦海，真无底。

南柯梦里身如寄。听乌言、彻桑未雨，羽谯翛尾，代斫那知伤手误，漫道宦场同戏。何日出、债台深里。君相自来能造命，旧巢荒盼切新巢起。谋翼子，望恩意。

前调 从女适向赋送，叠前韵

向愿将终矣。问吾家、婿乡骐骥，厩中曾几。用刘景妻杜广故事。乌鹊桥成方待渡，冰泮桃夭堪拟。指姑孰、牵丝犹记。昔守太平，见向郎于署中，遂定婚。俨诵白圭夸特赏，重婚姻感遇称知己。赋词句，压箱底。

漫言远道书难寄。湘汉通、水牵衣带，吴头楚尾。珍重临歧申诫语，莫认伯言为戏。休留恋、温柔乡里。幼习诗书勤记诵，女事终妇事从兹起。勤内助，顺亲意。

前调 姑孰纪游，再叠前韵

熟路重登矣。十余年、雪泥爪印，于今能几。无恙青山能识我，赤壁重游堪拟。数胜地、说来犹记。漫说同舟缘分在，蚁蜂屯无处寻知己。独静坐，高楼底。

萍飘一叶浮云寄。最难忘、草心花面，峰头洲尾。流辟风分平若砥，时听雀声游戏。客行乐、胜家堂里。月夜金波光万丈，纵安眠犹自频番起。饱望眼，惬游意。

前调　纪事，三叠前韵

别去经时矣。问当时、翠螺作客，亲朋存几？依旧河山人物异，跨鹤重来堪拟。过门巷、依稀犹记。风日晴和游览便，感天公福荫偏私已。姑溪水，清见底。

萍飘无定浮鸥寄。数行踪、龙曾见首，奚容藏尾。樯燕也随人致贺，一样观花游戏。光照耀、彩虹桥里。舟泊西彩虹桥下。私幸向平心愿了，游事终又觉离情起。歌再叠，抒情意。

前调　过皖城，四叠前韵

城郭依然矣。忆丁年、斗移荧惑，变端经几。巨浪初平风复撼，巢幕积薪堪拟。说往事、原因难记。人力未精天有幸，问诸君何以酬知己。廑远虑，伊胡底？

专城重任民生寄。涉大川、爻占未济，曳轮濡尾。贻毒养痈终溃决，兵事几同儿戏。炮兵祸、在萧墙里。古塔戾天堪自卫，大观亭无碍新修起。沧桑感，撄胸臆。

前调　梁山道中，五叠前韵

游兴将阑矣。问于湖、诗词赓和，骊珠探几？去日乘风来日阻，蜀道登天堪拟。衣带水、邮程能记。由困而通通复困，道岸登毕竟求诸已。犹夜泊，弋矶底。

行踪三日鸠江寄。正分秧、农田望岁，辰占龙尾。两岸行人纷若蚁，丝竹深宵嬉戏。最好是、电机坊里。灯火六街千万点，不夜城迩日新修起。莫辜负，夜游意。

高阳台 题采石太白楼

光耀长庚，花生笔底，诗含仙意飘飘。落拓风波，杜陵魂梦迢迢。醉时天子难传召，酌花间、邀月云霄。值豪吟、酒换金裘，万古愁销。

青山故迹名高，占大江风景，事纪前朝。鸟革翚飞，登临概想风标。江湖寄迹心廊庙，望帝阍、天日非遥。记承恩、名噪金銮，奴视金貂。

前调 题采石四公祠

一代忠勋，中流砥柱，不教浪激风飘。铁锁横江，舳舻千里迢迢。乘风破浪惊飞将，闪旌旗、光耀云霄。涤欃枪、日月重光，雨洗兵销。

名留麟阁齐高，睹丰碑山立，宠渥天朝。武纬文经，后先同此丰标。名流名胜俱千古，庙嵯峨、室迩人遥。快瞻依、四杰名垂，贵胜三貂。

沁园春　和李荣徽女史哀子词

慧业三生，佛道轮回，胎降摩耶。似萌芽金桂，罡风惨淡；娇妍琼树，苦雨交加。一刻昙花，九天云路，仙鹤盘旋侯道华。难知处，胡玉楼遽召，要问天家。

留遗祖砚同夸，更断杼遗规母教嘉。羡四声夙习，语惊座客；七经遍读，学绍阿爷。珪月重圆，金环再见，好把愁怀放却些。真无益，漫心伤不尽，戚抱无涯。

前调　石巢雅集，八叠前韵

天与秋凉，契结良朋，证盟兰花。石巢素心兰正开。喜追踪湘社，欢联旧雨；新修秋禊，酒泛流霞。仙侣同舟，夜游秉烛，不数桃园宴李家。诚难得，听调弦擫笛，兴助文华。

诗中有画堪夸，更分韵摊笺兴各嘉。纵尘生沧海，园中有棘；祥腾宦境，阁下生麻。块垒全销，月花对酌，赢得丹成九转加。此系九叠前韵。予监酒，看宾筵歌舞，醉莫欹斜。

前调　观傀儡戏感赋

若有人兮，沐猴而冠，虚居盛名。似偶钟灵秀，忽南忽北；偏私感召，恒雨恒晴。本虚为盈，似奴非主，重任虽肩步不行。阴柔象，看滔滔祸水，惨绝群生。

螫人蜂虿无情，也曾向东皇诉不平。奈狼奔豕突，因依作祟；桃僵土偶，祈吁无灵。始误程途，继除名籍，荼毒还加武库兵。嗟何益，徒浊盈汉水，羞遍方城。

前调　前事

忝厕衣冠，谬赞军咨，强居书斋。纵生公说法，顽难首点；葛侯公道，诚漫心开。如蚁附羶，似蝇逐臭，逼处人人怪突来。诛心论，尽让三让再，暗使推排。

鹄山依旧崔嵬，尽武纬文经列上台。怪师德无颜，自甘唾面，华卿弃甲，众笑于思。险倍阿瞒，狠同贼桧，末运多遭此祸胎。休愉快，到身名堕地，悔亦迟哉。

前调　七一自寿

满地荆榛，危乱难居，急流辞名。忆年过七十，联欢旧雨；节逾重九，展会秋晴。且住为佳，及时行乐，未克湘江放棹行。催人急，笑加长马齿，又祝长生。

宠承良友多情，遇横逆同声抱不平。念毕生至信，豚顽可格；三旬逆命，苗蠢无灵。物本难齐，人而无止，锄恶除奸自有兵。还吾素，且啸歌诗社，高卧书城。

前调　前事

不着衣冠，摆脱尘襟，静藏萧斋。念图书四壁，榻逢徐下；莓苔三径，门不陶开。鲈脍方鲜，蟹螯正美，止酒无烦送酒来。

诗为寿，索亲朋赓和，早自安排。

圭云远望崔嵬，更柳线垂泉似钓台。值鱼肥酒熟，客来联步；月圆花丽，人美于思。松实延龄，梅丹换骨，竹笋精华酿日胎。家园好，纵客居多乐，曷速归哉。

前调　重九登鹤楼，叠前韵

客里闲居，盘涧高歌，静居书斋。值节逢重九，登临仿古，童携三两，怀抱为开。奥略楼前，纯阳祠外，访鹤欣逢鹤友来。金鹤生孝廉闻予至，特来同游。留茶话，览江浑波涌，山翠云排。

晴川觌面崔嵬，空怅望牙琴流水台。喜新楼闳厂，宾来不速，高谈谐笑，客亦于思。鹤生亦美髯。遍插萸花，未斟菊酿，梅坞奇花初结胎。思寻乐，得偷闲半日，游兴佳哉。

水调歌头

程子大、郭子秩两君赠松菊寿石图，约同人公祝，和原韵致谢。

天地本宾旅，幻梦悟浮生。竹园遥忆梅讯，松菊赏渊明。幸遇群贤咸集，拜石传杯共醉，欢乐及时行。齐下得双管，摩诘与长城。

正强仕，半未老，一同庚。座中十一人，唐雨老与予同年生，余皆三十至五六十不等。豸冠鹭序，五六中合半年轻。沅芷湘兰英俊，北海南昌嘉客，人杰地俱灵。十一人，惟李子申汉军旗籍，萧绶卿江西，余皆楚产也。四美二难并，图合号冬青。

前调 题李子申、程子大、郭子秩三君所赠画松石菊幅，叠石巢原韵

居易俟天命，忠信仗平生。古稀重过期月，发黑眼犹明。回忆分曹薇省，宗府容台联步，典试太原行。乞郡至皖水，五马遍三城。

江波恶，兵弃甲，野呼庚。观棋局外，自喜解组一身轻。室聚诗书图画，园种松梅竹菊，说法石都灵。感谢良朋意，寿祝各垂青。

前调 寿李子申观察，再叠前韵

宗社遘阳九，良器庆天生。矧兹江海汹涌，日月损光明。忆昔牛刀小试，泽遍蛮花犵草，迁地汉江行。乘舰返东海，转饷武昌城。

洞探西，丝抽乙，室陈庚。狂澜欲倒，豸绣补衮责非轻。开国从龙垂绩，末季降鲸戡乱，永戴我皇灵。努力服官政，麟阁炳丹青。

前调 吊欧阳淮生观察

继起楚邦彦，灵秀秉天生。道长胡乃年促，大造意难明。忆昔分猷章贡，骥足才非百里，豸绣海东行。博采众长技，焜耀鄂王城。

祖六一，吟杜曲，醉长庚。心雄万古豪杰，慷慨一身轻。遽料骑鲸长往，愁赋招魂一曲，酾酒酹君灵。无计挽君驾，泣对楚山青。

浣溪沙　和李子申观察题禅悦听泉图小照

敝屣湖山锦绣春，清风明月伴归云，休参后果究前因。
径僻长随仙鹤影，高踪原祖隐蛛身，特留真面示来人。

前调　和程子大观察题图

无意披裘钓富春，静园佳景恋圭云，十年远别岂无因。
古干亘天师劲节，原泉流洁涤心身，坐观非效卧游人。

前调　和梁节庵廉访题图（二首）

一别春明惹梦思，十年淮水憩棠枝，无缘济世隐居宜。
遣兴惟余诗卷在，亲朋欢醉菊黄时，休将时事问官师。

时有松风扫石尘，寸衷酝酿太和春，不须谢屐不陶巾。
云外蝠飞饶古趣，泉声随鹤两情亲，缀词何幸聚名人。

前调　和杨锡侯观察题图

三载同探江汉春，境分潄石与登云，升沉显晦总前因。

不舞自携羊叔鹤，听泉松外寄闲身，采樵闲看着棋人。

前调 和曾履初观察题图

闲觅桃源世外春，泉流飞玉俯松云，胸中丘壑画中因。

绳武治功多化日，棠阴高覆隐沦身，愿携梅鹤隶民人。昨谈及施鹤地僻山深，堪以避世，故及之。

百字令 和蒋震初学博题图，十二叠前韵

槐安初醒，喜重开天地，山环水绕。回忆芒鞋空踏破，扑面红尘餐饱。马勒危岩，乌栖暮树，途远何须到。万缘抛下，余光闲理诗稿。

叹息异派横流，江山无恙，故国空文藻。盛世已无才补衮，叔季更伤衰老。干倚寒松，清盟泉水，怡悦云光皎。尽堪容膝，一亭枯坐吟抱。

满江红 再和蒋震初，叠前韵

卌载辛劳，知无分、麒麟图画。遇流急、随风转舵，何须疑讶。垂老放翁多感愤，渊明归尽聊乘化。未古稀、解组先香山，悬车驾。

无花竹，秀而野。异耆老，洛中社。独盘成涧谷，啸歌潇洒。虫鸟及时天籁发，不殊亲戚谐情话。待他年、海晏复河清，仍归也。

前调 三和蒋震初，叠前韵

天醉难醒，何功德、堪垂不朽。开幽境、石松作伴，云泉为偶。摩诘辋川原是画，欧亭山水非关酒。近黄昏、夕照影偏佳，盘桓久。

老遗一，会殊九。留真面，生春手。倩两图合并，自予才有。浑沌蝠精张果逸，千秋鹤化令威寿。感良朋、题咏宠诗词，详书后。

百字令 题李氏重建一经堂，十三叠前韵

福人仙地，羡松竹苞茂，图书环绕。诗礼过庭传旧学，立志非徒温饱。深谷为陵，肯堂作室，六十年重到。斯文将丧，特传经世文稿。

忆执牛耳骚坛，承平歌咏，遐迩推词藻。文采风流今歇绝，剩有灵光一老。循吏传家，遗经寿世，光耀文星皎。巴歌遥寄，钦崇时切怀抱。

离亭宴 再题一经堂，用流芳亭元韵

名父主持风雅，令子再新书榭。劫后欣瞻轮奂美，不数辋川图画。山水永清辉，松茂竹枝低亚。

此际白灵亲舍，他日于门车马。浑似明珠还合浦，胜地重添佳话。韦相继遗徽，词向诗仙重写。

百字令 感事寄树人，和赠行原韵

罡风吹散，忆皖江一别，停云三载。制锦长才推妙手，喜见愚顽丽彩。指习艺所。真面犹存，禅心可悦，避世衣冠改。小照着道者衣冠。词人留墨，丹青幸可长在。

政举允赖人存，设鞀悬铎，言尚刍荛采。木坏山颓虚衮职，明圣心廑启乃。冀马空群，城狐负固，胡又萎兰茝。厦支一木，空劳衔石填海。

前调 感事，叠前韵

衡山天柱，羡长沙名胜，流传千载。八景潇湘彰古迹，贾井尤辉锦彩。南院传经，城南书院今改学堂。古坊护国，御署前护国佑民牌坊均被焚毁。一炷全形改。昨非今是，两任皆由鄂升。名留湘水长在。

慨想李芾蔡忠烈精忠，王罕唐介循吏，宦迹留丰采。中外楼船堪定乱，军乐声殊欸乃。仙境桃村，顿生荆棘，芟刈伤兰茝。酿成浩劫，桑田顷刻成海。

以上《鄂渚遣兴》

以上《静园诗余》，宣统二年（1910）铅印本。

黄维申

黄维申，字筠堂，一字复唐，号赤足道人，善化（今属长沙）人。诸生，同治间曾一度从军。有《报晖堂词》三卷。

清平乐 春闺，次西堂韵

斜阳芳草，人道韶光好。吟罢微闻秦吉了，收拾零笺断稿。

醉眠休唤侬醒，梦魂也伴伊行。睡起浑无意绪，月明花下调筝。

摊破浣溪沙 秋闺

记得扁舟泛绿波，笑携女伴摘新荷。帘卷西风秋又老，泪珠多。

旧梦离离迷夹蝶，新愁脉脉上双蛾。斜抱云和深见月，问姮娥。

人月圆 金陵怀古

沧桑六代凭谁证？空唱大江东。只今惟有，西江月影，曾照吴宫。

梁朝粉黛，陈宫狎客，都付西风。无情最是，台城柳色，依旧烟笼。

荆州亭　访春

雨滴芭蕉心碎，花缚蝶魂如醉。倦睫不分明，惊梦疏钟古寺。

载酒独寻春事，踏破蘼芜深翠。曳杖指前村，问讯碧桃开未。

谒金门　拟和韦庄

《杂纪》云：韦庄有宠人，资质艳丽，兼善词翰。蜀王建闻之，托以教内人为词，夺去。庄追念悒怏，作《谒金门》词云："空相忆，无计得传消息。天上姮娥人不识，寄书何处觅？新睡觉来无力，不忍把伊书迹。满院落花春寂寂，断肠芳草碧。"姬闻此词，遂不食而卒。尤西堂拟为和篇，予以为尤词未尽，因续和云。

长相忆，何处递来消息？脉脉秋心谁得识，但将鸿爪觅。

欲弄秋千无力，错认莓苔行迹。秋月一帘人寂寂，寸心和月碧。

诉衷情

西风萧瑟飐危柯，吹散野鸳多。牵愁何处羌笛，落日又过前坡。

寻旧梦，阻风波，怅蹉跎。未言先泣，欲往仍还，独自吟哦。

好事近

帘卷日黄昏，旖旎情怀无着。怪底双飞蝴蝶，恋阶前红药。

年年压线作衣裳，枉自伤寥落。今日碧桃花放，倚斜阳楼阁。

忆秦娥　感兴

江流驶，春心摇荡江波弥。江波弥，征帆倒影，碧天如水。

潇湘前事休提起，斑斑泪竹伤心紫。伤心紫，斜阳古道，鹧鸪声里。

更漏子　有忆

晓风生，残月去，咿喔邻鸡啼曙。挑菜节，卖饧天，箫声惊醉眠。

天上乐，入弦索，谱出离怀依约。红拂剑，小蛮腰，思君魂梦劳。

误佳期

十里绿阴如画，一段闲情牵挂。碧桃花下证三生，风月难论价。

瞒着犬儿行，却被鹦哥骂。重来萝径不分明，但认蔷薇架。

减字木兰花 送春

春归何处？一片斜阳江上树。珍重年华，魂梦依依恋落花。

晚风堤柳，绾得东皇权住否？小立矶头，无限江波带月流。

卜算子 别意，效东坡体

雨是织愁丝，风是分欢剪。孤负春光却憾谁？风雨归程远。

飞絮满闲庭，落蕊撩深苑。目断天涯不见人，依旧重门掩。

调笑令 怀友

秋雨秋雨，滴碎秋心如许。鬓丝盼老双鱼，憔悴寒窗影孤。孤影孤影，悄倚雕阑露冷。

长相思 秋闺

醮毫尖，点眉尖。新月初升带露纤，含情对画檐。

思淹淹，憾淹淹。一夜西风落叶添，朝来怕卷帘。

点绛唇 舟夜

满目风涛，一篙撑入芦花宿。月明连舳，照见矶苔绿。
浊酒频斟，邀月娱幽独。良宵足，鼍更偏促，又见朝来旭。

丑奴儿 青阳道中作

平芜十里伤心碧，脉脉斜阳，满目苍凉，何处征人不望乡？
重来泥爪都难觅，只有垂杨，围住陂塘，依旧烟笼菡萏香。

前调 旅兴

流年逝水匆匆去，夜雨凄凉，旅枕傍徨，魂梦应难到故乡。
天涯萍絮浑无定，昨日襄阳，今日吴阊，是处缠绵有绿杨。

醉太平 和人感遇

花红柳青，舟摇浪生。隔荷私证鸥盟，听渔歌数声。
鸾笙凤笙，风高韵清。游丝罥住心旌，趁今宵月明。

临江仙 妓席，效六一居士体

帘外桃花帘内酒，酒容浑似桃容。曲阑干畔倚春风。拈花微笑处，遥见落霞红。

扶醉慢歌金缕曲，声声诉出幽衷。悄携罗带系青骢。月明珠箔静，双照两心同。

鹊桥仙　七夕

银河铺练，金梭罢织，离恨今宵补足。月明如水浸琼霄，权当作、双星花烛。

针穿绣线，盘堆瓜果，儿女痴情祈福。阿侬私语怕人知，愿赐与、鸳鸯谱录。

贺新郎　赠杨茂才桐士新婚

春到梅梢矣。占今宵、洞房风月，万花丛里。灵鹊桥边波澜静，待渡盈盈一水。正香凝、蕙红兰紫。宝鸭薰浓春情透。看双双共把鸳衾倚。歌一阕，秾如李。

相如词赋今无比。是前身、广寒宫阙，谪仙才士。得嫁文人关缘分，定有花开连理。卜异日、紫泥封递。羊蔡才能仙姝降，更何人有福堪消此。青着眼，望吾子。

前调　桐士依韵见酬，仍叠韵答之，兼以留别

鹤警年寒矣。正孤窗、酒阑灯灺，乱书堆里。海内知心无多子，怊怅人情似水。笑若辈、夸红斗紫，玉笛声声催离思。趁月明，更把楼台倚。归去也，整行李。

浮生富贵浮云比。羡君家、神仙眷属，美人名士。傅粉何郎年真妙，眉笔从今料理。添新咏、锦笺频递。庾岭梅花春先占，问几生修到才如此？侬且逊，况余子。

虞美人　小园观梅

藐姑仙子来何处？闲伴林逋住。悄扶瘦骨立黄昏，莫放暗香疏影过前村。

短篱曲巷相偎好，春到林间早。笑他桃李竞春时，争似百花头上最高枝。

踏莎行　闺情

凤管声遥，蓬山路梗，晚风红叶秋心警。阑干私倚月华来，分明绘出芙蓉影。

宝镜尘封，铜壶漏永，年时幽怨伊谁省？人言湖畔是君家，明朝待泛瓜皮艇。

菩萨蛮　闺怨

春风一夜开红药，背人独倚秋千索。乳燕也成双，那能不断肠？

茫茫芳草路，不见经行处。巾上泪痕添，深宵未下帘。

昭君怨

何处笛声风送？浑似桓伊三弄。春恨上眉尖，卷疏帘。
莫把疏帘频卷，芳草天涯人远。怊怅忆王孙，月黄昏。

乌夜啼

江干一叶帆悬，雨如烟。正是洞庭秋水、远连天。
情难诉，人何处？盼归船。莫待落梅时节、晚风前。

画堂春 题画

绿杨门巷记曾经，眼波送客青青。东风吹起隔林莺，解语声声。

日暮碧桃春黯，雨余芳草愁生。年时踪迹画中评，绮梦刚醒。

柳梢青 惜别

画楼深阁，浓阴围住，那人帘幕。花气氤氲，苔痕青翠，夕阳依约。

柳丝和雾迷离，全不绾、行踪飘泊。浊酒亭边，薰风陌上，客怀萧索。

贺圣朝　航仙、阿咸秋捷，谱此志庆

神仙自合蓬莱住，喜蟾宫初步。三分福命七分才，更一分知遇。

昔年沦落，青衫泪雨，是天公玉汝。定知来岁冶春时，占琼林高处。

风蝶令　送莘夫从兄游吴集成句

客醉挥金碗，诗成得绣袍。杏花春陌马声骄，况是秦淮芳草绿迢迢。

别恨随流水，交情脱宝刀。想君孤棹泊溪桥，最好渡头明月听吹箫。

桃源忆故人　怀友蜀中

峨眉山拥千年雪，元是神仙巢穴。一缕吟魂飞越，却被风吹灭。

严城鼓角真凄绝，已换红羊小劫。门外柳条休折，不管人离别。

长相思

西风槭槭，搅我离思。对酒怀人，情见乎词。

吴宫秋，汉宫秋。秋到天涯万柳愁，丝丝别恨留。
虫声幽，鸟声幽。虫鸟悲秋不肯休，衰颜欲白头。

如梦令 惜别

十里春江如雾，万种相思齐赴。分付柳丝丝，好系离人舟住。休去，休去！怕有风波前路。

忆王孙

一双雏燕语雕梁，惊起春闺梦不长，柔情万缕系垂杨。正斜阳，况是蔷薇满院香。

阮郎归

舍弟书来，云于前月束装南还，计不久可抵家矣。急书志喜。

七年行迹滞天涯，征途风雪赊。盼君惆怅日西斜，他乡何处家？
燕树隔，阵云遮，秋心凄暮笳。寒灯昨夜忽成花，团圆看月华。

鹧鸪天 宿山寺

一路寒山晚翠深，清池皓月印禅心。孤僧出定浑无事，闲坐松风自鼓琴。

声乍歇，夜初沉，半瓯新茗客搜吟。宵深忽作游仙梦，一霎淮阴又华阴。

醉花阴　春感

金勒马嘶芳草地，正软红尘里。冷雨湿垂杨，一缕柔丝，又被风牵起。

酴醾酒熟秋千戏，有风流裙屐。痴煞翠楼人，盼断韶光，把玉钗飘坠。

惜分飞

研坞弟归数月，仍往德州。既作五古送之，复拈是解，言有尽而意无穷也。

边徼烽烟犹未息，凝望愁云似织。何处吹羌笛？声声吹入离人臆。

天际落霞芳草碧，掩映洲前蓼荻。画舫帆飞疾，今宵有梦难寻觅。

西江月

锦瑟年华似水，玉笙哀怨吟风。四弦初定月明中，闲拥孤衾入梦。

杨柳堤边别意，桃花源里春容。阳关唱罢醉颜红，笑指原前翁仲。

眼儿媚　秋柳

一丝丝罥白门烟，斜日小楼前。十年情绪，九秋霜露，满目山川。

风流张绪休重忆，憔悴晚凉天。章台碧树，汉宫黄叶，都到吟边。

捣练子

苔入户，草侵阶，冻雨顽云扫不开。人面桃花双寂寞，空庭一鹤守寒梅。

蝶恋花　月夜闻箫

何处琼箫吹不彻？吹起秋心，不管人凄绝。况是天涯人远别，闲愁万种和谁说？

那更西风鸣落叶。叶底寒蛩，低诉声声咽。蛩语入箫添惨怛，不堪愁对天边月。

南乡子　妓席

红雨湿黄昏，宛转歌喉一段春。银烛金尊宵漏缓，氤氲，花气侵人带酒醺。

小字叫湘云，忆得相如是故人。惆怅临邛消息杳，王孙，春草芊绵欲断魂。

一剪梅　得舍弟书

鲁国征鸿下楚洲。忧散眉头，喜上心头。书中犹道去年秋，欲泛归舟，莫觅扁舟。

拂素还书付置邮。满纸离愁，满腹牢愁。弟兄身世等浮沤，去日悠悠，来日悠悠。

满庭芳

十载清狂，五年病废。鸥边旧梦，付与吟呻。犹忆西风门外，呼朋载酒，吟赏冰姿。拈何逊之诗，诵广平之赋，曾几何时，已成陈迹矣！兹友人以梅花帐额索题，率谱是阕，为君书憾，亦为我言愁。是梅非梅，有意无意，解人当自知之。

月地徘徊，云阶徙倚，暗香疏影宜人。年时春梦，过去了无痕。一点冰心独抱，巡檐处、笑语温存。君须记，朱帘曲巷，有鹤立黄昏。

闻君，行乐地，青溪水滑，艳曲歌新。更江城玉笛，画阁金尊。旧迹斯图重证，东风里、纸帐春温。凝眸久，篱边竹外，真个欲销魂。

浪淘沙　花朝

扑蝶话今朝，客意无聊。绿杨烟里酒旗招。唤取酴醾拼一醉，春憾都消。

桃影夕阳描，呖呖莺娇。踏青归去马蹄遥。今夜梦魂何处觅？画舫红桥。

解佩令　送别

刚随秋到，又随春去，记连宵、话雨都成梦。一段离愁，分付与、茶铛酒瓮。奈平湖、片帆风送。

浮萍无定，柳枝无力，恁行旌、青丝难控。碎绿繁红，且听取、时禽新哢。慎餐眠、客途珍重。

春风袅娜

予与长阳谭金皆兄经年萍聚，寸管同持，酒半裁诗，灯前洒翰。或庄论而杂以诙谐，或极爱而佯为瞋怒，无隐不道，有乐皆同，诚良会也。春事未阑，归期忽促，别离之感，怆焉病怀，拉杂成词，聊当薄贶。后解别有意旨，他日绿杉野屋中重展斯编，读至“红裙”数语，得毋慨然！曰南行知己，其惟湘上之云乎？金皆所居名“绿杉野屋”。

恨杨丝无力，不系征轮。添别绪，负芳辰。况参苓、空饵依嗟跛躃，才华不遇，君困风尘。逝水流年，飘萍身世，谷鸟溪花都笑人。眼底纷纭坐何事？尊前惆怅只伤神。

堪怪天生奇慧，偏悭福命，甘蔬水、只是长贫。看前路，尽迷津。生涯落叶，世态浮云。偏是红裙，解亲文士，频呼白酒，替浣啼痕。如何轻别，料痴情此后，天涯怅望，芳草王孙。

沁园春

东湖杨子坚茂才工文能吟，金皆尝为予言之，因以《报晖草堂诗》一帙奉寄，谱此代简。

千里彝山，遥望烟霞，中有韵人。奈关河迢递，难同笑语；微生病废，莫逐蹄轮。豪气冰消，壮心雪冷，空负渊明头上巾。如何可，但花风絮雨，不放金尊。

闻君才调空群，料福慧双修关夙因。羡班香宋艳，色丝在手；崔鸳谢蝶，阿堵传神。只我孤怀，难凭消遣，思与高人对榻论。堪怊怅，望梁间落月，江上停云。

忆江南

春日正妍，情怀甚恶，偶忆李后主《忆江南》词，愁与恨俱，因以“多少憾”为起句，作四首。

多少憾，徙倚画楼东。细雨莺梭穿晚翠，斜阳燕剪掠残红，满院落花风。

多少憾，独立向江津。竟日自题飞白字，五年不踏软红尘，孤负绿杨春。

多少憾，寂寞掩柴门。私约梅花为眷属，醉呼明月共芳樽，扶病自温存。

多少憾，笔砚欲俱焚。玉笛一声吹梦雨，珠弦三叹忆湘云，思鹤更思君。

东风第一枝　感旧

刻烛裁诗，依花斗影，年时几许幽趣。蓦来春梦阑珊，付与江天烟雾。飘零何限？休重忆、碧桃芳树。但月明、闲听鹃声，波外自盟鸥鹭。

添鬓雪、童颜难驻。看逝水、流年偷度。况听乳燕雕梁，浑似碧纱软语。呢喃何意，只消受、一帘疏雨。更何人、导引迷津，为觅旧巢深处。

庆春泽　纪恨，用竹垞韵

微雨沾帘，疏烟弄柳，丝丝替织愁深。凉翠侵衣，伤春人立花阴。玄都观里桃空碧，但春山、磔磔鸣禽。且安排、浊酒深杯，醉拥孤衾。

思量芍药栏边旧，是歌喉细细，院落沉沉。载月探春，扁舟重系江浔。而今豆蔻香消尽，尽乌丝、莫写愁心。嘱莺儿、枝上休啼，有梦相寻。

桂枝香

谭金皆明经书至，并承尊甫辛才先生远贻《报晖堂诗序》，谱此奉谢。

西风振木，忽旅雁飞声，和雨相续。惆怅秋云似幂，乱峰如簇。黄花载酒年时事，杳天涯、蚁尊空绿。别君三月，怀君千里，梦魂时逐。

叹俪语、君家擅独。是六代渊源，齐宋遗曲。余事诗歌更驾，左张潘陆。滕王忽赐兰成序，灿珠玑光焰盈轴。待依名父，推敲奇字，此生差足。

贺圣朝　喜闻航仙捷南宫，书此以寄

曾将福慧评亲故，料君才宜遇。果然今日冶春时，占琼林高处。

年年离恨，凄凉如许，付酒杯消去。昨宵有梦到京华，正杏花春雨。

醉太平　赠别

风声鹤声，山高树横。辚辚车马堪惊，正将军用兵。

长亭短亭，青衫泪盈。醉来密语零星，只难堪酒醒。

以上卷一《写心集》

沁园春

墨庄王君以自题《行乐词》一章见示，怅触予怀，凄然不已。率谱是阕，借写闲愁，即题王君双照。

迢递江湖，苍莽尘沙，依是恨人。叹流光匆促，谁回日驭；浮踪飘泊，暂驻风轮。白酒愁浇，青衫泪湿，狼藉天涯襟袖痕。君须念，者燕云楚树，到处诗魂。

堪欣萍水逢君，向石上三生论旧因。羡秦嘉淑俪，鸳鸯福禄；桓焉快婿，龙凤婚姻。墨庄为陈颂萱刺史婿。相彼冰清，观兹玉润，中有天台无限春。谁堪比，是梅花小影，明月前身。

眼儿媚 再题墨庄行乐图，和李小斋孝廉韵

怪来标格似林逋，梅鹤正清臞。宰官身世，神仙眷属，落落真吾。

风流逸少今重见，心事在冰壶。三升浊酒，一瓯香茗，休问荣枯。

水调歌头

小斋和予《将进酒》一篇，奇气郁勃，喜拈是解赠之。

镜里流年去，把盏不能欢。但看天上明月，流影入檐端。忽报奚童递简，知是诗人脱稿，剪烛几回观。豪似龙吟壮，凄

与角声酸。

追李杜，凌孟贾，亚苏韩。淋漓元气若此，才许据骚坛。好向三生石上，浇取一瓢浊酒，剑铗共君弹。仰视浮云白，长啸倚阑干。

金缕曲　端午次西堂韵

照眼榴花吐。问枝头、剪红堆绿，几经寒暑？世上纷纷蛮触闹，怕有深林豺虎。遑更问、龙舟竞渡。桃印钗符聊徇俗，忆乡关此日喧金鼓。莺与燕，竞歌舞。

乌飞兔逝忙如许。叹人生、溷茵泡幻，只消清酮。才似湘累犹侘傺，空赠筒粱角黍。看泽国、波翻涛怒。试把招魂歌一曲，有杜鹃啼血声声苦。拼一醉，足千古。

摸鱼儿

病废已来，动必以杖。此杖也，虽非大夏之邛竹，太乙之青藜，而形影相依，患难与共，不以炎凉易其节，不以劳苦介于怀，诚腐儒之密友，孱主之义仆，弱国之忠臣，而扶危持颠之大材也。杖以杉木为之，因名之曰“杉奴”。既赠以诗，复谱是阕。

最多情、杜陵白木，十年相伴形影。穿云踏月时时倚，恰好三生共证。扶衰病，似同气、相求且更声相应。君真可敬。便走遍天涯，涉穷沧海，长与鳏生媵。

谁能比，上座呼君自称。化龙他日堪庆。支离患难忧愁客，赖有豪奴共命。无可赠，只一首、清词聊与铭高行。与君偕隐。待荷蓧田园，挂钱山市，饱揽洞天胜。

水龙吟 杨花，和东坡韵

东风不做人情，无端吹得琼瑶坠。如绵如雪，含烟泣雨，恁般离思。回忆当时，凝妆学舞，翠楼高闭。奈宫腰脆弱，婆娑意尽，浑不似，春眠起。

满店残香匝地，剩游丝、酒帘低缀。风流如昨，韶华转眼，珠沉玉碎。休说颠狂，犹余袅娜，漫随流水。况莺愁燕恨，鸦啼蝉噪，那能无泪?

念奴娇 题画蝶，和王墨庄韵

是何妙笔，写修眉薄翅，传神处处。玉屑金钱纷错落，蹙损花房无数。谢逸诗魂，滕王粉本，栩栩添生趣。休嫌阒寂，等闲便访春去。

君看逸致翩翩，飞来帘幕，乳燕和伊语。别有痴情描不得，倚翠偎红心绪。傅粉何郎，偷香韩寿，长向花间舞。愿君珍重，彩衣不耐风雨。

洞庭春色 怀人

少日词华，壮年心事，尽付醉乡。叹兴衰荣悴，穷通得丧，谁非梦幻，都任穹苍。毕竟微尘何所恋，但交好因缘犹未偿。

谁知道，者些时意绪，无处商量。

西风更催别憾，况又是露白葭苍。对药炉经卷，酒铛诗简，无端枨触，总是悲凉。永夜凉蟾明蕙帐，忆携手、河梁情信芳。何时更，对伊人咫尺，仙茗同尝。

四字令

蛩声雁声，空闺梦惊。那堪风雨冥冥，助凄凉五更。

愁生憾生，香衾泪盈。回思杨柳青青，悔攀条送行。

菩萨蛮

西风帘卷人儿瘦，春心那惯秋心逗。江上碧芙蓉，花花愁煞侬。

相思人不识，暗把金钱掷。昨夜梦夫君，醒来余泪痕。

意难忘　题画蝶

满地芳菲，向曲廊琐院，侧翅偷窥。残红留晚艳，繁绿恋余晖。春草瘦、落花肥，浑是可怜时。看恁般、高高下下，住住飞飞。

娇黄嫩白多姿。怪韩魂仿佛，庄梦依稀。斜阳刚晒粉，宵露怕侵肌。宫锦腻、彩毫迷，意绪忒憨痴。有闺人、怜伊妩媚，绣上罗衣。

前调　有忆

春梦阑珊，记碧桃花放，金缕歌残。添香娱夜永，把盏到更阑。欢聚首、醉凭肩，人与月双圆。最怜伊、尊前弄墨，乱写吟笺。

西风忽送征鞍。叹天涯落寞，笛里关山。湘云愁似幂，燕草碧于烟。芳讯杳、客情酸，怊怅倚阑干。赖知心、梁间燕子，为我寒暄。

洞仙歌　和人感遇

良辰美景，忆笙歌庭院，燕语莺啼最娇软。露酥胸、一捻玉蕊浮香，香近处，约略颦轻笑浅。

新妆明似锦，解舞腰肢，暗向东君送青眼。自种合欢花，花影迷离，春色好、晓风撩乱。更密语明年好春来，又却怕春残，锦袍人远。

玉京秋　七夕

云水隔。双星渡银汉，鹊桥低接。玉梭罢织，金梧飘叶。天上人间此夕，照佳期、明月如雪。休轻别。一年离恨，一番欢悦。

乞巧深闺情切。诉衷情、花瓜并设。绣幄中，衣香人影，都成痴绝。密意柔情，恨最恨、闲却新凉时节。莽萧瑟，魂梦潜通绛阙。

霓裳中序第一　读吴谷人有正味斋词集

清词妙组织，句里青衫泪痕湿。满纸尚余呜咆，唱罢声声，色丝堪惜。清真妙笔，更赢得梅溪清逸。料此老，聪明冰雪，早入梦窗室。

无敌，骚场第一，论格调金科玉律。西堂逊此精密，书上旗亭，小鬟应识。千军真辟易，还能亚青莲白石。余生晚，瓣香遥奉，当作夜光璧。

换巢鸾凤　闺思

波软程遥，正痴云远岫，画舫平桥。粉痕帘外认，花影镜中描。垂杨旖旎似宫腰，醉中病中离魂恁销？伊人远，剩一片、断霞残照。

情悄，愁思搅。檐际雨声，不管人烦恼。影怯灯孤，带羞围减，何处能开怀抱？还怕枝头晓莺啼，唤回魂梦飞难到。江湖宽，望长堤、一带芳草。

十六字令　旅思（三首）

愁，惨淡关河渐欲秋。西风起，吹梦到湘州。

思，吴下莼鲈正熟时。谁堪语？独自把琼卮。

归，宿鸟栖林也倦飞。难消遣，日莫掩双扉。

宝鼎现 归兴

骊歌凄切，驿骑遄发，西风吹起。堪怅惘、鞭丝人影，独自支离还故里。年时事、付酒尊销去，莫向人前道彼。甚骨肉、恩情义理，只有人间势利。

平日虚有缠绵意，到今时、都似流水。休更说、云怀雨思，一样空花泡幻里。征棹急、趁风纹霞绮，月浸蒲帆旖旎。笑世人、争名争利，热恼场中渴死。

依自岸帻纶巾，吟泽畔、採寻兰芷。忆当年、彭泽归来，对黄花独醉。更乞食、向柴桑地，休洒穷途泪。好携着、铁板铜琶，闲拥歌僮舞伎。

一丛花

天涯驿路见倾城，旖旎似崔莺。歌喉对啭青灯里，角声外、酒赌金觥。肌玉晕红，秋波偷送，昵客诉衷情。

明年有约证鸳盟，倚醉唤卿卿。瞋人最是乌啼夜，更谁耐、宵漏凄清。今日画船，惟余绮梦，与我话三生。

六丑 宿迁舟中感怀，用方千里韵

叹斜风细雨，送客艇、东奔西掷。乱篙破涛，仓皇飞过了，逆旅陈迹。细想曾游地，碧桃青柳，是楚宫吴国。春情缥缈临洪泽，玩月章台，评花绮陌。前尘掷梭堪惜，只江云暮树，相对无隔。

清清寂寂，正波痕晕碧。荡桨冲波，去难止息。离骚唱与孤客，望荆台路远，水天无极。相思泪、早沾衣帻。休重忆、尔日珠眸皓腕，凤颠鸾侧。缠绵意、付与潮汐。盼佳期、画舫归来日，双情自得。

梦扬州 有忆

夕阳流。正荻江，波浪初收。雁子到来，切切悲鸣难休。小湖堤外西风起，逗绣帘、灯飐烟浮。陵州远，人空忆，拥衾寒抱离愁。

曾记相陪唱酬，更对局弹棋，玉腕银眸。递茗送醅，半载从君勾留。怅依独整归装去，盼玉颜、怕上江楼。欢会邈，何因更与，相对绸缪。

前调 维扬舟中寄友

晚霞飞。盼蓼湾，渔艇初归。倦旅旋家，瑟瑟秋风吹衣。白蘋花外轻波涌，送夜寒、衾冷魂凄。潭州梦，啼孤枕，笛声惊破船帏。

堪念城南旧时，同妙语清谈，不尽依依。对酒咏花，廿载难忘前期。坠欢如梦成陈迹，忆故人、愁把金卮。良觌远，离怀欲诉，云树偏迷。

荔枝香近 仪征遇风书感，用周邦彦韵

大江狂飙骤起，浪高泫。橹桨双歇，篙缆齐忙，长年指点维舟，但见篷推帆卷。搔首、四望蒹葭近远。

近来最堪，怅惘欢局散。况是萍漂，谁更与、同宵宴。惟凭旅梦，握手西窗烛频剪，醒来离恨难遣。

满江红 由芜湖乘火轮船抵汉阳作

满目风涛，叹瞬息、飙轮千里。凭高望、中原形胜，都来眼底。泽国潜鳞惊水沸，天边飞羽随烟起。便凌波、直犯斗牛间，星河里。

才瞥见，皖公里。俄溯到，浔江水。忽晴川系艇，为时有几？破浪不须篙桨力，冲风岂借帆樯驶。但长年、捩舵向中流，针南指。

生查子 泊嘉鱼，风雨闷甚

烟雨满寒江，芦荻花飞尽。旅雁一声声，独客羁愁引。

萧瑟已难堪，又见丹枫陨。谁念断肠人？不奈霜风紧。

卜算子

十月七日，风利帆飞，由嘉鱼径达重湖，自舟行已来无此

乐也。

破浪趁长风，帆饱舟行遽。才过新堤又洞庭，缥缈君山树。
瞬息渡重湖，径上湘阴去。昨夜吟魂已到家，梦与家人语。

恋情深

瑟瑟西风催短景，聚鸳鸯影。宵来芳意满幽林，两人心。
水晶帘下月华沉，乾鹊语疏棂。绮户欲开还闭，恋情深。

酒泉子　归舟至湘阴即事

才过君山，又到黄陵荒寺。晚霞天，残蓼地，碧波间。
汨罗记得投诗处，有丹枫几树。蕙兰衰，风日暮，白鸥闲。

捣练子　闻雁

霞绮散，浪花平，掩映澄潭荻蓼明。征雁数声来远渚，唤回旅梦客愁生。

前调　十月八日舟中闷雨

云黯黯，雨蒙蒙，黄橘洲前一笛风。忽忆去年今日里，扬帆高唱大江东。

八声甘州 汨罗吊古

问灵均去后莽江流，滔滔几何年？叹怀王恶直，子兰丑正，靳尚妨贤。但见蕙红兰紫，岁岁满湘沅。回首沉江事，旧恨难捐。

枉说多情宋玉，怅招魂无处，楚些空传。更洛阳才子，作赋吊深渊。想当年、忠奸贤佞，望北邙、一例委荒烟。只今日、值端阳候，竞渡争先。

少年游 书感

匆匆判襼，山重水远，云树莽纵横。轮蹄声里，帆樯影外，总是别离情。

伊人远道，孤灯寂寞，谁与共金觥？天边魂梦绕帘旌，心事两人明。

应天长 风雨舟行

寒江飒飒风和雨，渺渺云帆归极浦。鸬鹚渚，鸳鸯舞，愁煞矶头浣纱女。

晚烟低别墅，明灭渔灯几处。兰棹趁风前去，闷和渔父语。

燕归梁　舟夜不寐

独卧篷窗听浪声，更夜雨凄清。拥衾回想个人情，肠九转、眼常醒。

幽欢已散，幽期邈无，聊赖是残更。晨钟到枕梦难成，堪懊恼、又天明。

虞美人

翩翩红袖来深院，羞与檀郎见。低眉巧笑不胜娇，悄问鸳鸯枕样怎生描。

天涯远客初归候，黄菊经霜瘦。梅花有意送幽香，特放几枝春色出邻墙。

凤凰台上忆吹箫　詹吉庵茂才过访，流连竟夕，即事赋赠

我去齐州，君归湘浦，人生聚散无端。记雪飞尘海，风冷江关。恰是经年离别，惊觌面、各自欢颜。年时事，千言不尽，古调休弹。

堪叹！与君同病，十数载沉疴，一样蹒跚。任天涯走遍，知遇良难。稍喜君家桃李，承衣钵、振响骚坛。聚五、韫珊两生均工韵语，聚五见以古学补弟子员。云程远，明年定教，月桂同攀。

宝鼎现　题友人小照

伊谁描出，神仙标格，才人襟略。年少日、如虹豪气，世上荣枯都忘却。但引手、向银台珠阙，折取灵芝圣药。看逸品、清神拈花，欲笑人生行乐。

不管尘海风波恶，只闲情、眷恋云壑。拼放浪、儒冠不着，鸿鹄焉能谐燕雀？咽苦茗、是文园消渴，尽日壶觞自酌。盼万里、青冥飘然，遐翥谁施矰缴？

心事宛在冰壶，浑不惜、青衫寥落。但恐奇才难掩，终见縻来好爵。更画取、上凌烟阁，待看秋天鹗。问宰官身现，天边明月，前身奚若？

桂殿秋　春闺

云鬓乱，晓妆慵，放开罗带舞春风。鸳鸯妒美窥珠箔，鹦鹉疑人骂玉笼。

赤枣子　夏闺

风织柳，雨梳苔，湿云何意更飞来？一片闲愁天不管，悄呼婢子摘新梅。

法驾导引 秋闺

西风起，西风起，秋色在侬家。并蒂芙蓉朝作蕊，同心栀子夜开花，纤手拨琵琶。

南柯子 冬闺

庭际梅花落，楼前雪影横。红炉深夜醉调笙，惊破檀郎香梦不分明。

以上卷二《客窗消意录》

西 河

自吾儿之殁，悲痛经时，不理文字久矣。偶阅万红友《词律》，有《西河》调极悱恻，枨触鄙衷，依谱填之，不知是泪是墨也。

伤心事，平地风波如此。苍苍何故夺吾儿，此生休矣。廿年期望总成虚，凄凉双泪如洗。

到此际，心灰死，除酒消愁何计？当时诗礼督趋庭，凤毛差拟。如今何处付楹书，惟余霜鬓憔悴。

念往日如许豪气，又谁知、浮沉人世。皓首蠹书而已。便思量、忏礼空王，拜手谢时人，深山里。

行香子 书闷

前岁城楼，今岁乡陬。渐霜华、白上人头。万般隐恨，千种烦忧。况月儿残，花影瘦，鸟声啾。

身世如沤，时序如流。笑吾生、不及江鸥。待倾酒瓮，高筑糟丘。有许由瓢，刘伶锸，志和舟。

莺啼序

万种闲愁，半生幽怨，无可解说。只益凄凉，矧复痛极西河，悲深伯道。荒村独寐，良友不来，何地埋忧？问天无语。伤弱息兮千古，望伊人兮一方。惨恻之怀，未易一二为外人道也。爰次梦窗韵，拉杂成辞，聊以见此时之心绪云尔。

经年困居野屋，但焚香闭户。盼良友，佳日追寻，却愁衰鬓迟暮。赖村醨、频浇块垒，酡颜掩映丹枫树。任浮生，摇落人间，便同飞絮。

怅望天涯，万里旷阔，有烽烟似雾。写离思、难觅鳞鸿，寸心空托豪素。料中原、驰驱未已，但遥寄、愁怀如缕。更何心，尘世浮荣，羡他鸳鹭。

间关卅载，落拓吾生，叹百年逆旅。剩敝箧、小诗无恙，唱月讴云，断句堪寻，啸风嘲雨。红楼旧约，青云豪兴，年时都付槐安国，识迷津、宝筏从今渡。尘根涤尽，皈依世外菩提，法王接引西土。

荒村寂寞，独倚长镵，向野畦种苎。便料理、渔樵生计，畜我妻孥，稼穑良图，忏除歌舞。添香瀹茗，林泉佳话，无慘尘事休更说，怕凄风、瑟缩经弦柱。如今华发盈头，试问当年，旧情在否？

潇湘逢故人慢

连雨乍霁，商飙微凉，抚序凄然，顾景悲矣。命酒倚声，呜咽难已。

愁霖初歇，看残荷弄影，衰柳惊秋。雁阵过南楼。怅关塞书迟，空转吟眸。寒林野屋，恁消磨、岁月如流。有多少、旧愁新憾，一时并上心头。

伤心处，谁可遣？料今生、放怀欢会无由。叹只影萍浮。纵娇女牵衣，难解孤愁。溪翁谷友，且招要、痛饮狂讴。阑干外、递来蛩语，教人莫负觥筹。

菩萨蛮

绿荷深处鸳鸯宿，画船窗里人如玉。何处订欢盟？斜阳无限情。

无言低翠袖，顾影伤心瘦。明月几回圆，空闺长独眠。

愁倚栏令

空庭寂，绣帘深，漏声沉。梦断锦帏春事，负香衾。

薄薄衫儿映玉，纤纤钿子描金。月递芙蓉花影好，逗琴心。

琴调相思引　春思

一片花飞减却春，风飘万点正愁人。韶华如梦，真个欲沾巾。

细雨夭桃思笑靥，晓风杨柳忆眉颦。那堪离思，和梦堕征尘。

双调望江南　秋感

秋风起，秋色近如何？十里黄云铺野稻，一庭凉月动危柯，何处打渔歌？

凭栏望，愁思满关河。蓟北草痕青似黛，江南山色碧于螺，无那别离多。

西子妆

新秋早凉，向夕远望，伤离感逝，渺渺予怀。用梦窗《自度腔》，写其抑塞无聊之状。

烟外山遥，云边水远，野草闲花无数。早秋时候别愁生，愿西风、替吹愁去。轻盈笑语。最难忘、红楼深处。叹浮生，是年年离怨，天涯孤苦。

佳期误。一抹霞痕，照见长干路。衰颜怊怅日斜时，倚高楼、自题诗句。凭谁递与。教知我、飘零心绪。怕难堪，一夜凄风梦雨。

凄凉犯

山村巷陌多古松，当西风作秋，落日送晚，启闼四望，萧萧然衰草寒林，良用凄惋，次白石老人“合肥秋夕”韵。

碧楸古陌，斜阳里、凝眸并是萧索。雁飞暮霭，蛩吟暗砌，乌栖檐角。狂飙太恶，又吹起尘沙荡薄。便裁笺、殷勤款曲，谁与递荒漠？

还忆将军帐，皓腕传杯，几时娱乐。故人别久，望天涯、酒尊零落。剩有啼痕，展缣素灯前觑着。者衷情、那可弃置，忘旧约。

一枝花　庭前玉簪花盛开，戏拈此阕

翠叶浮烟舞，玉蕊和云语。凉痕深夜月、淡如许。正兰麝香浓，妆阁徘徊处。雪貌疑仙女，奈体态轻盈，禁得秋来风雨？

最爱煞、情丝一缕，缟袂翩翩举。几时能、买得天孙杼。看施粉调铅，别自成眉妩。我欲和卿住。证取鸳盟，怕不耐，儒生酸腐。

闲中好令

《闲中好》古词，原是单调，今加后叠换仄韵，使双鬟歌之，亦抑扬有致，因名《闲中好令》。后有识者，当不以予为谬也。

闲中好，渔钓适幽情。静卧苔矶上，那能尘务萦？

闲中好，镇日鸥为友。此意谁可传？斜阳挂疏柳。

新雁过妆楼 本意

秋影何来？江湖外、芦花数点初开。几行成阵，疑带塞上霜飞。旅信应知传远戍，楚乡正好稻粱肥。几时回？暮砧恁急，难诉幽怀。

听伊呼奴唤弟，正梦惊断浦，响落高斋。峭风又咽，双鬓已共兰摧。鸾笙凤箫废久，更谁惜尘封妆镜台。萍踪渺，怕雪泥深处，爪印都埋。

惜黄花慢 对菊有感

载酒东篱，正凤箫罢后，鸥梦浓时。暮云何在，候风渐紧，凉侵玉露，愁满金卮。故人星散琴尊寂，忍相对、霜蕊离披。忆旧知，碧苔砌下，同赋清词。

当年伴月吟诗，更昵花对酌，倚醉弹棋。淡黄描影，晕红上面，春生倩笑，艳夺瑶枝。坠欢忽与流年逝，冷香又、村墅栖迟。剩素衣，故园料少尘缁。

法曲献仙音 咏凤仙花

银甲春生，绛枝风袅，管领新秋庭院。粉泪珠弹，玉颜脂浸，丰姿未须装点。向夜月低垂处，还疑诉幽怨。

蝶蜂远，算人间，素心能几。缘未了、红雨又教鬟染。丹穴返何年，话幽窗、宫炬红剪。漫与缠绵，怕檀郎、恩薄情浅。望蓬莱深处，凤侣几时能见？

前调　叠韵遣怀

孤剑残书，敝裘华发，兀坐穷乡荒院。柳暝憎烟，草枯愁雨，那禁鬓霜千点？况玉雪佳儿去，蛩吟替嗟怨。

碧霄远，问天公，报施何据？身世感、襟上酒痕泪染。风露搅秋心，任并刀、幽憾难剪。待证菩提，又还愁、尘缚缘浅。谱湘弦凄曲，落落此情谁见？

菩萨蛮　村居即事

双江江口维舟处，斜阳人语烟中树。家住小塘湾，开门时见山。

村氓风气古，坦白无城府。酒熟稻粱肥，招要醉几回。

玲珑四犯

秋日凄凄，百卉具腓，加以生事萧条，益黯然无绪。因效白石老人体为之。词成，窗外啾啾，如闻太息声也。

小院草凋，芳池荷尽，流光偷换如许。百年生计短，万壑烟岚古。况哀鸿正鸣湘浦。时螟虫伤稼，邑境歉收，农人艰食。蕉鹿因缘，蓼虫身世，都入越吟苦。

谁相念、山村路。只荒寒夜月，凄照蓬户。坠欢如梦杳，旧雨骑鲸去。詹吉庵于五月去世。人生聚散浑难料，忍重忆、旗亭游旅。便寄与，吟香约、莲邦净侣。

法曲献仙音

王壬秋孝廉留滞蜀中，书问辽阔。俊侣不在，豪吟遂稀，怨绪离悰，与时俱积。和君《岁暮怀张东墅观察》元韵，末由寄讯，聊发鄙私耳。

湘绮清名，选楼幽韵，便作成都孤旅。梗泛怜君，茧缠嗤我，欢场冷落尊俎。忆旧日诗怀好，难忘静庐句。君昔见赠诗，有"幽人庐巷静"之句。

锦江路，问崎岖、万山深里。应怕听、巫峡夜猿啼舞。栗橡拾深林，是当年、工部吟处。玉垒浮云，又苍凉、变灭日暮。盼吟旌归早，再整骚场旗鼓。"变灭"句，《词律》作平仄、平仄，今依元作四仄，不知壬秋所本，存俟他日面质。

前调　叠韵怀邓弥之观察

庚辰春，君寓浩园，与予谈诗竟月。时笠云上人住持曾文正祠，族子杭仙亦侨此间。禅味吟情，并娱春昼，岁华飘瞥，刹那间四载矣。俯仰坠欢，浑如梦寐，倚声索解，于意云何？笠云名芳圃，篇中取以俪浩园，亦天然对偶也。异日阿师见之，当无嫌其唐突。

芳圃诗豪，浩园尘远，往岁同娱春旅。玩月词仙，画梅名将，当时并入吟俎。尚记得蛮笺递，飞来静徒句。彭雪琴侍郎画梅一轴在文正祠中，予与弥之并有题咏。“夫子静者徒弥之”，见赠句也。

武冈路，想年时、故园栖稳。应自有、梅鹤昵人飞舞。闭户拥琴书，更徘徊、泉石幽处。乐事何如，怕人生、短景易暮。问山中耕钓，可似军中桴鼓？君昔曾督兵剿贼，故云。

前调　叠韵怀查少仙明府

辛巳岁，予与君同客德州官署，课试书院诸生。说诗评文，唱酬最乐。别后岁琯两更，有自山左来者云，君近为蒙阴宰。书此贻之，用坚耦耕之约。

官阁灯明，驿亭花好，记共天涯羁旅。把酒论文，对床评艺，商量几越庖俎。自别后天南北，流连赠行句。

鬲津路，话行藏、眷怀林壑。觞尽后、弹铗为君歌舞。庾信尚江关，问吟瓢、孤寄何处？听说鸣琴，祝花封、奏绩旦暮。践躬耕盟约，莫忘春田蛙鼓。少仙江南泾人，曾约宦成后买田湘山，与予耦耕终老，故结语云云。

角招　怀陈颂萱刺史

予游山左时，君招至德州署中为书院长。晨夕唱和，款洽殷勤，至可感也。

软尘阔。秋江畔，几行雁阵飞落。远天云漠漠，万里别愁，凄凉无着。齐城鲁郭，剩梦绕、关山绵邈。记得陵州官阁，挑灯共话沧桑，慰孤吟寥寞。

离索，浊醪漫酌。荒村偃仰，莫诉情怀虐。后游曾有约，不奈流年，催人衰削。霜天晓角，又苦把、离魂惊却。徒倚危楼疏幕，便飞去、访鸳湖，风波恶。刺史自号鸳湖叟。

徵招 怀李小斋孝廉、王墨庄鹾尹

荻芦萧瑟霜威肃，凄凄候虫吟苦。怨响搅离愁，对寒檠无语。征鸿来极浦，问词客、羁栖何处？有梦难通，甚书能寄？黯然情绪。

肠断碧云深，佳人远、尊前艳歌谁谱？老我耐漂零，叹头颅如许。才华君莫误，要高步、霓裳仙府。庾尘里、漫逐蹄轮，怕客途风雨。

前调 怀陈稼臣少尉

一年明月今宵满，天涯鬓丝分照。万里共清光，荡离情多少。屋梁蟾影悄，讶颜色、分明能肖。别梦苍凉，岁华飘忽，坐愁侵晓。

凄绝漏声寒，知音远、谁谙怨歌声调？短簿滞山城，时君为沂水尉。料孤吟长啸。旧游如梦杳，更何日，重寻征棹。盼仙尉、乞与双凫，便御风飞到。

西江月 闺思

风雨飘来别憾，燕莺勾起离情。昨宵飞梦到边城，还把芙蓉相赠。

多少愁思累我，有些情绪怜君。落花飞絮最撩人，闲拨琵琶遣闷。

柳梢青　乙酉九日武昌舟中忆弟

画舫穿云，异乡独客，九日清樽。波影如烟，风声似雨，那不思君？

支筇独立黄昏，空盼断、江天夕曛。簪菊情浓，插萸人远，寂寞吟魂。

南　浦

哲生、阿咸自蜀返长沙，旋来鄂城。夜话达旦，明日遂去，倚声赠之。

高楼玉笛，恰阳春、江上落梅花。何处扁舟来也，冲浪片帆斜。八载成都羁旅，叹飘萍、仍是旧生涯。破萧斋岑寂，寒宵缱绻，凄切数年华。

世上几逢青眼，出湘春、门外即天涯。我亦依人王粲，到处且为家。为问故人天末，谓壬秋、翰仙。可相思、有梦到蒹葭？待明年春好，商量同泛锦江槎。

兰陵王　对菊感旧

晚霞碧，秋老残杨巷陌。东篱外，浅白深黄，密密疏疏靓妆色。移樽亲近得。怜惜，江湖倦客。斜阳淡，回望故园，帘卷西风异今昔。

思量旧行迹。记酒趁重阳，灯照瑶席。鸾笙凤管欢佳节。恨岁琯波逝，玉关尘远，川原凝望自太息，那人在天北。

凄切，更呜咽。算锦瑟年华，拼付岑寂。孤鸿嘹唳愁无极。况独夜闻雨，峭风吹壁。相思无寐，醉素酝，坐竟夕。

水调歌头

斋前残菊，十月犹开，磊落孤芳，禁寒耐晚，感而赋之。

残菊尔何意，寂寞向幽斋。经霜留得清节，寥落数枝开。一任西风吹瘦，赖有斜阳照映，分影上帘来。把酒对高士，和汝醉深醅。

尘世事，天公意，早安排。名山料理身后，恐被俗人猜。禁得千番磨折，便到衰年憔悴，傲骨总难埋。但莫凭阑久，清露湿苍苔。末二句用茗柯语。

渡江云

午溪从兄来自长沙，聚语数日，遂去汉中，怅然志别。

桂香零落后，扁舟载月，孤客异乡来。酒徒消散尽，怆忆当年，泪眼几曾开。文场聚首，还记得、官阁吟梅。空剩有、诗篇豪富，未许俗人埋。

堪悲，荒山饥走，冷馆孤羁，共漂流人海。休负了、千金一刻，苦茗深酯。秦中自古伤心地，问断鸿、何处堪飞？关塞远，今宵梦里追陪。

高阳台

李奉璋茂才，吟社旧侣，别三年矣。今来武昌，晤于馆舍，悲喜交集，乃有是作。

九日题糕，残年赌酒，旧时痕迹犹新。岁琯飙驰，无端一瞥三春。烟云变灭同苍狗，者其间、情事难论。况凄凉、伯道悲予，骑省伤君。

风流一别真如雨，怅君羁汉曲，我困湘门，絮散萍飘，谁知聚首江津。如今暂把悲愁遣，对圆辉、烂醉金尊。请看他、几个闲鸥，几片闲云。

梦江南　书事（二首）

春去也，憔悴哭君来。料检行囊无长物，惟余首帕是侬裁，清泪湿妆台。

悲旅榇，何日返清湘？流水人情都冷落，浮云世态总炎凉，谁是热心肠？

摸鱼儿　武昌刘渭滨军中送袁守愚公车北上

莽无端、雪泥鸿羽，西风留意吹聚。鲰生湘返君燕去，怊怅浪萍尘絮。君且住，休负了、千金一刻闲讴舞。客欢几许。惜暮听歌喉，醉筵婀娜，竟夕少风趣。时徵歌未至。

年时事，梦幻因缘如露，浮云衣狗如雾。霄凡境隔云泥似，落落此情谁语？君且去，君不见、玉堂金马皆仙侣。离愁最苦。我自倚营门，瀛洲远望，丹凤向阳处。

醉垂鞭　丁亥二月舟中作

嫩柳漾柔丝，樵人啸，渔人钓。小艇逐波驰，坐看双岸移。

年时游历处，溪云暮，谷烟迷。又是挂帆时，愁怀君不知。

三字令

春欲暮，雨丝丝，落花时。罗幕近，粉墙低。玉笙吟，瑶瑟语，个人知。

风影定，月华移，夜乌啼。香梦警，醉魂迷。烛垂花，灯作蕊，照相思。

双双燕

客窗无俚，读茗柯词消日，旧绪新愁，一时都赴，走笔填此，借以拨闷。

一天梦雨，正留滞行人，客窗凄冷。双双社燕，还向画栏飞趁。浑似呢喃不定，又飞去、垂杨深径。依稀为我商量，待觅高楼栖稳。

相讯，年时絮影。问几处勾留，落花春暝。前头鹦鹉，却又递来芳信。触起怜香旧恨，更惹得、檀郎新病。听伊软语缠绵，可识春人情性。

桂枝香

愁霖敲窗，凉蛩在壁，百端来集，万感填膺，秋士多悲，其信然矣。适荔岑从孙来谒，谈诗聊破愁腑，用拈是解，摅厥离忧。荔岑有文，亮非久居林下者，桂香伊迩，窃有望焉。时戊子立秋后三日。

关山满目，又梦雨顽云，芳草凋绿。堪叹流光似水，百年何速！蛰啼雁咽都幽怨，听凄凉、一灯红簇。美人何在，榛苓露冷，壮怀枨触。

念旧日、词场角逐。共裙屐风流，阄韵征曲。乌兔销磨付与，一场蕉鹿。喜君飒爽吾宗秀，怕秋高鹏路相促。桂花香候，槐花黄里，捷音遥瞩。

虞美人

碧梧庭院教鹦鹉，宛转和秋语。商量少要晚来风，吹得阿侬魂梦各西东。

搴帘燕子双飞去，不解侬人舞。多情终是为情痴，绾出同心双结一丝丝。

湘春夜月 赠杜伯珩

最风流，十年一觉钱唐。几许画意诗情，都付与红妆。博得一官小试，恰县城花满，便返柴桑。看耦耕涧谷，烟霞啸咏，真个羲皇。

鲸波未息，鸿嗷待拯，时事堪伤。小隐林泉，莫便作、接舆枯槁，沮溺猖狂。天高日近，问甚时、重整冠裳？者世界，料需才孔亟、看君揽辔，皇路腾骧。

高阳台 感遇

约月娱花，依灯狎饮，个人真是销魂。好事多魔，别来虚度黄昏。凭阑指点云生处，奈行云、不是朝云。况凄凉、一院西风，一抹斜曛。

思量曲巷题诗处，记凭肩问字，并腕吟春。冶态幽香，消他几度温存。如今两地成孤另，掩重扉、寂寞琴尊。只今宵、有酒浇予，有梦寻君。

凤凰台上忆吹箫

玉靥凝香，云鬟弄影，珠帘约住娉婷。送几回倩笑，撩乱春情。一种温柔性格，还只怕、风雨飘零。流连久，为伊憔悴，护了金铃。

无凭，别来幻梦，便化作游丝，不系倾城 。想妆楼依旧，夜月犹明。尚记低吟旧句，和更漏、断续声声。谁知道，离魂黯然，独自凄清。

满庭芳 七夕有作

云散还生，风平又起，那见银汉迢迢。去年今夕，丝竹弄幽寮。乞巧依然故事，山斋里、梦短情遥。抬头望，双星隐隐，何处渡仙桥？

琼霄，当此际，龙梭罢织，凤管初调。算天孙得意，别憾都消。究竟离多会少，团圆事、只有今宵。还须嘱，更筹迟报，切莫到明朝。

法曲献仙音

伯珩见赠诗有“乾坤莽荡一词人”之句，予甚爱之，复谱是阕。

锦瑟年华，玉溪风调，不失骚人情性。浮世沧桑，微尘露电，秋心好付芳酝。听四壁蛩吟苦，还如诉幽恨。

栗山下，爱林峦、蔚然深秀。还更有、梅鹤拨君清闷。乐事浣花村，君自号浣花主人。是当年、工部幽兴。漫学樊川，向扬州、留恋芳讯。看乾坤佳句，个是少陵遗韵。

庆清朝 题节母周氏小照

玉质金相，明诗习礼，分明孟母芳型。吾宗壶范，向来淑慎都称。画荻旧传姆教，庭阶里玉树峥嵘。惟难画，一般清节，一片婆心。

爱煞左家娇女，看双双侍坐，瀹茗联吟。左莲右蕙，宜家早播芳馨。不少闺中韵事，料无烦恼到衰龄。还须要，一家骨肉，花果齐荣。旁侍二女，淑莲、淑蕙皆知诗。

满庭芳 再题从嫂周氏真容

菩萨心肠，冰霜节操，飘然林下高风。女中豪俊，清品励贞松。卅载艰辛备历，多少恨、都在心中。犹堪羡，荣邀凤诰，象服展欢容。

无穷，当日事，蚕丛历遍，栈道终通。记延宾截发，课子丸熊。赢得斑斓彩舞，南陔下、宝树春浓。惟相祝，高年健在，翠柏耐严冬。

以上卷三《幽愤录》

以上《报晖堂集》卷之二十四《报晖堂词》，光绪十八年（1892）长沙黄氏门人刻本。

张　琳

张琳（1840—1917），字伯琴，沅江人。咸丰十一年（1861）拔贡，以军功升浙江知府。

临江仙

买得崔婆春满瓮，玄都巷口回车。红儿小小自当家。井栏朝汲露，竹院夜烹茶。

嗔帘语燕朝朝见，衔香不折瑶华。梦骑瘦蝶吮空花。口脂香有晕，臂袒玉无瑕。

沁园春　癸亥初度

多谢天公，放我清闲，岁月如流。记昔年京雒，几人为客，天涯回首，梦幻沉浮。皂帽青衫，何时是了，愧煞儿时说虎头。全无据，到年年今日，有泪难收。

百年便欲何求，叹尘事从来不自由。有江亭好在，安排马帐；春风无恙，典却羊裘。痛饮千钟，狂搜万卷，语不惊人誓不休。都无谓，怕供人闲话，万岁千秋。

念奴娇 黔山访易武子，兼送入都

月帆西指，借天风吹送，古龙标里。湖海交期文酒约，来访江南旧使。倾倒千樽，看君说剑，手把吴氛洗。耳酣肠热，抚膺挥袂而起。

何事如梦如痴，如狂如醉，顾我犹如此。学剑学书无一可，冉冉廿年过矣。我且南归，君将北去，此别云泥始。都人应问，我心为道如水。

如梦令 （二首）

吴伴渔将归苏台，出《香溪草堂补图》征题。填此二解，即衬其行。

黄叶江南何处，酒醒天涯日暮。甚地最相思？门巷柳丝无数。孤负孤负，又过一年春雨。

投老江湖行路，梦绕吴淞烟树。旧社尺书稀，可有几人如故。归去归去，明日月帆飞度。

前调 本事（二首）

那夜月华当午，花满酒香人聚。画角一声催，恼断个人情绪。良苦良苦，偷泪恁时无语。

帘底金猊闲供，冷落绣衿谁共？钗卜与灯花，夜夜搅人虚哄。寒甚寒甚，偎着枕儿寻梦。

醉蓬莱　为蔡海粟题延中秋馆画册，即送归吴

问天边皓月，几度经秋，怎堪长客？黄叶柴关，被断云遮隔。昨夜西风，征鸿呖呖，飞度湘山驿。问讯江南，一尊无恙，三径犹昔。

甚地难忘，莼鲈正美，稻蟹正肥，霜柑新擘。一度秋来，又一番抛掷。竹露侵轩，桐云窣地，好景须珍惜。明日送君，扁舟去也，望穿遥碧。

三台令　志别（二首）

行矣行矣，落落江山眼底。阿郎手挽乌号，万里功名券操。操券操券，成就封侯心愿。

心愿心愿，去去前程锦片。酒边一晌缠绵，执手叮咛万千。千万千万，珍重顺时强饭。

满江红

客沪上，将发西安，集周受山、李眉生两方伯，吴桐云廉访，胡雪岩观察，周菱甫太守，杨子恂庶常饮别伎楼，得此一

解。己巳秋八月也。

海澨回澜，吐冰轮、花城不夜。莽关河、举目荒凉，旌干催发。紫玉一声双烛泪，绯衣四座中兴杰。□闻声、对影尽销凝，弓刀热。

桥南树，灯磷掣。城南路，歌钟歇。怎江山文酒，又还轻别。闻道长安天府国，胡霜满地秦时月。望江南、绮讯陇头知，花如雪。

前调　秦州军中，田忠普旧使招饮，慨然有赠

人海茫茫，仗若个、奇哉男子。曾早岁、治兵开国，功名如屣。胡马一声关塞黑，将军百战山河在。向东南、天地首重回，愁如海。

平生业，争千载。乾坤事，伊胡底？笑麒麟图画，纷纷傀儡。万里和戎中使节，天魔吹角长安市。恁樽前、舞剑唱阳关，悲风起。

水龙吟　春草

好春何处偏多，远天一碧销魂草。因风叠浪，栖烟宕翠，倩谁能扫？一度春来，一番撩乱，蝶翻莺倒。任腰横三尺，摩空万里，总为此，伤怀抱。

恁地千丝万缕，仗东君、弄将分晓。着他无赖，携俦蓦地，占欢斗巧。自别王孙，个人憔悴，没人知道。更甚时唱与，招来楚些，便苍天老。

满江红　侬家亭饯春

春到侬家，多半是、病根愁蒂。才陌上、单衣试马，柳丝烟腻。杜宇一声归去好，花期过了三之二。渐樱桃、扫地絮黏泥，东风递。

空有怜春意，全没个，留春计。任邀云借月，良辰难继。万点落红千点血，多情苦被无情累。趁炉边、酒暖尽依偎，恹恹醉。

前　调

晤皖北高大书记，话江防近事。酒阑将别，情见乎词。

如此江山，销几许、书生戎马。记当时、西风一鼓，楼船东下。千里沙虫煨一炬，万军凯奏飞三雅。十年来、往事一回头，匆匆也。

乾坤事，渔樵话。男儿事，麒麟画。怎逢君花里，歌围酒社。画角一声催别去，参军清泪如铅泻。正中兴、事业要才为，毋相左。

念奴娇　侬家亭小酌遣兴

可怜怀抱，看酒边落落，定谁相属。三十三年弹指过，长剑倚天无路。裙屐嬉酣，屠沽对泣，毷氉今成痼。百年能几，青春如此楚楚。

漫说倚马才情，雕龙词笔，尽江皋容与。短唱高吟争会得，故故文园风雨。昨夜鹦哥，红窗偷语，道又花期误。花应嗤我，岁来年去虚度。

昼夜乐

烟竹寺修暑，同寺中读书诸君子夜酌，纵笔得此。

湖天夜静鱼龙悄，细草岸，微风袅。厌厌小酌无聊，彳亍沙墩步绕。十里燕脂新涨淼，渐零乱、白蘋红蓼。多恐百年心，被西风断扫。

高歌四望乾坤小，眼中之人吾老。渐看两鬓惺惺，销得禅厨烟袅。挟弹提壶都梦事，一年年、觉风情少。酒醒不成眠，听鸦啼钟晓。

金缕曲 津沽寄寿何诗孙

海内声名早。怎萧萧、蹇驴破帽，傭书人老。寂寞黄金台下路，剩得豪情多少。恁燕市、悲歌未了。慷慨百年弧矢意，料今宵又捧流霞倒。将进酒，万花绕。

天津桥上鸦啼晓。蓦回头、长安西北，魂飞不到。苦忆临歧凄咽语，总是可怜怀抱。踏不尽、天涯芳草。万事浮云堪一笑，愿年年人与花俱好。千万遍，为君祷。

双双燕 本意

薄烟乍瞑，但微起湘帘，撩他低语。经年别后，多少雨荒云阻。识定儿家院宇，又销得、花团锦聚。香巢特地偎人，故故依依如许。

无绪，芳心自苦。甚月艳雕梁，絮温庭树。春风过了，禁得几番风雨。怕又尘封绣户，赚眷属、年年羁旅。红丝寄与天涯，道是个人独处。

满江红 对酒

对酒茫茫，拼醉把、吴钩起舞。怎今夜、帘旌飒飒，冷风吹雨。残蜡心知秋客意，落鸿声断云中侣。恁玉珰、缄札寄天边，年年阻。

空相忆，花边聚。空相慰，垆边语。拭青铜不奈，当时情绪。一觉樊川春梦浅，十年潘鬓秋霜苦。赚故衫、酒晕与啼痕，堪重数。

鹧鸪天 夜发湖上，泊沙头宿

醉剌湖舠趁夕行，荒荒野戍短长更。浊醪无力西风紧，临泊沙头客又醒。

天脉脉，水冥冥，断云带雨过江声。一灯如豆舟如叶，秋夜漫漫不肯明。

鹊桥仙　七夕小病，侬家雅约不赴

去年今夕，酒香人聚，绮语依依犹记。佳期天上不多时，算来□、侬家良会。

今年今日，酒荒人隔，病起恹恹如醉。凭栏无语看双星，却被他、笑侬独自。

木兰花慢

度晶帘倩影，雪梅后，露桃前。正凤翅苞云，犀卮泛月，绚采韶年。珠穿，九围缦嶂，引人天曳佩下飞琼。灵卉生来不垢，洞箫吹暖芝田。

当筵，泻景驻明蟾，香辫髻云偏。纪琴堂雅故，诗成酒醒，宾散湖船。娜嬛霓裳误了，恁听风听水说开元。取次粉衣舞褪，又看绿幂阴圆。

甘　州

楚山重、夕霭荡疏棂，雁声起沧浪。乍飘灯，惊筝楼酒醒，人在横塘。又是梁园客散，綦迹冷秋霜。一片吴江水，流梦潇湘。

正恁东山移种，有屧廊玉破，林屋金瓢。莫探骊访洞，黄海已生桑。料帆泾，明宵吟望，定溪桥孤艇意难忘。浮云满、乱山歧路，独立苍茫。

琵琶仙

孤鹤横江，正花步、帐筵歌尘未歇。依约斟酌桥西，阳关更三折。归路远、灵根满载，恁和露带云亲缬。宅近玄都，崔婆酝熟，丹井香洌。

尽凄恋、灯舫风香，算江海、才流几诗杰。争奈岸花樯燕，绕巾簪啼别。枫叶冷、江空酒醒，定个人、晓风残月。坠梦难缀湘舲，碧波声咽。

木兰花慢

正江海发后，风力薄，雨声酸。又一片蘼芜，半篙新水，翠冷平川。廉纤，晚飔渍泾，恁杨花吹尽不成绵。沙渚承将蕙带，浪花高洒华颠。

蹒跚，何处浪游仙，啸破水中天。省平生坠梦，题襟挟弹，过眼蹄筌。冷然，荒江古月，逗度遥岑，窥户照幽眠。潮打山容不换，瑶弦听诉尧年。

瑞龙吟　酬陈术叔题依汀饯别图，亦用清真韵

关山路。曾是漠北行围，汉南攀树。凄凄霜月严，玉龙咽枕，滩声断处。

悄凝伫。还念盾头题柱，景星当户。针楼教觅侯封，拏云逸想，扳天自语。

因甚堂堂身手，剑环悬臂，沾巾蛮舞。重省汉家铜驼，城堞非故。鹦哥记否？哨遍箫关句。归来也、莎汀醉踏，桐廊珊步。目送冥鸿去。风云廓落，欢尘怨绪，揉断丝千缕。观自在、收身禅房听雨。晓钟撞堕，□床泥絮。

临江仙　闺思

无数云山无数水，炎风远上鞭丝。故山东望楚云低。简书星火急，何日是归期？

悔教封侯轻说与，近来心绪都非。郎行已过夜郎西。深闺梦不到，莫更怨莺啼。

金缕曲

贳酒宣南道。正花时、帽檐风影，玉骢嘶晓。华鬓萧萧薇省客，尘土十年腰袅。趁密院、杯深夜悄。铁板摧残君莫舞，恁醉醒不定何时了。憔悴损，此怀抱。

玲珑扇底红牙小。霭沉沉、樱桃斜地，旧时曾到。重听才人新传曲，紫玉一声云杪。只前度、狂奴易老。对影凄然还促别，念个人去去华筵少。人千里，共长好。

水龙吟

碧桃春水潭边，画船重倚桓伊笛。乳莺声里，养花时候，俊游能记。帽影风斜，钗光云腻，寻寻无迹。有枫人冷醉，霜天不老，是前度，啼红渍。

好是文章太守，尽风流、高歌岸帻。鸣驺按部，洞天卅六，人间仙国。殢我兰阴，空江采采，佩华烟藉。倚斜阳，听一声断雁，度芙蓉碧。

临江仙　同怀钦星垣对酒倚声

照水杨枝烟漠漠，蘼芜一道横空。画眉楼上喜相逢。满斟桑落酒，醉卧菊花丛。

鸱夷空有三生约，斑骓何处乘风。双文鸳锦倩谁通？梦回千里雁，欢散五更钟。

南　浦

离合恁匆匆，冷元宵，酣雪檐前飞絮。酒醒入离愁，莽江天、一夜征帆何处？巴陵小泊，鱼书索我回肠句。吟魂相赴，随流水桃花，送君东去。

遥知天际归舟，历建业残阳，秦淮夜雨。白发更哀时，叹尘劫、多少楼台无主。烟花零落，踏青凄断真娘墓。闲云且住。剩满目蒿莱，江山如故。

点绛唇　九日登飞霞寺，用东坡均三阕

此会年年，天涯载酒姿清宴。偏城水甸，步访神仙观。

冷醉枫人，霞采明天半。秋光远，觥筹飞乱，挨眼云山雁。

海内风尘，飘零乡国茱觞宴。柴门野甸，差近仙霞观。洞口飞花，流水销沉半。关河远下遗[①]

金缕曲 春风燕子图题词

生恐春光误。问者番、归来燕子，东风几度？垂柳如丝桃似锦，好更临风带露。又没个、蜂猜莺妒。只有闲愁抛不尽，怕游丝无力春难驻。花落也，向谁诉？

喃喃细语低低觑。怎销得、红红翠翠，朝朝暮暮。便约明年春事早，记取日边归路。莫孤负、园林芳树。任是秋风随瞬息，且双双偎倚天涯住。莽云海，有遮护。

以上《求慊斋诗草·附诗余》，1930年刻本。

① “下遗”二字，为原刻本所有。

吴 獬

吴獬（1841—1918），号子长，字凤笙，临湘人。光绪十五年（1889）进士。曾任荔浦知县、乡试同考官等。戊戌变法期间参与维新运动。一生致力于教学时间居多，先后在多所书院及师范院校讲学。

踏莎行

篮重腰酸，书多屋小，今年又作同林鸟。曾南吴北魏中央，谈天直到东方晓。

金铸缘悭，纱笼福早，荆山自是知音少。若言把握在人为，眼前稀饭偏翻了。

见《湘雅摭残》卷十二，岳麓书社1988年版。

陈　瀚

陈瀚，字裕楣，号子峻，一号德轩，湘乡人。诸生。有《剑闲斋词》。

蝶恋花　用欧阳永叔韵

帘幕杨花堆几许。轻薄东风，吹入浑无数。朱阁绿阴梦醒处，流莺巧啭章台路。

红杏开残春已暮。墙外飞花，芳意关难住。对镜卜钗频独语，并刀为我剪愁去。

柳色黄

太液池边，清露当春，疏影摇月。长条稚叶蹁跹，袅娜娇黄未歇。东风无奈，切莫吹近杨花，随云飞作芳池雪。但愿眼长青，管人间离别。

痴绝，翠楼人倦，望断天涯，斜阳一抹。容易光阴，已到深秋时节。新愁旧恨，纵有寄字飞鸿，梦魂难度江湖阔。这心绪千端，更何人能说？

三字令

春畹晚，雨冥冥，草青青。闭朱阁，倚云屏。喜还疑，昨宵梦，不分明。

鸿雁绝，剔银灯，坐三更。罗帐影，惜娉婷。怎能禁，明月夜，鹧鸪声。

酒泉子

燕子不归，愁带一江春水。卷珠帘，清涨起，去帆稀。

轻拢漫撚琵琶重，柱上盘金双凤。不须弹，弹一曲，妾魂飞。

西溪子

春晓锦衾香梦，斜飐玉钗双凤。画帘垂，新燕语。人未起，谙尽愁中滋味。消息梅花，在谁家？

后庭宴　登岳阳楼

倚棹微吟，登楼极目，岳阳千古君山曲。天际云影洞庭波，开船鸣鼓神鸦逐。

问他楼上仙人，酣睡而今已足。枕儿还我，料得黄粱熟。三醉竟何归，一樽湖水绿。

卖花声 寻黄鹤楼旧址

微雨武昌寒，春怯衣单。城头芳草绿无端。黄鹤楼荒仙去也，天上人间。

心绪已阑珊，更莫凭阑。汉阳烟树隔江看。只有孤云来又去，山外青山。

喜迁莺 汉口别云秋、恢元、研农、寿垣

惨分襟，孤客泪，还与酒同倾。烟花三月鹧鸪声，疏雨鄂王城。

帆乍张，人已远，忽忆去年游同返。洞庭湖里棹归舟，风浪拍天浮。

忆仙姿

金鸭沉沉如睡，春色早知人意。桃杏满芳园，细雨别时添泪。曾记曾记，门外柳花飞坠。

春从天上来 金陵怀古

城郭凄凉，叹金粉江山，付与啼螀。不堪回首，六代兴亡，难抵一枕黄粱。问当时宫殿，有多少、峙绕山傍？醉春风，但后庭度曲，三阁分香。

华陵乐游园囿，换几度兵戈，劫历红羊。井废胭脂，渡迷桃叶，添得一丈红蔷。算乌衣门巷，飞新燕、仍话斜阳。举壶觞，尽兰成哀怨，杜牧猖狂。

风入松 游莫愁湖

玉骢嘶入绿杨烟，并骑艳阳天。莫愁湖畔荷花满，送香来、罨画楼前。十里青山欲滴，一双白鹭如拳。

湖亭着我坐谈禅，人似玉堂仙。六朝金粉春深处，应添个、画桨楼船。载得莺莺燕燕，来游岁岁年年。

梦江南

清露重，独自步红桥。桥下灯船衔尾过，珠歌翠舞夜迢迢，蝉鬓锦鸾翘。

醉花间 为何子质题梅花美人画

空相忆，莫相忆，春已传消息。新摘一枝梅，花萼无情碧。凝眸把花立，心事何人识？昨宵清梦遥，揽带寻无迹。

燕山亭 云秋、恢元客游浙西，久未得书，旅窗暮雨，愁思黯然，为赋孤雁

孤雁离群，迢迢万里，无奈凄凉云树。顾影伶俜，迟下寒

塘，恁是哀吟暮雨。相唤相呼，误几回、关山低度。非误，记何处分飞，待探前路。

苦忆伴侣今宵，怕不是空江，芦花深处。吴山越水，相望盈盈，怎生飞鸣无据？写不成行，也为我、寄将愁去。休诉，正满目、寒江昏雾。

万年欢 京口北固亭怀古

策马登临，望南徐古城，何处宫阙。当日仲谋，雄视三分争割。铁瓮城高横弩，更秀耸，金山如发。无情是，流水青山，送将王气销歇。

句吴亭边水阔，问消磨今古，多少豪杰。北固楼空，那见飞燕出没。赢得神鸦社鼓，日暮助、寒潮呜咽。惊心说、黄鹤山头，杜鹃春老仍发。

雨淋铃 重阳舟过扬州，和柳耆卿韵

秋声悲切，到邗沟外，画桨初歇。篱边几许黄菊，全无聊奈，向人争发。为念隋宫楚苑，对斜阳呜咽。问曩日、杨柳长堤，三十六陂烟波阔。

无情流水催人别，况萧骚、又值重阳节。今宵何处歌吹，依旧是、竹西凉月。一霎琼花，只算、玉栏珠楯虚设。赢得了、数亩雷塘，莫与闲鸥说。

菩萨蛮　题关山夜月图

秋风吹醒天涯梦，秋心还与天涯共。明镜几时圆，中宵自在悬。

跨骝度沙碛，远视红旗白。芦叶夜深吹，冷霜风更凄。

摸鱼子　用稼轩韵和于莲生，即以留别

又几番、淡烟疏雨，随春今乍归去。天涯鸿爪飘零客，磨尽轮蹄无数。留不住，更莫说、青丝白马江南路。背人独语。算只有知心，雕梁燕子，向我啄飞絮。

当年事，已被婵娟贻误。东风错把人妒。思乡怕读登楼赋，得失鸡虫休诉。中宵舞，叹多少、卧龙跃马皆黄土。悲欢总苦。且去卧东山，白云流水，他日望君处。

沁园春

我有瑶琴，弹罢长歌，请君细听。愿弓弯霹雳，山驱猛虎；剑抽干镆，海砍长鲸。脱屣归来，封辞万户，长组丰貂一羽轻。林泉下，但三杯浊酒，一局棋枰。

园亭水石皆清，早已等浮云身后名。纵经纶管葛，规模千古；文章班马，根柢六经。钟鼎山林，干人何事，只算名山简册灵。推琴起，试开门看月，万里空青。

山花子　磈矶灵泽夫人祠

翠羽明珰袅梦魂，青山当寺白云浑。门外鹧鸪啼不住，向黄昏。

蜀地关山凝望眼，吴宫花草织愁痕。春水半江流不尽，泪阑干。

水调歌头　舟中望月，用东坡韵

当头何所有，荡荡有青天。照人今夜明月，又是几多年。且喜蕊珠宫阙，万里全无尘滓，不识碧虚寒。举酒酹江月，月影堕杯间。

倚窗外，歌击楫，且无眠。人生有几，难得明月向人圆。便欲醉时欢笑，那惜阴晴圆缺，万事古难全。歌罢凌风舞，清影惜婵娟。

菩萨蛮

雕梁紫燕栖香稳，画帘晴卷珍珠暖。细雨啄芹泥，燕雏花外飞。

风柔春昼静，学语桐阴浅。衔絮接新巢，朱楼玉剪飘。

海棠春　和秦少游韵

鸳鸯裁被红丝巧，梦未足、恼莺惊觉。花雨绿窗寒，银蒜帘波袅。

晓慵对镜，低头自道，隔院春归恁早。细验枕函香，昨夜消多少？

以上《剑闲斋诗文集》卷五《剑闲斋词》，1918 年陈尔锡北京石印本。

李　蓉

李蓉，字镜生，善化（今属长沙）人。有《篁韵斋词》。

南　浦

榷舍小园，薄有花木，霜露既降，景物萧疏，余寓此十有三年矣。暇日娱游，偶有感慨，词以遣之。

红叶晚萧疏，数胜游，西园屐齿频到。粉蝶恋芳菲，斜阳外、犹向暗丛萦绕。秋容艳冶，镜波低写芙蓉照。天云径窅。听幽韵轻敲，竹林风小。

阑干几曲闲凭，蓦枨触沧桑，凄凉怀抱。把酒醉黄花，琴尊畔、零落旧游多少。羁愁唤醒，鬓丝空戏茶烟袅。小山桂老。想石上题诗，苔痕谁扫。

念奴娇　秋柳

暮鸦啼断，对长亭风景，魂销无极。三月垂条临别路，青眼曾怜行客。几日西风，一丝残照，听彻蝉声急。悲秋怀抱，怕看憔悴颜色。

浑似解舞阿蛮，腰肢病损，慵困娇无力。惆怅风流将尽后，尚想灵和当日。瘦影惊秋，萧条如此，问有谁能惜。琅琊人在，料应感慨难释。

以上见《全清词钞》第二十五卷

陈启泰

陈启泰（1842—1909），字伯平，号癯庵，长沙人。同治七年（1868）进士，选庶吉士，授编修。历官山西道监察御使、安徽按察使、江苏巡抚等职。有《癯庵遗稿》。

浪淘沙　重过武昌

鹦鹉夕阳洲，点点沙鸥。大江日夜自东流。千古兴亡多少事，都付渔讴。

烟柳系行舟，莫问前游。一番风景一登楼。骑鹤仙人何处也？此意悠悠。

摸鱼儿　自题小象

趁留将、镜中遗蜕，子孙他日瞻拜。刁骚衰鬓今如许，豪气昔年何在。君莫慨，只一去西台，便隔仙凡界。蓬山不再。算畀汝铜符，十年赢得，局促此形态。

书中味，不必求他甚解。古欢聊契千载。龂龂汉宋嗤余子，文字亦轻流辈。词酷爱，又不近、风流小晏秦淮海。粗疏未改。惯西抹东涂，评量两宋，却喜稼轩派。

齐天乐 酬周石君集杜五言见寄

边风吹堕红云影，缄来浣花诗句。碎锦新联，零缣巧缀，一幅天然机杼。金城漫诩。怕晋帖唐临，江东偷据。却怪涪翁，百家衣笑半山语。

新声还继秀水，箧中蕃锦集，编又何许。杏谷吟箫，芦河谱笛，忙煞勺湖盟主。相思寄与。怅隔断吟朋，太行勾注。甚日西窗，迟君同话雨。

前调 樱桃，和石君韵

玲珑削缕穿珠颗，联成孟韩佳句。翠绾余春，丹流早夏，艳说华林千树。瑛盘细数。怅饮罢酴醿，岁韶轻负。赋笔萧郎，惠文冠合挂神武。

长安曾斗宴席，尽朱甜紫脆，纷错觞俎。听讲同餐，垂檐解结，消得银瓯丰度。愁□看汝。似笑破樊姬，茜茸吹吐。小玉当年，绛云无恙否?

前调 周石君以题画词见寄，依韵答之

画图消领林塘趣，蛮笺顿缄愁稿。雁字诗痕，鱼天梦影，都被凉箫吹落。余音尚绕。说旧日盟鸥，盼催归棹。阔绝江湖，倦鸿天外几时到?

星星华鬓渐改，问狂襟醉墨，题恨多少?笛谱鸳调，其淑俪

工词。琴装鹤伴，输与烟波垂钓。沙棠制好。试背指荒碕，菊花开了。莫负青山，片帆秋挂早。

绿意　芭蕉，和石君韵

风缅露沐，仗麃篱短短，遮断炎熇。凤尾阴添，莫误苔痕，瑶阶染遍浓绿。秋来惯响萧萧雨，搅客夜、樊川眠独。趁碧云、剪叠箫吟，寄与翠缣盈束。

何事愁心暗卷，听鹃诉未了，莺叹还续。远宦难消，懒赋游仙，醉看餐花溪鹿。鸾枝已醒罗浮梦，更莫问、旧栖龙竹。伴雪中、僵卧袁安，倩写右丞图幅。

摸鱼儿　和石君韵

眷枫菱、暮秋烟港，频年多负吟赏。凉蟾解慰乡心苦，送我梦归湘上。门挂网，认老树江村，听惯渔家唱。星辰夜朗。更倚笛霜桥，推篷月岸，好句觅三两。

思畴曩，同伴离情惘惘。天涯应念尘鞅。家园抛撇缘何事，赢得菊荒松长。闲伫想，算伴我销凝，绝塞惟沙莽。秋鸿递响。趁料理归装，呼来钓艇，云水弄双桨。

醉太平

香残茜襟，凉低翠簪。帘前小雨愔愔，压梨花梦沉。

鸳抛绣针，鸾停素琴。一鹃啼近楼阴，和东风怨吟。

齐天乐　题俞亦仙卧游图

少文游屐天涯遍，江陵病归抛去。剔藓云岩，攀萝月磴，回首鸿泥无数。丹青快睹。讶两戒山河，一朝庭户。理罢瑶琴，倦眠仍在啸吟处。

千秋同调有几，甚龚黄政美，偏寄遐慕。绝句龙标，清词石帚，写出烟霞情愫。携笻径阻。算梦狎渔樵，当还乡土。睡枕翻愁，早衙催画鼓。

谒金门

声不住，春在乱莺啼处。帘外海棠开半树，芳心如欲诉。

知是憎晴妒雨，道乞云阴护取。偏又绿章无一语，诳言春不许。

卜算子

草色渐青青，减了梅花韵。道是春来不称情，残雪都消尽。

睡起怯开帘，楼角东风冷。道是春来果称情，芳讯全无准。

高阳台　雨夜和韵

铎语沉秋，琴心隔雨，云阴晚幂凉天。悔种芭蕉，萧萧响彻层轩。宵寒不耐罗襟薄，渐催添、半臂轻绵。颤星星、碧蕊昏缸，凄伴愁眠。

模糊一枕春明梦，记芳期络马，紫陌尘喧。几度西风，暗中偷换流年。重来便续兰宵话，怕当时、径渺蘅烟。更休题、冷隔红楼，玉佩空捐。

金缕曲　有寄，用周石君感旧韵

细雨丁帘底。闷无憀、红蕤倚倦，欲眠还起。八尺桃笙冰样滑，不道宵凉如水。念往日、欢俦余几。一[自][1]秋蓬消息断，便零星梦影都休矣。谁更把，玉鞭指。

绵绵旧恨何时已？忆朱门、梨花一树，晓云春闭。早说禅心沾絮定，那又情难遣此。空悟到、蘋花身世。好倩宾鸿将翠简，道年来薄宦低豪气。君试取，洞箫倚。

虞美人　中秋客夜

凉更细数空廊度，袖泫然花露。云阴抟做客愁天，知是今宵人月几家圆。

木樨屏底钗光腻，影事零星记。炉香不断袅相思，梦也和烟飘剩一丝丝。

鹊桥仙

尊前浊酒，枕边孤剑，夜夜梦吞胡虏。古来麟阁几儒冠，

[1] 原本空缺一字，据文义补。

只赢得、头颅如许。

鸥盟负也，鸿飞倦矣，莫待催春杜宇。绿蓑青笠钓鱼竿，好归弄、湘江烟雨。

醉太平

鸳屏燕嗔，鸾销麝熏。画中猜唤真真，倚东风那人。

炉烟镜尘，帘波簟纹。绣丛低亚花云，是春痕梦痕。

高阳台

倦柳扶凉，凋梧堕暝，飘来何处商音？病里愁边，翻成一调凄琴。鬓云描尽春人影，甚黄昏、冷抱秋阴。剩星星、意也阑珊，梦也消沉。

齐宫莫问当年事，怕坠欢如叶，话到伤心。玉甃银床，暗蛩偏助哀吟。西风几日长亭道，便荒烟、衰草寒林。诉声声、别未多时，瘦已难禁。

念奴娇　云中怀古

方山北望，障鲜卑西部，乌桓南境。当日控弦过十万，蛮触纷争无定。鹿苑成尘，龙堆罢戍，谁问飞狐岭？韩陵片石，近添多少新咏。

遥忆捺钵宵屯，承天远御，压鬓宫花靓。今夜无忧坡上月，还似那时妆镜。凤去台空，玉垒银床，一例荒烟亘。边城坐听，暮笳犹自悲哽。

齐天乐 晋阳怀古

连城旧拥山河壮，风云帐前奔走。荆棘铜驼，尘沙铁骑，未了中原争斗。三垂把酒。叹事业蹉跎，英雄白首。鼓角灯前，百年歌罢泪盈袖。

鸦儿难得虎子，潞州军破日，山谷声吼。鞠部调莺，梅田纵马，只惜贻谋非旧。金钱为守。算庙矢还时，老奴真负。吊古祠荒，影堂今在否？

太常引 游晋祠

春游何处妥吟鞭？地喜晋祠偏。十里杏林烟，恰比似、桃源洞天。

危柯倚阁，小桥横沼，碧玉古时泉。鱼跃浪珠圆，共谁语？濠梁妙诠。

蝶恋花 度雁门关

曲涧危陂连复断。直到层颠，风景关前判。马上惊心秋已半，南飞才见衔芦雁。

塞草边沙经眼惯。勾注山灵，可识行人倦。铃铎郎当催向晚，湘天一角乡心远。

浣溪沙　元夕

月色微茫不肯明，从他灯火闹倾城，彩云低护一团春。

翠缕金光舒夜锦，钿车宝马蹴芳尘，有人闲坐谱新声。

阮郎归

琼觚闲弄便愁春，春愁愁煞人。山盟犹记语叮咛，情知真未真。

从别后，到于今，思量伤妾心。妾心郎意果分明，拼他愁更深。

摸鱼子　栾城旅夜

又无端、一襟尘土，匆匆游遍燕赵。携家早岁经行地，情事眼前堪道。春正好，记醉墨题诗，到处留鸿爪。韶华易老。叹此度重来，镜鸾何在，肠断旅眠悄。

黄门悼，幽恨绵绵未了。传言难托青鸟。芳魂忽堕羁孤梦，多诉别来愁抱。还一笑，问可有闲情，更谱求凰调。荒鸡唱晓。恨铃语鞭丝，扰醒残睡，重理复惊觉。

念奴娇　病中得仲弟书

嫩寒犹怯，问东风帘隙，春来几日？病待春苏春又病，愁恨满襟堆积。瘦管拈芳，凉箫语梦，算许闲将息。元霜捣尽，素娥谁倩偷得？

闻道云栈书来，平安寄与，河鲤双盈尺。睡起从头亲折看，说向萱帏欢剧。紫陌趋朝，锦堂归觐，来作燕游客。联床风雨，夜深重话情密。

蝶恋花 泊临清

旅泊清谈谁与共？赖有词仙，伴我倾香瓮。一穗短檠凝不动，今宵篷背霜添重。

官柳年年迎复送。闲恨闲愁，总是伊抟控。楚岫忽闻丹穴凤，新来又作觚棱梦。

减字木兰花 游莲池，和小汀叔韵

招携群少，莫惜尊前拚醉倒。官职诗名，轻重心头试一衡。

扶筇捉麈，况复斯游多旧雨。一语问君，应胜山中卧白云。

水调歌头 赠罗顺循

朱紫半腐臭，千载一江东。诗徒方外齐皎，文亦马班工。万卷只今安用，眼看横流沧海，倚剑气如虹。大醽起高论，谡谡坐生风。

身肮脏，心突兀，万夫雄。恨君相见何晚，别去又匆匆。努力湘阴事业，四海子由予季，政尔策平戎。白发老何羡，天外数归鸿。

南歌子 题马东垣来禽寿母图

衮蔚仙衣楚，缃晖女锦鲜。庭梧翔集捧觞年，应共添筹海鹤舞蹁跹。

驯雉觇童异，祥乌感吏贤。花绦双鸟映金萱，早又扶风佳话海东传。

摸鱼儿 留别吴挚甫，用辛稼轩韵

睠东皋、一犁烟雨，柴桑今赋归去。三年池馆清游地，胜侣招邀无数。君好住，尽抵似鸳波，一舸吴兴路。临漪笑语。看得意禽鱼，间关拨剌，那会别情絮。

功名事，千古儒冠总误。名山寂寞谁妒？河汾将相从游盛，一一相思难诉。中夜舞，要蹋倒三山，卷地还中土。阳关调苦。怕旧苑梁空，秋云作暝，愁绝燕巢处。

风入松 东明工次作

夕阳烘柳万丝明，一派乱蝉声。玉虹稳卧晴沙远，秋原莽、滞穗纵横。倦枕初惊雁到，一任鸦争。

巡方都水两无营，闲坐晚风清。日程偶辍虫鱼课，穿花径、还寄吟情。净室香炉茗碗，凉宵菊枕莲檠。

满江红　席间与友人论词

今夜尊前，为默数、千秋词客。应除却、旗亭胜侣，沉香仙伯。一自金荃开艳体，南唐西蜀弥纤仄。直沿流、争唱柳屯田，风斯极。

秦与晏，喧歌席。坡一变，融诗笔。怪当时乐府，俳谣错出。南宋名家何婉约，姜张吴史工堪敌。但谁饶、壮语压辛刘，锵金石。

水调歌头　寄怀王益吾

一别十三载，况复信音疏。知君眠食安否，豪兴近何如？默数平生交好，独子情投总角，子亦最亲余。那不重相忆，魂梦与萦纡。

子今者，传世有，等身书。诗文都若干卷，搜辑特其余。古义羞称贾孔，儒术深窥荀董，岂便老田居。海内望安石，丝竹漫嬉娱。

以上《瘻庵遗稿·词》，宣统元年（1909）铅印本。

徐树钧

徐树钧（1842—1910），字衡士，号叔鸿，长沙人。咸丰七年（1857）举人。历官江淮兵备道兼按察使，江南道、山西道、京畿道监察御使。有《宝鸭斋诗词钞》（诗词混编）。

满江红　乙未二月常山道中

茅店鸡声，苦催起、天涯行客。笑多少、贤愚舜跖，孳孳一辙。蜗角蝇头名与利，马蹄驴背朝还夕。叹人生、何事逐风尘，劳形役。

辽海外，榆关侧。鼓声死，降旗白。问新罗百济，谁家宫阙。事兆先机祸水覆，棋输后着和盘错。莽乾坤、忧愤塞心胸，天何说！

黄金缕

《锦绣江山图》，何愿船太夫人、幼源大令祖母所作。

记得春游浮画栋。绣出生绡，楼阁含飞动。渺渺烟波兰桨送，天孙云锦浑无缝。

十指天吴萦紫凤。压倒人间，妙笔荆关董。万里江山针九孔，传家八角诗楼耸。

满江红

颍滨汝坟道中，风雪大作，停车二日，冲寒上马，如行瑶林琼树中，光耀眩目，亦奇观也。

过了花朝，又踏破、层冰积雪。是昨夜、玉龙狂舞，惊飙奇绝。万顷琉璃平野产，千林珠珞悬空结。者散花、天女太撩人，迷行迹。

鸦几点，如涂墨。鹤一只，无人识。撚吟髭大啸，天然一色。粉本江山摩诘画，白描人物龙眠格。笑蒲轮、千里度银沙，盐车辙。

南乡子　襄城道中

落日照琼田，璀璨金光满眼前。万顷琉璃为世界，三千，满地琪花不论钱。

糁径白于棉，弥望盐池沃野连。嵩岳汝坟粉饰好，山川，高唱阳春白雪篇。

虞美人　岳阳楼口占

昨朝揽胜晴川阁，结想追黄鹤。今宵醉月岳阳楼，宛似滕王高阁送行舟。

铜柈捧出君山碧，游子归程急。夜深瑶瑟起湘灵，风定月明江上数峰青。

临江仙　卜蓬仙大令秋灯课读图

破屋寒蛩幽咽，小窗孤雁凄清。机声促断一灯青。月华秋万里，书味夜三更。

梧竹萧疏篱落，枌榆散乱林坰。家山烽火客魂惊。板舆今日养，茅舍少年情。

临江仙

丙申六月，太常仙蝶至余斋，苍绿斑斓。九月复至，黑质黄章。越日又至，青羽翠彩。《隙光亭杂识》谓“太常寺署蛱蝶三枚者”，次第见之矣。须之末有珠，赤如小珊瑚。每至，饮酒少许。既以西法留影，复倩素蕉禅师写《蝶仙三影图》，题《临江仙》一阕。

锦袂霞裳瑶岛客，天风吹下潇湘。羽衣五色幻文章。双珠须醮赤，四足翼黏黄。

日下旧闻千里至，微醺不碍清狂。山中弥勒一龛香。前身疑漆吏，妙手写滕王。谷山营葬，仙蝶随至山中，夜集佛龛中，葬毕乃去。

壶中天慢　题江建霞学使仙蝶图

神奇变化，似麻姑、狡狯人间游戏。几度蓬莱观水浅，来伴三青鸟使。瀛海仙班，玉堂清梦，影事当年记。潇湘重见，霓裳天半飞起。

笑我湖海闲人，惹蘧仙栩栩，浪游狂醉。云母峰头风日好，弥勒一龛同睡。妙手滕王，化身庄叟，色相浑无二。戴图朱画，羽衣章采犹是。朱素人、戴文节公皆画《仙蝶图》。

蝶恋花　竹鸡

不住竹林偏号竹。不管司晨，不听仙翁祝。滑滑一声天意属，须臾膏泽千畦足。

随意园林闲饮啄。耻入鸡群，得失争相逐。审量阴阳晴雨熟，日斜飞上花枝宿。

蝶恋花　锦鸡

独秀峰前曾耸翅。楼外枕湖，湖外山光翠。桂林官舍枕湖楼后园，锦雉自集。五彩斒斓冠绥异，文章岂向时人媚。

对镜偶然披锦帔。自舞自歌，自笑知希贵。赤鷩生来廊庙器，雕笼小住山林味。

金缕曲　秋日麓山采芝，宿虎岑堂

岳色秋来爽。问古今、骚人词客，谁为绝唱？六代伽蓝余落日，法塔经台草莽。只片石、邕碑堪访。韩杜高歌千载后，者山花山鸟都无恙。凌绝顶，鼓声响。

祝融紫盖平临望。陟湘亭、披襟把盏，天风浩荡。瞰郭万家纷蚁聚，底事附膻扰攘。洗不尽、烟霾雾瘴。好酌山泉清沁骨，共仙人白鹤长来往。紫芝曲，非非想。

浣溪沙 题东坡卷子，用原韵

蜀刻西楼十卷苏，残缣书髓付飙车，宋刻《西楼帖》世无传本，瑛南坡得宋拓残本二卷重刻，名曰《东坡书髓》。坡仙真迹世间无。
绿涨春江绵裹铁，黄州寒食字如珠，晚香堂里又何须。

浣溪沙 湘西晚眺（二首）

十月湖天穲稏香，新晴粳稻晚登场，菊花天气老农忙。
南涧蒹葭头已白，东邻柑橘色初黄，仙源认我是渔郎。

四面烟峦幂翠微，岩阿松桂掩禅扉，钟声摇出暮天低。
山色阴晴云变幻，溪流高下径迂回，白鸥黄叶一时飞。

又 秋日田家小坐（三首）

三里人家半里庄，桃梅橡栗锁松篁，银鳞队队跃池塘。
好鸟知音如协律，野花无主自流芳，朝烟暮蔼白云乡。

篱落轻阴柑橘黄，田园风景淡秋光，萧疏红叶点新霜。
桥下溪声穿曲涧，雨余岳色露斜阳，买山吾欲老吾湘。

雨过泉流瀌瀌鸣，晓来檐溜已无声，空山鸟雀语将晴。绿野人家红叶染，翠屏仙境白云生，有田十亩誓躬耕。

满江红　与易笏山游岳麓并送庐山之行

恼恨东风，播弄起、狂澜泱漭。把万古、清湘变作，滔天浊浪。波底灵均魂欲哭，日中魑魅歌争唱。笑壶天、遁叟遁何方，飘然往。

云麓顶，钟声响。隐逸气，英雄量。便凌风振翼，匡庐万丈。名士晚年归宿地，神仙道德虚空想。问何如、南学礼耶苏，朝朝讲。

又　题玉屏王壮节遗像

万里梯航，慕德化、远夷来贡。把名将、风流写照，须眉神勇。像为乾隆五十八年英吉利贡使马甘尼画。曾否百年人事改，坐令四裔天骄猛。问乾嘉、辅佐是何人，金汤巩。

海禁弛，神州送。商舶萃，兵轮拥。渐鲸吞虎噬，任他掺纵。中国更无司马相，上书只有长沙痛。对画图、慷慨忆将军，英灵动。

又　重九日天宁寺登高赏菊

瘦到黄花，最无奈、登高时节。四十载、悲欢聚散，云飞烟灭。尘世沧桑经几度，阎浮宝树消千劫。向西风、落帽问青天，天何说。

衡岳顶，烟尘黑。湘澧水，无颜色。望故乡渺渺，羁愁凄切。毒瘴拨开千里雾，清辉还吐中天月。便东篱、采菊也萧然，秋风客。

高阳台　题伯氏约园图卷

石瘦池方，楼高翠积，风流不让前贤。展卷惊看，珠还剑合依然。定香亭子慈云阁，忆前尘、如梦如烟。证奇缘、再泛星槎，月满湖天。

刘郎莫问当年事，剩曲园遗老，共话桑田。千树桃花，玄都观里争妍。名园盛事开天幸，尽画图、湖海流传。最堪怜、卅载光阴，陆地神仙。

满庭芳　与友订看花约

罥柳烟轻，滋花雨细，风光如此堪怜。清明寒食，容易又今年。试问海棠开否，东君意、酝酿绵延。看花约，三分春色，好趁二分前。

流连，君莫怪，轻寒勒住，培养方坚。忆国花堂上，早证因缘。几日蕊珠宫里，芳馨吐、香满诸天。凭栏久，频斟玉醴，春事叩翩仙。

又 花之寺观海棠

风景芳郊，云阴绮陌，古寺闲访花之。廿年前事，曾补杜陵诗。睡起晓妆无力，春光好、不似当时。阑干外，风狂雨横，特地把花欺。

相思，忆前度，花高十丈，锦艳千枝。那梵王宫殿，染作胭脂。重见牛郎到也，花应笑、少会多离。空惆怅，天涯旧梦，魂断有谁知。

采桑子 杨花（二首）

东风庭院飞晴雪，高下缠绵，卷地漫天，舞过墙阴又倦眠。
轻球似绮还如绣，既碎仍圆，触处萦牵，如此春光剧可怜。

楼台寂寞春将老，任尔颠狂，开本无芳，落后偏教断客肠。
飘摇心性随风转，惯逐韶光，堕入池塘，辜负飞扬一世忙。

临江仙 六月十日，偕黄鹿泉南池赏荷，并以赠别（二首）

一路蝉声弦管里，绿槐高柳阴浓。藕花依旧笑薰风。五年离别地，小坐又匆匆。

送子滇南天万里，伯劳飞燕西东。何年此处更相逢？梦回金爵月，人在碧鸡峰。

二十五年春梦醒，哪堪回首朝班。诗名高并点苍山。时平罗凤阁，碑访爨龙颜。

往日跕鸢愁堕水，只今庭院栏干。岩疆锁钥重边关。金沙通绝徼，铜鼓詟诸蛮。

蝶恋花　题朱子涵巩华玩月卷子

烟锁离宫云锁树。步上虹桥，匼匝山光暮。指点翠华行幸处，月明春夜征驼路。

转眼沧桑太匆遽。故国河山，尽是伤心句。回首旧游天末去，披图感昔增愁绪。

踏莎行

病骨惊秋，颓颜易老，不堪憔悴伤怀抱。带围宽尽有人知，笑说归田胡不早。

食爱羹和，书嫌字小，齿锋目力销磨了。平生百事不如人，升仙也怕难先到。

水调歌头　雪中观阵

亿兆玉龙舞，旷野冻云埋。江南江北名胜，满眼化琼瑰。元老冲风冒雪，壮士拖泥带水，快炮走天雷。贾勇俨临敌，军令泰西来。

驾桥梁，行滑汰，陟崔嵬。诸公衮衮，泥途冠履苦追陪。

哥哥行不得也，牵率老夫至此，帐下共徘徊。且作壁上看，胜负不须猜。

以上《宝鸭斋诗词钞》，稿本，湖南图书馆藏。

周　汉

周汉（1842—1911），字铁真，宁乡人。世袭云骑尉出身。曾佐左宗棠、刘锦棠管理营务，以军功保陕西候补道员。后挂冠回湘，因刊发反洋教宣传品被拘禁两年，出狱后卒。

满江红　邮亭题壁

十载饥寒，磨炼就、英雄铁骨。携大剑、挥鞭上马，卧龙起窟。祖逖渡江胡羯震，班超出塞匈奴怵。问千秋、吴市几枝箫，长行乞。

封侯志，天难屈。好男儿，□□□。□□□肯作，寻常人物。硬把脊梁高竖起，猛将胆力全提出。誓不能、万里建殊勋，生还不？

鹧鸪天

凉露萧萧下碧槐，夜深孤睡自敲推。嫦娥似怕惊人梦，故向床前悄悄来。

灯渐熄，漏频催，薄衾单枕费安排。相思万里知何处，别恨撩人遣不开。

茗缘　调寄人月圆

盈盈三五丰姿绝，茅舍竹篱家。行行瞥过，玉鞭佯坠，试勒金騧。入门笑问，尘中病渴，乞盏新茶。欲迎还避，禁羞待答，媚煞梨花。

以上见《湘雅摭残》卷十五

周翼杶

周翼杶，字德媗，湘潭人。有《冷香斋诗余》。

画堂春

春衫初试柳丝黄，雨余轻暖轻凉。流莺宛转促晨妆，啼遍垂杨。

芳草萋萋碧色，新花冉冉幽香。消闲无事下回廊，多少春光。

珠帘卷　春夜

珠帘卷，嫩凉轻，声声杜宇三更。临罢兰亭闲坐，风传檐马清。

深院花香细细，空阶月影盈盈。最是一庭修竹，添韵事，助诗情。

凤栖梧　春晚

转瞬春光三月暮。宿雨微晴，剪剪轻寒度。满径落英莺乱语，声声似惜春将去。

尚有蔷薇开几许。绿嫩红香，凤子双双舞。帘外花阴初转午，日长无事敲新句。

临江仙　暮春怀六皆妹

烟柳丝丝青妥，风花点点红稀。怀君无绪启罗帏。看他新燕子，仍向旧巢飞。

长日共拈彤管，闲时静理金徽。而今回首思依依。春光看又尽，何日见清辉。

菩萨蛮　晚眺

绣余闲步青苔院，暖风微拂珠帘卷。斜日下回廊，梨花淡淡香。

高楼闲自上，静倚朱栏望。片片晚霞新，盈盈月近人。

鹧鸪天　暮春口占

仄仄轻寒褪夹衣，清和天气夏来时。雨余新绿连云暗，风过残红满院飞。

焚百和，理金徽，新词自咏送春归。春驹不识韶华去，犹逐余香贴粉衣。

水龙吟 白桃花

雨余露井春生，飞琼夜剪瑶池雪。新妆照水，繁英如玉，几枝初发。洗尽铅华，消除尘垢，望中幽洁。但芬芳未了，枝头杜宇，偏只是，啼声彻。

爱尔丰姿清绝，倚雕栏、不言堪悦。玉兰沁露，梨花带雨，丰神终别。烟净池塘，日长庭院，莺声乍歇。趁东风试把，琼枝摘取，绿窗陈设。

十六字令 对月

团，一片清华映碧栏。诗情好，对影爱高寒。

清平乐 送春

斜风细雨，又送春归去。小院流莺时自语，似欲留春久住。

雨余绣阁寒轻，残阳却照疏楹。试向妆楼闲望，林园狼藉花英。

采桑子 初夏

阑珊花事春初去，雨过园林，翠竹阴森，尚有轻寒透薄襟。

绿窗日永人声静，曲罢瑶琴，宝鸭香沉，小立阶前漫短吟。

百字令 秋望忆家

登高眺远，见长空万里，水天一色。飒飒西风凉意动，恰是清秋时节。桂蕊香浓，芙蓉露冷，此际炎光歇。倚栏凝望，远岫暮烟笼碧。

林际几点归鸦，蛩声满耳，树杪如钩月。别恨凄凉吟未尽，目断云山千叠。岸柳萧疏，井梧零落，总是关情切。征鸿无信，此意待凭谁说。

满江红 夏夜忆慎娟大姊

小雨初残，蕉窗外、炎威半歇。试起卷、湘帘闲望，碧天如抹。一树蝉声清冷露，满庭花影婵娟月。最关情、栀子送清香，离愁结。

封书字，空亲切。思君意，难安帖。忆当年绣阁，相依时节。秀句频敲元话好，瑶琴漫谱清音彻。怅而今、云水隔千重，何能越。

夜飞鹊 七夕怀诸姊妹，和茹馨姑母原韵

长天已无暑，佳节仙期，妆罢自启帘帏。双星拜后漏声静，筵前凉气侵衣。飞萤乍来忽去，望银河浅淡，凤驾将移。含情不语，逐浮云、冉冉来时。

回首旧年情绪，今夕尽安排，花果蛛丝。何意关山阻隔，

清辉难见，尺素偏稀。秋容似洗，爱如钩月影迟迟。奈纷然离思，推排不去，转蹙双眉。

新雁过妆楼　新秋

酷暑初收。林园静、乱蝉远树清幽。岁华欲晚，梧桐又坠新秋。曲沼芙蓉半落，绣帏低卷下妆楼。引诗情，夕阳树杪，雁阵云头。

新词几番谱就，倚朱栏眺望，月影如钩。素纨慵举，侵衣凉意轻柔。纱窗篆烟半烬，爱素盎、芳兰气味投。知何处，起一声长笛，清韵悠悠。

减字木兰花　晚望

绣床初下，觅句闲行来晚榭。玉露金风，几树疏黄间老红。
夕阳林际，数遍归鸦还小憩。拂面香来，篱畔秋花次第开。

倦寻芳　秋日偶书

长天雨歇，秋意萧森，遣兴清昼。翠茗时烹，沉水自添金兽。卷珠帘，步苔径，苎衣薄薄轻凉透。讶年华，竟匆匆近了，重阳时候。

看篱下、黄花开遍，几阵风生，暗香盈袖。摘取归来，终日碧窗相守。一抹残霞天已暮，画屏秋静黄昏后。写风光，入诗囊，已成还又。

满庭芳 对月忆翰生妹

理罢残妆，晚凉轻透，小雨才歇长天。片云飞尽，明月映窗前。一片清华似水，吟望久、兴味悠然。星稀候，声沉万籁，清影十分圆。

无眠，更漏永，金风细细，玉露娟娟。正香添沉水，茶熟龙团。记得前时此际，虚窗下、漫擘红笺。相望处，山河间阻，别恨几时捐。

忆秦娥 上寿芝外子墓

风萧瑟，行程咫尺松林则。松林侧，酒浆一献，纸钱飞雪。

斑斑不尽啼痕赤，伤心此日空相忆。空相忆，泉台路杳，几时见得。

连理枝 冬晓忆敬婿妹

旭日虚檐映，梦转纱窗冷。素幕低垂，玉奁尘满，小妆慵整。对菱花不语、蹙双娥，奈归期无准。

薄醉浑难醒，可耐风声劲。旧恨新愁，别怀离绪，有谁能省？听天边嘹唳、塞鸿归，叠鸾笺问讯。

浪淘沙　月夜偶成

微雨喜初残，皓魄新圆。传书何处觅归翰？默坐小窗无意绪，试卷帘看。

风冷怯衣单，玉宇高寒。青天无际夜漫漫。对此清华增逸兴，觅句凭栏。

水龙吟　春日刺绣，与玉耕女侄分韵

长空小雨微晴，疏帘半卷东风紧。吴绵乍褪，越罗初试，轻寒犹剩。屏却烦嚣，闲描绣谱，深闺清静。正参差未就，垂杨解意，虚窗外，摇纤影。

绣遍春三好景，爱平林、绿阴遮径。粉蝶翩翻，花枝妩媚，雀儿明净。夕照低檐，针绒检点，香添凤饼。共推敲秀句，新词别有，一般清兴。

琴调相思引　送别少华妹

乍暖还寒雨后天，征鸿嘹唳别怀牵。可怜春半，南浦草如烟。

目断魂消人不见，意长笺短恨难传。不禁回首，清泪一潸然。

诉衷情 舟中寄玉耕女侄

轻寒酿就暮春天，风雨别怀牵。那更双鱼信杳，目断楚江边。

情默默，意绵绵，掷金钱。试问归期，是梅花后，柳花前?

烛影摇红 春暮寄怀慎姊

秋水长篇，锁窗闲自消清昼。楝花风冷惜春归，早是清秋候。小院落英铺绣。点苍苔、蝶翻蜂骤。惜花心倦，对景情牵，因花怀友。

雁足无凭，伊兰雅韵空回首。梦魂无奈几关山，后会应难偶。眉上愁新并旧。谱离怀、新声未就。路长谁寄，句短难宣，推敲还又。

蝶恋花 秋日忆孟翔弟

风雨萧疏秋欲尽。砌菊堆金，早又重阳近。过雁嗷嗷云际影，一声声起离人恨。

小院黄昏人语静。卜鹊凭蓍，望断双鱼信。万缕愁肠谁可问？遣排惟有拈新韵。

忆秦娥　秋夜怀归

秋容老，蒹葭露结寒生早。寒生早，罗衣欲换，玉釭低照。

清尊漫酌归心渺，追思往事愁多少。愁多少，吟蛩声细，塞鸿悲悄。

忆江南　病中哭母（二首）

秋意尽，风雨更愁浓。此日伤心徒饮泣，攀号莫遂恨难穷，望断楚山重。

嗟永诀，罔极痛成空。二竖销磨眠未稳，夜台清梦杳无踪，何处见慈容？

琴调相思引　答慎娟、静斋二姊寄怀之作，时筠心姑母见背

素锦裁成写恨深，一回披玩一沉吟。寸肠如结，血泪更沾襟。

过雁声悲残月冷，篆浮香霭碧窗阴。此情难遣，相忆定同心。

以上《慈云阁诗钞·冷香斋诗余》，同治十二年（1873）湘阴左氏刻本。

王先谦

王先谦（1842—1917），字益吾，号葵园，长沙人。同治四年（1865）进士，后升补翰林院侍讲、国子监祭酒。先后主讲思贤讲舍、城南书院、岳麓书院。编有《诗余偶钞六家》（又名《六家词钞》）。

摸鱼儿

梦游仙、步虚天远，联翩秦女烟雾。遗声散作人间曲，依约彩軿留驻。新按谱，试唱赌旗亭，尽让双鬟度。从今乐府，说水皱风吹，云微山抹，都是锦囊句。

真堪笑，老我儒冠不误，平生文字如故。嫏嬛曾记当年到，教作掌书都护。缘可悟，便绮语消磨，也胜闲情绪。前身印取，问佳到秦黄，干卿甚事，徒步海盐路。

此词系《诗余偶钞六家》卷首题词，光绪十六年（1890）长沙王氏选刻本。

何维朴

何维朴（1844—1925），字诗孙，晚号盘叟，又号秋华居士，道州（今道县）人。同治六年（1867）乡试副贡，由内阁中书改浙江候补知府，清末任上海浚浦局总办，晚年寓居上海。

摸鱼儿　用子大韵

半醒时、纸窗风透，一声声是春雨。元龙湖海平生念，销尽十分之五。谁绊住，此寂寞、江城归棹停何处。香温茗苦。乍织断愁丝，疏星几点，纤月挂帘户。

书生腹，哪及瞿塘富贾，扪来但剩清酯。仙源规作渔郎梦，怕隔万重红雾。春莫主，把曩岁、今朝醉折花枝舞。江山一缕。似紫燕双双，频年南北，来去逐飞絮。

前　调

初十夜，李冠卿军门招饮，筵上作此词。适子大明日见邀，先以为谢，仍用子大韵。

记来时、武陵江上，小桃花似红雨。扁舟摇入春烟绿，唯有白鸥三五。禁不住，又一样、韶华前梦寻无处。鱼香笋苦。只小阁深灯，金迷纸醉，羔酒笑朱户。

风尘外，倘遇鸡林韵贾，相携倒尽芳醑。天涯千古青衫泪，洒作满城愁雾。花月主，让君与、阿蒙并执螯弧舞。春痕万缕。愿绾定飞鸿，年年日日，重莫印泥絮。

摸鱼儿　子大明日约饮，先以是谢，仍用原韵

又他乡、早春时节，试灯风间疏雨。笙箫曾记天街夜，携得杖头双五。行复住，尽软绣、层层都是留人处。回头最苦。算十度蟾圆，琼楼玉宇，如隔万重户。

青衫客，莫等浔阳舶贾，愁来但饮芳醑。丝丝窗外垂杨影，影里半烟和雾。君作主，到明日、尊前帽插杨枝舞。闲身似缕。问早燕新莺，干卿甚事，将我比风絮。

齐天乐　用子大韵

东风几日无聊甚，壮怀吹得冰冷。旧梦江南，新痕燕北，接遍一时豪俊。荒城春暝。又想到天涯，上元灯影。懒寄双鱼，故人知我酒成病。

蛾眉一笑林隙，隔江山万叠，浓睡齐醒。贴岸芳芜，扑帘晴絮，知是几番花信。客愁缠紧。纵夜夜还家，踏残三径。忽地回身，却重衾裹稳。

齐天乐　次竟夫

貂裘匹马皋兰道，万山围向人冷。盾鼻风酸，旌头月落，

羡煞书生豪俊。蘧庐醉暝。尚疑是关前，群松动影。绝塞刀环，替君欢喜替君病。

圆圆一片明月，把琼楼玉宇，仙子惊醒。倒尽金卮，击残铜钵，道是天涯谁信。柝声偏紧。有十万红珠，照吾归径。水调飞来，更情深韵稳。

武陵春 用砚怡韵（四首）

一月东风闲不住，人日又元宵。三两桃枝不用浇，丝雨太无聊。

枕上新情搀旧绪，搓作几千条。病起何人慰寂寥，长昼酒中销。

芍药台边榴子树，瘦得不成春。梦觉微闻屣齿声，门外总红尘。

归燕梁间频注目，是否去年人。绿遍瀛洲草似茵，何事尚儒巾？

城北城南天漠漠，无数绿杨枝。一度风光几度思，记得乍来时。

扇影衣香江岸路，莫负踏青期。醉上旗亭不自知，当作小船儿。

灯火天街铺软绣，厂甸几回过。一路珠帘影翠娥，明月帝城多。

梦里关山千万叠，风管更云歌。浣尽愁肠奈醒何，人事去来波。

烛影摇红　步子大消寒十集咏红梅韵

举举亭亭，柔枝刚称花瓷小。晴痕千缕护棂纱，有恨都难到。莫教相思瘦了。倚薰笼、和伊到晓。重帘梦转，低问双鬟，是谁偷笑？

涡晕黄娇，夜来消去寒多少。绛唇争似旧年春，自向菱花照。可剩香尘未扫。怎禁持、红愁满抱。玉钩斜畔，草绿深深，几人知道。

烛影摇红　和松庐，用子大韵

记得亭前，荷花遮住鸳鸯小。干卿何事却惊飞，是处都寻到。刚道秋心倦了。又西湖、霜晨月晓。远山眉黛，可似曩时，临波微笑。

幽梦香酣，小桃枝上啼莺少。管他门外几分春，付与斜晖照。只有垂杨翠扫。向东风、推襟送抱。者般情致，若个无聊，肯和伊道。

沁园春

初度日，同人醵饮砚怡斋，招小芗侑觞。子大成沁园春词，即次其韵，兼示小芗。

今夕何为，把酒高歌，醉眼生花。笑千金骏骨，当年意气；一枝鼠尾，此日生涯。落落襟怀，茫茫身世，小住湖山便是家。婆娑甚，似西风一树，褪尽才华。

青衫泪洒琵琶，叹汝也飘零命似纱。问铁笛银筝，英雄谁在；鬓丝禅榻，尘梦同嗟。举世瞢腾，凭君游戏，隐约仙鬟拥髻丫。无言处，看狂奴颠倒，佩落簪斜。

沁园春 子大初度，同人会饮三雅亭，再用子大见赠原韵

跌宕程郎，其气如云，有笔如花。正天中节后，命俦啸侣；幽亭一角，在水之涯。四面荷香，双拳鹭小，已到江湖深处家。蹲蹲舞，乍回头记我，二十年华。

旗亭惯听琵琶，问坠句何人护碧纱。只而今落拓，臣狂谁及；识君慷慨，有酒何嗟？雨过天苏，风来月醒，树杪遥山露髻丫。凭阑望，怅芦花人远，扇影秋斜。去年觅荷于此，时已立秋，东阳、镜芙今俱入省矣。

凤凰台上忆吹箫 李易安小像

锦帕词新，双溪春晚，一生慧业修成。甚面同秋瘦，眉锁山横。满眼河山血泪，帘卷处、霜鬓飘零。休回首，烹茶赌史，剪烛谈经。

凄凉，断缣剩楮，偏付与千秋，重订诗盟。自披蓑顶笠，雪满高城。几代兴亡阅尽，唯今日、江上峰青。凭谁问，六宫

粉黛，寂寞香名。

八声甘州　用玉田韵，赠黛如

隔帘春一笑蹙眉峰，还带几分秋。问年华似水，娉娉袅袅，豆蔻梢头。未解琵琶心事，枫叶荻花舟。醉倚银屏底，学按梁州。

谁识三生杜牧，正苍凉鬓影，燕恼莺羞。任垂杨绊客，重作探芳游。争忍把、玉尊频劝，对青衫、容易说漂流。凭记取，枣花庭院，墙外僧楼。

以上见《何诗孙手书诗稿·附词》，1925 年宁乡程氏鹿川阁影印本。

张百熙

张百熙（1847—1907），字冶秋，长沙人。同治十三年（1874）进士。曾官工部、礼部、刑部、吏部、户部、邮传部尚书，管学大臣。

浣溪纱 过国大夫祠

斜日鞭丝过湑川，舆人犹诵大夫贤，访碑东里踏秋烟。
芍药洲边喧社鼓，李桃花下奏神弦，灵祠香火亦千年。

见《全清词钞》第二十七卷

舒佐尧

舒佐尧，字唐陔，浏阳人。诸生。曾参与编纂《湖南通志》。有《湘芬阁词》。

垂杨 秋柳

繁华梦短，剩翠篷倦客，抚柯长叹。万缕寒烟，绣春亭外年光换。东风几树流莺满。旧游处、绿阴池馆。更休提、枚叔风流，便赋情都懒。

频向长堤望远。料波冷灞桥，雨荒隋苑。瘦马关山，问谁来作斜阳伴。边声又听胡笳怨。蓦勾起、别愁无限。空教泪洒金城，人未返。

疏影 梅影，和玉田

流云渐薄，乍冻蛟隐隐，檐际频掠。恰洒疏花，搀入黄昏，和烟半吐依约。明蟾欲画孤山句，看墨晕、银墙才着。悄印成、一样横斜，记得水边篱落。

寒透湘娥缟袂，镜中渐瘦也，幽梦谁托？玉佩珊珊，疑有疑无，幻出冰魂偏弱。琼枝却在溟蒙处，误折向、雪深阑角。点翠钉、邀入娉婷，伴我绮窗孤酌。

以上见《全清词钞》第二十七卷

胡元仪

胡元仪（1848—1908），字子威，号兰茝，又号南窪牧叟，湘潭人。拔贡生，从广东学者陈钟山游。官湖北某县教谕。有《步姜词》二卷。

洞庭波

洞庭古云梦，楚之巨浸也。湘、资、沅、澧四水注焉，故名五渚。《战国策》所谓“秦得荆洞庭五渚”是矣。春水涨发，则受四水以吐于江。盛夏江溢，则吸江水以纳入湖，此洞庭之妙用耳。入江之口，在巴陵之城陵矶。洞庭俗称东湖，咸丰末，石首南堤决，江自藕池灌青草湖（俗呼西湖），急湍奔悍，西湖之腹，竟为江水支流。同治以来，益阳、沅江围田日沦入湖，撄江流之锋，随之而倾也。沦水之田日多，湖泥日积，江又夹沙而来。江至沅江，水已弱矣。东湖水力，足以拒之。折为回溜，华容适当之，故南洲沙泥，日积日高，日高日远。过龙阳，抵武陵之境，所侵湖波日广。安乡卑下，居洲之侧，水患频仍，势必然也。南洲之泥，既成老岸；沅益之田，化为深渊。东湖水力足以拒江者，日趋而西，江水不得深入。迩来西湖处处阻滞行舟，江泥积高湖底也。此三十年来，湖水变迁之迹，由二十年前计之，惟有塞藕池一策。由今计之，不二十年，行当自塞矣。湖南之粟，岁供湖南之食，可余十之四，以济长江一带。所余之四，大半出自湖田。南洲长数百里，开方计之，盖数千里。收获实倍乎沅益所沦之旧，乃湖南之大利也。又可分食邻封，利又岂止湖南耶。官斯土者，宜因利而利之，慎勿扰也。与人论及，因以白石《扬州慢》写之，名曰《洞庭波》，纪其实也。

五渚风清，三湘云静，征帆渐改初程。藕池江灌入，浊浪斗湖青。正溜捣、沅江半壁，桑田成海，涛力如兵。看鱼龙、白日骄游，时上层城。沅江、益阳。

回流既软，拥沙泥、淤积堪惊。恰付与膏腴，华龙地瘠，天亦多情。逼起湖天波激，栖林薄、雁叫声声。谓安乡。羡南洲千顷，炊烟万缕齐生。

长亭怨慢 咏絮

是谁搅起飘零絮？惯逐梨花，乱窥庭户。作态漫天，便乘风，不计何许。点波时化萍泛，那能归树。纵贴半池青，慢赢得无根如此。

疑误，讶滕王图画，蛱蝶翻飞难数。回空拟雪，笑谢女，把伊分付。最恼人，别恨重重，荡起这离心无主。解意有莺儿，同诉情丝千缕。

角 招

长沙湘春门外碧浪湖，五代马氏会春园遗址也。后建佛阁，咸丰初，毁于兵燹。近稍修葺，游人屡顾。丁亥春，与陈伯严、涂次蘅会饮湖上亭。遣奴招王雁峰，误之他室，雁峰不与，遂有“碧浪湖中多鲫鱼”之句。郭筠仙侍郎闻之曰：“奚奴之误，诸君何尤?”乃有“城南诗老掉头去，钓竿鱼尾不相值”之答。佳话一时，风流云散，至今六年矣。春日再至，侍郎已没。伯严侍亲鄂渚，次蘅作吏辽阳。景物不殊，怅然有作。

东风瘦，依然软，绉微波碧色匀柳。窥人湖外岫。记得当年，尊前叉手。钓竿不值，任鲫尾翛然千亩。一杵钟声袅袅，待看古佛无言，也为人低首。

竹影交加满袖，曾留客处，不改娟娟秀。又夭桃红溜，社燕归来，当春时候。斜阳仍旧，浸入湖心浓胜酒。笛韵悠(阳)[扬]谁奏。试评论百年心，山阳后。近与萧希鲁曾论及郭侍郎。

淡黄柳　春晓登长沙城南楼

霞红半角，露脚斜飞陌。袅袅帘飘风测测。目送征舆缓缓，景似风尘梦中识。

小楼寂，暖日烘寒食。浪吞堤，柳封宅。溜莺声已是春迟色。莫嫌春晚，年年长在，春染三湘自碧。

湘　月

己丑春，与汪隶圃同客武昌赵使君。所居有藤花一本，绿阴成幄，尘氛自远。相乐论文，于兹三载。夜永忘息，乌代兔明，不知有别离之苦也。隶圃仍客武昌，余反长沙，书札时通，究殊握手。近读《通鉴》，讨求世变，不能奋飞与闻清论，情见乎辞矣。

重湖远隔，怅暮云，无限悠阳情景。一样南楼，想不改、宾主欢娱乘兴。倦饮研朱，钩玄展帙，独自闲斋冷。双瞪青眼兴亡，千古如镜。

空展几度来书，霜华侵鬓，离绪团成阵。芳草天涯今日感，玉尘前番相胜。月落藤阴，灯昏烟霭，梦破浑无信。而今何事，寺钟撼动还省。

凄凉犯

时已三月，雷霰交作，寒甚如冬，歌广异闻。

阴霖恣虐，春残勒，花风几番萧索。苔方润础，柳乍窥楹，云开一角。晚晴甚恶，到午夜衾绸自薄。听窗前、淋淋淅淅，带梦入溟漠。

晓色沉霾，送叠鼓雷骄，跳珠霰乐。呢喃燕语，疑误是、巢泥错落。万象凄凉，把肌粟逢人撒着。甚东皇、揽辔倦矣，日轮约。

惜红衣

柯敬仲画竹小幅，环节卷曲，右枝上出。自跋云："此法极难，非积学久不能也。"间临一本，因题此解。

运腕生风，卷枝向日，具千钧力。写出娟娟，长依楚天碧。

纳凉时候，还记取、曾留佳客。人寂。月上云阶，漏画工消息。

剪裁烟陌，一段清光，扫俗纷狼藉。湘妃庙远，遗恨阻湘北。落翠偶穿沙底，定误白龙游历。是笔痕谁染，古泪自匀春色。

徵招　题白良玉写姜白石象

少年俊爽游湘浦，依然老仍居士。事未了人间，剩须眉如此。高风今渺矣，惜孤负、凤鸣幽思。圣宋铙歌，乐书曾上，雅音犹是。

回忆望松陵，情豪宕、垂虹雪夜情味。击楫拟吹箫，叹波澜莫二。小词千古艳，更谁省、黍离忧致。传画手，一样丹青，较胜凌烟计。白石有凤鸣虞廷印。

玲珑四犯

春雨经旬，且息奔走。子正主讲万县白岩书院，子瑞主讲攸县东山书院，相继而出。夜窗听雨，离绪纷如。用越中岁暮韵。

夜雨捣愁，春寒剪梦，东皇何意如许？一灯拼坐久，壮志无今古。登楼不堪再赋。喜而今、帆归湘浦。座拥书城，腰支铁骨，暂息陌尘苦。

心犹荡悲行路，听分飞雁唳，凄黯侵户。甚无情湘水，惯送人来去。奔驰莫怅涛痕险，要淘炼，文章羁旅。慢容与，天涯定欢多胜侣。

侧 犯

子正携彦玮之白岩书院，扬帆六日矣，歌此寄怀。用芍药韵。

送君已去，离心尚逐征帆住。风雨，想独戍临江吟秀句。巫山峰十二，都是曾经处。寄语，早云雨纤除待相顾。

精庐轩敞，问难应欢舞。更念稚子追随，习礼躬尊俎。桃李成蹊，飞花无数。吾道西行，师承有谱。

探春慢 春日追念荆襄旧游，用别郑次皋、辛克清、姚刚中韵

宋玉祠荒，章华宫圮，苔痕浅绣郊野。地控襄樊，波清睢汉，又逐隆中驻马。怅霸图消灭，壮怀对、溪山吟写。草庐无恙人间，寂寞刘郎佳话。

三载车轮历录，空击碎唾壶，豪情自把。慢赋归与，倏惊时换，梦触当年游冶。啼鴂声声起，早已见、乱红飞下。笛弄斜阳，冉冉做成春夜。

庆宫春 春望有感，用诣梁溪韵

松籁吹竽，柳丝挥麈，片云卷争天阔。无恙春山，怜人寂寂，送青飞堕木末。倚楼长眺，叹来去征帆竞发。名争竹帛，利逐锥刀，乘涛相压。

试问衮衮诸公，圣代升平，涓埃何答？慕膻悲蚁趋，焰怜蛾，拍岸海波谁遏？曲终人近，恐已负、凌波罗袜。洞庭渺渺，剩有清风，吹予一霎。

永遇乐　与汪受明夜谈赋赠，用次韵辛克清韵

酒不空尊，书长在手，乐无逾此。自审才疏，儒冠非误，耻逐蝇头利。独抱冬心，勿希狗曲，堪笑争春桃李。五千年讨求透彻，古今大半游戏。

尧仁桀暴，同垂天宇，善恶去从何计。赐也连骑，回兮陋巷，一窖尘埋地。口诛笔伐，论褒说贬，付与雌黄哄蚁。却谁知、寒灯共话，两醒未醉。

卜算子　（八首）

余悼亡八年，远道归来，逢春怅触，漫填八阕。用梅花八咏韵。

久客乍归来，马厌崎岖路。不向城中争斗鸡，闭户浑无语。
追忆少年游，旧梦无寻处。瘦尽垂杨缕缕丝，春色何堪赋。

燕语掠帘低，莺转迎风迥。万古春归人不归，春袅茶烟静。
行遍曲阑斜，都是伤春景。寂寞梨花当絮看，辜负东风影。

雨溜碧苔鲜，云湿青山覆。一片风光似昔时，鸟弄惊人瘦。
晚霁月临窗，梅影描难就。恻恻春寒惯恼侬，沁上眉心透。

胜会已流云，愁绪何时雪。冉冉王孙草并生，根自重泉彻。
芍药亚阑红，夜雨风吹折。乞取春阴欲护难，举目增凄绝。

吹尽柳绵时，返照侵篱落。底事情怀荡不开？推却终难却。
变调写琴丝，幽咽商声恶。蛱蝶飞飞绕故丛，晓梦何年觉？

冷艳吐银缸，顾影人儿样。浅立中庭月上来，惆怅成孤赏。
皎皎素娥明，碧海青天想。小滞春寒北雁迟，哀诉云间唱。

香袅篆痕消，漏永铜龙咽。天上星辰夜夜风，不管人离别。
露滴古松根，心迹同高洁。魂断凄迷咏未成，有恨将谁说。

窈窕画楼空，帘卷东风细。检点晴窗自著书，领略闲中味。
哀乐有乘除，敢道天公醉。太上忘情病未能，不解南华意。

虞美人

天心阁在长沙城东南隅。咸丰壬子，粤匪窜长沙。仰见此阁，以为城门，竭力攻之，俄悟其非。城中得以具守备，斯阁之功也。登而感焉，遂歌此解。用括苍烟雨楼韵。

飞甍杰出层城背，岳色年年翠。萧萧故垒久蒿莱，抵住蒙冲锋镝一时回。

熙熙共逐城边路，芳草黏天处。洞庭波远倦游归，唯有呢喃梁燕说前非。

点绛唇 闲斋坐晚，用丁未过吴淞二词韵（二首）

昊宰何心，云烟过眼纷来去。玉阶凄苦，败叶揉成雨。
雁燕分飞，南北何曾住。愁如许，抚今追古，蝙蝠巡檐舞。

竹待人归，清阴未改寻诗道。向余吟啸，不是当年调。
黑白云花，鬓影相形老。斜阳好，回光能到，天意怜幽草。

鹧鸪天 题白石词笺，一用苕溪记所见韵，一用平甫初度追念旧游韵（二首）

贾谊宏通抗古人，缘何落拓老关津？汉文有道恩犹薄，回首松陵误此身。贾生欲改制度，卒以赋名。白石欲正乐律，卒以词名。

情抑塞，自堪颦，小红低唱可怜春。大才几被文辞掩，绝响凌霄遏断云。

洗去筝琵俗调来，高斋春静对莓苔。郑笺不恨无人作，覆瓿玄亭酒一杯。

时乍换，雨肥梅，自书自勘自徘徊。分明旁谱遗音在，几度推寻雪鬓催。

蓦山溪　题吴称三石笋山房图，用题钱氏溪月韵

青青石笋，几别游山屐。翠落草堂开，梅柳是，先生自植。候门稚子，久俟客归来。云漠漠，鸟空回，闲杀楼千尺。

频年奔走，仙境何由觅。即此是桃源，莫孤负、松竽筱笛。卧游畅好，把笔待题诗。吟未上，意先迷，使我长相忆。

虞美人　山行咏兰，用牡丹二词韵（二首）

菲菲芳袭东皇醉，日色薰晴细。暗持幽气绕林吹，喷起骚魂飞上百花枝。

春风长养应怜惜，掩映湘岩侧。得移三径伴莓苔，慢与同心高洁诉将来。

孤芬自保坚如石，独自亭亭立。游蜂搜采到岩花，贡入君王不遣白云遮。山蜂采百花，皆夹于股，唯兰必顶于首。土人云：采兰必献蜂王，珍其品也。

而今纫佩谁堪摘，空谷无行屐。莫教樵斧慢相寻，羞羡群芳轻付爱花人。

翠(栖)[楼]吟　初夏

鼎沸茶笙，帘抛燕剪，因病得闲天赐。鸣禽催割麦，更添

部，池塘鼓吹。曲阑时倚，看云卷天青，窗含山翠。吟怀丽，地偏苔静，槐阴风细。

忽底，清咽新蝉，已饯春花谢，几番游戏。游蜂知向暖，浑不解，春归千里。大都如此，待炼就琴心，自饶仙气。浮云外，翩然一鹤，晚霞开霁。

霓裳中序第一　四月十六日作，用丙午留长沙韵

嬉娱不可极，此日韶光人共得。而我抱惭努力。甚莺倦蝉勤，花流萍老，将愁抵隙。纵百年、原是行客。今方壮、两行鬓雪，惆怅镜中色。

岑寂、夕阳笼壁。惯染就、云霞似织。优游长此匿迹。谷倏成陵，海更变陌。往年无止息。但把酒、临风眼碧。沉吟久，苍苍何事，偃仰玉衡侧。

清波引　寄子正万县，用岁晚湘浦观梅韵

寒生南浦，正江涨、悬流竞舞。白岩何许，湿云助岩妩。叠叠沐痕鲜，翠拂帘旌来去。登临无限乡心，况身在、聒猿处。

平安寄与，甚芳序隙光骤度。如鱼饮水，冷暖自能语。蒲觞泛澄碧，荡破一天风雨。忽地西望霞红，惹人离苦。

解连环　忆彦玮，用无题韵

昂昂千里，便追随蜀道，又添离绪。侍而翁肄业弦歌，更

将放胸襟，远瞻山水。我惯风尘，曾相送泪痕如洗。故园欣小憩，兰秀庭阶，老夫长记。

乾鹊舞檐宿霁，得来书细审，良日休弃。书绾引、斜走龙蛇，纵出语无多，足征情至。寄语丁宁，问近日、旅怀恁底。好禁持，夜寒昼暑，节餐稳睡。

八归 送寄禅和尚返衡岳，用湘中送胡德华韵

境因定得，词由慧遣，弹舌妙谛不歇。凉招岳色云屯户，还又钵降龙静，梵皈虎切。喧寂两忘随出处，有蕴芋，红垆谁拨？拟着屐、踏遍云根，了义印啼鴂。

次第禅心未款，法缘欣晤，刚慰三年离别。锡寒波远，性澄潭寂，返棹严持贝叶。看纤尘不染，浣露周身透芒袜。敲门候、磬摇烟袅，山暝猿愁，藤萝初挂月。

念奴娇 竹帘，用谢人惠竹榻韵

房栊垂碧，浪粼粼，隔断一庭烦暑。可惜笛材成小用，招得清凉如许。节乱纹斜，钩含门曲，巧作盘龙趣。融融日午，此君独伴吟苦。

犹记待燕归来，画堂人静，秋思惊先遇。花影移来摇不定，荡起庭波三亩。槐阁阴浓，蕉衫风软，挂住斜阳处。乌云一抹，催诗兴，卷飞雨。

念奴骄　竹簟，用吴兴荷花韵

含漪八尺，荡清泠、走避虱俦蚤侣。共叹琉璃黄润玉，石枕藤床难数。凝滑无瑕，生秋有韵，满背浑疑雨。潇湘回梦，兜凉应逗诗句。

鳞鳞叠叠森森，班班泪渍，楚怨磨难去。向晚细听荷露滴，更感迢迢银浦。元九情多，魂销双锁，独自花阴住。卧看脉脉素娥，光掩归路。白乐天诗："织成双锁簟，寄与独眠人。"注云："元九鳏居。"

齐天乐　咏蝉，用蟋蟀韵

萧萧鬓影何堪赋，哀吟待将谁语？晓月凉归，午槐阴直，一片消魂何处。关山惯诉，有举臂螳螂，别生机杼。叫彻斜阳，过枝曳曳缫愁绪。

今逢故园宿雨，绿芜庭院寂，秋远砧杵。晴曜无尘，腹枵资露，流响疏桐无数。调高天与，叹音邃风微，唱予和女。倚遍阑干，更沉沉剧苦。

洞仙歌　咏晚香玉，用黄木香韵

搔头误识，斜坠纵横雪，莫笑沾泥贴繁叶。问待谁挹秀，长傍琼楼，邈姑射、仙人含情对月。

何人能得见，香度帘栊，品与梅花证幽绝。绕砌起蟠龙，举首申申，之而戛，玉排银鬣。笑水仙，徒自负凌波，照影弄明珰，垂芬庸劣。

法曲献仙音

节届小暑，阴霾不开，湘江暴涨，夜坐如秋，为赋此解。用过张彦功官舍韵。

鲁酒斟馀，汉书读罢，珠斗挂檐低处。小暑无欢，凉飙有兴，秋心顿越庖俎。叹阴盛阳衰久，赤帝投衡去。

天回顾，岸沙江水宜分计。何忍令、鱼上屋游酣舞。岂海市成楼，感妖祥灾应如许。风讼云诛，甚惊人、空负旧句。算愁丝万缕，抵过经旬淫雨。

水调歌头 怀澂重游汉口，书至寄答。用富览亭韵

大笑返(逢)[蓬]筚，衡雁抱峰回。凉飙慰人索处，一纸忽飞来。省识故人无恙，汉上重寻旧梦，烟月两相猜。无复斗词笔，遗韵落琴台。

意千重，书宛转，愧无才。赢得虚名如雾，山色倒盈杯。不效刘郎抚髀，独向芸编驱蠹，三径遍莓苔。聊以适吾适，将谓之何哉。

以上卷一

念奴娇　题张叔渊江天鸦阵图，用毁舍后作韵

吴天楚岸，听淙淙浪打，岩戛环堞。独树维舟心自远，千顷芦花飞雪。雁宿寒汀，鸦团秋阵，步武孙吴辙。关山泠落，不堪羁旅情切。

西风吹淡斜阳，销魂万点，盘辟真奇绝。如蚁无声云外肃，直过黄昏时节。景物依然，是谁入画，旧梦翻明灭。待余重忆，黄冈前岁烟月。

水龙吟　夜坐闻雁，用和黄长庆夜泛鉴湖韵

秋心静到参横处，遮莫邻鸡初起。来宾有雁，数声凄怨，搅人情思。小别经年，鬓华偷换，凉痕似水。想连翩瘦影，关山飞越，观时变，金商里。

五渚风烟未改，聚圆沙、呼群堪喜。蓼汀又是，疏红冷月，相随波底。玉宇寒深，朱楼梦浅，乾坤如此。待谱声，写入瑶丝，目送云罗千里。

夜行船　题王石谷寒溪晚霁图，用北山寻梅沈氏圃韵

暝色横溪烟欲度，带烟中、好山无数。乍灭还明，似浓仍淡，辨不出昏黄处。

竹响摇寒天送暮，听飞鸦、疏林相语。盘石如人，寻诗有

路，尺幅把伊分付。

少年游 花影，用戏平甫韵

一分月色，一分花意，和梦驻阑西。风卷还来，露溥不湿，摇荡已多时。

流光谁挽，吹笙何处，幽抑落前溪。片片愁痕，依依心事，滋味少人知。

摸鱼儿 对月，用辛亥秋期露坐月饮韵

数姮娥、几番圆缺，露零飞度金井。银蟾讵解人岑寂？惯吐流辉到枕。谁能省？已断送、年光宛转轮还整。铜龙漏冷。又万籁缄喧，一天如洗，此味怎堪领。

空涵彻，大地山河炯炯，苍苍茫茫千顷。来宵杀满晶球侧，举酒邀留难请。情怀迥，看片片、风梧打碎闲阶影。壮游莫问。剩绕树鸦啼，勒寒钟远，独自抱愁饮。

蓦山溪 咏归燕，用咏柳韵

西山致爽，霜信催梁燕。主盼有光辉，待春风、飞飞相见。消魂何限，林暗咽残蝉，低画阁，送邮亭，别思凭伊管。

辞山归海，剪恨流云断。弦语逐征樯，远看人，趋炎易散。江波澄练，留爪忆吴宫，蘋贴水，苇黏天，一片秋声乱。

江梅引 有感，用丙辰冬留梁溪韵

月明如水浸愁时，上花枝，惹相思。记否白河斜坠笑分携。犹是小阑低凭处，漫徘徊，肠千结，只自知。

雁书莫达句慵题，怯分飞，已分飞。画屏无睡，又怎得、梦见容辉。有梦怜伊，憔悴我全非。梦到桂堂难识面，草萋萋。魂归去，露满衣。

醉吟商小品 江晚，用原词韵

昨夜吹黄江上柳，几星残缕，晚山明处。翠接天流去。莫效草虫低诉，倩乌传语。

杏花天影 咏帆，用丁未正月道金陵北望淮楚韵

迷茫片片横前浦，破空翠、凝云不度。带将离恨向天涯，已去，祝回风吹少驻。

盼归路、遥迟近舞。可抛下、楼头望苦。准销客梦故乡圆，薄暮，过烟汀落甚处。

鹧鸪天 秋兴，用丁巳元日、十一日观灯、元夕不出、元夕有所梦、十六夜出五首韵（五首）

山拨疏林落翠新，酿成惆怅付词人。秋山骨较春山健，不受鹃啼血污春。

参在户，月当门，无尘玉宇着闲身。笙竽激越庭前竹，鸾鹤归来听不真。

莽莽平原日落时，数行衰柳马频嘶。草枯得雨终能绿，五鬣拳风壮志随。

成卫霍，炫绯衣，旌旄奴建不须悲。玉门关外烟尘阔，图画麒麟属国归。

俊足驰驱忆昔时，长安秋色未教知。年来落魄江湖里，瘦尽黄花昼掩扉。

霞散绮，向天低，晴光蒸炼旧游词。苍烟如雨苔痕湿，迢递湘江有雁归。

千顷平湖秋有期，又悬明月荡幽思。青山云表湘灵笑，无数飞鸦湖外啼。

山淡淡，露丝丝，桑田成海莫欣悲。鱼龙起舞波光定，人世迷茫那得知。

风冷红黄映水垂，夕阳零乱舞僛僛。时穷岁暮风尘感，但愿年丰任所之。

歌始放，意凄其，半轮斜月上桐枝。待苏好梦风沉阁，冰簟如酥只自知。

玉梅令　迟印昆不来，歌此寄之。用范村观梅韵

孤云一片，低度梧桐院。秋声放入幽闲馆。想高歌夜永，独立意苍茫，山空月小，尘心自远。

何时过我，玉尊能劝。黄花瘦，饱霜逾健。对西风帘幕，三径几人知，拼一醉、勒秋回转。

秋宵吟　咏络纬

裂银河，亘夜皎。露滴疏桐人悄。关伊甚，警（谁）织妇声声，独忘昏晓。和寒螿，咽翠葆，石坠支机云表。天孙锦，久已不成章，人闲草草。

切切凄凄，暗地把红颜唤老。屏山意远，豆落凉生，万绪漫萦绕。憔悴西风早。曲曲雕阑，缫碎梦杳。甚悠悠，一片秋心，吟到肠枯恨自了。

石湖仙

卷石玲珑，苔班翠驳，置阶前十余年矣。得天自乐，亦可

知也。

割来远浦，具盈尺三峰，欲生云处。一碧长莓苔，峙庭隅亭亭不去。几度经霜，又乍见菊肥秋舞。谁与，俯池波照彻今古。

疏篱自存世界，伴诗人巡阑索句。不管吟虫，任向花阴振羽。娲补宜搜，秦鞭不转，气凌天柱。衡岳峰名。盘硬语，相忘即是仙府。

一萼红　登岳麓看红叶，用人日登定王台韵

趁帆阴，乱湘流西去，秋树露疏簪。山态新妆，云容初活，延览尘海沉沉。甚城郭、一枰棋局，烟几点、决眥送飞禽。劫火曾经，斜阳不老，又是登临。

云静峡长郁郁，是珊瑚夹道，畅好仙心。爱晚停车，狂歌书叶，落红樵迹难寻。风紧软，烘凉意健，醉秋光、翻起满林金。一片归情就暝，戍角江深。

汉宫春

攸县文士昂，字台仙，明天启间进士。出宰华阳，卓有循声。崇祯初，行取工科给事中，疏劾周延儒。帝将大用，为忌者所沮，出官四川威茂兵备道，迁云南临安兵备道，再迁征江分巡道。崇祯癸未入觐，行至湖南，值张献忠乱。御史陈荩奉诏调滇兵，士昂与荩筹廓清之策，作书与子应扬为援。应扬斩伪攸令，陈于朝。贼遁荆州，遂入蜀，湖南略平。明年，京师

陷，思陵殉国。值福王起江南，授士昂云南按察使，旋改布政使。士昂与陈荩出师吉安，议图恢复。金陵溃，鲁王起，拜士昂太常寺卿。俄而闽事又坏，何腾蛟驻兵衡州，约士昂守永州，孤军不支。闻永明王在武冈，欲间道从之，而衡永一带已奉正朔，不得往。遂归，闭户不出。顺治五年，攸有勾引邻邑土兵作乱者，知县于颖然招士昂理團练，士昂不许。颖然恨其忤己，诬以反，械送武昌。时巡抚王守履，士昂同榜进士也，欲生之。谓曰："年翁顺时，我当雪诬。"士昂曰："南都破，已拼一死。文信国，余同祖也，九原可相见矣，毋多言。"守履默然。八月二十七日，斩于武昌。永明王闻之，赠尚书，谥忠肃。光绪初，湖南巡抚奏请祀乡贤祠，行始彰著。裔孙植楠以应扬所述行状，及隆武二年四月赠士昂父母诰命，并装卷轴，征咏时贤，爰歌此解。用次韵稼轩韵。

时可为与？鉴臣心炯炯，踏局蓬庐。武昌竟同柴市，一死何殊！满腔热血，殉乾坤，计未全疏。流不尽、滔滔江汉，怒涛泻恨平无。

阐幽待扬不朽，论当年皎洁，星日昭如。河山仅归隆武，恩泽愁予。云礽世守，崇肸响，清酒莼鲈。看此日褒忠屯俊，悲歌纸尾堪书。

汉宫春　贾谊故宅，用次韵稼轩蓬莱阁韵

荐士推吴，幸长沙一谪，名越重湖。湖波惯淘人物，不亦悲乎！岿然故宅，历兴亡、几度须臾。鹏岂忌人千古韵，年年风月招呼。

知君眷怀礼乐，惜汉家杂霸，只救秦苏。因之治安痛哭，岂偶然与？倚阑凭吊，送斜阳、鸟弄笙竽。独客倦游人未识，仰天击缶乌乌。

永遇乐 定王台，用北固楼次稼轩韵韵

梁燕飞还，庭花开了，昔贤何处。如黛湘波，乱堆山色，断送年光去。荒台无恙，一(坏)[抔]汉土，槛外柳丝萦住。景十三王多败德，献成龙定为虎。

凄凉贫国，加恩益地，舞袖得回天顾。望母情怀，思君悃款，毂转登临路。长安西去，洛阳东起，重奠汉家钟鼓。光武乃定王来孙。说当年，停骖过客，古梅在否？姜白石淳熙十三年观梅，登定王台。

忆王孙 秋兰盛开，颇自适。用番阳彭氏小楼韵

庭梧瑟瑟撼新秋，小阁微凉韵似舟，兰箭临风得自由。意绸缪，更添明月洗清愁。

隔溪梅令 秋日，用丙辰自无锡归韵

麓山爽气坠迎人，漾云鳞。但愿化为蝴蝶舞花阴，逍遥梦里寻。

少年游赏付秋云，已成陈。待得一钩斜月笑盈盈，绮罗曾照春。

浣溪沙　寄印昆，用与安甥游山阳韵

甑亦生尘事可风，书声午夜彻晴空，灯微红闪乱山中。

门有追捕人自返，室如悬罄鸟相通，纷华一晌也匆匆。

小重山　雁来红，用潭州红梅韵

叶下亭皋冷到时。月痕斜堕水，浴凉漪。在山小草有谁知。天然秀，浓艳勒秋归。

霜信未应非。傲来容自健、更依依。蓼汀无色雁频啼。人皆醉，相映一枝枝。

小重山　寄赵翼之京师，用赵郎中谒告来都韵

星使词曹出帝城。荆襄风采遍，楚天青。莱衣称庆荷皇情。王事亟，闻道已还京。

三载夜谈人。忘形心共款、酒相擎。湖光岳色促归程。经年别，蓬弄病长卿。

诉衷情

得子正书，九月十月之交可归，喜甚。辛巳十一月，返自成都，出夔门，下三峡，风物如秋。过江陵，入藕池，乃识冬寒，被羔裘焉。征路历历，十二年矣。兄弟游迹，征符合辙，

若雁燕之代飞，感而作歌。用端午宿合路韵。

夹江橘柚浸霜红，三峡水流东。我亦当年行客，凉月送归篷。

游已倦，盼帆弓，意冲冲。故乡畅好，紫蟹盈阶，待醉西风。紫蟹，菊名。

好事近 茉莉下作，用茉莉韵

云淡夜心清，月涌帘波卷绿。忽送一庭香露，甚自矜幽独。

花钿可可碧堪怜，凝寒软温玉。几度徘徊风定，待敲诗未熟。

浣溪沙 灯花，用蜡花二首韵（二首）

凉满乾坤露静时，不随秋陨蕊缠枝，相看红焰误蛾儿。

个似蜻蜓双眼碧，晚风微弱不禁吹，短檠有味老来知。

瘦影憧憧向壁垂，耽吟烘煨夜眠迟，梦魂牢落不成归。

开到成灰犹有艳，英繁疑放月中犀，一樽酒绿自倾时。

浣溪沙 （三首）

余不赴学政试八年矣，去岁归自湖北学政幕。今秋匝月，值学政岁试长沙，送从弟及亲友赴试，感歌三解。用己酉收灯夜、辛亥发合肥、丙辰吴淞作三首韵。

老去颓唐笔一枝，看人逐队已多时，荆襄三载夜迟迟。
寓目旌旗严壁垒，斗牛照彻露凄其，张雷长望剑应归。

得失无心兴不饮，烛光人影荡如船，个中滋味饱当年。
信鼓沉沉门未辟，石阑曾倚枕书眠，追寻犹有梦魂牵。

扰扰人声鸡乱啼，催残斜月坠楼西，满身凉露惯禁持。
气挟鱼龙云外涌，眼前桃李尽新枝，刘郎含笑又来归。

满江红 七夕，用巢湖神曲韵

新月如舟，好系白榆渡碧澜。飞飞待、鹊桥成夕，秋冷千山。只有生离何所恨，年年重整旧星冠。似夜深、荷露散仍圆，如转环。

天盘侧，犹卧看。候虫切，绕庭南。正画屏无睡，此意谁关。放满金尊心未醉，檐临珠斗视来瞒。漏沉沉，风静一灯微，花影间。

琵琶仙

西风清冽，凄然中人，正去年别隶圃于武昌之候也。风景依稀，月亦悄然，歌此寄之。用载酒吴兴南郭韵。

一片新凉，忽吹起、旧梦飘如飞叶。萧瑟苇地蘋天，波影荡愁绝。华发已非前鬓绿，孤鸿惨唳疑啼鴂。桦烛分光，兰尊共款，今昔谁说。

又重见、枫冷翻红，是帘卷、西风那时节。不觉流光容易，算几番蓂荚。江汉有情应念我，把浪痕、日夜东雪。更教寒月撩人，悄然难别。

眉妩 题月上桐阴女士图，用戏仲远韵

步碧莎庭苑，袖薄天寒，秋思透双眼。锁黛娥叠柳，西风里，前番才送归燕。桐心半老，不待秋、先已多感。更添了、月瘦霜匀腻，照幽恨难暖。

林下自然萧散，待石阑题叶，复停香翰。倩雁传人意，长空尽、江天飞伴游缆。沉沉漏点，和砧声、一片遥远。算此际情怀，千万曲，姮娥见。

喜迁莺慢 秋萤，用功父新第落成韵

天涯芳草，看腐后添人，无限吟趣。点缀疏星，隔帘逾碧，明灭晚凉庭宇。西风一番肃杀，问谁泛月凌霜舞。怎漫与，付竹西幽径，斜河低处。

前度，君记取。隆暑未归，的的纷垂树。炎不加然，冷偏能耐，如晦自忘风雨。已捐小庭罗扇，免避娇娃闺侣。芸窗住，照瑶函千轴，携蟫仙去。

月下笛 谒舜陵，用原词韵

云影今疑，是谁奠定，蛮烟獠雨。老魈夜语，洞庭波，渡

天去。瓦棺长闭巡方辙，剩夹道、薰风缕缕。荡丛篁浅碧，楚烟无恙，泪洒盈路。

延伫，当年处。有王会爻间，南交鹦鹉。曾埋玉管，松吟今尚如许。鹧鸪啼彻行人感，问有鼻，遗亭在否？甚英灵，长唤哥哥苦，绕陵千度。舜陵产斑竹，多鹧鸪。

莺声绕红楼 题戴训道墨香亭图，用观梅孤山韵

翠湿都梁韵欲飞，芳风扇、亭育多时。数间老屋画桥西，墨香天外吹。

仙为幽森集，周遭树色(朴)[扑]人衣。亭前乔木百围肢，清音答琴丝。

阮郎归 迟子瑞东山书院未归，用寿平甫二首韵（二首）

天光揩翠浸玻璃，来鸿江上啼。前番垂柳舞秋枝，山多横远眉。

慵把卷，漫吟诗，斜阳风定时。寒鸦点点逐云移，月归人未归。

东山烟月小徘徊，高寒天宇垂。登山临水恣留题，晚凉归客期。

闻剥啄，意猜时，开门心事歧。征帆乘月应相随，游人何日归？

踏莎行　篱菊欲开，歌此以写岑寂，用金陵江上感梦韵

山色悠然，秀飞尘软，秋光又向疏篱见。青女摧花菊不知，傲来未被凡情染。

酒魄诗魂，却凭引线，精神半吐含芳远。满畦幽韵几人来，自斟桑落伊谁管。

暗　香

古菊无异色，《月令》称“菊有黄华”，《周官·后六》：“服有鞠衣”，谓色黄也。色紫者，名马蔺，非菊而似之耳。陶隐居谓白菊治眩。《抱朴子·丹法》，亦用白菊入药之品，类乎菊者也。唐人咏白菊，摹画纤丽，乃今之菊。宋人撰谱，随状立名。有以香名者，麝菊也。有以色名者，锦菊也。有以形名者，孩儿菊也。有以叶名者，金丝菊也。洛阳刘氏谱，得菊三十五种。吴门范村诸圃，各夸所植，得七十余种。至今之世，殆数百种。何古独而今繁如此，良由莳植者以艾根、茄根等接菊苗而灌溉之，种色遂变，故形色与香，日出日异。若张景阳、陶渊明、潘安仁诗中所及者，古菊也。唐以后诗人所咏，乃今菊。今犹古也，人力移其质耳。如人古愚直，今愚诈，习俗为之者也。小草盈庭，菊开如绣。慨今古之攸分，嘉劲节之不改。拒霜后放，犹存君子之志焉，遂以《暗香》《疏影》写之。

篱参古色，又无端万籁，自喧笙笛。瘦倚碧梧，暗笑惊秋

便先摘。千缕尖凉浸透，餐来秀、入骚人笔。怪老圃，独剩寒香，流韵沁吟席。

脉脉，影岑寂。料彭泽魂归，慨赏交积。染丝易泣，五色纷披负初忆。神俊亭亭未改，琅叶尚、凌霜逾碧。不比落英片片，骨犹健得。

疏　影

淡然温玉，待卷帘人悄，诗魄同宿。多事西风，无赖增凄，吹凉影乱修竹。根株何事因时变，幻色映、池南池北。借开颜、桂妒梅惭，惹起一襟幽独。

自昔题名宋谱，更人事斗靡，雕紫揉绿。也并阳和，造化融融，供入尊罍金屋。谁知寂寞贫家里，伴促织、恼侬心曲。晚精神、画亦难描，月上壁痕幅幅。

以上卷二

以上《步姜词》，光绪二十年（1894）湘潭胡氏始诵经室刻本。

李辅燿

李辅燿（1848—1916），字补孝，号幼梅，晚号定叟，湘阴人。光绪二年（1876）科副贡，出为浙江监司，累官至中书。

一萼红

丙戌人日，夏芝岑廉访文献云，招同傅青余廉访文寿彤、俞鹤皋部郎文锡爵定王台探梅。用白石韵。

步庭阴。觉暗香一线，飘漾上华簪。乍有疑无，将浓复淡，清意端胜檀沉。漫提起、罗浮旧梦，听啁啾、惊起恋巢禽。晴雪壶觞，春风台榭，尽我登临。

回首豆棚瓜架，叹故宫冷寂，几许寒心。池馆周遭，林泉点缀，谁料今日重寻。定王台余地，旧为蓼园，不过一菜圃。自夏丈经营布置，乃有池馆之胜。只须向、山中老树，问兴废、何似火镕金。未识花魂可知，邻院情深。

念奴娇 五叔父命题汉伊吾司马刻石残本

塞尘苍莽，掩不住、穷荒汉京文字。焕彩沟边光万丈，烟墨一痕凝翠。伊吾城北南山口道左，有石刻“焕彩沟”三字，乾隆十五年田辅仁书，此刻即在沟侧。司马题名，将军好古，绝徼标新异。道光中，湘林将军萨迎阿始访得之。六行前后，费人多少思议。

试看伯作殊形，有人“傍”字或释为“伯”，或释为“作”，至释为“祖”字者，则必不可信。获猗互释，剥泐存疑似。有谓为沙南侯获者，有谓为侯猗者。塞外椎拓不工，无从审辨，何从得一精本订正之耶？漫论纪功还颂德，借识永和笔致。片石流传，双钩珍重，无限搜奇意。何东洲太姻丈师、潘文勤师皆有手钩精本。藓花斑驳，至今犹耐寻味。

凤凰台上忆吹箫　谢张初伯参军炤寄绍兴酒

离绪犹萦，渴怀谁解，醉乡迢递云天。甚好风吹到，载酒楼船。开瓮忽逢陶谢，长夜饮、吸遍鲸川。难消遣，深情宛转，岁岁年年。

拳拳，别时送我，更别后传书，驿路三千。记镜清堂上，同役海塘工次所居地。西子湖边。看取朝朝茗艼，曾几许、幽梦成烟。前尘渺，吟魂欲度，一枕陶然。

减字木兰花　哀淑人之不遇也

有人如玉，寒似梅花清似竹。紧系罗襦，不怕威姑怕小姑。
山鸡叫彻，鹦鹉前头言不得。蜡凤成灰，鸨鸹同栖只自哀。

长相思 李谷宜观察宝章自画桃花源图属为题词

梦桃源，话桃源。访遍桃源不得门，桃源何处村。
记桃源，咏桃源。画到桃源欲断魂，桃源休要论。

金缕曲 手抄白香词谱竟，戏题于后

无计逃炎暑。只安排、疏帘清簟，笔歌墨舞。不解填词空老去，谁把金针暗度。漫说道、忏除绮语。按到苏刘辛陆拍，又何尝尽是风怀句。试一读，白香谱。

双瞳已入云深处。便抄胥、此生休望，蝇头字数。春蚓秋蛇都不管，说甚簪花美女。也要算、兰亭一部。输与辨才梁槛上，问他年萧寺何人护。谈笑耳，且挥麈。

御街行 怀袁巽初观察思永却寄

匆匆小饮梅花障。又一岁、添惆怅。知君骑马踏红尘，应是良缘天相。钱江忆否？潮生潮落，都似离愁漾。

瑶华缥缈霞笺灿。写不尽、相思样。同心能有几多人，禁得云烟飘扬。何时寄我，襟痕诗卷，钞付雏鬟唱。

青玉案　用方回韵

一声风笛离亭路，竟说道、君归去。三月烟花容易度，曲栏深院，洞房幽户，都是销魂处。

痴云恨雨无朝暮，怅忆临分断肠句。割得愁来愁未许。旧愁何限，新愁无数，剩伴凄凉雨。

念奴娇　为叶品三铭题管窥金石图手卷

管窥金石，更着眼、两浙三吴海上。况是搜罗穷海内，校勘周秦模样。图凡六，一曰“管窥金石”、二“两浙”、三“三吴”、四“海上”、五“海内”、六“校勘”，故悉举之。第六图开，品三名重，古意年年饷。几人同调，铁华庵里来访。

才信蝌斗殊形，鳌螭异制，不算离奇状。一自黄支乌弋到，考击也添膨胀。镪蚀成书，胶凝作器，无数新硎创。问君援证，可能空所依傍。

念奴娇

夜不能寐，百感交集，仿“板桥道情”意。

卅年候补，才晓得、副榜难成正果。假作痴颠顽到老，毕竟有些不妥。猴子装官，狗熊当马，好像真家伙。被人看见，问从何处藏躲。

却是九弟军机，三哥太宰，指瞿子玖、张野秋两同年。都愿提携我。无奈天生穷傲骨，自折自磨自挫。旧债新逋，男婚女嫁，欲了如何可。忽然想起，冰糖葫芦儿啰。

扁舟寻旧约 用蔡伸道韵

玉漏声稀，银缸烬落，洞房不掩重门。半垂纱幔，慵欹绣枕，恍然一展春云。倩扶残醉起，待谁印、前溪梦痕。锦襦才解，香肌暖透，那是麝兰薰。

长记得、轻舟桃叶渡，正月斜穿户，帘弹灯昏。倚床无语，含痴欲笑，影儿合了还分。夜阑更秉烛，掷红豆、聊舒翠颦。似云疑雨，何时再返江上魂。

摸鱼儿

桂堂东、碧阑干外，竹阴如水垂地。筠帘不卷牙床润，刚是已凉天气。人欲睡，便午梦难成，也带微酣意。星眸浅闭。似雨打梨花，烟笼芍药，遮莫枕痕腻。

风摇漾，无数蜂酣蝶醉，都缘围绕佳丽。仙肌玉骨娇柔处，生就香甜滋味。情暗系，透一点灵犀，早向秋波递。徘徊未起。羡翡翠衾温，鸳鸯被暖，长日得偎倚。

千秋岁

峭寒如水，淡淡风初起。莲漏永，兰窗邃。玉箫声若诉，宝枕香飘细。魂何在，那人应是朦胧睡。

梦里情空记，醒后情空忆。钗击断，灯挑碎。檐前频索笑，花下还凝睇。寻不见，眼波潋滟眉峰翠。

忆旧游

清谈未终，离唱忽作，彼美人兮，何以遣此。

问天寒倚竹，月冷寻梅，韵事谁描。絮语幽廊下，尽更残漏歇，蜡灺香销。怪侬满身花露，忘却是深宵。笑此意谁知，如逢热客，定说无聊。

迢迢，恼人处，是催挂归帆，又趁江潮。目断分携路，剩萋萋一道，草绿裙腰。几时再联仙袂，不任去飘飘。记梦到君傍，罗巾尚有珠泪抛。

庆春泽

彼姝既醉，香梦沉酣，篝灯成咏。

碧露侵肌，轻霞晕脸，酡颜一展魂销。昵枕欹衾，汗香犹染冰绡。抽心也似三春草，意芊绵、楚岫非遥。笑无聊、欲渡蓝桥，慢鼓兰桡。

灵犀暗透情摇漾，奈莺沉燕悄，玉软花娇。鸡唱鸦啼，晓风吹散心潮。鸳鸯绣谱浑闲事，便江郎、有笔难描。恨迢迢、画舫前宵，绛蜡今朝。

金缕曲

艺蘅词选，精妙入赏，惠而好我，赋此以酬。

写遍瀛寰纸。艺香蘅、海南有个，扫眉才子。吮墨调脂闺中秀，林下原多逸致。偏志在、高山流水。不少何郎春风笔，细评量那得精如此。书万本，誉充耳。

薰香摘艳淞江涘。尽应官、转蓬走马，著书传世。绝胜美人贻彤管，争说词家韵事。须不是、斗方名士。铁板铜琶犹能唱，到如今未信东坡死。声调误，谢君指。

买陂塘　奉陪子固中丞增韫巡视海塘

迓青祇、代天巡狩，海塘云物如画。元戎小队行春出，漫说看潮游冶。休暗讶，早望见、灵胥自返涛头驾。明良锡嘏。正一德相孚，安澜永庆，铁弩未烦射。

关心切，七郡毗连若跨，田庐绵亘原野。金钱百万君恩厚，珍重石堤柴坝。肩莫卸，须不是、为民请命书生话。讴歌奏雅。愿倚仗神威，鞭笞鼍鳄，直注海东下。

唐多令　谒病，得请别海宁作

何事苦淹留，故山猿鹤羞。便分茅不到海澄侯。尽有珠宫和贝阙，早输与，少年游。

无奈病中秋，病秋秋更愁。说观涛、请向曲江头。公欲渡河公竟渡，莫重上，水仙楼。海神庙西，旧有水仙楼，今圮。

摸鱼儿

闻吴子修学使庆坻自湘乞退归，作一词代柬候之，用俳体。

正相思、忽闻归里，令人欣喜神王。湖南糟到危而乱，惭见此邦官长。公何谅，挂一幅、蒲帆稳卸钱江上。湖山跌宕。问肇事饥民，乘风痞匪，可到乐官巷。子修第宅地名。

蒙衰矣，新旧三年病障，难言磨折情况。冬春苟活时临夏，才被判爷签放。虽未丧，仍旧是、形销骨立如豺样。西医倚傍。待过了梅蒸，丢将铁拐，再作造庐访。

谢池春

暮春之杪，移寓谢池巷周氏西园，拈得此解，用剑南韵。

泛宅浮家，还向谢池移棹。步西园、芳尊醉倒。衡门之下，任栖迟昏晓。喜东山、对人如笑。

梁间旧燕，说我三番重到。认巢痕、依归也早。闲愁删净，只春愁难扫。算官居、恁堪娱老。

小重山令

池上夜坐，黯然有作，用白石韵。

池上凉宵浅立时。岩花斜弄影、漾清漪。闲消自遣意谁知。

撩人燕，偏会认巢归。

无奈旧游非。蹉跎今白首、尚无依。不堪长听子规啼。三更有，魂断杜鹃枝。

徵　招

庭兰并蒂，风致可人，与道光乙巳九瓣兰、宣统庚戌八瓣兰，同为吾家瑞应。今兹并蒂，未免感逝伤怀也。用白石韵。

庭兰雨过清芬静，如薰座中佳士。一跗忽双花，似芳心同此。巧裁新样出，问谁识、化工精思。旧梦江南，淡怀湖上，玉颜犹是。

草木尚多情，空帐触、当年并栖滋味。叹逝刹那间，数阑干十二。摘来无插处，忍回忆、鬓云风致。尽摇漾、入抱幽香，奈返魂无计。

琵琶仙

题傅葆三鹾尹母夫人《绿隐楼吟草》，及其封翁辅丞先生遗诗，用白石韵。

仙侣当年，恰相似、一树花花叶叶。何事寒撼珊柯，飞霜乍愁绝。风渐紧、孤鸿夜泣，又凄断、几番啼鴂。煮茗搜诗，围炉暖酒，尘梦休说。

展眉处、兰玉森庭，漫回首、凄凉那时节。摇漾一林佳气，蔼春荑秋荚。传写遍、清词丽句，是画楼、可比红雪。母夫人蒋氏，为茗生侍御九世孙。更忆吟到梅花，美人难别。用集中梅花诗意。

蓦山溪

游飞霞洞，登驻鹤亭，怀郑蔚青，用白石韵。

紫灵飘渺，踏破刘仙屐。一树矗三株，莫真是、云根巧植。赤霞何处，飞去几时还，山隐隐，水悠悠，空剩楼千尺。

鸿泥爪印，也费多番觅。记得素心人，共良夜、凄凉鼓笛。一亭无恙，黄鹤不归来，云黯黯，月沉沉，只是丛悲忆。

鹧鸪天

夜闻邻歌，感而赋此，用白石韵。

正是吹箫打鼓时，老夫寒坐不曾知。剧怜几队痴儿女，贪看提灯倦倚扉。

金烬暗，画帘低，忽闻商女唱歌词。后庭一曲伤心极，莫泊秦淮早早归。

满江红

既跋《黄楼词》，敬步集中公《偕先文恭公游辰州龙泉寺同赋》元韵。

山鬼悲号，恁偏会、引人入胜。休怅望、深林月黑，文星堪认。一第足偿慈母泪，五穷未是才人病。把山林、钟鼎细评量，都非幸。

江郎梦，花才映。飞卿遇，身终隐。只九天珠玉，随风吹剩。长共江流声不断，便遭劫火名难烬。算古今、多少热中人，何如冷。

点绛唇 有感，用白石韵

秋月春风，等闲抛撇邯郸道。落花啼鸟，况是凄凉调。

又着宫黄，只叹徐娘老。青青好，几生修到，莫种红心草。

蓦山溪 题阳湖吴琴圆女史折枝横看，用白石韵

清才浓福，双宿双飞燕。美眷艳于花，展冰纨、依稀若见。色香无恙，连理不成春，奁月冷，砚尘封，泪渍湘妃管。

潮声琴韵，好梦妆楼断。潮声琴韵楼，女史读书处。翰墨小神仙，料精魂、三生不散。粉残脂涴，惆怅画眉人，留一幅，镜中花，聊慰郎心乱。

侧犯 题吴玉才竹屋填词图，用白石韵

竹西好去，甚因却向江城住。如雨，怅坠锦飘缃、不成句。浮云蔽白日，莫忆伤心处。无语，且画幅新图，笑相顾。

词人老矣，弥爱婆娑舞。长结得，此君缘，披拂伴尊俎。侧帽拈毫，胜流无数。海水天风，又传新谱。

小重山令 题卞薇阁綍昌留别长崎酬和诗幅，用白石韵

帽影鞭丝海国城。倚江千万柳、眼青青。春风骀荡不胜情。销魂处，飞程又东京

惆怅咏归人。离亭风笛起、酒同擎。压装诗卷满鸥程。心心印，犹说鲍行卿。

点绛唇 题杨桂峰复恭喜多男图，赠贺柳门外孙吉席

绣葆花衣，大家拱手称恭喜。如今画里，全是絪缊气。

他日堂前，几队儿童戏。欢声起，牵郎曳弟，才识图中意。

汉宫春 王维季寿祺属题其尊人吕庐老人著书图，用白石次稼轩韵

公曰归欤，指西湖烟水，吾爱吾庐。京华软红，十丈此乐差殊。压檐松竹，伴清风、绕屋扶疏。消受得、芸香万卷，一尘笔下都无。

楼中故人渺矣，料身留妙色，识得真如。摩挲顾图金额，顾鹤逸写图，金明斋题额。怀触同余。湘累老去，甚良缘、重结莼鲈。惟羡尔、南屏一角，名山代有藏书。

一萼红 和黄鹿泉丈膺，用白石韵

晚春阴。指岁寒松柏，苍翠映嵬簪。人说耆英，天留美眷，遑问尘世浮沉。放歌共、鸾吟鹤啸，更缥缈、仙乐变鸣禽。主客成图，池台入画，粉本谁临。

长羡白云怡意，记无心出岫，归亦无心。柳外听鹂，花间梦蝶，佳句乘兴还寻。笑前度、儒冠自误，算遗老、声价重于金。寄讯新醅泼时，莫负杯深。

以上《沅水止斋遗稿》卷之四《词》，光绪二十三年（1897）刻本。

皮锡瑞

皮锡瑞（1850—1908），字鹿门，善化（今属长沙）人。光绪八年（1882）举人。后屡试不第，遂潜心讲学著述，先后主讲湖南龙潭书院、江西经训书院。维新运动期间，极力宣传变法。居所曰“师伏堂”，学者称“师伏先生”。有《师伏堂词》。

三姝媚　游沈园故址陆放翁遇故妻唐氏处

绿波春漠漠。问当年惊鸿，影留如昨。蓦地东风，苦彩鸳吹散，凤鸾漂泊。山上蘼芜，愁有酒、难同斟酌。一阕钗头，两地芳心，锦书谁托。

歌到东南飞雀。纵愁化香魂，敢呼姑恶？词客情多，叹重来、非复沈园池阁。今日稽山又劫火，名花零落。惟有化人，常见古来哀乐。

摸鱼儿　沪上作

甚迷离、花天酒地，小楼弦管如沸。桑田三变黄尘起，都任麻姑游戏。休久滞，问风杂膻腥，可有沧洲意。青衫下泪。看黄浦风烟，吴淞名胜，卧榻任酣睡。

豪情在，沧海横流处处，吾身尚赖孤寄。美人香草多哀怨，肯更回肠荡气。君信未，纵载酒江湖，不傍红裙醉。词成自记。问异日名山，编成覆瓿，尚少忏情字。

金缕曲　江上鼓角

鼓角何悲壮！一声声、梦魔惊却，旅魂飘扬。奔走频年皮骨在，只有青山无恙。奈抚镜、白头惆怅。祭酒布衣吾老矣，问书生可有封侯相。无用处，洴澼光。

少时思破乘风浪。骋纵横、扬舲溟渤，挂帆江上。被酒狂言休掩耳，亦解谈兵论将。更学得、谈天豪放。九万天池南北极，信荒唐漆吏言非妄。都付与，小海唱。

台城路　过小孤山

吴头楚尾销魂地，晴川忽逢孤屿。短棹拖烟，破帆悬日，遥听神祠箫鼓。明珰翠羽。有仙子凌波，无郎独处。环佩珊珊，一山奇秀夺眉妩。

当年鏖战太苦，想淋漓血浪，飞入江浦。铁绿沙沉，磷红岸走，愁煞英雄无主。彭郎起舞。夺得小姑回，豪情千古。彭刚直有“彭郎夺得小姑回”之语。寂寞忠魂，怒涛轰逐去。

金缕曲　都门留别

莽莽天涯客。笑廿年、风尘肮脏，萍蓬飘泊。岂有文章惊海内，赢得虚名京国。屡辜负、凤城春色。回首长安尘雾黯，似灞陵王粲心凄恻。彼苍意，殊难测。

梦魂一夜驰南北。休更言、燕台金贵，秦关裘黑。同学少年凡几辈，多少翰林子墨。正衣马、五陵填塞。惭愧菑川诸父老，劝公孙再对金门策。吾去矣，子姑默。

摸鱼儿　对月

望苍茫、青天碧海，几人曾睹仙境。年年每代姮娥怨，星似匏瓜系定。良夜永，对缥缈红墙，寂寞飞鸿影。银河浪紧。正匹练横天，流云学水，下界夕阳暝。

秋光老，银烛画屏清冷，璇宫人远心静。天涯咫尺空相忆，迟暮玉颜休问。君可信，虽潜处太阴，常念通芳讯。明珰漫赠。倘驾到瑶台，容华未晚，休更鸠媒憾。

八声甘州　咏燕

旧巢痕珍重主人情，安栖尚余温。奈海上天遥，堂前梦短，重到销魂。怊怅乌衣巷口，几代换乾坤。问旧时王谢，往事休论。

我亦天涯作客，每春来秋去，同尔依人。怕西风一起，空对画梁尘。枉衔泥、年年辛苦，甚东风、多负杏林春。穿花去、听帆樯语，只益沾巾。

绛都春　听雨

孤篷夜雨。听淅沥几声，滴滴难数。江上柳丝，何事年年牵离绪。女娲炼石天惊处，奈石破、情天无补。懒凝眸，望溟蒙不见，故乡何许。

阵阵飘萧入耳，又催到、隔岸小船更鼓。暮更梦归，梦未成时魂惊去，摇摇旅思浑难语。似更比、芭蕉声苦。有谁伴我床头，瓦灯一炷。

摸鱼儿　烟水亭

甚羁愁、黯然无着，摇摇都付烟水。微茫江树云中辨，正是吴头楚尾。春去矣，绕岸绿杨丝，处处伤心地。空亭漫倚。见一角庐山，有人招隐，天际可遥指。

烟波里，仿佛横江废垒，时有乱鸦惊起。黄巾十万成灰灭，赢得青衫人至。深拊髀，问瑟瑟秋枫，谁识当年事？浔江路迤。访一曲琵琶，连天鬼火，无复旧亭址。

台城路　湖口阻风

炎风吹热舟中梦，送凉那来微雨。涧草流馨，岸花逞媚，何似湘江兰杜。孤怀暗抚。觉事异摩燕，又非怀楚。旅客贫辛，石尤何意复相阻。

周南留滞正苦，更伏波处处，情类西贾。古泪啼烟，骚心诉月，一任桂舟容与。山灵怨汝。问草堂猿鹤，有情谁语。一片羁愁，荡摇江上橹。

满江红　和宋王昭仪夷山驿壁韵（二首）

金粉南朝，换北地、胭脂颜色。看几辈、辞楼下殿，辇来燕阙。香骨分埋青冢畔，归魂惊断黄河侧。叹龙飞、王气尽东南，螟更歇。

蜀花蕊，冤难灭。唐周后，何堪说。怕循环天道，泪冰红血。半壁江山天水碧，六宫环佩关山月。幸黄袍、保节比黄冠，完无缺。

惆怅玉颜，翻不及、寒鸦春色。忍回首、画桥烟柳，故都宫阙。玉树凋残亡国后，荷花憔悴西湖侧。问杭州、歌舞几时休，声销歇。

青衣酒，俄焉灭。青城苦，愁难说。叹娇黄稚柳，空啼鹃血。梦冷椒房鸾影镜，魂销茅店鸡声月。怨娲皇、炼石补仍亏，情天缺。

汉宫春　过鄱湖至九江

雨细花斜，惜金光黛色，半被云遮。茫茫大江去也，天阔平沙。推篷眺远，笑连年、泛宅浮家。飞鸟外、吴天隐隐，饱看波际余霞。

相期九垓汗漫，问百年风物，惟见鱼虾。烟销一声欸乃，摇入芦花。秋风瑟瑟，愿邻船、莫奏琵琶。防触起、青衫泪湿，感人沦落天涯。

满庭芳 江上雨

雨织愁痕，风牵离绪，景物真似残秋。烟波无尽，片片下轻鸥。金膏水碧，问谢公行处，着屐谁游。明霞外，青山一角，天际识归舟。

兰桡空击汰，秦川公子，老尚依刘。怕提起乡心，切莫登楼。漫说销忧假日，愁更见、陶牧昭丘。非吾土，山川信美，何足久淹留。

倦寻芳 落花

园空客去，梦冷春归，花落红褪。万点愁人，多少坠茵飘溷。杜老每添江上感，刘郎更触元都憾。卷帘栊，正香残酒罢，日长人困。

幸柳色、黄金犹嫩，不奈天涯，飞絮齐喷。罥住晴丝，又惹闲愁千万。迟暮恐听鶗鴂唤，飘零那管流莺怨。甚东风，又惊回，一年心愿。

一萼红 出都作

黯销魂，白云天荡荡，望不见龙门。李叟入秦，梁生适越，古人旧憾休论。廿载壮心销耗尽，讵更能、西倒蹴昆仑。酒浅愁深，天长梦短，都化烟痕。

同学少年不贱，有二三豪杰，整顿乾坤。虎豹当关，蛟鼍起陆，书生莫叫重阍。叹华发、风休催急，恐横流沧海要身存。无限夕阳光好，奈近黄昏。

金缕曲　津门寄都中旧友

何事风尘走。感茫茫、黄沙控骑，青门攀柳。金马衣冠同一梦，空负屠龙身手。且更访、悲歌屠狗。留得青毡吾故物，笑终年、闭置车中妇。恁清福，凭销受。

江湖望阙遥回首。最难忘、凤城词客，燕台老友。朝市山林皆避世，造物于人何厚。容使我、名高身后。世事升沉君莫问，幸眼前犹有一杯酒。臧否事，休挂口。

念奴娇　寄林绶臣游山左

断篷南北，一般是、沦落天涯情绪。上界罡风何太酷，吹堕分飞鸾羽。紫陌红尘，金台碣馆，意气空相许。别时惆怅，昏灯愁对无语。

怜君匹马东行，轮蹄千里，似我蓬飘苦。风景大明湖上好，权当西湖留住。岳色晨飞，河声夜吼，题壁狂吟处。有情遥忆，青枫魂梦应去。

霜华腴　九江舟中作

愁来对酒，怪一杯、流霞未解销愁。水碧沾衫，山青拥棹，看来都带离忧。泣春楚囚，望三山、何处瀛洲。老江湖、白发新添，未回天地入扁舟。

惆怅浪花隐隐，有风流人物，曾斗孙刘。乌鹊惊飞，鱼龙起舞，依然楚尾吴头。黑貂敝裘，问几时、骨相封侯？任飘零，久负前盟，愧他江上鸥。

百字令　为许子笠太守题石钟泛月图

苍烟微卷，看图中佳景、江天如镜。万顷琉璃澄一碧，上下冰轮交映。激浪金铿，回风石答，恐有蛟龙听。远峰云表，栖乌惊起无定。

把酒试问山灵，坡仙安往，寥落空林磬。我亦天涯曾系缆，泛棹羡君清兴。短棹星摇，孤帆月抱，全览湖山胜。夜游何日，旧盟鸥鸟重证。

前调　鄱湖阻风偶感

片帆千里，奈峭风、吹转大孤山路。岁岁奔驰双鬓老，笑杀江边鸥鹭。纸上苍生，人间白眼，都被浮名误。引杯看剑，一樽横睨千古。

古来神助才人，滕王阁上，咏落霞孤鹜。弱冠请缨情慷慨，我亦能吟佳句。碧海黄尘，丰城紫气，无处逢知遇。雁随人远，江声流梦先去。

前调　题徐星伯新疆赋后

玉门万里，问何人、得睹汉关秦月。蜗国分争三十六，仍是龙沙葱雪。准部烟销，回疆电扫，圣武何轰烈。振威西域，荡平犹见碑碣。

惆怅老去班超，虎头人往，虎子谁探穴。鬼难风灾奇险地，雄镇更须奇杰。北控匈奴，西连罗马，亭障何宜彻？逐臣筹笔，山川聚米能说。

齐天乐　湖口阻风

风风雨雨寻常事，滞留何意如许？海月红沉，江云墨醮，莫向冥冥中诉。苍天漫语。论憾事偏多，闲愁万古。矧在羁人，万千情绪问谁吐。

年年水程多阻，正一江南北，分划吴楚。雾障神凄，涛轰梦破，孤雁似催鸣橹。淹迟太苦。纵不听琵琶，也应怀土。更有惊魂，触江头戍鼓。

百字令　题桃花扇传奇

南朝旧梦，问当年、谁见美人名士。打鸭惊鸳离别憾，写得淋漓盈纸。团扇歌娇，桃花命薄，那管兴亡事。板桥斜照，艳魂当可呼起。

堪叹胜国衣冠，当场粉墨，惟付传奇纪。剩水残山余涕泪，乃有无愁天子。永寿金莲，临春玉树，似读齐隋史。劫灰重阅，可怜桃叶春水。

前调 奉题夏芰舲壶天大隐图

一声长啸，看壶中天地、无边空阔。朝市山林谁大隐，试问长房真诀。圣道龙蛇，神州蛮触，梦幻何工拙。淡忘尘世，不知秦汉兴灭。

休叹仙圣漂沦，岱舆员峤，已合连鳌没。剩有三山干净土，留作吾徒生活。桑海人间，蓬瀛天上，望见金银阙。放怀樽酒，且谈今夕风月。

前调 新秋

梧桐一叶，又匆匆、触起无边秋兴。潘岳二毛非少日，矧更星星添鬓。对蟀吟风，和蛄吊月，警雁催霜信。悲哉为气，那堪砧杵相应。

何处金铁瑽琤，灯昏梦冷，忽变清商韵。湖海十年为客惯，惟有此声难听。万事形劳，百忧心感，莫使摇吾定。读书欧九，漫将童子惊醒。

鹊桥仙　七夕雨

穿针良夜，洗车新雨，天上佳期愁误。如何泪眼不曾晴，忍负此、年年一度。

瑶空晻霭，银河风浪，惆怅星娥难渡。填桥乌鹊正惊飞，还恐被、蛟龙暗妒。

沁园春　秋感，和夏鉴臣

风景如斯，临水登山，岂不快哉！问骚人何意，先悲九辨；灵均已死，尚郁孤怀。蟀语西堂，波飞北渚，都付秋坟鬼唱哀。凉声起，又窗鸣破纸，叶打空阶。

堪嗟甚矣吾衰，觉白日堂堂不再来。料封侯无分，虎头将老；干霄有气，龙剑犹埋。镜里清霜，灯前细雨，放眼谁为天下才。君知否？正三壶盈尺，东海如杯。

前调　秋色

何太苍凉，绿惨黄萎，到处一般。觉萧萧白草，上沾双鬓；离离红叶，空映衰颜。雁叫新霜，鸦翻晚照，画入图中不耐看。凝眸久，正众芳摇落，怕倚阑干。

那堪月冷星寒，又清浅银潢水一湾。见桂华幽蒨，如招客隐；蒹葭渺莽，若唤人还。举目关河，欲回天地，只在扁舟一叶间。归休去，有五湖烟水，三楚云山。

前调 题李后主词后

何处销魂，回首不堪，故国月明。怅一江春水，流愁不尽，此间眼泪，洗面还盈。建业楼台，澄心书画，梦绕秦淮无限情。朱颜改，纵雕栏尚在，那忍重凭。

东风一半飘零，趁烂漫桃花倚玉笙。又教坊歌听，苍黄辞庙，念家山破，寂寞空城。谱按霓裳，手提金缕，休问红罗旧日亭。江南李，被君王强折，应怨熙陵。“江南剩有李花开，都被君王强折来”，昔人题《熙陵幸小周后图》诗。

金缕曲 七夕

今夕云何夕？数佳期、年年一度，明河中隔。沟水东西头白了，修到神仙奚益。方仰藉、刍尼双翼。莫怪人间多债帅，叹借钱、天上犹难觅。偿不尽，古今息。

栖栖九载秋风客。不曾见、画屏银烛，天阶凉色。几处针楼空乞巧，织女岂能留迹。如万一、云軿来觌，富贵不求求寿考，五百年待更摩铜狄。看浑沌，可重辟。

摸鱼儿 奉题张雨珊丈湘雨楼图

恁冥蒙、碧栏微露，对床人背灯语。君家兄弟楼居日，领略雨中真趣。常记取，奈风景太佳，却为山林误。烟霞万古。有鸭浪浮青，麋峰泫黑，写入玉田句。

征文下，又被白云留住，乘风难便归去。坡翁老念黄门相，水调歌头新谱。凭寄与，寄红杏尚书，红烛修书处。湘弦漫抚。当池草春生，檐花夜落，每忆旧吟侣。

金缕曲

壶园荷花盛开，忆去年诗酒唱酬之乐，抚流光之荏苒，惊时事之变迁，作此寄壶园主人。

蓦睹芙蓉面。又今番、洛妃袜冷，水仙裙茜。访藕东湖曾几度，但见珠盘微颤。喜暗馥、名园先绽。屈指西风期尚远，对新妆日倚阑干遍。芳信早，任留恋。

长卿华发风尘倦。忆去年、金台返棹，碧筒开宴。日月壶中何迅速，一载流光如箭。况忍看、沧桑更变。十里荷花清景好，怕吴山立马人遥羡。伤世事，比惊电。

前　调

壶园主人以闰重五，忆十二年前湘江观竞渡事，用前调见示，仍用前调奉酬。

值闰仍佳节。昔君归、饱看竞渡，浪花飘瞥。星纪一周如梦幻，酩酊且陶良月。持剩沥、更浇莲叶。我客异乡今七载，渐垂垂两鬓吹成雪。湘上事，那堪说。

当年碧眼窥南越。尚留得、奇才荆楚，二三豪杰。太息昆明非习战，愁听海波呜咽。何忍见、龙舟争捷。纵有辟兵符可佩，恐沧浪不及三间洁。空慷慨，渡江楫。

念奴娇　尘

嫩黄如曲，看和烟和雾，飞动空里。老去休将明镜拂，怕见鬓丝衰矣。欲扫还添，将兜又积，恰似愁难已。软红京洛，素衣肯化缁未？

纤影何太飘扬，浮云晻霭，望长安天际。海涸桑枯胡忍睹，清浅蓬莱仙地。罗袜香销，宝钗梦冷，邃远闺中意。元规犹在，污人更恐风起。

齐天乐　蝉，和竹坨

碧空飞下新声早，声声又添凄警。日淡移红，阴浓转绿，又是昼长人静。轻盈两鬓。忍唤起秋来，鬓霜生镜。露重风多，余音摇曳那堪听。

玉墀罗袂忆否？汉宫黄叶落，休说风景。苦调烦君，哀吟和我，寂寞茂陵谁问。铜仙泪冷。憾噤默无言，总多刘胜。几辈金貂，拊心应自省。

前调　藕丝，同夏鉴臣作

珠盘泻露难穿线，纤纤弱缕清绝。欲断还连，将萦又拂，正好纳凉时节。佳人手折。趁落日轻风，自调冰雪。玉腕玲珑，琼枝相比更莹洁。

璇宫瑶杵未歇，问支机石赠，心向谁结？蚕室春愁，鲛人夜笑，纵倚并刀难截。相思漫说。有万种缠绵，莫教轻泄。一点灵犀，恐秋来更热。

青玉案　菱角

江妃微露双丫髻。莫轻触、蛟龙起。对影玉池人有意。飞凫身小，凌波浪细，擎出纤纤趾。

红衣半脱柔肤腻，素手应怜刺伤指。漫倚南风思芡嘴。形尖鸳并，芒多鱼避，犹隔盈盈水。

柳梢青　西瓜

剖去金刀，盛来银盎，暑气全销。肤翠裁冰，瓤红镂雪，满地琼瑶。

思量哈密天高，曾贡自、流沙路遥。伊凉一曲，玉门万里，谁是班超？

潇潇雨　落叶，和竹垞

秋声何太急，听瑶阶、一点下疏桐。更遥翻夕照，频添坠露，乱舞凄风。最苦萧条静夜，乡梦触惺忪。况洞庭波起，又积新红。

迢递关山万里，有寒砧处处，催响西东。忆辽阳征戍，霜信警孤鸿。漫徒夸、玉墀罗袂，怕长安渭水一般同。亭皋望，那堪回首，汉苑秦宫。

长亭怨慢　雁，和竹垞

问何事、年年来往。塞北江南，遥遥相望。秋老云飞，沙平影落任飘荡。蒹葭水长，乍惊起、渔舟唱。空为稻粱谋，苦难避、人间罗网。

打桨，叹江湖白发，忍听橹声微荡。一般羁旅，目送处、令人惆怅。想明年、重到金河，可还见、玉门亭障。恐月冷榆关，又遇皂雕风爽。

金缕曲　杨花

点点离人泪。问阿谁、深怜絮果，强加花字。九十春光如梦里，倏忽铺绵满地。且掩映、落红新翠。莫倚绣帘吹飞舞，用柔荑纤手承还坠。恐撩乱，闺中意。

香尘惯逐征夫骑。偏缭绕、鞭丝帽影，有何关系。寄语东风须借力，一任飘茵惹袂。愿勿使、沾泥堕水。纵得化身为萍梗，怕漂流依旧无根蒂。羁旅憾，漫提起。

以上《师伏堂词》，光绪三十年（1904）刻本。

水龙吟 白莲

冰肌何太清凉，玉妃惊破红尘梦。凌波微步，凝脂洗出，五铢衣重。无情有憾，风清月晓，灵根谁种。似蛾眉淡扫，邻娃着粉，欲窥见，墙东宋。

西子苦心暗捧，望天边、菱歌声动。瑶池宴罢，龙舟回棹，淡香遥送。群仙归去，蓬蓬云起，都骑白凤。笑六郎空倚朱颜，恐辜负，当时宠。

摸鱼儿 莼

似田田玉池荷叶，纤痕湖上初袅。高人最惜江乡味，莫待丝丝秋老。芳信早，同玉脍金齑，俊物宜新芼。水云梦渺。正翠滑流匙，香清试剪，点点映红蓼。

流年易，偻指西风又到。吴淞一箸堪饱。眼前杯满名身后，作计谁愚谁巧。君莫笑，看士衡入洛，也说莼羹好。华亭鹤叫。趁冰涎可采，何如归去，海上狎鸥鸟。

桂枝香 蟹

霜肥稻熟，正新酒菊天，才病都解。好是盈筐绿走，登盘黄赛。持螯岂免庖厨憾，奈尊前未忘狂态。秋风盼到，拍浮船里，寄怀尘外。

叹一蟹何如一蟹。看腹本无肠，身还着介。漫倚干戈甲胄，横行江海。聊将冷眼闲观汝，恐彭王晚逢菹醢。一星幽火，请君入瓮，难逃红背。

摸鱼儿　感事

问今番海枯石烂，长江天堑何恃。神州赤县峥嵘甚，愁带腥膻之气。君试觑，有碧眼波斯，日夜眈眈视。脂膏尽矣。似躯壳空存，精华坐槁，护疾且医忌。

纵横处，都是蜃楼海市。一方干净无地。牵牛借得钱千万，十二楼台重起。知甚意，便阃奥门庭，一概容窥伺。鲛人潸泪。正大内笙歌，旁观痛哭，榻侧许酣睡。

以上辑自唐圭璋编《词话丛编·忍古楼词话》，中华书局2005年版。

郑业本

郑业本，字审安，长沙人。有《双枫书屋诗余》。

菩萨蛮 春感

画楼昨夜东风过，亚红春影随花卧。病里看花身，腰围瘦一分。

讳愁还讳病，却道加餐更。衣带自收藏，防人背地量。

如梦令 花朝雨后作

雨被东风吹断，人为看花忙乱。天色又黄昏，守着碧阑干畔。休算休算，二月刚留一半。

虞美人 春夜感赋

杜鹃声外东风小，春恨何时了。羡他双燕睡西楼，不管几分春色几分愁。

梦中一到逢人处，便诉相思苦。林钟莫打五更天，侬是昨宵前夜不曾眠。

浣溪纱 集句寄知者三解

斜凭阑干首重回，李山甫。因风漫把短书裁，忘名。言情不尽恨无才。韩偓。

寒入腻裘浓晓睡，吴融。新梳小髻号慵来，罗虬。心从到处即成灰。韩偓。

占尽人间彻底痴，陆游。醉饶言语觅花知，王建。挂花高处月轮移。李商隐。

蜡烛有心还惜别，杜牧。碧云无信慰相思，忘名。一春最负牡丹时。陆(牧)[游]。

弃掷光阴只等闲，苏轼。悠悠时节又春残，李中主。别时容易见时难。李后主。

百岁用痴能几许，王安石。寸心自许尚如丹，陆游。孤吟独寝意千般。元稹。

绮罗香 乙未春日寄怀杨子伯英，时辽阳苦兵年余矣

雨雨风风，风风雨雨，殢我朝朝暮暮。离恨今年，更比去年凄楚。便不管、草长情根，偏看见、柳摇愁缕。昨安排、飞梦君边，吟魂忘却那回路。

天涯烽火正急，为问红花自雪，谁怜征旅。绝塞重关，定有雄心来去。寻旧事、剑倚前窗，探新芳、骑归何处。是甚时、

泼酒深宵，剪灯相对舞。

玉楼春

画帘一桁纤云衬，帘外时闻香气近。春风为我却吹开，龙脑麝煤相借问。

迟迟风也无来信，平日颠狂今夕吝。痴心长怕说天涯，如此天涯才一寸。

凤栖梧

院里梧桐墙外柳。吹到西风，萧瑟今年又。败叶有声寒意逗，小楼人立黄昏后。

旧恨新愁真已够。泪点无多，也湿青衫透。算是闲情抛弃久，相逢定说檀郎瘦。

谒金门

西风紧，吹得心情都懒。一桁湘帘刚半卷，有盈盈恨眼。

莫道司空见惯，早是思量无限。满院落花秋又晚，瘦魂容易断。

点绛唇

一霎西风，愁来准拟相回避。思量无计，拚得厌厌醉。

解唱怜侬，更不催人睡。纱窗背，月凉如水，今夜更残未。

忆秦娥　感旧

佳期过，画楼记得薰香坐。薰香坐，上灯时候，酒阑人惰。

含羞敛态娇无那，回头故溜金钗堕。金钗堕，病魂消瘦，不曾真个。

浣溪纱　不寐

刻意伤秋睡不成，隔霜寒（析）[柝]又声声，转寻闲事忆闲情。

红豆旧嵌多病骨，绿珠新订可怜名，残宵有梦尽迟醒。

菩萨蛮　岁戊戌陬月十四日立春

昨宵风雨今宵月，重帘暗透春消息。明夜是元宵，预将红烛烧。

断愁如了债，久作来年待。酾酒祝东皇，愁城凭驻防。

朝中措　百花生日，同闺人花下作二解

嗔风嗔雨过花朝，魂是去年消。不道流光一箭，和君又拜娇娆。

君须留意，盈盈裣衽，莫近花梢。为怕回身相报，等闲折

了纤腰。

花幡不竖竖花旌，亲写百花名。知道长成容易，本来天与娉婷。

个侬今夜，梦圆湘管，还算同生。若是香盟肯缔，嫣然守到三更。

如梦令 有见

底事才晴又雨，没奈刚逢便去。短帕稳蒙头，行到路儿弯处。休住休住，天半黑云无数。

菩萨蛮 天气严寒，独居不乐，偶阅旧所填雪絮词，感而赋此

层帘不卷沉香袅，严寒酿就黄昏早。旧事记模糊，重翻九九图。

金炉添兽炭，曾扰人肠断。消息近何如，小窗清课虚。

忆秦娥 雪絮词之一

愁千叠，灞桥又听骊歌咽。骊歌咽，共君休算，是经年别。

丁香细绾相思结，红情绿意殷勤说。殷勤说，苦无头绪，更新词涩。

摸鱼儿　雪絮词之二

算重来、坠欢重续，芳辰还未轻负。归期争奈从前订，飘瞥又成凄楚。愁莫诉，计嘶骑、明朝已在天涯路。兰言去去。拌为汝今宵，共君休睡，听唱断肠句。

人间事，絮合萍分总误，侬心长倦羁旅。红尘闻道污衣甚，客里万千持护。情倍苦，说到底、今年没个相逢处。更筹暗数。待更不伤怀，除非更闰，容我片时住。

前调　雪絮词之三

恨无才、言情不尽，当筵凄诉欢事。词场莫漫夸年少，早为苦吟憔悴。银烛背，已几度、安排写个相思字。浓愁似水。待湘管拈寒，吴笺铺冷，却化两行泪。

黄昏又，絮影凄迷四起，重门一霎都闭。断魂只合长关住，偏共雪花飞递。瑶想坠，便得到、回廊也是匆匆计。离心更碎。怕过了残冬，春来依旧，空把梦痕绘。

珍珠帘　雪絮词之四

风风雪雪湘天暮，下重帘，又把离魂关住。忍忆那时情，同傍回廊驻。人影纱窗愁隔断，已玉笛声声吹苦。休诉。况匆匆别去，更应凄沮。

特地，迟烧寸烛，怕成灰认取，个侬心绪。旧事万千端，锦瑟难分付。夜夜不辞寒睡早，拟梦里相逢欢语。无据，便梦中看见，几曾清楚。

水龙吟 咏纸煤，雪絮词之五

拈来又是魂消，那时情事分明认。禁寒素腕，着忙纤指，耐烦生性。只为将离，特教成把，作冬郎赆。似碧蕉心也，重重重卷，递卷到，千重恨。

漫道轻圆未损，忍看伊、泪痕犹晕。成灰容易，自从别处，语君休问。酒后茶边，无端点起，欲吹还吝。剩青烟缕缕，随风荡去，结回肠影。

踏莎行 咏指甲，雪絮词之六

醮水轻弹，添香浅印，近来点点猩红褪。绣余空自妒双栖，背人掐着鸳鸯问。

借竹敲愁，缘蕉剥恨，那时已惯玲珑认。十三弦上蹴新寒，更凭传递相思信。

醉花阴 春感

廿四番风花信紧，细蕊轻红褪。未到落红时，一寸芳心，已结沾泥恨。

化泥点点还能忍，双燕营巢稳。无奈倚楼人，泪眼朦胧，堕溷分明认。

临江仙　代人有所思

有限欢娱无限恨，恨他嘶骑匆匆。蓬山更隔一千重。鹊占随雨断，雁信逐云空。

要没关防除是梦，梦中容易相逢。疏林又打五更钟。弹寒鸳被绿，摇冷蜡灯红。

点绛唇

冰玉校书贻我《香影瑶琴》九张，妖鬟侍侧，意仿双文也。予与校书，雏年相识，与谈身世，即悲堕落，今又三寒暑矣。吁，堕落果可悲邪！酒阑把玩，为题此解。

隐隐回廊，是依旧日题诗处。绿阴千亩，长护莺莺驻。

与我盈盈，误了新翻谱。瑶琴柱，劝君且住，有个人偷觑。

菩萨蛮　年随日暮，春逐月来，倚阑顾影，恍焉增感，时庚子十二月既望

素娥圆颤寒棱褪，夜阑闻到春来信。还道是今年，年光真可怜。

春来应解语，人可如春妩。心事有谁知，风吹双鬓丝。

长亭怨　送立人从兄游鄂，即订其速归

乍春到、湖南南浦。那便伤春，带春俱去。满目烽烟，河山杳矣向何处。助人凄恋，是袅袅、长亭树。树便有情时，遮不断、天涯行路。

休诉，只盈盈一水，短棹任君飞渡。娉婷倩影，莫忘却、临波低顾。纵红尘、不上征衣，也怕点、几痕飞絮。要慰我思量，记取秋光容与。

水龙吟

李观察家骅就婚浙江陆费氏，侍其舅中丞公泛舟鸳湖，客某为绘其影于便面，后周学士寿昌、熊孝廉少牧均有诗纪之，公子叔茂大令寄书索题，为赋此解。

东风画里江南，泠泠一片鸳湖水。更谁省识，水边人影，影中人事。玉倚冰清，盟从鸥订，兴随帆起。想当年胜侣，俊游未倦，还定说，重来此。

卅载芳踪已矣，最难忘、承平身世。沧桑暗换，凭君休问，贞元朝士。诗酒偕伊，湖山着我，那时清致。剩余情替写，新纨珍重，也秋声碎。

如梦令　自题梦影图

甲辰入都，从兄蕉园喜予威海述梦诗，为约其意绘为帐额。

予将出都，乃自题一绝云："月魄重圆梦影微，去来闻见是邪非。秋风吹上青衫冷，抱得蕉园一画归。"当时情况，惘惘如此。越岁丙午，重至京师，复题此解。

过了东风时候，不道人儿还瘦。谁种碧桃花，可是刘郎前度？依旧依旧，一枕梦痕凉透。

风入松

陈丈筱汀钟岳，相见京师，见赠新词，感然有身世之感，即叠原韵送其之官山右，倚声歌之，亦"渺渺兮予怀"也。

一重芳草一重云，何处撷荃荪。当年梦踏寻春路，到而今、梦也无痕。且倚危楼半角，同消浊酒千尊。

读书秋树几朝昏，遮莫怨萍根。好携琴鹤云边去，看天涯、着个吟魂。更愿翩然双袖，归来莫带纤尘。

前调 筱汀大令再以词来，仍叠原韵和之

狼烟隔断楚天云，惆怅托兰荪。江州莫怨青衫湿，是青衫、总带啼痕。且与素娥相约，今宵佐我清尊。

霎来风雨作黄昏，无计刬愁根。筝弦便辍凄凉响，也当筵、一例消魂。何日看花陌上，鞭丝共扬轻尘。

前 调

袁叔舆农部绪钦，将由京师归长沙，见所为叠韵词，亦欣

然倚声，三叠原韵，即以送别。至是已十三叠韵矣。

榴霞低衬凤城云，乡梦远红苏。凭君记取相逢处，晕重帘、一缕凉痕。寄问东山旧妓，何如北海新尊。

菱花似水未全昏，华发是愁根。垂杨不系流年住，倩啼鹃、说与诗魂。明日斜阳古道，遥情又逐归尘。

浣溪纱

赠妓三儿，兼调黄锡篪兄同筱汀大令。三儿非乐籍，故曰半倚东风也。

半倚东风六曲阑，眉儿新样月儿弯，落梅声里见娇憨。

好把精魂留片石，还将眠起问春蚕，尊前遮莫唱阳关。

摸鱼儿 新别离，贤者被谗以去，赋此思之二解

问西风、几时起也，闲愁吹得如许。朱颜早为悲秋瘦，蓦地又添离绪。还未苦，还只道、临歧尽我依依语。佳期更误。正脉脉看云，厌厌迟月，君已杳然去。

凄凉意，不报匆匆消息，怪他帘外鹦鹉。也知见面难为别，无奈此情轻负。情莫补，便织就、回文只当骊歌谱。高楼日暮。镇独自相思，相思泪点，化作楚天雨。

是相逢、几多欢意，别来如此凄楚。言情转恨无才思，欲

倩哀弦分付。浑莫诉，但记得、层楼曾共风前住。当楼一树。看过尽浮云，堆来皓月，历历照君舞。

关怀处，更忆东篱东畔，秋花依约为侣。亭亭瘦尽今年影，独自颤烟梳雨。君也误，便等到、重阳也算怜幽苦。晚香半缕。待寄与天涯，天涯望断，没个雁儿度。

高阳台

戊申秋尽，偕胡谔臣同年熙寿由都门返湘，谔臣有所眷，别后寄示一词，依韵答之。

辔软援魂，帆轻度梦，梦回仍在天涯。一夜严霜，等闲染上蒹葭。客边情绪凄凉甚，却输君、欢会无遮。共消凝、酒衬灯红，月印弓斜。

当筵莫话沧桑事，但冰弦低按，替数年华。见说春风，而今不到儿家。碧山招隐犹无鹤，学飞鸿、且篆平沙。奈匆匆、玉笛声声，又落梅花。

菩萨蛮　（三首）

天涯芳草红心软，天边燕子参差剪。呖呖话新晴，霎时风雨声。

啼鹃声更急，不管人凄恻。凄恻意如何，春寒今夜多。

小窗幽梦无拘管，红鸾半幅清香款。春睡十分酣，起来更漏残。

檐牙朝日丽，花影明芳砌。昨夜雨如丝，画楼人未知。

无端闲事无端忆，昨宵雨比前宵急。含笑入门来，相看两泪挥。

一身愁与病，近日厌厌更。偏不畏侵寻，要君知此心。

临江仙

为人题牡丹帐额，花下绘一鸟为白头翁，世所谓《富贵白头图》也。

庭院阴阴春意透，浓芬扑上帘旌。帘边有鸟自呼名。白头如尔愿，睡眼为花明。

见说姚黄真富贵，画来绰约娉婷。沉香亭子霎时凭。何如双穗影，长印梦痕深。

以上《双枫书屋诗集·附一·双枫书屋诗余》，1921 年长沙郑氏双枫书屋刻本。

邹世琦

邹世琦，少字伯珪，后改字伯韩，新化人。曾入湘军，晚归乡里。有《洋桥诗余》。

尉迟杯 贵阳初夏即事

薰风暖，被流莺唤得春光晚。春归漾绿池塘，絮影蘋波撩乱。将雏海燕，憨长昼、慵嚼泥香软。正诗囚、倦拥琴书，暗动芳心一点。

绮窗曾订归期，甚黔水黔山，又留荒传。脍忆鲈肥，盟憎鸥冷，自笑浪游何恋。微消息、菖条户满，犹尚枉、天涯千里远。偏梦魇、播弄柔魂，无限晓山新怨。

桂枝香 送竹窗之扬州

蛮荒混处，任顾画钟书，那曾识汝。篱下难依，且自乘风遐举。壮怀非是轻桑梓，奈傀儡、无人共语。书囊捡点，蒲帆料峭，萧然远去。

只剩有、旧游南楚。几灯暗窗昏，相思暮雨。才薮扬州，定值青眸阮父。故人珍重临歧意，宜慎理异乡寒暑。椿萱凝念，东游爱子，可无病苦。

醉花阴　送春

听说东皇叱驭去，沽酒无情绪。辛苦送春归，旅馆残灯，凄绝无人处。

马影鞭丝斜日舞，踯躅西江浦。问晴丝香絮，燕子何时，衔入重帘里？

百字令　寿邓湘皋学博七十

八垓名沸，叹岳降灵钟，皇朝韩杜。湖岭骚坛公树帜，雅士群依作主。耆旧词章，乡邦文献，废队咸修举。南村事业，楚南更有谁伍？

领略听雨琼编，松堂玉瓒，素业青箱久。郡乘今经斑管削，绝学又标寰宇。一老留徽，九华凝秀，山与名同古。捧觞无分，但把冈陵遥赋。

薄幸　梦梅

暮寒庭院，镇绣幕、蒜银低绾。薰薄醉、梦魂柔懦，恍忽梅梢蝶恋。认罗浮、淡月朦胧依依近，悄然天远。怅缟瘦云迷，珠抛露泫，空对阳春怨晚。

仿佛傍檐娇婉称笑拥痴云香暖偏态斗吴山情传楚驿[①]，芳心

① “仿佛……楚驿”，原文如此，疑有脱误。

怎许东君懒。迷离凝恨，惊鹤羽霜飞，晓风呜咽莲壶转。恰银釭残影，照人愁软。

如梦令 春思

不合探雏弄影，那更拂蛾临镜。并坐剪灯时，怨碧愁红莫定。重省重省，往事依稀春暝。

前调 春怨

不恨朱楼欢弄，却恨碧箫情种。薄幸似杨花，怎留得桐花风。珍重珍重，底事青丝断送？

失调 宿偏桥驿

断虹横古渡。拥肩舆，又历偏桥路。指点前村，问今宵寄愁何处。酒帘高飐，顽仆倦依邮主。正闷饮无聊，却又响、败蕉秋雨。

莫诉，讯凌云图貌，斯事可曾依许？年华逝矣，犹岁岁、关山如此。空自对、野馆孤灯，听风送、晓鸡凄楚。残月纵相亲，那识清愁千缕。

解语花 红梅

明霞舒彩，暖日烘晴，漾就春光腻。天然妍媚，冰姿冷、更觉脸儿微醉。数枝扑簌，珊壶都泻芸儿泪。似嫌冷艳不时宜，更染胭脂袂。

探芳笑向檐际，喜颜如丹渥，有烟霞气，无风尘味。横低处、惹得鹤频窥伺。旧枝稳记，红妆今变春风例。莫嗤面目似桃花，风骨犹然异。

壶中天　赏花

绿阴添腻，对柔枝、陡觉心情如醉。冶杏夭桃虽错过，满架酴醾犹缀。摘叶频看，拈花细嗅，无限低回意。半年屈指，偷闲真个才是。

何时删却尘纷，携瓶荷锸，长作周旋计。但是科名犹未了，犹有数年抛弃。搦管笺愁，持杯浇恨，赢得数行泪。茫茫后事，深情一缕长系。

探春慢　红梅

林下香娇，檐边晕浅，讶改从前丰度。生怕知稀，翻愁韵古，少把胭脂匀注。点额试新妆，却羞与、桃俦李伍。笑他褦襶东君，只解夭禯暗聚。

照影娉婷自顾，拼斗雪，疏枝横斜春暮。乳萼丹凝，檀心茜染，讵是武陵溪树？清赏竟何人，只博得、髯翁词句。谁貌丹青，应把幽情对语。

雨中花

帘幕低垂庭院悄，晓风画角啼晴鸟。日永人慵，夜寒衾薄，添得新愁多少。

池塘又是生春草，惆怅归鸿芳信杳。影怯衣宽，带知腰瘦，闷损东阳怀抱。

绛都春　蜡梅

春痕蕴酿，早檀胎密缀，蕊珠微吐。铃阁风寒锁院，月明藏娇处。淡黄羞学胭脂污，傍缟袂一般丰度。翠禽容住，风情怎让，孤山俦侣。

低语，几生修到，恨相逢、只许天涯羁旅。暗祝留春，怕惹起风姨狂妒，惜香无计移香去。问传舍、芳魂谁主？夜寒空忆罗浮，冰心满贮。

梧桐影

挂长庚，沉秋月。延颈望君君不来，教人滴尽子规血。

以上《洋桥诗存》卷二《诗余》，光绪八年（1882）刻本。

周名建

周名建，字屏侯，晚号蓼翁，衡阳人。光绪八年（1882）举人。历官云南顺宁、云龙知县，擢永昌知府。有《蓼园诗余》。

金缕曲 中秋望月

万籁声都歇。听西楼、邻家一笛，玉龙凄切。容易一年秋又到，恰是中秋佳节。怎预备、玄黄战血。浩劫红羊犹未了，惨月光天地皆秋色。愁欲诉，白如雪。

嗟予亦是悲秋客。卅载前、扬州梦觉，箫声低咽。倚画屏孤灯一穗，又照星星鬓发。忍重话、干戈离别。巷陌铜驼荆棘满，且麻鞋尽踏今宵月。家国恨，莫轻说。

喝火令 闺怨（四首）

蜥蜴痕犹印，鸳鸯愿已空。亚阑干外画楼东。因甚笙歌别院，曲不唱怜侬。

薄晕啼痕湿，残妆鬓影松。帚叉翎翠扫落红。记得花朝，蝴蝶梦惺忪。记得清明时节，燕子骂东风。

鹦母才调舌，蛾儿未展眉。日长睡起午阴移。芳草天涯路远，何处着相思。

银楝添香活，琅篁堕粉迟。枣花开后又蔷薇。道是无情，凤子洽双飞。道是情天能补，圆月又初亏。

钗合连宵梦，砧敲几处闻。白狼河北忆从军。盼断鲤鱼书到，双黛可怜颦。

玉宇凉添露，银河巧乞云。年时往事总销魂。况是菱花，况是采菱人。况是银罗衫子，衫底藕丝裙。

翠被寒增剧，红炉火待加。几重屏帐护窗纱。提起昨宵春梦，脸晕醉流霞。

铜漏听将永，金钱卜屡差。荒江野渡一寒鸦。莫是维摩，小病梵王家。莫是灞桥风雪，清兴负梅花。

鹊桥仙 灯花

啮蟾月暗，流萤星闪，最是无情灯火。银釭挑尽不成眠，忽报道、垂珠双朵。

花开花落，宵长宵短，不管闲愁付我。误拈红豆梦江南，总算是、相思无那。

百字令 待月

斜阳一抹，料蘋天苇地，新凉来乍。琴尾幺声停绮阁，兜上愁心生怕。鸭鼎香温，蛱衣粉薄，悄立临风榭。桃笙竹簟，昔人胸臆都写。

记得眉样初三，黄昏人静，卍字阑干下。幂翠垣阴花韵袅，绿惨红愁都罢。葭水秋澄，枫烟夕淡，且启珠帘座。婵娟倩影，清霄一霎云破。

临江仙　怀友

秋冷吴江枫叶脱，溯洄宛在伊人。年时莫话别离身。帘波烛泪，都算是愁痕。

梦又未成宵又短，天涯那不消魂。琴筝凄切上眉颦。所思不见，一片海东云。

苏幕遮　题魏弱叟画册古木寒鸦

乌柏村，冷枫岸。万叶霜飞，野渡西风换。晓角清严霜有信。一抹斜阳，瘦了秋光半。

荒鸡栖，征雁散。黯黯神祠，社鼓群鸦乱。墨点萧疏连复断。绕树无依，怜尔空回转。

高阳台　题魏弱叟画册树影夕阳

暮霭千重，孤烟一缕，郊原十里平沙。竹屋芦帘，不知秋色谁家。试看都是消魂处，尽高槐、疏柳参差。更何堪、古驿归鸿，野渡啼鸦。

人间何事黄昏怨，只楼头笛罢，马上鞭加。残照西风，禁他树影横斜。当时未解离愁苦，度匆匆、卅载年华。到而今、云外关山，海角天涯。

齐天乐　阑干

斜阳庭院秋花影，几时墙东移过？裾底拖香，鞋尖茸绣，悄立苔阴阶左。芳心婀娜。者曲折回环，柔肠如我。扶上红楼，文波倒映绿愁伙。

除非斜倚不可。奈玲珑卍字，蝶贴萤坐。院北院南，亭长亭短，都把离怀横锁。相思无那。怕玉笛频吹，年年泪堕。斗角钩心，凭谁数花朵。

金缕曲　帘

银蒜低垂苦。算终朝、睡鸭沉沉，留香几缕。窗外茜纱花动影，不怕前头鹦鹉。铺清簟、闲寻棋谱。荡漾波纹凉似水，甚斜阳隔断西山雨。斑竹点，泪如许。

玉钩手卷青葱举。须防他、珍珠串串，挂牵钗股。薄暮归来双燕子，好是依依旧主。莫误认、绣围朱户。一样离魂丁字织，任千条万绪向谁数。且拜月，停琴伫。

鹊桥仙　荷花生日

藕兄织绵，茨菰捣粉，献寿还祈多祜。彩盆初度出莲胎，即此是、西方净土。

酡颜桃醉，春声杏闹，记得花朝十五。池塘今又祝长生，且赢得、鸳鸯彩舞。

蝶恋花　伏日喜雨

安得骄阳炎暑挫。一夜西风，梧叶阶前堕。隐隐银河都化泪，鲛绡湿透情无那。

白雨跳波珠万颗。梦冷鸳鸯，便把新凉做。窗外芭蕉窗里客，今宵一样闲愁破。

浪淘沙　纳凉

薄晕脸生霞，粉汗交加。华清出浴玉无瑕。好是画衫金扇底，步步莲花。

秋思在谁家？迟暮天涯。柳丝摇曳晚风斜。剪取帘波生翠影，移上窗纱。

双双燕　秋燕，用梅溪韵

斜阳院落，记戊己佳期，玳梁栖稳。金风拂晓，递到关河霜信。又是桐飘玉井，甚柳怯、花惊合并。怜他辛苦衔泥，往事都如泡影。

那管朱门屋润。怪王谢堂前，不如人俊。光阴客邸，一霎黄昏窗暝。海国归程月冷，约明年、香巢先定。闲了阑干帘不卷，无心凭。

解语花 秋海棠

酸霜几日，嫩雨连宵，闪闪凉萤见。断肠花发，瑶阶畔、红泪如珠圆转。须黄叶紫，南墙下、倚风微颤。有何人、金屋藏娇，猩色帷屏掩。

艳质如人婉娈。怪青衣菊婢，《瓶史》以秋海棠为菊婢。误唤滋怨。佯羞脸晕。娇滴滴、压倒芙蓉如面。相思不已，问那日、眉颦才展。例春阴、乞护阑干，且慰将归燕。

鹊桥仙 和程寂生七夕词

黛螺愁锁，彩鸳慵绣，因甚金针难度。星河恰遇鹊填桥，算准了、痴情儿女。

去年此夕，盈盘瓜果，一霎光阴觅土。隔花呼姊睹穿针，可有个、樱桃樊素？

以上《蓼园先生遗集·蓼园诗余》，1931年铅印本。

释敬安

释敬安（1851—1912），字寄禅，号八指头陀，俗姓黄，名读山，湘潭人。少以孤贫出家，1902 年宁波天童寺迎为首坐，辛亥革命后当选为中华佛教总会会长，1912 年圆寂于北京法源寺。

满路花 感时，次乩仙白老儿原韵

凤凰巢欲堕，燕雀幕何安？然眉时已急、不容闲。一棋错下，竟输了通盘。笑群公滚滚，颠倒乾坤，乞儿扮作神仙。

念长林没个鸣蝉，赤手欲擎天。乱星环北斗、夜钟残。鲁连今日，蹈海亦云难。故国重回首，夕阳影里，只留一角青山。

前调 咏怀，再次前韵

三乘犹未悟，一字那能安？茫茫云海里、置身闲。禅心一片，贮在水精盘。任地老天荒，松枯石烂，逍遥不羡神仙。

喜尘缘蜕委秋蝉，涵养静中天。炉煨红芋火、懒而残。西来大意，欲语会人难。长啸吾归去，笛横牛背，拂衣高卧沩山。

以上《八指头陀诗集·附存》，光绪二十四年（1898）义宁陈三立、长沙叶德辉续刻本。

蔡培劼

蔡培劼（1852—1915?），字了初，湘阴人。有《早梅阁诗余》。

望海潮

同治甲子六月既望，大军克复金陵，培劼年裁十二，闻之喜不可言。今提督王公正枝、总兵万公化林先后南旋，历述战事，乃知曾侯之功甚悉，赋此以补凯歌云。

三江形胜，六朝都会，那堪久溷腥羶。狐鼠穴探，蚍蜉援绝，将军振旅阗阗。火箭倏横穿。把坚城轰破，匝地皆烟。天助王灵，更教雷雨洗戈鋋。城以阙地火攻破，破时大雨滂沱，秦淮水斗涨。

堂堂元老来宣。看櫜鞬道左，鼓吹营前。斩马祭神，椎牛飨士，飞书捷报甘泉。恢复旧山川。喜升平有象，璧合珠联。是岁七月朔，日月合璧，五星联珠。太史铭封，钟阜应纪中兴年。

琵琶仙　再从曾祖麻阳公车山退思堂

城内商山，记先哲、小隐茅茨新筑。满径苔草芊眠，翛然绝尘躅。经两度、黄粱梦醒，揽青镜、鬓丝犹绿。幼子童孙，园翁溪友，足慰幽独。

刚一霎、篝火狐鸣，便荒了、当时旧松菊。差幸墨庄遗业，胜图书千轴。咸丰初粤冠之乱，公所聚书，至今犹多存者。每夜静、清吟歇后，缅德音、恍接金玉。安得规作祠堂，瓣香长祝。

念奴娇　早梅，用朱子梅韵

江南春早，问春来、何处枝头梅白？领袖群仙空外立，懒接东篱残客。阳气潜回，幽香远喷，一笑红尘隔。谁招鹤守，绮窗还未微雪。

生小寂寂孤山，残年清梦，怎地迷蝴蝶？不料芳情终郁勃，照影前身明月。太极图中，传消寄息，羯鼓声都歇。知心人到，琼花争忍轻折。

探春慢

外曾祖胡乡贤公显韶寄示外伯祖少詹公达源京师云："每至夕阳，检点一日所为。若不切实锻炼身心，便虚度一日。"语载少詹公《弟子箴言》。培劼赋性鲁钝，潜玩乡贤公书意，遂拈此铭诸座右，以为奋励志气之助。

鸾掖文章，鲤庭诗礼，传衣不离乾惕。孤诣磨针，古怀提绠，能事加人千百。经历崎岖处，即过后、尚萦胸臆。从知道学儒林，白驹那忍轻掷。

长憾予生已晚，寤寐佩箴言，曾几鞭辟。马勒悬崖，船撑上水，弥满苦无真力。赖有熊丸助，且拔去、寸心茅塞。读到西铭，订顽永遵遗则。

兰陵王

道光己酉夏，大水。仁和围堤决，东南隅水冒田三丈有奇，积七十余日始落。诸业主举三人监修，独家王父躬自督工，工实而费省。今春道经其地，土人为予言之娓娓，遂拈此以存轶事。

怒涛吼，云梦都吞八九。湘西岸、俄顷大堤，蚁溃蛟蛇破空走。潮平试履亩。准办，人工补救。鸡豚燕，前箸借筹，版筑除非十千耦。

舟鲛有何守。只泽底鱼虾，坡侧蒲柳。艰难身任惟耆旧。看填澥心苦，为山功竟，穹隆其上下博厚，屹然镇湖口。

晴昼，见龙斗。堤外鹤龙湖时有龙见。问禹甸犹存，凭仗谁某？我今行路风闻后。对满地烟草，牛眠南首。杏花村里，意先醉，不在酒。

喜迁莺

谒外王父胡墨溪先生益阳里仁硚老屋，时先生年七十有九，修髯隆准，冠履峨然。诏培劼曰："闻小子好读书，予喜甚。"留数日，所以规勉而期望之者倍至。谨拈一阕以志感。

魁然耆老，结梅鹤奇缘，怎生修到？帝与遐龄，幽窗读易，默契先天微妙。小子追随杖屦，只觉蓬蓬春好。窥案上，见詅痴文集，还编残稿。先生经术湛深，尤善易。所著《詅痴山房集》堆积案上，手自编次。

含笑，心似思，垂发外孙，都守湖州教。一席淹留，千秋怅望，细语殷勤相告。只恐华颠蹭蹬，贻误半从年少。而今去，向孤灯午夜，研精耽道。

瑞鹤仙

湘阴城西义安社公祠，嘉庆末蔡氏、王氏修葺时，两家先辈皆斌斌向学。先曾祖作庵公遂书“文运天开”四大字，泐于壁，迄今五十余年矣。培劼入祠见之，苍劲中姿态横生，疑出入右军承旨者。虽墨痕间有断裂，而笔势翩翩，宛然可识。再四留连，窃叹先人手泽之不可多得也。

枌榆郊外社，听风雨、深宵鸾骖遥驾。年年卜秋稼。笑黄冠野叟，婆娑其下。公真健者，独凌空、濡毫披写。乞神灵降福，无奇留取，书声茅舍。

长讶江山文藻，耆旧飙流，渐归衰谢。村居日暇，经坛坫，辄飞斝。幸三生缘契，犹存香火，遗迹低回难舍。逝将携茧纸，重临墨池波泻。

好事近　秋仲初与学院试

凉露满轻衫，参队竟居人后。恁地鸡声催晓，喝月都开口。

熙朝文物盛科名，诸生又何有。今我一场游戏，墨水还吞否？

感皇恩　院试归后省王母伯父家

人海蓦言旋，慈颜重省。堂北三竿日方永。牵衣絮语，为述倚闾情景。只怜雏鹤瘦，惊秋冷。

回忆含饴，恩勤靡罄，十七年来似俄顷。晨昏长侍，小子自知天幸。补斟春酝酒，胪家庆。时才过王母六十八岁生日。

玲珑四犯

罗麓生文学师，改培劼“好鸟枝头亦朋友”诗，得“庚晴三径唤，午梦半窗惊”之句，拍案诏之曰：“予其以若所作为稿本邪。”退而再四玩味，拈此以纪师资。

芳信东来，看草长莺啼，无数诗料。率尔操觚，孤负满园春好。公独细意推敲，把涨墨、几番横扫。只等闲欬唾珠玉，交割九天风袅。

孔庭家法宗周召，说文章、底须高蹈。金针暗度千秋后，真痒搔仙爪。摊卷永夜沉吟，知□味，耐人幽讨。异日流传久，谁修脱字，少陵飞鸟。

水调歌头　首夏邀李约之世道游乌龙嘴水口寺

湘流折西处，古寺枕崖东。故人邂逅相遇，同曳水云筇。绀殿闲参象教，只见檀烟篆印，袅袅绕旋风。借问僧何在，卓午未闻钟。

麦天秋，氛雾豁，兴无穷。更登门外飞塔，四面碧玲珑。搔首长空一览，多少湖光山色，半在渺茫中。将去复留恋，鸦噪夕阳红。

西　河

仲夏江涨，城西禾场老屋约深三四尺，予架木以居，笑赋。

云水窟，先人几叶庐结。年时涨起打孤城，柴扉半没。飘摇疑是海中居，沙鸥都与交涉。

短檐底，残滴歇，日光又上庭樾。清飙飒至替天公，早收溽热。昼长无事枕书眠，惊闻柔橹鸦轧。

汝洲杳杳剩一发。汝洲山在扬汝湖口，距县五里。送青来、还自排闼，倦眼者番双豁。把腰间、玉笛临流吹去，愁有潜龙三更掣。

垂　杨

冬日侍家慈如益阳胡氏，省外王母陈太夫人，归舟泊烂泥湖阻雪，恻然增感。

萱心一寸，念白头母老，笋舆归觐。孺子何知，驾言赢得春晖近。南陔华黍笙诗韵，隐传出、欢愉无尽。到宵深、松火炉边，侍坐斟家酝。舅氏珏轩先生，日与家慈侍太夫人里仁硚老屋。夜则自归横村，命彝舫表兄置酒炉边，团坐共饮。

才听关雎作训，怎单舸远浮，又牵离憾。小泊芦汀，雪花随浪纷纷喷。寥天回首云如鬌，料添着、北堂愁闷。临风呼雁，平安还报信。

疏影　癸酉秋试第一场即事

槐花初踏，怅风扬尘海，无限嘈杂。放下帘栊，把笔沉吟，似有蚕声响答。记曾凝望如珪月，喜一片、清光悬榻。问何来、仙乐锵洋，隐隐起从东塔。

收拾筠篮乍了，晚鸦噪攫攫，空际云合。少住为佳，旧雨相逢，不觉烧残银蜡。出场时，遇友人誊写未完，倩予少待同行。冬冬挝紧谯楼鼓，但静看、龙门开阖。等霎时、撒手旋归，仍对曲生香榼。杨姓之先生逢春善饮，时同旅邸。

六幺令

十七日午，外舅龙训吾先生来旅邸，索阅闱墨，留饮畅叙至夕。

出门天早，一笑还回首。记取灯前花落，乍脱弹丸手。检点涂鸦小草，看可丹黄否。千金敝帚，殊难自见，聊助先生下杯酒。

闻道东乡家法，名在云间右。先生家学制艺，素重理法。我始弯弓学射，恁地能穿柳？借此清谭终日，旁坐忘年友。两杨茂才在坐。木樨香里，心心相印，冰玉公然是甥舅。

碧云深 宿竹箪江李山人家

幽禽唤，双飞阮屐临江馆。临江馆，主人携手，野梅同看。

宵深暖酒红炉畔，闲谈往事浮云散。浮云散，故家乔木，几番嗟叹。

燕春台 除夕北堂侍燕

慈竹阴中，寒梅香里，东风暗送春来。况际时康，冬冬腊鼓声催。痴儿筵席叨陪。幸团栾、满引金罍。家常细语，灯花红绽，一笑颜开。

熊丸勖学，未报劬劳，年华渐长，心事犹孩。依依膝下，斑衣半染尘埃。酒后围炉，认从前、画荻残灰。少迟回，还絜晨餐去，诗补南陔。

陌上花 游青竹山望岁亭，题邹子芗先生诗后

江城内踊青山，新筑一亭西向。云影烟痕，朝暮雨晴殊状。红莲幕府狂宾客，几度壶觞欣赏。山在县署西偏，闻幕友不时集饮亭中。问何人、领取此间真趣，田歌高唱。

旧林泉、自句题崔颢后，胜迹流传湘上。少住为佳，风日十分和昶。野花如绣浑含笑，似喜黄衫来往。倘篱边、补种琅玕千梃，更添秋爽。

南乡子　丙子八月十日场中戏书题纸尾

襆被卷金风，矮屋酣眠几杵钟。梦觉斗惊题纸下，匆匆，起剔残灯豆样红。

铅椠苦磨砻，见猎心犹分外雄。想到射雕双贯好，凌空，欲借天边月一弓。首题射不主皮一章。

醉花阴　夜泊靖港

醉梦醒来惊绝倒，目送飞鸿矫。枨触几多时，斜倚孤篷，明月当头小。

长江江水浮天杪，夹镜秋光好。携客记东坡，只少箫吹，远逐清风袅。

比梅　初春长沙对雪寄内

朔雪东风交错，风舞雪花飞落。料道入寒庖，手鲙姜鱼双跃。勤恪勤恪，好进慈闱杯杓。

倦寻芳　二月杪陪舅氏胡珏轩先生游岳麓

岳云堆里，湘雨晴初，啼鸟声碎。物外来游，好景天然堪爱。入谷香飘兰蕙气，凌虚风送松篁籁。翠微间，小句留萧寺，欣逢僧话。万寿寺僧留饮茶。

更步上、层峦绝顶，东望江流，萦拂如带。甥舅遥吟，扫却许多尘壒。放鹤高踪何处访，宋理宗《至仙巢先生苍筤谷》有“放鹤去寻三岛客”之句。听鹂雅意今朝快。欲题诗，问山灵，壁曾容疥。

渡江云　与外弟胡觐浦茂才庆龙游望湘亭

蜂腰山势断，孤亭矗峙，烟翠荡空流。扪萝来静坐，风扬茶香，畅饮两三瓯。亭中道人，客至辄烹茶相款。弟昆连襼，借松泉、陶写春愁。凝望时、模糊城郭，指点是潭州。

勾留，西南云气，日夜江声，便奚囊拾收。还记取、惊人谢句，天外昂头。吾曹自古耽名胜，况当前、万象清幽。只愿那，斜阳缓下岑楼。

浣溪纱　春夜饮杨恕生明经师家，与长沙张千户谭诗

老屋疏灯特地红，追陪几席坐春风，清谭不放酒杯空。
拈到尖叉心似水，吟成竞病气如虹，文人猛士一堂中。

临江仙　晚归岳麓过朱张渡

波上残阳斜度鸟，扁舟隔岸仍横。几声唤起晚风生。柳阴时徙倚，遥迟片帆迎。

记取先贤来往处，依然水碧沙明。兰桡重泛不胜情。麓山

山下泊，鼍鼓报初更。

江城子　游爱晚亭

云峰缺处耸孤亭。树冥冥，四围青。一夕西风，吹叶满岩扃。返照烘来浑似锦，金琐碎，玉珑玲。

夭桃五百半飘零。屐谁停？嗅余馨。我独携尊，幽赏自忘形。为问松涛空外泻，丹顶鹤，梦曾醒？院长罗慎斋先生，尝植桃五百株，亭外养双鹤，亭中人皆以为山间胜迹。今桃花零落，而鹤亦放去久矣。

凄凉犯

二月赴岳麓甄别试，舟覆樟树港，见拯于渔人，夜遂乘渔舟泛月归。

急滩陡上，南风紧、扁舟凭地流擘。解维一失，云涛堆里，仰看空碧。鸦翻鹭立，正万顷苍茫无极。又谁知、凌虚濯足，有客独超特。舟覆时，予缘舟旋转，仅濡两足。

小历恒沙劫，稳挂蒲帆，好乘归汐。月明如昼，讶鱼龙、半江声寂。倚舵回思，今日算河渠考核。倘彤廷召对，愿续贾让策。

南浦　上巳与朱二霞林游周家桥

连夜雨潺潺，幸重三，春暖柳眠都起。蜡屐出青郊，东风笑、满眼夭桃秾李。恣歌携手，行行倒影桥心水。搔首晴空岚气袅，知有几家山市。

良辰美景难逢，记修禊、兰亭觞流内史。今我蹑芳尘，寻幽赏、赢得川旋云被。园林小憩，黄鹂声好时娱耳。挨到斜阳归缓缓，犹顾烟花丛里。

水调歌头 八月初八夜长沙大西门外舟中玩月，用坡公东武中秋韵

何处众仙会，记取大罗天。鲰生云外孤啸，飘泊自年年。今夜扁舟一系，遥望歌楼人散，萤火逗清寒。愁绝李谟笛，声落渺茫间。

更初定，疏柳外，白鸥眠。忽惊袅袅风起，轻扬縠纹圆。俯仰晴空如昼，漫学袁宏咏史，情景亦双全。料道嫦娥笑，特地影娟娟。

探春慢 除夕遣兴

烬落疏灯，声催腊鼓，惊回一枕春梦。把酒临风，遥吟俯唱，隐和柯亭笛弄。拍手窗前笑，雪飞上、寒梅初冻。精神欲补诗囊，杯柈仍荐清供。

二十六年今夕，叹草草生涯，都归悾惚。盐米纷纶，文章游戏，两事何堪交哄。新故无端换，只赚得、黄冠迎送。分付荆妻，椒花还要成颂。

望梅 彭丽嵩别驾师壬午夏泛舟东西湖观张诗墨迹题后

将军驰马立潮头，倾泻两湖新渌。鹤发翁、小艇凌虚，看虹断长桥，浪翻飞屋。上下天光，倒影浴、金乌三足。趁惊湍南渡，四顾苍茫，孤塔高矗。文星塔在两湖之交。

湘流此真一曲。怎气蒸城阙，声撼岩谷。莽寥空、无数烟波，尽奔入篷窗，饱供诗腹。倒载归来，竟横扫、兔毫成秃。到于今、蛟蛇满纸，那堪追逐。

宴清都

九月望，补庆家君五十有一，家君故中秋生，时自陕甘驻鄂后路粮台归也。

幽绝湘环墅。城西别墅家，君颜曰湘环。吾翁返，湖山还自成趣。三秋好景，黄鸡紫蟹，补华初度。团团月到天心，对清影、重浮桂醑。写家庭、一段风流，斑衣阶下时舞。

谁道五十年来，沧桑千变，诗礼如故。椿灵未老，芹香薄采，小子适入学籍。满堂欢聚。闲吟入塞歌行，欲唤取、焦桐再鼓。家君近著有《入关剩稿》。望南飞、孤鹤蹁跹，白云深处。

瑶花 侍家君次横村山庄

村藏云际，别业无多，已幽栖三世。秋高气爽，骨肉聚、细语耕桑生计。青山坐对，把前事、萦回胸次。叹几经、补屋牵萝，守此寒儒门第。

眼看社燕飞飞，问巷口夕阳，知否兴替？庭闻哜茹，为指点、当日新栽松桂。嗟予小子，笑恁地、家声能继。愿自今、春酒羔羊，写入豳风图里。

踏莎行　闺中秋夜追悼，时龙氏殁三年矣

霜紧乌啼，风凄雁咽，流光太息金蛇掣。空帷独坐夜迢迢，寒衣纵授心如铁。

帘月黄昏，灯花绿结，思量寸寸愁难说。欲呼妙子致殷勤，稠桑路远音尘绝。

一痕沙　馆长沙城北，夏日晓起

刚被晨鸡催起，环坐侁侁胄子。到耳不胜清，读书声。

雨过池痕新涨，几朵白莲花放。凭地与心稽，是濂溪。一作摇曳引薰风，妙香通。○馆中莲花盛开。

烛影摇红　乙酉乡闱中秋

前岁西湖，携尊畅醉中秋月。旋惊去岁月孤飞，习礼歆绵蕝。客授长沙。今更中秋时节，广寒宫、天香飘忽。姮娥莫笑，涂抹东西，争禁仓卒。

目极蓬莱，文章五色花如缀。首场诗题赋得“蓬莱文章建安骨”。

何来居士谪仙才，两度霜蹄蹶。又到三场稿脱，枚乘腕底惊涛活。伊谁从我，铁绰铜琵，歌声激烈。予诵闱艺，邻舍生有请低声者。

木兰花慢 周辅弟入县学，侍家君送其舍采

连床寻旧约，惊坐起，雨凄凄。喜斑管重拈，青钱一选，榜上花开。相逢，少时同学，好抠衣偕入泮宫来。那识莺声静听，依然鲤对叨陪。

蓦抬头，巾卷充街，望气亦佳哉。但尔室工夫，他年名宦，恁地安排。家风素传忠孝，愿辛勤造就出群才。不见希文齑粥，江湖廊庙关怀。

玉漏迟 秋日携季容弟登文星塔

岿然层塔峭，两湖高跨，势凌天杪。磴道盘纡，引我倚空吟啸。俯瞰山川城郭，只数点、烟痕低袅。霜讯到，孤鸿南度，一声声悄。

皓皓白石堤平，问马足车尘，几番纷扰。恁地闲游，云外别摅怀抱。不料长头弱弟，指绿透、斜阳秋草。开口笑，诗思又添多少。

瑞鹤仙影 郭氏面榴轩示诸生

城西别径，通幽处、开轩正对榴火。手携好友，来游冉冉，

碧云门锁。经腴史液，尽排日平章定课。到宵深、灯花满放，一笑古愁破。

名辈栖迟地，巨榜犹悬，忍教尘涴。轩故郭钧台先辈所筑。素心遥企，怕牙弦、曲高难和。师弟拳拳，愿风雪寒毡稳坐。前修伊迩各努力，六学大。

摸鱼儿　杜公亭

问风流、浪花淘尽，危亭犹说工部。当年轻舸桥边系，烟景暂时留住。携杖去，听猿狖、啾啾欲唤骚魂语。裴回凝伫。叹江草无名，岭云随意，触目半愁绪。

长空外，渺渺沅湘北路。春来涵碧如故。苍茫回首秋容老，忍赋兰成枯树。清悄处，幸及见、先生旧是湖山主。遥情寄与。把绿醞三升，吟坛沃酹，聊慰作诗苦。

扬州慢　戊子八月十三夜闱中作

野橘香清，庭梧色碧，频年滋味深知。怎喧阗人海，兀坐倚阑思。听墙角、蛩吟秋老，三条烛尽，藻采纷披。岂龙宾、十二神来，暗里扶持。

琴弹焦尾，问中郎，恁地逢时？但对酒当歌，乘槎欲渡，未免情痴。今夕是诚何夕，纤阿步、翻讶迟迟。倘穿云、重见花开，应折高枝。是夕月色朦胧。

水调歌头

城西徐晏庙东厢，先从王父□臣公读书处。今岁授徒其间，抚今思昔，慨然有作。

城阙半榛莽，犹剩旧词坛。传闻嘉道流别，汉学浩弥漫。公抉六经精义，讲习了无门户，欺我古人难。墨墨衍家法，不在掖留鸾。

萧斋坐，携故物，一毡寒。何来同好晨夕，辛苦共研丹。想到微言乱志，不有先贤衣钵，恁地析疑团？静里妙神会，几阕素琴弹。

齐天乐　己丑恩科，八月十五日，闱中与舍弟周辅邀同试数子对策

累朝文献茫如海，扪珠大都难记。酒索三痴，衣缝百衲，咄咄皆惊奇事。铨庭滥厕。叹昆季双双，沉吟再四。恁地高才，甲兵多少在胸次。茶陵尹君对兵法一道。

天王日中见字。想涓埃欲报，人有同志。十渐书屏，六箴悬扆，曩哲飙流谁嗣？衡茅崛起。把不律挥残，五云遥企。怎见秋来，马蹄休得意。

垂杨碧　十六日放牌再赋

抛子墨，旋逐雁行俱北。仿佛鳌山灯未黑，看花归也得。

记问登科谁织，欲探蟾宫消息。今夜夜中新月色，梦儿还静忆。

满庭芳　与周辅弟侍家君夜坐

九曲烟云，一家弦诵，乃翁兴味方长。青灯影里，文物细平章。说到隆中经济，歌吟外、便是耕桑。谓左文襄梓洞柳庄。男儿志，功名未就，且咬菜根香。

生涯存破研，嗟予昆季，终岁皇皇。幸良宵多暇，趋侍壶觞。搦管亲承提命，新诗债、清静能偿。从知道，人间奇福，大半在伦常。

摊破浣溪纱　城西江楼春望

丽日和风草色妍，高楼遥望绿如烟。多少征帆云际去，水浮天。

双塔倒悬青霭外，数峰横枕紫霞边。到此幽情谁共叙，饮中仙。

酹江月　拟题子陵钓台

炎精再造，问王侯、多少龙骧云起。此老羊裘江上坐，忘却故人天子。白石磷磷，沧波淼淼，只觉臣心喜。掀髯大笑，垂纶岂在鲂鲤。

闻道七里滩边，傭奴贩妇，一样清如水。东汉诸公崇节义，想是先生驱使。渔父行踪，大贤深意，那更窥涯涘。祠堂作记，希文算个知己。

八六子

韩宝臣大令受卿建涵碧楼署西青竹山，颇揽湘中之胜。春日登临，成一阕，呈大令，兼简同游诸子。

莽尘浮，怎知朝市，丘樊别着危楼。看极浦雨声鸣夜，平湖月色澂秋，风光独幽。

名区天与名流，四面江山胜迹，登临雅豁吟眸。背负三峰山，面直女洲山，左瞰东湖，右临大江。有杜公亭、名贤阁、文星塔、状元塔、八景台、酉坊诸古迹。况柳暗花明，阳春召我，黄莺娇啭，白鸥翔集，今朝偶尔追陪灵运，公然啸傲沧洲。约同游，诗成快倾一瓯。

解佩环 辛卯乡试二场纳卷迟，赋一阕解嘲

者番重到，对风灯无恙，展读新稿。破晓钟铿，请试他题，又教笔阵横扫。平生文字耽奇癖，倩瘦岛、推敲殊好。罗翰清茂才，人号舍后，向予诵四书文。次日旋以经艺互相质证。纵衙官、击鼓频催，还坐茶铛烟杪。

曾记青莲，日试万言，便倚马、摅写襟抱。何物顽才，纳卷来迟，犹想时髦倾倒。模糊两眼空中认，隐觊得、点头人老。隔画阑、欲话前缘，莫笑玉蟾轮小。长沙府受卷官退堂，遂投中坐一老人。老人指点东去，旋呼之进，展阅再三。讯小吏，乃知为己丑荐卷师张公贵良。

龙山会 九日游东湖万缘庵，怀郑安节先生

前岁经重九，日暮长沙，大醉黄垆酒。生衣凉又透。湖上去、怕把风烟辜负。小憩给孤园，短垣外、遥峰青瘦。喜新晴、西来气爽，几番搔首。

言寻秀野斋居，水竹平章，肯落他人后。东篱花放久。沉吟好、无限幽香频嗅。冷淡结奇缘，更谁问、浮云苍狗。只知道、神交古昔，一柴桑友。

上西楼 馆洞庭庙五月为水涨放学

琳宫许设经筵，甚因缘。矻矻三年灯火、斗花妍。自壬辰至今三年矣。

正适馆，怎云散，水连天。真个广陵秋色、上毫颠。

金明池 甲午八月十六日，与长沙潘茂才闱中对饮

雁嗷秋高，蝉吟昼静，半角烟痕老矣。平檐下、重逢旧友，尽消遣新醅绿蚁。念年时、落魄潘郎，胜一片、春色梨花香里。问仙李披袍，颠张脱帽，未识风流谁似。

下第刘蕡今再起。对明远楼头，骚魂不死。凉飙紧、斜吹密雨，只愁煞、潺湲盈耳。十四日大雨。幸邀来、欢伯清谈，把九曲柔肠，荡空尘滓。待衡岳云开，长安日近，恰好青天依倚。

减字木兰花 南郭外郊居秋兴

穿池种树，负郭依然临水住。西望苍茫，万顷菰蒲白雁翔。

凉秋夜碧，明月一杯风一笛。一作新月一眉风两腋。醉卧糟丘，衮衮江声入梦流。

永遇乐 玉笥山三闾大夫庙

罗水西流，湘云南卷，中有祠宇。砌糁蘼芜，墙悬薜荔，总是销魂处。天荒地老，九歌谁续，落日猿声啼苦。想彭咸、无穷遗恨，故都杳杳烟雾。

经亡骚作，骚亡赋作，流衍渐忘初祖。那识孤臣，虽更百世，款款心如诉。玉笥山头，飘风冻雨，传说灵旗来去。低徊久、大招吟罢，聊陈椒糈。

四字令 病后夜坐

头风欲颠，眼花欲眠。夜寒还耸吟肩，正愁边醉边。

药炉火然，茶铛水煎。空中幻袅云烟，是仙缘佛缘？

唐多令 赋得苔草延古意，时寓城北熊氏旧屋

寒碧锁柴门，萧萧别一村。倚南窗、坐到黄昏。纵使客儿频见访，屐齿过，了无痕。

秋气赴芳园，烟横老树根。剩微青、三径犹存。错认蕉天清似水，枯管下，绿云屯。

清平乐 蔡巷萧氏小轩作

萧斋偃仰，何物消清酿？四壁诗歌题作帐，欲与知心人赏。

浮生莫叹飘蓬，妙藏丘壑胸中。况此时才重午，石榴如火通红。轩前石榴花正放。

汉宫春 丁酉八月初十夜闱中遣怀

卌载娜嬛，说胸中古趣，窃比彭笺。首题“述而不作”一章。怎奈文心，自苦诗债空缠。蠹鱼摇尾，记三生、字食神仙。到此日、丹还七返，可教炉火青然。

堪笑琐闱深处，已飞来明月，第八回圆。何人白袍一着，鹄立云边。予怀渺渺，料兰闺、望眼双穿。漫道是、天台香好，挑灯暗掷金钱。

徵招 大寒日玩雪，用芝山老人韵

层霄风卷琪花落，飞沾玉妃良袂。蔼蔼浮浮，遮尽四围苍翠。璚楼空外起，算游览、足娱人意。错认从前，洞庭秋泛，月明如水。

泱漭大寒天，羊裘敝、愁居芰荷乡里。何高卧袁安，喜琼瑶满地。晓来无个事，倩红友、甽摅幽思。醉翁令，倘续聚星，又琐窗徙倚。

蓦山溪 暮春阑江坝板桥晚眺

书声乍歇，携手垂髫子。时馆陈氏。彳亍度溪桥，望远近、峰峦凝紫。昏鸦几点，斜带夕阳飞，空中倚。情无际，牧笛参差起。

匆匆曳履，笑入江边市。借问酒家，谁是旧日，汪伦邻里。砖垆小憩，蓦地暝烟横，回头记，闲滋味，不减兰亭褉。

西湖月 岳忠武祠怀古，祠在洞庭东岸营田

平湖巨寇跳梁，望森森鲸波，频年深阻。鄂王持节，飞来天外，义旗高举。绿杨青草渡，在在是、心兵筹画处。看八日、露布奔驰，贼党散如风雨。

东南半壁谁撑？要省识湘中，上游门户。千秋难得，卫公韬略，岳家军旅。武飙旁魄甚，过旧戍、犹惊鸦噪树。且重取、曩哲遗章，付神弦舞。族父祉民公有谒祠诗，载县志。

念奴娇 庚子冬日谒左文襄祠，用东坡赤壁韵

草庐高卧，早时艰蒿目，系怀民物。运会相乘持节起，耆定山河半壁。力掌机衡，功收矢石，宿愤三朝雪。曾胡而外，如公真乃人杰。

卅载虎帐声威，区区鼷鼠，胆落千钧发。一自台星闽海殒，

无数涛生云灭。羌笛横吹，銮舆远狩，令我思黄发。椒浆满沥，迎神湘上寒月。

石州慢 馈岁

岁事匆匆，私了豵儿，先赛田祖。寻思西舍东邻，馈问乡风重举。筠篮携去，虽然春磨之微，随缘都是钟情处。兜惹小奚奴，也春生眉宇。

闲语，儿时酾酒，诸父团栾，曾烹肥豜。今又隆冬，投报纷纷如骛。誃台高筑，那知双鲤迢遥，飞衔雅意敲蓬户。尔汝两忘形，懒编成资簿。

孤鸾 别岁

旧交离别，记携手河梁，柳枝还折。况年光如矢，忍随风远掣。羲和挽留不住，趁天寒、举觞浮白。古道犹存，却着意者般餔醊。

纵莲根、逢闰重生节。怕水腹冰坚，情丝难结。差喜秋成好，且鸡豚延客。山翁有谁入坐，漫回首、鬓华飘雪。转瞥牛儿鞭去，听田歌声彻。

夺锦标 守岁

半晌沉思，一年将尽，檐际高悬星斗。缓步榆枌里社，爆竹声中，儿童奔走。回头归去好，怕春到、愁牵丝柳。便惊寒、悄掩双扉，梦肯重寻蒙叟。

记取东京旧俗，几辈围炉，闲坐依依情厚。今我吟肩孤耸，窗外梅花，鹤留同守。念千金片刻，幸鸡声、三号还久。唤家人、送灶余闲、镜听方来休咎。

湘 月

壬寅补行庚子、辛丑恩正并科三场，约任茂才同投卷出闱。时茂才誊真未竟，予立帘外，与巴陵吴子闲话。

西风迟暮，剩深心一寸，仍托豪素。年少郎君那识我，静里香销浮虑。梦醒吞爻，第三题出《周易》。情牵践约，争忍匆匆去。岂真王质，观棋旁坐樵斧。

难得矮屋场中，可人如玉，竟萍踪相遇。活火新泉烹茗罢，还与评量今古。予渴甚，吴子为之开炉煮茗，相与谈论往事。韩柳文章，沅湘耆旧，屈指浑无数。神交谁最，柈湖云水佳处。吴子世家巴陵柈湖，其从祖南屏舍人，著有《柈湖诗文录》。

宴琼林

同治初，从王母易蠲田三百亩充府县学月廪，请免新入学生印卷费。故事：诸生入学后，学官酌贫富取贽议定者，始印卷复试，号印卷费。于是乡先辈推广蠲输，续置田亩，并建兴贤堂。凡士子考试，佥佽助之有差。光绪壬寅，予司其事。承岁歉之后，小大科并举，出内间不知几费踌躇矣。除夕检点毕，独坐堂中，歌一阕以下酒。

讲肆日团团，照苜蓿盘空，岑寂无奈。问何来、贤母割良田，补缀陆庄荒蕨。英豪嗣起，成就个，人文都会。到于今、蕊榜题名后，尚前徽追话。

堪笑穷年鞅掌，为词坛、香火缘在。眼见战士衔枚勇，正飞扬旌旆。今科南闱中式六人，北闱一人。只忙煞、萧侯转饷，运筹罢、酒尊孤对。听清钟犹喜东风近，寻梅了诗债。

金人捧露盘　花石岩吊何烈妇

《湘阴县志》：明庄烈帝崇祯十六年，张献忠陷长沙。其党至湘阴搜山，诸生何逊敏携妻潘氏避乱，行绝壁下，经花石岩，忽传贼至。潘氏度不免，顾逊敏曰："君速去，毋以妾自误。"行不数武，以头触石，血喷而死。予考花石岩，实以潘氏得名。士人立庙祀之，历二百余年不衰，可谓灵也已。

旧山青，渐渐石，血痕新。问如何、遗迹长存。先朝烈妇，生丁烽火死成仁。只今皎日，照心胆、不负清门。

云旗掣，风前影，环佩响，月中魂。神奇事，语遍乡枌。行人下马，汲寒泉也酹匏尊。杜鹃村外，几声唤、惨绝残春。

玉烛新

癸卯恩科，病后就试。初八日入场，颇觉困顿，夜间把酒，成此调。

韩诗原谴疟，奈旅馆风寒，总添萧索。出门一笑，秋阳暴，陡觉汗流珠落。行行且却，悔半世名缰羁缚。到此际、瘦骨支离，昂藏竟成孤鹤。

棘闱畴囊初心，已茧吐丝多，蝉吟翼薄。是谁催我？还静听、几阕霓裳迭作。蒲黄小酌，起舞弄清光如昨。遥引领、双阙嵯峨，乌朝声乐。一作浑忘了、玉漏丁丁，长扃鱼钥。

长亭怨

三月二日饮城北夏氏，酒后与熊玉森乘兴清游。雨，坐周茂才家小憩，归时已初鼓矣。

正寒食、愁云犹渍。怎又烟花，簇生春意。邂逅高阳，一场豪饮恣游戏。科头箕踞，狂客渴、羌都避。桑柘影西斜，还与说、旧欢今事。

扬袂，对青天大笑，那管众人皆醉。招呼好友，着芒屦、踏穿空翠。少留住、逸士门庭，妙清听、蛙儿鼓吹。便冒雨归来，也有垫巾风致。

贺新凉　乙巳九日饮紫东园汪氏斋

抱膝灯窗北。听敲门、无边落叶，争禁萧摵。佳节忻逢重九日，臬臬风来西极。好探取、黄花消息。斗酒闲携拼一醉，一作左手持螯杯右把。约朋簪共写烟霞癖。诗欲作，继彭泽。

故园兄弟关山隔。忆当年、茱萸遍插，高谈岸帻。人事推迁浑是梦，难得楼台水石。又客里、三分秋色。老子婆娑终不浅，坐疏篱且散愁千叠。清啸发，楚天碧。

百字令　集兴贤堂怀彭毓青先生

披吟汉诏，记兴廉举孝，蒸成风俗。万古斯文绵一脉，犹幸名山高矗。蜀日长悬，衡云尽扫，隐隐薪传续。皋比纵撤，旧书依样重读。

太息奸党碑镌，安民何物，也自尊耆宿。吾辈仔肩殊更重，惆怅知音空谷。雅志希颜，严辞责沈，想见人如玉。苍藤树底，先生老屋，士人称藤树彭氏。眠琴默证心曲。

忆旧游　丙午正月十日重过泉交市

爱双流溪口，市小如村，多少人家。畴昔遨游处，记匏尊饮酒，瓦鼎煎茶。忽惊钓艇云集，交易是鱼虾。到落日登楼，烟岚杳霭，数点山斜。

旗亭一回首，正杨柳初黄，还不胜鸦。时近张灯节，盼蟾宫月满，光射银花。谁知啸侣无几，都付浪淘沙。只隔岸浮屠，排空直上凌紫霞。

摸鱼儿　修亡室武陵君母女冢

怅青葱、北邙山上，梨花还惹风雨。清明几度鹃啼血，麦饭一盂投汝。行踽踽，记昔宿牛衣，涕泣浑无语。寻思更苦。把春梦阑珊，离怀窅眇，依样瘗黄土。

霜淞落，慈竹寒敲涧户，萱帏曾否欢聚。三生回首恩勤在，况是穷愁儿女。前夜午，听反哺乌声，也觉心凄楚。嗟予祸父。对双冢烟荒，孤村云坏，遗恨石难补。

春光好 丁未元日早起作

烛花灺，篆烟霏，漏声稀。何处天鸡云外嗷，报春晖。
回头静掩双扉，雨儿微雪儿霏。笑倒芳尊拼一醉，当添衣。

沁园春 二月十二夜大雷电，惊起兀坐，成一解自儆

鬼物何多，薜荔丛中，啸歌若狂。幸雷轰电掣，十分磅礴；山崩川沸，四顾徬徨。剑逐蛟腾，梭成龙跃，风雨分飞气莽苍。更谁氏，敢邯郸枕上，梦续黄粱。

是非尘海茫茫，要手劈奔流入大荒。但观空观色，谁抒理趣；多忧多惧，只搅心肠。冷水浇来，顽云拨去，丹府暾生午夜光。从今后，把万缘抛却，省过焚香。

西江月 秋日晓起即景

一笑抽身尘缚，霜清忽送疏钟。披襟早起曳枯筇，斜倚遥天气爽。

黄叶风来自扫，苍烟日出还浓。羊求者度不曾逢，三径悠然神往。

锦堂春　戊申正月朔，集家人早酌

昨夜残灯犹在，东方簇拥红霞。衔杯一饮屠苏酒，春色浩无涯。

回首百年先德，开轩还话桑麻。个中乐事天伦叙，忠孝旧人家。

满江红　和陈莑喈大令庆森题胡游戎夔一足小照

一跌难收，竟孤负、湖湘豪杰。幸留个、桓桓爪士，撑支行列。鹅鹳寒声号朔漠，螳螂怒臂当车辙。到头来、谁使蹶而颠，边城雪。

千人帅，才缨结。百人帅，寻斨缺。想苍茫独立，肝肠如铁。走险痴心真是鹿，回军跛足都如鳖。问东山、太傅赌围棋，屐还折。

金缕曲　次韵陈莑喈大令留别

兀坐愁肠饱。念疮痍、许多苛痒，何来仙爪。一夜番风吹水绿，陡觉十分春好。说杯酒、馔成谁料。花落中庭人又散，写烟云满幅新吟稿。无限意，拾香草。

重湖天锡公东道。望苍茫、鱼龙妙舞，几供徵调。我昔升堂曾半面，想到洪钟静考。喜霜气、寥空感召。今愧携筇迟赠别，不赀钱买取秋光早。禽鸟哢，扶桑晓。

金缕曲 为张明府和陈侯留别

潮汐惊闻饱。幸荒城、江清月近，卧龙藏爪。一霎雷奔山也破，洒遍西郊雨好。知妙用、固难轻料。何物舆人歌子美，腹空空多半无成稿。回首看，风前草。

短衣匹马阳关道。叹征夫、才非百里，怎堪符调。明府少时随左文襄西征，幸博一官，以不才未赴部候铨。神父心肠慈君政，文献还教通考。独遗爱、今犹咏召。邂逅双凫千载遇，恨攀辕没个勾留早。公宴罢，鸡号晓。

金缕曲 为郭三和陈侯留别

下马槐风里。看随身、瑶琴三叠，臣心如水。衙鼓一挝竿牍积，电扫案头尘滓。依旧傍、酒仙诗史。闻道春寒东阁醉，赏梅花好向遥空倚。纱帽脱，墨淋纸。

罗州一作湘中循吏司勋纪。记从前、万家生佛，唐徐张李。唐公懋淳、徐公梁栋、张公宗衡、李公蓉镜，皆有惠政，入县志名宦传。公有灵犀通一点，雅负屠龙绝技。权且话、桑中驯雉。今日临歧诸父老，挂长红天外霞成绮。鞭蹬截，双挥涕。

太常引

生日先夕，胡甥彦侯暨从子辈举酒相庆，越二日酬之，戏赋。

南飞孤鹤曲声圆，侑酒小梅天。沉醉枕书眠，都错认、先生姓边。

一番情事，两番欢乐，垂暮结奇缘。闲坐话弧悬，问修禊、兰亭那年？仆以癸丑生。

水龙吟 和外侄胡琴僧贰尹祖芬三十生日作，时琴僧督堤工武昌

汉皋捧檄遄征，先贤棠芾留遗爱。一丞虽小，乃心公事，厅松谁对。禹贡山川，周官沟洫，都须体会。纵他年做到，经天纬地，端不出，勤劳外。琴僧从祖文忠公有言：朴实干事，即是经天纬地之才。

宦海波涛澎湃，要徐徐、锦帆高挂。喜君牢记，资江乡味，廉泉宗派。廉泉书屋，琴僧祖珏轩先生课子处。通德门闾，应施驷马，何愁日迈。好登楼清唱，梅花旧曲，向飞仙酹。

满庭芳 庆何印川丈重谐花烛

红杏村中，朱陈嫁娶，当年图画犹存。婆娑老子，熟路记仙源。好是吟风赏月，三生石、还与重论。从今去，胡麻同饭，分赐到云孙。

齐眉传韵事，庭阶爱日，长照椿萱。想筵盛麟脯，快倒芳尊。借问而公春趣，涪州易、早已胸吞。研丹点，咸恒两卦，认取旧乾坤。

洞仙歌　为焦艾千茂才庆何印川丈重谐花烛

岧峣神鼎，旧是烧丹处。梁氏夫妻倚山住。丈居神鼎山下。看春风、一笑明月重圆，持杯去，依约天台缓步。

若翁清福足，四叶同堂，多少恩情系儿女。回首忆前缘，六十年来，团栾坐，仍见三星在户。听房中盈耳乐洋洋，却不碍周公，关雎先赋。周定轩先生首唱二律。

三字令　己酉正元感兴

烟雾散，日升东，气蓬蓬。微妙处，渺茫中。律天时，观物象，愿年丰。

湘水上，紫髯翁，醉颜红。携茗碗，检诗筒。白云晴，幽鸟逐，兴无穷。

小桃红　二月杪双林寺看红梅

二分春已透芳丛。世外梅孤绝，耿耿心寒面还热，晓霞烘。

峭风远带泉声聒，蔫红犹在，将何点缀，招鹤下层空。

南乡子　南泉山诗僧西枝塔

古寺旧参禅，曾结浮生半日缘。展读湘山诗稿罢，翛然，门外风清放妙莲。西枝有《湘山草稿》二卷。

弹指几经年，翠竹疏疏竦塔前。见说寂音无恙在，谁传？只有潺湲石上泉。

木兰花慢　双林寺解馆留别诸子

倚西风遥望，愁扑面，庾公尘。幸清绝双林，分来半席，颐我经神。静中读书声好，记青灯少小味津津。不是抽丝到茧，难教有角如麟。

茫茫坠绪要传。人怎地，可因循。问入德之门，九容崇礼，四勿存仁。终年互相磨砺，剩伊川残雪送归轮。前路梅花数点，天心暗里回春。时近冬至。

忆秦娥

十二月张家冲墓庐对雪，用朱子怀张子韵，寄周辅新疆藩幕。时周辅遗书重修先垄。

天如幕，风飘雪片霏霏落。霏霏落，山容开处，数声灵鹤。

心愁姜被年来薄，同云一望添萧索。添萧索，班侯西域，何郎东阁。

忆秦娥

墓庐塘侧有梅一株，枝干虽小，玩之却可人意。用朱子怀张子韵，再寄周辅。

寒香发，梅花唤我来延月。来延月，广平春思，孤山高节。池塘水带微风咽，苔枝照影双清绝。双清绝，年年留取，迟君同折。

锁窗寒

横村宅东茅舍三间，予幼时读书处。今颓圮久矣，重经故址有感。

云水孤村，三椽茅舍，翛然非俗。苔痕草色，静锁满庭新绿。敞东轩、我时独游，父师检责殷勤读。记蕉窗夜雨，无穷滋味，灯花如簇。

流瞩，寻横幅。已宝墨苍凉，古愁千斛。先大夫曾书“抗心希古，着手成春”八字，榜于左右室。斜阳人影，还倚萧萧修竹。念沅湘、诗礼旧家，后来合许薪火续。喜坡公、遗集犹存，脉脉容私淑。舍中书籍仅存苏诗一册。

东风第一枝 北郭外山墅，春日坐雨独酌

郭外荒村，山腰古屋，绿窗聊淡尘虑。朅来积雨生寒，险怪风姨讯误。呼童贳酒，且认取、林园佳趣。沉醉后、两眼朦胧，人在白云深处。

青已减、柳条几缕。红又瘦、杏花半树。韶光渐近清明，问怎样迷离烟雾。幽篁独坐，只愁听、鸠声如诉。更那夜、对影成三，月向杯中飞渡。

如梦令　为人题日本画扇

海外苍茫云树，姹紫嫣红无数。绘影扇中来，不辨蜃楼何处。携去携去，列子有风同御。

风入松　八月晦日步至南泉山馆

芒鞋缓步出城东，晴日暖如烘。行行且止支筇立，蓦回头、几点烟笼。残碧拖来浅水，微青瘦却遥峰。

千章木拥法王宫，云气郁葱葱。入门反讶秋容淡，衔杯笑、叮嘱西风。那夜钟鸣霜霁，菊花开满芳丛。

八声甘州

重九后一日，与客过毛茂才家，小饮而归，却寄。

菊花风速客赴重阳，今还我同行。向落叶村边，平沙渡口，散步新晴。访旧松扉一款，倒屣笑相迎。忙泻鹅黄酒，畅叙幽情。

难得南窗徙倚，正庭椿日永，林竹阴清。说先人夙好，回首欲寻盟。奈匆匆、踆乌西坠，趁满湖、芦雪放舟轻。归来望，断桥衰柳，数点烟横。周家桥乘小舟回。

桂枝香 寄张生广东幕府

珠江潮汐，趁万里风来，翻激空碧。之子游遨，稳挂几层帆席。蛮笺屡逐飞鸿至，喜搜奇、渐将成癖。琼山淹贯，刚峰强直，瓣香遗集。张生馆琼州，留心先贤事迹。尝手录丘文庄海忠介文数通寄予。

记绵蕞、当年讲习。问同学诸生，愁绝萍迹。青眼高歌遥对，虎门红日。传闻幕府需才甚，愿殷勤共纡筹策。壮怀能展，准从云外，为君浮白。

雨霖铃 立秋日南泉山馆坐雨

亭开荷芰，有微风起，便带秋意。丰隆又送飞雨，跳珠乱入，浑疑鲛泪。徙倚梧桐院落，正黄叶初坠。望户外、多少峰峦，暖霭沉埋两眉翠。

城居厌软红尘骑，已三年、寄傲烟中寺。招凉小坐遥听，松石里、悄然清吹。薄暮推窗，犹见、蕉天净绿云渍。快写就、几句新诗，喝月还同醉。

离亭怨 杪秋经杜公亭遗址

湘上溪山佳处，杜老一亭千古。柑酒曾携闲眺瞩，野色空蒙如许。沙白草新青，欲搦吟毫重赋。

当日秦川鼙鼓，今日女婆砧杵。谁挽长江东去水，洗尽骚人肝腑。凭吊倚斜阳，仿佛孤城夔府。一作凭吊倚西风，恁地高吟梁甫。

采桑子　侨中疃焦氏妹家

冲飙一吼人狂走，少住山庄，菊蕊初黄，偏向东篱自在香。其家种菊较多。

穷途骨肉忻相聚，剪韭炊粱，闲话家常，只有耕桑策最良。

解连环　寄周辅英吉沙尔

谁教予弟，向流沙尽处，一官匏系。有好友、佐幕初归，说民瘼，苦求省刑轻税。焦尾琴横，尽弹出、宦游情事。想虬髯撚断，鸩舌调来，恁底劳悴。幕友南旋者，言弟日坐堂上听讼，暇则召乡约问民疾苦，遂豁免钱粮，羡余金三千余两。

从前尺书遥寄，约庭花府草，同探春意。弟赴任时函要予往。绝不图、羊角风狂，竟吹老要荒，莽莽尘世。故国回头，合眷恋、沅湘兰芷。问何时夜雨，寒灯共坡公醉？

龙山会　九月十日熊玉森招饮城西，补践登高之约

世事匆匆了。又过重阳，独坐愁多少。南台今再到，开口笑、笑道黄花仍好。对酒恣高谈，午窗下、推敲诗稿。想前番，题残糕字，刘郎惊倒。玉森出重九诗见示。

湖山何处登临，散步城西，气与秋天杳。援琴弹古调，一作凌虚穷远眺。清绝地、记取当年台沼。寒族城西老屋，颇极台沼之胜，毁于水已四十四年矣。回首倚金风，帽还落、公然禅老。问方外、浮游逸趣，白云飞鸟。

壶中天　六十初度述怀

浮生如梦，听荒鸡咿喔，几时才醒。念自中年悔悟，最怕踏歧途榛梗。石甑经营，丹铅点勘，稳坐青毡冷。蹉跎无奈，鬓须愁对菱镜。

溷迹尘瀣悠悠，佣书卖卜，笑问居何等。五夜扪心瞒不得，只此良知天性。义利关头，人禽界里，到老还三省。一作判断争俄顷。先民彝训，一星要使槃定。

疏影　题霞林黄陵瓦研

黄陵庙下，怪寒烟满地，还剩鸳瓦。难弟难兄，意外携归，几费良工陶冶。同治己巳，霞林与其兄内臣茂才得瓦庙后。规成研当公田棱，努力学、樊迟躬稼。喜此间、岁岁丰瓤，算是连城无价。

堪叹甘泉铜雀，纵流传赝鼎，谁复知者？庙中故有昌黎先生碑，为水汩没久矣。神物何来，淮海云涛，长助先生挥洒。风闻好事名流集，尽爱向、文房心写。到如今、拓本重看，恰听鹧鸪啼罢。

醉蓬莱　题杨召霖丈七十自寿诗后

历沧桑浩劫，湘水东边，犹留遗老。塞上归来，结精庐瑶岛。泉石清幽，琴书雅洁，何处红尘搅。欲讯前缘，飞觞醉月，笑梅花早。

蒋径曾开，赵楼同倚，名辈风流，外私情好。四载云天，回望还倾倒。鸾掖遥传，庞眉偕隐，杖屦春多少。俺且重将，紫芝旧曲，续商山皓。

齐天乐　生日祀先考妣

男儿无限桑蓬志，于今竟成虚语。尘海沉沦，云天怅望，忍忘当年乌哺。凝思几度。倏趋入中庭，慈颜何处？点检盘餐，姜鱼重进泪如雨。

毛诗蓼莪旧赋，对南山律律，衔恤终古。梦想先灵，追维往训，憾未高阡表竖。惊飙又怒。问底物酬恩，一尊清酤。皂帽遗民，寝门空孺慕。己酉冬修葺丘垄，培劼拟就仲弟焚黄立表，惜世变未及为耳。

过秦楼　移家中疃焦氏石屋

野杏红时，笋舆南去，径到白云岩口。安排井灶，料理琴尊，仿佛室家如旧。无奈积雨浪浪，燕懒莺愁，吟魂都瘦。只柴扉昼敞，卧游空际，几横双肘。

回首记、曲岸观涛，仆世家城西江岸，春涨起时，一碧万顷，环绕门前。平湖玩月，隔江鹤龙湖，秋月印水绝佳。收揽许多奇秀。而今老矣，遁迹烟霞，万事笑居王后。蓑笠生涯，但愿汲水浇瓜，田山种豆。问阶前石丈，此语还予听否？

满江红　病起感作，仿以圣求体

衰病余生，蛇贪睡、憧憧不寐。鸡催晓、匆匆径起。芒履偶乘霜后出，茅檐且向风前倚。喜东皇、今日放梅开，迎春气。是立春日。

愁未了，君亲事。穷未决，妻孥计。把千秋俯仰，置身何地？云水空蒙双眼洗，渊冰凛冽孤忠失。倘天年、少假易重温，疏窗里。

贺新凉　重九村居遣兴，用悔庵韵

篱菊仍黄矣。怅茫茫、今来古往，流年如水。衣白何人赍酒至，叹我飞觞能几。聊且为、穷愁破涕。足茧荒村长闭户，喜穿林有鹊同栖此。呼散了，重阳雨。

良辰美景无多耳。欲支筇、招邀三益，难寻栗里。尘世萍踪原靡定，便似碑刊叔子。容或笑、名心未死。但使登高歌一曲，尽科头箕踞松风里。时静看，闲云起。

行香子

外甥胡彦侯文学，以仆六十三岁小影，倩友人重写，遂题其上。

故物青毡，老计黄冠，漫消磨、六十三年。是谁妙手，阿堵神传。真酒狂醒，诗人瘦，腐儒酸。

虮虱班联，蛮触兵屯。问何如、斗室翛然。一作高卧名山。苍苍双鬓，揽镜留连。且证初心，行余力，对残编。

生查子 题董氏新居

步屧过东村，水抱山回互。新筑一茅茨，恰在云深处。
白帽老遗民，怎地支门户。所愿不窥园，七月诗重谱。

以上《早梅阁诗集·早梅阁诗余》，1923 年木活字本。

刘　鉴

刘鉴（1852—1930），字惠叔，长沙人。有《分绿窗词钞》。

东风第一枝　题松香岩女史梅花册页

镂玉为肌，雕琼作骨，精神都聚缃帙。枝枝疏影如生，冉冉暗香微袭。冬心独抱，浑不管、春荣秋戚。似广平、晴雪诗成，一样丰姿俊逸。

费此日、联吟翰墨。兆他日、和羹消息。追随纸帐铜瓶，消受绮琴瑶瑟。罗浮梦觉，问仙眷、几生修得？试和他、管竹同论，应是古今双绝。

前调　送春

才是春来，又看春去，光阴直恁匆迫。深闺罢理秦筝，绮陌倦游金勒。一樽清酒，怎沃尽、新离旧别？最魂消、柳上青旗，不是旧时颜色。

风飐飐、游丝无力。雨细细、花容似泣。红销鹃舌犹凄，粉薄蝶衣带怯。晓钟将到，浑不止、千金一刻。积香阶、绛雪彤霞，明日倩谁收拾？

惜余春　本意

雾暗烟迷，莺娇燕姹，又是去年寒食。柳絮池塘，梨花院落，光景不胜岑寂。记得当时胜游，蹴踘秋千，都为陈迹。算经春赢得，风风雨雨，替花凄绝。

难禁受、今日轻寒，明朝薄暖，半臂温存时节。无限新愁，旧愁写未三分，早看盈帙。待卷帘、说与鹦奴，偏是惊寒欲咽。

八声甘州　秋夜听雨

听敲窗点点复声声，时候渐黄昏。正香消珠帐，灯灺玉几，柝断严城。一片蕉弹竹响，越越助凄清。念十年旧事，唤起从新。

想像襟分雁断，更冰凝红泪，黛敛青颦。任展衾偎枕，好梦不容寻。算来日、西风帘卷，黄花又瘦两三分。待倚声相和，莫诉销魂。

鹧鸪天　闺情（二首）

一种凄霜酿雪天，重帏深下护炉烟。鸾台对影还羞月，凤烛回风转灿莲。

钗坠燕，鬓欹蝉，年年锦瑟怨朱弦。无聊最是檐前铎，竟夜琤瑽破客眠。

摘罢江蓠感素秋，离骚多半寓离忧。机丝怕织鸳鸯锦，柳色慵窥翡翠楼。

霞散绮，月悬钩，数尽宾鸿字字愁。年年绣阁关情事，独倚银屏看女牛。

满庭芳　端午

角黍轻投，蒲觞满泛，天中恰又今年。黄梅雨过，风景喜晴暄。大好携柑挈榼，消胜节、容与花前。征旧典，五丝续命，双映袖罗鲜。

名园，宜画稿，红桥屈曲，绿水沦涟。正柳拖金线，荷点青钱。千古离骚恨事，凭验取、竞渡声喧。嬉游倦，搴裳归去，眉月映联娟。

前调　中秋

霞绮初销，日痕乍没，微云点缀长天。银河清浅，遥对一轮圆。世界绝无尘到，相掩映、霭雾霏烟。风过处，奇香冉冉，桂子落襟前。

徘徊，增逸兴，弦调绿绮，曲谱华笺。任满身凉露，犹醉琼筵。但愿花芳人寿，长此共、碧海年年。算此际，广寒宫里，霓羽正蹁跹。

风蝶令　暮春

薄雾和烟霭，飞花共絮飘。春来春去雨潇潇，只有愁城深处不曾浇。

燕剪乘风利，莺簧坐树娇。嫣红姹紫等闲销，留得三分绿意在芭蕉。

前调　春闺

柳带牵离绪，菱奁晕别痕。惜花心思怕残春，似觉莺啼燕语总销魂。

春去愁难去，苔新恨又新。昼长人倦不胜情，那更一帘细雨锁黄昏。

行香子　遣怀

香送芙蕖，荫藉槐榆。碧阴阴、簟润帘疏。流光过隙，好景休辜。常作些诗，饮些酒，读些书。

牟黎面壁，庄子观鱼。贮灵台、谁慧谁愚？求仙学佛，别没工夫。但意毋嚣，心毋燥，志毋疏。

前调　春日即事

绿笑红吟，柳暗花明。倚危楼、旷性怡情。谁家院宇，帘幕深深。正燕呢喃，莺婉转，蝶轻盈。

一番雨过，础润苔青。小窗纱、纤洁无尘。笔床砚匣，在手随身。有几篇诗，数行史，一张琴。

望湘人 春日思家

怅熊湘浩渺，雁帛稀疏，几见明蟾圆缺。鬓发蓬飞，丰容菊瘦，宽尽旧时裙褶。人为花愁，花怜春老，一般情切。展吟笺、写未三分，已是泪痕重叠。

回忆故园初别，正绮窗春到，茶梅一色。喜会集销寒，绿酒红灯罗列。关山遥隔，盛筵难再，遮莫絮萍鸿雪。盼得个、重泛归舟，已是经年离别。

一剪梅 感别呈慈大人长沙（二首）

夭桃秾李艳窗前，红也堪怜，绿也堪怜。一春长是病恹恹，莺也惊眠，燕也惊眠。

待传尺素询餐眠，鱼也踪潜，雁也踪潜。无聊独坐数琼签，风也声连，雨也声连。

露白霜清夜二更，绣线初停，宝鼎犹温。谁家怨笛和清筝？未是愁人，已是销魂。

六曲栏杆永漏凭，月暗星明，汉耿河横。清湘一水阻归程，望断层云，凄断乡心。

永遇乐 七夕

钩月初斜，莲房半老，驹隙如驶。巧结蛛丝，婴浮蜡戏，又见星桥起。一般令序，一般风景，不是一般情绪。最销魂、香雾云鬟，夜永回栏独倚。

不堪回首，去年今夕，同话长生旧史。客旅三千，相思十二，屈遍纤纤指。算来天上，经年遥望，也只盈盈河渚。浑不似、人间离别，惯是重山叠水。

长相思 本意（四首）

雨霏霏，雪霏霏。杨柳年年发旧枝，何曾管别离。
怕春归，又春归。剪剪轻风透琐帏，罗衣欲试迟。

潇水流，湘水流。滟滟溶溶酿别愁，酒醒何处楼？
上帘钩，下帘钩。一度星河一度秋，甚时旋客舟？

风儿清，月儿明。花影重重压画棂，鸭炉香半温。
自行程，盼归程。金钱买卜总无凭，鳞雁两销沉。

笛声残，漏声残。折柳腔中夜倚栏，琴停玉轸闲。
别时难，会时难。立尽西风雁不还，罗衣不耐寒。

鹊桥仙 忆别

秋风异响，暮云奇色，别怨常盈千古。离亭柳线一条条，织不尽、愁丝憾缕。

青山重叠，长河汗漫，有梦也难飞度。寥寥片纸托宾鸿，那便把、衷情细诉？

点绛唇 感怀

燕子归时，重帘寂寂银钩静。霜寒露冷，蛩语偏催憾。

漫剪金荷，再读昨宵信。难凭准，衣宽带褪，赢得恹恹病。

九张机 偶读乐府旧词，仿作遣闷

一张机，花枝连理燕双飞。轻丝未绾愁先结，流光几许，等闲抛掷，无计唤春归。

二张机，萱帏教织忆儿时。柔荑玉映春葱削，娘怀倚坐，分经析缕，软语笑生姿。

三张机，鸾台待晓正容仪。调羹洗手匆忙甚，诸姑娣姒，矜奇斗艳，花样共趋时。

四张机，画眉窗下晚妆时。读书声和梭声转，衫痕鬓影，闲闲相对，清课两攸宜。

五张机，离多会少误秋期。星桥鹊驾传言古，七襄终日，愁肠万结，何巧到蛛丝。

六张机，鸿来燕去几何时？蚕蛾已化柔桑老，玉关遥远，征衣莫寄，辜负手中丝。

七张机，昼长添线日迟迟。兰房自把工夫紧，文鸳彩凤，早教成疋，比翼不相离。

八张机，抛梭转轴费寻思。深闺一自东君出，织缣织素，都无兴致，停手漫支颐。

九张机，丝丝缕缕系人思。冬缸夏簟魂消尽，甚时相见，璇玑共展，详绎锦中诗。

绛都春 题富贵长春便面

云容新沐，爱轻脂淡粉，艳生纨绮。晕颊欺霞，丰肌胜雪栏杆倚。瑶台月下初沦谪，怅尘梦凭谁唤起。芳姿珍重，杏子衫前，石华袖底。

摩拟，环肥燕瘦，问当时、若个倾城相似？护取天香，留想像云裳金缕，玉颜长驻春长在。好消受、繁华富丽。珍禽更助春妍，双翔彩翼。

转应曲 春思（二首）

飞燕飞燕，常在梨花小苑。谢秋归送春归，不管花飞絮飞。飞絮飞絮，秋怨春愁谁诉？

芳草芳草，绿遍残阳古道。酿新春送残春，总是销魂断魂。魂断魂断，惆怅夜舟晓岸。

前调 秋兴（二首）

秋夜秋夜，凉透水晶帘下。风声声雨声声，搅乱檐前铎铃。铃铎铃铎，那管助人离索。

明月明月，照遍东吴南越。怕离多更离多，有几同庭咏歌。歌咏歌咏，常是更长夜永。

浪淘沙 纳凉

银汉耿长天，璧月初圆。晚凉池馆露涓涓。几叶新荷刚贴水，如镜如钱。

短榻坐风前，茗试清泉。流萤熠耀下雕檐。小扇轻罗新剪素，扑向花边。

醉思(还)[凡]　秣陵除夕（二首）

梅边柳边，灯圆月圆。画船箫鼓喧阗，任筹添漏添。
春先岁先，今年去年。一般风景堪怜，更人妍夜妍。

瑶天玉天，明蟾素蟾。临春结绮云连，尽歌筵舞筵。
车联辔联，尘纤雾纤。谁从晻画楼前，拾遗钿堕钿。

前调　感怀（六首）

仙云彩云，轻尘劫尘。银床梦破难寻，感钗分镜分。
三生再生，真因幻因。唾壶凝泪成冰，间新痕旧痕。

蓉城赤城，瑶京上京。无端白玉楼成，拆鸾群凤群。
玄冥窅冥，修龄促龄。茫茫长恨无垠，任填膺拊膺。

长亭短亭，山程水程。当年别路曾经，最消魂断魂。
文鳞锦鳞，书沉信沉。听残雨铎风铃，总伤心刺心。

遥岑远岑，烟深雾深。旧时析袂风庭，又春新柳新。
联吟和吟，回文断文。何当锦瑟瑶琴，绝知音赏音。

环轻佩轻，花明月明。长怜绮兴飘零，负芳晨丽晨。
琼筝钿筝，凄声怨声。幽窗瘦影残灯，剩愁身病身。

丝裙画裙，鸳衾凤衾。笋香消后无温，冷兰薰麝薰。
松筠竹筠，霜凌雪凌。中天华月分明，照形清影清。

台城路 题方湘宾秋窗顾影图

帘衣镜槛都如昨，孤檠暗摇篁户。露滴铜莲，风欹响竹，还认姗姗微步。玉容何处？算一度秋声，一番凄楚。顾影神伤，那堪重忆旧眉妩。

人间恨事何许？幸潘郎诔笔，能有千古。白蜡同哦，红灯伴读，想见相庄情绪。瀛寰修阻。问钿盒金钗，几时寄与？缘续他生，恐鬓丝如缕。

前调 秋感，时侍宦江宁节署

秋阶寂寂秋萤聚，秋扇乍挥余暑。雁唳新霜，蛩吟冷月，怅触秋人情绪。栏杆倚处，听廿四红桥，箫声如故。金粉飘零，临春结绮在何许？

开编几行断史。叹今来古往，龙蟠虎踞。驻马坡前，枭矶祠畔，犹见斜阳故垒。夜阑灯灺。漫拂纸抽毫，徬徨自语。谱入新词，更悲凉无数。

梅花引 别仲嫂

凄凄秋色黯离亭。怕分襟，又分襟，魂向当初消尽。况而今，最是无聊窗外雨，一点点，一声声，不堪听。

芦汀蓼汀舟半横。新别情，旧别情，诉也诉也诉不尽。握手叮咛，莫似飘萍落絮两无因。后夜灯前今夜事，从袢袂，细思寻，再思寻。

陂塘柳　题菊生再侄渌江吟草

怅人生、水萍风絮，摇摇聚散无主。湘江粤峤年年别，一种牢骚如诉。开卷处，有多少、名流跋序非虚誉。雕龙绣虎。似开府清新，参军俊逸，组织绍机杼。

休懊恼，今日门庭非故，吾家佳器深许。咏歌已足超群季，况更穷探册府。舒眉宇，终有日、鹍鹏展翼青云路。藜光重炬。看步武前徽，甘回蔗境，不负此辛苦。

绮罗香　梅影

竹外横斜，松间掩映，一种丰姿如画。烛粲红窗，遮莫海棠初嫁。凭画槛、缟袂微飘，倚冰奁、玉钗低亚。最怜他、雪冷霜寒，素质娉婷伴和长夜。

含章朝日映射，梦醒妆添粉额，风流重话。待觅芳踪，强半雕檐曲榭。残阳晚、叠叠重重，增逸韵、山茶开乍。拟当日、萼绿华来，佩声明月下。

西江月　咏海棠

带雨盈盈欲泪，笼烟脉脉含情。绿章谁为乞春阴？护取轻妆倩影。

重叶栖宜彩凤，娇红艳夺啼猩。华清睡起宝钗横，珍重露寒风冷。

满江红　听雨

秋思无端，更窗外、雨萧风瑟。推病枕、一番浩叹，满怀凄切。银漏无情偏妒梦，玉壶有泪皆成血。恨年来、双鬓不禁愁，依稀白。

难解却，眉间结。翻触起，心头咽。念十年旧事，凭谁细说。残烛暗销金镜影，薄寒悄透罗衣褶。助萧条、竹响更蕉弹，无休歇。

前调　闻蛩

急管繁弦，曾数尽、胡笳湘瑟。浑不似、此声幽怨，助人凄切。四壁穷秋欧子赋，一庭芳草苌弘血。问终宵、唧唧复哝哝，将谁白？

生似寄，愁如结。零露冷，西风咽。试呼灯临砌，牢骚共说。万种新愁消复长，几行旧史开还褶。听邻家、一片捣衣声，为伊歇。

前调　闻捣衣

剪尺初停，是何处、砧声瑟瑟。刚引惹、愁丝怨缕，并刀难切。万里关山戎马恨，三更风雨啼鹃血。怅侯封、多肯误金闺，乌头白。

香篆冷，流苏结。肠欲断，心成咽。况鳞鸿久滞，有怀难说。晓镜凄凝红药泪，秋心恨卷青蕉褶。渐星移，斗转不胜寒，余音歇。

前调　闻击剑

弹铗声来，抵多少、哀琴怨瑟。尘世事、转篷无定，徒增悲切。昭烈情伤髀里肉，侍中愤洒襟前血。到而今、剩有蒋山青，吴江白。

追往迹，眉如结。悲近事，心尤咽。叹冶金跃跃，有怀空说。紫气冲霄形欲化，铁衣转战寒侵褶。奈青萍、结绿亦空谈，雄心歇。

前调　感怀叠前韵

梦破三更，风雨乱、寒衾缩瑟。增几许、清清冷冷，凄凄切切。少日烽烟摧骨肉，衰年况瘁劳心血。愿将来、彤史不辜人，留清白。

解不脱，春蚕结。听不尽，秋蛩咽。叹九阍玄邈，莫容陈说。日远长安迟竹讯，琴鸣漆室宽兰褶。待挑灯、细细谱伤心，鼍更歇。

前调 庚子感事（二首）

风鹤惊心，家书梗，梦魂飞越。深愤憾、顽民悍族，祸延君国。蚕食鲸吞东道尽，狠奔豕突神京兀。最堪伤、宫府半凋残，金瓯缺。

求言诏，几微澈。匡时略，条陈切。叹饷储匮乏，莫纾筹策。革旧维新期后效，卧薪尝胆遵前辙。待从容、再复富强初，恢宏业。

烽火经年，恸畿辅、首罹浩劫。想当日、翠华西指，仓皇急迫。羸马敝车颠越险，豆羹麦饭供承缺。况长途、十户九无人，增悲切。

天潢胄，声威歇。台衡宰，猷为竭。奈联邦十一，互施抑勒。赔款止兵和约定，达聪明目邦交协。庆尧天、重整旧朝仪，胪欢切。

金缕曲 题菊生诗集，兼贺留须

高调托诗酒。问青莲、长安市上，百篇几斗？戛玉敲金音律细，不是寻常刻镂。睹双颊、鬑鬑新有。渌水湘波无恙在，撚吟髭正好消长昼。分与寸，莫轻负。

艰时那更逢阳九。最惊心、萍氛未已，又愁淮溜。遍野嗷鸿方待哺，杯水车薪焉救。挽劫运、何从借手？髀里肉生时已逝，趁英年努力承堂构。国民分，怎居后。

前调　和文静芳女史金缕曲原韵，即以赠别

冰镜开仁寿。坐青绫、春风时雨，薰陶群有。鸳鸯鹓雏相济美，况是忠贞裔胄。秉家学、才华天构。莱舞北堂增景福，补笙诗爱日晖晴昼。深引领，德音懋。

搜奇揽胜胸襟富。好江山、灵钟秀毓，鸾溪幕阜。千里归帆如箭急，那管春波吹绉。思此去、欢腾黎首。琼树瑶枝森玉砌，听箫声更进娥台酒。期后约，再携手。

前调　敬怡五侄出使三韩奉贺仲嫂

天锡乔松寿。羡君家、清才浓福，此生兼有。日下骖騑驰貊耳，五族欢迎贵胄。问欧获、几经缔构？璋珥球琳都入贡，遂初心颐养兰陔昼。又看取，孙枝懋。

经厨册府搜罗富。正纲维、里闾矜式，风敦俗阜。更喜左芬诗画笔，腕底风皴云绉。歌远上、望尘低首。指日题襟归远客，一家诗共进花前酒。推巨擘，是谁手？

菩萨蛮　四时倒句（四首）

晓闺春梦惊啼鸟，鸟啼惊梦春闺晓。螺黛染修蛾，蛾修染黛螺。

户庭飞柳絮，絮柳飞庭户。芳草碧生香，香生碧草芳。春闺

粉融脂晕香留枕，枕留香晕脂融粉。纨素馥芳兰，兰芳馥素纨。

昼长初倦绣，绣倦初长昼。阴柳静蝉吟，吟蝉静柳阴。夏闺

绿云香辫双钗玉，玉钗双辫香云绿。钩月对人愁，愁人对月钩。

叶红题恨结，结恨题红叶。砧暮急高城，城高急暮砧。秋闺

雪欹梅影窗横月，月横窗影梅欹雪。银甲冷调筝，筝调冷甲银。

络珠垂锦幕，幕锦垂珠络。寒漏滴更残，残更滴漏寒。冬闺

菩萨蛮　题田妃试马图　倒句

柳烟摇影鞭垂手，手垂鞭影摇烟柳。腰细结珠绦，绦珠结细腰。

寸莲金踏灯，灯踏金莲寸。鞍玉怯衣单，单衣怯玉鞍。

前调　题杨妃出浴图

水亭荷馥芬罗绮，绮罗芬馥荷亭水。花露濯清华，华清濯露花。

媚生人薄醉，醉薄人生媚。凉簟玉凝香，香凝玉簟凉。

前调　题班妃捣素图

路生苔处经銮辂，辂銮经处苔生路。衣捣夜霜凄，凄霜夜捣衣。

燕飞嗔影倩，倩影嗔飞燕，纨扇掩妆残，残妆掩扇纨。

前调　题江妃咏梅图

曲屏围座辉华烛，烛华辉座围屏曲。梅咏纪闺才，才闺纪咏梅。

晚妆慵栉盥，盥栉慵妆晚。红泪泣楼东，东楼泣泪红。

前调　过故宫　双声

楼廊冷落萝连路，流离历乱怜凉漏。兰勒六龙来，鸾轮碾绿莱。

帘栊留荔栗，狸鸟联林立。南内泪零铃，菱奁泥露凝。

前调　题美人双燕图　回文

差参燕剪双栖稳，护花铃畔窗纱影。人倦倚疏帘，春新思绮年。

如茵苔簇径，瑶砌红铺杏。芳桃秾腻妆，□镜晓生香。

前调 春闺 回文

丝裙褪褶宫衣减，客途长滞邮书远。春思晓添愁，闺人倦倚楼。

琼筝调静苑，深怨眉梢敛。翠屏窥啭莺，新柳缀风轻。

虞美人 送重伯侄北上应礼部试 回读七律一首

行行重叙离筵酒，战茗支残漏。咏歌清影竹林闲，目极远程鹏翮奋霄抟。

名闻早捷夸衣锦，级拾重陔近。炬莲盈案御香芬，指顾玉鞍横骏马蹄轻。

忆江南 咏怀古迹（二十首）

江南忆，云拥冶城西。龙化蛟腾留剑血，越城吴沼剩凄萁，乌雀不成啼。

江南忆，淮水凿从秦。在昔曾闻王气伏，只今惟见女闾兴，汉后几朝更？

江南忆，舟泛蒋陵湖。白羽千秋祟庙貌，红衣一色灿芙蕖，灵响未凭虚。

江南忆，秀耸小姑山。一曲繁霜侵晓幕，千寻白水照烟鬟，谰语太无端。

江南忆，驻马汉时坡。十字剑文余恨石，三分鼎足付流波，壮志总消磨。

江南忆，隐隐落星楼。薄暮珠帘疑卷雨，连云兵器尚鸣秋，一水近芳洲。

江南忆，风景怅新亭。沧海桑田情万变，黑丸白子战双枰，有泪向谁倾？

江南忆，桃叶渡头花。画桨轻篙人宛在，夕阳流水思无涯，谁为谱红牙？

江南忆，古巷问乌衣。燕子不来春已老，门庭虽在主全非，裙屐想当时。

江南忆，潮打石头城。粲死渊生昭史论，成王败寇属天心，险峻究何凭？

江南忆，故址认唐宫。尽有铜驼埋草碧，那寻玉辇驻罗红，烟雨渺茫中。

江南忆，滟滟莫愁湖。名将风流棋一局，美人眉样柳千株，并入辋川图。

江南忆，三阁久荒芜。皎月天空仍似璧，御河水涸已无珠，练影一痕孤。

江南忆，杨柳白门秋。踠地长条牵旧恨，扑帘飞絮黯新愁，消息近红楼。

江南忆，小雨杏花村。十里红芳飞社燕，几家青旆引游人，仿杜尽成醺。

江南忆，凉夜翠微亭。对闼芙蓉青欲雨，隔江歌管响穿云，溽暑几曾侵。

江南忆，缥渺雨花台。低涧旧留功德水，高冈新剩劫余灰，松塔白云隈。

江南忆，旧内递张徐。败井颓垣留想像，兔葵燕麦自扶疏，易世总成墟。

江南忆，翁石血留痕。贞妇堕江江共洁，孝媛沉水水逾清，鸾燕恰同茔。

江南忆，木末有方亭。一字书成伦纪重，千秋名在死生轻，凭吊几沾襟。

月底修箫谱　冬闺晓起

画屏开，珠幔卷，莲穗袅残焰。碧瓦留霜，做冷袭银蒜。昨宵茗话迟眠，余香滞梦，支绣枕、惺忪犹倦。

衾重掩，待看旭日穿檐，临妆试匀染。坐近窗前，冰蕊结晶砚。最怜九九图成，红芳一色，早暗里、流光轻换。

如梦令　送别（二首）

喜得频年相聚，怎又襟分两地？坎坷复多离，未识苍苍何意。须记须记，莫忘双鱼遥寄。

我是惯伤离绪，怕听一声将去。惜别尽牵衣，也没方儿留住。延伫延伫，今夜泊舟何处？

青玉案　对月

珠帘高卷银钩护，喜留得、新凉住。蕉影横窗回记取。去年今夕，金樽伫月，衣染花梢露。

倚楼人似当年否？长笛声声恰如故。待觅神槎天汉去。玉宇高寒，瑶台邈远，霓羽今何处？

水调歌头　戊子中秋煦园对月，步苏文忠韵

正好一轮满，举首企遥天。那堪云护烟霭，惆怅又今年。四昶亭空望远，处处珠帘高卷，风送碧箫寒。把酒伫良夜，驰想玉虚间。

谱新词，赓旧调，破清眠。多愁善病，一生能见几回圆！胜地名园常驻，尽我怡颜悦性，乐事敢求全？玄鹤恰解意，当户舞便娟。

前调　壬子中秋步苏文忠韵

明魄几生灭，依旧丽高天。浩然奇气存否？磅礴感当年。愧我萧萧双鬓，莫觅还丹换骨，长耐五铢寒。心迹托柔翰，思发咏歌间。

桂飘香，桐漾碧，伴迟眠。笑看宇内，云开又捧一轮圆。三径健扶藜杖，一室欢腾竹马，少长喜齐全。尽醉极幽赏，不负此娟娟。

前调　癸丑中秋遣病

暑退觉神爽，卷幔独俄延。镇日药炉相伴，兴致迥从前。况是天惊石破，多少兴亡感触，何意斗叉尖。只索压衾枕，带病遣愁年。

漏声催，铃语和，不成眠。披衣举首，当空正对一轮圆。

莫问珠宫环佩，莫管红尘离会，收视却纷烦。银汉阒如许，何处叩真诠？

醉花阴 春暮

蝶倦蜂残花事了，人愧看花老。风雨又连朝，薄暖轻寒，添得愁多少。

春来何似春归好，遣去闲烦恼。时节近清和，绿叶成阴，梅子枝头小。

前调 赏月

银漏迟迟凉夜永，坐月添佳兴。吹笛是谁家，三弄穿云，河淡星流影。广寒宫阙遥相映，桂子纷成阵。窃药笑姮娥，碧海长年，恰与天孙并。

沁园春 咏指甲

秀茁兰芽，齐分葱管，别样尖尖。记绣罢纱窗，残绒漫拨；妆成晓镜，螺黛轻拈。细剥瓜仁，微敲棋子，步屟虚廊裙半褰。添香倦，偶支颐小坐，霞脸痕纤。

新橙乍剖犹怜，闲斗草花梢红暗黏。想麻姑初降，长堪搔背；玉环薄醉，娇欲扶肩。笑撚青梅，戏抛红豆，瘦削斜钩翡翠帘。销魂处，是凤仙才染，月戾星圆。

金橘对芙蓉　立春

玉箸初销，金貂觉重，宜人一片晴晖。正青旗斗艳，彩胜争奇。王孙陌上归来未？骋骄骢、滑滑香泥。珠帘卷处，草芽匝地，菜甲盈畦。

从斯绿瘦红肥。好齐纨扑蝶，鲁酒听鹂。渐花朝冉冉，寒食凄凄。须臾又是重三近，待安排、曲水流卮。韶光九十，风番廿四，都入新题。

以上《分绿窗集·分绿窗词钞》，1914 年长沙友善书局铅印本。

唐赞衮

唐赞衮（1853—?）字韡之，善化（今属长沙）人。同治十二年（1873）举人。光绪十七年（1891）任按察使衔分巡台湾兵备道，后兼任台南府知府。有《鄂不斋词》。

金缕曲

花农太史以《玉可庵词》见示，余爱而读之。二十三阕，节短韵长，情意悱恻。如听瑶天笙鹤，令人翛然有尘外思。天已薄暝，丝雨织愁，倚窗多暇。拈题阄韵，勉成一阕，聊志倾佩。饾饤之学，恐不值词坛一粲也。

世德传千载。争艳说、蜚声芸馆，清芬无改。天上玉堂香案吏，一代风流文采。端合是、郎官仙宰。夜雨巴窗频按曲，知灵心只有菱花解。结翰墨，宿缘在。

西湖雅集情偏倍。日前承花农偕作西湖之游。看次第、沿堤种柳，绕篱莳菜。一柄齐纨数行字，是日乞书便面。乞取金壶汁洒。定纸价、洛阳高买。始信才名根福慧，羡一人占尽词华海。愧学步，爬沙蟹。

采莲曲 调倚虞美人

玉人小立留香影，仿佛斜簪鬓。露冷莲房坠粉红，满地月明凉浸藕花中。

藕花多在西泠路，细把荷钱数。孤山应不笑侬痴，日日红船催去采莼丝。

贺新凉

谒项王庙，即今宿迁地庙，在城南门外泮宫之旁。像塑帝王冠服，白面长髯。一女像并坐，即虞姬也。破屋三楹，乌骓马已无存矣。甲戌入都，道过宿迁，感赋此词。

庙枕黄河野。想重瞳、拔山扛鼎，音容叱咤。巨鹿诸侯谁仰视，一战秦军而霸。吊芒砀、斜阳犹乍。楚汉兴亡今已矣，论英雄成败真聋哑。知此乃，天亡也。

项庄舞剑休惊怕。释沛公、酒间数语，鸿门宴罢。分尔杯羹成底事，戏置若翁聊且。叹不逝、乌骓名马。剩有美人心肯死，只数行泣为虞兮下。是千古，多情者。

贺新郎 中秋望月，时在京邸

今夜中秋矣。把芳樽、招呼明月，酒阑人倚。弦管吹天云影破，净洗凉天如水。卷银河、碧光铺地。是处高寒蓬岛近，望琼楼玉宇冰壶里。谢庄赋，难摹拟。

古今圆缺谁能记？算乾坤、大便须弥，小还粒米。仙斧吴刚修桂树，金粟香飘丹紫。且莫道、团栾偏美。碧海青天增怅触，照人间离别情何已。写不尽，衷怀意。

念奴娇

癸未仲夏，偕友泛湖，极登临谈宴之乐。晚归不寐，补填此词。时望后一日也。

高朋盛会，正良宵三五，满湖明月。一叶扁舟重载酒，娓娓清谈霏屑。白傅堤边，黄妃塔下，荷芰纷铺缀。新凉初动，隔山云气吹彻。

况是病起相如，腰围瘦损，忽觉胸怀豁。时患不寐之症未愈，四肢羸倦异常。两度盘飧充俭腹，胜啖元霜绀雪。促席飞觞，分曹射覆，醉把花枝折。望日宴于宝韦斋，同人豪饮，曾以射覆为乐。夜阑人散，雨声敲枕凄绝。

念奴娇　再叠奉答荫胪同年，兼柬元芋、幼梅

怅君归去，趁良朋萍聚，尽谈风月。几日湖山供旷览，暂向烟波栖屑。夹岸垂杨，绿阴如幕，晴絮丝丝缀。画船催泛，橹声云影摇彻。

最羡子敬青毡，寒窗坐拥，官冷幽怀豁。京洛缁尘今净浣，可认爪泥鸿雪。河满弹词，阳关度曲，尺简邀重折。一尊唱别，新醅初酦香绝。

念奴娇　三叠奉答荫胪广文、元芋舍人，即以赠别，并柬幼梅

与君重别，隔三千远道，几回圆月？苏白堤边联袂日，犹记柳丝飘屑。南浦归帆，西泠泛棹，浪縠平铺缀。良宵分手，柝声周巷敲彻。

况有平子新词，谪仙幽韵，把我双眸豁。盛尽奚囊香满袖，可志天涯泥雪。引玉抛砖，班门弄斧，螳背当车折。襟痕仍旧，清谈美景奇绝。

念奴娇　嘉善舟次寄内

秋风言别，对两岸芦花，半窗明月。万种离思凭谁诉，愁倚孤篷一叶。遥想深闺，青灯课读，永夕叮咛说。团栾三五，婵娟千里望切。

那肯海上移情，宦声久驻，向天涯溷迹。罗帕泪痕偷欲拭，怕惹情丝如织。瓜子金黄，桃花绶紫，凭君问消息。香添红袖，莫笑看朱成碧。

再叠　浦城寄内

与君重别，忆返旆三衢，匆匆匝月。把酒弹棋同剪烛，笑我萍踪如叶。犹记窗前，谈心(抵)[抵]掌，儿女纷呶说。离多会少，缠绵两地綦切。

漫言浙水羁留，樵川负约，阻雪鸿爪迹。天上佳期今再订，锦字机丝遥织。桃花依旧，桂子添香，问仙源消息。春山如笑，翠螺闲对皱碧。

三叠　寄内

良宵话别，正茅店板桥，鸡声残月。两泪潸潸如雨溅，惊碎阶前黄叶。遥念高堂，白头似雪，宛转情难说。闽山浙水，游子瞻依徒切。

可期紫绶金章，眉齐举案，向官衙寄迹。美满时光如簇锦，好比天丝巧织。最怜娇女，掌上遗珠，竟作痴呆弱息。点金无术，安得化此顽碧。

人月圆　寄内

月明三五对双星，耿耿照银河。鹊桥稳驾，好教密约，问讯嫦娥。

西湖烟柳，游丝缭绕，蘸入晴波。阳关赠别，不知两地，离思如何。

十六字令　七夕

瓜，今岁须教早吐花。圆如月，七夕拜家家。

前调 钱江有秀凤校书，名噪一时，今秋娘老矣（二首）

花，画舫烟波九姓家。春心老，何处诉琵琶？

秀，春光虽老犹如绣。凤孤栖，人比梅花瘦。

念奴娇 四叠寄内，时寓申江，甫赋小星之二章

甲午嘉平月，将之台阳，追念昔游，难已于情，书此寄怀。

那时相聚，正东风解冻，漫天飞雪。走马燕台初转辙，争又匆匆言别。海上三年，似形随影，此别如何说？从今忆昔，教人不看明月。

赢得园下开筵，秦歌楚舞，未解心头结。我是浮萍卿是絮，再约相逢何日？老树着花，枯枝结果，醉脸丹霞热。敌氛不靖，天涯应念游客。

水调歌头 桐园春眺

雨晴窗拨翠，池净水拖蓝。良辰偶招逸客，开径已成三。齿齿奇峰怪石，步步碧桃绿竹，凭槛辄幽探。行到诗廊上，流水响空潭。

踏芳阶，寻旧馆，望巉岩。楼台日月长在，云气满西南。沽得一樽浊酒，唤取亭花园鸟，听我醉中谈。暂憩尘中辙，赢

得片时闲。

念奴娇 五叠寄内，时倭氛不靖

猛惊烽火，叹心转如丹，鬓皤似雪。回首沪滨初把袂，又向江天送别。顽石无灵，彩云易散，心事和谁说？举杯欲问，愁对一窗明月。

最是儿女情长，黔台路杳，念念如绳结。燕返故巢莺出谷，未卜乔迁何日。花下弹棋，灯前问字，境过情犹热。白头相伴，不愿同作离客。

念奴娇 六叠，由苏赴杭寄莑之三兄

孤篷听雨，笑奔走风尘，鸿踪印雪。握手金阊初寄迹，又向西湖告别。绝地逢生，危邦出险，往事从头说。郡符重绾，匆匆未弥两月。

猛听烽烟四起，台岛戒严，愤懑填胸结。莽莽沧波竞腾沸，未卜澄清何日。黔旆甫临，藩条再领，宦久情犹热。中州改辙，归燕身忙似客。时将有中州之行。

金缕曲 舟过金陵

浩劫经多载。到于今、星霜几度，风光渐改。自古金陵才子地，不少名流文采。问此日、有何人在？世事茫茫增感慨，一尊消尽愁如海。盛衰事，真难解。

痴莺宛转犹低语。似说道、江山如梦，流年似水。帘幕无人梁燕老，寂寞斜阳故垒。遥听得、晚嘶秋骑。还怕子规声太紧，恼春心唤彻篷窗底。旗亭雨，销魂矣。

金缕曲 寄答作兄

光阴如流水。忆前番、三叠阳关，一肩行李。风送芦花飞钓艇，良夜月明人几。听黄叶、声声堕地。绿酒满斟劳饯别，怅一身飘泊今如此。只博得，清凉意。

洞庭春梦劳人耳。眼迷离、湖水天边，夕阳烟寺。摹到池塘金缕句，字字珠玑圆织。便抛却、青衫渍泪。但愿輶轩风入采，时寄有观风之作。附雁行敢负男儿志。当努力，图进取。

忆秦娥 追悼先室李淑人也（三首）

莺声咽，柳梢烟雨梅梢月。谁家玉笛，十分凄切。

迢迢子去伤离别，空闺寂寞愁心结。愁心结，梨花飞碎，香飘尘绝。

空笛恋，杨花袅袅随风谢。五年恩爱，流光如箭。

冰壶濯魄飘残霰，朔风剪碎鹅毛片。鹅毛片，一尺飞影，半空相见。

云将暮，寒砧声送愁无数。孤鸿只影，极天难诉。

片帆不返西泠渡，一棺载去湘江路。湘江路，双楷风烟，时与家大嫂灵榇同送归。一篷霜露。

长相思

断弦后友人邀游西湖，借以排遣，而适增余感也。

湖水悠，湖云遒。鸳鸯飞上柳梢头，相看恨莫休。
星也愁，月也愁。不耐孤衾拥碧秋，寒光动玉钩。

金缕曲 西湖话别，柬谭丽生

帆影斜阳驻。甚西风、不堪分手，离情无数。我正天涯归思切，那忍更留君住。却搀得、秋声如许。明识将离还惜别，浣新词多是销魂语。宛转意，暗蛩诉。

西湖花柳抛难去。问旧日、六桥堤畔，鸿泥何处？一艇瓜皮人三两，小约烟波俦侣。合自署、鸥乡盟主。千缕鬓丝飘似雪，绿杨枝便作相思树。暂与把，鲙鲈箸。

洞天春 偕谭丽生游西湖蒋公祠，晚归

黄鹂槛外声小，曲径残梅未扫。石气嶙峋遍芳草，正晴光撩绕。

闲庭竟日悄悄，无耐游人去早。蛱蝶轻飞，风飘花乱，香烟多少。

临江仙　西湖两宜楼小饮，月归

水映玉楼楼上影，微风飘送蝉鸣。淡云流月小窗明。举杯堪对酌，远寺暮钟声。

人倚阑干如画里，鸳鸯打桨频惊。水镜壶濯更莹莹。湖光摇荡处，突兀众山横。

春光好　偕曾星垞、李少梅、胡少樵舟泛鉴湖

山色秀，水纹清，落花轻。湖上鸳鸯泛绿汀，棹归声。

小鸟如啼如话，春光乍雨乍晴。一曲剡溪遥作和，慕遗荣。

浪淘沙　寄襄作兄

话别在凉秋，岁籥频周。怀人千里客登楼。今夕灯光寒吐穗，照彻离愁。

一半许勾留，西子湖头。春秋佳日惯遨游。凉月窥窗清不寐，卷上帘钩。

前调　除夕

人倚画栏风，回首匆匆。几封书寄托征鸿。客子光阴真一瞬，又是年终。

(惜)[蜡]炬影重重，把酒浇胸。壮游历遍浙西东。爆竹声

中今夜好，春到帘栊。

前调 吴山晚眺

好雨洗春怀，屟印苍苔。游蜂随影逗莲台。闲看多情娇小女，膜拜如来。

小院落残梅，三径重开。轻寒轻暖酿花胎。襟带江湖闲拄笏，人在蓬莱。

十六字令 新婚

枕，香透罗帏鸳梦稳。烛双双，光照月娥影。

菩萨蛮 春日登鸳湖烟雨楼

春光难驻平湖色，远山含雨烟如织。花气送高楼，游人在上头。

闲倚阑干敞，湖水平如掌。波影戏鸳鸯，兰桡荡晚凉。

画楼春 申江烟景也

画槛雕楼拥丽，玉骢金勒飞香。窗前重整薄罗裳，浴罢残妆。

一缕茶烟袅袅，满楼花气飏飏。阳台有梦托鸳鸯，莫负春光。

海棠春 咏申江番菜馆也

绿窗春透疏帘影，看多少、丽车飞骋。花枝黄鸟声，宿酒酣初醒。

一瓮酸齑，半盂寒菜，莫笑华洋味并。卷幔听幽弦，阑干低凭。

台城路 台阳晚渡，暝阴绵蒙

狂涛摇冷斜阳色，片帆下如飞鸟。画角吹寒，孤城带暝，一线黄沙蟠绕。低蟾树杪。说月底相逢，影形都好。故燕重来，娇啼似惜春归早。

一官居海外，回首黔闱将万里，鸿讯绵杳。芝馆云眠，兰檠烟语，莫怨天涯芳草。荒鸡唱晓。把一载离悰，剪绡传稿。伴我吟魂，海鸥清未老。

十六字令 咏菊瓶（二首）

菊，缕玉琼姿满金屋。贮花身，似神仙眷属。

瓶，瘦痕扶月影伶娉。霜华重，吹上鬓星星。

卜算子

台道署有斐亭澄台，为台湾八景之二。公暇小憩，触绪成调。

春半绿茵齐，菉竹香风透。千个筼筜点翠苔，景色天然秀。

倚槛听狂涛，花鸟声相斗。雨打残红水面飘，池内清波皱。

满江红　海氛甚炽，慨然倚舷

满耳狂涛，有几个、伤心才子。叹此日、控弦百万，阵云横紫。封豕长驱如拉朽，艨艟灰烬随流水。笑闲鸥、冷眼觑沧波，何披靡。

贾生策，匡衡疏。烈士志，英雄泪。更铜琶铁板，珊瑚敲碎。天堑岂容蛟蜃卧，醉吟仗剑鱼龙起。莽萧骚、斫地一高歌，长天倚。

十六字令　寄居津门，键户息影

归，东海鸟向北海飞。尘鞅脱，暂掩白云扉。

海棠春　津门雪景

朔风剪出鹅毛片，柳絮与、梅花相绚。两鬓任霜侵，喜海天如练。

红炉拨尽寒犹战，听夜夜、玉壶添箭。耐得岁寒心，偷觑春风面。

点绛唇 游天津荣园

晴旭溶溶，满园杨柳舒金线。长芦如箭，顷刻飞花片。

莫唤提壶，地旷人稀见。闲游遍，深深庭院，半是蟏蛸罥。

菩萨蛮 西湖楼外楼小酌

玉骢嘶转垂杨影，红楼碧水明于镜。花外指高楼，卷帘人倚愁。

青旗何处是？芳草平铺地。归正夕阳低，乱莺湖上啼。

（寄）[贺]新凉 由台开缺内渡，旅舍无事，慨成一阕

旅馆闲抛卷。怕摇窗、影瘦羁愁难遣。雨迹云踪何处是？满目河山增泫。却恍似、野蚕抽茧。嶰管初回寒谷里，有开笼鹦鹉呼声浅。问安否，翠颦展。

壮怀肯慕时荣显？任平生、铁心难化，石肠匪扁。世上纷纷马共鹿，追悔东门黄犬。叹今古、几人能免。且向林泉寻胜侣，有五花裘马容吾典。短篱下，韭堪剪。

红桥宴　偕刘毅吉廉访袁雨生观察、赵白藏太守，饮酒沪楼

沪城城北，共芳园高会，垆头击筑。放逐归来停锦缆，领尽清丝脆竹。研匣新移，香奁徐展，那得花枝簇。酒龙诗虎，我侪豪举相续。

最是红粉青螺，解人情绪，蓦地风情熟。琐阁重帘蕉雨度，却涨半溪寒绿。欲海难填，爱河易渴，何事花间宿？晚归惆怅，谁教打点金屋？

剔银灯　元旦早朝回署，挑灯倚声，时守台也

夜夜灯光如豆，挑剔到、五更时候。忆昔青年，而今白发，卅载交情仍旧。兰膏相对，直抵得、同心兰臭。

蜗角微名成就，此日早朝听漏。献岁方新，他时伴读，又当家珍传授。艰辛滋味，总为我、十分尝透。

点绛唇　园中红梅花绽，感成此阕

信到梅花，寒消九九春先逗。问谁妆后，一捻脂痕透。

蓓蕾红肥，颗颗相思豆。开时候，丰姿依旧，总比桃花瘦。

一剪梅

园中红梅初放，月色甚佳。剪烛看花，烛影月影，花影人影，同在坐中矣。

银烛高烧指一弹。露色将涉，月色将阑。碧窗小坐试凭栏，花影迷漫，人影阑珊。

香扑帘栊蜡泪干。一剪花开，再剪花残。冷蕊疏枝索笑看，点点光寒，寸寸心丹。

以上《鄂不斋诗词》卷二十《鄂不斋词》，光绪二十七年（1901）《鄂不斋丛书》刻本。

胡元直

胡元直（1853—1893），字子正，号介堂，湘潭人。光绪十一年（1885）拔贡，候选教谕。卒后门人私谥为“端敏”。

买陂塘

陈守如游岳麓而乐之，思卜宅焉。属为麓云仙馆图以寄意，并索题咏，为填此阕。

问名山、几多奇秀，野云占得如许。天公故把林泉闷，要待高人付与。试延伫，看暮霭、朝霞都是供诗具。命俦啸侣。更数叠瑶琴，一声铁笛，天籁入新谱。

论名利，蜗角蝇头何补，怎如风月为伍。卜居有志期他日，此意画图中寓。知何处，把磊落胸襟，历历从头数。豪情胜举。比宗氏澄怀，山阳乐志，佳话并千古。

《端敏先生遗集·介堂诗集》附词一阕，光绪二十年（1894）刻本。

陈　鼎

陈鼎（1854—1904），字伯商，衡山人。光绪六年（1880）进士，授翰林院编修，曾任浙江副主考。

高阳台

薄暝添愁，轻寒逼梦，醒来依旧三更。月冷湘帘，流波隔断秋痕。无聊院宇迢迢夜，甚银蟾、还恋重门。梦难期，数遍疏钟，剔尽残灯。

高楼终日成凝伫，望离亭杨柳，忒煞青青。骏马频来，鞭丝赠与何人。相思最是西风薄，况寒蛩、又泣黄昏。更休题，一寸回肠，万缕柔情。

念奴娇

清商一带，又西风卷地，春光草草。无限剪红裁碧意，都在泪中过了。染草成愁。浇花是恨，辜负春多少。阑干扶遍，讶秋何事来早。

怅望几点栖鸦，一枝占断，剩有斜阳照。落叶渐疏人渐瘦，烟雨留愁不扫。院落无情，故人何处，欲诉秋怀抱。一声长笛，倚楼谁与同调。

以上辑自《词话丛编·憩园词话》，中华书局2005年版。

余嵩庆

余嵩庆（1854—1930），字子澄，号芷苓，常德人。光绪二年（1876）进士。官户部主事，后改授湖北知府。有《辑芳仙馆词存》。

玲珑四犯　题陈伯弢梦鹤庵集

银浦澄秋，鹍弦挡月，才人高寄如许。娉婷翻未嫁，强伴寒檠住。江城暮烟紫处，倚长笛、万梅花舞。天末云闲，柳边风暖，依约见张绪。

归帆乍逢今雨。倩红牙细按，和泪传语。镜鸾春有迹，磨蚁痕难去。枯槎不向天河渡，只赢得、江关羁旅。君记取，须看遍、凤池鸡树。

金缕曲　题伯弢近集

袖挹飞仙侣。少年场、纵横意气，敛容推许。日夺经生数重席，拔剑睨他庭柱。树汉帜、容君分据。独有高秋摇落意，倚虚廊愁听江潭雨。应莫放，岁华去。

广场选佛湘东浦。合当时、翩翩裙屐，花飞天女。输与朱云执牛耳，谓朱肯夫学使。折角充宗应妒。似吾子、岂长羁旅。

信美文章知有用，切云冠起为鸡声舞。搔绿鬓，试倾吐。

以上见《湘雅摭残》卷十三

国香　眉伽买兰数本，赋此纪胜，和韵述怀

浅笑留春。尽红情绿意，种就灵根。休教玉箫吹彻，中酒才醒。应是琼华小劫，历三生、幻出香魂。罗浮踏歌处，殢梦凝愁，偎遍囊笙。

年时寻嫩约，记眉弯柳翠，鬓弹华簪。酒边盟旧，何处铸就双心？看到东风絮影，并烟痕、吹上鬟云。人天绮缘在，后日枝头，满幅浓青。

大酺　和眉伽韵，送王梦湘落第出都

又五更风，三月雨，离魂黯黯无据。落红才几点，只数声鶗鴂，催归何许。绿鬓堆愁，斑骓怨别，惆怅酒边羁旅。流年原似水，拼残醉勾留，莫教东去。奈画鼓城头，鞭丝柳外，铎铃孤语。

归云低欲驻。和去泪、湿遍旗亭树。空怅望、墟烟堠火，满目山川，层层不是花前路。尽容华绝代，只须在、画堂深处。谁令丰台旧侣，凤泊鸾飘，赢得雨丝烟絮，梦痕几番朝暮。

以上见《全清词钞》第二十八卷

熊治祁 编

湖湘词全编

（九）

岳麓書社·长沙

湖湘文库

续编

《湖湘词全编》各册词人

第一册

胡　曾　释齐己　欧阳彬　侯彭老　王以凝　廖行之　刘　翰
易　祓　易祓妻　章斯才　钟将之　赵　葵　雷应春　赵　溍
王梦应　李　琳　醴陵士人　徐君宝妻　刘　氏　刘　铉　欧阳龙生
冯子振　欧阳玄　马　熙　李道纯　苗善时　刘三吾　李东阳
张　治　龙　膺　陶汝鼐　王　岱　黄周星　陈　震　王素音
王夫之　陈鹏年　夏光洛　杨学林　易宗瀛　陈荣杰　张九钺

第二册

唐仲冕　黄湘南　宋宾逢　周在炽　黄本骐　王　璊　雷玉映
唐婉珠　吴小云　史韫卿　舒梦龄　唐可久　欧阳鹤　李星沅
易　棠　黎吉云　熊少牧　陈芳藻　何绍基　沈　梅　黄婉璚
邹汉璜　罗汝怀

第三册

胡　焯　邹汉勋　邓　琮　吴敏树　言友恂　何慧生　谭　溥
曾国藩　周寿昌　邹汉池　郭嵩焘　孙鼎臣　何桂珍　韶山主人
陈钟英　杜贵墀　李寿蓉　王成升　李　洽　曾传均　邓辅纶
罗　萱　周诒蘩　易佩绅　周诒静

第四册

程霖寿　邓　绎　王闿运　杨恩寿　张祖同

第五册

邓　蛟　田兴恕　龚镇湘　黄维申　张　琳　吴　獬　陈　瀚
李　蓉　陈启泰　徐树钧　周　汉　周翼杶　王先谦　何维朴
张百熙　舒佐尧　胡元仪　李辅燿　皮锡瑞　郑业本　邹世琦
周名建　释敬安　蔡培劼　刘　鉴　唐赞衮　胡元直　陈　鼎
余嵩庆

第六册

王以敏　何维棣　袁绪钦　吴恭亨　黄家骥

第七册

李鹤云　王　济　廖基植　易顺鼎　谢玉芝　谢介僧　魏　繇
陈　锐　易顺豫

第八册

程颂芬　姚肇椿　谭嗣同　罗长裿　程颂万　王　蕻　洪汝冲
黄润萱　唐宗海　何铁笛　曾广钧　胡矩贤　刘善涵　王　帉
汪诒书　黄兆枚　唐景森　唐景尧　齐廷襄　夏寿田　熊希龄

第九册

蔡传奎　章　华　黄　冰　徐芝年　朱　彝　许崇熙　黄　兴

田兴奎　陈天华　左又宜　杨　度　刘肇隅　杨　庄　刘师陶
秦力山　成本璞　欧阳钧　周家树　郭宗熙　王景峨　袁思亮
胡　煐　苏　鹏

第十册

袁思永　易　象　谭恩闿　宁调元　郑　泽　傅熊湘　袁思古
胡熙寿　张　锦　刘泽榘　刘泽槩　刘德鑫　邬思亮　陈润湘
陈　潜　杨延年　杨述章　周诒文　周翼洙　周翼崧　周勋大
周旸寅　周大备　周大肃　骆　鹏　黄　钧　曹典藩　傅道博
谭作民

目 录

蔡传奎

蔡传奎（1872—1924），自丰男，号缦庐，湘潭人。光绪二十九年（1903）举人，官邮传部主事。民国年间任交通部佥事。

菩萨蛮

安排邀月联新句，清光却被云遮住。弦管吹纷纷，嫦娥寂不闻。

含愁空伫立，冷露瑶阶湿。桂子落无声，思君永夜情。

法曲献仙音

岳树新红，湘波涨绿，恰好婵娟初度。金母骖鸾，麻姑驾鹿，羽从纷临朱户。忆五十年来事，潇潇幻风雨。

叶传语。道岁时，藻鸩荐洁，克相夫子，回首潇湘路阻。笔墨助生涯，样翻新、入时眉妩。子姓绳绳，偕隐图，染翰渲素。看双扶玉杖，同御安车来去。

以上见《缦庐遗集》卷二，1927 年蔡以沅京师铅印本。

章　华

章华（1872—1930），字曼仙，长沙人。光绪二十一年（1895）进士。曾官邮传部主事、军机章京。有《淡月平芳馆词》。

蝶恋花　寒蝶

红愁绿恨浑无数。寂寂桐阶，螿冷啼珠露。廿四花风吹几度，西园短草生秋雾。

香梦曾酣金碧路。真个飘零，粉黛今非故。影瘦衣单谁与护，天寒莫上斜阳树。

如梦令

灯穗落残花小，蜡泪滴干烟袅。不卷水晶帘，关住春愁多少。人悄人悄，清角一声吹晓。

烛影摇红

留滞都门二载矣，琵琶胡语，无与为欢。偶过西城，有操南音者，风景不殊，自有飘泊之感，为赋此解。

漫遣羁愁，倦游孱僽燕台句。霓裳仙乐久飘零，空听胡笳语。怪底清歌慢舞，怎声声、江南曲苦。故园何处，蓟树红边，吴山青处。

一笛呼秋，秋情只托秋声诉。杨枝旧调记依稀，谁按龟年谱？且把花风细数。柳丝黄、萧条如许。眼前留取，夜夜瑶笙，年年金缕。

浣溪沙　（二首）

宝鼎香销睡鸭知，雨前新瀹五花瓷，一帘晴日写乌丝。
揉碎梦痕花错落，弄残春影燕参差，绿杨何事挂相思。

蝶翼蛛丝殢软红，玉阑狼藉落花风，雨昏灯碧两溟蒙。
围帐绣芙香烬入，押帘银蒜烛烟通，要扶幽梦度玲珑。

鬲溪梅令　题梅花扇

岭南春色付谁看，旧家山。底事东风吹梦到长安？故园清露寒。

一枝留取写宫纨，月团圞。只恐花开花落易阑珊，玉人还未还。

蝶恋花　客中春饯

灞柳毵毵缫作絮。几度春归，几度人归去。送尽春人何处驻，算来还是杨花苦。

碧玉箫吹愁欲诉。侬已飘零，君又临歧路。凉月娟娟人不语，马嘶门外星河曙。

满庭芳 题红兰卷子

晓镜菱生，昏灯蕊绽，同心容易天涯。清湘露冷，吹气弱于丝。生怕无人为主，把金钱、暗卜归期。便抛却，纤纤双豆，长是种相思。

迟迟，又春草，迷离如梦，蝴蝶参差。看烛烟摇曳，珠泪凝脂。记否阊门萼绿，蓦成阴、负了花时。只赢得，一襟幽绪，分付阿谁知。

烛影摇红 五日同刘五泛舟秦淮，观水嬉

画鹢横飞，闹红深处钗光溜。夕阳箫鼓晚凉天，凉意香罗逗。打桨声中忆旧，更凄清、江南曲奏。不知今夜，几处招魂，谁家酹酒。

笛落梅花，梦中人去空回首。碧波依样向西流，潋滟灯如皱。寄语刘郎知否？远蓬山、几重春透。恁他隔座，心絮沾泥，也应消瘦。

暗香 题忘忧草、合欢花折枝

是何芳草，对合欢一朵，盈盈如笑。种向玉栏，不是同根

总清妙。鲁酒而今渐薄，凭消去、闲愁多少。只愿得、月影婵娟，花不共春老。

风悄，信杳杳。试写入锦屏，惨绿休恼。晓钟未报，寄语东君护持好。红豆相思莫采，还记取、江南曾到。但画里、人在也，几时负了。

长亭怨慢　为江剑霞题东瀛女子小华生影

甚吹散、天涯飞絮。影事模糊，玉钿何许。画里呼名，绿蛾犹认，旧眉妩。涴尘罗袜，搀不起、盈盈步。绮梦幻神山，怕弱水、三千难渡。

无绪，记重逢阿软，学字翠楼深处。青骢去矣，且珍重、酒边诗句。剩别后、碧草春波，便除却、江郎谁赋。算不异当年，只有重阳风雨。

前调　答张文叔

又吹尽、桃花红雨。人先春来，春辞人去。月影窥窗，离魂和梦，坠江浦。泪珠多少，流不到、相思处。醒枕怯灯寒，恁铁马、声声凄苦。

空伫，听胡琴小婢，可似画船歌舞。东君老矣，问杨柳、几番迟暮。风神损、张绪当年，算琴剑、飘零如故。有未尽蚕丝，分付青禽传语。

念奴娇 秋思，乙未客京师作（四首）

悲哉秋也，正连天衰草，重阳时节。塞外阴风吹甲帐，冷透布衾如铁。闻道黄龙，年年罢戍，依旧关山月。宝刀抽断，碧痕犹认凝血。

为问上将廉颇，中原何在，一帅旗漂折。鬓染青霜身老矣，伏枥雄心难摄。料得鸡鸣，军中起舞，孤愤输缯帛。许多边思，马鸣如助寒冽。

畹兰香发，又林空日暮，长沙迁谪。看到牵牛花事了，何处一声啼鴂。香草魂移，卷葹心死，两地伤离别。夕阳回首，凤城无数宫阙。

从此满目风沙，长安不见，一片浮云白。黑水沉沉千丈底，难洗眼前流血。戍角吹寒，征鸿飞去，故国音尘绝。刀头休问，酒浆还酹骚客。

已凉天气，渐宫庭向晚，蛩吟凄切。赐聘天钱曾却扇，无恙团圞明月。十八笳声，郎当铃语，迸入湘灵瑟。网丝生镜，夜阑慵照颜色。

闻道一片支机，明河迢递，只是长相忆。憔悴荃荪香梦断，莫怨双花飘泊。检点啼痕，商量别绪，子细题秋叶。此情谁语，玉笼鹦鹉能说。

玉绳低处，甚惊风吹到，一时寒澈。人道仙家无挂碍，更有清愁难说。星汉槎回，蓬瀛信杳，谁觅丹砂诀。举头休问，桂轮多少圆缺。

我欲跨鹤归来，彩云何在，天上人间隔。廿五湘弦瑶瑟怨，玉宇高寒偏怯。寄语姮娥，枉偷灵药，碧澥青天阔。茫茫如此，可怜精卫衔石。

兰陵王 题王半唐春明感旧图

晚风急，烛焰摇成瘦碧。西窗外，曾照几人，死别生离去京国。题襟记胜集。应识，坡仙旧客。经年事，都付梦婆，一缕春魂漫寻觅。

何郎擅词笔。剩酒酹笼纱，尘黯歌席。南飞孤鹤谁家笛？甚弹指吹罢，数声翻转，山阳凄怨泪暗滴，旧情待追忆。

斜立，玉栏侧。只杨柳萧疏，相对衰白。吟怀渺渺伤今昔。恁珠泡涵影，印泥留迹。丹青图画，怕好景，似过翼。

惜秋华 雁

万里云罗，阵横斜、瘦却秋痕如线。菊老异乡，天边故人心眼。音书寄与伊谁，但赚得相思数点。无限，趁西风、送来声声肠断。

江雨带潮晚。看蒲菰深处，早乱花成霰。湘岸柳、塞门树，甚时游倦。殷勤按出平沙，倚素琴、小窗弹怨。应念，问归期、岁华先换。

庆清朝　新年

琼漏侵寒，银钩饯腊，春回爆竹声中。钗光鬓影，俊游车马如龙。陌上短尘欺面，隔年残酒晕销红。看看近，小楼杏雨，深院灯风。

今岁汉酺赐罢，听玉楼天半，语笑从容。崔郎记否，桃花前度相逢。燕子旧巢未改，空梁渐觉乳香融。关心事，合欢彩胜，贻遍房栊。

三姝媚　唐花

斜街花市早。为情人相思，争开霜晓。倩女离魂，似暗香熏透，佩环归到。笑浅凌寒，凭占得、璇闺春小。此际应怜，叶换根移，燕沉莺悄。

蜡炬殷勤低照。漫负却芳卿，温存怀抱。冻涩琼箫，怕夜阑翻作，怨红凄调。转绿回黄，风信错、东君休笑。记取回头千片，金铃护好。

红情　荷花生日

红衣初织，漫等闲负了，田田芳色。万顷烟波，絮果三生几时觅。一岁一回见汝，休忘却、今朝今夕。但现出、清净前身，香冷上吟笔。

斜立，断桥侧。看镜舫去来，俊游裙屐。玉容暗惜，似水流年总虚掷。鸥鹭幽盟记取，长愿得、婵娟如昔。试问讯、堤畔柳，也应认识。

水龙吟　题夏眉生山城菊隐图

短尘不到空山，古香一片秋光冷。琴堂响辍，秫田耘罢，危阑孤凭。玉麈谭禅，金罍浮艳，赚人觞咏。想疏帘乍卷，比花还瘦，三生事，和伊证。

回忆乡关芳讯，算陶潜、赋归难准。东陵瓜熟，北堂萱长，赏怀应更。晚节惊心，飞云极目，凉飔吹鬓。漫匆匆看了，风孱雨僽，又重阳近。

清平乐　题孙紫箫双红豆图

愁波逝水，一掬相思味。酒黯笼纱尘黯字，遍识贞元朝士。

几年泪绢诗龛，东风画里江南。唯有比红新曲，情丝抽尽春蚕。

东风第一枝　赋得人日题诗寄草堂

酒意微苏，诗心渐暖，此时幽绪谁省。十年词客伤春，万里故人善病。瑶笺半幅，凭寄去、相思一寸。但怪他、残雪消初，添了鬓边愁影。

看稚子、钓丝戏整。怜老妇、镜台偷听。不知锦水韶光，可似凤城丽景。巫云一片，怕隔断、长安梅讯。更满城、催动箫笳，知否试灯风近？

前调 元夕雨中作，和梅溪韵

火树初明，银花乍放，东风徐扇芳土。亚阑珠瀑飞窗，小阁绣帏障户。春衫湿透，也应忆、情人何处。料去年、杨柳梢头，空发淡黄金缕。

星月约、漫吟丽句。梅柳梦、自牵幽绪。为偷吹笛新声，负了看灯旧侣。春城弦管，那吹散、丝丝醉雨。怕此时、寒到琼楼，珍重御风归去。

瑶华 水仙

凌波素袜。洛浦神仙，步娟娟微月。池荷落尽，魂未断、厌向人间因热。同心谁是，算只有、争春梅雪。想那时、水佩风裳，化作此花寒洁。

一枝移入西窗，与画意诗情，相对幽绝。小盆葱蒨，应自笑、石上三生重结。伯牙老矣，但分付、玉琴低拍。待恁时、点点飘茵，却谢采香蝴蝶。

风池吟 春冰

霁色初明，薄寒天气，渺渺远浦回春。看玲珑万树，软风吹下，玉屑珠尘。屋角檐牙，郎当莫误雨霖铃。一般狼藉，消残雪影，瘦尽霜痕。

江心镜影微漾，甚双飞燕剪，点破银屏。又兰桡暗触，似人别意，欲散还凝。生怕来时，老鱼吹浪绿粼粼。蟾光冷，待夜来、映出前身。

花心动　花朝

紫陌饧箫，趁东风、声声柳边吹暖。杏雨乍停，桃晕犹凝，做尽这回凄断。惜花偏在花开日，花不语、此情谁遣。尽珍重，芳春未老，已抛一半。

枝上莺儿暗啭。莫等到、重来翠凋红乱。扑蝶画阑，戏草璇闺，无复去年人面。素娥今夜婵娟斗，算春事、几番人见。怕烧烛、难寻海棠梦远。

疏影　题冬心画梅

双花葱蒨，比赵家姊妹，还更清婉。红褪脂香，碧减眉痕，鸳鸯镜里重见。名芳莫问前身事，但憔悴、玉楼人面。想夜来、纸帐消寒，误入小窗诗卷。

知道真真去也，倩魂尚在否？啼梦难唤。才下新妆，却上毫端，留取春心一点。冰姿休向人间种，怕瘦笛、江城吹怨。是甚时、修到金仙，老去绮情犹眷。

解连环　秋千

绿杨亭阁，看玲珑架上，画绳金络。正小鬟、初试新妆，爱束素腰轻，淡黄衫薄。戏蹴云梯，斗捷屐、纤纤如削。甚东邻巧笑，宋玉偷窥，暗出墙角。

缤纷乱红自落。并遗香坠粉，飞度帘幕。恁好风、翻作高低，笑天上人间，这般无着。燕舞翩然，漫留取、仙乎裙脚。待飘零、大家散去，院花淡漠。

露华 碧桃

粉云淡白，笑崔郎错识，人面春风。盈盈步浅，轻妆洗净脂浓。认取素娥颜色，怕蓦来、月下相逢。芳韵减，清姿绽玉，睡靥消红。

青溪渡头曾见，甚打桨人归，门锁烟空。珠帘半卷，几回燕子惺忪。竹外数枝摇落，似暮天、香雪溟蒙。歌扇远，新词漫拍懊侬。

角招 社集日望楼

正吟瘦，无端助我销魂，绿遍槐柳。淡烟窗外岫，难得可人，楼上扶手。花骢去久。只负却、苍蒹盈亩。一碧遥天渺渺，上三千级丹梯，尽词仙搔首。

还有，墨光渍袖。清言霏玉，爽挹西山秀。画帘云影溜，芳草萋萋，招凉时候。尊前梦旧。算无计、能消残酒。付与蝉琴细奏。又斜日、落高城，黄昏后。

减兰　题晚晴簃玩月图

众仙同咏，一曲霓裳天上听。夜殿通明，不但人间重晚晴。兵尘净洗，几费银河千斛水。碧海青天，肯化光明照绮筵。

倦寻芳　闰花朝

绾香殢蝶，留粉酣蜂，都恨欢浅。展却春痕，分与绿杨添线。无限迷离生草梦，有情迟暮看花眼。燕飞来，似盈盈小别，那人重见。

记影事、缃桃初放，门向东风，依旧帘卷。渐老韩郎，消得几回肠断。挑菜归来佳约误，采兰人去芳期远。恋流光，莫轻催，玉壶银箭。

满庭芳　题汪鹣庵柳岸晓风填词图

往与王义门、翁慵庵、张隐兰、曹君直结词社于宣南，代异时移，多半物故，存者星散，亦不复为词。鹣庵独守科律，老而不倦，“能道江南断肠句，只今惟有贺方回”，当之无愧矣。追维曩游，不胜凄黯。

碧玉轻吹，红牙低拍，艳曲谁奏云屏。填词湖海，依样写丹青。多少汪伦坠绪，桃花外、潭水清泠。江南远，天涯故国，杨柳短长亭。

沉吟，思往事，灯愁乍灺，酒怕初醒。忍回首西窗，夜语丁宁。卅载伤春俊侣，题襟上、屈指晨星。屯田老，京华旧梦，都付雨霖铃。

南浦 春草，用玉田韵

持酒正伤春，甚东风，吹绿瀛洲清晓。香梦谢池回，题诗处、还忆石苔曾扫。穿芳戏水，两三幺凤桐花小。谁省长安居不易，独对一庭幽草。

平原如此芊芊，问盘鹰、试马何年得了。碧色乱青袍，台城路、莫是寿阳人到？天涯浩渺，王孙一去音尘悄。只怕荒烟斜日后，挑菜俊游都少。

兰陵王 咏柳

听羌笛，如诉关山路隔。斜阳外，千缕万丝，都是伤春泪痕织。歌场记画壁。飘泊，旗亭倦客。凭栏久，憔悴晚烟，不似灵和旧颜色。

钿车梦金碧。恨雨重难扶，风软无力。倡条冶叶谁攀折？便勤政楼畔，永丰坊里，香山情绪甚处觅，向人最萧瑟。

江国，耿相忆。数逝水年华，飞絮游迹。长安城上乌头白。又嘶骑尘暗，戍笳吹急。婆娑生意，对此树，助叹息。

水龙吟

爽召南观察，以夏闰庵前辈庚子西安行在旧词装潢成卷，命为题词，即次卷中原韵。

九华新扫巢痕，燕泥犹认空梁坠。淇园音讯，华阴游迹，灞桥诗思。回首西征，雄关百二，万重云闭。想麻鞋见后，金銮记罢，星轺路，秋风起。

还忆春明影事，数题襟、太虚云缀。笼纱难得，故交珍重，玉零金碎。时局如棋，俊游如梦，流年如水。问谁知楚些，芬芳字字，是骚人泪。

满庭芳　题谭篆卿聊园填词图

荔子村边，先世有荔村草堂。桄榔园外，万里迢递家山。哀时庾信，词赋动乡关。花影吹笙唱罢，番禺叶氏有《花影吹笙馆词》。明蟾尽、南海珠还。云机上，天孙巧织，吹下锦斑斓。

年年，温旧梦，黄尘帽底，白雁歌前。莫留待春婆，唤醒阑珊。珍重金尊注满，相将怕、人散花残。长安里，西风画角，独自倚阑干。

霜花腴　用梦窗韵

桂飘露落，对晚秋，疏花更懒簪冠。临水多悲，登高谁赋，将归送远俱难。带围早宽。甚暗风、丛菊霜前。最惊心、乱叶敲窗，玉栏金井老梧寒。

犹忆旧家庭院，剩歌残别鹊，怨诉哀蝉。华表羁魂，铜仙清泪，新愁迸入诗笺。柳边放船。怕镜波、憔悴娟娟。待明年、醉把茱萸，酒痕何处看。

安公子 重九，用屯田远岸收残雨体

古道余衰柳，柳边轻抹山眉皱。冷尽秋光残日外，作销魂重九。问点点霜鸿，解寄相思否？调素琴、怎忍清商奏。怕按歌人在，还比黄花消瘦。

诗句香囊扣，倦游慵把茱萸酒。万缕愁丝拌剪断，只并刀谁有。更莫去凭栏，独自黄昏后。应最怜、倚竹天寒袖。甚暗雨凄风，向人一般僝僽。

氐州第一 春雁

羁泊当归，归路万里，年年倦羽难定。塞草新痕，吴枫旧梦，商略灯昏雨暝。天远冥飞，似带到、烟江梅信。野水无人，高楼有客，画栏孤凭。

记取芦汀诗思冷，又撩乱、纸鸢风劲。浅墨斜书，空青作字，一片春愁影。蓦相逢、南燕侣，乡关事、呢喃不尽。莫话潇湘，怕哀弦、催人酒醒。

虞美人 广和居题壁

城南歌管都销尽，剩此青帘影。旗亭无复柳丝丝，犹忆黄河远上白云词。癸巳、甲午间，此地诗钟局甚盛。

酒家佣保浑相识，三十年前客。壁间淡墨走龙蛇，谁与一尊清醑酹笼纱？

霜花腴　题彭退省墨菊

艳秋弄色，对楚江，沉沉更写芳菲。磨盾残膏，餐英孤抱，天然淡扫蛾眉。乱愁强推。任寄情、彭泽湘累。最怜伊、似铁心肠，美人迟暮广平梅。

篱落傲姿依旧，叹根移叶换，影瘦霜肥。粉壁斜披，疏灯清话，贞元事物都非。夜窗梦回。问故乡、何处当归。怕黄花、笑我飘零，酒边觥自飞。

虞美人　送刘蕙农赴金陵（二首）

石头王气销沉尽，潮打空城冷。而今冠盖满京华，闻道画船烟水可为家。

过江名士多于鲫，谁识刘宾客。知君此去不胜情，惟有六朝山色向君青。

乌衣门巷斜阳树，生小移家住。江南逢我旧相知，为报昔年吟鬓已成丝。

斜桥骑马休回首，红袖谁招手？明年春雨杏花飞，知道先生归也未曾归？

菩萨蛮　题唐砖美人拓本（四首）

唐宫粉黛埋幽径，香泥留得惊鸿印。黄土巧抟人，人随黄土陈。

相思衣带缓，独立腰肢懒。一幅欠伸图，难从周昉摹。整鬟。

日高睡足浑无绪，当炉浅立移茶具。莫是婢樵青，能谙陆羽经。

鬓丝烟共袅，落叶阶前扫。谁试小龙团，松柴火候难。煎茶。

香厨洗手人如玉，东风吹鬓砖花绿。涤器似临邛，伊谁犊鼻从。

上阳春易老，无复唐天宝。倩影剔苔斑，依稀堕马鬟。涤器。

深闺寂寂多秋思，江湖没个平安字。汉洗吉祥书，不如双鲤鱼。

西风关塞黑，城上乌头白。犹忆曲江滨，晶盘行素鳞。烹鱼。

以上《淡月平芳馆词》，1931 年刻本。

黄　冰

黄冰（1872—1936），字韵琴，长沙人。早寡，以礼佛吟咏自娱。有《秋丝阁诗余》。

南乡子　哭亡儿（二首）

金鸭袅轻烟，愁听黄昏风雨连。惆怅离情空缱绻，天天，断送春光又一年。

剪烛更心煎，泪点凝冰咽玉弦。多少凄凉言转脉，谁怜，生死依依两地牵。

枯坐夜迢迢，酒入愁肠总易消。忍忆阿儿生日近，魂招，痛绝泉台去路遥。

洒泪湿冰绡，慧质从来易折夭。孽障纷繁何日了，愁苗，一局残棋未忍抛。

忆秦娥

睡起，近午还梳洗。更衣，细听莺儿说是非。

日蒸花气香初透，悄立妆台候。掀帏，笑品妍红嫩绿肥。

转应曲

寒食寒食，日暮禁烟斜入。春愁红雨廉纤，生怕东风卷帘。帘卷帘卷，心似芭蕉未展。

阑干万里心

海棠无力褪轻红，春睡恹恹意更慵，心字烧香飏碧空。落花风，人在疏帘浅梦中。

虞美人 喻世嫂新来舍戏赠

铜镮叩叩才通报，屧响声声小。隔帘鹦鹉漫呼茶，笑道玉娘新到阿侬家。

霏微红雨花枝恼，塘外春雷早。是日雷初发声。怕将裙子涴轻沙，拟倩小鬟扶上紫绒车。

前调 雨中送春

流光百五浑如梦，又把余春送。黄昏微雨暗帘栊，为祝迟迟报晓一声钟。

留春无计将春驻，伤尽离人绪。明朝花落蝶情慵，只剩阑干红泪独愁侬。

风蝶令

月过银屏冷，风飘绣幕轻。窗西小立不胜情，低忍檀痕羞洒损眉心。

香袅猊炉篆，词寻蝶令名。剪灯人倦懒清吟，愁思满怀难诉梦难成。

苏幕遮　哭女侄黄静娟（二首）

感金飙，澄玉宇。记得楼西，记得穿针处。新月当花花映户。娇慧偏怜，娇慧偏怜汝。

病经旬，无一语。恼煞罡风，吹折鹣鹣羽。黄玉埋香才十五。越是心酸，越是难成句。

白杨花，乌柏树。环佩声凄，魂也归何处。台上望乡怜独步。忍说思亲，红泪缄封苦。逝世前一日，尚扶病作书寄母。

海难填，天莫补。梦醒封侯，还恋随郎去。花月新词都幻语。闻夫婿生辰，以“花好月圆”之句寄赠。此恨绵绵，此恨成千古。

转应曲　九日登天心阁

重九重九，高阁登临今又。人民城郭都非，时事伤心泪垂。垂泪垂泪，说甚个侬憔悴。

以上《秋丝阁诗草·诗余》，1930 年长沙蝶社手写影印本。

徐芝年

徐芝年，谱名树谕，室号绮忏庵，长沙人。约生活于晚清民国年间。

浪淘沙　立冬，杭州旅馆书怀（二首）

问夜已三更，何处钟声？一声春梦不分明。千里关河劳跋涉，悔却躬耕。

残月绕阶行，积恨难平。更惭牛女背前盟。天上鹊桥湘上雁，切莫无情。

寒暑几番更，听断秋声。阶前叶落到天明。转盼年华催腊鼓，又报春耕。

访胜一舟行，入望波平。伯劳水上订鸥盟。西子湖边苏小墓，空忆诗情。

生查子　思益堂词有和明人吴鲁于韵，因仿步此（二首）

词赋拟梁周，史论推班马。两汉文章迈六朝，莫谓无知者。

遗制说钱刀，神屋看铜瓦。金石从来有佚编，考古何疑也。

问字辨虫鱼，捧檄劳车马。出爨奇音自不凡，待取知音者。
渔艇雨敲篷，客舍风飘瓦。广厦几时千万间，尽庇居之也。

鹧鸪天　（二首）

宋玉多情惯断肠，况兼风雨助凄凉。枝头花落随流水，枕上魂归恋故乡。

煨紫芋，说黄粱，近来好梦半荒唐。关山有雁书难寄，夜夜愁人夜夜长。

作客孤身路几千，吹来鼓角不成眠。大言空拟扬雄赋，壮志难偿祖逖鞭。

明月夜，晓霜天，罔将心事学逃禅。仁民爱物皆丹术，何用长斋绣佛前。

浣溪沙　（四首）

燕子双飞绕画梁，一年春信逐人忙，此情追忆总难忘。
芍药拟将香豆蔻，鸾皇不及野鸳鸯，相思魂梦到潇湘。

鼍鼓冬冬彻夜鸣，摊书兀坐客心惊，强移银烛弄秦筝。
别绪情牵蝴蝶梦，曲阑怕听鹧鸪声，晓风残月助凄清。

翡翠横钗舞作妍，风流长住画堂前，罗帏纤指记当年。
惆怅有溪堪送别，天台无路可寻仙，寄情聊自写红笺。

千里关怀任笔谈，故人芳信话江南，杏花消息此中探。

别鹤每因寒转瘦，脱骖惟借酒能酣，客中清况拟瞿昙。

临江仙 （二首）

将赴金陵，舟泊靖港，诸君饯别，招伎侑觞，慨然有感，即席赋此，以当骊歌。

飞燕玉环都是梦，如何红粉难忘。至今遥指莫愁堂。佳人多薄命，眉黛也虚长。

送别只应怜宋玉，一杯闷酒谁尝。风流罔自费思量。推篷对华月，无奈五更凉。

宦海升沉无定在，眼前聚散休嗟。一鞭疲马走天涯。男儿须猛志，王粲说辞家。

送客浔阳犹惜别，空闻水上琵琶。当年只为负春华。寄言狂杜牧，休恋落时花。

巫山一段云 湘江览胜，用赵松雪韵

柳色千重碧，山光满阁青。旧游历历记分明，流水伴人行。

对酒欢今夕，扬帆趁晚晴。江天浩渺一波平，归雁有余声。

江城子 洞庭舟中，用信斋词韵

买山何日赋归田。地行仙，舞清涟。扁舟一叶，把酒问青天。唱到阳关三叠曲，杯在手，月娟娟。

离愁万种不能言。意难传，梦难圆。写尽相思，怕睹落花妍。俯首微官真自缚，身是客，屋如船。

南乡子　将抵武昌，用东坡韵

风紧一帆收，屈指沧波鹦鹉洲。旧事思量，频梦到扬州，且听歌声水调头。

江水自清流，花谢花开几度秋。却忆去年，惆怅在杭州，买酒浇愁愁更愁。

阮郎归

己亥二月，赴差海上，舍侄成万奉母之赣榆任所，同至京江分道。客中作别，相对呜咽，按拍成声，纷纷兮离绪也。

江南江北水漫漫，他乡作别难。关河惟有月同看，莫教衣带寒。

乘画舫，下奔湍，清流早过滩。明朝海上报平安，离人悲复欢。

水调歌头　春日申江感赋

春日复春日，游客倦梳头。争如江上鸥鸟，随处辄淹留。记取西湖湖畔，明月扁舟载酒，吟笔弄清秋。水调起波面，人在画中游。

人间事，寻旧梦，惹新愁。乡心千里银烛，珠泪替人流。不若眼前一醉，且泛仙槎海上，波浪不惊鸥。鼓棹飘然去，何事慨乘浮。

过龙门

春夜漏犹长，剪烛西窗。客中枕簟不禁凉。想到情深眠未着，斜倚胡床。

憔悴感潘郎，鬓渐如霜。看花不及旧时妆。回首当年歌舞地，堪笑诗狂。

菩萨蛮　（三首）

小住申江，百花开遍，春事将阑，客里光阴，倍增离索。因用友古词韵，怃焉成调，渺渺兮予怀也。

小楼忆听潇潇雨，落花满院人何去。锦帐砌芙蓉，夕阳照愈红。

绣屏金孔雀，针线无心掠。春事莫教闲，相思山又山。

远山含翠长江碧，海棠开遍枝无力。兰桨荡扁舟，芳踪忆旧游。

旧游惟独忆，歧路杳南北。此恨自悠悠，春江是泪流。

东风寂寞吹花动，莺声唤醒兰闺梦。眉黛敛春山，晓妆云鬟残。

含情无一语，卧听敲窗雨。和泪滴还多，宵长怎奈何。

清平乐　用小山韵（九首）

留春不住，燕子来还去。一树桃花烟水路，记取玉人居处。

岸边蒲柳青青，朝朝暮暮关情。暗喜行云可托，那知旧梦无凭。

含情不尽，未有鱼传信。梦里阑珊钗堕鬓，却被啼鹃惊醒。

朱颜半老青楼，月明曾记扬州。睡起翠环狼藉，眉长一曲如钩。

绿杨深处，流莺啼不去。晴日催花香满路，谁识离人愁绪。

一枝浓艳初开，锦屏拦住蜂来。折得芳心千缕，娇姿不减江梅。

愁多眉皱，况是分襟后。珠泪重重盈两袖，惟有春衫依旧。

相逢细说从头，柔肠处处添愁。携手同寻去路，看花莫上层楼。

池塘小草，芳讯催人早。落尽红英丛不扫，柳眼已随春老。

红笺小字书长，销愁漫引壶觞。量浅莫辞金盏，情深立尽斜阳。

别离情意，多少人肠碎。花叶书成无限事，犹怕朝云难寄。

凭阑疏影梧桐，是烟是月朦胧。对酒莫嗟霜鬓，卢郎本老愁中。

采莲人去，杳若风吹絮。挽断鸾襟留不住，欲诉离肠无处。

夕阳已近黄昏，珠帘低卷朱门。愿作栖梁双燕，一生一代消魂。

春酲未醒，归约何时定。织就回文空顾影，机杼夜深人静。

马嘶人去西征，云天万里鹏程。相送低颜细语，翠蛾肠断声声。

小园行遍，寻路穿花转。返照残阳红一片，惆怅此情堪怨。

绿杨映带溪边，看花莫待流年。凉夜湖中载酒，香风吹送莲船。

南楼令　差次通州，沉疴累月，愈后作此，用玉田韵，以遣病瘼（二首）

尘事渐消磨，光阴客里过。问壮怀、今昔如何？社燕盟鸥归去梦，都只为，种情多。

何用醉笙歌，平安即乐窝。羡渔翁、绿笠青蓑。无病一身轻似燕，江海上，弄烟波。

病起客思乡，浓阴绿满窗。正水云、夏日舒长。欲向林前消短梦，又却怕，惹花狂。

双燕语华梁，衔泥带露香。怅分飞、聚散难量。昨夜雨余今夜月，相映处，助清凉。

风入松　夏雨偶赋

匆匆风雨碎圆荷，杨柳弄莺梭。落花休管枝多少，红满地、绿已生波。帘卷凉添翠幕，衣单试着轻罗。

园中老树半婆娑，一洗更清和。穿林打竹青衫湿，问游踪、踏遍如何。惊醒闲眠鸥鹭，醉归漫拥渔蓑。

高阳台　旅居感旧

燕垒调雏，蜂房课蜜，一年春事都忙。载酒行歌，看看又是斜阳。东园不恨飞花尽，恨荷衣、不耐秋霜。最堪怜、一夜西风，冻醒鸳鸯。

几番幽恨凭谁诉，有江淹赋丽，杜牧诗狂。鹤去楼空，佩环何处留香。吟鸾心事都销瘦，对婵娟、今夜偏长。想当年、画里移舟，一曲悠扬。

又

怀唐五寄松。时寄松客金陵，予卧病通州。追忆旧游，不胜今昔之感，赋此一解。

共践鸥盟，重寻镜约，卧游曾记当年。为欢几何，春来怕听啼鹃。平生端爱林泉好，到林泉、难系归船。更怆然、揽辔东西，各自萦牵。

矶头燕子今何在？但荒烟满目，蒿艾平肩。桃渡凄凉，去年同醉尊前。翠袖珠帘清夜梦，望江南、不禁呜咽。只空余、无限悲歌，分付吟笺。

木兰花慢　（二首）

曩游白下，置酒秦淮，有歌妓小才子者，佐以侑觞，意甚欢洽。今别后已一载矣，犹殷殷道念，且有出尘之望，盖郁郁青楼也。余感其多情，为赋此词。

秦淮旧俦侣，桃叶渡，木兰舟。记翠袖香飘，新妆力怯，秉烛同游。凉夜载花载酒，怕匆匆漏转报鸡筹。笑语惊回客梦，笙歌破得诗愁。

珠楼，魂梦悠悠。携手处，佩环留。奈老去刘郎，寻春乐事，都为花羞。多情那堪带减，望江潭认得旧沙鸥。休怪少年张绪，半生误入风流。

歌时敛眉黛，风堕泪，酒添愁。正燕子双飞，鸳衾独拥，万缕情柔。流光半销画舫，愿秋空雕鹗脱尘鞲。当日渡头桃叶，只今明月妆楼。

清游，不碍凝眸。思往事，说从头。指巷陌斜阳，筹花斗草，王谢风流。如何晋人去后，斋天香不与世间留。惟有多情皓魄，年年来照离忧。

南歌子 送谢靖生大令之官山西，时同客京师

异地逢君晚，征衣带露寒。嘶风匹马出重关，送别明朝岐路话悲欢。

柳向层楼折，花留一县看。边城锁钥重屏藩，尤冀京华依旧点朝班。

夜合花 通州早发

露染衣香，风吹鬓冷，万重云水初程。银蟾未落，雕鞍戴月披星。鸡报晓，鹊惊明。更飞花、绿盖红迎。最关心处，朱门半掩，疏柳啼莺。

马嘶渐远西城。遥指吴山楚水，赋切归情。儒冠误我，天涯莫任飘零。身未壮，业须精。况而今、一事无成。梦回千里，迢迢客路，触目皆惊。

浣溪沙 闺情（二首）

记得吴宫春梦长，倚楼人困绮罗香，秋千慵上懒梳妆。
强整娇姿临宝镜，曾呼小婢掩妆窗，莫教明月照离肠。

画得眉来又别离，问郎一去几时归，凭阑如醉复如痴。
移宴昔曾随茉莉，看花今已到酴醾，泪痕点点寄相思。

临江仙 都门话别

燕子不留春住，落花解送人行。来时岁月去时更。关河长短梦，聚散古今情。

京路迢迢远道，阳关处处离声。一鞭闲踏马蹄轻。客怀千里壮，月傍九霄明。

鹊桥仙 七夕泛海

飞星弄巧，流云吐恨，同把鸥盟重订。相逢天上本无多，但愿得、今宵漏永。

鸳机初罢，银河暗度，一梦柔情唤醒。我来泛海趁佳期，又岂必、斗牛仙境。

长相思 舟过维扬

古扬州，小棹游。一片笙歌梦里收，幽人不识愁。

橹声柔，尽胜流。柳满隋堤月满楼，来时已变秋。

望海潮 夜泛淮河

月从山吐，星随树转，游人稳泛平波。素魄惊乌，征尘扑面，潮来梦觉南柯。客里醉时歌。是曲中奏雅，秋思偏多。寄语朝云，莫将离恨敛双蛾。

闲眠散发婆娑。正玉绳低转，斗宿高罗。更漏将阑，来船渐少，西风一夜如何。萍迹几经过。但山川举目，雁字频摩。万里天涯，渐随流水到长河。

风入松

自维扬至清江，沿河一带，遍植杨柳，客舟往来，拂水飘绵，依依可爱，摛笔以赋。

隋堤十二柳梢头，枝上有鸣鸠。栖鸦不定蝉嘶乱，怕西风、落叶堪忧。飞絮替人垂泪，登楼惹客添愁。

长亭送客半淹留，数驿记同游。露桥月榭曾携手，一丝柳、一寸情柔。此意陶潜能解，归来兴满扁舟。

又

赣榆之朱蓬口董姓祠，有龙松一株，大约环抱，高约丈许，自为屈曲，广十数丈，青葱可爱，诚苍髯叟也。惜空谷无赏音者。家兄来宰是邑，勒碑其下曰“海上蟠龙”，以志不朽。适予道出此间，策马游观，徘徊树下，欣赏者久之。殆与京师架松、云台龙松，同为海内奇物也，与成万同赋此词。

盘根海上走龙蛇，风雨接烟霞。千枝万叶张青盖，羡虬蟠、洗尽尘沙。雅韵犹余绝岛，贞容自湛清华。

淡烟漠漠翠云遮，豪气睹髯拿。冰姿玉骨真奇绝，奈鬖髿、不肯藏鸦。待得辽东白鹤，赏音应在谁家？

满庭芳

赣榆作客，忽忽中秋，置酒琴堂，不胜今夕明月之感。

丹桂飘香，碧天如水，客中几度中秋。流光荏苒，曾不为人留。今夕清尊对酒，趁佳节、急数花筹。千里外，银蟾照耀，河汉近人流。

人生，行乐耳，阿瞒横槊，庾亮登楼。正山河影满，此意悠悠。但愿长圆无缺，又何事、玉斧金瓯。新声谱，霓裳一曲，清听有谁偷。

卜算子　（二首）

由赣榆赴杭州，十六日夜，同人饯别，醉后步月谱此，以志离悰。

漏静月初斜，有客披裘赏。阶下寒蛩不断鸣，到晓声犹壮。

独自倚阑干，长夜劳吟想。待得姮娥下月宫，应把新声唱。

望月几回圆，那更花长好。花月相兼趁夕游，知有欢多少。

今日祝其山，赣邑山名。明日淮南道。人生离合本无常，悔不归来早。

以上卷一

行香子

波冷如冰，迹转如萍。一年间、几到离亭。茫茫长夜，好梦何曾。况人无定，书无准，雁无凭。

愁对孤灯，怕见双星。许多情、诉与谁听。宝钗楼下，犹记香盟。但事非昔，欢非旧，遇非卿。

临江仙

前宿赣榆，梦中得句云："筇竹丹如天竹，雪花白似梨花。"尚有数语，不能记忆，今以《临江仙》足之。

筇竹丹如天竹，雪花白似梨花。频年作客在天涯。爱他双燕子，飞落又谁家。

一梦佳期倩续，半腔幽恨堪嗟。相思无语付琵琶。多情行路客，不独鬓添华。

又　送雪湘还湘

记得去年江上别，我来君又南归。征鸿乳燕两分飞。情随湘水远，惟有落花知。

同是天涯羁旅客，家园莫误棠梨。凭君传语寄相思。一鞭云梦里，快听紫骝嘶。

玉连环

帘垂绣户花心嫩，金炉香烬。玉环摇作断肠声，写尽相思情分。

长夜不劳频问，凭阑人困。双蛾不扫堕钗横，只待银河秋近。

山花子　春闺

小苑春深坠粉香，拈针只怕绣鸳鸯。飞絮落花楼上看，断人肠。

可恨莺莺翻翠柳，那堪燕燕舞雕梁。画阁留春春不住，为谁忙？

又　夏闺

纨扇轻衫趁午眠，无心描黛整花钿。赢得青楼多少恨，不堪言。

罗薄鸭炉香易透，日长鸳枕梦难圆。水上蜻蜓花上蝶，扑还怜。

又　秋闺

淡扫蛾眉淡束妆，一年容易又秋光。坐看牵牛愁不寐，指星双。

银甲调筝羞对月，玉钗横鬓怕惊霜。最是恼人无与并，薄情郎。

又　冬闺

肠断仙槎路未通，年年惆怅惜芳容。沽酒自斟还自劝，与谁同?

醉写乌丝添蜡炷，倦移红袖伴薰笼。两意定知无说处，梦魂中。

琴调相思引　寄内

千里关河万里心，一床蝴蝶两追寻。天涯芳草，何处觅云阴?

路远有书凭雁字，宵长无伴拥鸳衾。五更残烛，闲却倚窗琴。

临江仙　夜雨不寐

枕上柝声窗外雨，无端惹起闲愁。五更残梦怕登楼。雁过书不到，蜡烬泪还流。

把酒问花花不语，何人解说封侯。著书寒却敝貂裘。元龙豪气在，起舞待鸡筹。

浣溪沙

友人携妓招饮，风雨不能赴约，书此寄恨。

蝴蝶多情快冶游，年年判得为花谋，一程风雨一程愁。
沽酒炉边待司马，临河天际滞牵[牛]，枉将后约倩君留。

又　浙中记所见

十五溶溶弱女郎，巧梳半面学徐妆，含羞窥宋出东墙。
绣剪裁衣逢岁晚，玉钗拨火怨宵长，生怜瘦小舞轻狂。

浣溪沙　（四首）

往往梦中作词，得句参差，今犹记数语，戏以《浣溪沙》足之。

愁雨愁花怎奈何，丝丝密密柳条多，梦中句。纵经攀折是南柯。
燕子衔泥思旧垒，鸳鸯戏水涨新波，人间薄幸不如他。

带翠含娇过柳堤，东风吹软瘦腰肢，朝朝暮暮是相思。
春事欲寻花落处，芳心犹记梦归时，上二梦中句。此情惟有自家知。

闲倚雕阑数落英，枝枝叶叶总关情，为谁销瘦为谁荣？

燕子飞来花有影，杜鹃啼罢月无声，上二梦中句。一帘疏雨梦初醒。

杨柳青青似谢娘，几经风露几经霜，攀条那许昔年长。

采药已非仙路客，寻花难觅醉时妆，上二梦中句。谁将好梦续黄粱？

又 和师竹斋韵（二首）

曾记垂鞭到白门，珠歌翠舞闹黄昏，与君同作看花人。

钿毂香车堪结伴，酒旗诗阵亦销魂，一春心事曲中论。

院宇深沉独闭门，愁云暗淡拥尘昏，玉楼应忆去年人。

青鸟不传香国信，游丝轻惹落花魂，深情远恨不堪论。

又 集句，题松石斋与某丽人并照小相（四首）

曾与如花并照来，罗邺。且将团扇共徘徊，王昌龄。浓妆美笑面相偎。刘商。

宝帐香中卧韩寿，杨慎。水晶宫里见江妃，丁鹤年。两心和影共依依。崔珏。

京洛风流绝代人，姜白石词。脸檀眉黛一时新，罗虬。等闲相见莫相亲。元稹。

闲倚屏风笑周昉，元稹。枉将心力画朝云，元稹。丹青任写不如真。卢士衡。

两朵芙蓉镜里开，鱼玄机。无人不道看花(来)[回]，刘禹锡。安排云雨费新词。繁知一。

何用独寻方外去，韩翃。果然夺得锦标归，卢肇。寒窗羞见影相随。施肩吾。

并蒂芙蓉本是双，杜甫。满池春水蘸红妆，花蕊夫人。好留莲叶盖鸳鸯。陆游。

风外时闻琼佩响，李时行。梦中惟觉绣鞋香，韩偓。题诗还倚少年狂。蓝仁。

琐窗寒　十一月廿九日旅居对雪

画阁飘绵，芸窗映月，鸭炉香烬。压尽红梅，树树梨花成阵。望平原、玉种蓝田，草堂一夜西风紧。掩柴扉伴着，薰笼寒气，逼人犹近。

滚滚，迟还迅。是人在冰壶，恹恹孤闷。唤酒浇愁，醉写半腔幽恨。怅人生、羁旅西东，翻飞如絮浑未准。也应留、一片冰心，万里传芳信。

满江红　嘉平五日，风雪闭门，达旦不寐，凄然赋之

雪压梅枝，又散作、满天飞絮。空怅望、暮云千里，雁鸿来去。狼藉酒痕犹惹恨，依稀蜡泪因谁妒。拥重衾、兀坐五更寒，添兰炷。

衣带乱，客中苦。书信在，旧时语。只多情一念，平生都误。万顷波涛翻白浪，一帘冰雹传青女。怕薰笼、灰烬不成眠，西风怒。

鹧鸪天　感事

日影沉沉帘幕垂，香销金兽不成灰。紫兰芽长莺声老，红豆花开燕尾齐。

天可补，水能西，放开遗恨展双眉。买臣志愿谁能识，休怪当年见弃妻。

忆旧游

成万之殁，已二月矣，梦魂既杳，旅榇将归。哀感之深，殆难言喻，作此词以哭之。

忆去年春暮，汝往江淮，我赴神京。无限清游兴，借长篇短咏，互写幽情。分袂已怜暂别，欲泣不成声。矧一霎悲风，断魂千里，路隔幽冥。

归程，片帆远，对吴山楚水，肠断凄清。漫说形容杳，愿魂来入梦，梦也无凭。漏长暗弹清泪，惆怅到天明。惜蕙折兰摧，惟余一卷身后名。

一丛花　送友人还湘，并祝其诞麟也

长亭折柳送君行，莺燕最关情。紫骝嘶入落花去，家近也、翠黛频迎。戎马生郊，征尘不染，闲事说双星。

吴头楚尾几曾经，犹自数归程。一回相见一回老，幸赢得、两鬓青青。萱阁春长，兰阶草长，佳兆卜先声。

南歌子　仿飞卿体（五首）

戏摘樱桃颗，闲浇茉莉花。莲步约吴娃。鸦头罗袜小，逐香车。

翠带垂金凤，云鬟绾玉钗。情思暗相猜。玉钩帘不卷，待君来。

桃面嫌金粉，花钿点玉窝。底事蹙双蛾？银床冰簟冷，夜如何。

懒拂芙蓉帐，慵斟豆蔻汤。兰麝罢炉香。思君情更切，枕衾凉。

香袖垂纤指，轻罗着细腰。帘底坐吹箫。曲终人未寝，度春宵。

忆江南 （二首）

江南忆，最忆是杭州。翠袖金钿歌扇底，兰桡桂楫打潮头，风景昔曾游。

江南忆，其次忆秦淮。好妓歌喉调锦瑟，玉楼唤酒压金牌，双燕入帘来。

荷叶杯 次浣花词韵（二首）

年少光阴难得，思国，燕子不归来。几多愁恨锁双眉，那复忍追维。

想得舞鸾歌凤，如梦，人去绣帏空。青蛾音信杳难通，残月照帘栊。

滴尽漏声檐下，残夜，曾记画眉时。绿窗西畔柳丝垂，相对数佳期。

骑马出门低月，伤别，满面是征尘。看花愁杀旧时人，应悔误前因。

风流子

作客赣榆时，海氛紧急，土寇蜂起，四处戒严。家兄宰是邑，率彼都人士修垒练军，亦未雨绸缪之意也，作此词以壮之。

荒台凭吊古，西风紧、撼起暮鸦归。看陌上旌旗，马皆北首；望中烽火，雁亦南飞。如今但、一邮传信息，三箭决雄雌。众志成城，讵矜韬略；臣心如水，休论声威。

波涛横东海，蛟龙怒呜咽，鼓角声悲。何况地连齐鲁，人在边陲。想越石吹笳，羌人散魄；班超投笔，儒者兴师。多少英雄豪气，强虏俱灰。

凄凉犯

七月晦日，闻成万旅榇安抵家园，值此戎马仓皇，得归净土，且悲且幸，再赋此词，并题其遗像可也。

燕鸿自各秋风起，乡心万里谁托？人亡物在，魂归故里，旧游依约。天涯地角，倍怜汝、形单影弱。对边城、西山日薄，怕听海涛恶。

犹记分携处，泪湿衣襟，雨飞沙漠。旧愁新恨，者情怀、总难抛却。辽鹤归来，也应识、当年城郭。想从今拔去苦恼，似梦觉。

采桑子

秋风淅淅偏宜夜，梦破三更，欲睡难成，窗外寒蛩断续鸣。

一钩斜月星三点，照彻云屏，不觉愁生，怕听邻鸡报晓声。

桂枝香　旅馆悲秋

平原怅望，正故国晚凉，秋气萧索。无数鸿来燕去，翠凋红落。卢郎只合愁中老，奈愁多、腰肢如削。风清云淡，星疏漏永，怨怀难托。

最惨听、楼头鼓角。叹戎马仓皇，人物轻却。凭吊神州一夜，荻花漂泊。六宫粉黛随流水，但寒鸦衰柳依约。故人何在，迢迢千里，梦魂惊觉。

虞美人　（四首）

无情燕子来还去，细作呢喃语。画堂留得旧巢痕，只待明春依样守朱门。

秋风总把寒来送，愁锁双蛾重。胭脂记点美人唇，写就吟笺和泪寄朝云。

明朝送客伤行色，便是关山隔。阳台无路可追寻，怎奈酒阑时候带愁深。

人生离恨何能免，但愿频相见。思君无语理瑶琴，只怕七弦弹遍没知音。

冷红乱扑桃花面，敛笑低歌扇。黄昏时候独凭阑，惟有一钩新月小眉弯。

前欢总属风流梦，蜡泪销金凤。少年莫任枕衾寒，拟倩云屏夜夜伴青鸾。

游踪踏遍寻芳惯，只恨相逢晚。忆君同泛木兰船，门外桃花流水碧云天。

分携犹记当时话，唤把双蛾画。尊前常共月婵娟，岂意银河路断又经年。

又　闰中秋

姮娥仍旧当窗满，载酒重相玩。韶光依约为人留，不道一年两度过中秋。

桂花开向枝头晚，不是芳情懒。今宵趁月又登楼，好个一般佳节两般游。

点绛唇　闰中秋，再咏月

月色溶溶，依然前度穿罗幕。广寒张乐，唤醒枝头鹊。

佳节重逢，莫把光阴错。当初约，素娥知觉，那管郎情薄。

好事近　闺中秋咏桂（二首）

八树正飘香，又是中秋时节。一种芳根独秀，不许人轻折。

平泉庄里自殊名，争向树头接。赏遍不须银烛，有今宵明月。

月缺又团圆，照彻小山如雪。一阵好风香近，有黄花千百。

前番庾亮夜登楼，往事对谁说。惟有一丛幽桂，使留人难别。

南柯子

宿酒醒还醉，新愁去复生。好风吹梦到云屏，怕听邻鸡惊破易天明。

黄叶萧萧下，寒条阵阵鸣。燕辞归客尚无程，愁听孤鸿飞过两三声。

又

偶于残书中检得成万所作诗词数首，语既清新，字亦秀润，触目伤心。复见壁间所悬遗像，恍若联床，似非下世者。更阑不寐，再题此词，短歌之哀，过于痛哭，悲夫！

魂断诗犹在，图陈势欲生。去年今日尚携行，恼被狂飙吹散一天星。

夭寿生前命，文章死后名。五行何事忌聪明，无奈廿年如梦最伤情。

以上卷二

唐多令　客中赠歌者

好妓好歌声，琵琶弹更清。便无情、觉也多情。莫话浔阳当日事，怕惹起，客愁生。

罗带束腰轻，弓弯逐队行。两相逢、俱是浮萍。一曲阳关三酹酒，更漏尽，不堪听。

蝶恋花　雪霁不出，赋此，用竹垞韵

咫尺人家天样远。快雪时晴，犹畏泥途软。芳草天涯踪迹遍，归心付与南飞雁。

旧事思量如在眼。眉翠萧娘，只怕朱颜变。纵使前缘犹未满，相逢已隔银河畔。

鹧鸪天　咏鹊，次林梅丞韵

黄鹊云中岂傲莺，只缘避弋故高鸣。无端一举横千里，不是知音不动情。《瑞应图》：玄鹄王者，知音乐之节则至。

栖太液，效嘤嘤，羽毛犹自不分明。枝头好鸟如相伴，叫出江渍莫厌声。

意难忘

身在天涯，记香肩并倚，云鬓堆丫。绿窗然蜡炷，红袖拂琵琶。思往事、转堪嗟，赢得鬓添华。卅八载、寻春意绪，剩有梅花。

分明雁落平沙。曲中思再见，室迩人遐。三生应有幸，片念总无他。朱户远、暮云遮，指点谢娘家。奈晚来、朔风欲雪，寒勒飞鸦。

眼儿媚　步竹垞韵

钗盟镜约两无边，新月渐能圆。相持已久，修眉灯下，索笑花前。

多情潭水深千尺，只怕放归船。一声鸣橹，惊回蝶梦，惹起鸥眠。

抛球乐　拟冯延巳，即用其韵（六首）

吹罢箫声曲未阑，来仪有凤足盘桓。银河泻影垂朱箔，碧玉当头忆广寒。醉饮缘何事，只为同心故合欢。

积雪初消乍放晴，暖风扶上纸鸢轻。同心栀子尊前种，出谷莺声客里听。归去无留恋，拣取花枝最有情。

移得名花植后庭，莫嫌娇小不胜情。山横远黛眉先占，发尚垂髫鬓未成。仿佛初三月，待得团栾玉兔生。

三月桃花绣户红，巧藏人面护朱栊。银筝低按浑无语，宝髻高梳却讶风。春色依边重，闲逐鸳鸯碧水中。

春兴方浓酒未残，香车钿毂共盘桓。画眉语软痴京兆，彩笔思沉凭玉阑。且尽尊前乐，莫怪花迟春较寒。

踏遍千山与万山，玉人长共倚阑干。朝云霭霭分还合，暮雨蒙蒙暑复寒。莫放流年去，须尽平生未畅欢。

卜算子　淮海道中口占哀歌者，用东坡韵

花发正当风，欲息枝难静。恼杀狂飙太不情，吹断阑干影。
我自不言愁，肠断无人省。一曲歌声绕画梁，怕听余音冷。

高阳台

予客税，其有歌妓巧红，雅善琵琶，侨居旅近，与二三友人频相过从，一曲清音，颇慰岑寂。妓兼识文词，尤工调笑，盖穷乡僻壤中翘然独出者也。不意欢不逾时，竟以暴病死。命也，有数存焉。友人为作诔，予吊以词。

雪促花萎，更催漏断，绣楼顿绝穿针。云散风流，琵琶空忆江浔。相逢已恨相知晚，幸相逢、未到春深。最难禁、午夜

啼鹃，触动愁吟。

钟情莫作花丛蝶，怅狂澜破梦，急雨惊心。前度刘郎，重来已是珠沉。阳关谱出凄凉调，绕雕梁、尚有余音。到于今、风去楼空，那处追寻。

鹧鸪天　白杏花

深巷明朝待买花，争看片玉净无瑕。飞来柳絮差堪拟，染就胭脂不足夸。

村市近，酒旗斜，二分春色到人家。要知守墨存真性，莫怪云英太素些。

醉太平　清明因病，避风不出

愁深病多，宵长睡多。踏青好个晴和，怯春风奈何。

壶中酒魔，床头梦魔。醒时情分难过，只教人怨他。

采桑子　自题词集

封侯自料应无分，减字偷声，嚼曲咀英，句未工时鬓也星。

填词只为多情误，诗酒瞢腾，花月娉婷，抛却心思学美成。

又　自题照相

须眉半属愁中老，满面尘生，两袖风清，赢得刘伶酒债增。

平生怕说凌烟事，不有勋名，那得图形，一自相看一自憎。

解佩令　题胡缉熙茂才小相

静同樊逊，遇伸刘昼，把平生、意气都消尽。镜里须眉，喜善气、迎人尤近。料他年、定膺华衮。

不因人热，用胡君自题语。不为情惑，腹便便、淡然无紊。画阁先声，且莫任、朱颜愁损。说封侯、几人青鬓。

罗敷艳歌　辛丑三月，再过维扬，舟中追和冯延巳韵（十首）

春风断送流年去，莺燕交飞。争向高枝，绿意红情鸟自知。
湖山信是东南美，淮左来归。难得佳期，行乐如何不及时。

夕阳影里垂杨岸，柳絮飘绵。廿四桥边，管领春风彩幔悬。
杜郎俊赏须重到，遥望江天。鸥鸟波前，闲啄烟花伴客船。

雕阑红袖谁家女，待得郎归。自启香扉，斜插珠兰一两枝。
罗裙暗佩同心结，不许人知。生怕风吹，独立花前听鸟啼。

珠歌翠舞当年事，倦眼慵开。蜡炷成灰，愁绪心情懒画眉。
桥边红药今犹在，花影徘徊。往事难回，深院何人扫落梅。

停桡少驻刚三月，柳浪迎风。人在楼东，一树桃花扑面红。

青楼好梦因谁续，酒困诗慵。夜半残钟，收拾笙歌画舫中。

琵琶仿佛浔阳曲，水面丁丁。听彻愁生，扰乱离人睡不成。
一溪冷月波心荡，坐对云屏。万缕柔情，分付歌筵莫出声。

三年四度停征棹，挝鼓高楼。催起帆收，玉女无言月上钩。
伤心莫说铜驼事，蝶怨花愁。云散风流，检点归程过橘州。

十年一觉方知梦，风雨凄凄。高柳莺栖，断送行人分处啼。
双蛾锁恨心如醉，不是花迷。清泪偷垂，闲想闲思只自知。

紫骝嘶向花丛处，花径深重。醉眼朦胧，但见香肩扫落红。
归来多少关情事，寄语东风。立尽梧桐，一夜无眠听打钟。

江南无限新栽柳，嫩绿含芳。枕簟邀凉，不是章台也断肠。
相思识得回文字，字字成双。不用思量，极目天涯到夕阳。

浣溪沙 高邮守风，用韦端己韵

雨打篷窗蜡炷残，狂风吹浪立江干，薄罗衫字不胜寒。
咫尺江山天样隔，起来惟把片云看，游丝征棹几时安？

浪淘沙 （二首）

从侄煌，以盐官需次两淮，予三过其地，皆以行旅仓卒，未得把晤。今相约重来，方欣良觌，不意我来邗上，君葬波心。沦落如此，不亦惨哉！伫立江干，遥哭以词。

和泪读离骚，凭吊英豪。千秋遗恨付胥涛。把剑青山何处是，如此魂销。

厄数竟难逃，辽鹤冲霄。可怜燕弱又莺娇。想见九原肠断处，暮暮朝朝。

无计饯香醪，蕙折兰凋。钱唐八月怕观涛。侄父、兄皆需次浙水。一霎悲风怜野殡，千里魂招。

极目水滔滔，此恨难消。重来惟有泪珠抛。魂断自知无续处，休说鸾胶。

临江仙　八月朔日，与唐五泛舟秦淮，醉后作

别后三年梦断，相逢一叶舟轻。笙歌院里说离情。酒凭红袖劝，诗傍玉楼成。

闲想六朝景物，眼前桃渡分明。莫愁艇子喜相迎。休嗟行役苦，一醉与君倾。

又　自金陵之杭州，唐五送至江干，别后有怀却寄

后会不知何处，白门两度逢君。客中送客最伤神。柳阴来去路，赢得马蹄痕。

回首玉阶伫立，悔教罗带轻分。几生得近细腰身。六朝金粉在，销尽美人魂。

南柯子　读雪湘所制宫词书后

无限宫闺怨，分明说向人。直将丽句续长门，却怪多情天子亦销魂。

宋玉闲中意，相如笔下文。半书幽恨半书恩，只是没人传诵到丹宸。

如梦令　题桃柳画扇

桃外一枝疏柳，省识红匀绿皱。翠浪坐莺莺，写出春光八九。餐秀餐秀，一阵好风香透。

浣溪沙　（四首）

花自芬兮柳自芳，芬芳花柳蝶飞忙，不知秋近只餐香。
深掩画帘留燕子，闲拈彩线绣鸳鸯，一年终日是双双。

镇日无聊理薄妆，怕他云鬓要成霜，容颜只对镜中伤。
豆蔻浓时春寂寂，酴醾香处夜茫茫，空留半被待檀郎。

挝鼓高楼报五更，薰笼斜倚待天明，银笺绣剪一般停。
曾记花间描戏蝶，还随扇底捉流萤，想君应忆此时情。

晴雨淹留离恨天，当窗缺月又能圆，绝无消息到侬边。

宝镜自怜娇面改，锦鳞不把素书传，寻思闲事有千般。

浪淘沙

闲日趁寻芳，柳暗横塘。碧波捧出绿鸳鸯。歌板酒旗人散后，立到斜阳。

往事费思量，梦断潇湘。青衫湿透枕衾凉。一种情怀谁寄与，分付诗囊。

卜算子　重九前六日，杭城旅馆作，用沈昌宇韵（五首）

佳节近重阳，薄暮凉风透。过尽征鸿不见书，正是愁时候。
恨压小眉尖，泪湿青衫袖。一种黄花次第开，影与人俱瘦。

花落尽无言，人去犹传语。镇日思君不见君，没个安排处。
忆昔并香肩，曾共修兰谱。折得双枝插胆瓶，怕有摧花雨。

酒自载愁来，尘是因风起。燕子归时人未归，寂寞深闺里。
才过楚江滨，又泛之江水。灵隐山前木叶黄，往事追兰芷。

扶醉上雕鞍，肠断浑无语。想到妆台理鬓时，恨不垂双羽。
侬惧写银笺，卿懒歌金缕。一样相思两样愁，魂梦犹依汝。

曾记绮罗人，省识相思字。写向蛮笺未忍开，只是偷弹泪。

心事两人知，待觅飞鸿寄。惆怅天涯盼早归，书不传真意。

满江红

“满城风雨近重阳”，潘大临句也。予三至杭州，时景恰当，浮家泛宅，行人黯然，谱此寄意。

九日登临，尽攀取、茱萸插遍。叹我辈、异乡为客，举杯自劝。薄酒休辞千日醉，好花要结三生愿。且从容、谈笑说夷吾，都忘倦。

前世事，如流电。今世事，如飞箭。任凄风苦雨，助人幽怨。佳节每逢愁里过，归云况是天涯见。把尺书、写就倩谁传，南飞雁。

喜迁莺　重九前一日，移寓灵芝寺

昼沉沉，香蔼蔼，乔木喜迁莺。紫阳山近趁时登，云天路几层。

客无常，巢已定，暮鼓晨钟增省。不妨容发且为僧，欢从静里生。

临江仙　闺情

莲步缓移阶下立，闲调鹦鹉金笼。刚能解语便呼侬。喁喁如有意，替我骂东风。

霜月不知人事改，依前来照帘栊。非因圆缺怨天公。素娥无限恨，围住广寒宫。

又 妓情

生小娇痴愁不识，盈盈逋发垂髫。玉儿欢会太无聊。栖香犹未稳，酒市又旗招。

待到酒阑歌散后，流光似水容消。烟花最易把人抛。非干郎薄幸，妾命本如蒿。

又 十月朔日，偕茂之、润之小集兰亭

四十二贤觞咏地，我来亭榭依然。愿将丝竹补当年。山河应不改，今昔总情迁。

序述永和修禊事，斯文墨妙堪传。临碑对景且留连。挥毫怀定武，换骨溯庭坚。

又 谒大禹陵

平地成天无与匹，神功圣绩昭然。千秋拜祀读遗阡。山川资奠定，埋骨白云边。

庙貌森严巢蝙蝠，陵高莫测牛眠。松楸风雨接云烟。残碑多漫漶，摹(访)[仿]字难全。

又　游鉴湖，湖在绍兴府城天门外十余里

四面常时对屏障，云山图画天圆。轻车短棹任盘桓。横琴花月夜，吹笛晚风前。

一种风光谁管领，如来西子湖边。客中作客半游仙。提壶穿曲港，洗耳听流泉。

踏莎行

王大翊钧，以府经来官浙水，因停止分发，改指江苏。临行，以照相属题，即谱此调以破牢愁，兼志别耳。

换酒裁诗，种蕉学草，如君真个销魂好。错将吏隐驻西湖，东风又促归鞍早。

凉月心肠，春风仪表，天涯莫谓知音少。不须惆怅损朱颜，服官四十犹非老。

花犯　孤山访梅，次美成韵

绕孤村，霜华拂槛，无穷色香味。落红难缀。自玉骨冰肌，依旧清丽。断桥独见幽人倚，相逢不觉喜。可叹我、客中飘泊，余寒侵绣被。

云阶月地斗横斜，林逋老去后，疑他憔悴。闲伫立，湖西畔、几枝轻坠。寻芳倦、酒旗在望，任醉赏、扁舟烟浪里。算占尽、百花头上，年年开向水。

疏影　嘉平念二日晚雪，咏瓶梅

黄昏飘雪，喜琼姿绿萼，一枝新折。插向铜瓶，几案横陈，书室顿成幽洁。无端弄影曾孤赏，错认做、当窗明月。甚孤山、洗尽铅华，一片落英难掇。

人道平生守口，那春到画阁，分艳冰铁。锦簇花团，气味香酸，不怕晚风吹彻。芳魂伴我疑知己，况却是、散盐时节。正不烦、踏遍岭头，景物自然佳绝。

以上卷三

巫山一段云　题吕彩云照相

铅粉匀娇面，胭脂点绛唇。弓弯纤小倩湘裙，彩笔画难真。
镜约摇歌扇，钗盟托素巾。巫山云雨洛川神，一顾一销魂。

柳梢青　再题彩云照相

妆成画阁，懒写相思，寄将容拓。翠黛轻描，朱唇淡点，几时亲着。

玉人许我清狂，奈没计、将伊影捉。梦里朝云，眼前樊素，镜中摩索。

卖花声　题彩云西洋妆相片

时式学西妆，真个清狂。镜中人似隔重洋。不是变夷夸色相，寄语檀郎。

巾帼自生香，异域何妨。案图瞥杀楚襄王。换得玉容从海国，移向东墙。

风蝶令　题彩云戎衣照相

彩帐严刁斗，云麾耀日星。枕戈蒿目愤难平，莫道佳人无计只倾城。

鞍马东西市，河山旦暮声。木兰依约悟前生，不是英雄儿女怎图形。

莺啼序

姑苏程心庵孝廉，性嗜金石，藏有何雪渔刻章，为前明秦淮校书马湘兰作，文曰“听鹂深处”，边款曰“王百谷兄索篆赠湘兰仙史，何震”十三字，垂数百年，未尝磨灭，疑有鬼神呵护，心庵持此索题。按湘兰工诗词，善画兰，故名湘兰。尤喜释、道，与百谷相亲昵。诗二卷，百谷为之序。百谷七十寿，湘兰往苏州，为诗祝之。及归，遂病，然灯礼佛，端坐而逝，斯亦奇矣。人生不幸而为女子，女子不幸而堕青楼，卒能不迷神志，以善厥终。呜呼！如湘兰者，可以观矣。心庵既得兹章，秘之内室，把玩流连，爱如拱璧。物之归也，各有其主，岂湘兰之后又一百谷，百谷之后又一湘兰？事有旷百世而相合者，其谓此与？爰赋此阕，用志始末。

江南自春尽了，乱莺啼燕语。筑歌榭、孔雀庵边，湘兰故居，在金陵孔雀庵侧。却笑风月无主。瓣香祝、千秋万世，飘零莫作巫山雨。系离情，杨柳阴中，紫骝嘶去。

静夜深闺，梦里寄意，悟三生尔汝。想当日、歌舞金阊，一生知己谁遇。写幽兰、闲寻粉壁，百谷居处，湘兰画壁甚多。诗笔健、沉吟声楚。怕因循，愁损红妆，伤心眉妩。

雕虫绝艺，翰墨因缘，半埋藏绣户。环佩冷、六朝花柳，往迹堪寻，斗酒双柑，听鹂深处。繁华似梦，兴亡凭吊，秦淮依旧春波绿，有何人、省识桃根渡。天生丽质，随风堕入尘寰，片石特地千古。

婆罗一卷，绣佛长斋，叹绮情易误。且寄恨、琵琶弦上，碎玉声中，湘兰理鬓，堕宝钗，徐语侍儿曰："久不闻碎玉声矣。"镜掩羞鸾，书传谈虎。百谷著《谈虎》二卷，多纪其事。蛾眉不扫，当时新样，销魂长在烟浪里，下重帏、书省王微句。吴梅村题湘兰词云："王微诗句道人看。"心期暗数前因，四字题香，蝶儿守住。

江城子 代季泽题张君画像。张君善饮酒，知音律，亦识时之俊杰也

平生豪气感元龙。是山翁，是英雄。不为封侯，何必苦求功。莫笑刘伶长醉倒，今古事，酒杯中。

新声谱出玉田同。思无穷，曲难终。只有知音，才识画图

容。留得湖山真面目，荣与辱，任天公。

卖花声

花发已难留，何况花休。风前切莫上帘钩。怕又吹来愁一点，阁在眉头。

没计觅归舟，去住无由。个人应念我绸缪。一片落红春不管，付与东流。

蝶恋花　武林饯春，次皖生韵（二首）

客里几年春共住。争得如春，岁岁无闲处。把酒留春春竟去，帘钩燕子殷勤诉。

明日长亭惊堕絮。知是春归，一阵黄昏雨。流水落花浑不语，怕笺心事添愁绪。

急景流光收不住。绊得人牢，没个安排处。惆怅玉骢嘶过去，流莺树底声声诉。

落尽樱桃飘尽絮。不怨东风，只怨西楼雨。欲倩春归频寄语，那堪肠断无情绪。

虞美人

壬寅夏五，方拟避暑西湖，忽因事促归。临行，季泽大令以淮海词书扇奉赠，即依韵赋此，用酬雅意，兼留别诸公。

西湖本合栖云雾，记我停骖处。倏经楚尾又吴头，只有一腔离恨载归舟。

如君与我心相见，那怕天涯远。明朝折柳向高楼，谁是当年张绪斗风流。

南柯子 断河头遇旧

路怕河头断，春从客里回。殷勤蝶使合蜂媒，引入花丛深处故飞飞。

乍见犹疑梦，重来未改痴。也应怜惜忆当时，坐对云屏依旧说相思。

减字木兰花

风吹愁满，独自寻思人不管。雨送黄昏，燕子飞来不避人。

柔肠困损，偏是日长逢月闰。刚说还家，帘外鹦哥报早些。

浪淘沙 钱江苦雨（二首）

愁雨复愁风，离恨重重。泥途何事困英雄？明日不知晴也未，试问天公。

点滴总无穷，蚁穴都倾。呢喃燕子恼如侬。只有渔舟贪活水，双桨从容。

密雨复重云，白昼黄昏。天涯无计好安身。柳斗腰肢眉斗叶，销尽吟魂。

好梦不曾真，空惹啼痕。一年长是为花嗔。寒食清明都到了，还说春分。

满江红　题啸秋琴馆诗集

无限悲歌，寒窗静、吟声绕屋。犹想见、才高风月，构思神速。选胜不教红袖近，谓集中不录绮情篇。游仙尚许银笺录。且试把、引手费推敲，从头读。

诗中事，琴能续。琴中意，诗能足。任手挥口诵，都无荣辱。七字不矜胎可夺，百篇总觉拈来熟。但令我、掩卷服阳春，难为曲。

菩萨蛮　留须三月，览镜蹉跎，因谱此调自嘲，并题其照相（二首）

年逾四十今才一，无闻此际应难必。五十未来年，须眉欣已全。

知非犹待九，如戟从今有。但得振朝纲，何嫌戏作羊。宋孝武狎侮群臣，各有称目，多须者谓之羊。

少年欢会犹嫌老，修容终日如芟草。鸦戢岂容除，今吾即故吾。

休惊头面改，留得青山在。相见莫相猜，流光换得来。

清平乐　题姬人敬威照相

宜男花小，透出莺声早。翠黛但描新样稿，裙布钗荆都好。

青葱玉指纤纤，流光容易年年。并作一身形影，画来犹有婘妍。

浪淘沙　少叔大令自日本归，出该国侍儿并照小相属题，即赋此调，以纪胜游

壮志说乘槎，四海为家。一生赢得到天涯。只有名花供色笑，一样琵琶。

眉黛镜中夸，云鬓堆鸦。东游不负此年华。带得玉容归故国，貌迩人遐。

少年游　山阴道上作（二首）

披风冲雨过钱江，波涌浪花狂。数行古柳，几声征雁，特地断人肠。

一官冷淡浮踪惯，何物是情长。笑语喧呼，浣纱游女，逐队戏舟旁。

妆台别后水云茫，离思满湘江。霜风递冷，征衣绵薄，独自理昏黄。

扁舟一叶波如镜，寒月挂高冈。酒兴阑珊，赋情飘荡，不

似少年狂。

夜行船 甬江夜泊

抛却香衾登客棹。数归程、水重山杳。锦瑟遥传，银筝低按，应识闲愁多少。

湿透青衫情未了。怕修书、惹他烦恼。此际王孙，朱颜绿鬓，都被乱风吹老。

临江仙 除夕

万里天涯羁旅，一年一度春光。玉壶冰展漏声长。华灯犹未灭，红日已当窗。

旧恨消随去日，狂词谱入新腔。得时禽鸟自飞翔。流年才换却，莺燕不须忙。

又 将归里门，先寄此词

寄语老妻稚子，三年握别匆忙。家园桃李应成行。风情悲老大，赢得鬓毛霜。

报到年华改矣，安排整顿归装。闹灯时节达潇湘。一杯春酒暖，应不话凄凉。

又　海滨记所见

眉似春山更媚，眸如秋水还明。绿阴未满解含情。朱唇刚一笑，绣户已重扃。

秀色生来桃脸，娇音(换)[唤]出莺声。风流得见亦何曾。可怜随弱絮，无计斗娉婷。

减字木兰花　春雪，步贻上衍波词韵

高峰斗起，种出蓝田千万里。世不封条，点景湖山是断桥。

纷飞未尽，恼乱莺花春莫问。掩映窗前，博得书斋几夜怜。

菩萨蛮

春寒日暮，正值无聊，忽见市井儿以雪堆罗汉壮甚，森严可怖，戏投此词。

东皇酿就冰和雪，装成般若波罗蜜。冷眼看人忙，输他赌热肠。

腹中原坦白，法力凭空色。莫讶逞风威，尊严能几时？

金缕曲

琎生世兄讲席舍间，书言庭际牡丹盛开，并赋诗见示，情意殷殷，词以答之。

记自家园别。向天涯、扁舟去住，几经磨折。海岛栖迟春纵好，苦雨迷离不绝。便负了、许多风月。忽报新诗添韵事，喜天香国色窗前发。空怅望，心弥切。

故人念我肠偏热。倩鳞鸿、传来尺素，情波千叠。珍重名花期共赏，怎奈江分楚越。但愿得、长圆无缺。看竹不妨兼作主，况交亲两世何须说。好景也，为君设。

贺新郎 喜闻桐侯出宰将乐，遥贺以词

一纸飞来札。喜雄才、镛州出宰，新硎初发。锦被山在将乐县东南。得逢贤父母，不数竹林人杰。宋廖正一，将乐人，知常州，有政声，自号竹林居士。试看取、片言能折。他日采风编政绩，向龟山山在将乐县东北，宋杨时归休处。父老犹能说。名胜地，越王猎。高平苑，在将乐县南六十里，越王较猎之所。

江山咫尺分闽浙。纵分携、鸿鳞不断，总乖离别。同是天涯游子意，拾级输君一蹑。便老却、蹉跎岁月。底事儒冠多误我，幸钱唐钓艇容藏拙。言不尽，置此阕。

杨柳枝 本意（六首）

一片垂杨绿到门，枝枝叶叶长情根。看他折赠频回首，不许离人不断魂。

昔日章台柳色新，频将翠带绾王孙。于今剩有栖鸦伴，落日西风愁杀人。

梁苑隋堤路已迷，飞花飞絮更凄其。每逢侠客施青眼，不为愁人展翠眉。

柳拂宫墙分外华，朱楼画阁两三家。行人不敢抬头过，怕逐杨花扑面遮。

张绪风流旧惹名，秦淮烟月冷凄清。六朝红粉都消尽，惟有垂杨枯复荣。

翠幕重重青倒垂，陌头杨柳最相思。可能着尽东风力，不许金蝉抱叶嘶。

醉春风

墙外榴花媚，楼上佳人醉。云鬟不整堕钗横，睡睡睡。翠袖香寒，娇音语涩，更添柔腻。

蛱蝶猜人最，故意翻成队。呼奴试把绣帘垂，避避避。又听莺声，当窗百啭，恼他无计。

清平乐　归梦

游丝飞絮，飘荡无常处。好梦欲随风卷去，又被啼鹃惊误。

去年燕子飞花，今年燕子谁家。梦里却归湘浦，醒来依旧天涯。

鹧鸪天

记得相逢未嫁时，小窗私语两心知。殷勤慧业酬乌鹊，懊恼春情怨子规。

云已散，月偏迟，枕中气息梦中思。阴成绿叶重来晚，愁杀三生杜牧之。

又 送霞林侄还湘应试

且把文章试较量，莫嫌素愿未能偿。冠军那管千夫勇，决胜唯争一日长。

游泮水，采芹香，蓬山路近好徜徉。自惭孤负凌云志，时见新篁出粉墙。

贺新凉

霞林侄还湘应童子试，前赋《鹧鸪天》一阕赠之，未能尽意，因再倚此调，所谓言之不足，又长言之也。

送汝南归矣。把平生、读书万卷，价从今起。比似焦琴方出爨，定有赏音知己。继泮水、雁行联翼。辛未，桂丛、葆生两兄同案入泮。今岁，侄与述昌侄亦同应考。此去征衫应换锦，算天涯握别悲而喜。乡国信，频须寄。

丈夫自有凌云志。半怀才、求音寂寞，不鸣则已。一带江山供笔仗，遥指吴头楚尾。任俊赏、壮游千里。饱领风霜皆学问，胜寒窗十载穷经史。名利就，基于此。

金缕曲

先母林夫人乙未五月三十日弃养，距今已十年矣。差次甬东，重逢忌日，焚镪展拜，不禁怆然，聊寄此声，以当一哭，工拙勿计也。

祭奠空陈迹。卅年来、深恩鞠育，昊天罔极。行役纵然悲陟屺，莫慰夜台岑寂。徒怅望、松楸惨碧。倘使堂萱犹健在，奉板舆塞北江南一。和伯仲，同感泣。

光阴十载如流隙。又谁知、倚闾无母，家非畴昔。树大分枝虽分耳，半属妖狐强逼。便兄友、也难为力。反哺乌私今已矣，只一年一度伤心日。焚素镪，复何益。

又 感旧

往事思量着。算清狂、名成薄幸，扬州梦觉。千古销魂佳丽地，瘦损东阳沈约。又谁是、歌台如昨。旧日王孙曾驻马，叹而今门巷堪罗雀。与飞絮，同飘泊。

山盟虽在书难托。悔当初、嫣然一笑，遂甘情缚。湔洗尘根非易事，说甚因缘好恶。也应解、桃花命薄。燕子似怜侬误矣，向雕梁软语来商酌。人世事，当知错。

虞美人 时有瓜李之疑者，戏调此词

莺莺燕燕都来诉，似劝韶华住。刘郎本自不胜春，那更痴蜂憨蝶隔花嗔。

春风十里扬州路，杜牧经行处。看花早已薄珠帘，岂与浮萍飞絮共沾沾。

苏幕遮

懒薰衣，慵刺绣。坐没心情，睡更难消受。不是悲秋非病酒。只有梁间，燕子能猜透。

月来时，人去后。独倚层楼，此夜相思够。蟋蟀声声阶下又。明灭孤灯，一点红如豆。

杨柳枝 本意（六首）

酒帘十里不分明，两岸莺声细细听。记得飞花黏绣户，不甘飘泊化浮萍。

红楼细雨落花天，翠拂行人马首前。漫把离愁来绾住，几回欲去又停鞭。

垂杨门巷是渔家，打桨归来絮作花。莫讶秋深零落尽，霜枝数点补栖鸦。

桃花渡口杏花村，露泄春光已十分。惟有垂杨最蕴藉，不夸红艳锁莺魂。

莺飞上下燕飞交，婀娜随风似舞腰。影弄窗纱添画稿，输他京兆笔难描。

星轺万里定天山，手植垂杨一路攀。从此不教羌笛怨，春风已度玉门关。左文襄出玉关，一路遍植杨柳，有人赠句云："手栽杨柳三千树，带得春风出玉关。"盖纪实也。

忆江南　蟹浦渔家杂咏（四首）

生海上，不信有风波。顶上燃光疑戴月，海上捕鱼，夜间均以灯笼着首，如出队然，光照四壁，亦一奇观。山头曝网似张罗，生计一年多。鱼网必以栲水蒸过，曝干，然后使用。

人事急，春暮又深秋。稚子敲针妻补网，江天垂钓海横舟，南北任从游。

西风紧，打桨趁潮还。如雪鲥鱼夸满载，不劳耕种海为田，获利倍于前。每年自三月起，至六月止，放出大洋，往返三次。捕鱼多者可市洋三千余元，其获利较种田数倍，故恒以此为业，盖无异农夫望岁云。

渔唱起，旧曲达神灵。庙祝不妨兼妇女，梦回犹听管弦声，一夜到天明。五月廿五日为渔人酬神之期，集资演剧，男女罗拜，妇人烧香者尤以千计，念佛顶礼，终宵不绝，诚陋俗也。

鹧鸪天　留别蟹浦同舍居停

两载鸠居借鹊巢，殷勤黄鸟韵交交。烹茶活火无宾主，倚槛敲诗复暮朝。

斟绿蚁，爇兰膏，莺儿出谷喜迁乔。多情最是舟来去，迎我清风送我潮。

满江红　丙午元日，舟中次山中白云春日词韵（二首）

风月江山，长伴我、吟笺赋笔。看一路、椒红柏绿，感深今昔。献岁家家喧爆竹，游人草草劳行迹。任醉眠、篷底过新年，浑忘客。

东隅事，休言失。桑榆计，犹能得。且乘风破浪，晷无停息。景运应随时序转，功名待向凌烟觅。问买臣、落魄未逢时，何人识？

作客天涯，忽十载、浑如梦里。闲却我、倚窗琴瑟，待归重理。痛饮安能消块垒，高歌未必惊神鬼。愿一帆、风急送行舟，沙鸥起。

波万顷，程千里。无限意，随流水。数平生知遇，而今能几。钟鼎山林吾辈事，胡为郁郁长如此？羡渔翁、蓑笠任徘徊，江湖是。

贺新凉 客淳溪，题石臼湖消夏集，时将北行，即以志别

高会湖中聚。甚无聊、客中作客，啸歌箕踞。海燕栖迟原不定，那管朝秦暮楚。只得意、关山且住。水竹云烟清队仗，荡扁舟容我消烦暑。浮绿蚁，唱金缕。

人生离合无凭据。正连朝、敲诗选韵，又闻杜宇。一曲阳关程万里，默默含愁不语。应更念、汪伦情绪。风味莼鲈何日是，把浮名料理赋归去。漫赢得，莫羁旅。

风入松 题文岳嵩画松鹤帐额

盘根错节几经年，图画自天然。吟风弄月无今古，寄闲情、有鹤蹁跹。旧梦难忘霄汉，幽栖小谪人间。

春来绿嫩柳飘绵，输与百花妍。后凋莫谓无知己，到岁寒、才识真坚。看取树前息影，行将一击冲天。

思佳客 纪事

淡扫娥眉淡点唇，相思无语立黄昏。偶逢青鸟传消息，更喜流莺是比邻。

茶正熟，酒初温，浅斟低劝脸生春。娇花宠柳浑如醉，不许刘郎不问津。

蝶恋花 都门旅馆寄姬人

一隙驹光程万里。才了相思，又说相思起。莫讶天涯无信息，飞鸿一点愁难寄。

带结同心花并蒂。惆怅关河，此念无时已。夜掷金钱闻雀喜，归期暗卜频劳你。

又 用前韵代答

自别妆台千万里。红日三竿，梳掠无心起。宝篆香沉兰麝息，此时此景书难寄。

梅子黄时瓜落蒂。劳燕分飞，未卜何时已。去自含愁回自喜，痴情泥杀侬和你。

临江仙 戏柬马叔容

一自谋身欢事少，筹花斗草都休。天涯无计可消愁。旧巢浑不识，何处觅温柔。

君是长安游倦客，少年匹马貂裘。争夸舞袖与歌喉。愿分春色好，深入百花稠。

金缕曲

丙午冬月重到京华，旅况萧条，倍于往岁。且湘匪肇乱，时闻警书，尘事羁身，欲归不得。挑灯兀坐，摛笔以歌。

万事休回首。忆昔年、京华驻马，今冬来又。城郭人民空记省，只有垂杨依旧。犹幸喜、銮回西狩。满目烽烟尘万里，问谁能一鼓平群丑。天际望，眉频皱。

灯昏旅馆凄凉候。更寒鸦、飞鸣不定，猧儿声嗾。打叠红笺书恨事，欲寄朝云未就。试看取、沈郎消瘦。宿昔狂名诗酒误，笑而今一事贫难救。谁为我，千金寿。

满江红

题画，钟馗衣冠骑马，以手举扇拂髯，一鬼卒负剑勒马前导，作嬉游之状。

蒿目时艰，愿斩尽、奸邪首领。更揽辔、澄清世界，不妨乘兴。幸有仁风时举扇，喜因毅魄常留影。自人间、传写好新奇，形无定。

追佚事，开元盛。图遗像，君王命。道终南进士，梦尤堪证。魑魅一时应敛迹，馨香百代犹加敬。笑而今、人鬼共嬉游，吞难净。

又

题蝯叟分书手卷，卷为贵筑傅石生大令所藏，蝯叟无题款，末有沈炯甫跋语三则，审定确切，知为真迹无疑矣。

点画纵横，一洗尽、钟王软美。犹想见、兴酣落笔，云烟满纸。八体独隆于汉代，千秋专擅推何氏。纵遗珠、楮尾没题名，分真伪。

赌精神，薄姿媚。黜晋唐，崇汉魏。自一时名重，洛阳纸贵。子敬虽称当胜父，易书逸少终疑醉。惟道州、墨妙克箕裘，真无愧。

又

丁未初伏日，赴差海盐，舟行无事，偶阅《湘上诗缘录》，载易笏山布政此调，激昂慷慨，依韵和之。

乱世功名，论显晦、只凭吾舌。休更信、才华鬻世，文章呕血。但得高官称傀儡，何须慷慨谈名节。一任伊、守旧与维新，都能说。

侈结纳，夸肠热。甘吏隐，宁藏拙。算衣冠扫地，纲常败裂。一掷千金何足惜，黄粱买就神仙诀。笑世人、底事太痴愚，长愁绝。

钗头凤　葵生属题李阿贞照相

乌云首，樱桃口，几生能与成佳偶。容如玉，时光促。一春心事，恼人幽独。宿，宿，宿。

相逢幼，相知旧，相思未许抛红豆。东风祝，欢情续。人遐貌迩，披图自足。熟，熟，熟。

临江仙 题葵生照相

世事而今改矣，天涯谁是知音？如君一见感人深。不须夸色相，且与论身心。

壮志鸡群鹤立，刚肠一诺千金。一官随分听升沉。他时麟阁上，索骥按图寻。

江城子 代芷桓题陈聿笙小相

平生知己满天涯。暮云遮，晚风斜。踏遍环球，争得饱烟霞。钓水采山真磊落，无个事，不须嗟。

四明人物耀中华。惯乘槎，染尘沙。面目伊谁，能似旧时些。只有仙姿清韵绝，端可拟，玉无瑕。

南歌子

差次暨阳，邑宰黄菊友大令邀访苎萝村，并观浣纱石，赋此纪胜。

越国倾城色，吴宫祸水流。美人从古寓恩仇，毕竟山川灵秀是温柔。

绿水波纹绉，烟花景物幽。浣纱人去石痕留，访胜儿童应共识贤侯。

浪淘沙 丁未嘉平，差次申江，谱此却寄

梦破五更寒，被冷灯残。起来独自绕回廊。浙水湘云频怅望，无奈重关。

作客一身单，愁锁眉弯。天涯人远寄书难。万种千般言不尽，只写平安。

金缕曲 （四首）

岁在著雍涒滩如月中和日，为胡公友笙先生七十有二揽揆之辰，其乡世寅好，谋制锦屏，同伸庆祝，属予为词，扬厉盛德。窃维古人以诗献寿，如《南山有台》之什，颂美君子，“德音不已”，“遐不眉寿”，其明征也。后世踵事增华，本风雅以寄咏，翻乐府为歌词，将谓吐陈出新。究亦风人、戬谷、俾臧之意也。先生官浙三十余年，屡综榷政，历宰名区，兴利除弊，惟以裕国便民为心。故其初治临安，循声卓越，父老讴思。后知遂安亦然。至牧海宁，替人施政，独为其难，让水廉泉，悉畀前任。盖义利分明，固不特交全旧好已耳。荀子曰“美意延年”，其先生之谓乎？用敢不辞谫陋，谨拜手稽首，而为金缕之歌曰：

五福先言寿。自香山、会尊胡果，我公今又。漫道悬车泥古制，宰相从多白首。况老子、春秋长久。令节逢生真盛事，喜中和风月年年有。祝纯嘏，祈黄耇。

耆英洛社家风旧。向尊前、举杯一笑，介眉春酒。他日期

颐欣宴集，还要尽情消受。定许我、容斟大斗。绕膝孙曾应见惯，说吾曹当日犹年幼。佳蕙长，灵椿茂。

百岁人间有。羡我公、古稀已迈，精神如旧。新定盐官留政迹，父老争先恐后。更临水、几经借寇。是则古称贤令尹，论循良也应悬金绶。腰下印，大如斗。

衡峰七二钟灵秀。数新康、嵩龄倍出，只今谁右。好借西湖开寿域，忙杀六桥花柳。更莺燕、声声劝酒。矍铄此翁盘谷叟，愿买山共结林泉友。此中乐，君知否？

瑞色回春早。先花朝、诞生半月，韶华不老。鹤算如公能有几，不减商山四皓。应共讶、福星当道。且献蟠桃供宴赏，祝遐龄胜友团圞好。但侧耳，听佳兆。

庭阶手植宜男草。卜他时、曾玄再见，一堂欢笑。富贵功名身外事，此乐伊谁修到。更管甚、山林廊庙。松茂兰馨无量寿，看德门星聚光相照。调玉烛，歌天保。

寿色呈新巧。一簇儿、莺啼燕语，绿拖红绕。公有丹青图画笔，自写翠屏春晓。便乘兴、还题墨妙。诗酒园林清福者，约他年归钓闲池沼。家庆具，乔木老。

民胞物与如公少。更中心、光明磊落，苏黄同调。俯仰名场三十载，见义辄关怀抱。料厚德、定膺佳报。回首泮宫翻甲子，待重游毕竟簪花笑。□□□，□□□。

以上卷四

以上《绮忏庵词》，稿本，湖南图书馆藏。

朱　彝

朱彝，字鄂生，号真斋，长沙人。清末诸生，由耒阳教官转观察。

渔家傲　边思

白草黏天斜日暮，归鸿又向衡阳去。一夜乡心谁共语。情几许？胡笳羌笛星河曙。

把酒浇愁愁万绪，遥山隔断还家路。待得封侯重把晤。关心处，云鬟玉臂应如故。

画堂春　新燕

呢喃私语画堂东，长堤芳草和风。杏林香湿雨飞红，一径泥融。

故国乌衣巷里，新巢白玉楼中。日长双剪度花丛，小试机锋。

白蘋香　湘江雨

薄雾轻笼画舫，浓雰稳罩平沙。西风吹处雨横斜，水气冷光相射。

白浪摇惊鸥梦，红灯明暗渔家。蓼花深浅杂芦花，掩映竹篱茅舍。

以上《真斋诗存·附录诗余》，1931 年铅印本。

许崇熙

许崇熙（1873—1935），字季纯，号沧江，长沙人。曾任民国政府监察院副院长。晚年归湘，与叶德辉等结碧湖诗社。有《苍雅堂词》二卷。

虞美人

江流半是骚人泪，寂寞巫山翠。楚云哀雁一重重，自把朱弦弹向月明中。

年年明月长如此，咫尺人千里。青天碧海梦前程，搔首五云消息限层城。

前　调

东风吹醒梅边梦，只道春寒重。起来添着薄棉衣，却忆梦中情事醒时非。

诚知万事浑如许，难得朱颜驻。花照眼，酒盈卮，莫负人生三五少年时。

摸鱼儿 宴席

莽相逢、灞陵残客，千愁万绪如织。桃花水涨春光暮，又是恼人风日。归未得，且自把、芳尊消受倾城色。长红浅白。看斗出灯前，拈来镜里，写入小诗格。

今宵醉，莫问明朝浪迹，才人自古萧瑟。还如明月青天上，反复阴晴圆蚀。难得说，仗锦字、香笺陶写年时积。繁华可惜。记那日朱楼，凌波卷起，一带画帘直。

蝶恋花

欲剪罗衣寒未退。不卷珠帘，庭院深深闭。香烬午长慵便睡，乱愁侵损眉边翠。

惊起鬟云松叆叇。推枕寻思，好梦都无谓。敲折玉钗心似碎，远波千里屏山背。

前调

楼上花枝楼外路。凉月穿林，照见人私语。酎酒一杯香一炷，生生长愿春如故。

数尽残更天又曙。唤醒流莺，无计留春住。门外马嘶催客去，分飞顷刻无凭据。

贺新凉

梁子季夔丧数月，余与徐子剑石褒其诗，笔刻之埋玉树于土中，使人情乌能已。校雠既毕，辄题此解，用当弁言。

不信君真死。算平生、风流文采，可怜余子。曾在玉皇香案下，不幸飘流人世。都更被、狂名累尔。若辈身名俱泯灭，独拼将清骨销群毁。曾抑郁，触排诋。

年光可惜如流水。问天公、于君何酷，异材先萎。蝉蜕风尘诚易易，其奈有才如此。廿六载、仓黄弹指。应识琼楼归去早，悔笔床书卷还多事。思往日，怕提起。

酒泉子

陌上马嘶，人语画屏深处。柳初长，春又暮，泪沾衣。

残灯尚爇同心炬，已是晓莺啼曙。水晶帘，帘外雨，燕双飞。

金人捧露盘　明人画汉宫春晓图

曙烟微，清漏歇，晓钟催。正乌啼、燕噪宫槐。千门万户，宝灯莲炬隐光辉。分明赤凤宵来曲，歌动朝晖。

是君王，行乐处，屏月观，背风台。问生生、环佩胡归？是耶非也？昨宵别泪洒珠帏。东风又醒楼头梦，梦可重来。

忆汉月

携手河梁人杳，绵邈此情难了。一春芳草远连天，情更远于芳草。

愁心人不见，收敛到、翠眉慵扫。十分颦蹙自家知，却自不知多少。

沁园春

尘梦谁醒，奄忽百年，何为寂寥。便碧鸡金马，纵横才辩；鷫鷞鹦鹉，掩映风骚。春色难留，华年易逝，慷慨悲歌不自憀。鹴裘在，就文君取酒，沉醉今宵。

无情也自魂销，向缥缈姑山赋大招。但乍拨银筝，似闻莺语；才量锦瑟，又续鸾胶。湖海年年，笙歌处处，痛饮拼将岁月消。何须问，但催花击鼓，待月吹箫。

贺新凉

长日惟消酒。问年年、花开花落，几人依旧。往事风流都如梦，记得清狂时候。名只在、王前卢后。击剑弹棋还浪饮，便僧寮樵舍俱投宿。曾几日，软尘速。

尊前莫度当时曲。纵于今、江山未改，坠欢难续。总把金尊酬明月，不解照人幽独。看去燕、来鸿相逐。莫向天涯提姓字，怕蹇驴便面羞驺卒。频自序，不堪读。

鹧鸪天

过了残春又早秋，夕阳横过水东楼。盘空黑雁排云度，拂槛红蕖掠水浮。

曾几度，月当头，将愁和恨满神州。可怜又作横塘梦，菱角鸡头似旧游。

踏莎行

堤柳黄多，池荷绿尽，纱幮静锁凉云暝。寒蛩满地雁横天，声声唤得西风紧。

诗境愁工，心情病损，残更数遍炉香烬。光阴如许又秋深，无眠偏怪秋宵永。

临江仙

仆本恨人人恨仆，年时忏礼瞿昙。彩云消息凤城南。肠轮宵九转，心版日三参。

缱绻不堪从汝说，此情桃水深潭。海棠开候月初三。艳情歌宛转，幽梦酒沉酣。

清溪好 清溪放棹图

东风软，清溪一带人家远。人家远，水村山郭，酒旗斜卷。

垂杨四面将春绾，渔舟正逐春江暖。春江暖，绿蓑低拂，涨痕深浅。

乌夜啼

心情不似从前，病恹恹。恰共乱红扶醉倩风怜。
红烛背，青衫泪，水沉烟。何事海棠开也又今年。

前　调

此情难遣人知，泪如丝。怪道睡来容易起来迟。
移玉镜，理云鬟，瘦难支。始信人间刻骨是相思。

菩萨蛮

红珠斗帐金垂络，屏风九曲春窗薄。剔起小银灯，通宵坐到明。
天涯芳草外，宝箧余香在。一日几回肠，春来昼正长。

前　调

青丝白马谁家子，东风买醉长安市。春入谢娘家，满庭无数花。
春归花渐落，人较花颜薄。花不似人愁，轻轻逐水流。

前　调

深深翠馆无尘处，垂垂绣幕香云护。小雨一庭幽，浓春却欲似秋。

恹恹春又暮，和病将愁度。尽道是相思，问侬侬不知。

前调　回文

鬓丝丝对愁中镜，镜中愁对丝丝鬓。卿误悔多情，情多悔误卿。

薄妆春绰约，约绰春妆薄。轻燕舞初晴，晴初舞燕轻。

浣溪纱

金谷平泉一例休，当年华屋变山丘，数行疏柳不胜秋。

燕子归来寻旧垒，玉人何处锁空楼，二分残月在帘钩。

前　调

黄菊开时蟹正肥，新粱酿熟雁初飞，早寒天气又秋衣。

满地落英疑宿雨，数株疏柳认斜晖，强扶残醉踏花归。

前　调

十二朱楼倚落晖，楼头征雁绕弦飞，玉人初试画罗衣。
不借铅华施面靥，只愁消瘦改腰围，好留颜色待郎归。

前　调

欲买陂塘近碧城，迢迢银汉眼前横，绿章书字奏通明。
才共麻姑谈往事，又逢河鼓诉离情，此时翻悔学长生。

凤凰台上忆吹箫　同歌凤先生过旧院感赋

被冷眠鸳，梁空宿燕，者番勾起新愁。忆挑灯射覆，送酒藏钩。早识繁华易散，商量到、心上眉头。是几时，沟水东西，呜咽分流。

重来，画帘依旧，尽玉柱银筝，明月高楼。只助成秋色，酿作离忧。瞥见当时樊嫕，料也应、枨触前游。凭错认，阮郎归也，绿鬓飘秋。

秋千索　碧浪湖春眺，用容若渌水亭韵

碧浔深映朱阑亚，刚倚遍、水边林下。柳密堤长绿到天，风过去、闻盘马。

夕阳飞上层城挂，更一带、远山如画。料理残杯趁晚晴，

莫孤负、渔人话。

前 调

池塘绿净余衰柳，有无数、乱鸦厮守。划地西风不卷帘，争遣得、秋时候。

可怜眉妩都非旧，莫重问、舞腰肥瘦。举似灵和殿里人，问值得、销魂否？

洞仙歌令 露筋祠

云鬟雾髻，被牵裙留住。玉貌亭亭尚如许。试凌波、应自罗袜生尘，翩独立，镇日灵风梦雨。

我来寻旧迹，粉壁题词，谁是王郎断肠句。流水正当门，门外轻舟，刚摇到，白莲开处。但祠树、苍茫碧如烟，早一缕幽魂，共烟飘去。

醉桃源

画楼相对桂堂东，分明蓦地逢。多时含睇倚熏笼，思量无路通。

情欲诉，意难穷，画屏山万重。一天疏雨一窗风，残灯如豆红。

茶瓶儿　江舟独酌

深杯不解愁中结，况禁得、忧离伤别。人海音尘绝。十年弹指，生事不堪说。

如此江山应未歇，风乍起、寒潮呜咽。淘尽英雄血。绕城带郭，残照尚明灭。

月上海棠　瓜州遇雨

滔滔雪浪连天白，甚短篷、冲雨往来疾。淘洗江山，仗冯夷、鼓声神力。麾扇起，指顾香南雪北。

新洲伐荻无人识，剩长空、秋意做萧瑟。北顾楼空，任销沉、六朝山色。休回首，隔江烟树如墨。

太常引

寒鸦结阵绕江村，消遣仗孤尊。斜日又黄昏，听黄叶、萧萧打门。

无边秋色，无穷秋思，攒上两眉痕。莫去倚帘旌，怕惊断、鸳鸯梦魂。

山花子　商山采芝图

楚舞凄凉和楚歌，君王英气已消磨。也似帐中晨起日，泪滂沱。

烹狗易为身后计，斩蛇难敌枕旁戈。豚犬竟能生羽翼，奈天何！

木兰花　回文

眼波流送池波转，魂断一丛花碎剪。脸娇匀粉着心无，远山春色眉深浅。

暖风柔袅轻烟篆，残香爇罢将春饯。软绣金描怯昼长，点池春雨疏帘卷。

鹧鸪天　扬州

水调声中驻画桡，珠帘十里酒旗飘。当时小杜曾游处，知在如今第几桥。

新涨浅，野烟消，我来乘月听吹箫。多情偏是雷塘柳，犹自风前斗舞腰。

满江红　润州怀古

北固南徐，真天下、江山第一。凝望处、金焦双插，势成拱揖。卷地风来愁雾散，连天雪涌惊涛立。算古来、遗恨满江东，英雄泣。

典午辱，今谁识？天水耻，人犹惜。对黄天荡口，差平胸臆。黠虏魂销江上水，元戎誓击中流楫。忆夫人、桴鼓绣旗中，军声急。

水调歌头 黄鹤楼怀古

吹笛杳何处，江上落残梅。晴川隔岸烟树，图画眼中开。忆自晋唐时候，更历宋元明代，劫火几成灰。招鹤鹤长往，惟见白云飞。

祢衡赋，崔灏咏，谪仙杯。千秋韵事传播，回首总堪哀。恨我迟生杜牧，欲挽英魂才魄，联袂上层台。天老不可问，东去大江回。

玉蝴蝶 湖南使院咏太常仙蝶

望极京华南斗，相逢一笑，醉舞蹮蹮。省识真形，俨然赤跂缥裳。广寒高、曾听法曲，罗浮远、不是仙乡。镇寻芳，玉墀青琐，国色天香。

翩翻，关河万里，东风吹送，燕蹴莺忙。一枕逍遥，几时同梦到潇湘。绕回廊、怯逢蛛网。怀嫩[①]，怕度蜂房。怎相忘，西园雅集，东壁余光。

念奴娇 春暮留别淮阴

流年似水，又花开花落，春归俄顷。忙煞流莺啼不住，道

① “怀嫩”后疑脱一字。

是东风薄幸。粉絮沾泥，游丝拂槛，孤负凌波影。阳关三叠，乱红应解凄哽。

便道杜牧重来，寻春有约，门巷堪重省。世事天边翻覆雨，多分余芳愁境。绿叶成阴，青梅结子，此味何堪领。斯须还住，倩谁图此风景？

卖花声

侵晓琐窗前，非雨非烟。商量花事又今年。卷起半帘寒雾湿，同凭香肩。

雪霁柳条妍，堤草芊芊。做晴做雨泥人天。招得莺魂刚一缕，扶上秋千。

扬州慢　过广陵，和白石韵

淮海南趋，隋堤东尽，诘朝便是江程。趁春风三月，正柳眼舒青。忆黄屋、南巡纪盛，曲尘喧沸，寰海销兵。曾几时，风景凄然，还作芜城。

畅春劫后，数人间、前事堪惊。但古木栖鸦，空梁宿燕，隐约余情。廿四画桥慵倚，春潮咽、错认箫声。算开天、遗憾无多，偏我迟生。

高阳台　对酒

彭泽人归，临邛客倦，填膺块垒难平。何处消愁？瓮头新酿初成。葱葱郁郁佳哉气，算糟丘、便是佳城。更招呼、燕市荆高，知己平生。

黄公垆畔经行，只殷勤感旧，凄怆吞声。酾尽深杯，莫寻水上鸥盟。古今带砺河山誓，总无非、虚利虚名。看人间、一晌蚕眠，一晌蜗争。

点绛唇

春去春来，东风廿四番花信。不堪临镜，吹老参军鬓。

待数归期，花卜难凭定。何须问，个人风韵，多半因愁损。

百字令　七夕

遥空云散，渺银汉、横断一天秋碧。玉案金尊谁与共，明月清风交袭。凤尾生凉，蛛丝送巧，此夕知何夕。人生须适，醉来还岸巾帻。

闻道有客乘槎，归装曾载，天上支机石。不信黄姑携织女，也是飘流家宅。欲挽婵娟，青天搔首，虎豹重关隔。凭阑凝望，桂华凉露堆积。

玉烛新　乙巳元日立春，时客淮上

漏声催晓箭，那特地东风，一时春遍。荡开红萼，无重数、点缀新年嘉宴。天街路滑，想是日早朝冠剑。晴日丽、清供多般，层冰渐消温砚。

宜春帖子争裁，问好句谁多，进呈春殿。玉皇昨夜，早分付、瑞雪肃清郊甸。屠苏酌取，又枝上新莺催劝。须信天报年丰，无烦测验。

贺新凉　莫愁湖怀古，和彭五韵

一鉴秋容瘦。抵千年、山丘华屋，画图红袖。白玉堂前双栖燕，忆得六朝人否？待认取、西风残柳。柳色一般憔悴甚，便无情也到销魂候。人与树，两非旧。

英雄好自夸身手。算湖山、从容一掷，让卿厮守。开创君臣投分早，等是市中屠狗。尽消受、恩长泽久。无奈后庭凋玉树，听隔江唱彻商人妇。空望断，孝陵阜。

浣溪纱　湖上遇雨

草草西泠一览余，但寻佳处敞襟裾，白苏堤畔白鸥居。
何事干卿风乍起，不如归去鸟相呼，分无佳句报西湖。

摸鱼儿　题李小石斜阳烟柳填词图，和图中自题原韵

问天公、散愁千斛，词人分付多少？寒烟一抹疏林外，漏出一痕斜照。人未老，怕绿鬓、如丝丝又还如草。绵绵远道。待诉与西风，搅成凉翠，都化白云袅。

天涯梦，难忘西泠三泖，深情曾语沙鸟。吟君卷里销魂句，

乍可一尊倾倒。波渺渺，笑南浦、红衣断送流光好。归期误了。剩锦字题香，幽花媵墨，清韵挂林杪。

长相思　题西湖退省庵

烟漫漫，月漫漫。人在荷香柳影间，画桥弯复弯。

南高山，北高山。围住西湖不厌看，山山如髻鬟。

唐多令

无计遣春愁，看花也泪流。绿杨中、一角红楼。除却酒人无客到，先料理，典鹴裘。

身世两悠悠，青春易白头。问神仙、富贵都休。从此五湖烟水阔，凭散发，弄扁舟。

以上卷一《潇湘渔笛谱》

三姝媚　花朝饮散，同诸公西园赏花作

霞天初破梦。正新莺娇啼，相乌飘动。剪韭登盘，迟胜流三五，料量清供。细数花风，刚报到、夭桃蒸涌。好趁斜阳，烟景撩人，一时飞鞚。

评泊渔郎溪洞。更素面，东邻比肩鸾凤。老去江淹，叹艳才消尽，只增嘲弄。徙倚阑干，偏暗觉、春寒犹重。待约重来烧烛，清尊莫空。

浣溪纱 除夕同宝权作

似梦如尘莫当真，椒酯盐豉未嫌贫，明朝五十九年人。
守岁自知存汉腊，离乡偏得饱吴莼，人生万事一奔轮。

前调 陈季修花烛辞

风引秦箫第一声，云鬟玉臂曳纱行，钗头占得凤凰鸣。
举案更闻工写韵，扫眉才了试调羹，苕华镌刻记前生。

前调 吊歌者琴雪芳，嵌琴雪芳马回回六字，和黄公渚韵

凝碧芳林入战尘，昔骑疲马踏残春，青琴一瞥定前因。
玉已成烟余悼叹，灯犹如雪骋腰身，回波回鹘更何人。

汉宫春 辛未立夏，风雨竟日，吷庵赋示此解，依韵奉酬

生怕春行，倩杨丝绾住，藤蔓牵回。新来晓钟忽动，杜宇频催。天涯绿遍，剩酴醿、慵缀苍苔。还竟日、风风雨雨，惜花心事成灰。

应识流年如水，尽云鬟雪面，转眄都非。余芳至今未歇，隐约珠胎。圆荷的砾，盼红衣、重与传杯。休苦恨、春将花去，

见花却带春来。

前　调

立夏后五日，同剑丞、绍周、公渚、问匏集伯夔刚伐邑斋，主人出示饯春新词，绍周、公渚各据案作米山一幅。风雨竟日，谈谐极欢。即事成声，辄依原韵。

绿已成阴，待重温春梦，梦也无痕。窗间夏山似滴，雨暝烟昏。熙筌兴到，替商量、写入湘裙。凭想像、鸣泉泻玉，落花还带香温。

微幸天容我辈，但常开笑口，莫谩伤春。山容尽饶韵致，尽展愁颦。盘中水碧，胜人间、鲭鲙侯门。还料理、西园明日，约花替报春恩。

清平乐

公渚作画饷余，伯夔傅以此解，不禁欢喜赞叹，依韵继声。

柳眉烟绾，难辨愁深浅。沤鸟一双尘外见，不带丝儿幽怨。

思量买个渔舟，人间屏绝书邮。领取江山风景，此乡端胜温柔。

减字木兰花　题画

西风过了，乡味惯思莼菜好。待整归装，冷透重衾一夜霜。

系秋何处，剩指红酣江上树。树也婆娑，半已吹残奈老何。

渡江云

舟抵汉皋，大雨彻夜，不能登岸。与偍生剪烛深谈，旧恨新愁，一时坌集，倚此遣之。

横风将急雨，倒倾碧海，涤荡古今愁。乱山横楚甸，鹊起鸾翔，抵付浪悠悠。鹦洲赋客，拼一瞑、争得千秋。还几番、波汹涛涌，请试问江鸥。

休休，前尘解佩，者度重来，剩琼瑰满袖。遐想伊、生香雪藕，私语藏钩。珠帘弹地灯昏暝，掩洞户、清泪盈眸。残溜响，依稀滴碎心头。

风入松　暑雨积日，薄寒中人，浅醉低吟，聊纾结轖

暝云将雨作黄昏，寒色上湘裙。桃笙六尺清肌骨，肩相凭、昵取余温。远韵沉沉更漏，回波细细帘纹。

刚言止酒又开尊，仗汝暖诗魂。今宵无月还无影，更无人、低款蓬门。只有黄衫邀醉，轻雷殷约前村。

芳草渡

庚午九月八日，同绍周半淞园坐雨。绍周归作图，余用美成韵，倚此题之。

宿雁起，听浦笛渔歌，乍逢残侣。望拙庐何处，潇湘隔断烟雨。羁羽应最苦，凭朱弦低诉。任占取，半面吴淞，不放愁去。

回顾。短篷犯暑，巨火炎云江上路。又弹指、重阳节近，萸香夜庭(月)[户]。捣英酝露，更雅称、骚乡情绪。把俊笔，试写丹黄乱舞。

石湖仙　金陵感旧

长空澄碧，望牛首三山，犹是畴昔。波浪接天流，绕高城、潮头咺急。龙蟠天堑，尽割据、尽成陈迹。难觅。叹霸才、起灭何疾。

当年我来载酒，数秦淮、花晨月夕。曾几何时，又见青袍如绩。燕垒堂空，鹫峰人杳，共谁邀笛。愁绪积，莫愁料也沾掖。

东坡引

东坡生日，绍周、问匏见过，烧笋调羹，聊补苏斋韵事，亦一乐也。

逃虚闻剥啄，音声胜丝竹。调羹取酒苏斋续。岁阑清兴足，岁阑清兴足。

家山入破，宫祠无禄。又户外、霏琼玉。餐钱排日梁间束。今年余二六，今年余二六。

鬲溪梅令　题潘兰史冷香亭赏梅图

家常只爱说苏台，去寻梅。记得冷香亭子、傍山隈，绕亭花正开。

寿阳红额共徘徊，漫相猜。瀹茗花前相对、比丰裁，几生修到来。

瑞鹤仙　五九生日，自题小影

怪风尘逼仄，谁料汝、瞥眼头颅雪白。平生任挝摘，说当年曾是，黄衫狂客。桑弧不饰，怕招惹、衰颜悱恻。剩弓衣织句，团扇写真，永此朝夕。

莫问乡关何处，且置行窝，不辞飘泊。桑榆渐迫，千秋想，早抛掷。幸从前草槁，曾无封禅，亦未名登桂籍。尽渔樵泉石，中间占将片席。

烛影摇红　八月十九日，林忍庵六十生朝，倚此为祝

昨夜潮喧，有人翻讶蓬莱浅。六旬花甲正平头，身世看行卷。诗礼趋庭未餍，又从容、观风命幰。岁华容易，青鬓依稀，繁霜旋见。

姑酌金罍，祝君何用期通显。但期寰海劫尘消，笠泽舟轻便。清兴婆娑自遣。映深杯、苍颜不倦。每年今日，来寿逋仙，

更番争劝。

安公子　秋夕伯夔楼斋

瞬息秋将半，桂华泫露香初满。不厌登楼乘暇日，更凭高瞻玩。问海上、蓬莱几日当清浅？哀泽鸿、乱咽江天远。怅斗杓谁驭，空对微云河汉。

重语乡愁乱，故山猿鹤休啼怨。本约霜前回钓艇，又游氛遮断。且料理、诗囊酒榼从羁绊。春水生、待补归来愿。笑对月留宾，也增一番深惋。

被花恼　闻雁

微醺逗梦已深更，谁遣断鸿呼醒。老桂庭前弄清影。荒鸡四唱，寒蛩乱咽，并作悲秋境。知历过，几关河，破空嘹唳成凄劲。

湖海又经年，重见高梧坠金井。扁舟不系，迢递音尘，尺帛都难省。料湘灵抚瑟楚云间，正千里、寒光照孤迥。曾耐惯，削骨侵肌风露冷。

木兰花慢　题杨铁夫桐阴勘书图，图为铁夫客甬上作

镜湖专一曲，况身拥，百城书。羡水浅蓬莱，花繁洞府，容汝幽居。湖隅夏峰几簇，又高梧教补碧天虚。凡席分将海润，

丹黄校遍秦余。

清娱随意命巾车，鸿雪渐模糊。幸万轴牙签，暂逃燹劫，未饱蟫鱼。浮屠不忘三宿，向空桑还自动欷歔。试问图中故我，何如梦里华胥？

浣溪纱　题林琴南西溪图，图为周梦坡购，藏秋雪庵两浙词人祠（二首）

过了西湖更向西，梅塍竹墅与云齐，渐无人处有招提。
不见交芦思董笔，但凭秋雪赏陈题，此来专为访西溪。

记把钱唐作紫宸，朱门甲第满湖滣，西溪留下与词人。
野水四围添泪注，残山一角敛眉皴，画师家世宋遗民。

卜算子　移菊

何处好行吟，只拣秋多处。万种秋英幻作山，种种嘉名署。
买向粉瓷装，更以青帘护。此是陶家旧种花，不敢轻题句。

安公子　烛泪，同忍庵和蛰云韵

夜久炉香冷，梦魂陡被鹃啼醒。对泣铜荷行断续，惹心旌难定。乍约略、棠梨带雨春妆靓。旋唾壶、玉溅珠交迸。似替人肠断，盈把琼瑰凄映。

何事更筹永？分无莲炬笼归省。注海倾河何限恨，早凋零双鬓。乞爝火、余年修史天应肯。依故山、自息余光影。纵蜜烬烟消，始终寸丹成凝。

浣溪纱　辛未除夕，用仲炎韵

一念难酬百念捐，堂堂五十九年间，故人星散盛时筵。
怵眼虫沙忘岁尽，冥心风鹤仗天怜，渐回春色待开年。

惜余春慢　和宝权题杨铁崖砚

捣麝留香，研朱成晕，拄颊楼中曾贮。花游夕倦，笛弄晨兴，相约凤琶为侣。何事携来玉京，呵冻濡毫，十旬同驻。算书生长技，飞书磨盾，疾如风雨。

今尚说、敷席兰台，然脂芸阁，剩馥淋漓犹注。和林天远，玉树巢新，忍使白衣沾污。除却金华，故人心井，不波伊谁能喻？叹琉璃装重，瓀题还拟，竹乡封树。

满江红　猛庵席上题赠御霜簃主

湘瑟清泠，新传出、阳春白雪。揩病眼、珠光照坐，琼姿英发。侧帽依然高格调，落花又过春时节。只坐中、白发老汪伦，谈犹惬。

才与技，都超绝。神与骨，俱清澈。问芳赦真假，曾何分别。且斗尊前身现在，休论日后名传灭。趁将军曹霸缀丹青，留题彻。

高阳台 癸酉正月廿九日自题青山独往楼

雪剩欹梅，烟疏恋柳，赏花人倚雕阑。止酒诗成，东风慵上衰颜。恹恹不是伤春病，怪新来、骨瘦神孱。悄无言、回忆生平，只益辛酸。

从前览揆庚寅降，被天公簸弄，撮土相抟。弹指光阴，匆匆六十年间。星移物换江山在，且休论、文武衣冠。强追欢、不诵楞岩，不学飞仙。

以上卷二《随鸥词》

以上《苍雅堂词》，1948 年青莲室铅印本。

黄　兴

黄兴（1874—1916），字克强，善化（今属长沙）人。早年就读长沙城南书院、武昌两湖书院。1903 年与宋教仁等筹建华兴会，1905 年与孙中山在东京创建同盟会。1907 年以后组织并领导多次反清起义。武昌起义后，任革命军总司令、副元帅。南京临时政府成立，任陆军总长兼参谋长。1913 年以后积极参与讨袁、反袁活动。

蝶恋花　赠侠少年

画舸天风吹客去，一段新秋，不诵新词句。闻道高楼人独住，感怀定有登临赋。

昨夜晚凉添几许？梦枕惊回，犹自思君语。不道珠江行役苦，只忧博浪锥难铸。

据《黄克强先生书翰墨迹》

蝶恋花　哭黄花岗诸烈士

转眼黄花看发处，为嘱西风，暂把香笼住。待酿满枝清艳露，和风吹上无情墓。

回首羊城三月暮，血肉纷飞，气直吞狂虏。事败垂成原鼠子，英雄地下长无语。

据黄一欧藏原件

山虎令　为汉阳革命军事题词

明月如霜照宝刀，壮士淹凶涛。男儿争斩单于首，祖龙一炬咸阳烧。偌大商场地尽焦，革命事，又丢抛，都付与、鄂江潮。

据《昆仑杂志》第5卷第2期（1961年3月台湾版）

以上辑自《黄兴集》，中华书局1981年版。

田兴奎

田兴奎（1874—1958），字星六，凤凰人。1905年留学日本，加入同盟会。回国后主持镇筸（今属凤凰）学务。讨伐袁世凯时任湖南招抚使顾问。晚年入南社，与柳亚子等唱和。

瑞鹤仙 九日登南华山

淡阴峰翠湿。但盘到峰巅，万松晴色。流云数声笛。恰敲才僧磬，出来樵客。兰疏竹密。最相宜、清泉白石。取庄言、聊遣无涯，况又菊黄佳日。

犹忆。茶参梦绿，药采禅香，仅多闲迹。荒龛冷壁，趁余兴，洒狂墨。纵笼头破帽，山风吹落，无碍诗瓢酒屐。笑斜阳、几处枫红，醉筇一碧。

凤孤飞 成都花市

芳草玉骢嘶过，得得鞭丝缓。燕子花亲柳款，酒店红帘暖。

惜取金衣歌翠管。留春住、有闲亭馆。一按凉州愁易拌，但吟缸斟满。

南楼令 石莲阁怀杨海琴先生

藜杖点苍烟，苔碑认古斑。写秋心、巾带萧闲。奇石自多云意静，诗味在，树中间。

风过磬声圆，幽花证懒禅。悟无生、鹿梦谁边？文酒使君今不再，孤立处，听鸣蝉。

戚氏 哭王仰梅

月如霜，疏钟澹曳竹西塘。砌乱虫鸣，台惊风去，可怜伤。依床，兀思量。论交第一知己，落日难系枉绳长。俞感琴碎，吴迟剑许，黯然凄断人肠。怎情多恨重，有才无命，颠倒苍苍。

初烫，酒面风香。谈花说剑，笑共小兰窗。掀孤抱，万古肝肺，一纵粗狂。意难忘，殷勤拜母，机堂叙别，携手河梁。穷虽作保，贵便封侯，教休轻负文章。

回首华严界，空昙几幻，兀化烟荒。仅剩吟囊好在，那人儿玉立尚东墙。旧时分馔胡麻，对歌羌柳，欢动楼筝响，甚绛鸾骑竟成遥往，照青冢、红落斜阳。忆旧游、愁见炉黄。冷金笺泪稿当珠藏。但楼南角，魂归也未，瘦柳行行。

过龙门 沪江客兴

芳草绿烟丝，花雨晴时。画楼箫管唱杨枝。我自冷红亭上坐，一卷秋词。

怀剑自哦诗，孤意谁知。金貂换取酒盈卮。过眼人才蛙蝍耳，烂醉休辞。

沁园春　题亚子分湖旧隐图

去矣中原，恨事年年，负了酒壶。问元龙豪气，尚横湖海；季鹰归兴，竟恋莼鲈。剑不愁磨，锥难钝中，短艇招呼有钓徒。歌声起，便清波两桨，荡入蒲菰。

春烟绿皱平芜，一港港桃花尺半鱼。念雨香风色，画痕莺点；网巾蓑被，诗梦鸥扶。阁纵香疏，村还水抱，绕树浓阴即故庐。分闲日，且渔兄渔弟，笑说皇初。

百字令　山中怀亚子、大觉并寄

乱山寒叠，望天东南处，雁高云远。万事吾曹堪酒醉，消得螺杯深浅。小钵敲花，孤舟泛月，慎觅闲情遣。荒荒城角，莫轻愁又更转。

故国残照江山，一行行泪，都要诗人管。蚁穴侯王纷梦也，凫鹤论谁长短。车信途穷，铁能炉锻，且自狂嵇阮。燕来边路，但休迟了吟柬。

摸鱼儿　冬日游玉清寺中

出疏廊、一声轻磬，和风摇过林去。池台三面斜阳色，只剩懒云低护。栖鹤处，说当日、携琴有个峨僧住。书摊酒具。

算禅芋煨香，诗碑梦绿，不负旧题句。

荒山叶，堆满角门边路，墨鸦休更啼数。花墩雪照虚龛白，佛面比前愁露。天未暮，趁来看、墙根手里亲栽树。长吟短赋。把扣衲玄谈，平蛮冷语，笑向石头语。

摸鱼儿　岭松寄个石大庸

四荒荒、叶声如雨，一根青出峰脊。冬寒独郁春暄气，盘住冷云还碧。孤自立，是有意、逃秦远向荒山逸。麈挥暇日。暂啸作龙吟，招停鹤驻，莫管海桑折。

坡前路，遮断老荆残棘，雪痕深尚盈尺。高高那角楼东树，都带夕阳黄色。相熟客，可乘酒、盘桓兴似陶彭泽。紫芝手摘。准月照琴张，风吹带解，约共访黄石。

百字令　岁暮书感示葆元

堞楼荒柝，一声声、敲断坐边寒峭。历乱年时心上事，空有夜灯愁照。搁剑凭琴，寻碑问画，尽足容孤啸。寺钟山月，合教收入吟料。

曾忆跌宕江湖，五陵裘马，相识多年少。豪气尚嫌除未得，怎便形容吾老。大计难言，狂名窃骂，兀自昂头笑。小东墙角，早梅花又开了。

金貂换酒　题亚子迷楼集，用王莼农题红薇记韵

玉笛声飞起。论风尘、美人名酒，合推知己。扰眼江山蚕壳烂，悲绪恨丝难理。算不定、神州沉矣。暖阁红窗堪小据，莫苍天也当黄天死。愁绉了，一池水。

华筵锦瑟欢能记。写闲情、纱灯帘月，句香兰芷。卓女已奔张妹嫁，人更谁怜才士。怕还逊、樵哥渔子。一马驮来倾国色，借歌樽放口狂奴气。休笑说，又依醉。

齐天乐　题安如乐国吟

兰成一赋江关暮，吟边总先愁在。掷豆摊欢，偎花挤恨，都说温柔乡大。红交绿代。怕闲了英雄，又闲征铠。吹作胡笳，举杯横向夕阳洒。

狂奴态难故改。便麻姑眼里，变田成海。趁月调筝，临风舞剑，消得才人无赖。扁舟酒载。倘网上鲈鱼，不教轻卖。痛醉酣歌，为他浇傀块。

前调　寄亚子苏州

蛮云远送征鸿语，天末故人还在。一剑铓寒，孤轮铁薄，只剩浇愁杯大。桃僵李代。看瓶破中原，断戈残铠。坐上新亭，忍教相对泪清洒。

淋漓胆肝未改。借中流片楫，莽欲横海。取箸三筹，登楼四顾，空悔羌无聊赖。归骖病载。幸菊就陶开，药逢康卖。梦觉僧钟，暗予伤偪块。

高阳台

题《鸳湖双桨图》，为余十眉悼其夫人娟君作也。余又有寄心琐语，绝哀艳。

玉椟函香，冰壶贮句，呼篷曾忆前游。湖镜光圆，比肩人在兰舟。轻轻推醒双鸳梦，又西湾、摇过南流。听歌柔、笑起渔娘，一旋风兜。

横罾记省停桡处，说宜烟宜雨，还上高楼。惊别何时，便匆匆、散了盟鸥。重来悄对孤鹤影，怕芦花、不管人愁。水悠悠、疏柳斜帆，总荡心头。

雨中花

疏花冷雨，孤坐闷多，如梦前尘，顿伤迟暮，写妍词慰幽抱，亦借酒浇愁之意也。

吹绿春魂风满柳，甚密约、花前立久。凤管歌停，鸾笺画破，莫浪人愁瘦。

问燕子、高楼无恙否？仅一树、红梨似旧。梦好圆稀，情多累重，负了双柑酒。

忆旧游

湘事日非，兰芷零悴，孤怀有寄，聊写烦忧。

尽延香款画，坐酒邀诗，不遣孤愁。一岸盈盈水，隔残阳草色，只了汀鸥。恍闻数声南雁，人已过江舟。把往事思量，零欢剩怨，送尽闲瓯。

阴阴，绿杨岸，见双双燕子，故意温柔。倦客心伤矣，纵高楼花近，怕独登楼。可堪梦边惊觉，斜月又帘钩。但挑起吟檠，新翻绮谱歌箜篌。

湘春夜月

读湘社集，摇兀客怀，赋呈程石老，即次用黄雪舟韵。

恰灯明，一帘低护花魂。兀又铁笛吹凉，杯荡酒潮昏。记说洞庭南岸，有古兰香种，管得繁春。怎听残灵瑟，幽篁个个，今只斑存。

芳时换了，零红乱雨，草绿当门。旅砚吟床，初可梦、懒风闲月，休梦巫云。莲开约在，强头陀、醉倒桑根。怕醉也，又堆诗葬去，斜阳一尺，空吊碑痕。

凤栖梧

边事伤心，仰天无语，敲韵短窗，日歌当哭，乡国事之不幸，吾不为悲，又谁吾与悲耶？作《愁红吟》，综下凡五阕，阕各为一调。

小阁铃闲花上树。钩起湘帘，便有笼鹦语。笑拨金筝歌白纻，珠瑶翠点酣朝暮。

开尽野棠惊落絮。风燕颠飞，那省春将去。三两杜鹃啼不住，夕阳斜过秋千柱。

迈陂塘

买娇莺、弄声花里，阁开还纵飞蝶。酣红醉腻春如海，惊忽垒笳吹沸。匆一别，看翠曳、香扶总是愁枝叶。车粘马滑。又鹤唳追风，狼嗥噀雨，魂溃乱山叠。

重回首，高处火云颓压，响廊休忆莲屧。明珠宝剑成辜负，还负小鬟眉月。人又说，有古玺、蛮钗夜啸青磷血。欢难坠拾。便再遇麻姑，桑枯水死，忍听诉啼鸩。

昭君怨

簇簇蔷薇开了，脉脉浓愁多少。紫燕一双飞，掠花归。

衔紧翠泥香萼，魂断画梁摇落。何计补倾巢，野乌号。

忆旧游

甚蜂颠蝶闹，燕妒莺骄，破乱山香。记旧花开处，说十幅银屏，够护春光。一楼软箫温笛，歌舞小南唐。怎铁角无情，吹飞野马，西日荒荒。

悠扬，好亭馆，见蜗粘败竹，鸦霸颓杨。劳燕分飞也，写落红幽怨，影事酸凉。几处黑鹰饥叫，惊雨打山塘。听补衲残髡，沧桑坐话宵恨长。

凤凰台上忆吹箫

醉不迷香，痴非病酒，杜郎身世愁多。怅玉箫声断，隐隐闻歌。似怨一池清水，甚鱼沫、吹皱春波。小楼外，丁东铁马，冷雨敲荷。

婆娑，零金碎粉，为旧恨难言，蹙损双蛾。算我独怜卿，卿也如何。初怪狸奴误信，从今后、漫信鹦哥。棋重赌，花蛮捷上，痛饮红螺。

如此江山 自题愁红吟，寄示钝安长沙

归来笑订南山约，故园松菊差好。白七谭轲，黄金诺布，慵说旧游年少。荷衣竹帽。但载酒支筇，看云听鸟。抱膝吟安，不嫌丛桂小山小。

惊心一声角峭。岂江山如此，低落残照。突槛哗熊，乘轩怪鹤，多事怕难今料。英雄老了。纵斫剑哀歌，只添愁抱。借酒宽肠，落花闲一扫。

唐多令　书感寄铁弦

蜂噪蝶魂消，林花杂絮飘。剩斜阳、守住莺巢。只惜金钗偷寄去，轻付与，小红箫。

卖字买香绡，檀奴意过骄。画鸳鸯、都是无聊。剑价不多珠价贵，愁瘦了，沈郎腰。

酹江月　登武昌城头，简亚子海上，并示个石箪中

白云无恙，问矶头黄鹄，去曾归未？如此眼中楼突兀，难说一拳难碎。登高海远，望古天孤，陡荡英雄气。诗题满也，过江如是名士。

生怪铁笛顽仙，吹落梅花，默自浓浓睡。水底鱼龙掀斗恶，几欲(划)[刬]山飞去。甓运陶阴，床谈庾月，奥略谁今继？搁酒凭栏，峭帆斜认天际。

上江红　秋日秣陵

也过江来，寻片石、试开双眼。问孙楚、酒楼何处，有裘当换。山水虎龙围霸气，楼台金粉余残艳。上新亭、无语对啼鸦，神州晚。

白石垒，芳林苑。桃叶渡，蘼芜涧。且听琴邀笛，一麈巾扇。天际舟归吟谢朓，篱门花落思何点。冶城头、吟眺立多时，

悠然远。

前调 钟山谒明孝陵

王气中州，都卷入、此山深处。时尚见、蓬蓬云出，有龙蟠住。珪笏衮衣人已往，玉鱼金碗神分护。走胡元、手起汉官仪，思鸿度。

荒荒石，南宫路。疏疏雨，西都树。数崇陵廿四，总伤秋露。易代独留坛隧好，平生值得英雄慕。小臣奎、再拜发狂吟，风生步。

迈陂塘 访随园遗址，吊袁子才先生墓

衬斜阳、不多茅屋，断连围住秋色。吟楼画馆都消尽，愁说浪樽闲笛。山软叠，看淡点、炊烟有树垂杨碧。悲今念昔。便字问青裙，词填红豆，一例梦消歇。

风流券，多少粉痕香屑，总教收入诗笔。卑官四海才名大，管得六朝花月。坟数尺，笑野草、荒荒还惹双飞蝶。南湖剩客。正独立苍茫，伤心不语，归鹭响池叶。

凤凰台上忆吹箫 凤游寺怀李谪仙，寺古凤凰台址

柳静闻鸦，藤阴窜鼠，闲门日午清关。自高台凤去，那论何年。拼向江湖湎酒，说狂放、算只青莲。尚赢得，旧题诗影，点写秋烟。

漫漫，大江流去，余一树龙松，要鹤先还。笑入禅僧定，花喜苔欢。独怪西园蝴蝶，怎如此、黄瘦堪怜。款羁绪，酒能邀月，懒问青天。

台城路

由台城至鸡鸣寺，寺有豁蒙楼，面后湖，并观胭脂井、志公台诸胜。

荒城一片秋芜色，年时但摇烟柳。水落湖宽，花空寺黯，难辨劫余残甃。心灯衲守。问往事梁陈，佛眉低皱。换尽兴亡，鸡声不是那时候。

漫伤楼雨剥朽。故宫花草地，多化园韭。玉辇听经，金钗制曲，惆怅断香零酒。斜阳似旧。只井畔红蕉，为谁消瘦。念动诸天，远钟林外又。

齐天乐

登雨花台，拜方正学先生墓。寻梅冈，品第二泉台，去劳劳亭不远，左佛寺、右花神庙，冈前多细花石。

平桥柳影长干道，下马来题山色。野塔分烟，江峰过日，摇兀满城秋碧。玲珑石粒。是舌粲梁僧，讲经余迹。寻上梅岗，浮云自缓噪鸦急。

残烽几换尘劫。方坟亭畔路，都长丛棘。铁佛无言，花神坐老，我亦劳劳行客。名泉试汲，只第二流人，今怕难得。笑口开天，晚霞红半壁。

西河　游莫愁湖

芦外港，一帆斜隔鸥响。万荷微动柳丝风，满天绿荡。少年争说郁金香，楼台依旧无恙。

石城下，催两桨，人儿悄当花想。南朝烟水画模糊，夕阳跌宕。怪他燕独不归来，玳梁闲瘦蛛网。

强图据占笑亦莽。问英雄、名字千古，谁与女儿终抗？早棋声住也湘弦又歇，试听菱舟渔娘唱。

采莲令　游玄武湖

唤轻舠，推入湖心去。菱香外、晚荷无数。小桥屋北有渔娃，隔着芦花语。看萍破、莲船过了，风吹旋合，飞起一双银鹭。

故迹梁园，便在此又知何处。怜宾客、枉娴词赋。射龙事杳，那更问、化鳖当时误。凭僧说、楼船战戏，铜钩井角，缘约几围烟树。

绿意　泛舟秦淮河示张三

红墙不远。有画船系处，便有弦管。低槛高栏，疑玉疑珠，多在绿杨斜岸。笑从桃渡西边过，又几见、那时人面。只小桥、巷接乌衣，时纵去来雏燕。

记说南都影事，桃花几滴血，歌扇哀艳。丁字帘前，问酒停桡，谁更笛柔筝婉。美人名士今淘尽，莫浪费、看花老眼。检白门、旧谱新钞，浇了客愁杯半。

扫花游　登清凉寺翠微顶，还坐扫叶楼中

万云不语，为淡养松心，满阴坡谷。几椽野屋，绕城西半角，仅多修竹。歇了钟声，间又蝉声尾续。坐林曲，听石气都香，香浸衣骨。

青磴重藓覆。趁醉点吟筇，山当诗读。荒台老木，是前朝画稿，脱来残幅。念古伤秋，争奈帚边人独。畅高目，远江天、四帆烟绿。

洞仙歌

游古林寺，寺额“城市山林”，字为米襄阳书。

幽篁万顷，把楼台紧裹。一磬声摇绿云簸。淡香生、炉火梵呗停初，斜照外，三两细禽飞过。

南朝多少寺，雨雨烟烟，总惜苍苔屐痕破。花木近禅房，经卷绳床，最堪妒、老僧清坐。怪城市偏藏好山林，许卸了征鞍，抱琴来卧。

法曲献仙音

大钟亭扣钟，钟明洪武时铸，重四万六千余斤，亭柱、瓦

皆铁。

典酒愁貂，题花厌蝶，来自打钟清听。霸业烦冤，文名苦事，几声捶破茫混。荡一叶凉云下，秋楼澹僧影。

字重省，是轰轰、大明天子，霜月夜、摇出九天悲悯。响彻万鸡啼，怪六朝、余梦难醒。笳鼓喧喧，又空城、潮急风紧。只狂游悔我，白了等闲诗鬓。

风入松

游香林寺，寺宋王半山故宅，舍以事佛，一名保宁松。

杉竹个绿鬅鬙，深院古苔清。华严界界秋空色，最幽玄、磬尾流声。山鸟要云留住，莫轻浮过前棂。

朱门笑话白头僧，墩在那容争。晚年文士甘逃佛，定青苗、悔误苍生。还幸舍名名在，夕阳红动楼铃。

瑶台聚八仙

游谢公墩，墩上亭新葺，风日正秋佳也。

野竹疏然。风檐响、响答岩下流泉。眼中苍蔼，秋色送过钟山。如翼一亭收拾好，树阴初午草痕闲。畅清谈，风流逸少，应共当年。

登临复来我辈，笑平生屐齿，几两频穿。对语西城，高怀终让前贤。儿曹已破贼矣，怪书搁棋头态自安。獾郎后，算独分拳石，当晋遗砖。余携墩上片石归，故云。

满江红　自题石城访秋图

买醉天涯，停脚处、几宽心眼。算寻得、六朝余迹，水温山软。废阙荒宫金石重，小院重楼笙箫缓。好林峦、恰到叶黄时，堪游遣。

兴亡事，谁难管。功名梦，人争恋。且布衫凉簟，自家闲散。问竹笑凭僧几坐，采莲歌送渔舟返。任秋潮、日夜打城头，摊诗卷。

迈陂塘　感书

近红墙、听箫吹破，一栏沉入西照。丁冬乱戛帘钩响，林外皂鸦低噪。楼夕悄，怪剩笛零筝，欲谱难成调。温香冷抱。怎拨上三弦，猜朱妒碧，欲恨兀回笑。

相逢日，曾记眼波青俏，月明还约重到。金鱼玉燕都消歇，空个梦儿颠倒。昏又晓，怕憔悴萧郎，更易吟边老。相思够了。且谜搁诗灯，谈抛酒麈，孤立角梅峭。

摸鱼子

溪桃一株盛开，数日风忽雨，迟视之，零碎尽矣。怅然赋此，不仅为一花惜也。

问孤花、几分红色，怎轻红出邻坞？塘西一角山吹绿，深被午阴瞒住。莺不语，隔碧叶森森，合是无情树。刘郎已误。便去后重来，玄都观里，忍更说前度。

荒楼角，愁断一更更雨，晓惊风满飞絮。仙源仅剩渔舟在，还怕避秦无据。溪上雾，又化作愁烟，遮遍蘼芜路。天台漫赋。且彩凤箫圆，朱鸾带结，斟酌写崔句。

木兰花慢　病起忆家作

傍沧江岁晚，竟颓卧，到春时。念客瘦天寒，家贫世乱，愁满霜髭。沉思，少年影事，莽中原孤剑有人知。方幸眼青自若，等闲头白如斯。

嘘欷，良药误，庸医有鬼，复揶揄。问乡关路梗，孤怜山鸟，梦乱邻鸡。迟迟，劫尘换了，笑花风吹柳欲成丝。何日片帆归去，小山丛桂相期。

行香子　题钝园壁

峰近南华，万树盘鸦，好园池坐说吾家。老苔奇石，矮矮篱斜。有二分泉，三分竹，四分花。

汲泉浇瓜，扫叶煎茶，过邻翁酒话桑麻。几回醉了，诗意杈槎。要拨山云，弄山月，咽山霞。

百字令

庄女士涵芳，栎园老人裔孙女，与其三季父畸蒙君画，皆传兰陵遗法。老人工魏书，遗余颇多。朱婿南岑旧得女士手绘绢二小方，一碧桃，一芙蓉金菊，秘箧衍久之，今出索题。忆主乡中校，女士诸父行常往来论艺事，廿年弹指，人境都非，筹笔亭荒，玉兰仅在，而吾毵毵者亦霜矣。摇兀颓怀，寄声此解。

且揩诗眼，向缣头重认，粉团金屑。诸恽妹行零替尽，多少蛮枝番叶。魂护春柔，香分秋淡，剩此簪花笔。玉钗冰砚，一痕帘动新月。

闻说山柿霜初，海棠风末，影里亲描得。谁识麻姑桑海后，栎园都付消歇。西魏钩碑，南唐摹稿，一例堪珍惜。印红如旧，酒边老了词客。

解佩令

腊日园梅已放，而盆菊花尚鲜，笑共插一瓶中，亦山斋清趣也。

取杯围火，披裘对雪。让狂奴、歌啸山中屋。拾句园东，笑剪下、淡香残馥。抵人间、几多朱绿。

孤山冷峭，柴桑疏懒，最清高、最甘幽独。晋宋遥遥，把两传、合来重读。算知交、岁寒松竹。

转应曲

迟暮迟暮，有客梅边索句。红笺当寄红鳞，莫负莺花好春。

春好春好，名酒美人芳草。

以上《晚秋堂诗集·附蔗香馆词》，1931 年长沙鸿飞印刷所铅印本。

陈天华

陈天华（1875—1905），字星台，号思黄，新化人。1903年公费留学日本，参与组织拒俄义勇队和军国民教育会，著《警世钟》《猛回头》。回国后与黄兴等人筹建华兴会，因参与组织长沙起义流产，逃亡日本。1905年夏参与发起同盟会。12月于东京参加抗议日本政府《取缔清韩留日学生规则》活动，悲愤至极，蹈海自杀。

临江仙

十万貔貅驰骋地，那堪立马幽燕。羯奴何处且流连？毡庐迷落照，狼穴锁残烟。

收拾金瓯还汉胤，重瞻舜日尧天。国旗三色最庄严。乱随明月影，翻入白云边。

鹧鸪天

铁骑纵横遍大千，当时慷慨气如船。十年龙战玄黄色，一旦鹏抟寥廓天。

思往事，感流年，大江东去水涓涓。风云扫尽英雄在，休向重洋叹逝川。

虞美人

柔情侠意知多少，魂梦偏萦绕。樱花何事独敷荣？为问琵琶湖上月三更。

英雄儿女同千古，那管侬心苦。镜台击破剑光红，太息落花无语怨东风。

以上辑自《陈天华集·狮子吼》，岳麓书社2008年版。

左又宜

左又宜（1875—1911），字幼联，又字鹿孙，号缀芬，湘阴人。左宗棠孙女。有《缀芬阁词》。

风入松

笛声花里度悠扬，刻羽流商。满川月色无人见，谁家三弄新腔。此夜高楼愁煞，玉龙一曲能降。

梅花几度落澄江，韵绕空梁。鸣蛙四起清音绝，片时烟水茫茫。天际碧云欲下，古城晓角悲凉。

女冠子

六花消尽，尚觉余寒未褪。夜何如，伏枕红棉薄，催眠玉漏疏。

一歌湘月酹，千篆越藤书。破晓东风冷，怯琼梳。

酒泉子

三月柳花，雨态烟痕慵整。对盘龙，窥鬓影，泛朝霞。

五更归梦近侬家，休把闲愁重说。望天涯，生晓月，掩窗纱。

点绛唇

风辇云飞，蕊宫夜半仙人降。翠蛾池上，影共鸳鸯两。

心比芙蓉，叶与花相向。香风扬，采莲清唱，双遏流云响。

渔家傲 戏投映庵

渔父生涯眠起早，空江一棹苍苍晓。汀岸蒙茸新长草。行处好，啸声惊断回还鸟。

年少烟波鸥鹭渺，五湖倏忽扁舟老。酹酒鸣榔天一笑。鳌也钓，醉余不畏蛟龙恼。

前 调

元宵立春戏作。平韵。

一年新酒换屠苏，挑菜探梅几日无。才把宜春两字书。月圆初，灯市今宵醉后沽。

演成鲍老舞氍毹，夹道鳌山路转纡。夺得骊龙照夜珠。万人呼，可也南都胜北都。

醉花阴 水仙花

水云衣带凌虚步，自抱冬心素。翠袖拂烟罗，冉冉春魂，风转飘香雨。

隔溪清磬惊初曙，海上潮回处。坐爱古灯红，宝相圆音，莲座高参悟。

菩萨蛮　和映庵春雪

柳丝将放阑干曲，东风碎剪玲珑玉。蝴蝶打成团，梨花千树攒。

昨宵林影白，错认天街月。晓起卷帘香，雪花飘满窗。

一剪梅

蜜炬熏炉细细烧。不似春宵，还似寒宵。薄烟深院杏花梢，难道明朝，便是花朝。

苔上残红点点飘。香满帘腰，绿满裙腰。邻娃莫去踏春郊，镜里容销，梦里魂销。

玉楼春

小楼人倚阑干立，酥雨和烟宵未息。阶前新遍绿苔痕，陌上忽添杨柳色。

阿侬空有怜花癖，为替花愁眠不得。忍寒燕剪掠波还，零落香泥多带湿。

金缕曲

莫放双丸逐。尽销磨、楼前烟水，槛边花木。龙脑一炉茶一碗，涤尽平生尘俗。分领略、人间清福。漫问禁烟明日事，且瞢腾闲展离骚读。众醉也，醒还独。

幽兰并蒂宜空谷。有奇葩、与君相赏，其人如玉。我已布衣椎髻惯，未羡膏粱牢肉。向缥缈、飞阑东曲。幽径云停门不键，戛琅玕几树森森竹。盎春雨，长新绿。

天香　牡丹

花叶新题，朝云未寄，春眠画阁谁省。绣被犹堆，锦帏旋卷，丽日醉霞相映。轻移素腕，闲写出、倾城娇影。佩暖罗松对卷，玉颜宿酲都醒。

低徊宝阑又凭。谱霓裳、绿云催暝。料不共他凡蕊，强簪霜顶。几许胭脂泪染，怕镜里、残妆坏难整。艳照金莲，宫袍夜炯。

浪淘沙　寄映庵金陵

楼外雨潇潇，寒透疏寮。玉缸与我两无聊。自是离人愁不寐，休怨长宵。

望远更魂销，双桨迢迢。青溪柳色白门潮。为语东风须着力，早送归桡。

满庭芳　柳絮

如雾如烟，非花非雪，趁风经过綀帷。汉宫隋苑，行遍短长堤。着意伤春春尽，今古泪、点点沾衣。凭高望、江南江北，草长更莺飞。

迷离、思故国，飘零何限，只送斜晖。与落红同命，流水难西。明镜巳羞华发，相将认、栗里柴扉。须知是，无涯生死，世路有高低。

齐天乐　菊

十风九雨重阳过，秋光更饶篱菊。败叶阶除，疏桐院落，秀夺一天霜足。堆黄熨绿。自不为春华，不因寒肃。野韵幽芳，独开迟暮避尘俗。

书窗分取一束。称诗怀淡雅，瓶水新掬。瘦影离披，青灯暗月，添写屏山六幅。翛然远谷。伴楚客狂吟，乱头簪簇。醉擘霜螯，晚香樽泛绿。

浪淘沙

何处望乡关，烟锁回阑。流光一失去无还。千里辞家头易白，遮莫春残。

两载失承欢，江路漫漫。聊凭雁足寄修翰。安得乘风生彩翼，飞到湘南。

寿楼春

惊东风吹来。有红情绿意，飞上瑶钗。恰喜椒盘称颂，画堂筵开。残腊尽，韶光回，费一番、天公安排。看彩燕翩翩，新莺呖呖，歌吹旧楼台。

鳌山结，嬉游才。想承平粉饰，灯火蓬莱。几处银花光合，玉梅香猜。城不夜，春无涯。趁踏歌、铜壶休催。但明月随人，人间暗尘飞九街。

一斛珠

绮窗月透，一枝梅影如侬瘦。人间愁恨花应有。小立多时，清泪涴红袖。

拼取金尊开笑口，与君花底长相守。莫放江南春在柳。春损腰围，宽减定非旧。

蝶恋花

残月横窗帘似水。人在天涯，秋在虫声里。一院暝烟飞不起，临风戏掷相思子。

玉楯朱阑闲徙倚。良夜迢迢，一半消磨醉。觅得新词还自喜，悄吟背立红檀几。

浪淘沙

窗树夜萧森，灯烬香沉。荒阶滴雨好难禁。不管人间秋思苦，到晓涔涔。

坐起费愁吟，调弄徽音。冰弦瑟瑟雁愔愔。收拾古今无限恨，并入瑶琴。

一萼红　梅

岁朝春，坼繁英千点，照眼一枝新。冻蕊摧冰，寒香碾玉，妆点还自宜人。邃馆静、临风障袖，便移近、林底暖芳尊。素被香篝，莫孤花艳，为唤娇云。

休恨开时太早，到桃绯李素，一例成尘。萼绿娇羞，飞琼薄醉，争似双颊潮痕。倩江郎、为呵彩笔，向猩屏雪壁替传神。映水年年，清绝长是销魂。

念奴娇　题丹徒包兰瑛女士锦霞阁诗集

瑶编一卷，是天孙云锦，霞烘晴腻。玉手蔷薇春泪涴，净洗粉浓脂丽。笔落珠圆，吟成绮灿，一种幽芬气。空江浮玉，翠蛾频照秋水。

闻道别浦花繁，收将凤纸，小叠回文字。夜月高楼香雾湿，肠断紫箫声里。明圣湖光，毗陵山色，绣幕莲风起。弄烟题叶，定应香茗能继。

柳梢青

帘卷香销，轻寒恻恻，良夜迢迢。春过春分，月圆月半，花发花朝。

年年此际春饶，花月下、金尊酒浇。邀月长空，祝花生日，且尽今宵。

如梦令

芳草天涯青遍，满地落花红旋。春去太无情，惆怅雨丝风片。休怨休怨，蝴蝶殷勤留恋。

霓裳中序第一　用草窗韵

苔衣冷翠叠，乱石荒阶飞败叶。蛛网当门暗结，更古甃絮虫，颓垣筛月。香消臂雪，剩锦笺都付吟箧。还追念，别巢燕老，软语向侬说。

凄绝，银屏凉咽，叹客里流光易灭。清商惟是怨别，怅泪湿红轮，腰冷金玦。唾壶敲又缺，怕更谱阳关恨阕。秋如水，西风庭院，梦绕故园蝶。

临江仙

月到当头何限好，人生几度相逢。痴云今锁广寒宫。终宵明镜掩，可是晚妆慵。

窗外蜡梅初破蕊，生怜香影迷蒙。箫声和彻玉玲珑。高阑频缩手，怯听雁啼风。

虞美人　寄映庵徐州道上

宵长漏永灯初灺，积雪明鸳瓦。月波寒浸小庭心，睡鸭香销还自拥重衾。

邮签细数程过半，肠逐车轮转。残淮残汴易生愁，为恐朔风吹霰白君头。

疏影　红梅

廊空槛曲，喜一枝放早，娇恣春足。隔影娟娟，时点繁红，横斜未假妆束。空山雪卸魂归后，倩纸帐、轻笼低覆。总避伊、玉殿温香，傍我补萝茅屋。

聊共东风一醉，翠尊向尽处，搴动帘縠。浅水波明，掩映芳痕，肯比桃华秾郁。冰肌纵染胭脂色，望冷艳、天然风骨。等乱霞、幻入梨云，写作粉绡晴幅。

菩萨蛮　自题小影

年时憔悴常扶病，开奁怯见菱花影。相对是耶非，端相还自疑。

带宽衣自旧，天遣愁人瘦。更欲画侬愁，谁为顾虎头。

醉花阴

为恐江城风信动，折取宜珍重。剩得两三花，纸阁芦帘，只合癯仙供。

铜瓶雪水初消冻，清入罗浮梦。点缀镜奁边，一种孤芳，还与君相共。

摸鱼儿 玄武湖夜游

弄薰风、满船凉翠，载将明月同去。蝉声唤醒江南梦，引我镜波容与。天未曙，浑不辨、漫漫万顷湖田路。危城尽处。看架树为巢，结芦作屋，只有逸民住。

蒹葭际，冉冉一汀烟露。芳情知寄何许。荷花似与人相识，隔水数枝无语。休折取，怕已有、商飙入抱伤今古。悲秋更苦。恁蘋末吹愁，衰红满眼，瑟瑟绕弦柱。

临江仙 日荷

几曲银塘光不定，泠泠水佩风裳。不须浓抹斗时妆。凌波微试步，栏槛晚飘香。

昨夜西风残暑退，玉肌何限清凉。还将心苦驻年芳。几生成净果，长在水云乡。

苏幕遮

漏沉沉，香袅袅。廊转花深，帘幕风来小。试拍红牙歌水调。尺半湘筠，吹弄霜天晓。

醉颜酡，明镜照。过尽韶光，事事输年少。来日白头昨翠葆。自后思量，更说而今好。

虞美人

小楼一夜廉纤雨，酿得春如许。峭寒和梦锁银屏，倦听街头唤过卖花声。

柳枝知近清明节，拂水丝千结。南窗药气不胜花，莫更开帘凝望碧天涯。

蝶恋花

怯试春衫寒尚悄。细雨斜风，不管莺花恼。上巳清明都过了，杜鹃声里韶光老。

寂寂重帘香篆袅。乍喜新晴，檐鹊还相噪。花落阑空人窈窕，绿窗自谱幽兰操。

风入松

玉阶芳草碧迎眸，粉蝶梦痕留。画阑点笔裁诗句，傍吴花、浓酿春愁。庭院棠梨开遍，夕阳偏在高楼。

残筝独罥树枝头，彩线不曾收。笼鹦向晚呼灯火，怕遥山、暗对帘钩。休被东风吹散，炉烟几缕清幽。

月上海棠 立秋夜对月

西阑皓月移花影。问何人、能驻片时景。坐对高梧，露华清叶飘金井。凉飔起玉殿，雕阑自迥。

人间百唤伊谁应。想嫦娥、沉醉未曾醒。辗转愁思，玉绳低素光无定。今宵拼与汝，同游幻境。

摸鱼儿

浸寒阶、破云筛月，珠帘垂又还卷。西风只会吹梧叶，那惜芳园零乱。荒梦短，听一夜、残蛩病蟀成愁叹。孤城陋馆。但墙柝暗声，壁灯昏影，怎放曙痕展。

西楼畔，望极江天更远。南来曾未归雁。吴山越水相重叠，尽是善愁眉眼。凝恨满，翘首处、中庭咫尺悬河汉。玉盘自转。想桂树凋零，婆娑终老，歌尽舞人散。

临江仙

莫道春归愁已绝，残秋别样难支。画阑凭遍月轻移。谁将纤影，又送极天西？

待倩征鸿传信息，断肠空遣凝思。暗风吹动败荷池。岸边衰柳，犹自舞僛僛。

一叶落　（二首）

小院落，秋阴薄，夕阳一片画阑角。井梧已渐凋，新凉谁先觉。谁先觉，满眼西风恶。

万籁寂，霜天碧，月明满地夜砧急。雁飞紫塞遥，相思无终极。无终极，梦破虫吟壁。

暗　香

除夕庭梅盛开，置酒花下。以风琴谱白石《暗香》《疏影》词，声韵幽美，因与映庵各和之。

四山寒色，渐冷魂唤醒，灯楼横笛。细蕊乍舒，雪底阑边好攀摘。惊听催春戏鼓，休闲阁、吟笺词笔。趁此夕、一醉屠苏，花暖烛摇席。

南国，思寂寂。叹岁去岁来，万感萦积。翠禽漫泣，仙梦罗浮那堪忆。清漏帘间滴尽，疏竹外、云封残碧。怕暗暗、年换也，有谁见得！

疏　影

苔盆种玉，倚绣屏婀娜，深夜无宿。碧袖天寒，朔管频吹，凄风弄响帘竹。薰笼纸帐烘才暖，但笑索、枝南枝北。想姹红、悉待春来，让却此花开独。

同向灯筵送岁，醉颜对镜，浅杯映眉绿。末世悲歌，及早收身，可有孤山林屋？宵残腊剩匆匆去，瞬息奏、落梅酣曲。恐渐携、卧陌长瓶，酒渍扫香裙幅。

苏幕遮　鸟声

雨蒙蒙，春悄悄。柳陌花堤，宛转千回绕。燕舌莺喉容易掉。已解人言，只分伤春老。

度波心，穿树杪。一世歌唇，含恨知多少。短梦惊残晴色好。香雾迷离，一带楼台晓。

前调　卖花声

晓云轻，晴旭早。折取红英，欲换榆钱小。行过短墙经曲道。吴语声娇，相和枝头鸟。

暖蜂游，妆镜绕。梦隔纱窗，酒醒惊春闹。闲倚楼阑听渐杳。几阵回风，微送余香袅。

减字木兰花

春深春浅，九十韶光才一半。乍暖还寒，翠袖娟娟怯倚阑。

乱愁如絮，无奈东风吹不去。碎雨零烟，深院花枝瘦可怜。

满庭芳

溪水拖蓝，遥山凝碧，画屏环抱柴门。青畦方罫，雨洗一犁春。风引残霞漾影，垂杨袅、烟淡桥曛。惊花杪，疏钟递远，鸦犊趁归人。

仙源何处是？黄冠白夹，酒畔逃秦。更滋兰九畹，为返骚魂。奈有先鸣啼鴂，空惜此、百草无薰。悲歌老，相遮野舞，劳梦息虚村。

解语花　白桃花

肥堆艳雪，淡却浓脂，生恐朱颜误。泪痕弹许。清铅水、点滴袂罗娟素。天台旧路，怕玉洞、更无寻处。琼树新、春在楼东，子夜歌谁度。

斜傍雕阑怨暮，恁千红成阵，珠玉频睹，倩魂来去。流连久、露井粉光无数。停尊待语，有淡月清风迟汝。愁宴阑、门掩深深，同梦梨花雨。

水调歌头　题桃花源图

先辈落心画，粉本拓烟霞。峰回路转，忽露茅屋两三家。似识渔郎能醉，别有仙人为市，望望酒帘斜。一带水杨柳，万树碧桃花。

绕村郭，闻鸡犬，见桑麻。不因蜡屐谁信，春色在天涯。

坐泛镜中红景，人世流尘四散，长此驻韶华。展壁卧游得，奚必武陵夸。

如梦令

金鸭香残烟暝，翠竹无声风定。举袂障银缸，回见月光东映。人静人静，廊外露寒天迥。

南歌子 寻梅

梦醒香生处，窗虚日上时。画檐微暖翠禽知，应是东风着意酿南枝。

残雪山皴瘦，清冰水骨奇。行行且过小桥西，一树寒葩掩映出疏篱。

探春慢 蜡梅

蝶翅胎黄，蜂须酿蜜，昨夜微香初透。月冷云封，霜欺雪压，却是峭寒时候。几度临风看，怎玉骨一般消瘦。绮窗纸帐深笼，仙禽应也厮守。

枝上金铃系久，想皓腕轻攀，冷香盈袖。伴我清吟，松间竹外，两两素心无负。长记年时里，醉妆薄染腮春酒。窥影冰池，岁寒标格如旧。

金缕曲　冰花

镂就玲珑叶。纵东风、吹花有信、不教披拂。几夜银塘寒威迸，偏耸嶙峋瘦骨。似玉树、琪葩森列。更向月中频窥影，问前因空色谁生灭。如有恨，自凝结。

琉璃世界琼瑶戛。怪浮沤、无端幻此，甚时销没。碎蕊两三还拈取，贮向玉壶自澈。好共与、梅魂幽绝。姑射仙人今何在，对婵娟千里肌如雪。闲指点，信孤洁。

庆春泽

霜月凝晖，风灯晕影，偏惊长夜如年。梦断家山，迢迢水驿三千。波鱼云雁浑无准，漫思量、尺素遥传。念湘流、日夜东来，尽绕楼前。

乡愁脉脉知何似，叹蛛丝宛转，方寸长牵。极目高阑，白云亲舍谁边？乌啼只傍吴坊树，正四更、城柝催眠。料江头、寸草心枯，还锁秋烟。

声声慢　七夕

微云拥鬓，纤月修眉，银河奁镜分明。凉浸琼铺，天街仰睇双星。人间女郎好事，早安排、瓜果中庭。珠帘外，垂垂灯火，零乱风萤。

万草千花凝碧，正象床、玉手织锦初成。中有回文，行行为诉离情。此夕露桥自迴，怪下方、乌鹊无声。还坠响，恍天风吹下玉笙。

齐天乐 新柳

夕阳红外吟情古，湖堤几丝飘影。乍染衫痕，才舒带结，小叶娥妆慵整。轻烟弄暝。见浅搭阑干，薄依桃杏。尔许青阴，酒边游客，梦初醒。

谁怜楼下逝水，有雏莺嫩语，愁里难听。故国堪嗟，江潭易老，更奈风狂雨横。娭光换景，叹新恨频添，旧眉都省。折赠行人，送春春去迥。

忆秦娥

山光白，山头雪衬天光黑。天光黑，沉沉远水，玻璃冻墨。

嵌空一片娲皇石，终南太华无人迹。无人迹，无今无古，也无朝夕。

生查子

把酒问东风，怨入花铃语。只解送春归，未肯吹愁去。

廊外荡轻烟，帘际飘香雨。枉煞柳丝长，不系韶华住。

又

珠箔隔轻寒，鹦鹉笼中语。犹唤锁重门，怕放春归去。

桃李可怜生，昨夜啼红雨。点点带愁飘，吹入春江住。

长亭怨慢

乍惊觉、一城春去。料想东园，绿阴无主。冀霭燕霾，黛痕频向翠蛾聚。绣帘空卷，云叠叠、关山暮。便诉与常仪，只剩得、凄凉三五。

情苦，袅垂杨一线，漫欲系春教住。天涯恁远，怎但在、阑干斜处。拼换却、满眼流光，夜窗听、沉沉风雨。问燕子能言，曾唤春人知否？

醉春风

莫把辞春酒，春来浑未久。绿窗病起试罗衣，瘦瘦瘦。觅句阑边，插花头上，此情非旧。

梦里江潭柳，春至先回首。雨丝风片送春归，又又又。芳草无边，春归何处，问花知否。

桃丝 （自度腔）

辛亥四月廿四夜，梦两仙女遗予异卉二枝。其一条色惨碧，红丝垂垂，非花非叶，名之曰桃丝。其一翠叶浅深相间，方圆斜整，形不一致，名之曰翠凌波。觉而异之，因其名各制一词。

清波难写流虹影，喜梦里垂垂，比似人间枝叶异桃丝。

红房烂煮琼花宴，问此会何时，四十九年偿慧业归迟。

翠凌波 （自度腔）

香逼衾鸾，鬟欹钗凤。断鼓零钟，薄醉和愁拥。哀雁啼蛩，清露重翠，生生幻出凌波梦。

灵根知是瑶台种。艳叶柔丝，不与凡花共。待展研粉，吴绫写幅，屏山清供。珠箔深沉，不教风雨吹送。

浪淘沙

帘外绿阴浓，帘里春慵。风风雨雨梦魂中。睡起不知春已去，一晌惺忪。

花事太匆匆，愁里相逢。芭蕉又展一重重。多病却妨身不健，还怯东风。

蝶恋花

云鬟蓬松钗欲坠。日过纱窗，犹自厌厌睡。病起扶头常似醉，身慵半拥香罗被。

脸际销红眉锁翠。明镜无情，偏照人憔悴。却恐东风侵绣袂，落花只在重帘外。

以上《缀芬阁词》，1913 年刻本。

杨 度

杨度（1875—1931），字皙子，号虎公，湘潭人。清末举人。1902 年留学日本，创办《游学译编》。1907 年在东京主编《中国新报》，宣传君主立宪。辛亥革命前后依附袁世凯，与汪精卫组织国事共济会。1915 年与人组织筹安会，自任会长，策划帝制。1922 年投孙中山，拥护其政治主张。1929 年加入中国共产党。

西江月 夜泛赤壁

目对一江风月，心怀万古英雄。风流如在亦如空，前后浪头相送。

阅世谁如朗月，成功只有东风。江山人物古今同，尽入扁舟一梦。

据杨度女杨云慧藏原抄件

念奴娇 为易硕甫题画[1]

人生如寄，问松乔，几生修到仙侣。往返高风沧海变，惟

---

① 此词又见杨度 1898 年 2 月 5 日日记，文字略有不同。“人生如寄”，日记作“百年如寄”；“蓬莱”，日记作“华鬘”；“人世”，日记作“尘世”。

有梅香自媚。却怪王孙，人间频到，懒把琼笙吹。生生轮转，神仙亦受情累。

我亦小谪蓬莱，风流诗酒，游戏潇湘际。人世不如仙界乐，天姥梦中犹记。好住缑山，人间此后，跨鹤休重至。崔娘已渺，此生更少知己。

据杨云慧藏原抄件

念奴娇

桃花再发。自记忆离别，犹如昨日。帘影垂青窗影绿，细省当年游迹。春扇余香，宵床远梦，皆向人前说。镜中偷看，却如从未相识。

今夜明月初圆，广寒楼畔，偏是孤游客。杜牧江湖重载酒，脉脉相思难抑。笑我多情，愿卿薄幸，免共花争发。悲欢何定，任他流水无极。

祝英台近

倚花栏，凭月牖，燕子入罗幕。满目韶华，何事遣萧索。玉楼日夜笙歌，春光偷换。却惊怪，雕梁泥落。

褰珠箔，正值午夜初回，徘徊上高阁。花尽波流，无限恨情作。生憎杜宇啼红，不如归去。还止管、向人轻薄。

祝英台近　题画莲花

晚妆鲜，仙袂举，花叶盛前渚。斗艳争妍，素质竟谁顾。

心愁月白风凄，寻红棹女。唱不到、夜江深处。

向谁语？惟有倚影凌波，含情对鸥鹭。屈指金霜，清芬更无主。可堪离别经年，秋风重至。问谁个，解侬心苦。

渔家傲　题画牡丹

洛下当年风景异，露凝烟媚须臾丽。谁复雕栏飞燕倚？花飞起，凌风更似霓裳戏。

峨眉山下家何在？昭阳殿里人先逝。沉香亭畔花全坠，红满地，是沾千载兴亡泪。

以上辑自《杨度集》，后四首散见于集中《日记》，湖南人民出版社 2008 年版。

刘肇隅

刘肇隅（1875—1938），一名萃隅，字廉生，号晓初，又号淡圆居士，湘潭人。优贡出身，曾任巴陵县教谕。后留学日本。民国后任教于湖南省立一师、上海光华大学、群治大学等。有《阏伽坛词》二卷。

一枝花　用宋辛弃疾原韵

千眼生千手，业净身心口。愿宏于天，室小于斗。本无去无来，天亦无先后。独坐观空久。觉四大皆空，万象原非真有。

莫浪把、春池吹皱。无事闲低首，却关心、去日名师友。怎消息茫茫，果得西归否？况质惭蒲柳。且植初基戒杀盗，和淫妄酒。

程十发老人评云：此词提前，可以压卷。今遵之。

东风第一枝　依程雨沧先生韵，为十发老人恭题观音大士立像

菩萨悲深，群生度尽，最迟成佛非晚。补陀常住名山，善财昔参宝殿。寻声救苦，无畏怖、法音和软。甘露瓶、滴滴嘘

枯，胜过活人卢扁。

瞻梵洞、福缘不浅。犹记得、户张左扇。白衣玉趾莹然，静坐青垂慧眼。余前谒普陀，拜梵音洞，蒙大士示现三像，最后现白衣坐像。何人图画？更立地、花开相见。是海外、化影移来，供奉珍逾芝检。

十二时 再为十发老人题观音大士立像

辛未夏秋之交，洪水发湘鄂，旋遍南北。民人死亡荡析者万万计，灾犹未已。殆所谓天发杀机，龙蛇起陆耶！匪恳神祐，奚起渝胥。谨依程雨老韵，更谱斯阕，用志悲愿。

望朝宗，连天汹涌，滚滚银涛飞雪。千万户、悲啼哽咽。生死回眸双瞥。末劫难逃，慈航谁渡，黧面无人色。惟大士、大愿大悲，泪眼频开，一见心尤伤切。

亘昼夜，怀山荡荡，俨似洪荒时节。苦矣生民，分崩俄顷，存者无家别。直贤愚同尽，衔哀莫辨黑白。

倘早祈，慈悲灵感，善护宣防无缺。化险为夷，人民安戢，奚事勘灾册？应绸缪未雨，掘泉慎毋临渴。

十二时 依程雨沧先生韵，恭题地藏王菩萨像

积尘沙，威神誓愿，劫劫迹留鸿雪。悲六道、浮沉迅速，一霎人天惊瞥。菩萨恩深，幽冥施普，化遍空中色。伤罪众、苦果难消，尽未来期，言发无穷悲切。

满地狱，鹰蛇狼犬，绕啖残人支节。万死千生，阎浮业感，

苦口曾分别。铁围山西望，层层事实显白。

待下生，当来弥勒，付嘱功完无缺。共证菩提，咸登极乐，授记如来册。今时逢末法，布施正临饥渴。

齐天乐　步彊村老人韵，赠苍虬先生，时大水初发江汉

双轮晨夕催霜鬓，何堪隔年遥别。铁骑声销，铜驼泪涸，忍问当时家国。洪涛万叠。独汉水天连，洞庭波阔。变幻沧桑，麻姑三见岂虚说。

藩篱处处尽撤。风来容易偃，佻达城阙。麟趾关雎，熙平瑞应，至理原无奇绝。升沉几阅。又猛兽狂流，凑成斯劫。快忏前因，怕重来果结。

满江红　用岳武穆韵，为郭涵斋题明祝开美绝命词手迹

就义从容，遗词在、余芳未歇。是胜国、儒门高足，后先比烈。祝公名渊，为刘公宗周门人。明亡，方葬母，趋竣工。既葬，还家设祭，即投缳。先宗周二日死。壮志拼酬三尺命，孤心皎映千潭月。较仓皇、一死送残魂，尤悲切。

屈贾怨，余鸿雪。忠义气，何生灭。还乾坤大造，浩然无缺。鼎足觥觥师与弟，《明史·刘宗周传》附门人祝渊王毓耆传言：明亡，宗周绝粒。王上书，愿先生早自裁。一日，遍召故交欢饮。酒罢，携灯出门，投柳桥下。先宗周一月死。墨痕滴滴精和血。仰苍苍、默鉴表

孤忧，升金阙。

金缕曲　用先师杜仲丹夫子韵，挽升吉甫相国

蓦地烽烟起。问胡然、天摧硕果？怕天都醉。满目兴亡松楸感，孰辨艰难国是。忍记取、朝回花底。郎署逶迤疆圻绾，黍离离尽是伤心地。天不憖，道穷矣。

玉鱼隧毁惊龙气。几遗臣、补天身殉，忧伤憔悴。戊辰东陵惨劫，骸暴骨碎。海内老成，联电呼吁。故人陈君毅在北，力疾奉安陵墓。沪上则王公秉恩，约合诸老辈，奔走营救，电函交驰者累月。余儿国元，随王公勉襄其事。陈君先逝，王公及余儿相继病卒。老系安危偏又弱，赢取忠魂古意。拜纶綍、褒题双字。公谥文忠。鼎足前勋胡李谥。死谁知长洒英雄泪。剩疏草，满书笥。

满江红　用岳武穆韵，挽陈止存老人

古调谁弹，高轩去、风流渐歇。从别后、连年灾剧，至今愈烈。淼淼蛟腾江汉水，萧萧雁叫关山月。料垂危、九死老臣心，怀君切。

鹃啼泪，飧冰雪。萤爝火，空明灭。待谁来炼石，补天残缺。白发老甘臣朔饿，碧魂死化苌宏血。剩竹林、遗侣泣津桥，撑天阙。谓公之侄仁先侍郎。

庆春泽　用朱竹垞韵，赠左台孙同学

文武衣冠，公侯邸第，毵毵万柳堂深。华发王孙，早栽官

舍棠阴。琴书倏换邯郸梦，赚南来、馆辟来禽。那胜禁、回首趋朝，长负鸳衾。

高台百尺燕云隔，剩元龙豪气，湖海浮沉。同是天涯，相逢沦落江浔。焚香读易年方假，算几人、世外知心。且行吟、闲钓青溪，鸥鹭盟寻。

无俗念　用元虞集韵

娑婆尘世，阅万千仙释，圣贤豪杰。时去时来时堕落，究竟孰离生灭？六道轮回，争相旋转，片刻无停歇。从前难咎，劝君莫再轻涉。

应同法性真身，入毗罗海，分印千潭月。滋长菩提心蕊满，休使一毫欠缺。皈佛皈僧，还皈于法，偈谛常常说。往生时至，安栖无上宫阙。

谢池春　用陆游韵

大浸稽天，惊起渔翁孤棹。霎时间、长堤溃倒。繁华如梦，正汉宫春晓。有颠僧、云端狂笑。

弥陀乐国，尽许凡夫修到。赍资粮，今生及早。慈航千叶，把尘缘齐扫。猛回头、年犹未老。

玉漏迟　用金元好问韵

漫疑西土沓，法音宣出，迦陵群鸟。吹动微风，宝树千重环绕。试听金台乐作，又岂似、人间凡调。君莫笑。侧身独立，望空长啸。

曾记紫府仙家，炼九转丹炉，返衰还少。大劫临头，幻梦同时俱了。悟得无生法忍，常寂土、常常观照。迷未晓，误却浮生多少。

沁园春　用陆游韵

天地悠悠，恨我迟来，不见古人。问无明业识，无边梦境，因缘假合，孰断根尘。生死须臾，彭殇一例，那有长生不老春。谁能早，撇南洲五浊，世界翻新。

何亲四散烟云，只落得泉台孤孑身。纵黄金白璧，如山似海，都成幻影，莫疗真贫。我愿安排，清斋供佛，薇蕨山肴水菜莼。知时至，见莲花父母，菩萨乡邻。

水调歌头　用苏东坡韵

一碧远无际，秋水共长天。倒倾银河千丈，飞渡待何年。料得鹊桥牛女，对此漫空大劫，心胆也俱寒。只怕仙宫坏，何况是凡间。

怨遥夜，灯黯黯，不成眠。这番破碎，能得天上几时圆。看遍空空色色，又是非空非色，无缺不完全。三五寒潭静，玉兔影娟娟。

满江红 用元萨天锡韵

龙战玄黄，机一发、竟无休息。搔手望、苍茫百感，不胜今昔。华表鹤归还自唳，人民城郭何曾识。剩英雄、老泪付东流，淘沙急。

张世网，蛛丝织。伤浩劫，胡灰迹。更汹汹涛滚，惨无天日。荆棘丛生鼍鼓闹，明珠无价鲛绡泣。血斑斑、化尽古苌宏，千年碧。

念奴娇 用苏东坡韵

青天如画，描不尽、城郭山川人物。千载菁英，堪记取、汉家武梁祠壁。孔老交情，羲农故事，恍惚留鸿雪。隆中谁卧，上超开国三杰。

几个天下英雄，使君惊失箸，大声雷发。顾曲周郎儿女气，怎得刘兴曹灭。仙鹤何归，几时还伴我，大荒披发？萧萧江垒，依然万古明月。

雨霖铃 用宋柳永韵

潮音清切，乍凉天气，海市新歇。琼楼玉宇高处，秋风起也，杀机休发。却笑欧阳作赋，甚悲声呜咽。驾一叶，西去扁舟，予怀渺渺波澜阔。

人生如寄终相别，莫苦怨、摇落秋时节。举杯独酌邀得，唐学士、清风明月。聚散无端，都是、天公有意安设。逃不了、果果因因，谁解三生说？

贺新郎　用刘克庄韵

绝漠惊尘黑。底寄书、天涯海角，锦字机织。莽莽中原纲纽断，得失宁论寸尺。嗷雁遍、江山无色，还赖扶持神力大，倒瓶中甘露声声滴。寻苦救，现灵迹。

狂言俨握如椽笔。问儒生、几人抱取，鲁宫琴瑟。禄食三千门易满，公子翩翩多客。真国士、登坛谁出？动地渔阳鼙鼓噪，痛牙弦久断音沉寂。归去罢，且名匿。

渔家傲　用王安石韵

静倚书堆萦古抱，墨池浅蘸临章草。意趣纵横含窈窕。功怎到，羞夸笔阵千人扫。

小小楼台还倦鸟，孤栖只合投闲早。短鬓星星人渐老。西方好，往生决定无歧道。

忆秦娥　用李太白韵

边笳咽，汉时关照秦时月。秦时月，空空色色，死生离别。

西边寿佛千秋节，莲花身化凡尘绝。凡尘绝，别开世界，无边宫阙。

梦江口 用温庭筠韵

情天窄，恨海沓无涯。残隙怕抛弦上箭，浮生何似镜中花，空际恁横斜。

鹊桥仙 用秦观韵

情丝漫绊，色身终坏，空羡一年一度。仙河未必胜人间，福报尽、怎逃天数。

双星寄语，后期休约，早觅西方归路。痴缘忏净证无生，超累劫、浑如旦暮。

祝英台近 用吴梦窗韵

惜春阴，贪夜课，痕影剩锥股。报喜灯花，早恁风吹去。几番桃李成蹊，韶光换，只赢得、残红无语。

供刀俎，惨哉乱世才人，毋宁守吾素。朝暮弥陀，休迷往生路。更睎千眼青垂，光澄法界，普洗受、净瓶甘雨。

大酺 题散氏盘

散盘十九行，行十九字。十二行多一字，十八行少一字，末行仅八字，在下截。都凡三百五十字。乾隆间进内府。余丙寅入都，犹见之。湘中亦出一器，拓本逼肖，惟一二字稍差耳。

合禹碑文，汤盘语，遥接唐虞三古。中天彝器，几阅离离兵劫，故宫禾黍。马纪岐阳，龟占亳野，何似精神雄武。郊圻分经界，表东西故道，井田遗矩。怪奇字斑斓，越成周鼎，讵论齐鲁。吴荔斋谓文多奇字，不类成周齐鲁，其荆楚之雄风与？

光芒千岁吐。记前度、山窗曾摹抚。惜近代、新题易旧，吴昌硕易盘名为鬻。赝器淆真，湘中新出器。吉金家、还须勘补。漫诩斯冰篆，轩颉后、古文初祖。问虞芮、争田侣。阮文达谓是周器，近人疑为商器。余按其时地，是商末周初与？虞芮质田事，正是一例。三分其二，天下商周谁主，华宗幸生硕辅。散氏有散宜生为文王辅，见《尚书·君奭》篇。

十发老人评云：此词古雅笃炼，可诵。

前题　题林畏庐西溪图，用周美成韵

俨海波平，山光静，溪畔比张林屋。高人何处所，早超离尘网，撇开蛮触。松径苔荒，莼湖石冷，穿入环陂修竹。魂兮归来未，似卢祠一枕，煮粱新熟。对城郭依然，菱芦分掩，影絣形独。

西窗曦去速。怕阴媪、飞雪轮摧毂。有著作、名山供奉，秋老心期，那堪容、混珠鱼目。妙迹赓逋客，忧世泪、暗流歌曲。羡君子、东方国。论文重与，蔗味尝来如菽，雨庵夜还剪烛。

前题 端午述感，叠美成韵

正粉团香，妙罗静，依旧生存萝屋。佳晨拼谢饮，和渊明诗老，旅怀枨触。船竞天中，门敲月下，夜永犹鸣风竹。清斋依人海，观真心自在，六根机熟。便魔破娑婆，戒严菩萨，坐盟幽独。

加持功讵速？算生死、流转随轮毂。究竟处、菩提无树，般若为根，大慈悲、泪盈千目。怎结延年缕，尘梦缚、往生途曲。只西土、弥陀国。莲华车大，池积金沙如菽，四时遍调玉烛。

锦帐春 题金太史蓉镜滮湖遗老集，用辛稼轩韵

诗集四卷，续集四卷，秀水金蓉镜甸丞撰。金公以翰林官湖南。初入抚幕时，端陶斋抚湘，以补《隋书·经籍志》考证课试校经堂高材生。榜发，余名忝列第一。评语百余字，过承奖励。末云：不意湖湘尚有若人也。后闻叶吏部师云：阅卷即金公。自是金公过古书肆，访湘名士，必举余名。书主人亦怪之。国变后隐沪上。前数年，诗钟社宴集，屡晤公谈往事，犹记之，未几归道山矣。今夏四月，周君梦坡庆云值沤社词课，余与同人宴于所居晨风庐，周君出是集分赠，余携归读罢，因题一阕，用志旧感。

文字缘深，唱酬日浅，枉卅载神交无间。死何归，生若梦，

独先芬世守，木天清院。

锄莠心劳，梯荣兴懒，阅宦海风波惯见。殷三仁，周十乱。尽歌词叠卷，语长心远。

前调　贺门人李卓甫新婚，叠辛稼轩韵

桃李青青，灵根匪浅，昆弟与人言不间。卜佳期，圆好梦，伴书声午夜，绿槐庭院。

戒旦鸡鸣，翱翔休懒，正冰泮印须庙见。世多艰，家不乱。把童心席卷，万程鹏远。

暗香　中秋感事，用姜白石韵

秦时明月，照塞城几度，边笳羌笛。豆煮釜焦，瓜蔓何堪再三摘。玉宇琼楼在否？已寒褪、东坡词笔。怎夜半、不问苍生，拼负殿前席？

西国，信阒寂。胡旦旦誓留，愿望空积。海鲛暗泣，旧事迷离正回忆。俄顷飞来一眚，收拾了、楼台金碧。便蚀尽、蟾兔影，靠谁救得。

紫萸香慢

忆己巳九日，华安九层楼登高宴集，群贤满座。时十发老人用宋姚江村韵，酬主人周梦坡、姚虞琴，兼赠座客。余时已丧仲子未久，愁仍未解，强随老人与焉。孰知甫逾月，而余长

子复死。岁序倏忽又二载矣。天灾国变，愈奇愈烈。谨步老人韵，以摅积愫。

记前年、层楼高会，盛筵宾主分明。为愁中消遣，又谁料，瞰愁城。一瞬西河添泪，便无情太上，那不伤情。似今生、暂别当作远游人。问酹酒、孰如步兵。

魂清，梦倦初醒。愁自解、恨还平。把陶公醉意，嵇康懒性，都付诗评。近闻入关胡虏，暗平蹙、汉诸陵。对黄花、任谁高节，东篱强卧，休指天末晨星，风雨又零。

一萼红　用姜白石韵，寄黄笃友观察北京

好光阴。怨鹏歌唤老，花满发羞簪。函答惭迟，书来冀远，邮吏讵感浮沉。羡道学、渊源补录，纂先德、还共判人禽。燕市台荒，王宫星换，记否凭临？

南雁北鸿来去，纵抗希契阔，远印心心。皤首孤臣，白头宫女，今后何处追寻。算归去、王孙日暮，掩柴扉、珍重柳如金。淘尽英雄老泪，恨并江深。

贺新郎

辛未九日午后，携三儿国鼎登高。适天欲雨，中止。用宋刘克庄九日韵填之。

风起漫天黑。一霎时、平林漠漠，晚来烟织。万里龙沙高更迴，残剩孤桐百尺。纵慧眼、闲观空色。老去悲秋华发短，

却丝丝泪为思亲滴。孩稚事、总陈迹。

子安枉自夸才笔。记当筵、昙花现后、命途萧瑟。千载滕王高阁改，说甚阁中来客。几大造、机缄窥出。佳节年年人易老，只如来净土光常寂。多劫性，无名匿。

齐天乐 用先师杜仲丹夫子韵，赠吴觉初五十初度

飞腾千里神驹骏，世谛本来无竞。海内犹存，客中又别，别后音书休吝。归装晚趁。正秋水长天，孤帆霞衬。处处张陈，让君与我久交颈。

离愁颇难自禁。况头颅白雪，飞萦双鬓。学易年添，馈粮路远，片语生西珍贶。重来旧径。更云树天高，雪泥鸿印。一笑拈花，共禅龛默证。

沁园春 五十七岁初度自述，兼酬门人朱保芝，用陆放翁韵

学易余年，七度空抛，愧见古人。算死生契阔，烦忧惯伴，昙花一瞥，世界微尘。卅载师生，白头相对，忍忆名园坐上春。今何世，况市朝几易，官样翻新。

思亲泪黯湘云，剩零遍孤儿九死身。恁立无锥地，储空儋石，浑忘老大，独耐清贫。万古江河，扁舟一舸，闲约西湖共采莼。超千劫、待天荒地老，明月为邻。

暗香 用姜白石韵，哭长儿国元

鲤庭秋色，怎两番泻入，羁人悲笛。元儿以己巳冬月病殁。先一年，次儿国亨，在途为汽车压毙。瓜熟子离，一再无端被风摘。太学何蕃命短，空怜取、工书才笔。更恸绝、绛帐名师，泪涴讲坛席。元儿少善学书，毕业群治大学。后益专书，蒙十发老人指授，期以学成代笔。及殁，名辈惜之，老人为文哭奠。

佛国，音响寂。望决志往生，万程粮积。青灯暗泣，少妇孤儿对相忆。岁岁湖南草绿，归梦绕、慈晖春碧。未报事、先自度，再来报得。

元儿生不好弄，死亦无忝。曾为先师杜仲丹孝廉校印《读书法汇》，自有跋纪之。戊辰东陵惨劫，余随王雪岑、秦子质、程十发、曹蔚庐诸老连电呼吁，元儿勉服其劳。所为古文诗词，稿存无多，字仅存临宋本李元靖碑。

疏影 用姜白石韵，哭次儿国亨

温其比玉，正凤箫试吹，鸳被双宿。乍合旋离，恩怨难分，奚论苦节斑竹。蓬飘我亦随风飐，怎定得、东西南北。只阿兄、幻梦旋醒，伴汝九原孤独。

记汝初生国变，忧心蕴悄赋，黄里衣绿。急倩秋风，一棹杭之，尽室荡归林屋。蓦惊长大轻相诀，恨道阻、乱人心曲。便解除、三世冤亲，怕检旧箱遗幅。

亨儿生于辛亥九月五日。适国变，仓皇返乡，死于戊辰闰二月二十二日。儿新婚方二十日，途行为沪市汽车压倒，骤毙。先是，诚化普善堂已有神论，命预为防闲。及变作，曹蔚庐老人复求详论，始悟三世恩怨相寻。即死之日，亦已于三年前明诏矣。余因汇前后神论为三世因果，录别本印行。

以上卷一

凤凰台上忆吹箫　题一梦缘，用十发老人韵

几日鸳盟，万缘鸥幻，惨看烛影摇红。怪史官文阙，觑补残丛。滚滚江河日下，划不断、劲节清风。哀窈窕，天潢昼晦，遗像宫中。

匆匆，韦编甥馆，记死别生还，粉蜕留供。愿芳魂偕引，净土西东。夜月空归环佩，江城路，浅草蒙茸。贞珉吊，千秋荐菊，一晌停骢。

《一梦缘》记明楚王华奎女朱凤德殉节事，而其夫汉阳王国梓所自述也。殉节事《明史》阙载。当张献忠陷武昌，祸及楚府，合宫殉难。其女新婚才十日，促其夫出府奉母避难获全。其绝命书懔然申大义纲纪，条具事物不遗。命监奴守殡，以待其夫。至百有三日，而神色不变。且英灵毅魄，犹能掊数贼于寝门，反风驱火，以燎贼须。虽献贼亲至，不敢入视，命封其宫。呜呼，何其烈也！侍女月英，以主命归箧王宗，既举一男，遂为女道士。两峰遂亦终身不娶，寿至七十又三。乃诠次其实，以诏于后。记为百年前钞本，同邑汪仲常得之。余见朱凤德之孝烈，足以显其父，成其夫，助其有嗣。其行为世典所漏，因

请程十发老人跋而传之，已有印本行世。又有王青垞书后，考证极详，尚待印行。

陌上花　用宋张仲举韵

屠刀放下，刹那成佛，老修何晚。大梦浮生，固是传邮亭馆。业多堕落人间世，烦恼几时能断。仗如来、解脱众生欢喜，满天花散。

记儒门、法语远程将，百九十犹虞途半。苦行头陀，适体更抛轻暖。大痴却笑梁王沼，顾盼自鸣鸿雁。怕无常、易到禅林功课，日行休懒。

沁园春　用陆放翁韵，挽朱彊村老人

石烂海枯，九死余生，唤作词人。恸天水臣孤，歌留正气；首山蕨苦，命寄微尘。沤尹头衔，彊村语业，依约桃源世外春。遗音古，亘江河不废，坛坫常新。

情亲劫后烟云，最伤怀弥留病榻身。公卒前十余日，余为诊脉榻傍，喘息仅存，犹承呼家人茗点款洽。况书赠鸿编，哀丝和寡，辞供獭祭，腹笥惭贫。化鹤何归，骑鲸竟去，谁共西湖闻采莼？高轩过，只辋川别墅，重结仙邻。公隐沪上，与王夔老同里久居。前谒夔老，恒过公轩。夔老没后，公独居其里三年，今夏方迁。

鹧鸪天

辛未冬至，彊村老人谱《鹧鸪天》一阕，绝笔词也。前五日为按脉病榻，神明未乱，后七日逝矣。腊八前夕，梦见老人，宛若生前，因依绝笔词原韵吊之。

病榻恹恹忍乍分，词林坛席几曾温。蚕缫到死丝将尽，犹绻金门待漏恩。
劫后影，梦中身，醒来一瞥失斯人。莫愁浊世重来苦，已缔灵山佛会因。

鹧鸪天　挽龚涤泉总戎，用朱古微老人韵

大好河山合复分，燕云战史忍重温。将军泽畔骑驴老，曾侍金銮报主恩。龚以武进士授侍卫。
名将裔，健儿身，后贤崛起绍前人。福门更有回天手，满向娑婆种善因。次子醒斋，善按摩，治病活人。

前调　挽余尧衢京卿元配左夫人，用彊村韵

偕老宜从大耋分，夫人今年满八秩。樛枝还恋子孙恩。生子早逝，抚庶子次第成立，孙男继起。怀沙倦鸟心期并，妙格簪花手泽温。
三变海，六珈身，后先内外两完人。漫云病榻消磨惯，老年病足，困床榻数岁。苦尽还生极乐因。

前调 挽袁伯夔母唐太夫人

罔极深恩报几分，贤郎垂老席能温。释门真孝弥无量，宁独文章表母恩。

箕福备，转轮身，前生南岳是夫人。去来元节银花合，无上菩提最上因。

前调 独坐陈彦通书斋，观陈无己诗有触，口占叠彊村老人韵

更上竿头进一分，心经时捻念珠温。漫空世界无非我，悟澈禅机感佛恩。

超千劫，现三身，如来方便化天人。看诗悟到无生法，未识多生几宿因。

一萼红 题先师儒林公杜仲丹夫子桐华阁词钞，用姜白石韵

古桐阴，矗龙门百尺，桃李满庭簪。师初长湖北经心书院，后主湘水校经堂近二十年。门生如郭复初太史、苏厚庵庶常、周颖生、菱生兄弟孝廉，以学行名者至多，几与广东学海堂、浙江诂经精舍相埒。舍拜经神，堂升学海，风会那更消沉。剩垂暮、孤鸿海上，归未得、何啻失巢禽。吕祖亭前，岳阳楼畔，愁再登临。

蝉鬓燕钗围几，咽江潮日夜，忧乐关心。师词早经王葵园师选

入《六家词钞》，郭筠轩侍郎赏而诧焉，谓不类其为人。师引朱竹垞《自题词集》云：一半是空中传恨，几曾围燕钗蝉鬓。屈宋离骚，朱张正学，耄老犹自孤寻。记评骘、文林得失，便顽石、俄顷化成金。怆忆弦歌四壁，雪立庭深。

一萼红　挽先师黄敬舆太史，用姜白石韵

先师榜眼及第，典某省乡闱，授甘肃、宁夏府知府。归田主湘水校经堂，余以堂中弟子，拔为助教。

禊山阴，擅兰亭墨妙，书格比花簪。曲水依然，春风往矣，人事何限升沉。醴泉帖、平生着意，仿本在、留待补来禽。篆隶精神，褚虞派别，示我摹临。

黄榜早舒青眼，记登科少日，富贵何心。琴鹤归来，木鸡养到，先正遗法追寻。悔当日、银钩倦拾，逮今感、遗迹墨如金。殿取书林禁苑，独步功深。

一萼红　挽先师杜翘生侍御，用姜白石韵

帝城阴，护春桃几树，花老不胜簪。驼泣京华，鹃啼蜀栈，生命拼付浮沉。为衔石、苟延喘息，心未死、填补海天禽。太始禅关，麓山寺，晋太始年建。义熙诗侣，间共登临。

回首北城坛站，只春风似昨，远系乡心。诗圣声销，经师简绝，孤悬薇蕨空寻。怆遗命、坚辞赗奠，黯分袂、尽却故交金。翻有象贤嗣起，托赞高深。世兄遵遗命，坚辞奠金，门生故吏皆却之，苦守清贫。闻者咸称吾师有子。

一萼红　顾园观法人游会纪事，用姜白石韵

豆棚阴，伴葡萄几熟，悬蔓俨交簪。絮已眉垂，榴余眼幻，弯环一水沉沉。值佳节、争延法会，数循阑、行树与珍禽。夏五才过，秋千竞倚，几辈攀临。

中外一家何有，尚珠槃玉敦，放胆论心。风鹤惊残，云龙涌见，可胜福地堪寻。尽闲赏，门前一瞥，惜光阴、未抵寸黄金。如此园林谁主？百感交深。

一萼红　题景宋本杜光庭玉函经，用姜白石韵

脉三阴，比三阳寿永，垂老发华簪。生死何分，形神各判，都听双手浮沉。况参赞、乾坤化育，尽物性、走兽暨飞禽。营卫涂环，地天度合，上下周临。书中有荣卫同度图说，云上应周天，下临地水。

六部熟谙消息，怎奇经八脉，尚阙传心。任督谁通，跷维互错，疑有玄理难寻。却知道、天穷小暑，气三伏、才得土生金。漫傍医经浅测，内典功深。

一萼红

谢榆孙孝廉赠新印《湿热金壶录》《杂录名方》《裒春庐医案》，用姜白石韵赋答，并寿生辰。

护花阴，料栏干露满，红药已抽簪。散发闲吟，开轩夜读，

忘却凉月西沉。恁人世、频添鹤算，留仙笔、奇石写胎禽。汐社尊开，海天波阔，载酒常临。

金匮变来医法，广嘘枯起朽，满腹慈心。温病条新，寒伤论古，畴复分别推寻。寿人更、名言寿世，后孙圣、方好续千金。感谢琼瑰雅惠，意比潭深。

满庭芳　书王季卿还乡记后

老矣英雄，去时冠剑，青青原是丁年。楼台回日，阅遍几烽烟。万里浮沉人海，何限恨、风雪回旋。姓名变，乡音偏认，浑讶古团圞。

磻溪逾十载，少时游钓，拌断前缘。怎计完门户，子孝孙贤。六六鬓封结发，竟生还，堪慰重泉。天罔厌，人心不死，世典共流传。

孝子寻亲，古所罕有，贤孙还祖，更为创闻。不图人性汩没之时，竟有千古难得之事。节录记文，以诏百世。

王季卿，山东即墨人。咸丰辛酉冬出外，时年二十三。妻李氏，子四龄，女甫十月。李氏屡访季卿音讯，不可得。待男婚女嫁，诸孙皆成立，年八十五而没，犹以寻夫为嘱。丁卯夏，其孙希尧，因邻村王某得黑河之讯，告父，又念父老，代其劳，四至瑷珲，五至黑河，他处不胜计。常夜行深山万木中，积雪没胫，鸱啸虎嗥，不惧也。竟得见于黑河贫民院。季卿初犹变姓名，坚不认，经多人相证，孙泣请，遂忍泪而归焉。子年七十，候于门，子妇率孙曾等拜于室。乃掀髯而笑曰：“吾生八十九年，几曾有此乐哉！虚游六十有六载，何颜返里，孰知天竟界以还乡之乐也。”闻者皆惊叹，诗歌传诵遍南北。长沙郭尹衡兆莘诗云：“生不封侯死不归，音容宛若姓名非。谁知穷老心弥苦，已对贤孙泪暗挥。杨柳秋风迎紫塞，沧桑春燕感乌衣。入门罗拜余家庆，劫后奇闻世所稀。”“封发迟归六六秋，望夫石已化江头。失爷母屡教儿觅，念祖孙还代父谋。大地陆沉枭獍破，何人孝感凤麟游。一门至性风千古，砥柱岿然障乱流。”余读其诗，悱恻动人，并录之。

被花恼

杨铁夫社友用紫霞翁韵自题《桐阴勘书图》，社中和作如林。杨君函索拙作，并赠新著《梦窗词选笺释》，谨依韵奉答。

书灯长夜伴丹铅，那计五更春晓。天一遗藏问多少。余家旧藏范氏天一阁书目原印本，后又见天一阁现存书目，已十失其六七。未知君所勘书，于范氏原藏，尚校存几种。过眼云烟，前尘梦影，一枕谁先觉。秘阁掩，石渠荒，独窥何许然藜照。

棠馆校雠频，犹记池塘长春草。袂分铉锴，名愧郊祁，旧境难重到。余与亡弟楚金，少治考据，嗜校书。江学使建霞师以第一二名同取入泮。余为江师校刊《云鹮阁丛书》，江师为余亡弟绘棠华馆读书图。羡师传钵托梦窗真，只飧菊，湘英为秋恼。朱古老词宗梦窗，君师古老，遂为梦窗笺释。惜古老去岁辞世，社中诸友，均有哀词。余依古老绝笔词挽之。愿蠹简，三食神仙天不老。

锦帐春 春暮偕王靖宣同学游半淞园，用辛稼轩韵

老子婆娑，兴常不浅，况旧雨寒暄无间。眷莺歌，招蝶梦，趁江波满绉，剪裁春院。

桃浪红残，柳丝青懒，怕春去偕寻一见。海飙飞，花影乱，恁闲愁杂卷，地偏心远。

前调 贺萧厔泉老画家次郎新婚

眼缬匀重，眉图量浅，学老笔丹青色间。凤和声，熊卜梦，正双栖海燕，画楼深院。

春永欢浓，晓迟妆懒，待厨下三朝燕见。硕还颀，睢未乱，倚珠帘密卷，翠驼峰远。

石州慢 寿杨绵仲祖母彭太夫人九秩，用贺方回韵

百岁天开，莱舞锦堂，门荫高阔。慈悲救世观音，入世曾经波折。英贤继起，报得祖舍春晖，因缘三世留鸿雪。看劫化娑婆，正甘霖时节。

丕发，故家弓冶，文子文孙，显承奚别。保世依然，滋大家风超绝。太夫人失所天后，抚长子仲恒孝廉、次子叔纯大令成名，学行均为士林推重。及丧二子，又抚孤孙成立，绵仲尤知名。期颐晋祝，岁岁

酒酿延龄，群仙雅会蟠桃结。南岳寿星高，朗千潭明月。

庆春泽　寿秦子质军门八秩

铜柱南勋，瑶池西实，罗浮归梦侵寻。闳识孤忠，伊谁默鉴臣心？红桑几阅天难老，杖朝年、抱膝长吟。介良辰、酒侑眉厘，轸会牙音。

孤撑万古江河迴，俨桃源世外，历忘周秦。战局连鸡，潮音空咽春申。独三不朽推名世，仰高文、齐祝灵椿。后车尘、何日磻溪，得起丝纶。

瑞鹤仙　寿汪颂年太史七秩，用辛稼轩韵

华堂斟大斗。侍鹤发词臣，介麋酌酒。山川尚文秀。非昔年官阁，清风笼袖。忍谈去就，贞下起、开元时候。看残枰、几着轮将，休负天生国手。

记否？皇华载道，使节三辞，经传礼守。公任广西、江西、山西学使，均未满任，以守母。浮云阅久，五福冠曰多寿。忝最初、宾泮招携啸咏，花萼左宜右有。光绪乙未，公弟寿明先生入泮，余忝同月获陪芹酌。今忽三十八年，令弟亦年届七十矣。古稀年、重侑清尊，兄先弟后。

寿星明　用陆放翁韵，寿邢黼丞母严太君

荻画年年，蔚起英材，学迈今人。羡门风清淑，常留懿范；

浮云富贵，不染纤尘。道且南行，筏仍东渡，归报慈晖酒介春。琼山迥，照千秋彩舞，一领莱新。

娱亲万叠衣云，是仙界丹成九转身。料欧阳德蓄，自成真富；夷吾时至，未必长贫。越桂留烹，蜀姜供煮，羹进吴中千里莼。觇南极，正寿星遥映，孟母芳邻。

庆春泽　寿许季莼同学六十初度

天宝遗闻，邯郸旧梦，回头万缕情深。阅世重逢，客楼同护春阴。英雄垂老谁能识，剩成连、海上牙琴。且开襟、抱膝茅庐，梁父长吟。

星辰廿八胸罗惯，奈长鲸浪吼，万马声瘖。归去来兮，前途孰问南针。重开甲子天方眷，酎花神、相印心心。式如金、梦起岩阿，还作甘霖。

石州慢　挽黄笃友观察，用贺方回韵

一别三年，生死途分，山海辽阔。新知更有何人，古谊原来心折。渊源道学，续刻纵剩遗书，伊谁孤立程门雪。噩耗忽飞回，正钟鸣时节。

机发。敲残还续，嗟我怀人，独成长别。诗钟社同人毕集，忽传公仙逝北平。回忆频年雅集，肝肠都绝。即空即色，一例去去来来，尘缘还怕他生结。孰是未生身？看天边明月。

上林春

宋杨无咎词，相传四十字。秀水杜文澜《词律校勘记》，据《逃禅集》增二句，又移少年句于后半阕，恰与毛滂词同体。今据增订，即用杨韵述旧志感。

欲买平原丝绣，孕万象、乾坤双袖。默扶持、感戴神明，比福胙、饮和福酒。

对扬合上无疆寿。景天日、远迟趋候。瞬开金阙晓钟，恩露浥、凤池春昼。

前调　（二首）

烂缦春花如绣，衬舞女、翩翩衫袖。早拼抛、宰相姚崇，怎卸恨、玉妃醉酒。

花长好日人长寿。便挨到、小年佳候。闲观国手棋枰，别消受、橘中仙昼。

锦字金屏文绣，旧黻佩、莱鲜衣袖。数筵前、点额孙曾，簇队队、介眉侑酒。

古稀孝友河清寿。际贞下，起元时候。偕瞻复旦卿云，还前度、花砖清昼。

前调　用宋毛滂韵

风扬平畴匀绣，待老去、清风两袖。舞衫羞再登场，底事争先恐后。

朝回夜半院待漏。问答否，圣恩高厚？剧怜前席苍生，忍妄说、燕环肥瘦。

扬州慢　题讱庵填词图，依原韵

蜃气慢天，卫冤沉海，问谁百劫丹成。抱孤怀缱绻，已落落晨星。阅周召、千秋创局，黍禾悲感，空梦西京。只成连、枯海琴弦，哀曲同听。

晋秦霸业，最难忘、白水心盟。瞰牛角山河，莺花社稷，频托深情。珍重珂乡古调，精词选、献考文征。讱庵著有《闽词征》，搜采详备，已刊行。料明良赓起，当来依永和声。

天香　用贺方回韵，寿孙瑄循老人七秩

天诞真儒，根心睟面，声蜚辟雍钟鼓。孝友家风，古稀无间，缱绻秋霜春露。父兼母道，鸳瓦重、鏍鏍霜杵。谁识贤郎苦志，慈晖报来春暮。老人伤其妻以产难逝，不再娶。少子方生，自抚成人。命长子游美，专学产科十余年。回国后，普救产难，以答母恩。

撑持故家自负。显亲名、弟昆分付。老人专任家累，废学不顾。俾兄蔚林户部以经学名海内，弟季虞大令一意朴学，造诣深邃，世罕其比。

菽粟有如水火，转输湘浦。此意伊谁与语。老人家临湘水，储积谷米，常累仓箱，凶年有备无患。幸天眷、仁人宅心处。薇蕨西山，堪容老去。国变后，黄冠野服，不改初心。

前调 叠前韵

散原老人，前在沪屡与诗钟之会，后隐庐山。年届八十，十发翁约余往寿，并卜邻焉。翁旋病，未数月，卒于沪。前约遂成虚愿，赋此以俟后期。

上界仙人，飞南斗侧，汗漫朝鸣天鼓。世变宁论，朝衣先解，记否五更清露。钓竿拾起，苌血碧、几流漂杵。安得欃枪静扫，民人叩门昏暮。

东山满胸负负。众贤郎、怎般分付。报捷红旗未至，恨淘江浦。只有文章解语。约同访、苍苔独行处。结伴方来，天教伴去。

扬州慢 用姜白石韵

去秋游宁，与王靖宣同学雨余访胜，各畅幽怀。转瞬岁更，感赋寄酬。

天堑雄都，龙蟠王气，许多过去前程。只江山似旧，正雨过天青。自燕子、飞腾北上，故宫禾黍，几度鏖兵。战云昏，寂寞寒潮，犹打空城。

只身羁旅，尽山围、烽鹤还惊。笑水凿秦淮，台封越垒，空费私情。万古霸图安在，春来但听鸟听声。祝频迦传法嘤嘤，遥证无生。靖兄近修佛法。

莺啼序　用吴梦窗韵，题亡弟楚金茂才读书图

英发记同少日，正欢迎户户。死何速、尘梦先醒，新妇留奉亲暮。画中景、斑斑泪点，鹃啼碧血千年树。老无成，惭我蓬飘，鬓余残絮。

世法何常，凡眼浅测，隔千重海雾。阅家国、奇变滔天，旧风还守吾素。试回头、池塘草长，几萦遍、杨丝千缕。卌年过，天外闲身，独盟鸥鹭。

庄周化蝶，蝶化庄周，此生本逆旅。岁岁草，乍随春生，又逐秋萎，只有多情，故人风雨。文字纪学，诗歌摅恨，空桑三变还来宿。送春归、缱绻江南渡。龙蟠马跃，英雄问有谁存，一抔尽掩黄土。亡弟少就傅王靖宣家，同学惟靖宣最笃，没后为序其遗稿，题图诗以靖宣为最肫挚。去年来沪，箧中犹携其稿，盖距题诗时三十余年矣，余假录存之。相聚两月余，乃还金陵。

师门早隔，画本依然，剩笔皴几苎。先师江建霞学使，乙未院试，取亡弟补弟子员，未一年没。悯其嗜学早逝，为画读书图，一时名下题咏甚多。叶郎园夫子时官吏部，寄书哀之云：楚金解经，若有神助。方讶其早成，孰知为不寿之兆。龙阳易实甫观察，为古乐府歌题图纪事。算往昔、交游星散，海内谁知，翼补鸰原，故乡旋舞。亡弟没十二年，先府君纳侧室，生九弟萃能。国变后，余携来沪，卖药学医。今还湘潭故乡，已授室。趋庭大事，终怀遗憾，哀鸣无地呼断雁，只商声、频入离鸾柱。多年难话愁肠，尽付无言，两心印否。

踏青游　用清真韵，赠傅梅根老人

昕夕长昏，何时得见天晓。岁岁缘、王孙春草。大鹏飞，霄汉过，下惊凡鸟。独往处，浑无古人来者，灵光炯然孤照。

万古江河，宁论海桑三岛。怆绝塞、金戈四绕。只渔翁，收鹬蚌，解人偏少。料大老，留将后车优聘，劫满替天弘道。

法曲献仙音

浴佛日，余与遐庵值沤社词课。蔬食相集，未犯杀戒。席间遂痛言数千年刀兵之劫，皆缘杀孽相寻。欲回劫运，先在戒杀。余愿同人充恻隐之心，各长菩提种子，谨用梦窗韵谱之。

法演楞伽，《大乘楞伽经·断食肉品偈》：愚夫贪嗜肉，臭秽无名称，与彼恶兽同，云何而可食？戒传菩萨，《梵网经》云：食肉断大慈悲佛性种子，一切众生，见面舍去。是故一切菩萨，不得食众生肉，食肉得无量罪。最上清修禅院。四大前身，三生亲属，《梵网经》云：六道众生，皆是我父母，而杀而食者，即杀我父母，亦杀我。故身一切地水是我先身，一切火风是我本体。曾将文题明点。看骨肉循环圈，层层转恩怨。

佛光远，照苏黄，灵舟同渡。文字偈，拼忏往生尘染。东坡、山谷，晚年悔悟，戒杀放生，诗文屡见。八识总无明，业丝缚、开趁风剪。性海渊源，大慈悲、根种休断。倘飙轮迅到，债重不堪重见。

塞垣春 用周邦彦韵，自题阏伽坛词，呈十发老人

先进吾从野，忍惆怅、仔肩卸。空中寄恨，燕钗蝉鬓，何曾描画。子在川，逝者如斯也。年来师友日凋。先师如王葵园祭酒、黄敬舆太史、杜翘生侍御、吴子修提学、叶郎园吏部，诗钟社如金甸丞、曾仲伯两太史、余尧衢京卿、易由甫太令，词社如朱古微侍郎，相继去世。近日黄笃友观察没于燕，徐敏丞贰尹没于沪，故老零落，南北同哀。方外如明印老和尚、太勇阿阇黎，亦皆圆寂。觉大梦、墨频洒。释伽音、弥陀愿。色空空色分写。

长伴老词宗，沾余溉、闲厕风雅。老人畜德能文，以词名海内五十年，犹其余事。前主岳麓，余为襄教。及来沪，交益密。拙词过承许与，屡加订正。即集名亦三易，最后依公改定今名。复旦定何时，怎禁此长夜。祝天留、木铎珍护，中流柱、日迴江河下。骨肉共文社，入林还臂把。秋日老人卜隐庐山，约余同往，因病未果。

扬州慢 用姜白石韵，挽十发老人

盖世才华，毕生文史，恍过梦影云程。炼娲皇片石，待谁补天青。老人前赠余扇画，石矗立，题诗云：吾画人间不必传，但思画汝补青天。海枯天缺吾将老，纸上仍多未了缘。怨笳鼓、喧阗隔岁，旅魂震荡，草木皆兵。满天昏、坛坫沦胥，风冷书城。

大名早驰，纵文章、不露犹惊。况万缕蛾丝，垂垂到死，

那不伤情。著作海寰传遍，雨来万木尽无声。只尘缘、难了灵根，愁苗他生。

以上卷二

以上《阏伽坛词》，1931 年铅印本。

杨　庄

杨庄，字淑姬，杨度妹，湘潭人。有《杨庄诗文词录》一卷。

玉漏迟

六姊自摘蚕豆寄城，大人为作一词见示命和，恭次原韵，寄怀六姊。

湘城花事早，杜宇声声，又春归了。一水迢遥，还忆凌波纤小。畦畔盈盈细觅，想当日、寻梅风调。翠袖弄芳菲，旖旎春园兴好。

依依湘绮楼边，似五府元都，俗尘难到。豆蔻新词，却被曹家妹恼。对月嫦娥应笑，空伫望、碧天如扫。情未晓，天若有情将老。

大人原词

滋摘蚕豆寄宬，为作一词，索才女和。

好春蚕事早，竹外篱边，豆花香了。自挈筠笼，摘得绿珠圆小。城里新开菜市，应不比、家园风调。樱笋较甘芳，略胜点盐刚好。

曾闻峡口逢仙，说姊妹相携，世尘难到。二兄四姊，于巫山逢仙女数人，岸旁摘蚕豆。近日相煎，怕被豆根诗恼。寄与尝新一笑，想念我、晨妆眉扫。风露晓，园中芥茎将老。

代懿和作

春城花事早，摘豆条桑，筠篮编了。对使倾筐，翡翠琼珠圆小。咏絮才高七步，更谱出、清新词调。堂上旨甘余，佐我盘飧尤好。

当年艳说逢仙，叹兰蕙雕零，仙山难到。护惜同根，泣釜然箕休恼。投笔书生可笑，怅满地、尘氛难扫。春露晓，莫道倚栏人老。

大人为六姊和代懿作

和章来不早，又碧池新涨，绿荷开了。消夏闲吟，正拂浣花笺小。军将打门传送，刚谱得红闺新调。谁唱定风波，墨向盾头磨好。

堪怜十四琼枝，似四摘瓜稀，仙凡颠倒。且向深山，聊避六根烦恼。偶得开颜一笑，便一斗、胸中尘扫。清镜晓，提防玉关人老。弟时作军官，以此嘲之。

祝英台近　题画

画帘开，春旭暮，亭馆隔花树。还记当年，幽人自来去。贪看碧水萦洄，云峰幽霭，应不惹、别离情绪。

隐沦处，料得羽客高怀，浑不逐风絮。绮阁闲庭，领略钓游趣。看他缣翰传神，烟霞如活。凭指点，结茅曾住。

一斛珠　寄兄度京师

槐阴覆坐，莲房藕叶饶清课。离笺欲趁云鸿过。惟有庭前，乳燕飞花璅。

狂澜满地愁无那，中流击楫凭谁作。栖遑记否隆中卧？好护灵犀，莫恁缁尘涴。

黄钟喜迁鹦

岁华如逝，怅玉人千里，鳞鸿难寄。腕雪珠宽，腰支素缓，尽日相思谁记。东君空有意，装点得江山如绘。年年见、总杨花榆荚，惹人憔悴。

凝思，念时世轻薄朱颜，共叹狂花丽。金屋香销，罗帏梦短，只是春愁无计。柳条初弄色，也自学、轻颦眉翠。纵袅娜，怎禁他、秋风凉吹。

月底修箫谱

叹人生，占否泰，千岁露垂薤。解脱尘纷。悠然悟三谛。从他玉蕊无征，朝霞难挹，幸免了、六根烦累。

冶游事，任是司马才华，河阳美风致。自守幽元，珍重素来意。年年箫里寻思，佩中邀勒，只知道、维摩高贵。

醉落魄

连天衰草，苍茫寂莫凭谁道。长空万里归鸿渺。斜日疏烟，几点投林鸟。

人生只说多情好，无情转是无萦绕。宵长意远仍惊晓。万碛千山，魂梦应难到。

二郎神　咏垂杨

春华满眼，却早是、一襟秋思。看陌上垂垂，临风婀娜，送尽珠缨玉辔。岁岁年年离别苦。只剩得、一番憔悴。嗟陶令不来，芳名长在，渭城横吹。

轻霭。柔条绿润，琼花匀细。想谢女幽吟，怎千万点，惟解漫天作势。凄怆白门，萧条隋岸，前事废兴谁记。休揾泪、引望残阳，正照断肠烟翠。

点绛唇

池馆清凉，纱幮玉簟无些暑。风花解舞，荷叶偏宜雨。

粉蝶迎人，素手飞轻羽。漫成趣，飘翩何处，笑指楼头树。

好事近

欲泣更高歌，愿托风飘天末。惟有春来秋去，最先关华发。

寒虫何事学幽吟，总傍绣帘咽。本是无情解思，奈玉人凄切。

御街行　壬子七夕

露盘花水饶秋意。看新月、娟娟媚。云軿不动夜悠悠，咫尺银河万里。年年乞巧，时时弄拙，自笑屠龙技。

愁来内热浑如醉。望灵兔、空挥泪。休将瓜果当寒冰，谙尽酸甜滋味。双星也自，连绵伤别，何况人间世。

摸鱼儿　戏代人作

爱天然、懒调朱粉，拈书惟喜清句。娇痴惯是轻歌舞，未解迎新送故。蛮与素，当日事、东风合与花为主。年芳几许。系柳叶柔情，千丝万缕，忍放玉骢去。

念身世，莫道司勋易与，多情又似无据。浮萍逐浪终何寄，别感繁愁并苦。曲有误，君不顾、初葩细蕊谁将护。离弦待谱。想晓槛煎茶，灯窗问字，别后怎生处！

疏影　秋蝶

看朱又碧，叹四时荏苒，佳景非昔。纤影裴回，似喜还愁，无言也自堪惜。娇娆意态宜妍暖，争忍听、寒风萧瑟。暗销魂、粉褪金残，恨入修眉谁识。

凄寂青陵旧见，丝丝嫩柔柳，时又飞雪。本是无情，自解翩翾，忘却去来踪迹。当年幸入庄生梦，自不管、露红霜白。且漫夸、冷菊夭桃，一任春华秋色。

百字令

和伯兄虎禅师答天畸居士江亭怀旧之作，兼呈畸公。

江亭迢递，只前峦、葱翠青青未了。嫩绿鹅黄看不尽，忽忆旧游情调。憩迹湖山，骋怀江海，时日经多少。苍颜犹在，此心曾否俱老。

自笑漆室衿期，班昭意志，妄扰虚明照。顿觉妙圆清净性，即是六根烦恼。无色无空，即空即色，冷暖凭谁道。人间游戏，荣枯哀乐都好。

以上《湘潭杨庄诗文词录·词录》，1933 年刻本，王闿运批点。

刘师陶

刘师陶（1876—1935），字少樵，一字沧霞，醴陵人。清末留学日本，回国后曾任县救荒事务所主任、县教育局长。

调笑令 闲情（二首）

秋雨秋雨，镇日廉纤如许。相思无奈情何，睡起恹恹病多。多病多病，回首旧游如梦。

银汉银汉，牛女年年隔岸。金风玉露难逢，日日相望涕零。零涕零涕，往事依稀犹记。

见《南社丛刻》第十六集

秦力山

秦力山（1877—1906），原名鼎彝，以字行，善化（今属长沙）人。维新运动中师事谭嗣同等，戊戌政变后留学日本。回国后曾参加自立军起义，失败后结识孙中山，大力宣传反清革命思想。1906 年入云南开办民族学堂，同年病逝。

湘月　赠珊瑚公子昆仲，借龚定庵韵

荆天棘地，坐茫茫苦海，任呼牛马。臣质已亡神已死，莫问当年姚冶。谁是温文，谁为狂侠，褒贬从谁写？中原已矣，须从海外求者。公子自横滨游学归，以和郑席儒先生狂侠温文诗见示，余亦同有和章。

羡君终贾奇才，一双年少，有臂惟君把。北望觚棱东望海，涕泪怆然而下。渺渺支那，沉沉震旦，黯然悲华夏。三句一意，叠言之语不成章，悲可知矣。知音何许，一腔热血谁洒！

前调　送共庵并祝浪公王亚庵诸同志，仍借定庵韵

大千人海，问前途何处，容君系马。且向风尘暂奔走，且自放怀姚冶。地媪酣眠，天公沉醉，哀怨无须写。痴心如此，

天涯谁复知者?

此去幸有同心，英雄三五，有臂堪同把。都是龙华香案吏，不在古人之下。醉便铺糟，浊还濯足，莫问戎和夏。大都尔尔，休将热泪轻洒。

以上据《知新报》132册（1901年1月5日）

金缕曲 蜡夙旅次感怀（二首）

多少销魂事。最难堪、文明古族，人心尽死。依旧河山呈带砺，城与廓，今犹是。问豚尾来从何自？漠北夜郎游牧种，莽中原窃入鞭捶里。狐狗辈，称天子。

宵魂惊触鸡声起。恨频年，狼奔豕突，了无成绩。交尽人间同地狱，落得两伤乖异。弄一曲、吴箫咽市。无限风波偏簸荡，把孤身当作春萍从。开府赋，哀何似。

生长愁城里。数年华、苏洵发愤，而今自始。遇尽风波探尽险，阅历尽，人间世。问亡国干卿何事？情愿牺牲身命尽，遍天涯到处来寻死。声不恶，夜中起。

刹罗人寿河清俟。问苍天、生民一样，容谁骄子？试讯都兰开国侯，可让故将军李。射氈虎、居然没矢。几辈华拿刀下尽，只余生妄自沾沾喜。有为者，亦如是。

据徐市隐《缅甸华侨革命史》

以上辑自《秦力山集》，中华书局1987年版。

成本璞

成本璞（1877—1931），字琢如，一字棹渔，号天民，湘乡人。清末秀才，后留学日本，归国后授朝记大夫、浙江候补知府。民国初任国务院秘书、伊犁外交司司长等职。有《泪影词》《碧云词》各一卷。

梦江南　（二首）

春欲去，红泪晕春潮。花意已随人意懒，酒痕还和梦痕消，孤枕夜无聊。

春欲去，小院落花多。宋玉有情迷暮雨，洛妃无语托微波，何况病维摩。

赤枣子

空掩泪，不胜情，听尽寒更梦不成。天上人间同一梦，怜伊幽梦已先醒。

忆王孙

丝风片雨作春阴，箫管楼空梦易沉，少日欢情何处寻。泪痕深，碧海青天夜夜心。

玉连环影　和容若自度曲

帘卷罥碧痕凄断。风约花阴，花影依人颤。柳飞棉，月和烟。却怪素娥偷药恨千年。

遐方怨

花又落，月先残。怕说春归，寒宵万山啼杜鹃。轻衾笼梦堕秋烟。结璘应有恨，不团圆。

诉衷情

开到荼蘼花事了，独登楼。人不见，曾是梦中游。零落不胜愁，休休。梦回春不留，泪先流。

如梦令　（二首）

残月落花庭院，摇落似成秋苑。薄醉不成眠，欹枕泪痕红泫。肠断肠断，黯黯梦魂先乱。

曾记玉人春病，愁草瘗魂初醒。瘦梦峭揉云，玉合泪冰红凝。休省休省，斜月暗移花影。

天仙子　（二首）

满院落花红寂寂，玉阶芳草愁如织。数行清泪洒重泉，魂应识。悲无极，茫茫千世长相忆。

绝世佳人难再得，匆匆已是人天隔。恨无双翼到蓬山，空掩泣。长相忆，帘波一桁伤心碧。

江城子

博山心字已成灰。悔相思，有谁知。花落花开，春去恨因谁。若问玉人争得见，除却是，梦中归。

卜算子

愁绾柳丝长，泪浥花枝弱。百计思量事已非，只悔当时错。
心在死前灰，泪向心头落。却怕鹃啼花事阑，帘卷秋云薄。

相见欢　（二首）

岸杨空系青骢，太匆匆。万点落红无语怨东风。
煎蜡泪，薰鸳被，梦难通。曾记旧时亭馆夕阳中。

画桥暗飐残红，月朦胧。最苦峭寒帘幕落花风。
恨空诉，愁无极，与谁同。自是斜阳欲下水流东。

昭君怨 （二首）

惆怅春归无迹，付与莺怜燕惜。往事有谁知，泪如丝。
旧日为欢未足，镜里泪眉波蹙。小别便沧桑，恨茫茫。

当日玉容消瘦，入骨相思泪透。罗带褪香腰，颤金翘。
今日人天迥隔，两鬓愁丝如织。一见便无由，泪空流。

酒泉子

雾失花阴，暗沁月痕凉碧。梦珊珊，歌昔昔，会娑娑。
蘅芜梦冷春云薄，休弄秋千索。月将沉，花欲落，奈愁何。

点绛唇 （二首）

莺老蜂慵，玉人去后春无主。哀筝移柱，怕听伤心语。
绣陌弓衣，泪染青衫雨。愁无语，落红无数，飞过银墙去。

瘦月移河，碧云无影天如水。蘅皋千里，梦逐游丝起。
低拜双星，暗鉴三生誓。卿应记，问天天醉，消得人憔悴。

霜天晓角

梨云梦冷，残月孤鸿影。记自绿窗人去，又花事、飘零尽。

漠漠花阴暝，堕絮盈芳径。早是伤春病酒，空有恨、休重省。

菩萨蛮　回文（二首）

幕罗低峭寒花落，落花寒峭低罗幕。山远又啼鹃，鹃啼又远山。

草心红遍袅，袅遍红心草。肠断枉春伤，伤春枉断肠。

峭寒春颤娇桃小，小桃娇颤春寒峭。寻梦剩孤心，心孤剩梦寻。

雨深宵暗语，语暗宵深雨。垂泪只君思，思君只泪垂。

减字木兰花　（三首）

雨花天老，休信鸳鸯头白早。断送飞花，莫怨东风当自嗟。

云憔月悴，梦影低和飞絮堕。飘荡天涯，残日轻风燕子斜。

断云疏雨，作计留春春不住。怕听啼鹃，消得春人尽日怜。

斟愁浅酒，打叠罗衣人暗瘦。梦影谁温，只是当时已断魂。

月沉花谢，环佩珊珊魂欲下。梦到稠桑，携手无言泪数行。
梦痕空在，只是朱颜容易改。天上人间，小别匆匆一见难。

卜算子

梦断影和烟，衾薄寒如水。楼上花枝照绮春，楼外云千里。
悄曳佩声珊，颓倚鬟云腻。却忆去年春尽时，泪眼无时霁。

采桑子

梨花揉碎香云梦，瘦骨难支。瘦骨难支，正是花残月落时。
而今始解分携苦，暗数归期。暗数归期，不道春归人不归。

踏莎行　（二首）

镜舞鸾孤，箫吹凤咽，今生自分不相见。来生幽誓可能凭，泪痕凝脸如流霰。

锦瑟华年，芙蓉娇面，良辰美景须臾变。如今却悔说相思，当时惘惘空消遣。

宝镜尘寒，瑶钗影断，年来可是销魂惯。春归空自怨东风，乱红飞下桃花片。

蜡冷成灰，炉残袅篆，分明心字无由展。杜鹃声里夕阳斜，月移花影和帘卷。

西江月　（三首）

玉合拈残红豆，璚钗缀损金虫。一春心事别离中，此际闲愁谁共。

旧恨已随流水，浮踪终叹飘蓬。碧桃命短嫁东风，不与梅花同梦。

瑶柱低歌金缕，碧窗烂唾红绒。宿酲初解鬓云松，亸损钗头双凤。

泪浥杯中珠溅，螺添镜里山浓。却愁人去画楼空，花落月残烟重。

酒泪南朝飘尽，浪花低压吴篷。琼枝玉树已成空，休说黑头江总。

东望故山万马，相思一点飞鸿。春来芳草正愁侬，绿断路旁香冢。

鹧鸪天　（二首）

六代繁华事渺茫，十年裘马足清狂。吴娘曲里潇潇暮，料理随身一酒枪。

无个事，暗神伤，残灯落月乱啼螿。梨花瘦尽荼蘼落，雨雨风风欲断肠。

象琯桃笙夜已凉，玉窗孤坐剔银缸。当时见惯惊鸿影，才隔重泉便渺茫。

情更苦，恨终长，河阳愁鬓怯新霜。哀蝉落叶声声咽，不抵离人泪数行。

海棠春 （三首）

梨花瘦尽东风懒。睡未足、泪痕空浣。心似篆灰残，梦逐游丝转。

汉滨解佩，昭阳弃扇，都负东皇恩眷。海上有仙山，人近天涯远。

枝头鹃血春归早。暗触起、梦痕天杳。薄命似秋云，休向巫峰袅。

月斜影瘦，雨余天悄，帘外落花谁扫。红豆已抛残，空种相思草。

花开花落何时了。瘦杀也、问天天老。空忆少年游，旧恨知多少。

人间天上，寄书难到，为报碧城青鸟。孤枕梦银床，斜月鹃啼晓。

浣溪纱

黯黯春愁不自持，潘郎憔悴鬓成丝，淡烟微雨落花时。

镜黛帘波空旖旎，游丝飞絮尚依稀，斜阳影里杜鹃啼。

生查子

蓦忆去年时，携手花阴下。顾影悄生寒，明月真无价。

今年又落花，月色还如画。不见去年人，清泪飘遥夜。

青玉案

碧天如水云无影，但漏断、人初静。月落空山秋梦冷。博山沈鸭，辘轳金井，旧恨休重省。

近来赢得伤春病，困倚云鬟酒初醒。帘外落花风不定。玉人不见，画阑孤凭，烟雨江天暝。

谒金门

花影瘦，默酿早寒春透。独倚小阑沉醉久，岁华偏又负。

颤损梢头豆蔻，抛损盒中红豆。愁雨愁风肠断候，楞伽聊下酒。

忆秦娥

鹃啼血，愁人梦断愁时节。愁时节，年年飘泊，鬓丝如雪。

欢情销歇凭谁说，去年今日空愁绝。空愁绝，有谁知我，旧时明月。

好事近

断雁逐烟斜，低掠浅洲芦雪。嘹唳数声云表，诉西风残月。

料应素侣未相逢，孤影空啼血。惆怅帛书难达，正玉人初别。

一络索

风袅满阶红药，玉肌依约。画阑残月影微斜，更飞扑、秋千索。

惆怅花开花落，流光如昨。绿窗人去梦先寒，谁伴我、孤杯酌。

清平乐

鬟欹钗矗，画里人如玉。窣地帘衣波影蹙，香灺锦屏红烛。

而今绮梦空醒，天教孤负深情。禁得一生憔悴，销魂端为卿卿。

阮郎归

香销被冷又三年，梦回离恨天。海枯石烂玉生烟，都无一见缘。

捐玉佩，弃珠钿，画楼愁独眠。鸳鸯并命是神仙，嫦郎怜未怜。

画堂春

此生此恨甚时平，争教粉泪如倾。相思相望不胜情，替忏三生。

禁得柔肠婉转，诉来别恨零星。花魂飞上小银屏，月影冥冥。

眼儿媚

依约箫声破梦迟，斜日画阑西。柳棉香糁，花须烟润，无限幽凄。

闲思往事都如梦，旧恨总依稀。冶春空去，王孙不至，芳草萋萋。

朝中措

东风吹恨入杨花，飘荡到天涯。微雨斜黏鬓影，轻雷讶响钿车。

年年此际，画船箫鼓，春恨空赊。惆怅玳梁孤燕，明年飞入谁家？

摊破浣溪纱　（二首）

欲诉相思梦已残，小园西径落花繁。愁见画梁双燕子，说春寒。

去日销磨来日远，别时容易见时难。又到断肠回首处，泪空弹。

惆怅春归人未归，愁容惟有镜中知。浅暖轻寒空中酒，落花时。

去日飘零空寄恨，只今憔悴已成痴。欲寄相思何处是，悔相思。

青衫湿

年来多少伤心事，惆怅是清狂。寻思却是，无情有恨，此恨茫茫。

当时憔悴，而今孤另，何限凄凉。最凄凉处，漆灯无焰，残月如霜。

落花时　和容若自度曲

真成薄幸杜司勋，湖海沉沦。十年一觉扬州梦，总孤负，可怜春。

三生未了相思债，往事谁论。相思相望不相见，黯无语，也销魂。

锦堂春

梦里年光如水，愁中草木谁春。黄昏残月西风紧，环佩已归魂。

可惜韶光断送，回头往事成尘。年年花落花开候，垂泪只思君。

河渎神

泉路苦迢迢，白杨风起萧萧。真成暗度可怜宵，残灯孤影风摇。

梦里好春留不住，太息美人黄土。今夜山空月冷，断魂栖向何处。

太常引

十年旧恨诉飘零，飞絮化池萍。花落苦伤情，那更杂、风声雨声。

葬花天气，惜春心事，谁与忏三生。春去梦潜惊，怎挨得、长更短更。

四犯令

丝雨弄晴春欲去，怕听鹃啼苦。欲问旧时游冶处，奈竟日、花无语。

泪浥遥峰愁碧聚，花落春无主。万种闲愁何处诉，毕竟是、前缘误。

荷叶杯

帘外落花如雨，春去，消息滞王昌。人间天上两凄凉，不忍更思量。

窈窕孤吟山鬼，含睇，梦堕枕函偏。网尘愁蠹玉琴弦，肠断又今年。

寻芳草

梦断横塘路。黯无语、作成凄楚。疑云疑雨，谁与屈指。数流年、暗中度。

聚散似浮萍，又悄被、暗风吹去。最伤情、荧泪偷相觑。却负了、横波注。

菊花新

山外横云云外树，落日鹧鸪声不住。峭梦破梨云，春欲暮、玉人何处。

罗尘不染凌波步。趁斜阳、漫天红雨。花落又春归，客去也、带将愁去。

南歌子

炉篆销香久，帘衣窣地垂。玉箫吹破梦参差，最是断肠回首去年时。

愁极心如醉，情多语转痴。生离死别恨空持，便是生生世世说相思。

秋千索　和容若自度曲（二首）

画楼人去春无主。争不记、旧销魂处。紫玉销沉欲化烟，又荡出、愁千缕。

生生死死情难诉。料彼此、一般凄楚。蛱蝶棠梨冷墓门，更深夜、潇潇雨。

杜鹃声住春光去。又谁道、留春不住。江水江花愁杀人，是前度、销魂处。

惜花人去春无主。花欲落、怨春无语。除却郎心比妾心，才解道、相思苦。

雨中花

鹃警残蟾花咽雨。偏又是、春随人去。镜匣尘昏，珠帘影寂，都是思君处。

世间只有情难诉。暗触起、伤心无数。玉笛偷声，银笺研露，怕谱销魂句。

木兰花

兔葵燕麦春深处，乳燕鸣鸠娇共语。等闲又是落花飞，却道春光容易去。

春人已是无情绪，薄命终怜前孽误。彩云散后破琉璃，好事从教天欲妒。

酷相思　春雨湘曲舟中，用竹垞韵

风压湿云江外树。渐渺渺、孤帆去。又断村抹烟迷远渡。朝来也、潇潇雨。晚来也、潇潇雨。

鹃影斜阳春欲暮，只悔相思误。但禅榻鬓丝愁几许。花落也、春难住。春去也、人难住。

河　传

春去，何处？泪空垂，香梦参差。梦稀，凄迷，忆卿情欲痴。依依，卿今知未知？

低控画帘花影动，愁万种、花落春寒重。忆当年，月痕圆。婵娟，断魂空化烟。

虞美人

人生不合愁中老，往事伤怀抱。最销魂候近黄昏，不道黄昏犹有未招魂。

庾郎先自伤憔悴，枯树犹如此。一春病酒别离中，回首斜阳庭院落花风。

鹊桥仙

素月流天，银河倒影，羞照愁人独睡。秋风瘦减一分花，又金井、梧桐叶坠。

低拜双星，无人私语，钗合前盟应记。生生世世说相思，怕重问、长生旧事。

红窗月

醉轻愁重，叹垂杨、不系斜晖。恁春来春去，无限凄迷。又见画桥阴里，落花飞。

人间天上长相见，诉尽相思。是琼华小谪，环佩空归。不记明蟾三五，少年时。

一斛珠

流云吐月，落红帘外鹃啼血。伤情第一愁中别。借问姮娥，何事长圆缺。

玉楼人去笙歌歇，鸳机梦冷风流绝。潘郎丝鬓空成雪。落魄狂游，销尽轮蹄铁。

踏莎美人 和弹指自度曲

紫玉沉烟，笑芙凋影，凄凉旧恨无人省。春人病起不胜衣，最苦年年病里送春归。

影事无凭，芳心自警，彩云梦坠梨花冷。泪丝黏雨上花枝，安得人生长似少年时。

月上海棠

玉龙哀裂湘波咽。叹欢情、冉冉暗消歇。窃药心灰，问凉蟾、几番圆缺。春欲去，又是销魂时节。

伤情况是人天别。只人间、天上共明月。往事沉吟，泪空垂、恨无人说。迦陵杳，碧城千丈音绝。

蝶恋花

又到旧时肠断处。系尽垂杨，不种相思树。瘦月依人愁不语，去年月下人空去。

便是生生花里住。花落花开，怕有蛾眉妒。葬尽飞花春欲暮，冶春去后花无主。

百字令　秋宵被酒，露坐达旦

夜凉风峭，逗秋坟、鬼唱一声声起。欲倩芳魂重入梦，早被晚风吹坠。泪浥花红，血凝土碧，悄换人间世。茫茫此恨，伯舆终为情死。

曾记喝月言愁，挑灯忏梦，写尽相思字。酒入空肠芒角出，未饮心先如醉。燕识帘空，莺嗔人去，回首当年事。魂归来些，依稀月下环佩。

摸鱼子

倚秋宵、酒驱残梦，两年前事休诉。青天碧海相望冷，知否愁来何处？愁无据，便世世生生，与汝为夫妇。前盟总误。算鹃啼血碧，凤去台空，重觅梦中路。

悄无语，休怨美人迟暮，情天缺后难补。柔肠寸寸风前断，春色已成尘土。春无主，君不见蛾眉，总被秋娘妒。闲愁最苦。料玉骨成灰，芳心不朽，黯黯泪如雨。

湘　月

庾郎瘦损，叹青衫依旧，珠泪空揾。病是伤春，怎蓦地、客里匆匆春尽。最苦黄昏，愁人无那，又是黄昏近。宾鸿何处，甚时再觅芳讯。

谁解唤起真真，红凄绿怨，爇心香成烬。柔肠一寸，料夜甃、寒早罗裙轻褪。梦迴鸳机，愁抽独茧，酒冷灯红晕。人间天上，只应默默长恨。

芳草　春夜作

惜余春，东风吹老，恹恹病起无聊。旧游回首处，绮年空换影，事谁描。思量魂欲断，不思量、也自魂销。又却忍、柔肠如茧，冷泪如潮。

迢迢。重泉万里，长相忆，梦里谁招。何时重一见，定应怜念我，丝鬓飘萧。灵缘拼已断，挨孤衾、坐遍寒宵。怎忘得、生生世世，暮暮朝朝。

琐窗寒　亡妇二十生日，以杯酒麦饭哭于墓

缺月分云，残花咽雨，旧欢休记。华年暗数，弹指廿番风里。暗灵飙、白杨咽墓，夜台应悔多情累。自玉人去后，被冷香销，梦痕如水。

无限伤春意。叹草草浮生，别时容易。罗憔绮悴，便空问人间何世。那知人、敲断宝钗，罗巾揾尽相思泪。但此生、此恨茫茫，再生坚密誓。

扫花游

罗云织暝，酿十日春寒，落红成阵。阴晴无准。羡雕梁乳燕，栖香正稳。怕说相思，过了廿番风信。暗低忖，恁醉梦风

灯，摇落红晕。

前事休再问。记浅笑轻颦，带围宽尽。当年瘦损。蹙双涡犹剩，断霞红印。揉碎愁魂，不展蕉心一寸。泪空揾，但绵绵、此生长恨。

金缕曲　（二首）

绿断蘼芜路。悄无人、愔愔门巷，翠鹦庭户。谁道旧游人不见，迸作十分凄楚。便抵死、留春不住。欲买吴笺三百个，只新来怕作伤心句。休再展，断肠谱。

廿年梦逐潮声去。叹潘郎、朱颜渐老，鬓丝如许。恨煞东风无情物，不与莺花作主。又划地、落红无数。待寄相思何处是，算相思都为婵娟误。空徙倚，泪如雨。

梦断东风路。算这番、飘零尽了，落花飞絮。不遣残春驱愁去，那更留春不住。才信道、相思最苦。薄命重逢郎薄幸，是三生石上前缘误。空赢得，断肠句。

小阑干畔相逢处。叹重来、笑桃人杳，悄然无语。误堕琼宫华鬘劫，为汝销魂如许。暗触起、羁愁无数。春去春来人事改，只玉人去后春无主。空掩袂，恨难诉。

三姝媚

春夜方半，沉吟不寐，起步花阴之下。明河在天，疏星照水，淡烟横空，斜月欲没，微雨俄至。寒生衣袂，吊影徘徊，不谓人世，枨触恨事，感涕绝久。倚阑曼咏，遂尔达曙，谱此纪之。

月和花影转。正珠箔灯摇，绿窗帘卷。日日思君，换一番风景，一襟幽怨。蝶怯蜂慵，暗萦损、故园心眼。疏雨斜烟，河汉无尘，露痕疑泫。

道是愁根难剪。有万缕愁丝，柳枝低绾。蹴损残红，忆那人何处，梦中重见。梦未分明，又却被、玉箫吹断。海上三山，不比天涯人远。

徵 招

茂陵秋雨琴心冷，凄凉白头相守。病渴老相如，更情怀非旧。玉人今在否？定应比、旧时消瘦。密约终虚，芳情永绝，断红啼袖。

僝僽枉抛残，相思泪、依依岁华轻负。泪血凝红斑，尽和将红豆。花飞春去又。再休言、月圆人寿。伤情处、碧落黄泉，只一般消受。

角 招

碧云展。茶烟飏梦初回，醉怯寒浅。花飞春畹晚。恨水愁山，飞梦天远。柳罨高楼，弄玉笛、声声呜咽。转眼流光如电，叹弱质不禁愁，早泪痕衫满。

十载，赋情未遣。凄凉身世，黯黯肠先断。穷途文字贱。酒赋琴歌，销魂无算。风光流转。又恁倩、重泉鱼雁。最难忘、梦魂中，真真唤。

长相思

别匆匆，恨匆匆。身世飘零似转蓬，却愁欢事空。

山万重，云万重。肠断巫云十二峰，都来一梦中。

卜算子

丝鬓妒华年，往事空成梦。江北江南愁杀人，名士真无用。

泪逐眼波横，恨压眉峰重。更向瑶峰叩玉妃，缥缈骑青凤。

以上《通雅斋丛书》第五种《泪影词》，光绪二十五年（1899）长沙刻本。

酷相思　舟行，用竹垞韵

漠漠江天低远树。见水鸟、横波去。踏夕阳柳边空唤渡。君去也、春难住。春去也、君难住。

云黯风尖天欲暮，细数邮签误。是春带愁来愁几许。花开也、潇潇雨。花落也、潇潇雨。

南乡子　春感，用山谷韵

夫婿觅封侯，少妇凝妆独上楼。春色恼人归未得，休休，垂柳依依拂陌头。

何处判淹留，花落花开春复秋。粉泪两行长洗面，羞羞，无限相思无限愁。

踏莎行　夜阑酒倦别友

痴梦如云，深愁似水，年来多少销魂事。无端憔悴上眉弯，三生旧誓犹堪记。

烛冷煎心，杯深破醉，都成点点相思泪。不如薄命学杨花，随风也逐郎千里。

惜分飞　渡洞庭至芦陵潭，别友独征，黯然有作

天压平湖山影小，斜日孤帆烟袅。花落春归早，长堤空葬红心草。

被冷更残寒意峭，赢得梦魂颠倒。旧恨何时了，离人暗向愁中老。

浣溪纱　（二首）

风约疏林落翠花，拂墙垂柳半夭斜，断肠重到泰娘家。
别恨年年随逝水，春人草草便天涯，一鞭残照暮峰遮。

黯黯孤城画角哀，绿杨深处旧楼台，马蹄红踏夕阳回。
好梦易随流水去，新愁已似乱峰堆，何时重见玉人来？

南唐浣溪纱

春病支床掷岁华，夜深风雨打窗纱。小婢拨炉添活火，且煎茶。

杜宇只啼归去好，翠鹦犹说住为佳。薄醉拍肩聊一笑，落灯花。

南歌子

对镜愁容减，凭阑忍泪垂。藕花塘外露华滋，风动罗巾憔悴鬓云欹。

欲别言偏少，相思见亦稀。新来多病不胜衣，何限伤怀月落酒醒时。

长相思

忆别离，怨别离。瘦损腰围蹙损眉，相思梦里知。

长相思，悔相思。又见春风上鬓丝，梨花一夜吹。

添字采桑子　芭蕉

绿天清晓凉飙引，积翠盈庭。积翠盈庭，一卷蕉心，展转恨难胜。

二更寒露三更雨，冷冷清清。冷冷清清，点滴愁人，倚枕梦中听。

减字木兰花　题普莲炼师扇头画兰

素心纤缕，和雨和烟愁欲诉。空谷谁怜，静对疏花已悟禅。

孤芳自赏，忉利芬陀劳梦想。幽恨新添，又送香风入画帘。

瑶华　次韵和周仲章咏茉莉

眉修瘦月，鬓颤颓云，悄堕千珠雪。幽馨暗度，凉意满、乍见低鬟羞摘。灯昏罗帐，却孤负、销魂时节。奈霞涡、印枕红欹，梦惹软云香热。

飘零一缕秋魂，趁微臬仙风，吹度瑶阙。凄凉谙尽，浑不寐、对汝坐成愁绝。月明千里，更谁咽、玉楼哀笛。怕昨夕、揉碎花心，空有露华凝滴。

念奴娇　感事，用东坡赤壁韵

支那年少，叹纵横今古，都无英物。矫首瀛寰如许大，坐拥图书四壁。侠气惊云，豪情喷雨，摩拭吴钩雪。百年龙战，当时谁是人杰？

从此沧海扬帆，金门披褐，英论如潮发。铁轨飙轮飞度处，六合波清尘灭。万里孤游，十年绮梦，苦换青青发。问谁知我，至今惟有明月。

永遇乐

游陶然亭，亭畔有香冢、鹦鹉冢，凭吊久之。遂登城头，遥望西山，徘徊四顾，悯时念乱，怆然有作。

莽莽山川，英雄去后，荒凉终古。一代沧桑，千秋形胜，剩付渔樵语。废营残郭，断戈埋戟，寂寞斜阳烟树。咽胡笳、征夫白发，伤心泪落如雨。

萧条王气，指西山寒翠，偏似美人眉妩。鹃血飘残，翠鹦梦醒，别有销魂处。乱鸦飞度，汉家陵阙，犹是承平歌舞。最愁绝、西风残照，故宫禾黍。

贺新凉

湘潭孙汉珣孝廉，出示陈迦陵填词图拓本长卷，国初诸老，题咏殆遍。展玩竟夕，不能去手。老辈风流，邈若坠雨。忾吊之余，遂尔继声。

绝代销魂事。付生绡、传神阿堵，美人名士。三百年来风流尽，直恁钟情如此。尽检点、偷声减字。檀板金尊干甚事，只繁华逝后春如水。知尔者，云郎耳。

乌丝一曲千行泪。最堪怜、须髯如戟，终朝沉醉。谱出新词三千首，作者后来谁继？问水绘、幽欢应记。欲赎杨枝无气力，料山花山鸟同憔悴。迦陵临殁吟云："山鸟山花是友于"，犹振手作势。重省识，旧愁起。

卜算子慢

旅京三月，忽忽无聊。用柳耆卿体，赋寄谷溪旧友。

觚棱梦断，铜狄泪零，目极凤城天远。扑面黄尘，困损俊游心眼。料春人、可是伤情惯。应念我、京华倦旅，岁华飘泊催晚。

转眼沧桑变。尽泪染鹃啼，血飞龙战。万里辽东，怅望故乡不见。叹飘零、书剑功名贱。便欲诉、闲愁万种，奈东皇不管。

金缕曲　中秋举酒对月，怅然忆远

云敛清光坠。料姮娥、羞人独照，愁分两地。愁在心头眉头上，无计和伊回避。空徙倚、通宵无睡。五角六张乖夙愿，分今生潦倒穷途耳。休再记，断肠事。

西风挥尽悲秋泪。忆故山、荼蘼架下，别来容易。却忆同来人何在，一点孤鸿飞起。又暗立、深深拜跪。都被浮名耽误了，叹年来憔悴须归矣。君不见，月如水。

扫花游　游虎丘，访真娘墓

蘼芜路迴，逗三尺孤坟，疏林烟暝。云连断岭。尽卷葹心颤，落花风定。一例倾城，难再红颜薄命。寻香径，招环佩归魂，艳梦初醒。

灵缘何日证？只薄幸孤踪，都成萍梗。吴江枫冷。叹桥流虹玉，月开奁镜。鹃血枝头，重认宵啼红剩。愁休省，指远山、犹留眉影。

倦寻芳　题陈仲岷同年词卷

曼声颤玉，幽梦揉云，铸尽清怨。井水旗亭，影事暗思都遍。沧海孤篷羁旅苦，十年马足功名贱。最无聊，是偷声减字，助人凄恋。

尽忍俊、浅斟低唱，绿发酡颜，痴梦撩乱。怜我怜卿，休问怎生消遣。书剑飘零容易别，江关摇落重相见。倚东风，黯消魂，故山天远。

兰陵王　仲岷用美成韵赠别，仍次原韵和之

酒旗直，柳线摇风织碧。销魂地，斜日乱鸦，悄上离亭送春色。登高念去国。犹识，樽前旧客。天涯路，回首望迷，短艇桃花水千尺。

缁尘糁游迹。甚醉贳金貂，魂殢琴席。穷途谁进王孙食？数远浦帆影，暮烟遥隔，残宵寒柝伴古驿，酒醒处江北。

情恻，梦痕积。叹影事销沉，深院音寂。春来春去愁无极。正脸晕羞镜，鬓欹吹笛。无眠弹泪，和漏响，夜暗滴。

拜新月慢 次韵和仲岷，用梦窗体

走马燕台，吹箫吴市，泪似寒潮添夜。路隔蓝桥，赠鲛珠盈帕。最愁别，黯黯、春魂暗送红雨，忍见芳茵狼藉。玉版洛神，又簪花替写。

酒人稀、旧感心头谢。中年恨、不放哀丝罢，欲买月白风清，奈良宵无价。佩环归、夹道飘香麝，华鬘梦、十劫相思乍。只暗悔、两小初逢，正罗敷未嫁。

摸鱼儿

秋日偕内子泛舟西湖，积雨初晴，微风扇波，云山增丽，草花交媚。顾影徘徊，有终隐之志，词以纪之。

趁微波、曲尘风软，波中双影红颤。橹声摇梦扶残醉，不道酒深愁浅。帆影远，笑翠袖亲携，可是销魂惯。韶华轻贱。只绣枕眠香，画船听雨，十载俊游倦。

芳情懒，争羡鸳鸯睡稳，花枝萦损心眼。湖山如此宜偕隐，便拟白头同恋。君不见，尽唱彻、鸾箫别有神仙眷。晚霞流绚。又坏塔烟迷，危桥月偃，低弄碧云片。

又 即席次韵送杨古酝丈归云间，即题其词集

最销魂、客中相见，新词娇煞罗绮。愿书千本吟千遍，身后浮名差慰。孤艇系，又绿笠青蓑，人道元真子。故人知未?

恁大好湖山，可怜风月，粉本甚时寄？

春光老，羞着软红尘里，欲留重住无计。邮亭斗米腰休折，且劝先生归矣。难弃置，尽一舸鸱夷，稳载西施至。乱愁谁理？叹胥浦潮高，吴江枫冷，归梦堕烟水。

念奴娇 感旧杂吟，遂叠韵成四词，书示知者（四首）

春人易老，尽形骸放浪，梦魂无据。浩浩风尘天地满，顾我容身何处。万斛牢愁，半生落魄，俯仰空今古。多情为累，年来幽恨谁诉？

十载乞食江湖，征歌赌酒，怕有蛾眉妒。客里相逢容易别，别后销魂无语。枉道相思，为谁憔悴，肠断前游路。香残被冷，夜阑清泪如雨。

帘波一桁，度旧时双燕，寄书无据。又是恹恹春过也，那更逢君何处？碧玉工愁，紫云难乞，此恨空千古。星前密誓，翠鹦饶舌低诉。

最是翠被香销，红楼箫咽，犹有秋娘妒。久别重逢疑是梦，乍见佯嗔无语。水绿如油，桃红似火，回首斜阳路。拼教酩酊，卧看花落如雨。

蓬门半掩，乍玉骢重系，寄愁无据。一角青山当我立，曾记去年游处。丝柳啼莺，碧梧栖凤，忽忽成今古。思量往事，暗牵郎袖轻诉。

休笑绣倦孤眠，珠帘懒卷，楼上花枝妒。粗服乱头犹绝世，泪眼相看无语。臣里微词，东墙旧识，梦断春风路。巫峰十二，峰峰遮住云雨。

游仙一梦，怕梦残莺啭，醒来无据。十二珠楼帘半卷，海燕双双栖处。豆蔻梢头，枇杷巷里，薄幸名千古。鹃啼人去，愔愔幽怨休诉。

客里暗送春光，花开花落，枉被东皇妒。露桃休怨番风恶，别后三年无语。春色三分，二分明月，望断扬州路。杜郎归晚，孤篷愁卧烟雨。

长亭怨　江干送友

黯歧路、魂销南浦。如此江山，顿成凄楚。载酒扁舟，碧桃波涨，堕红雨。镜湖新绿，是暗送、春愁处。怎地觅春愁？都进入、心头眉宇。

无语，尽长亭折柳，难把玉人留住。片帆影袅，漾横抹、水中烟树。立夕阳、回首天涯，抚书剑、浮名偏误。剩别恨茫茫，谙尽凄凉孤旅。

以上《通雅斋丛稿·碧云词》，宣统元年（1909）武林刻本。

欧阳钧

欧阳钧（1878—1909），字子和，又字淮生，湘乡人。光绪三十年（1904）总办江西武备学堂，赴日本考察陆军。归国后改官湖北补用道。

十六字令 池波

皴，风剪池波细细匀。鱼鳞片，猜想不曾真。

南歌子 早春

雪尽山尖小，天寒雨意浓。梅花零乱柳惺松，偏是山茶开到九分红。

渔歌子 春闺

帘卷妆楼柳色新，翠苔成缬草初匀。风料峭，雨氤氲，勒住寒花不许春。

桂殿秋 秋夜

帘半卷，晚天秋，银河浅淡月如钩。是谁暗地秦筝弄，搅得西风剪剪愁。

捣练子 和内子涓华作

春酩酊，意多慵，携手妆楼看晚峰。怪道鬓云松一半，枕痕犹带睡香浓。

附原作

新睡足，起来迟，压体轻绡倦不支。偏是小鬟偷觑着，隔帘报道掌灯时。

一叶落 立秋

一叶落，秋光薄，池头柳线秋先觉。日斜蝉语风，檐际秋声作。秋声作，倚槛思量着。

忆王孙 和涓华望月忆远

潇湘木落洞庭波，路远秋高人奈何，千里情思冷素娥。不殊科，偏是离人照处多。

附原作

帘波摇动月黄昏，瘦影横空夜色沉，一段清光两地分。比人亲，渡水逾山远照君。

长相思　纳凉

浴兰汤，理残妆。薄薄罗衫细细香，卷帘新月光。
郁金堂，竹方床、亚字栏干丁字窗，荷风送晚凉。

相见欢　秋闺

含情倦倚妆楼，淡蛾羞。一寸离心凄断白蘋洲。
歌舞地，情管细，不曾愁。莫是人间别有一般秋。

醉公子　和涓华本意

话旧贪长夜，引得眠无暇。未饮玉先颓，何干酒力催。
未必终风暴，却惹梅妻笑。摩拟更羞人，朦胧记不真。

附原作

几度听车步，恼煞痴鬟误。下马气如虹，狂难近次公。
已入邯郸枕，兀自谈锋逞。莫去问宾筵，由来妙舞仙。

菩萨蛮　和涓华对镜

粉奁脂匣森如束，东风吹上眉山绿。妙笔愧张郎，难分翠一双。

骨格冰搓就，道似梅花瘦。肥处胜如梅，缘君不解悲。

附原作

慵妆髻子松松束，黛眉细点蛾儿绿。添笔倩檀郎，青鸾照影双。

鬟云初挽就，人面如花瘦。花倘似江梅，清癯未足悲。

谒金门　落花

春欲暮，门外落红无数。几日东风连夜雨，恼人春不顾。

枝上数声啼宇，道是三春归去。春去几时留可住，问花花不语。

醉桃源　春闺

昼长完了绣功夫，倚妆重看图。自家题咏倩郎书，翠屏金鹧鸪。

风剪片，雨调酥，日长人困初。风钗微溜髻重梳，鬓翘青亚姑。

忆汉月　夏午

枝上数声莺呖，惊醒半帘清梦。桃笙六尺漾晴波，引得篆烟浮动。

昼长人困重，催午课、不曾成诵。依违数过墨千行，日影犹明帘缝。

附涓华和作

宝髻松松挽就，风暖暗香盈袖。笋床蕉扇竹屏风，天气乍长时候。

麝煤销永昼，新睡起、素罗轻皱。怕侵暑气不开帘，却被花香暗透。

四知香　春闺

午睡醒来愁未醒，帘外东风紧。鸳锦衾窝山字枕。饾饤得、芳心警。

花影扑窗春昼永，幽思来无影。好句惺忪吟未定。待拍入、冰弦听。

风蝶令　题美人便面

纱縠轻蝉翼，弓鞋窄凤头。盘鸦髻子玉双钩，偏是翠蛾双锁不胜愁。

似语情还脉，迎人态更羞。素纨天付与风流，得共团圞艳福几生修。

附内子作

卷发新兴髻，宫梳节晕妆。冰肌玉骨自清凉，真个楚腰纤细掌中藏。

瘦影凝秋月，回飙引暗香。个侬慈惠性温良，惯把仁风特地向人扬。

浪淘沙 题画

飞絮满楼东，春思朦胧。佳人倚槛惜残红。人面未随花恍惚，莫怨东风。

雪貌玉姿容，豆蔻春浓。抛家髻子腻鬅松。偏是闲愁瞒不住，尽露眉峰。

鹊桥仙 七夕

月眉斗巧，云裳呈艳，幻出情天如许。神仙也自怯风波，恰一岁、银河一渡。

穿针荐果，灵心慧眼，忙杀世间儿女。双星除是巧翻新，怎禁得、年年乞取。

一斛珠 刺绣

绿深红浅，剪刀声细吴绫软。绣床连日工夫懒。一角繁丝，好趁秋阴赶。

苔点串成刚一半，茜窗蕉雨垂帘暗。春光易揣情难按。先绣麻姑，后绣灵芝瓣。

临江仙 歌妓

一树垂杨青绕径，彩楼低接横桥。春浓金屋好藏娇。倚风酣楚舞，醉月艳秦箫。

眉黛浅分丫髻绿，鬓蝉巧弄双翘。媚娘身段小蛮腰。清歌莲漏短，银烛夜光摇。

蝶恋花 春日

绿水池塘春涨满。波漾晴空，翠入平泉馆。一径云阴风剪断，当空搅落花无算。

鹧片焚余金鸭暖。桃纸新收，小试宣城管。容易春光抛又半，木兰枝上莺初唤。

唐多令 春思

花落草廉纤，春寒一线添。没心情、睡起恹恹。初月也如人意懒，才着树，又穿帘。

青管试兰缣，诗情冷未忺。卸残妆、倦倚香奁。一片闲愁无寄处，都着在，两眉尖。

苏幕遮　寄和涓华忆远作

小蛮笺，香雪句。青鸟传来，诉说离心苦。楚水吴山遮不住。寸寸柔肠，绕到郎行处。

圣湖波，灵苑树。妙赏因循，却把归期误。可惜孤山移不去。纵有林逋，少个梅妻助。

附原作

画楼深，朝雨细。闷里思君，是处销魂地。湘簟如波帘似水。曲曲屏风，便作秋山比。

数归期，思往事。两点眉心，识尽愁滋味。一碧情天秋万里。分付征鸿，写作相思字。

双调江城子　别情

江云漠漠雨丝丝。马行迟，树参差。一片春愁，凄断锦囊诗。蝶梦惊回家万里。凝望处，寸心驰。

卢家少妇解相思。柳腰支，玉风姿。倦倚箜篌，和泪唱杨枝。飞絮化萍萍恋水，春纵好，不多时。

剔银灯 闺夜

巨□银灯无谓。偏识得、几分愁味。炉篆销香，屏山掩月，兀自伴人垂泪。有时偷背，又照醒、痴鬟不寐。

辗转结成金穗，似报归期相慰。漫卷珠帘，坐听金钥，耽误几宵清睡。今番剔坠。却不许、再将侬戏。

风入松 春思

林园花落鸟啼风，春色有无中。东君画笔矜裁剪，描来惯、添绿藏红。减尽夭桃秾李，匀搀碧柳青松。

日长人困小楼东，衣缓鬓鬅松。乍晴乍雨天无准，氤氲得、心眼朦胧。帘际新巢双燕，喃喃且伴吟踪。

附涓华和作

春园连日警东风，花事寂寥中。池萍贴水苔封径，依稀见、三两残红。翠霭浓搀修竹，绿云密补苍松。

睡余莲漏响丁东，鬓乱髻螺松。闲庭雨过檐犹滴，云开漏、斜日朦胧。一线炉熏飘起，卷帘细认香踪。

祝英台近 登楼

水痕枯，山色皱，佳节近重九。霜信催来，露菊几枝秀。

凄清一片秋光，无人吟赏，都付与、寒鸦衰柳。

对樽酒，尽有无限清欢，当风恣搔首。天际云开，晚日坠如斗。算来秋亦多情，一般可乐，却横被、词人吟瘦。

御街行　怀旧

平波剪翠山凝黛。盼不到、金堤界。柳条零落絮横飞，千里长河如带。微风卷起，落红成阵，横塞愁肠隘。

朝云已散应难再。酩酊里、情无奈。春莺啼醒梦阑珊，孤枕余香犹在。吟魂无着，随烟缭绕，硼入青天外。

东风齐着力　咏草

翠羽含烟，青袍浥露，别有丰姿。轻寒细雨，天气早春时。已见窗前绿满，争春色、渐绕寒池。还添上，坠红三两，衬作花枝。

真趣有谁知。凭一线青阳，特地扶持，水村山郭，着处便含滋。逗入西堂梦里，黏吟管、绽出新辞。休闲步，青青河畔，易惹相思。

辘轳金井　烹茗

金樽初罢，正蕉窗雨过，嫩凉清夏。呼奴竹里，见苏兰盈把，樵青娇姹。风味与党家殊也。病渴相如，当炉累汝，壶觞慰藉。

吹嘘更凭兰麝，早细生鱼眼，松风徐下。陆羽经翻，更卢同碗借。品居洪雅。并活火、清泉无价试破功夫，瓶笙谱出，韵添书社。

意难忘 妓席

纤月凌霄，喜螺杯乍握，凤管亲调。莲花仙子髻，杨柳个依腰。佳丽地、可怜宵。看颊上红潮。尽天游、那回真个，也便魂销。

多情解惜萍飘。早寻踪问迹，惯把人撩。愁多痴一半，情急语双敲。些个事、不相饶。都撮向眉梢。便思量、当筵絮语，又恐人嘲。

潇湘夜雨 感旧

鼎篆凝寒，笼灯结彩，去年此夜楼东。金钗敲断鬓云松。销春困，酒香凝绿；谈旧恨，烛影摇红。关情处，纤罗细薄，不许当风。

自从别后，吴头楚尾，莫问游踪。料翠楼柳色，愁上眉峰。把锦瑟华年飘尽，空回首，别恨千重。今宵雨，和成凄楚，滴入梦魂中。

满江红 送春

九十韶光，断送在、数声啼宇。浑不似、江郎送客，绿波南浦。露点零星风有泪，金铃暗淡花无主。问十洲，风景不争差，归何处？

梁间燕，才能语。林梢月，刚三五。正风光美满，忍抛侬去。天上曾闻春四季，人间那便忙如许？算枝头、留得两三分，风休妒。

如鱼水 湘中泛舟

山隐螺青，波涵鸭绿，荡漾十里晴光。翠黛相将，舞腰新斗垂杨，浪花香。苍茫记、前度刘郎。便打桨、重倩桃根，剪余秋水映双双。

疏雨过，晚风凉。收一线斜阳。缥渺烟乡，渔歌唤起沧浪。杜韦娘，休度曲、且听新腔。早云外、露出一钩新月，晚景更清苍。

惜秋华 秋海棠

翠幕生凉，镇新妆秀整，乱鬟低坠。数点猩红，娉婷更争春媚。是他思妇惊秋，帘卷处背人偷泪。差慰，趁南墙日永，任伊酣睡。

瘦萼掩新翠。有额黄千点，衬秋容逾美。檐际哀蝉，唤起一痕凉吹。怜伊尚带春愁，弹轻红、不禁憔悴。风细，伴黄昏、隔帘人醉。

梅子黄时雨 本意

画阁阴浓，早檐溜跳珠，础润凝汞。正睡起恹恹，素罗生冻。榴火浸余红欲渗，苔衣湿透青无缝。炉香重，漫卷珠帘，烟阵还拥。

疏纵，倦寻幽梦。又桃笙似涴，波影浮动。趁石鼎烹余，暂烘书笼。山郭水村看未了，长天一色云无孔。风吹送，何处笛声三弄？

一枝春 咏茉莉

玉骨冰肌，晓云散、幻出明星千点。碧梧庭院，睡起纱窗人倦。腻香成阵，最好是、嫩凉清浅。岂西竺、花雨漫空，化作牟尼珠串。

香闺绣帘初卷。斗葱尖、灵巧细穿金线。粉痕盈把，越显鬓云葱蒨。翠裙低护，还瘦似酴醾几片。风乍起、闲步香阶，晕成轻霰。

雪梅香 冬日闲兴

晚风急，林园寂寞闭双扉。喜南枝春早，清香细入罗帏。檐际天低瓦松碧，树头云冷雪花肥。酒肠窄，更拨炉烘，香芋闲煨。

衔杯。记梅市，小聚罗浮，旧梦依稀。东阁寒添，吟毫此日重题。还笑山妻惯烹茗，自调冰筋倩郎炊。唠叨甚，几回呼婢，只为添衣。

玉漏迟　冬夜有怀

桂堂更漏永，霜飙唤起，夜寒清凛。煮雪敲冰，此景记曾同领。几度筝调子夜，消不尽、楚天离恨。空记省，兰釭相对，寂寥金烬。

隐隐浪迹萍踪，把锦绣年光，恁般抛损。襟上啼痕，依约倩魂娥影。雪里关山迢递，传好梦、暂凭孤枕。眠乍稳，又被雪狸呼醒。

六幺令　咏木笔

绛云千片，包里春心密。深红更兼浓紫，艳夺江郎笔。便好笺云濡露，经写眉娘七。盆池香溢，如痴似醉，焰浸春霞掩朝日。

临风挥洒自得，冉冉飘红雪。接叶俨自成文，缭绕分波磔。底事书空不了，翠管如肱折。艳阳佳节，春风得意，文杏相偕品双绝。

扫花游　春景

艳阳时候，喜乍试轻衫，水天清览。余寒渐减，早绿云如盖，翠连池馆。碧柳阴边，疑有看花女伴。笑声乱，似一线好风，吹送弦管。

春诵茶力短。怪竹里传杯，小童疏懒。莺声细婉。正柳梦初酣，好凭低唤。倚遍雕阑，吟绪顿添无算。春刚半，看窗前、海棠初绽。

水调歌头　湖心亭即景

空际掩丛绿，荡漾水天青。画船低泊，柳棉风细酒初醒。远揽六桥流水，平挹二堤春色，好景聚疏棂。天半晚钟动，隐隐见南屏。

草如茵，花绕槛，更玲珑。芰荷三面，采菱歌缓最堪听。正是难参画笔，早又落霞添景，斜照满西泠。幽景快心赏，徙倚欲忘形。

满庭芳　咏苔

翠晕生凉，清肤隐露，秀色低映重帘。曲池深院，天气雨晴兼。应是文成张鹫，轻掷地、绽出青钱。多情甚，窥墙绕砌，无处不廉纤。

当年，曾记得，迷藏戏捉，悄立窗前。映双鸾浅小，个个轻圆。便拟石家金谷，壶中景、玉润珠联。春衣好，为谁瘦损，尺寸不曾添。

凤凰台上忆吹箫　别意

玉露凝霜，金飙送暑，凄凉又报新秋。正井桐飘堕，月满南楼。怪道新来瘦损，肠轮转、一日千周。虫声苦，团团围住，并作新愁。

浮沤，任凭风浪，既聚散无端，那问沉浮。漫从因盼果，积恨成羞。便是身如落叶，飞纵好、难返枝头。秋宵永，倚遍危栏，梦冷梧楸。

汉宫春　咏蔷薇

绰约临风，染绛痕双颊，更显丰姿。生成巧笑，颜色岂效西施？柔条宛转，隐春霞、光映华池。劳汉苑、黄金乞买，可曾倩盼分伊？

更笑诗人寒瘦，却行分七二，数遍新枝。轻红别争妖艳，午困能支。倚墙窥户，伴吟踪、舞态依迟。还更喜、浓香饮露，朝来盥手论诗。

烛影摇红　寄意

一树垂杨，翠楼深锁多情种。云鬟高髻绿依稀，缥渺帘波动。应是罗衫倦拥，罢清歌、暂停莺哢。东风乍紧，一阵衣香，暂凭吹送。

柳困桃酣，昼长好补春宵空。兽炉香烬细生云，一觉惺忪梦。偏是落花飞纵，又惊看、鬓蝉钗凤。相思休见，见了防伊，比侬还重。

天香 咏水沉

冰簟平铺，湘帘半卷，凉飙细入襟袖。鸡舌评芳，龙涎俪洁，妙品传来灵鹫。金炉岁远，存旧制、博山青镂。窗外日长人倦，凭伊共遣清昼。

好是刀圭细剖，剔金钗、更烦纤手。百和氤氲不辨，粉香脂垢，豆蔻汤边试浣。定深入、金盘化珠走。堪笑荀郎，艳情依旧。

步月 夜晏

素魄凌空，秋容如拭，今宵分外清圆。座中天上，人月两婵娟。漫争说、嫦娥偏冷，凭香砌、且乐华筵。清歌细、寒花舞困，早露拂筝弦。

蹁跹，携袖起，早庭际素影，移过花砖。相将缓步，衣重怯仍添。谈月府、来由惯索，不堤防、立损金莲。朝来看，弓弯深印碧苔边。

八声甘州 留别

望潇湘万里惨骊歌，唤起一天秋。看单衣风露，乱山黄叶，楚尾吴头。始信离多会少，飘泊几时休。不及寒江水，长绕东楼。

漫道欢愁各半，算新欢未博，已博新愁。好归装重载，添泪压行舟。莽乾坤、销魂一例，看天边、飞絮海边沤。除非是、化为伊去，不管沉浮。

醉蓬莱　独酌

笑烹龙炮凤，雅不如斯，秋蒜春韭。清课余闲，且当歌对酒。鱼缕金橙，驼峰翠釜，更追随红友。明月清风，一钱不用，尽人消受。

花影迷离，水光浮动，李白成三，醉翁行九。扫尽愁魔，但凭他空帚。妙景推敲，新歌竞病，待借樱桃口。鹦鹉惊呼，玉山颓矣，猛然回首。

庆清朝　春日

燕剪捎花，莺梭织柳，林园春意初酣。池台乍收烟雨，翠色浓参。画本从他定好，嫩苔凝碧水拖蓝。长廊外，绿萝新长，径掩三三。

晴一半、阴一半，恰一半轻暖，一半轻寒。东轩昼长多暇，信步追攀。何处清阴最好，碧池东畔小桥南。堪携酒，黄骊度曲，且试双柑。

暗香 咏佛手柑

兜罗细软似晓装乍拂，宫黄新点。不效兰闺，纤指刚凭淡红染。试倩柔荑握去，香零乱、色空难辨。重拂拭、展向晶盘，风细欲舒卷。

真面，有谁见？但合十当胸，霜痕旋转。窗明几净，伸屈随君不须敛。早是如来证果，好说法、金身全现。几案侧、添胜赏，罢烧烟篆。

西子妆 咏玉簪

金粟匀堆，冰筒乍削，雕琢天然无偶。依稀云鬟汉宫秋，漫遗来、一痕纤瘦。翠镌金镂，抵多少、粉痕脂垢。伴湘帘，正晚妆初卸，嫩凉清透。

琼枝秀，露旋珠圆，宝钿初琢就。衬来新叶绿云高，恰依违、髻螺妍斗。前宵记否？折处倩玉奴频嗅。惹笼鹦，报道凤钗微溜。

玉京谣 感遇

深巷枇杷树，百丈游丝，不系青骢住。剪水双眸，朦胧记得初遇。乍新恨、添上眉梢，早漏泄、春心无数。人何处，桃花依旧，去年崔护。

天涯惆怅朝云，暮恼春情，剩莺娇燕妒。一寸横波，青青忍忆回顾。怪山色、怎恁能青，都只为、曲终人去。离心苦，凄断半天风絮。

长亭怨慢　落叶

把秋色、平空撮起。瘦尽寒山，又填江水。泣雨愁风，为谁忙乱困如此。他无论矣，第一是、离愁地。和恨溅横波，早赚出、几行清泪。

徙倚，向长亭极目，总是云黄烟紫。征装载也，增重了、半肩行李。鸦数点、一曲哀蝉，相携在、奈何天里。纤手纵题来，亦只魂销而已。

云仙引　闺思

鸳甃凝尘，兽环掩雨，抛残几个晨昏。新睡起，带余醺。韶光尽教容易，闷里情思不用春。枕岫为山，帘波似水，是处销魂。

鸾笺盼断秋云。到盼得、书来恨转新。[①] 彩线同心。玉钗双股，忍更重论。镜里秋蓉，陌头春柳，蹙损眉山翠几分。好向琴边，化为烟雾，只恨氤氲。

① 此处疑有脱句。

孤鸾　别意

春随人去，看飞絮游丝，尽迷归路。五夜啼鹃，唤醒花魂无数。锦字挑来线短，一丝丝绾成离绪。满耳凄凉锦瑟，忍听华年诉。

算人间、只有愁坚固。解涉水逾山，伴人行处。将昆池化灰，料也都无据。莫问桃花甲子，看渔郎、已非前度。分付流莺百啭，把伤心细数。

画夜乐　歌筵

莼丝藕线芙蓉盏，饾饤得、春风暖。新词且唱回波，细拍入红牙板，但觉琵琶声稍缓。更引出、鹧鸪纤管。腰鼓小花腔，与莺喉相间。

知音见说周郎惯，一声声、悄流盼。清歌不用繁弦，只在浅敲低按。歌罢脸霞红欲绽，早晕出小桃千瓣。香茗欠些凉，却央郎分半。

锁窗寒　雪夜

小阁寒添，清光入夜，冻痕低绕。琼楼十二，一例酒阑歌杳。岂焦先、酣眠乍醒，清谈玉屑空中袅。便罢烧莲炬，和梅细嚼，冷香盈抱。

绵渺，烟尘悄。料委羽山空，烛龙光小。鸡筹冻损，几度误看清晓。想佳人、咏絮中宵，晕添玉臂光更好。伴孙康、且映些时，遍读琅环稿。

瑶台聚八仙　游灵隐

幻境天生，行近处、山气似雨还晴。茂林修竹，香风缓送啼莺。深柳数重皆近水，好花一半不知名。动闲情。嫩凉如水，微度钟声。

神仙亦有寄托，向湖山借箸，部署精英。泉冷峰飞，人世别有蓬瀛。洞天何处是也，笑身在群仙队里行。斜阳外，望上方楼阁，万籁凄清。

念奴娇　赠妓

歌珠一串，乍平空唤起，闲愁如织。碧玉年华春十五，眉样巧分新月。倩笑含姿，轻颦带恨，尽把春心泄。惊风飞絮，一般情思难说。

飘泊已自难堪，风怀争忍，相对成呜咽。同是天涯沦落意，况已琵琶相识。好待王郎，渡江归隐，打桨从桃叶。且须珍重，莫随莺燕绕舌。

渡江云　维扬舟次

残霞明远渚，长天日落，瑟飒起寒飙。正孤城望远，漠漠炊烟，二十四横桥。残荷败柳，隋堤路、梦冷前朝。看夜来、二分明月，此处好吹箫。

萧条。选楼樽宴，萤苑笙歌，化云烟过了。都付与、寒蝉落叶，残日空潮。樊川集子参军赋，一寻思、一渡魂销。渔唱起，新声且听篷腰。

换巢鸾凤 移居

泛宅乘波，倩桃根打桨，菊婢牵萝。渡江青雀舞，登岸紫骝驮。江关随处有行窝，问莱妇、谁边春更多？幽栖到，看燕雀、早来迎贺。

差可，安置妥，门绕清溪，墙外峰千朵。杨柳楼台，芙蓉池馆，时节初看榴火。天遣鸿光隐双偕，换巢鸾凤卿怜我。幽林深，伴清餐、且觅瓜果。

附内子和韵

永定风波，便安排裙屐，笑脂烟萝。鹢头风做美，驴背句兼驮。新蒲细柳是吟窝，看诗思来从何处多。黄梅雨，漫认、作词人姓贺。

行可，山乍妥，薜荔墙凹，微露东篱朵。岸隐红墙，门环绿水，不是人间烟火。菱角樵青候关迎，穿花绕径能先我。池台幽，碧玲珑、一院花果。

御带花　咏绣球

雨师几日跳珠懒，散作枝头霜雪。搓酥挼粉，便春光美满，露华凝结。绿叶轻捎，疑帐上、水晶偷掷。阑干外、试烦抛去，化一团飞蝶。

数颗匀缝鱼子缬，镂出春冰，晕成明月。仙姿谁似，早圆满修来，更无亏缺。妆是环肥，休近雨、洗他丰洁。看女伴、花间蹴戏，误小鬟喧接。

解语花　题小影

凤窠仙品，十幅绞绡，妙笔凭伊写。居然粲者，相逢处、会向瑶台月下。新妆艳冶，须不是、人间嫣姹。是耶非、空色双佳，一笑谁真假。

应是倩魂未嫁。看衣裳云想，神妙初化，横波溜也。微风过、更似颓云欲卸。带描浓赭，越显出、纤腰一把。添数毫、着个檀郎，美满应无价。

桂枝香　秋夜

银河夕耿，乍闪出秋光，画屏清冷。客里情怀，偏觉夜长更永。西风那管人离恨，把情欢、梦中吹醒。砌苔铺露，霜铃语月，饱餐秋景。

想遥夜、征衣缝困。剔银釭重照，剪刀声迸。候雁啼边，盼断几行秋信。鄜州月下云鬟湿，却争知此际孤另。桂枝香好，阑干倚遍，冻蟾如镜。

翠楼吟　晓妆

被浪花分，枕山云沓，枝头晓莺催啭。海棠初过雨，逗帘外嫩寒清浅。冰奁乍展。又悄傍熏笼，欲临还倦。金钩软，余寒尚怯，绣帘低卷。

葱蒨，黛绿微添，早云兜一掬，柳掩双线。睡痕纤甲印，漫涴作徐妃半面。缓笼金钏。却步近床头，鬓翘双颤。横波转，怪郎贪睡，翠衾犹掩。

玉烛新　上元

月华三五夜，看万户千街，冻蟾光射。银花火树，灯相错、喧动满城车马。舞台歌榭，争胜景暗添香麝。看座上、新烛成围，繁星百千相亚。

南中故事清奇，踵爆竹余风，纸花盈把。当空飞炧。早幻出、红杏绛桃千架。兰闺韵雅，更访卜紫姑神迓。还缓步、归续新词，火龙蟠舍。

珍珠帘　帘波

一泓界断秦楼翠。风定处，空碧溶溶无际。浮动半天青，映树梢新霁。迤丽屏山春十二，定早有、鸳鸯深睡。钩细，看金扉掩处，钥鱼双戏。

瀜滀透骨生凉，莫层冰陡结，春敲难碎。潋滟绿成堆，溅湿痕盈儿。午夜涵虚深漾月，试掬起、一轮丹桂。纹缀乍凝眸，人在水云村里。

木兰花慢　春游

指东郊十里，正春暖艳阳天。看柳梦初酣，桃秾欲笑，美景鲜妍。回旋，步寻幽赏，向落花风里听流泉。双燕舞低山翠，一鸠啼入村烟。

铿然，聒耳似筝弦，风景阿谁边。见酒旗飘处，踏青斗草，女伴婵娟。秋千，倚风喧笑，是村妆模样破瓜年。舞得春光旖旎，胜他水际山颠。

瑞鹤仙　题画

翩翻春不老。问苏仙胎化，几生修到。江楼去终杳，料情殷故国，暂归华表。云踪矫矫，好追寻、十洲三岛。借冰绡、写出奇姿，清绝缟衣云貌。

神妙。探微画笔，野趣闲情，个中萦绕。几忘尔我，仙客过也应笑。叹张生剪纸，鲁班刻木，风格让君多少。待因风、展向松间，更聆清啸。

水龙吟 洞庭舟中

晴川千里归来，蒲帆劈破平湖翠。长途八百，好风五两，碧天无际。冷晕蒸霞，惊涛攫日，白鸥双戏。便放开胸次，平吞云梦，不许着，纤毫蒂。

是破浪乘风势，算今朝、稍酬心志。好凭清啸，当空唤醒，顽龙午睡。茶灶生云，笔床添彩，新词且试。待髯弓攀得，再从天半，看人间世。

台城路 金陵怀古

六宫花草无寻处，沧桑便成今古。王谢风流，庾徐艳丽，人物销沉如许。秦淮歌舞。换琼树钗钿，景阳钟鼓。半壁江山，徐妃妆面共黄土。

钟山王气常聚。有能文璟煜，开国洪武。采石渔舟，金川燕子，凄断八朝禾黍。萧条时序。剩桃叶秋波，杏花春雨。莫去登临，入归心更苦。

瑶花 白丁香

冰姿绰约，妙舞临风，曳缟衣纤薄。柔枝瘦损，丰情胜、楚女纤腰一搦。倚栏吟望，误粉蝶、成团飞落。伴梨花、好共春酣，梦醒余香清邈。

来途记话昆仑，爱尽洗胭脂，淡妆梳掠。为谁含恨，凝结处、难向东风抛却。料应情重，因绾就同心盈握。莫等闲、堕入香闺，引得春愁无着。

宴清都　岳阳楼小集

小集成嘉会。晴轩启、一片湖光相对。君山平揖，洞庭全揽，孤城近背。金樽且酹遥空，更绿漾、九峰晴翠。疏柳外、几曲流莺，聒喧得春风碎。

巴丘景物常新，登临选胜，喜偕朋辈。希文辞记，工部诗篇，风流未坠。阳春烟景无价，不用临流悲逝水。便空中、铁笛吹来，有仙同醉。

石州慢　旅次遣怀

燕语莺啼，客里春光，容易抛掷。归装稍待因循，了却清明寒食。青丝两鬓，问他怎把新愁，瞒人暗里重重织。织到觉些时，已鬅鬙难识。

萧瑟。荒邮倦馆，荀令销香，何郎减色。赢得锦囊诗句，呕心雕刻。争夸年少，几曾得过多时，发根先择征夫白。商略向啼鹃，待归期重觅。

南蒲　留别

春水远连天，绿绵绵，望里魂消无算。话别尽俄延，伤心处、空只数声长叹。浓欢几许，眼前尽付云飞散。离筵酒暖，都味带辛酸，那能尝半。

天边几树垂杨，把无限春光，暗中偷换。飞絮卷晴波，遮行路、不似来时丰满。已拚散手，断肠最是回头唤。征衣休浣。道唾碧啼红，胜和伊伴。

合欢带 春情

小梅妆，晴雪封柯。山剪翠、水横波。柳梦惺忪花睡稳，海棠娇、倦倚香窠。丁香带露，牡丹经雨，白醉红酡。乍东风、吹起桃憨欲笑，梨绽生涡。

微闻燕语，低啭莺歌，起来曙色清和。池畔鸳鸯朝戏水，宫衣绿、冻损鹦哥。凝眸睇处，绿飞林翠，黄漾池鹅。看天边、影落惊鸿，风光旖旎应多。

解连环 闺情

柳绵堆雪，又忽忽过了，清明时节。叹愁绪、怎恁因循，便比似连环，一般萦结。玉镜奁开，春睡起、欲临还怯。问天涯此际，马影鞭丝，共谁凄切？

音书几回盼绝。待挑成锦字，金线慵贴。刚成就、半枕辽西，又早被黄莺，几番啼彻。眉黛休添，凝聚处、已堆千叠。待封侯、放还夫婿，此情诉说。

望湘人　本意

望潇湘万里，路杳云横，春心凄断孤客。敛麦成秋，酿梅作雨，时序十分催迫。断梦阑珊，醒来追忆，转添凄恻。叹东风、瘦尽群花，又把青丝吹白。

曾记骊歌亲拍。向长亭屈指，归期代择。叹人世天涯，不在水分山隔。流光似驶，朝云易散，后事总难猜测。待鼓楫、听向重湖，可有波间瑶瑟？

望海潮　上海客次

惊涛拍岸，孤城临海，疆分楚尾吴头。申浦旧闻，淞江近事，声称便拟名州。岛国聚群咻。有鲛绡作市，蜃气成楼。樊绰蛮书，异伦殊轨不曾收。

征装半月句留。尽飞觞醉月，选胜寻幽。鱼化庚辛，鹤无甲子，谈天莫问齐邹。歌啸且忘忧。听吴娘暮雨，越调空侯。风月无边，四时弦管不知秋。

夺锦标　竞渡

画鼓挝雷，彩旗奔电，摇动一江空碧。恍惚水嬉亭榭，罗袜凌波，艳妆持戟。正天中节候，看角黍蒲觞盈席。听中流、笑语喧风，若个锦标先得。

生长灵均故泽。鼓楫遗歌，感触千年陈迹。忍见芷兰凋谢，浪遂飞凫，云迷去鹢。凭栏干四望，抱凄怆、此情谁识？叹狂涛、卷尽雄风，终古灵魂难觅。

一萼红　赏梅

雪初消，见一枝临水，春色满空斋。霞旋如搓，冰松欲染，晴光掩映楼台。清骨格、添脂更好，似西施、倚醉玉将颓。不许莺窥，都无蝶惹，丽景偏佳。

便拟浇红置宴，好坐花醉月，遣兴徘徊。何逊能诗，林逋未娶，催妆好趁冰开。须不比、罗浮淡素，莫依稀、云鬓梦中来。天半绛云呼起，一笑倾杯。

薄幸　即事

破瓜时候。正二月、春浓豆蔻。须不是、琴心挑起，却饭颗怜侬瘦。记玉钗、恩重前生，衣香和泪分韩寿。便信盼元霜，诗留红叶，早是清衫湿透。

到隔岁、东风里，都不见桃花依旧。寂寥看金烬，烟沉云散，相思无计抛红豆。达观能否？把前因后果，今生勘破才能彀。应知风化，未算情悭江祐。

八宝妆　咏妆镜

簇锦成装，团花作体，饾饤春情如许。生就人间光艳福，长伴额娇眉妩。相看珠翠绮罗，冰彩澄鲜，月华明媚春三五。

莫慢轻参空色，菩提非树。

飘忽那竟无端，一泓皎洁，贮娇偏在深处有多少，轻颦浅笑，但星眼凭他一顾。飞燕瘦玉环肥素，天边未信蓬山阻。笑局外温郎，烦他也把须眉具。

疏影 梅影

暗香酣纵，正黄昏见月，苔砌凝冻。似是殊非，即色还空，此际罗浮如梦。依稀汉苑娥池水，娉婷处、淡妆微弄。借霜风、率性吹来，纸帐横遮无缝。

不复枝分南北，横斜一片碧，寒压衣重。赠远书成，索笑栏边，蓦地误人攀送。林间夜半惊飞鹤，又添出、一痕浮动。待更深、移过阑干，卷掩南华罢诵。

过秦楼 即见

六尽冰帘，几楞烟槛，人在绿杨深处。莺梭树密，燕剪波分，惆怅一痕眉语。斜日未解春愁，片刻黄昏，把天催暮。看平芜十里，廉纤一碧，梦魂无据。

多管是、贺铸吟边，秦观病里，故意联成凄楚。明珠有泪，好玉生烟，此意漫成疑误。偏是琴心惯愁，才入三分，已添万绪。想明河影里，立尽残更谁诉。

五彩结同心　题偕隐图

彩丝添线，冰绡叠锦，天然绣出鸿光。成就双栖愿，知纤手、殷勤几费周章。月圆花好人长寿，林间鸟、便是鸳鸯。虽不及、全家许逊，居然夫妇刘纲。

回丝串成云縠，看天边幺凤，舞出朝阳。卿亦殊佳，吾当据此，输他先赋偕臧。同心结子连枝缕，风情好、一例酬偿。川原美、但凭针度，人间信有仙乡。

附内子和作

雪肤花貌，锦心绣口，生来福慧双修。负戴偕臧意，借金线千丝，写出风流。名花并蒂枝连理，溪山好、别有秦楼。看几辈、飘鸾泊凤，何如尔我清幽。

人间此乡须少，是白云仙境，亦号温柔。美眷如花，柔情似水，相看一笑忘忧。彩丝刺就春衫薄，翩翻处、似步还留。空为色、愿郎垂意，异时携手丹丘。

沁园春　春景

山影盘螺，水光拖翠，林园景新。更花香池馆，平分蝶梦，柳阴楼阁，近接莺邻。令节重三，好风廿四，饾饤出人间富贵春。韶光好，爱晴轩四起，不著纤尘。

闲时料理琴樽，喜竹外茶香入座频。便清词一阕，吟来蕉雨，横琴九弄，唤起松云。骊畔双柑，蛙中两部，鼓吹针砭都有神。阑干外，看落红千点，衬出花裀。

买陂塘 送友

趁潇湘、半篙春水，片帆归觅烟岛。人间万事驹过隙，惟有青山不老。茹芝皓，但肆志从心，了却愁多少。买山须好。看北有移文，南多捷径，反复谢安草。

烟尘外，应许故人重到。霜天同话清晓。橘奴清健梅妻雅，已称平生温饱。邯郸道，算一枕、归来独让卢生早。江楼鹤杳。望远树苍茫，白云无际，倚笔怅崔颢。

贺新郎 贺婚

别院笙歌绕。指青庐、绮香成阵，月圆花好。咫尺蓬山春在望，幻出琪花瑶草。问几度、元霜遍捣。自笑陈平犹未娶，喜今朝且作传书鸟。金线压，未应恼。

珠帘绣幕春多少。醉芳筵、满烧华烛，炉烟细袅。十二屏风三面掩，一夕红纷绿闹。更索取、催妆诗稿。我始亲卿郎属妇，算冰人责任今番了。梁孟偶，羡君早。

春风袅娜 花影

借晴光一线，写出啼痕。烟黯淡，日黄昏。正宫池水静，仙娥度曲，关河路杳，倩女离魂。淡不禁描，飘难著掐，闲煞人间无限春。纵有秦宫一生伴，应怜无处寄温存。

天气艳阳时候，红嫣紫姹，苔纹上、一片难分。华清院，水香村。好风三径，斜照千门。绮陌寻芳，暗侵罗袜，琼筵醉月，细入金樽。清高谁似，看云飞雨洗，即空即色，不著情根。

十二时 忆别

听天边千行归雁，搅得离肠如纽。白露滴、霜华凋悴，全把秋心泄漏。十二时中，相思万里，那不教人瘦。看日暮、水远山横，帘卷西风，只有黄花依旧。

著绣线，挑来锦字，依约泪痕冰透。万缕愁丝，一茎秋怨，转觉难消受。洒鲛珠满衣，因风散作红豆。

望江干、千树黄竹，一片寒蝉厮守。蝶梦依稀，蕉心宛转，梦冷长亭柳。望银河夜永，魂销数声清漏。

玉女摇仙佩 寄意

风窠旧侣，清课分来，月地心香一缕。药院春浓，松坛夜静，家在层城深处。绰约凌虚步，怎依稀月帔，绛河频渡。料不定、云情雨意，离恨天空，为谁重补。看碧柳阴边，蓴绿华来，杜兰香去。

见说维摩病里，一室追随，尽有道场花雨。青鸟书中，彩鸾韵里，撩拨闲情如许。三叠霓裳舞，可念笛中韵，有人偷取。漫佩玉遗来交甫。壁端诗满，人间今识瑶台路。苍烟合夜闻钟鼓。

多丽　赠妓

绣帘遮，晴轩柳影欹斜。占风光、阿娇金屋，当门一树枇杷。漾春情、钿钗弹燕，堆旧恨、宝髻盘鸦。倦倚箜篌，醉调筝柱，巧翻翎雀按红牙。记归燕、似曾相识，沦落尚天涯。莺声度，青衫已湿，莫问琵琶。

路依稀、刘郎前度，玉窗几见桃花。绕梁歌、梦迷晓蝶，题襟字、墨冷秋蛇。午困偏多，春宵苦短，丰情模样不争差。只一箭流光似水，换了旧年华。金樽满，且须沉醉，细诉风沙。

个侬　生日

乍风翻廿四，怪绿惨红愁如是。一箭流光，转瞬真如驶。华年漫思。正学书学剑，两无成就，笑重瞳眸子。冠玉美好徒为尔，霸略周郎，将才良器，那见曾钻故纸。看司徒邓禹，一旁冷齿。

男儿旧志，愧桑弧蓬矢。白腊知名，青箱坠世，头衔落寞谁似。叹资郎出处，相如同耻。广陵宴，汤饼曾记。把甲子、数向横桥，恰是行行流水。浮生梦、为欢有几。趁今宵、且醉团圞月，等闲休视。

戚氏　秋夜

楚天青，黯黯愁思结空庭。玉露寒添，银河夕耿，见疏星。

茕茕，怅伶仃，闲阶寂静酒初醒。萧骚一径黄叶，又早零乱闪飞萤。树影凝碧，苔痕添晕，坐看蟾兔东生。想雕阑九曲，秋霞盼断，此际关情。

踪迹，省记分明。金烬暗淡，耿耿梦难成。重凝望，天空云杳，候雁宵征。最凄清，络纬绕户，哀吟满地，并作悲声。乌栖曲里，子夜歌中，那不愁泪纵横。

更复何须问，罗衣宽尽，短鬓凋零。旧句临风咏想，听帘钩凄断玉冬丁。算来绮岁如流，彩云易散，万是都无定。漫坠欢寥落烦愁剩。回首处、烟雨空冥。斗渐移、月满疏棂。又丹桂几阵冷香盈。倦凭孤枕，和衣卧去，数遍残更。

莺啼序　春郊纪游

无限春心，被枝上流莺啼醒。东郊外、绿暗红稀，催动雅游清兴。山翠平分居士柳，风番已到尚书杏。看帘纤芳草，漾出绿云千顷。

金谷繁花，兰亭修竹，次第论烟景。占清光、多少名园，绿野平泉俱胜。看天边无数池台，荡晴空水光山影。想高人眷恋芳菲，倚栏歌咏。

平芜一碧，恰好田庐渔舍，与近郊相映。晴课一般忙，水簖萍分，雨犁桃润。袯襫吟风，笭箵唱月，村歌水调都堪听。又兰若、丁当催晚罄。禅房石塔，依违一片峦光，凝伫处，回看暝。

楚鞋健步，轻衣便体，是处吟怀骋。十里苍苔细掩，蝶绕蜂围，流连玩赏，尽成佳境。起寻归路，垂杨带郭，笙歌缭绕红楼近。又枝头、百啭声相应。归来且入林间，斗酒重携，细参诗韵。

以上《率觚录·词类》，光绪三十四年（1908）武昌铅印本。

周家树

周家树（1878—1927），字仲玉，宁乡人。曾留学日本，习陆军炮科。武昌起义后，率部参加焦达峰等领导的长沙起义。北洋政府授陆军少将加中将衔。1924 年，参与筹建黄埔军校，任教官。

凤凰台上忆吹箫　扬州怀古

十里春风，二分明月，当年小杜扬州。倩隋堤弱柳，绾住扁舟。欲过玉钩斜畔，问宫人、春睡醒不？难回首，树荒庭后，花坠江头。

风流，教成歌舞，待燕子归来，误却朱楼。剩梅花高岭，独有千秋。今日承平久矣，更谁闻、野哭啾啾。凭栏久，遥看两三星火瓜洲。

湘月　蕉溪岭纪胜

是谁开凿？渐招邀飞鸟，从空控马。拾级忽登千仞上，回首桑麻遍野。石腹藏云，峰腰碍日，百丈飞泉泻。万分艰险，风光偏更闲雅。

恍惚身入庐山，横看侧望，面目真还假。叠嶂层峦行不尽，过去即成卑下。向月编茅，倚天种树，中有长年者。蓬莱何处，神仙无此潇洒。

临江仙　日本归舟

俊翮健翎飞不到，鱼龙夜夜安眠。黑涛如墨白波绵。机轮声格格，画纛影翩翩。

跣足科头藤榻上，啸歌声入云烟。羲和叱驭客乘船。相看无一语，同指夕阳边。

以上见《湘雅摭残》卷十五，岳麓书社 1988 年版。

郭宗熙

郭宗熙（1878—1934），字桐伯，号臣庵，别号三焦山人，善化（今属长沙）人。光绪二十九年（1903）进士，授翰林院编修。1917 年至 1919 年任吉林省省长。有《栖白庼词》。

凄凉犯　咏冬青

竦柯自碧。华林迥、凄风飐叶声激。夕阳有限，山南对景，几株萧瑟。阴沉薜甓，更枝上、啼乌夜急。宛惊心、寒琼入梦，草掩断人迹。

金粟知何处，太液长生，拂云犹昔。万年顿幻，问珠丘、睡龙谁识？殉蜀枯桑，等摇落、如闻叹息。只离离、缀实涴露，赤泪滴。

霜叶飞　落叶

锦枫宵舞。惊霜信，金飙如替传语。坠林飘荡等无家，迟莫愁千缕。念绿幂、成阴怨汝。伤春争似伤秋苦。剩故国凄凉，早梦落沧波，宛在洞庭深处。

还忆晚咽哀蝉，长安槐闼，此日幽恨谁赋。断红余影出连昌，夜冷偎烟雨。更寂寞孤桐凤去，空教松柏青如许。剩庾郎、萧瑟意，写向骚词，按弦低诉。

疏影　和苍虬湖楼感旧

湖光暱客，看冷波渺渺，零乱芳迹。望眼凄迷，残塔偎烟，苔痕尚自凝碧。高楼静锁孤山外，只燕子、归来曾识。更暗怜、映水梅凋，溅泪似珠谁拭。

还忆年时旧侣，悄吟共永夜，疏雨桐滴。怎奈颠风，荡起惊尘，幻作眉端秋色。幽禽迎树啼声苦，宛诉向、玉箫瑶瑟。剩断桥、寒月无情，却忍照人头白。

倦寻芳　重过李园写感

淡烟幂水，虚籁生林，游踪惊换。恼我西风，偏助角声吹散。荻苇摧霜迟暮感，荆榛匝地迷阳怨。挂斜晖，剩垂杨几树，叶黄无算。

漫觅遍、凭轩诗趣，旧抚苔枝，芳意都懒。满院飞虫，眯目顿呈凄惋。伤乱楼台歌吹寂，添愁菘韭光阴贱。更魂销，塔边鸿，一声遥断。

以上见《全清词钞》第三十九卷

南浦　题澹堪香雪寻诗图

芳讯透天涯，问东风，怎奈孤山偏早。正江国魂消，关心处、楼畔啼禽催晓。骚情未减，只今休说何郎老。哀怨玉龙吟不断，算是相思多少。

扶筇才过溪桥，春寒犹勒，觉琼怀杳渺。瑶台近、曾忆梦中频到。娟娟月皎。倩谁金屋安排好？生怕成阴枝渐绿，回首西崦云绕。

见《松江修暇集》，1918年铅印本。

王景峨

王景峨，字伯璋，益阳人。光绪二十九年（1903）进士，官陕西兴平、西乡知县。

金缕曲 诗冢，和子大韵

写尽伤心语。料埋愁、也都无地，且埋君去。短锸携来荒园晚，行入断烟凄雾。莫更问、楚台歌舞。除却三闾沉湘死，算才人词客皆黄土。何况是，我如汝。

莫言湘社无千古。合当时、建安子七，竹林君五。十二狂徒心中血，一穴居然同住。待后世、来寻遗坞。潦倒江湖终何用，傥因他博得丰碑树，诸达者，岂余妒。

见《全清词钞》第三十七卷

袁思亮

袁思亮（1879—1939），字伯夔，湘潭人。光绪二十七年（1901）举人，官农工商部郎中。北洋政府时期曾任印铸局局长。有《冷芸词》二卷。

虞美人

石父丈为张灵后身，灵鹣师以梦晋《长江万里图》便面为寿，出以见示，为赋此解。

分明剪取吴淞水，中有销魂泪。扁舟无分载西施，一任和愁和恨到天涯。

谁知赢得三生债，不共沧波改。吴头楚尾惯经过，多少前尘影事暗消磨。

高阳台　雪后与易实丈游中央公园，社稷坛旧址也

古柏簪花，晴檐卷絮，林端霁色微明。玉宇高寒，客怀重到须惊。蜃楼遮断金铺路，怕燕归、还误窥楹。黯销魂、梦里芜痕，阙下车声。

幺弦莫奏迎神曲，但尘笼乌帽，钗袅红琼。一掬沧波，铜

仙铅泪盈盈。寒鸦不管兴亡事，傍夕阳、犹恋觚棱。罢登临、灯火重楼，鼓角高城。

洞仙歌 题蒋谷香先生垂虹词梦图

灯昏水驿，正宵寒风细，宜有词仙与游戏。笑扁舟载了、双桨来时，波心荡，缥缈垂虹十二。

太湖西畔去，不管清寒，为唤盈盈玉人起。低唱庆宫春，无限风流，弓腰在、隔帘曾记。料十年梦觉彩云飞，算未比丹青，略曾如此。

烛影摇红 荷花，同彦通作

绀玉生烟，是谁耕得沧波碎。蘋丝斜约簟纹欹，红浪翻秋被。浅晕朝霞似醉。镜奁开、凝脂半洗，暖香飞麝。腻锦巢鸳，柔乡滋味。

急雨初过，绿盘擎出铜仙泪。瑶房空贮苦心多，别恨千丝缀。凤股钗头颤坠。向西风、颦红怨翠。露零鸥冷，拚共婵娟，伴伊无寐。

拜星月慢 秋斋卧疴，彦通拈此调属同赋

雨叶啼螀，霜砧惊雁，做得秋声如此。一梦沧江，换西风人世。叹前度，惯觉、朱楼紫陌游冶，醉玉吟香多丽。不似而今，总韶光虚费。

记桐阴、淡月吹笙地。人何在、似海侯门闭。负却象管鸾笺，赋深情难寄。问飘零、怨叶宫沟里，可曾有、万一相思字？怕盼断、碧海青天，隔蓬山无际。

宴清都　有赠

系马章台畔。归来燕、一双花下重见。眉峰减翠，腰支损玉，泪波双脸。平章艳冶都惯，算未抵、兰情蕙盼。话渡头、桃叶东风，前尘影事多感。

殷勤画扇传歌，金船劝酒，愁黛羞敛。侯门一瞥，萧郎陌上，故情依黯。芙蓉旧时庭院，早付与、斜阳一半。又霜枫、冷入哀红，凄凄弄晚。

秋霁　丁巳中秋，同彦通作

如水楼台，浸绀海冰壶，半剪秋色。捣药流铅，采香垂佩，素娥弄寒无力。桂尊饯夕，几回阅世成今昔。但叹息，人去忍将，欢意照陈迹。

应念倦旅，怅隔天涯，夜来乡心，清恨何极。更兰闺、晶帘下却，多情翻自泪沾臆。弹向四弦留怨抑。到酒醒后，还怕畹晚韶华，舞鸾惊晓，冷蟾愁寂。

浣溪沙　同杏丈、彦通泛舟南湖，止于觚斋。时主人游沪来归，赋小词二章留赠

作意清游未肯孤，半阴晴候嫩寒初，点波双桨倩鸥扶。
渐老菱枝经雨瘦，未凋枫叶饱霜腴，莺波桥下是南湖。

无数菰蒲乱绕门，虚堂人去几黄昏，客来留梦待重温。
三面好山都到枕，一湾流水自成村，此中消得是诗魂。

高阳台

月夜泛湖至彭祠，光景奇丽，杏丈高吟宋人“买得渔舟度岁华”之句，余亦有浮家意，感赋此解。

鬓影吹凉，眉痕替月，烟绡卷尽宫罗。露脚斜飞，点尘不到鸥波。水天共色秋无价，似泛槎、人在银河。动清吟、惊起双鸳，好梦梨窝。

彭郎祠宇新题换，自神州劫后，未忍重过。曲曲回阑，蘋飔微飐残荷。湖山不负清游兴，赚词人、心上秋多。更何时、一棹莼丝，一笛渔歌。

烛影摇红　赋杏丈西湖别墅

葛岭西边，画楼俯瞰波光碎。四山回合送青来，飞作檐牙翠。接岸枯荷乱苇。窄盈盈、凌波步绮。临流洗砚，倚槛敲棋，

游鱼惊避。

绛节归来，鉴湖不乞君王赐。别墅落成于宣统初元，丈方自海外持节归也。卷帘遥指故行宫，忍话沧桑事。一掬西泠腻水。阅兴亡、于今又几？石鳞斜照，铜辇秋风，人间何世？

霜叶飞　天平山看红叶，同春音社中诸子

断霞明渚。墟烟外，群峰争斗眉妩。缀霜蕃锦在寒枝，乌弄春晴误。听瑟瑟、清商自语。河山如此成迟暮。看乱拂苍崖，间瘦碧衰黄，料理夕阳红苦。

还叹过隙驹光，朱颜愁老，秀靥空忆前度。杜鹃啼恨下平芜，梦远吴江路。漫一逐荒波去住，人间多少消魂处。倘载将、相思字，流到天涯，教伊知否？

曲游春　偕彦通游徐园同赋，时彦通将有北行

倦洗筝琶耳，向旧家池馆，耽弄秋色。丛桂留人，散幽香时度，小窗帘隙。酽酽荒波碧。空流转、年涯无息。看断肠、几树斜阳，都是别离踪迹。

赋笔，工愁无力。念词侣飘萧，欢事难觅。满地江湖，几邻莺结舍，槛鸥分席。津鼓催征客。又一舸、西风潮汐。怕再来、认取鸿泥，故情暗惜。

金缕曲

癸卯甲辰间，余游于沪渎，有歌妓薛金莲者，明眸善睐，玉立亭亭，余数招之，颇极楚楚依人之致。时余方有所眷，弗加意也。既而，所眷所适非人，余亦自恨用情之误，不复狭游，十余年矣。顷从友人偶行曲中，忽与薛遇，虽芳龄非昔，而娇波流盼，妩媚不减当年，追话前尘，恍如昨日。美人迟暮，同是天涯，为谱此词，用志忏悔。

旧曲征歌地。记相逢、盈盈碧玉，破瓜年纪。别有伤春幽绪在，篆缕难烧心字。早自判、忏除情绮。不分今宵重相见，把新愁旧恨都钩起。浑如梦，十年事。

东风开遍闲桃李。只秋娘、旧家声价，依然如此。自是瑶英人第一，卷上珠帘十里。但病渴、文园老矣。懊恼当时真铸错，负横波一笑千金意。空湿遍，青衫泪。

宴清都　秋感

怕展登楼眼。西风外、乱愁如草难剪。重阳近也，茱萸待插，雁行凄断。惊心满地烽烟，又怅望、家山梦远。料泪波、流向潇湘，修篁秾翠都染。

从教掷锦征歌，筹花斗酒，人意先懒。幽兰结佩，残荷制服，落英抄饭。芳情信美何用，算一例、霜啼露泫。拚今生、冷坐枯吟，年涯暗遣。

醉太平　（二首）

春痕黛螺，秋痕眼波。绣巾时掩香罗，晕梨花颊涡。
颦轻怨多，腰轻态娜。灯前夜夜闻歌，断人肠奈何。

云停响高，花欹舞饶。纤葱檀板轻敲，爱唇朱自娇。
兰吹舌椒，红生脸潮。人前眉语迢迢，隔银河几桥。

莺啼序

园林旧时俊赏，敞银屏绣户。翠樽满、醉折花枝，卷帘天半歌舞。暗香动、凉飔荡夕，沉沉罨霭疑无暑。但天孙，惆怅灵槎，夜来风雨。

楼傍秋阴，暂暝便霁，扬晴云暖雾。麝薰过、翩入惊鸿，黛螺新画眉妩。弄歌珠、梁尘暗簌，似偷掐、霓裳仙谱。更商量，佳会明朝，再听金缕。

巾车乍卸，柘鼓重携，又几亲笑语。芳昼永、曲澜初定，倦耳争洗，间发清商，缓移筝柱。娇波送盼，遥峰颦恨，柔肠回断无人省，只声声、化作情天絮。余音未歇，无端瘦月斜阳，送人惨淡归去。

阳春法曲，响绝知稀，正感今怨古。问料理、金樽檀板，付与华年，羽换宫移，为谁辛苦？红墙雾隐，蓝桥烟锁，蓬山神海无梦到，笑寻常、蜂蝶猜都误。凭君领取清愁，杜若湘兰，惯题秀句。

清平乐　（二首）

脸霞红玉，眉语欺山绿。一握柔丝亲结束，斜倚阑干娇足。

独眠楼上花枝，起来窗日迟迟。金斗无心熨贴，任教揉损罗衣。

尽人颠倒，珍重知音少。众里回眸刚一笑，不分占伊怀抱。

者回纤手擎持，含情似说郎痴。辛苦朝朝按拍，为侬敲损筇枝。

卜算子　（二首）

玉骨怯西风，枕簟凉初透。寂寞空床易感秋，小病非关酒。

引领一声歌，如雪蝤蛴瘦。细掐猩猩一桁红，错认新妆斗。

掷帽睹身轻，裁锦怜腰削。时把菱花砑粉妆，睡眼妨人觉。

皓腕约轻黄，光映金跳脱。为有怀人十二时，刻刻思量着。

雪梅香　春感

雨初歇，凉云叶叶弄新晴。傍高楼凝望，郊园万绿冥冥。花气如潮上衣湿，柳绵和泪入帘轻。暝烟合，黯淡斜阳，愁满江城。

伶俜。叹时序，劫后江湖，又几清明。往日风流，忍看画烛银屏。双燕归来似相识，一池吹皱底干卿。知无益，可奈柔肠，枉自牵萦。

浣溪沙　示礓空

天遣多情不自持，廿年愁病负芳时，东风赢得鬓丝丝。
未必好花能解语，惯拈幽恨与填词，断肠原不要春知。

浣溪沙　（二首）

碧玉刘家窈窕娘，能歌不怕断人肠，惯抛风月与评量。
不惜兼金酬一笑，爱亲密座接余香，为伊重理少年狂。

一曲伊凉唱未终，何因懊恼损情悰，拂衣归去太匆匆。
镜槛秋烟摧鬓绿，枕函春雨涴啼红，岭云封恨一千重。

卜算子　（四首）

冷艳恰宜嗔，幽恨长盈抱。便感多情也自伤，况被无情恼。
心窄不藏愁，歌咽难成调。却向空房悄悄归，揾泪罗巾小。

愁黛锁遥山，泪脸融晴雪。懒惰无心弄晚妆，零落钿花匣。
蹀躞玉街头，飘举怜风叶。坠珥遗簪了不知，独自成凄绝。

着意与温存，无计传消息。青鸟殷勤为探看，道个真怜惜。

怜惜也无聊，轻薄东风力。万一飘零减却春，忍向天涯觅。

隔影却闻声，辛苦为依热。听不分明语渐低，字字成呜咽。

命薄本天生，魔苦将人劫。一语还伊慰藉难，空自肠千结。

清平乐 为天随居士纪所梦

有情天老，一枕屏山晓。选梦无端成懊恼，惆怅美人芳草。

飘零燕子无家，东风不管年华。便道绿阴成也，醒来依旧天涯。

踏莎行 瓶丈以折扇自书所为春江杨枝曲赠伊人，极工致

虎仆毫尖，麋隃香冷，聚头小扇亲装整。洛神细字写官奴，断肠诗是缠头锦。白香山诗："缠头无长物，一首断肠诗。"

入握葱柔，遮唇脂晕，新凉黯黯惊秋讯。殷勤怀袖已恩多，他时留取鸿泥认。

一落索 扬子舟中

一夜朔风凄冽，去舟冲雪。客衾如铁梦难温，冰不了离肠热。

遥想翠楼寒怯，怨歌谁答？歌声莫道似涛声，怕还比涛声咽。

浣溪沙

云外迢迢一雁飞，为伊双泪到江湄，断肠心事有谁知。

独抱吟魂温旧梦，更拈醉笔写新词，黄昏长是忆人时。

好事近

己未孟冬，薄游汉上，十发丈招同梅郎饮于寓楼，出示《灵岩垂柳图》，话石巢旧事，赋此为赠。

离乱不成归，依旧相逢为客。来共梅花一笑，浣羁愁千百。

石巢无恙柳毵毵，回首总陈迹。减却青青双鬓，只刚肠如昔。

卜算子　与十发丈话湘事

炉拨劫灰红，酒涴征衫碧。费泪河山几夕阳，老却填词客。

衡雁不堪闻，归梦和愁觅。弹入湘灵廿五弦，应有鲛人泣。

水龙吟　十发丈工画石，赋此为赠

泛槎曾见支机，罗胸灿烂皆星斗。吟边醉墨，兴酣摇岳，六丁奔走。松骨鳞枯，云根发腻，苔皴烟皱。笑郁林一舸，仇池片玉，凭携取，君衫袖。

攻错它山为友，仗刚肠、容伊坚瘦。高歌雪浪，心存故国，可堪回首。荆璞终完，秦鞭不到，白头相守。问平生块垒，此中都尽，更须浇否？

踏莎行　为天随居士纪本事

吹息兰薰，递香檀颗，比肩私语凭阑坐。漫惊罗帕有烧痕，都缘特地燃心火。

惜别怜伊，催归误我，载舟明日江头舸。海绡六幅抵湘波，遥天共汝相思裹。

又

倦不成眠，醒还似醉，轻阴薄暝恹恹地。东风吹老有情天，和天也学人憔悴。

影妒花肥，歌嫌莺碎，一春尝遍愁滋味。小楼昨夜卷珠帘，杏梢偷傅燕支泪。

鹧鸪天

驾得云軿日日来，横波一笑被人猜。黄姑尚恨银河隔，素女翻疑镜殿开。

携酒去，按歌回，筹花斗草不须催。无端乞取乌龙去，赠与空房作妒媒。

又　孙侯寿筵，即席有赠

璧月圆姿照座明，瑶池一夜奏新声。人间岂有金为屋，海上空闻玉作城。

歌管罢，已三更，天寒袖薄可怜生。廿年我已风尘误，忍见风尘更误卿。

清平乐　（二首）

锦偎香贴，扑座春云热。楼上华灯楼外月，又是清明时节。

朝朝见了还休，心期眼意难酬。贪听惺忪言语，不知唱彻凉州。

恹恹瘦损，错被旁人忖。懊恼檀心无一寸，多少闲愁闲恨。

依前□了银筝，伤心歌不成声。只许为伊憔悴，从今莫浪多情。

减字木兰花　（二首）

不成将息，强起当歌无气力。爱好天成，从古蛾眉不让人。

无情芳草，依旧萋萋青未了。客燕伶俜，又向江南遇着春。

谁恩谁怨，覆雨翻云天不管。法曲凄凉，只有词人与断肠。

黄金铸泪，着尽思量无好计。苦恨东风，浪遣狂花烂漫红。

清平乐　赠畹华（四首）

凤城弦管，记得寻常见。几度沧桑人世换，回首笙歌天半。

年时汉上停骖，楼头玉笛吹寒。此日重携尊俎，家家梅雨江南。

琴心剑气，婀娜含凄丽。领取英雄儿女意，最是销魂此际。

双情爱好天然，薄嗔微笑轻怜。梦里贪欢一晌，镜蛾浓试春妍。

神光离合，密意微波托。婉转低回珠错落，未怕旁人偷掐。

暗香沁入骚魂，前身原是花身。压倒南都粉黛，蛾眉不许工颦。

珠灯尽放，锦罽红氍上。擎出华鬘天女相，十万眼波供养。

玲珑细腻温柔，更兼儒雅风流。并作美人名士，不知第几生修。

寿楼春　为畹华赋洛神

披仙衣芙蓉。乍回车舞雪，摇佩迎风。仿见凌波芝濑，猎香兰丛。腰约素，唇朱红。耀艳灵、惊鸿游龙。怅宝枕留欢，明珰惜别，幽梦太匆匆。

天人态，描难工。有罗浮旧侣，姑射仙踪。貌出神光离合，雅歌雍容。修短度，秾纤衷。算宓妃、人间犹逢。更江上归来，余音未终青数峰。

清平乐 （六首）

秋来几日，秋燕真如客。梦后欢踪何处觅，一角高楼西北。

栏干记得同凭，相携长在黄昏。多少香酬影答，于今都是离痕。

归期太促，佳会何时续。为奏牙琴江上曲，知是长歌当哭。

金风玉露凄其，劝君爱惜容辉。万一有缘重见，莫教不似年时。

眉间心上，恰似潮来往。舞态歌容劳想像，第一眼波难忘。

几番欲去还休，者回无计迟留。只有碧阑仍在，不堪回首朱楼。

良媒谁托，命比秋云薄。珍重一声双泪落，此意妨人道着。

相知合有深怜，忍教断送华年。但祝卿卿如愿，同心抛艳成莲。

绮筵高会，薄酒翻成醉。未肯豫言今日事，料得柔肠先碎。

悲秋暗蹙双蛾，玉人心上秋多。只道当时小别，谁知已是离歌。

薰香小像，长向屏山傍。愁病自怜无好状，从此人间天上。

知音见说周郎，承恩不在兰房。付与秋江双泪，替侬流向潇湘。

浣溪沙 重过西新有忆（二首）

叶叶梧桐露未干，水晶帘外有轻寒，旧时台榭旧阑干。

归去定知空冀北，梦回应更忆江南，青鸾消息几时还？

歌籍犹题碧玉名，几回曾误听歌人，坠欢如影不分明。

已自怕看行坐处，那堪重听管弦声，不如归去梦倾城。

临江仙 和小山

寂寂金铺深掩，沉沉银蒜低垂。小园花径独来时。骄人双蝶舞，背景一萤飞。

遥想天涯芳侣，嫩寒初上罗衣。关山寸寸是相思。凤城今夜月，应照玉人归。

女冠子 庚申七夕

凉宵七夕，记得闰秋今日，是佳期。玉砌迎花辇，银灯照枯枝。

秋来仍此夕，人去已多时。天际黄姑怨，莫教知。

浣溪沙　用天放赠别诗韵（四首）

蹙损春山淡淡蛾，临分肠断一声歌，雨云如幂掩秋罗。
才有情时惊别骤，更无言处省愁多，不成惆怅欲如何。

欲写相思一字难，寄书惟有劝加餐，最难将息是新寒。
妆镜怕教云鬓改，舞衣愁损粉痕干，莫留憔悴与郎看。

无复骄骢踏落晖，旧游零落酒人稀，庭花簌簌掩朱扉。
海上浮家同是客，天涯怜汝独成归，愿为明月照罗帏。

一自佳人归国遥，大堤花艳不能娇，倡条冶叶漫相邀。
漠漠平沙秋寂寂，粼粼南浦梦迢迢，好天良夜忆春朝。

烛影摇红　宿雨初霁，偕天随、天放两丈人重莅西兴鼓场，枨触前游，感而有作

无主斜阳，为谁红到凭栏处。长廊回合曲廊斜，都是愁来路。指点莺帘燕户，换年时、听歌伴侣。彩云归后，明月来时，断肠知否。

唤起秋慵，无心重听花奴鼓。天风吹恨下楼台，满院梨花雨。料得婵娟更苦，倚高梧、哀弦自抚。飞鸿过也，说与相思，万千言语。

菩萨蛮　集长吉句（四首）

锦堆花密藏春睡，玉钗落处无声腻。无物结同心，洞房思不禁。

秋罗难着色，香出鸳鸯热。羞问陌头人，谁知泥忆云。

花蹊密影成花洞，鸾裾凤带行烟重。暂得见何郎，江头楂树香。

夜天如玉砌，凉旷吹浮媚。露折一枝兰，稍知花簟寒。

冷红泣露嗁娇色，桂华几度圆还缺。人在石莲中，似悲团扇风。

犀株防胆怯，画鼓余清节。拂镜扫浓眉，镜中双泪姿。

无情有恨何人见，梨花落尽成秋苑。彩絮扑鞍来，亦须生绿苔。

沉香薰小像，细管吟朝幌。瑶席糁香葱，洛阳生别风。

临江仙　瘿公书来，为程郎艳秋索词，赋此应之（二首）

暖玉钗摇𪇆鶒，销金带蹙鸳鸯。银筝檀板合欢场。玲珑仙子骨，佳侠女儿肠。

憔悴江南倦客，输他顾曲周郎。璚枝璧月久端相。珠灯春入梦，花雨夜闻香。

未必有情成眷属，不妨游戏鸳鸯。风鬟雾鬓且登场。一声双泪落，千啭九回肠。

闻道宣南歌吹海，相逢争说程郎。秋容淡雅费形相。泛卮黄菊艳，缀席紫萸香。

踏莎行

烘日帘栊，锁苔庭院，东风青入垂杨眼。恹恹睡起不开门，昼长犹怯余寒酽。

镜掩孤鸾，炉消残篆，思量总是闲恩怨。断肠春梦觉来时，定巢新有归飞燕。

唐多令

烟柳锁重门，流莺不可闻。卷帘看、芳草如茵。记得眉尖前度恨，依约认，远山痕。

花外雨冥冥，香销酒半温。怯余寒、犹倚笼薰。尽日闲愁消不得，何况是，又黄昏。

浣溪沙　七夕闺情

拜罢双星掩绣栊，桂堂昨夜有西风，屏山尽处是巫峰。

玉簟新凉宜好梦，银河斜转动疏钟，人天欢会此时同。

菩萨蛮 （八首）

珷床檀枕慵朝起，水晶帘午新梳洗。红晕上花枝，镜中双笑姿。

妆成宜薄媚，香动飘罗袂。划袜下阶迟，绿钱成地衣。

相思崖下桃钗竹，娟娟嫩筱含烟绿。鸳甃乱花飞，碧池闲绣漪。

画檐蛛网缀，柳雪飘香砌。处处惹春愁，玉人心上头。

万荷千竹深深处，龙涎沉水销残暑。枕簟午风前，绿阴清昼圆。

倦来回皓腕，抛却轻罗扇。惊起一声莺，断霞双脸明。

一奁明镜团香玉，红衣队队鸳鸯浴。临槛采瑶房，藕丝萦指长。

冰绡鲛泪织，朱李沉寒碧。无汗玉肌凉，风前宜晚妆。

碧芳酿熟菱枝老，丹枫瑟瑟霜天晓。怨叶向谁题，更无沟水西。

拗莲丝不绝，心字沉檀爇。红雾隔窗纱，断肠前度花。

黛螺新约宫黄浅，钿筐金粟并刀剪。翠袖暮寒天，罗衣添未添。

空房愁不返，坐看斜河转。知道有西风，雁声残月中。

销金帐锁衾无缝，自偎暖玉温残梦。梦醒尚瞢腾，玉壶红泪冰。

雪泉烹活火，妆罢薰香坐。开到绮窗梅，远人犹未归。

兽炉瑞炭明金屋，篆烟斜袅屏山曲。新月淡黄昏，无聊长闭门。

落梅香不扫，点额宫眉小。春色上梨涡，玉颜微醉酡。

八声甘州 独游半淞园

唤诗魂病起向郊园，凭阑洗吟眸。正林亭初霁，湿泥留燕，新涨浮鸥。碎蕊苔花错委，绣地写春愁。啼鴂年年恨，都在高楼。

楼外夕阳斜处，有临风擪笛，度水飘讴。记红红双曲，天际想歌喉。尽平生、狂情未换，怕絮飞、换了鬓边秋。空凝伫、乱鸦归树，绿暗汀洲。

寿楼春 赋庭前落花，和瘦碧

招飘摇花魂。有鞶烟弄晓，怨雨啼昏。愁把空枝缄泪，断肠留春。芳草路，凭阑人。冷翠裙、萋萋王孙。怅腻水流脂，看泥补垒，欢事总成尘。

金铺掩，珠帘曛。对韶光迅羽，易泣金尊。渐看交柯如幄，

绿阴当门。风叶战，鸦如军。漫浪萍、踪迹无根。待认取明年，香瘢旧痕簪锦巾。

琵琶仙 龙华寺看桃花，明日风雨，花事尽矣，用白石韵纪之

无主东风，问何事、努力裁花裁叶。烟外一抹斜阳，盈盈黯愁绝。纷照燕支万斛，等闲付、妒芳啼鴂。粥鼓禅房，风铃坏塔，幽怨能说。

算纤手、攀折多情，待归去、依依玩芳节。佳约觉来如梦，又榆钱飞荚。和泪送、繁枝过雨，料落英、软舞红雪。想见崔护当年，断肠轻别。

烛影摇红 壬戌七夕前三日，畹华姬人得子，赋此为贺

金屋盈盈，蜜沉香袅和春酽。仙郎娇重湿行云，玉种蓝田暖。刚报瑶钗梦燕，又葱茏、充闾载诞。珍禽眠鹤，瑞草藏芝，宜男先占。

教试啼声，定知雏凤清堪羡。金钱供浴挽银河，锦乞天孙剪。长命新添彩线，恰针楼、珠丝巧绾。璚枝蜕秀，苕玉他年，羊车惊看。

水龙吟 寿散原先生七十

白门斜照西风，几回惊见沧波换。天留一老，文章山斗，光芒霄汉。满地江湖，百年身世，酒杯陶遣。看行吟坐啸，乾坤万态，都收入，新诗卷。

华发朱颜未变，羡壶中、春宽无限。德星聚处，辉腾龙角，璇奎交焕。露菊黄深，霜枫丹近，岁寒心眼。镇鸠扶玉杖，鸥随画舸，弄清溪晚。

卜算子 为瘿公赋赠程郎艳秋

贴地舞腰轻，入破歌喉溜。赢得宣南顾曲人，日日雕鞍骤。

应是断肠花，独向西风秀。输与寒梅一段香，占断春时候。

齐天乐 赠程郎北归

嵯峨不动行云碧，盘空万丝晴袅。乍断还连，将酣转咽，飞入鹍弦低绕。新声换了。恰怨蟀吟宵，嫩莺啼晓。为问周郎，古今妍唱几人到。

开天遗事暗忆，记临风玉树，家世能道。彩笔题笺，兰襟散座，依旧承平风调。孤芳自葆。任尘海茫茫，赏音多少。待取重来，听歌人未老。

清平乐

锦屏双笑，往事如烟杳。闲理温馨情悄悄，悄把珠帘下了。

东风不管韶颜，依前红泪阑干。昨夜小楼听雨，卖花声里春寒。

菩萨蛮 （四首）

翠盘堆缕红虬脯，莼羹滑腻凝酥乳。花露吸兰房，玉鱼鸡舌香。

愁浓嫌酒薄，娇重怜腰削。不敢劝加餐，画栊鹦鹉闲。

绮窗阿阁连云起，流苏宝帐笼鸳被。腻水洗胭脂，冷香苔苑滋。

一床弦索掩，别锁楼中燕。不敢笑牵牛，风波夕夕愁。

珍珠不慰长门恨，寂寥眉萼销妆镜。低首石榴裙，空将泥忆云。

笑啼无是处，长日恹恹度。不敢怨檀郎，知郎先断肠。

粉香和泪芙蓉面，罗衣渍透无人见。缺月挂烟萝，微霜新雁过。

为谁传怨抑，花外飘横笛。不敢卷帘听，阳关无此声。

洞仙歌 用康退轩体，贺玉霜新婚

良期艳景，瑞麦生朝并。三月十一为麦生日。兰麝如潮浸鸳锦。看璚枝、相倚正，佳偶天成，双笑处，何粉樊唇交映。

洞房春旖旎，一晌温存，惯识娇痴女儿性。种兰田、芳讯早，丁祝东风，新岁换、添个宜男山枕。尽十样、宫眉倩郎描，更不待妆成，浅深低问。

甘州子 前题（六首）

锦屏围玉帐销金。花并蒂，酒同斟，翠弧双约结同心，琴思两愔愔。鸳枕畔、私语口脂侵。

朝朝弦管理新妆。摹艳史，幻柔乡，今宵努力做檀郎，春在合欢床。鸳被底、珍重莫颠狂。

醉霜欹玉两情浓。肤雪腻，鬓云松，星眸微漾脸波融，娇喘下巫峰。鸳帕上、几点试春红。

卷帘梳洗玉瑳瑳。回艳笑，转秋波，鸾篦亲为挽云窝，铅粉惯摩挲。鸳镜下、还与画双蛾。

本师今后属闺人。添颊妩，赌腰轻，未妨狮吼试娇颦，宜喜更宜嗔。鸳闼内、调笑按银筝。

敲棋子暖玉楸枰。商画稿，爇炉薰，簪花还学魏夫人，乐事一时新。鸳案侧、相对倒金尊。

西江月

春垂尽矣，沉阴酿寒。鼙鼓声中，年涯如水。谁为知我，徒唤奈何。欹枕微吟，被歌凄异。

云起犹含雪意，风来都带秋声。廉纤泪雨可怜春，天也多愁多病。

只有头随絮白，更无眼向人青。骊龙吹海怒潮生，终古冤禽沉恨。

浣溪沙 咏拖鞋

浴罢兰汤侍女擎，梦回刬袜下阶行，肤圆致致最销魂。

花径不兜红着腻，绣帏轻卸玉无声，弓鞋窄窄可怜生。

木兰花 寿梅畹华母六十（二首）

堂中阿母瑶池宴，长寿杯深香潋滟。尽收彩笔付金题，更谱薰弦调玉琯。

洞天自暖人长健，彻晓笙歌听不倦。膝前雏凤早蜚声，细数华年刚一半。

条风淑景明庭院，彩袖琼浆频举劝。佳儿佳妇已无双，更挈朝云来侍宴。

韶光一任年涯转，自把玉颜银汉炼。神仙原自在人间，笑看蓬瀛三度浅。

惜红衣　和白石，要璇父、帅南同作

病枕惊春，愁杯饯日，困消吟力。细柳窥檐，丝丝弄柔碧。朝来雨骤，应负了、钿车游客。萧寂，休去倚阑，怕繁香吹息。

羁栖海陌，同是天涯，青衫泪痕藉。沧波照影水国，雁行北。指点落花飞絮，都是断肠来历。但梦魂长记，七十二峰山色。

又　再用白石韵，同璇父、帅南作

细雨悭晴，轻阴碍日，酿寒犹力。乱草侵阶，苔痕映帘碧。新来病酒，愁里送、光阴如客。闲寂，花外晚风，入空香千息。

交衢绮陌，灯火家家，金羁正尘藉。登楼漫赋异国，限南北。回首故宫禾黍，付与燕游莺历。更甚时携手，同泛洞庭春色。

六幺令　有摘庭前樱花为瓶供者，用小山韵赋之

玉移琼岛，偷种傍香(闺)[阁]。窥奁雾鬟烟脸，也把晚妆学。一寸芳心乍展，早被莺儿觉。锦围低匝。新红一捻，只许佳人手亲掐。

行尽花阴暗忆，此际愁谁答。记取阶下苔痕，浅印弓鞋押。犹喜繁枝在眼，总算留春霎。且烧红蜡。倩魂归后，梦绕双鸳绣屏角。

又 安郎用小山韵赋闺思，戏为代答

薄寒轻暖，时候难将息。关山万重云树，草没马蹄碧。归梦何时得到，到也无端的。酒灯歌席。锦温香醉，总是天涯断肠客。

前度鸾笺远寄，密意教亲拆。为说窗下花枝，玉蕊犹堪摘。更有传来秀句，怨入桓伊笛。夜深人寂。新词和了，怕惹多情更相忆。

杨柳枝 （十二首）

十丈笙歌辇路尘，御沟流水照愁颦。可怜学尽宫腰舞，不是灵和殿里春。

半系班骓半画桡，啼烟啼雨自萧萧。关山处处成愁绝，岂独销魂是灞桥。

碧亚阑干翠绕楼，曲澜初定晚风柔。黄鹂去后无消息，剩与哀蝉咽早秋。

染得鹅儿万缕黄，赤阑桥畔是横塘。毵毵瘦影无人见，自蘸荒波画夕阳。

画眉人只隔窗纱，手卷珠帘一桁斜。欲折柔条浑未忍，为怜春色在侬家。

人境陶庐最寂寥，五株低亚短长条。无端自署先生号，却被东风笑折腰。

托根长是傍楼台，青眼逢人便许开。莫道柔丝无气力，漫天作絮已多才。

故国年芳不可招，无人池馆久飘萧。白门残照秦淮月，付与啼蛄吊六朝。

摇落深知百不堪，更谁凄怆感江潭。多情毕竟桓宣武，犹解依依忆汉南。

莫向吴宫怨绮罗，屧廊无复旧人过。平明一阵骑秋雨，惟有髡枝得泪多。

画堞旗亭隐暮笳，行人如水送年涯。望秋已有先零意，犹为街头扫落花。

当年张绪最风流，霜雪何缘见白头。艳景一生消受得，十分春色二分秋。

并蒂芙蓉　本意，为玉霜簃主人题画，即贺其新婚

藻国空明，斗胜春艳冶，芳跗鹣倚。红浪湿痕翻，正香暖秋被。梨云梦酣绣幄，料有鸳鸯妒双睡。锦城十里。问谁能、共绾同心如此。

凌波镜中照影，似华清洗罢，凝脂犹腻。密约证钗钿，记前度私誓。风流万千缱绻，秀靥盈盈连鬟地。画图笑指。看柔乡、玉温霜醉。

浣溪沙　立春后，闺人竞以兰花插鬟

露眼啼烟九畹滋，筠篮新剪一枝枝，卖花声里雨如丝。

香味浓于欢气息，丰姿瘦比妾腰肢，春来争要鬟云知。

又　立春日，闺中妇女有闭门不出者，谓之躲春

下了珠帘闭绮栊，怕抬娇眼觑东风，不成愁困不成慵。

葱玉新裁黏户燕，花钿时引叩窗蜂，早饶春色上眉峰。

减字木兰花　咏汤圆

揉酥搓雪，纤手携来天上月。玉碗频供，颗颗圆匀讶许同。

温柔气息，心里人儿甜似蜜。愿祝情郎，个个团圞个个双。

千秋岁 寿程玉霜母六十

画堂香细，红烛摇金穗。春似海，天如水。一星明宝婺，万霭凝朝瑞。朱阑外，东风开遍长春蕊。

蝶舞霓裳媚，莺逗鸾笙脆。灯影畔，帘波内。欢腾莱彩戏，酒劝酡颜醉。君记取，年年为谱千秋岁。

浣溪沙 （二首）

秾蕊繁枝着意新，伶俜罗袜划香尘，小园花事未全贫。
心上惺忪昨夜雨，眼中销减十分春，高楼愁煞倚阑人。

帘外飘灯雨未收，花魂扶梦上层楼，嫩寒如水酿春愁。
有酒未能浇块垒，无乡何计着温柔，一生埋恨是心头。

又 咏纸煤

寸寸蕉心婉转通，篆烟低袅一丝风，相携无奈是匆匆。
檀颗细吹兰气息，葱纤微掐玉玲珑，未灰心事可怜红。

又 咏茗碗

曲几长筵处处宜，旗枪闲斗碧琉璃，一生冷暖惯禁持。
擎处粉轻留指印，泼余香重浣唇脂，文园病渴最相思。

以上卷一

浣溪沙 题史喻庵印谱

落眼虫鱼发古香，排窠红湿动吟床，秦书晋籀与平章。
花乳白飞镌凤字，蓝田青老入蟾昉，故应名迹俪杨王。

清平乐

酒悲花病，泪粉衫痕印。独拥鸳衾和梦等，不管天涯远近。
绿杨禁受风柔，东西沟水分流。谁信红楼一角，等闲贮得春愁。

踏莎行

意密难酬，恩深易怨，含情欲诉肠先断。屏山重叠枕头攲，啼红偷洗胭脂面。
绣幄防莺，珠帘妒燕，春心不共春云展。自伤歌舞受人怜，教人错比杨花贱。

烛影摇红 题无爱居士填词图

蠹纸魂痕，楚兰一掬伤心泪。故家乔水莽风烟，忍唾行吟地。付与回肠荡气，尽消磨、偷声减字。莺天雁夜，蝶外蛩边，清愁自理。

影倩花扶，翩翩玉貌佳公子。山阳笛语剩凄清，梦冷湘波逝。我亦能歌变徵，有斜阳、危栏怕倚。荒原白草，尘海红桑，人间何世？

蓦山溪 夏日雨后

房栊深窈，竹树摇空翠。日影上罘罳，动凉飔、重帘窣地。调冰雪藕，闲诵少陵诗，吟未已。云乍起，骤雨鸣檐底。

纱厨枕簟，渐觉凉如水。高卧傲羲皇，似自在、虚堂味美。醒来倦眼，翻怯夕阳明，霞散绮，鱼烧尾，愁入蝉声里。

摸鱼儿 题隋董美人墓志铭原拓本

酹清杯、玉钩斜畔，隋宫千载眉妩。舞销歌歇香尘委，姓氏都无寻处。龙首路，算片石、韩陵差可情天补。光芒万古。似剑气腾霄，珠胎照夜，不共土花瘗。

持山去，劫火仓皇一炬，流传遗迹如许。墨痕浓涴沉娇泪，翠黛悲凉今故。词漫谱，总未抵、哀弦千面声凄楚。新愁更苦。痛玉匣人间，铢衣梦里，何地赋离黍。

又

《孤山补梅图》，为许玉年先生所作，并自题《摸鱼儿》一阕，一时和者甚众。野侯同年得之肆中，出视征题，即用其韵。

问梅花、几生修到，芳魂长傍和靖。寒漪一角西泠路，斜浸横枝凄冷。重记省，料环佩、归来月下前身认。鸥边小艇。尽载得游人，弄香清泚，立尽万花影。

沧波梦，翠羽啁啾未定，东风还被催醒。移根补屋人何在，剩有画图堪证。阑莫凭，怕玉笛、吹愁惊起仙禽听。珠尘糁岭。想竹屋词工，房山墨妙，今古耿相应。

玲珑四犯 暑夜听雨，怀三弟夏口，兼寄湘中乱后亲友，用清真韵

谁倒天瓢，响碎竹圆荷，凄弄声艳。唾碧兰丛，微泫晚妆啼脸。孤旅似我无眠，料检点、故情撩乱。叹画梁宿燕都换，残烛对床曾见。

小楼深夜偎罗荐。卖花声、荡愁轻蒨。潇潇卧听虚堂寂，凉沁惺忪眼。争似此夕断肠，骤怒打、狂澜千点。怕素鳞不到，湘水曲，潮回散。

还京乐 和清真，同仁先、映庵、公渚作

乱愁迸，别后朱弦宝瑟无心理。问廿年霜鬓，为谁不管，

韶华轻费。指海天云树，山重水复苍烟委。尽望久，空洒几许，伤高清泪。

绕珍丛底。有双双飞燕，呢喃似说，承平歌舞况味。那知感节哀时，负东风、放尽桃李。纵依前、争笑靥娇春，凝妆斗水。奈入离人目，相看都是憔悴。

齐天乐　早蝉

槐阴前度曾听处，泠泠又弦清晓。旧地重来，经年恨别，聊说伤高怀抱。风枝颤袅。正新绿才圆，乱红初扫。到耳偏惊，甚时莺燕等闲老。

烦君相警最苦，举家清似我，幽怨能道。捣练千砧，铿床万叶，和尽秋声更好。孤弹古调。笑热不因人，饮非求饱。满地斜阳，唤回尘梦杳。

又

庚午初冬，映庵、公渚复举词社，有怀散原丈庐山、苍虬津门，即寄苍虬索和。

登楼目送行云远，斜阳断烟离绪。帝所麻鞋，仙都卉服，南北凄凉为旅。高寒院宇。又潮落丁沽，雁回溢浦。两地魂销，短檠搔鬓共谁语。

浮沤江上聚散，眼中人几换，前度吟侣。瘦菊支霜，酣枫绚日，抱色栖香心苦。哀弦自抚。倩泪滴荒波，载愁流去。唤起灵均，楚骚赓怨句。

芳草渡

余故宅在斜桥，居十余年，园中植桃、梅、樱花、海棠，数集朋好，流连咏歌，有终老意。去岁，以偿逋货去。顷复过之，则市庑栉比，花木都尽矣，黯然倚声。

夕照里，见巷陌人家，顿惊非故。念绿阴庭院，当阶自种芳树。吟赏连俊侣，消年涯迟暮。正住久，抱影牵情，一旦抛去。

延伫。那回燕子，怪底巢痕寻屡误。暗凝想、乾坤俯仰，浮生但羁旅。寤歌自媚，算到处、行窝能署。怅望极，拣尽寒枝倦羽。

又

庚午孟冬，送倦知丈旅厝殡宫，时宿雨初霁，寒日无色，湘耗仍恶，归骨难期。追怀平生，属感凄异，同公渚作。

湿雾敛，黯似雪衣冠，素车徐引。听咽空笳吹，交期顿尽俄顷。风旐飘泪冷，和愁云催暝。练帐悄，故馆沉沉，独闭苔井。

重省。短筇破帽，酒面霜髯凄断影。旧京梦、阑干倚处，弥天戢孤愤。又惊雁过，叫暮景、空中传恨。似替说，万里乡关路迥。

石湖仙

庚午仲冬，偕病树过强村丈小楼，一角乱书堆几，邻园寒翠，掩映户牖，市嚣不到，翛然有空谷之思。病树纪之以词，余亦继声。

吟壶天小。引飞翠园亭，窥弄清晓。仙梦隔蓬瀛，莽天涯、萋萋芳草。柯棋残世，任转徙、客游人老。幽悄。闭软红、自理孤抱。

新词井边唱遍，占风流、江山故藻。坏色朝衣，换着羊裘茸帽。幕茗围香，榻灯温笑。万缘能傲。苔径扫，停车载酒重到。

又　题映庵所藏大鹤山人词札

词仙何处。剩裁绮吴笺，亲写愁句。闻道石芝崦，有丹歌、翩翩引舞。幽灵寻梦，想定共、白云来去。尘土，问故人、倚恨知否？

江山暗消丽冶，换年年、征鼙战鼓。故国王孙，化鹤重归谁语。匣抱哀弦，笛留残谱。泪痕凝楮，吟思苦，招魂待酹芳醑。

东坡引

庚午立辛未春后三日，饮子有宅，客有为意钱戏者，亥夜始罢酒。归途雪大作，楼阁衢术皆琼瑶，用青兕五十九字体写之。

梅尘红簌簌，香冷飘茵褥。金船酒泛葡萄绿，画屏灯几簇。画屏灯几簇。

良宵博簺，琼投漏促。醉归车轮碾飞玉。狂花缟夜春围屋，禁寒看未足。禁寒看未足。

瑞鹤仙 贺陈季修新婚

杏尘铺绮陌。正宝合流苏，迎来油碧。依依玳梁侧。看花扶娇重，绣围香密。蓝桥未隔，便玉杵、琼浆自觅。更朝来、红烛停烧，新试画眉词笔。

欢极。镜屏低笑，锦幄浓温，醉春无力。芳心暗惜，茗华字，手亲刻。待明年、添个宜男山枕，翠褓芝藏秀色。又炉薰、偷结双烟，替吹麝息。

生查子 为朱象甫题海天梦月图

空房怯枕冰，夜夜寒蟾泣。小字忆婵娟，倩影心头历。

巫峡已归云，还向瑶台觅。环佩下空明，不畏蛟龙得。

三姝媚 公园看花，同同游诸公作

沙明溪畔路。扬晴澜，浮空翠烟蓝雾。过却花朝，殢峭寒犹在，燕帘莺户。旧约东风，还认取、夭桃一树。照影清波，

舒锦年华，眼中迟暮。

芳草天涯何处？尽载得，闲愁伴春同住。故国啼鹃，料泪痕应满，蕙汀兰溆。梦熟江南千浪，送流红谁主。只有垂杨，不管纤腰自舞。

瑞鹤仙 上巳后二日新霁，叶氏园看花作

向郊园纵目，春事晚、扑面娇尘簌簌。条风动波绿，送流红千点，游鲦争逐。松杉似束，正雨余、浓翠乍沐。有天香半吐，扶起睡妆，绮梦初熟。

莫道清游已惯，细数年华，几番歌哭。狂花满谷，携筇上，小山麓。叹江关万里，登临何处，芳菲心绪暗触。又催归暮色，愁惹怨笳断续。

浣溪沙 释戡自旧京征词，悼歌者琴雪芳，用嵌字体

海上牙琴几辈知，马卿多病负深期，熏香小像忆芳姿。

灯下惊看回雪舞，尊前低按驻云词，那回已是别离时。

桂枝香 寄怀苍虬，与躬庵、病树同作

春光过却，念久客故人，音信辽邈。愁展登临望眼，翠阴如幄。声声啼鴂催归去，怎无端、又成耽阁。闲省前游似梦，少年哀乐。

任佩结、芳洲杜若。奈浪蕊夭斜，狂絮轻薄。多少东皇旧事，怨怀谁托？新来莫问加餐饭，料行吟憔悴如昨。甚时重话，江楼夜雨，半檐花落。

汉宫春

春尽日风雨，沤尹丈人、梦坡居士作社饯春，拈得此解。吷庵、季纯词成，属感凄丽，余亦继作。

词客工愁，唤吟朋同醉，时霎春痕。痴霖弄朝，做暝檐语灯昏。探芳紫陌，记钿车、麝溅行裙。迷望处、平芜恨满，故欢携梦重温。

辛苦柳花无力，向东风弹泪，也解伤春。南云瘴烟未洗，怨锁沉颦。流年暗换，早绿阴、青子当门。擎雨重、酴醾一架，舞红犹恋深恩。

渡江云　为金悔庐题霜晓庵裁曲图

苔铺门昼掩，旧京病客，短鬓倚西风。撼窗梧竹语，做尽秋声，唤起理丝桐。回肠贮恨，尽安排、换羽移宫。千万回、红牙低按，嚼蕊吐芳茸。

惺忪，黄金铸泪，翠缕缠愁，写柔情如梦。翻只觉、歌怜眉窄，舞怯云松。曲成未许人偷掐，付玉郎、亲费春工。听试罢，余音暗落霄鸿。

风入松　青岛海滨浴场书所见

鲛绡半臂剪芙蓉，腻水溅花茸。名娃也学天吴舞，荡晴澜、腥染鱼龙。不用兰舟双桨，桃根桃叶迎逢。

柳边沙际驻游踪，板屋换轻容。斜阳惯送人归去，照衣香、鬓影匆匆。山黛一奁妆镜，潮音四壁笙镛。

安公子

辛未七月，残暑犹炽。一夕风雨，飒然深秋。帆棹绝航，江流溢岸。因念大江南北，洚水为虐，赈恤未及遍，缮塞未及施，而吾湘兵警又见告矣。黯然倚声，用屯田体。

病枕惊飞雨，雨狂容易收残暑。一夜颠风吹不断，锁溪桥津渡。更卷起、奔潮泛滥迷南浦。听画廊、树树秋声语。似要人知道，泽畔鸣鸿凄苦。

江汉滔滔去，接天鱼鳖连吴楚。注海倾河都是泪，杳高原何处。问劫后、宣房白马谁为主？空眼枯、望极乡关路。漫手挽银潢，洗却甲兵无据。

又　烛泪，同讱庵、沧江、宝权作

玉指亲弹罢，绛花重结春无价。看取檀奴衣带上，早啼痕盈把。肯悄共、金猊篆字香俱灺。还背伊、点滴残更罅。问未灰心事，长为谁行萦惹？

愁污香罗帕，替人垂到天明也。唾尽红冰俦比似，似针神初嫁。算万古、良宵一例堪悲咤。膏自煎、枉遣同心挂。对蕙帏飘烬，赢得断肠难写。

被花恼　社中诸子期九日赴近地作登高会，伤离念乱，无复游观意，倚此解谢之

惊飙万里送愁来，霜叶坠林如扫。戍角斜阳满衰草。登临目断，伤高费泪，未觉秋容好。虚蜡屐，负筇枝，闭门窥影银蟾小。

哀乐向谁论，凭仗繁蛩诉孤抱。遥天雁过，和尽村砧，梦远书难到。待相携素酒对黄花，怕花也、无情笑人老。独自里，强摘茱萸簪破帽。

浣溪沙　题林畏庐西溪图（二首）

王气销沉霸业湮，一溪风月属词人，故应西子有长颦。
梅鹤不传家国恨，芦鹭空写水云痕，画中幽怨向谁论。

泼墨穷年苦作痴，护持遗迹到荒祠，多情微许夜台知。
一镜明漪摇古唾，万花晴雪乱秋悲，月中鸾鹤下来时。

洞仙歌　得苍虬津门书，感赋却寄

狂花轻薄，历乱春如雾。偷嫁东风定谁误。看黄蜂酣蜜，

紫燕迷香，都不管，夜夜啼鹃自苦。

蛾眉终见嫉，旧约分明，好梦惊回总无据。窈窕送行云，燕子无家，更商略，何人院宇。算只有依依旧巢痕，拼断送年涯，耐寒同住。

临江仙　为梅泉题美人画像（二首）

记得红楼那夕，别情恰比春浓。天涯飞絮各西东。痴魂扶倩影，和恨住眉峰。

旧曲桃根桃叶，似人画里惊逢。罗衣心字一重重。幽兰亲采撷，无语怨东风。

拌道此生休也，无端勾起思量。笼灯就月细形相。是谁传彩笔，不管断人肠。

十里珠帘依旧，而今头白周郎。当伊金屋贮何妨。真真如可唤，长炷一炉香。

满庭芳　香山双清别墅晚眺，与君任联句

万木围香，双泉泻玉，夕阳燕子来时。伯夔。苔痕经雨，分绿上征衣。君任。残客危亭共倚，飘清籁、微动凉飔。夔。阑干外，梦长天迥，幽恨入支颐。任。

翠华曾幸处，薰弦罢后，都付蝉嘶。夔。剩鞶花怨柳，乱石荒池。任。一角小山眉妩，被晚霞、偷傅胭脂。夔。无端又，风枝筛影，红蘸碧玻璃。任。

高阳台　双清别墅，与君任联句赠主人

松殷晴雷，波摇岚翠，昼长小阁沉沉。伯夔。不卷珠帘，绿窗啼满山禽。君任。双泉自入钧天梦，阅兴亡、流到而今。夔。算年年、送尽春花，敲尽秋砧。任。

故人负却为霖手，甚黄粱早觉，白发仍侵。夔。一壑能专，荷衣换了朝簪。任。平泉不是闲池馆，看种成、桃李新阴。夔。更多情、箬笠篮舆，伴我登临。任。

减字木兰花　咏心畬斋中倒挂鸟

红襟罄折，消受浓薰香到骨。翡翠兰苕，一样珍丛惜羽毛。
庭柯易改，同命雕笼终不悔。辛苦双栖，却被人呼倒好嬉。

又　心畬得出土宋代残墨寸许，上有朱煤二字，属以词咏之

古香一寸，遗制依稀天水认。何地埋忧，肠断燕云十六州。
睿思前殿，不共残灯春夜半。两字朱煤，异代王孙感劫灰。

又　再咏倒挂鸟，要心畬作画

绿毛幺凤，长傍桐花寻好梦。暖玉钗头，竟体芳兰细细收。
奋飞何日，仰首鸣号无气力。貌出烦冤，要使人间识倒悬。

踏莎行 题切庵填词图

斫地湔愁，笺天写恨，兴亡万感堆霜鬓。青鞋布袜看山回，满收烟水裁云锦。

筝雁弦秋，机蛩织暝，骚兰心事能歌郢。商声从古是悲凉，小楼昨夜西风紧。

清平乐 题汪仲虎杨柳岸晓风残月填词图

鬓丝眉妩，认取销魂树。惆怅朝云无觅处，恨倚琼箫自谱。

年年暗绿藏鸦，东皇不管韶华。梦里孤舟一系，酒醒依旧天涯。

三姝媚 南归后，和答徐芷升

飙轮驮恨惯。向关山年年，碾愁无限。小客何心，赚酒襟诗袂，梦痕难浣。紫陌飘灯，迷望眼、露台云蔓。耐冷听歌，坐接琼蕤，顿惊娇燕。

谁省词仙肠断。只顾曲移情，鬓丝怜短。绮席传觞，记玉酣花醉，雨宵良宴。赋别匆匆，歌未了、阳关声变。更随风珠唾，封题泪满。

水调歌头 题心畬画叔明梦中诗意图

古渡隐残堞，野径认微茫。不知身是何世，寥廓任孤翔。举目河山自异，云海荡胸惊起，万感郁悲凉。一枕蘧蘧觉，珠唾落匡床。

漆园蝶，槐国蚁，总荒唐。何如谢客吟思，秀句入池塘。打叠荆关画稿，貌出钱卢诗意，天际有无乡。奇气二难并，千载付堂堂。

浣溪沙 少梅为余作醉月颦霞图，赋此纪之

咫尺银河梦未通，南云回首恨匆匆，坠欢些子恼情衷。
斜月二分无赖白，断霞一抹可怜红，相逢长是画图中。

又 徐端甫蓄桃花小砚，文端容故物也，曾藏年大将军所，出视征题（二首）

谁把鸾刀割紫云，凝脂肤滑掌中身，武陵一片古时春。
绣畔云屏花有态，帐前露布草无声，蛾眉燕颔总销魂。

流落人间石一拳，浪淘沙啮不知年，良工心苦费雕镌。
九锡合膺池上诰，三生同结墨中缘，琉璃匣记玉台篇。

蝶恋花

向晚凝妆知有待。油碧迎来，不饮空相对。故索霜毫书纸尾，泥人教识相思字。

娇小怜伊明又慧。欲把欧书，题上金陵腿。一笑颠狂还自悔，前头鹦鹉忘回避。

人月圆

朝朝对影闻声地，密意被人猜。莺莺燕燕，诗人老去，公子归来。

谁知一晌，歌尘未断，妆面旋乖。伤春伤别，飘花庭院，飞絮池台。

望江南 题病树佳住楼词意图

刚一笑，美盼送横波。秀靥清圆珠乍转，柔肌红润玉微酡，无赖是梨涡。

相对处，俊语胜闻歌。娇咤惯教龙虎伏，媚香时惹蝶蜂过，谁与得春多。

醉桃源

东风低袅绿杨枝，垂虹眠绣漪。玉人亲按渭城词，和愁和恨吹。

人去也，曲终时，江空无雁飞。画中只(诗)[许]见腰肢，啼妆休教知。

生查子　黄芍药

翻阶婪尾春，错认秋花妩。宫额学新妆，芳思萦金缕。

风枝低亚时，不辨蜂来去。真色上罗衣，梦想娇莺语。

南柯子　白孔雀

羽谢鸾翘翠，冠羞鹤顶红。蹁跹缟袂舞东风，最是银屏如镜月明中。

信有文章美，全胜藻缋工。天阶献瑞杳难同，冰雪伶俜故国老樊笼。

虞美人　赠花想容，调病树（二首）

兰情水盼饶风韵，眼底韦娘俊。不教歌舞只教诗，要把檀奴狂态误蛾眉。

高楼明月当窗见，帘外东风满。梨涡一样脸波横，底事输伊独自擅嘉名。

酒旗戏鼓春江夜，一曲元无价。舞休歌罢不还家，都逐流萍随分住天涯。

当时道是灵和柳，不入游人手。谁知作絮复沾泥，轻薄东风无力护芳菲。

踏莎美人 赠歌者刘月霞

邀月分杯，裁霞作绮，轻颦浅醉闲滋味。无端消息石榴红，却道莺儿私语，咒东风。

底事干卿，宁人负我，千回万转思量过。蛾眉谣诼到歌场，真个人间无地，着疏狂。

清平乐 题少梅画

扇纨笼袖，鸾带行烟皱。寂寞闲庭春去后，换了绿阴清昼。

含情立尽斜晖，苔痕青上罗衣。愁绝殢人芳草，天涯到处低迷。

南歌子

旧石余荒藓，新篁长嫩枝。前事暗寻思，齐纨纤手把，立多时。

章台柳

鸳鸯浦，鸳鸯浦，一舸盈盈娇欲语。花貌何如妾貌强，莲心未抵侬心苦。

三台令

素手珠帘半卷，髻螺斜亸香肩。燕子不归春尽，玉池荷叶田田。

生查子

尽日绮窗前，花雾连昏晓。不肯下重帏，贪受寒香绕。
坐久却思量，打叠伤春稿。冰雪镜中姿，莫共东风老。

丑奴儿

为谁种得宜男草，取次花开，香径徘徊，惆怅萧郎去不归。
当时道是疗愁物，今日重来，翻与愁媒，孤负风光又此回。

点绛唇

翠袖禁寒，袜罗初试凌波步。冷香侵路，不怕湘娥妒。
素靥清铅，春在盈盈处。风流贮，洛神偷赋，人与花争妩。

蝶恋花　赠歌者彩娘

宛转娇莺啼玉树。蓦地龙吟，幽壑惊风雨。臬臬摩空飞欲去，行云一片刚留住。

曲里悲欢弦上语。对影闻声，可奈情如许。绝代歌才天赋与，人间丝竹皆尘土。

浣溪沙　极乐寺文官花

簇粉攒绯照眼新，鹓鸾青琐此花身，东风野寺换巢痕。

赐紫旧承唐殿宠，熏香犹带汉宫春，飘零终感玉皇恩。

虞美人　丁丑七夕，和鹤亭

黄姑夜叩星宫事，灵鹊纷无睡。风波直到有情天，天上银河今夕是何年。

朝朝洗面春江雨，往事思量苦。千秋赢得断肠词，未信崖山飘泊胜当时。

唐多令　九日和子有

风箨乱霜阶，晴雷警客怀。把茱萸、欲出还回。如此江山如此恨，空费泪，迸千哀。

戏马尚高台，当时惜霸才。阅兴亡、潮去潮来。试问黄花应解道，从此后，不须开。

浣溪沙　戊寅元日

劫梦惊回有此身，辛盘彩胜又逢辰，平头六十眼中人。

雨意渐苏云晻霭，花香不断火温磨，老怀微暖一分春。

点绛唇　题歌者兰友小像

脱帽单衣，无言悄立苍崖畔。态浓颦浅，依约年时见。
九畹骚心，省识东风怨。樽前按，一声肠断，泪湿青衫满。

又　正月十一日，拔可招集墨巢作墨卿太守生日

巢墨巢宽，草堂留得春如海。墨卿有《留春草堂集》。酒浓花馤，元气通真宰。
化鹤来时，已是山河改。生朝拜，作痴人在，秃鬓东风外。

又

春已将归，燕莺不解东风语。尽情啼处，商略花间住。
可惜繁枝，明日香非故。蘅芜路，乱烟残絮，做就黄昏雨。

高阳台　林今雪女士摹周文矩玉步摇图为瓶斋丈人寿，丈赋诗征题

叶间金琼，花萦翡翠，凌波一笑相逢。响屧廊边，如闻舞佩丁东。南唐粉本开生面，费玉人、几许春工。最难摹、云髻嵯峨，水盼玲珑。

尊前如愿应能唤，愿月圆人寿，长贮东风。赚得仙郎，香奁秀句题封。梳妆不是当时体，媚古欢、漫妒新侬。但殷勤、小印亲钤，教认泥鸿。

点绛唇　题心畬王孙山水小幅

一角秋山，丑枝剩着霜葩妩。更无人处，独共西风语。

除却丹青，何地悲离黍。愁如许，砚移窗午，满院梨花雨。

玉阑干　同彦通、帅侄作

芊芊恨草江南路，叆叆雨云迷别浦。兵尘满眼换韶光，怜春梦、欲归无据。

玉龙吹怨烟中语。抵几多、离乱情绪。楚兰一样隔相思，凭东风、寄与愁去。

传言玉女

不道春深，蓦地悄寒犹怯。梦回欹枕，弄瓶花眼缬。孤馆向晚，伴我无聊一霎。烘窗斜照，上弦初月。

待觅欢悰，乍思量、恨又结。艳歌人去，早红销翠歇。情怀渐疏，那有春云能热。知音何处，荡愁天阔。

浣溪沙　题平园介寿图

海上红桑世又移，白头能说中兴时，故家乔木系人思。

长寿酒斟千日酿，小阳春在万年枝，园亭如画养岩姿。

雨中花　戊寅荷花生日社集

藻镜凄迷绿绕，出浴亭亭香袅。玉腕丝缠长命缕，结子知多少。

一舸闹红人乍到。正六月、下塘春好。况恰有、碧芳新酿熟，莫遣闲过了。

又　前题，用书舟体

惊起锦鸳双睡好，正潇洒、露房迎晓。娇重欹风，韡轻罨雾，梦里归云悄。

水殿芳辰逢一笑，刚拾得、冷香盈抱。翠盖量珠，碧筒呼酒，醉晕红铅小。

雨中花慢　前题意有未尽，复用慢词写之

泼墨云低，跳珠玉碎，陂塘一味凉新。正红衣乍浴，罗袜无尘。皎洁羞侪浪蕊，伶俜自倚孤根。嫣然微笑，污宁染我，热不因人。

鸳鸯头白，鸥鹭身闲，萍蓬也解相亲。须识得、娇多易泣，心苦难春。吹息生香不断，怜渠幽怨谁论。江湖秋晚，风波无恙，厮守温馨。

又　索湖帆画荷，鹤亭谓非钱莫致也，赋此调之

绿雾吹澜，赪霞绚晚，风光锦藉平川。看萍茵睡鸭，蓉帐栖鸳。十里香云罨霭，千幢宝相庄严。天然画稿，何须买绢，不要论钱。

空花在手，陈迹留痕，何如一笑忘筌。拼待到、凉生水国，梦老鸥天。蘋笛渔歌夕照，菱榔人语秋烟。相思记取，娟娟遗佩，佳约明年。

木兰花慢　寿丁辅之六十

向沧江卧稳，又惊起、岁华添。笑周甲同贞，逢辰作健，佳气君先。辅之与余同岁生，先于余者半岁。观莲，酹杯问水，正田田摊破洗儿钱。辅之后荷花三日生。长命瑶房缀缕，灵根玉井如船。

髯仙家世六桥边，市隐几经年。算西泠白燕，吴山玄鹤，有美难专。流连，酒旗戏鼓，把清愁分付断歌前。奇字殷墟惯写，异书邺架重编。

鹊桥仙

剑知为瓶丈作山茶花，有似人之思。瓶丈赋诗征题，率倚此解。

岭梅妒韵，缃桃羞艳，占断风流如许。嫩芽活火煮春泉，并散作、鬘天花雨。

文园病渴，朝朝水厄，贪看一枝媚妩。丹青替写岁寒姿，道不是、寻常儿女。用王梅溪《山茶花》诗中语。

念奴娇

柳如是归钱牧斋后，其故交汪然明刊所藏尺牍及诗为一册，寄视牧斋。牧斋购其版毁之，流传绝少。高野侯同年得之琴江旧山楼，殆孤本矣，可宝也，出观索题。

汪郎无命，恨当时、不与蘼芜为主。箧里音书湖上草，检点欢悰非故。刻骨镌恩，销金铸泪，字字情天絮。一封遥寄，断肠知有人妒。

谁信叶落签滕，薪摧梨枣，烧却闲言语。翻胜绛云他日火，留得苕华片羽。拂水岩前，玉岑山畔，凭吊空黄土。未灰心事，替伊添画眉妩。野侯摹河东君小像卷端。

烛影摇红　为汤定之题梦仙图

一枕蘧蘧，云峰胜践依稀是。众中宝箓宠传呼，姓字分明记。飘笛迷离旧事，散烟熏、余香染袂。匡床觉后，几杵疏钟，人间何世。

沧谪归迟，风吹石髓神山闭。偶然灵对认前身，瞥眼花飘坠。腕底沧洲趣味。眷清都、常悬寤寐。烟云供养，留写魂痕，壶天游戏。

满江红 为徐尧卿题补云溪草堂图卷

图咏承平，想当日、风流文采。归来早、槃阿行乐，寤歌人外。堂下花开明昼锦，庭前草长萦书带。甚劫灰、吹梦了无痕，空悲慨。

瑶源邈，清芬蔼。名迹委，斯文在。把丹青重补，唱酬重载。触眼居然林壑美，伤心无奈河山改。展霜笺、夜半起吟魂，呼真宰。

临江仙 戏咏佳人啖冰烛，同瓶丈作（二首）

沉李浮瓜浑见惯，试将银蜡新调。乳花风味胜甘蕉。不须怜齿冷，赢得是魂销。

却感一凉恩到骨，等闲烦恼都消。还如玉杵觅蓝桥。元霜亲捣处，红涴口脂娇。

将酪调冰团作烛，一枝未许纱笼。纤葱擎出玉玲珑。琼浆欺瓠齿，银液点酥胸。

犹有余甘回舌本，风流微惜匆匆。柔情如水太惺忪。相思和泪咽，心上酿春浓。

生查子　题少梅画册

桃浪一痕圆，跃起双双鲤。牵惹倚阑人，恨满东风里。

织锦不成章，和恨和愁寄。辛苦到郎边，中有相思字。

喜迁莺　戊寅冬至，和梦窗，与病树、帅南同作

年华催别。渐短日弄寒，顽云凝雪。荡坐歌声，窥帘人影，事往顿成愁绝。乍动漏春葭管，又见灰飞时节。待寄远，有繁香盈袖，江梅堪折。

荆越鱼雁断，纵解连环，不解相思结。搔鬓添丝，量腰宽带，孤馆夜长吟咽。老来壮怀销尽，谁信壶中天阔。闲伴我，丁东虬箭，弯环蛾月。

清平乐　为叔雍题高梧轩图

吹台选梦，碧冶天无缝。待筑一龛亲手种，听取玉箫妍弄。

西泠佳约难成，兵尘不污丹青。展卷吟商未了，撼空疑有秋声。

烛影摇红　己卯正月十三日，寿杨衹庵六十

宝月将圆，珠灯花蕊光相乱。三元集圣是弧辰，数甲今初

满。甲岁凌云赋献，醉宫袍、樱桃赐宴。含鸡伏省，画隼行郊，才名江汉。

昼锦归来，鸱夷一舸聊同泛。千金肘后出神方，良相功仍擅。隐几犀枰世换。动高吟、蓬山未远。海沉香袅，帘外春寒，壶天自暖。

倦寻芳

讱庵行花市，得盆梅三，枝干奇古，未挚归。顾子公雄过而睨焉，曰："是吾家物，殆乱后为人移根来此，盆盎虽易，吾犹识之。"问直肆主人，曰："已有主，即赍送矣。"询所往，则讱庵居也，故相识。乃就讱庵谋璧返，讱庵许之，曰："姑留此，请以新年花后践诺。"公雄绘《归梅图》，讱庵谱《沁园春》纪其事，且觞客征题，为倚此解。

虎头墨妙，和靖吟酣，矜弄春粲。照眼三姝，韵事两家能擅。经劫魂苏前日梦，有缘人识东风面。最奇姿，是孤根鹤瘦，丑枝龙偃。

偶付与、词仙管领，灯畔香初，帘外寒浅。冷淡芳心，不共靓妆偷换。新岁留听莺语报，旧巢许赎蛾眉返。但年年，到花时，肯教厮见。

鹧鸪天　崇效寺牡丹

都讲才人幔绛纱，罗胸流略自名家。可怜绝代南州女，犹写前朝北胜花。

倾国恨，又天涯，东风吹泪暗胡沙。青松红杏牛腰卷，持抵伤春意未赊。

虞美人 极乐寺海棠

文官花底联裙屐，往事分明记。国花堂榜故依然，委地红芳凄断不成妍。

人天弹指销春恨，小劫华鬘影。态秾休道费胭脂，中有啼鹃血沁一枝枝。

蝶恋花 瓶中红梅，密蕊怒发，秾丽无比

莫道相看如梦里。红萼无言，一笑千金意。怪底佳人矜薄媚，妆成刻意教回避。

帘内屏山和恨倚。帘外东风，又报新寒起。瓶盎留春无好计，分明办取伤春泪。

虞美人

回飙吹断神山路，青鸟期频误。小楼昨夜又东风，依约璚箫流怨月明中。

强凭酒力支娇困，心事违珊枕。迷离花外一声莺，似说夕阳消息不分明。

浣溪沙

研尽隃麋是泪痕，只将文字写娉婷，一回读罢一伤神。
明镜不圆天上月，彩毫空赋梦中云，当时应悔种愁根。

玉楼春

顽云做暝恹恹地，薄暖轻寒慵料理。恨如芳草刬还生，欢似落花吹不起。

楼高办得伤春泪，弹与东风知也未。眼中难遣此时情，心上都来前日事。

踏莎行　辛夷已花，闭门不出，日与病树翁小楼对坐，有怀苍虬长春、木公天津

沸海蛟龙，闹春蜂蝶，等闲哀乐成飘瞥。为谁费泪与河山，兴亡燕子他年说。

朝阁延风，宵帘伫月，素心天末三年别。闭门相对两闲人，匆匆负了花时节。

清平乐　寄题彦通屯云馆

绿阴帘幕，随分成耽阁。一枕云屏春梦觉，不管东风轻薄。
后庭玉树歌残，新愁只在阑干。消得兰成词赋，眼前何物

江南。

浣溪沙 瓶中折枝桃花

绚烂花枝寂寞人，绿窗红笑换愁新，老夫作意一逢春。
见处可能参圣解，折来谁与助娇颦，风光销得几黄昏？

蝶恋花 讱庵社长以和廖凤老落花词见示，并邀同作（六首）

庭院深深深几许。露种云栽，裁剪春工苦。消受光阴刚百五，玉皇恩重成轻负。

不惜芳菲酬一顾。藻绘山川，才尽终无据。回首一枝曾借处，雕阑玉砌应如故。

庭院深深深几许。罗盖牙签，铃索重重护。伫苦停辛千万绪，手中无那馨香故。

和泪将离和泪住。无限柔情，此际难分付。明日东西沟水去，天涯倘有重逢处。

庭院深深深几许。惆怅韦郎，红萼难为主。一枕水晶眠梦处，扑帘万点燕支雨。

粉蝶不知春已暮。飞上枝头，犹抱余香住。薄命自怜无好遇，吹嘘翻被东风误。

庭院深深深几许。处处人家，尽日飞香絮。目断平芜西去路，迢迢此恨无重数。

一片江山从付与。啼鹅声声，红入斜阳苦。剩有空枝教折取，尊前莫唱黄金缕。

庭院深深深几许。新绿生时，燕蹴红英舞。狼藉不辞宫锦污，坠楼人似当时否。

堕珥遗簪香满路。买尽春心，不买韶光住。欢唾离痕无觅处，一生错把秦宫妒。

庭院深深深几许。怕上层楼，日日风兼雨。怪底流莺声不住，春归不解将愁去。

不恨长门期又误。只恨无人，能读相如赋。脉脉此情谁与诉，玉环飞燕拼尘土。

以上卷二

以上《冷芸词》，民国年间袁荣法编石印本。

胡　煐

胡煐，字达夫，新化人。有《三余小词》。

忆秦娥　花朝

烟霏霏，满园桃李斗芳菲。斗芳菲，新沾晓露，香袭春衣。

绮罗丛里思依依，浪游蜂蝶巧相违。巧相违，同心蕊结，谁遣分飞。

回回偈　江南（三首）

台城柳，一半鹅儿黄。朝市废兴无管领，纤腰依旧舞斜阳，枝上晓莺狂。

苏台月，深夜玉为钩。昔上吴宫妃子镜，只今空照西江头，江水向东流。

大湖石，上瞰洞庭山。风景不殊朝市易，牙樯锦缆去无还，掬水洗愁颜。

太常引　闺怨

一双(孔)[乳]燕出雕梁，帘卷玉堂凉。嫩昼闷欹床，花钿红粉不成行。

慵拈针线，愁临妆镜，寂寞减容光。楼上永相望，啰唝曲、最恼人肠。

清平乐　落花

曩蒙东风，生此艳阳质。寒食雨初经但见，丛间蜂蝶纷出。

朝时阶砌鲜妍，夜来飞舞筵前。任是佳人颜貌，只今摇落谁怜。

浪淘沙　赠别

流水自潺潺，绿涨溪湾。满城梅雨洒尘寰。同是天涯羁旅客，侬住君还。

无计驻离颜，几度关山。青衫染得泪斓斑。遥指白云桑梓在，书寄频艰。

减字木兰花　窗柳

丝丝弄色，窗里佳人亲手植。春映绣帏，带雨含烟金缕衣。

因风入户，勾引闺情相对舞。开镜垂条，那许行人折细腰。

风光好　白莲

出波心，映波心。素蕊多蒙别艳侵，憾情深。

清涟濯尽冰魂洁，娇无语。移向瑶池覆翠阴，水仙临。

齐天乐　七夕

鸳鸯共宿依沙岸，牛郎秋信谁管。地上穿针，东家阿大，忘却黄姑心款。愁肠欲断。况月姊传言，秋风预算。别后离前，一年长待今宵伴。

刍尼再三分付。向银河填塞，无容迟缓。万劫欢缘，片时恩爱，惟憾更残漏短。香衾尚暖。怯明日床空，易生烦懑。重上旧机，悲啼织锦懒。

南歌子　初秋夜坐

竹籁临窗发，松簧隔水闻。夜凉风送稻花薰，坐视天星傍月入流云。

席上无诗友，床头有墨君。未应此腹负将军，总是愁颜尝借浊醪醺。

念奴娇　吊古

登楼远睹，共骊山、一样伤今吊古。多少六朝兴废事，一任斜阳渔父。晋尚清谈，风流诸客，高座挥松麈。铜驼荆棘，中原没入胡虏。

羽檄交驰，壮士每提三尺剑，声如虓虎。竞立战功沙漠外，回首共成尘土。大液池滨，披香殿里，宫女何胜数。朱颜不见，只今空说歌舞。

鹧鸪天　由昭陵舟行

天宇高空似素罗，轻寒先着客身多。平沙渺渺随帆远，落照亭亭逐雁过。

临古渡，晚风和，鲈鱼正美戏秋波。好乘八月槎归去，一介书生发棹歌。

大江东　梅扇

钟情大甚，窃自谓、剩有梅花夙债。笔底移来扇面种，久被天公生怪。玉骨清癯，仙肌冷淡，应是花公卖。手中摇动，风急何曾摧败。

须念粉蝶探芳，黄蜂觅蕊，误集良工画。疏淡含情多少态，赏玩终难稍懈。诗兴频添，尘襟尽涤，对客无俗话。墙头依约，同香自是清派。

西江月　画竹

翠干参差满纸，新梢倏忽成丛。濡毫应许夺春工，直是文同妙手。

傍午浑忘指日，经秋未肯迎风。墨痕应似晓烟笼，试问此君健否。

虞美人　插花

东风艳艳开桃李，绣阁人初喜。手折花枝满插头，转恐鲜花红粉妒风流。

妆成簇簇薰香坐，幺凤栖钗朵。明日新花胜旧枝，感此劝君惜取少年时。

少年游　独鹤

缟衣皎洁，霜翎宛转，飞倦夕阳残。瑶圃月明，海天秋净，独夜怯轻寒。

低头有恨无人省，松壑唳声酸。起向云飞，寻思旧侣，直是别离难。

踏莎行　雁折　悼季弟也

云路悠悠，排空书字，长门霜信□传至。下窥胡虏挽雕弓，嗷嗷后只随风坠。

生死殊途，霄渊永异，潇湘群侣空啼泪。天南地北更无期，春来指点殊行次。

大江东 哭先室墓

花飞玉碎，刹那成宿草，痛哉斯墓。磷走萤飞肠断处，鬼物㧑呵守护。惆怅莺啼，清明时候，烟雨扶疏树。九京游想，伉俪犹深感遇。

回忆绣刺鸳鸯，图成蛱蝶，今古成朝暮。剩粉遗琴空眼底，欲觅穷泉无路。翠缕烟掩，西陵松柏，愁思凭谁诉。年年冢上，清醇和泪齐注。

蝶恋花 月桂

碧玉梢头金粟色。冷露无声，滴滴嫦娥侧。异种长生天上国，广寒仙子何年植？

（下片缺）

沁园春 蛱蝶

一意探芳，一世偷香，诚堪自娱。忆芳草王孙，为传消息，菜花村里，曾入画图。柳外穿飞，花间戏舞，更逐春风集绿芜。争知道，余香在翅，剩粉粘须。

飞花满地红铺，奈命薄情多风物殊。向空枝烟里，愁红怨绿；繁芳雨后，访白寻朱。最怕莺捎，须妨燕捉，恐似何郎残粉躯。春容已去，双双莫向邻家趋。

声声慢　春晚

春山寂寂，春水深深，春光惨惨恻恻。红杏梢头老去，东风无力。长亭送客迎雨，任丝丝、烟柳弄色。帘半卷，玉堂凉、归燕似曾相识。

破暖风轻，弄晴烟直，梨云榆火寒食。倚着芸窗，斜日怎生得黑。远芳更侵古道，憾王孙、未归故国。这消息，怎千个愁字忍得。

回回偈　相思（四首）

相思竹，静翠不禁风。两两春生筠粉态，地中石压笋旁通，情绪正无穷。

相思子，红压短长枝。南国魂销芳草地，啼痕应似缕丝垂，一粒寄阿谁。

相思石，片似杏仁儿。双掷酪中浮不没，相偎成偶更难离，此意少人知。

相思草，秦地断肠多。春色似怜人独宿，争如夜合交枝柯，寡妇化为莎。

一剪梅　与人戏请婚

秋风池畔藕莲香，频唤鸳鸯，愿结鸳鸯。年逾弱冠意疏狂，休负韶光，趁此韶光。

月明孤枕五更长，独宿胡床，懒上胡床。本来银汉是红墙，速驾桥梁，早度桥梁。

长相思　春柳

长亭枝，短亭枝。袅雨拖烟不自持，全身向客垂。

千缕丝，万缕丝。可恨年年赠别离，行人马上诗。

浣溪纱　松竹

雪满山城霜满林，竹松均有岁寒心，苍苍依旧含清音。

疏影横窗梅弄粉，斜柯倚槛柏垂阴，美哉君子节同钦。

卜算子　新妆

整顿石榴裙，罗带同心缕。学画长蛾半未成，帘额低垂户。

纤手整金钗，鸾镜菱花吐。妆罢拈将玉步摇，相对霓裳舞。

惜分飞 上巳

破暖轻风花柳地，陌上佳人拾翠。正是韶光媚，枝头莫遣鲜红坠。

鸟弄春声频鼓吹，帘外单衣初试。莫问曲江事，垂杨过尽北堂睡。

如梦令 春愁

江上柳欹无力，陌上花娇无力。轻暖又轻寒，时候最难将息。不寝不食，赢得春愁默默。

酷相思 惜别

永夜角声催晓刻。正门外、柳条直。又拂水、飘绵送行色。春去也、无消息。人去也、无消息。

城上登临望故国。南浦泪沾臆，奈一笑、相逢难再得。梦断也、在天北。魂断也、在天北。

菩萨蛮 秋千

朱绳画板轻烟里，帘前乳燕双飞起。紧束石榴裙，飘扬映夕曛。

飞琼吹下地，无那金钗坠。戏罢理香肌，胭脂上脸迟。

摸鱼儿　闺怨

忆昔时、新婚燕尔，合欢雅似鱼水。愿教金钿两心坚，都设誓盟满纸。笔难纪，谁知道、骊歌马上声初起。王孙去矣。渺万里层云，千山积雨，何处觅行李。

仍为汝，小草幽兰寄恨，全无消息到耳。路傍旅客谁堪问，尺素题来簪珥。付双鲤，恨不得、长缨系住妾颜美。鬓蓬难理。向绮枕孤眠，雕栏愁倚，空有相思子。

木兰花慢　遣兴

耐半生愁苦，把富贵，去胸襟。记春雨春晴，春寒春暖，春浅春深。北牖早安陶榻，落花时蝶梦镇相寻。闲种门前五柳，白云同入幽林。

闭门抱膝日长吟，笔下五湖心。又管竹管松，管山管水，管鹤管琴。话到农桑村事，总关怀花上语珍禽。新酿香浮社瓮，大瓢贮月同斟。

御街行　春莺

莺穿柳眼天初霁，花影碎、重门闭。交交时送好音来，鼓吹十分流丽。年年三月，功夫多少，织就金缕细。

欲求良友殊无计。千百啭、出林际。多情莫只恋芳春，春老东风亦逝。试问上林，双栖何日？遥望心迢递。

酷相思　哭亡女

日下读书心颇倦。正无故、月相颤。一翘首、适觌家人面。语未毕、先色变。听未毕、先色变。

乳下小娃名淑媛。顿抱终身痛恨，看眼中流泪胸前溅。其生也、不曾见。其死也、不曾见。

满路花　春雨

钩帘怯晓风，花气川原沃。鸣鸠又唤，春雨初足。飘红倒白，随意群芳绿。却是愁肠触，晚更廉纤，檐前声断还续。

幽人抚枕，梦醒瑶台曲。碧梧留响，翠竹鸣玉，故人千里，独酌一樽醁。西窗谁剪烛？青草洲边，柳映鸭头涨渌。

踏莎行　歌妓

酒趁朱弦，妆啼红烛，梁尘不动歌声续。长蛾描得远山青，石榴半吐红裙蹙。

三五韶年，芳容似玉，花前共侑一樽醁。掖庭遐想菊夫人，千金未敌歌一曲。

以上《三余诗集·三余小词》，1916 年木活字本。

苏　鹏

苏鹏（1880—1953），字凤初，号遁叟，新化人。曾留学日本东京，回国后参加拒俄义勇队及军国民教育会，并与黄兴等一道从事反清革命活动。1906 年参与组织公葬陈天华、姚宏业活动。1921 年当选湖南省议员，嗣任副议长。后主持青峰农业学校十余年。有《海沤词剩》。

桃源忆故人　旅途书感

十年江海无知己，依旧工愁文士。肝胆赤，关山紫，驾逐风云驶。

于今日暮途穷矣，谁是骏才千里？宝剑寒光秋水，静看胡尘起。

高阳台　寄蔡松坡、赵百先两军友

乱墨数行，短歌几阕，此中容我盘桓。谁是鲁阳？挥戈止住流丸。思贤也。年来抛却不平思，问闲流、何事翻澜？为营葬陈天华事，逋放岭表，犹悬赏缉予。怎禁他流莺弄舌，鶺鸰扬翰。忧谗畏讥也。

由来众女多谣诼，况羊肠九曲，行路歌难。匹马功名，莫

教辜负征鞍。寒潮入港晚来急，内忧外患相乘。看斜阳，已到栏杆。伤时事日非也。劝使君，珍重戈矛，努力盘飧。

南浦　怀女同志林宗素、秋瑾、陈缬芬在日本

韶光容易，又蒹葭、秋水正怀人。遥望蓬莱旧地，欲渡渺无津。回首行船别馆，把国忧种祸话酸辛。忆英气干云，清谈拨浪，巾帼有天民。

我惯穷愁潦倒，向蛮烟、瘴雨久栖身。谁悯包胥哭国，觅不到西秦。只剩离愁孤愤，钦玉树、翘首望风尘。托南溟流水，凭波送悃到瀛滨。

蝶恋花　怀罗师仪陆在奉天

沈北珠南流水处。两载离愁，苦向文波诉。望断长空云带雨，羁魂飘泊随飞絮。

天涯心绪何堪数。过客年华，惆怅匆匆去。搔首闲庭还自语，伤心又是春归路。

满江红　乡梦

秋入楼台，岭云外、羁愁无数。漏声静、轻凉到榻，鸣蛩在树。莽莽故园湖海隔，翩翩幻蝶身魂渡。快当时、细细把离情，从头诉。

情两载，语初絮。鸡三唱，人偏寤。锦被拥孤衾，依然如

故。商娥应织相思字，江郎难写消魂赋。寂无言、推枕览中天，月和露。

菩萨蛮 怀人

斜阳伫立光寒碧，海天漠漠情如织。云弹似张罗，相思如许多。

羁绪伤烦缛，彼美人如玉。愁到强登楼，登楼愁更愁。

水调歌头 怀谢介僧留学东京

珠江与瀛海，别意托纹波。同是天涯作客，秋到兴如何。为问风流小谢，同其兄干清在日本。三载别来岁月，好景莫蹉跎。回首当年事，乌兔走如梭。

百年内，数甲子，苦无多。吾曹郁郁风尘，休自惹愁魔。生物界中争竞，说甚生存天择，一例总消磨。万事等闲耳，有酒且高歌。

金缕曲 有序

五羊城畔，有客姝侑酒，歌声幽怨。相与款谈身世，觉万斛浓愁，压在眉宇。而盈盈秋水，潸然不能成视。予亦凄绝，不知所慰。噫！古来伤心人，必别有怀抱也。仆本恨人，安能遣此。感成此解，书以慰之。

情是伤人痼。古今来、吟魂芳魄，缠绵苦误。醉眼看花花解语，宋璟梅花今赋。垂首际、伤心无数。依亦半生飘泊子，更何堪脉脉私衷度。惊窗雨，声声注。

珠江曲曲江流路。但柔肠、千回百折，曲无凭据。怪问珠流朝夕下，不把烦愁送去。有片语、向卿低诉。宇宙茫茫无量劫，有情天毕竟仙才住。叹相见，年华暮。

念奴娇　咏梅

千红万紫，算阿娇占了，花魁第一。东阁报开冰蕊艳，春到那家消息。玉比精神，雪为肌骨，怕是狂风急。爱怜谁最，只此广平词笔。

赋得倩影亭亭，黄昏淡月，付与何人识。我愧孤山林处士，红萼无言徒忆。归雁天遥，游骢道阻，梦绕罗浮侧。长安来岁，那管马蹄得得。

满庭芳　咏荷

画舫谁家，横塘几处，凌波西子亭亭。出淤不染，几见在风尘。南浦幽芳自抱，清风送、雅淡宜人。羁愁客，裁笺咏汝，香到句添馨。

红芳初待嫁，嫣然摇动，倚翠为屏。奈浮鸥香梦，潮急惊醒。寄语西风珍重，繁华影、怕易飘零。凝眸立，烟波浩渺，打点客中舲。

临江仙

戊申冬，黄克强、谭石屏诸君有云南河口之役。粤中党人罗曙苍、葛覃等被捕，予因而去粤。轮发香港，邮寄周瑟铿、姜胎石诸同事。

昨夕匆匆轻话别，而今共对珠流。来朝放棹驾寒湫。香江携手处，逝水大悠悠。

岭外淹留几两载，算来功利都休。聚时平易别时愁。不堪潮信恶，掀浪送归舟。

渡江云 海舟书感

舟抵夏门，狂飙怒涛相撼时作也。

吴闽还浙粤，扁舟横渡，归路海云遐。剑书都误我，底事频年，飘泊遍天涯？惊涛午夜，搅羁怀、绪乱如麻。端怕是、浮槎无力，雨急趁风斜。

堪嗟，残明季宋，弱帝孤臣，更仓皇何似，都向此、东南海澨，喘度年华。河山不少兴亡感，望中原、满眼尘沙。今古恨，凭他几度啼鸦。

南浦 怀方叔章、梅撷云在广州

春来消息，想长堤、有客走青骢。渺渺予怀何似，几度梦魂通。寒食清明时节，正愁人、烟雨满湘中。冀此日瞿塘，潮来有约，信到大江东。

记得骈肩拜月，到如今、月缺似弯弓。回首旧游无恙，劳燕帐长空。极目青葱遍野，只芭蕉、心卷恰如侬。问鹧鸪何事，苦将离憾诉东风。

菩萨蛮　怀赵兰荪、周瑟铿在粤

春来常共闲愁住，春归不带闲愁去。愁住与春归，长堤柳线垂。

柳条烟似雪，只赠人离别。啼鴂怨东风，阑前豆种红。

卖花声　感流光悲世变也

花落剩青山，春去漫漫。问君此去几时还。容易潘郎丝满鬓，应感朱颜。

紫燕大安闲，飞绕回栏。旧栖王谢画堂间。沧海成田田变海，世局如环。

台城路　怀杨笃生在燕京

纵横眼底看余子，英雄几辈堪数。一领尘衾，十年孤愤，莫向长门献赋。剑书如故。怅易水歌寒，击秦频误。同狙颐和园事未成。叔度雍容，襟怀涤我津沽渡。

沧桑世变无据。奈鸡鸣不已，八荒风露。紫燕无家，哀鸿满野，尚待何人相顾。关山旧路。为结客燕郸，京华流寓。珍重加飧，年华容易暮。

蝶恋花

作客长沙，见铸程表弟为幼申君画一短箑。双蝶寻芳，落花满地，可见节序催移，韶光易老。拳此题之。

三月艳阳晴又雨。千里平芜，漠漠动情绪。不道天涯芳草路，鹧鸪无奈春归去。

满地落花无片数。此意年年，没个商量处。双蝶多情深拥护，翩跹苦把东风妒。

梦江南　辛亥反正，客滞临武香花岭矿场有感（五首）

江汉上，霹雳一声雷。五色旌旗翻上下，关心成败费疑猜，庭院几徘徊。

更漏永，新月上帘钩。忽梦少年豪壮事，屠龙快似解庖牛，燕市尽遨游。谓狙伺颐园事。

山月小，风挟万松号。乍见繁华歌舞地，割鸡曾许用牛刀，鱼服困龙鳌。上海因万福华刺王之春案，予与黄瑾午等同被捕。

风瑟瑟，吹过蓼花洲。黄鹤楼高仙迹渺，长鲸未斩剑含羞，江水逝悠悠。钦命铁良检阅三江两湖新兵，予与张榕川等狙伺黄鹤楼下，未成。

心绪恶，无计去安排。商遍恩仇都不是，前尘留影拨难开，似去又潮来。

齐天乐　寄杨晢子在燕畿

萧萧叶落苍梧野，今古幽情如许。尘海茫茫，衣冠相哄，优孟几番容与。欧潮吼怒。问亚陆风云，伊谁为主？忧患环来，须知天意玉吾汝。

虎哮狗偷无数。莫侈言绛灌，羞与为伍。刚毅膺艰，聪明解事，智勇原难并举。盱衡寰宇。只矗立高峰，万山妒侮。止谤无争，有容德自树。

庆春泽　刘命侯丈以妙高峰怀古十六绝见示，填此报之

怀古怦怦，临高邈邈，骚人一例情深。百尺天边，妙高峰上长吟。梅城诗叟衿矍铄，几登临、惠我琅琳。动幽忱，旧梦难温，新怨胡禁。

桑田世变惊沧海，况胡笳曲噪，律吕声瘖。倚偏山阴，南轩馆影沉沉。羊亡彳亍悲歧路，有何人、慰藉孤衾！怕推寻、来轸方遒，往哲徒钦。

齐天乐　寿矿业总会同事湘乡廖祜初六十初度

幽梅绽笑南台下，山在湘乡县治对河五里许。恰起声声腊鼓。海屋添筹，华封晋祝，洛社耆英咸叙。登堂选赋。愧笔不生花，也随词侣。扢雅扬风，骚坛一代觅盟主。

检点书签琴谱。更智珠在握，陶计堪伍。饱阅沧桑，晚耽禅悦，顶礼空王一炷。人天延伫。待证到菩提，大千净土。东阁筵开，看鹣鹣对舞。

水调歌头　题眉山夏生忠道衡门集

宇宙蕴神秘，万象入磨砻。枢机铎钥谁管，都付与文雄。为问眉山沱水，一例钟灵毓秀，今古几诗翁。拔剑酒歌后，卷首自写《酒酣拔剑斫地图》。倾词巫峡中。

含绵邈，吐尺素，写嫣红。骚人俯仰身世，强半为愁工。不见蛮争触斗，多少凄凉景色，谁复悯哀鸿。裁笺一惆怅，长啸倚东风。

忆旧游　赠陈树人同志，有序

陈君荆，字树人，同盟会旧友也，出其题册属书。故旧零落，怅怀往事，誊此以归之。

忆狂来说剑，酒后拈诗，四座都惊。不解温和饱，惯撑持傲骨，拼却牺牲。宗社百年幽憾，洒血洗神京。喜胜友如云，丹忱为国，会结同盟。

陈荆，到今日，汉业已重兴，漫说升平。虎视眈眈逐，蜗角年年斗，嗟我民生。剩得几人新贵，意气许纵横。只劫后相逢，班荆道故谈转清。

菩萨蛮　汉上有怀

洞庭波暖蛙如鼓，榆钱历乱风和雨。倚枕梦难圆，艳阳三月天。

天南人似玉，报我琼瑶句。湘浦雁生疏，雁来书也无。

满江红　有序

刘君粹叔，论交于前清末叶，重见则民国改元十六年矣。时经丧乱后，君于其亲墓建孝寿祠亭。亭上作望云楼，取白云思亲之意。屺岵兴悲，有此同感，填此阕以纪之。

放眼神州，陆沉痛、苍茫今古。大同梦、漫天轇轕，彝伦无主。只有昭陵刘季仲，殷勤却把南陔补。白云乡、楼阁有人兮，时延伫。

墓门畔，崇祠宇。春秋祀，荐鸡黍。更山环水抱，胜擅三楚。草报春晖心曷极，鹤归华表神来许。挽浇漓、敦本与培源，当推汝。

前调 登岳麓山礼黄克强、蔡松坡两公墓，用萨天锡金陵怀古原韵

一代人豪，均去也、湘流不息。曾收拾、河山故国，抚今怀昔。峤岭黄花余烈事，黄花冈之役，党人有自认为黄兴而死者三人，皆冀以一死易黄之生也。共和洪宪交相识。松坡推翻洪宪，始再见共和。望中原、依旧待澄清，风云急。

生死异，神交织。风雨晦，怀芳迹。对摩空华表，停云孤日。留守金陵王气尽，功标铜(桂)[柱]生民泣。我重来、瞻仰旧威仪，天空碧。

菩萨蛮

陈氏止庵，花城坐拥。喜蓄兰，中有红兰花尤俊，倩文澜就爱日堂作双钩画征题咏，填此补白。

繁华洗尽群芳歇，吟魂入梦身疑蝶。兰畹独芬芳，香浓爱日堂。

幽香王者耦，入室馨闻久。靥醉映丹霞，相依处士家。

水调歌头 咏大同学校三十周年新校落成

十步有芳草，帱载无偏私。多少良材嘉卉，荣植仗培持。含笑资东桃李，各自争妍竞秀，青帝几嘘吹。赓咏豳风什，无忘稼穑时。

百年计，凭进化，拓宏规。前贤筚路褴褛，履险事如夷。喜此庄严庠序，尽有摩空峻宇，一德奠初基。不息天行健，相期惬易辞。

锦堂春慢　祝钟甫丞七十双寿

虾谷春回，岭头梅绽，隐居虾溪之谷，九华之麓。画堂酒映流霞。华祝三呼，耆英会似无遮。献赋自惭才尽，江郎笔不生花。看九华耸翠，山灵默契，偕隐堪夸。

鹏程昔日高翥，只飘萍宦路，负了才华。检点琴堂签牒，云水归耶。今日彝伦日敦，收谱系、功胜抟沙。世事沧桑莫说，且倾樽酒，晋祝龄遐。

高阳台　寿洪兰生六十

极目沧桑，扶筇薮泽，绮筵相见情深。抚昔谈今，同看两鬓霜侵。数奇惯困将军志，健男儿、半老风尘。叹玄黄、龙战将酣，蜗斗犹寻。

钦君弱冠投戎去，况阳关荡塞，濩浦盟心。显晦无凭，年来啸傲沩岑。封侯输与羊头贵、话江山，息影泉林。颂冈陵、预引蒲觞，且进桃斟。

水调歌头　寿宗幼申君六十祝词，有序

幼申君，与予为总角至交。近十年来，寝馈毛诗，今其专

著《诗学赘言》出刊，其年已六十矣，填此祝之。

劫灰遗阳九，欲海纵洪涛。礼教纲常名节，一例等闲抛。时蒋委员长蒙难西安。堪佩吾宗耆宿，十载葩经纂述，心血几煎熬。欲把温柔旨，来医世俗佻。

叹周道，风雅颂，久沉销。诸家聚讼纷驰，异说苦嗷嘈。著得芸篇数种，揭破古今疑案，功不愧臣毛。兕觥颂周甲，名与寿齐高。

蝶恋花　寿刘粹叔六石词，有序

旧友昭陵刘粹叔，擅文事，喜蓄砚，亲眷为置佳石以进。今届六十矣，谱六砚石征诗词，填此报之。

荼蘼满苑桃赊熟。东阁筵开，海上筹添屋。癖似米颠吾粹叔，女娲炼石今余六。

孝先人笑便便腹。翰墨因缘，金石联宗属。唾咳成珠珠一斛，风流潇洒人如玉。

前调　代幼申君祝粹叔

昭陵风雅儒称宿。叔度汪洋，迥不随流俗。瑞石羡君成眷属，坚贞比德人争祝。

后先周早同跻六。试把砖抛，幼申有六十自寿诗索和。冀引金和玉。大地龙蛇今起陆，秘书相与偷闲读。

满江红　祝陈吉昂七十双寿

寿域宏开，九阊外、钧天乐奏。桃觞颂、太丘世德，荆台贤助。少小惯谙原宪乐，芳踪竟把陶朱步。性伦天、养志奉施钱，萱帏豫。

筹饥馑，社仓裕。恤孤独，育婴处。见义勇输将，口碑驰誉。千金周济贪夫愧，半生书画幽人趣。古今来、明德达人生，嗣君属。

贺新郎

丙子春，王爽公兄自益阳以六十自寿诗见示，填此寿之。

息影林泉里。忽青禽，尺书飞报，相看惊喜。湖海交游零落尽，健羡王郎杖履。徜徉在、湖滨资尾。自比百花三日长，数年华花甲重周矣。尔与我，差相似。

光阴荏苒如流水。看今朝、画堂东阁，樽金筵绮。汤饼当年高宴日，浑似一般情味。更领取、停云诗旨。渊明《停云》诗，思亲友也。漫道华封三晋祝，祝使君也与华封比。将进酒，觥称兕。

罗敷艳歌　用冯正中原韵（二首）

鸳鸯绣罢韶光老，春意绵绵，春色无边，杨柳临风似线悬。

踏青上巳传佳事，欢约今天，人待花前，不是同行不上船。

黄莺啼破深闺梦，关渡春风，人忆辽东，欲寄相思豆种红。恼人春色眠难稳，梳洗都慵，山寺来钟，愁在含情览镜中。

前调 （二首）

卖饧风暖春如醉，云卷绵绵，书寄天边，雁阵排空一字悬。天涯草长年年绿，鸠唤晴天，蝶浪花前，逐胜归来懒放船。

封侯夫婿无消息，花信来风，潮约江东，何日檀郎面唾红。瑶琴古调弹多少，欲抱翻慵，破晓惊钟，乐事无边忆梦中。

甘 州

庚辰残秋，久病不愈，调寄罗植乾、柳敏泉两友，依张叔夏寄李筠房原韵。

望丹枫一色，想吴江都被绛云遮。正维摩困病，漫天鼓角，遍地尘沙。更觉鸿飞秋老，飘泊有谁嗟。且看玄黄战，龙斗天涯。时欧亚战争均烈。

昨日衡阳回雁，喜青冥书到，细数年华。植乾复书称，兄属庚，弟属辛，当自称庚兄。料营田高士，柳居营田左。案牍当烟霞。现充新化秘书。闲诠注、心经一卷，借波罗、广渡万人家。柳注《心经》，甚渊博。待庚岭、阳春十月，将发梅花。数点梅花天地心，为抗战胜利将到之兆。

水龙吟 灯烛

汉宫日暮分传，轻烟散入侯门第。沉香晚浴，玉堂新宠，竞夸佳事。十载寒窗，仗君高照，文章鸣世。怕棋敲花落，影摇蛾扑，微风袭，都垂泪。

多少离人怨侣，对星星、几番愁思。茫茫世路，漫漫长夜，伊谁光被。愿一庵相伴，皈依到燃灯佛寺。让寒儒凿壁，光偷一线，蔚成佳器。

卜算子 卧病医院，自夏徂秋未愈，偶成

独自卧胡床，命已医相托。历尽骄阳溽暑天，又见梧桐落。
昨爱葛衫轻，今怨秋罗薄。苦在刀环药饵中，病比魔还虐。

忆旧游 寿仪陆师七十祝词

记武城祠畔，师主讲实学堂，赁城南曾祠。霁月光风，浴我灵渊。启聋和振聩，听黄钟律吕，声彻大千。说破奇书万卷，舌转似翻莲。有湘泽嫣桃，沈阳新柳，各自争妍。

迷离看棋局，幸鳣堂杖履，矍铄依然。我亦婆婆老，任风尘奔废，学愧薪传。办得馨香一片，三祝到华筵。辄引领西瞻，中天太白长夜悬。

二郎神 病中罗植乾寄词，步原韵以报

万方同慨，遘劫运，同悲阳九。纵封豕奔腾，长蛇荐食，赖有精神不朽。血海波涛翻不尽，尽有那、沼吴时候。但满目鸿嗷，怆怀鱼赪，可怜黔首。

依旧。多情雁系，书来秋后。报霹雳轰空，河山破碎，难认衡阳官柳。民元予监国选，驻车衡州府署东廨，庭前杨柳依依，今被炸，故忆之。老骥鸣长，醒狮睡足，准取黄龙樽酒。只叹我、渴病相如，人比寒梅癯瘦。

河满子 遣怀

痼病经年，回肠百结。侵略战四年余，被害国家数十，人民更逾十万万，怆然赋此。

旧事黄粱一枕，新愁病茧千丝。老骥鸣长悲伏枥，艰难身世奔驰。忙叹作巢双燕，雏飞羽自参差。

征戍万方同慨，侵凌毕世兴悲。天视视民应厌乱，个中消息谁知。试向成都问卜，沼吴终有鸱夷。

西江月 悯世

东阁燕尝巢幕，南山兔自罗罘。名缰利锁总栖栖，测海谁非窥蠡。

过市攫金目眩，亡羊悲路情迷。灵台一点若通犀，秋月澄

江如洗。

生查子　族某穷老交加，独子夭亡，感赋

艳阳三月时，春意浓如酒。天若不仁祥，百卉荣幽薮。
骄阳九月时，秋气号如吼。天若果仁祥，万籁摧枯朽。

前调　叹世乱，祝胜利也

极权唐克车，闪击横如虎。天若长侵凌，嗜血群魔舞。
自由民族花，正义严于斧。天不长侵凌，捍御终扬武。

翠楼吟　蟋蟀

月上秦楼，秋来汉苑，如闻诉伤心语。更阑人欲静，恰相和人家机杼。听伊那处，每篱畔墙阴，闲愁陈诉。数更鼓，正沉吟际，又闻微雨。

节序，大地西风，万籁惊秋后，莎鸡振羽。胡笳天外动，促离妇频敲征杵。谁嗟硕鼠，怎作不平鸣，长鸣夜午？弹古调，把昆虫奏，入豳风谱。

摸鱼儿　寄罗植乾兄，在衡阳成章中学

与植乾论交三十年矣，历宰大县有声。盼驾来新莫果，承和六十生辰诗，勾起旧事，怅然填此寄意。

望衡阳、雁飞断续，朱霞天半犹驻。怆怀帝子南巡地，春老花飞几误。风云剧，正满地、胡尘刁斗严征戍。烦愁莫语。怅万缕游丝，飘摇无定，此意待相诉。

阳春曲，报我琼瑶丽句，美人例悲迟暮。旧时花絮伤春意，又被东风吹响。清末予为营葬陈烈士天华被绢，南走粤，湘学因解散多校。君和诗重提及此，为之怅然。君且住，歌进酒、五陵年少皆非故。斜阳到树。只千里关山，万家忧乐，艰巨仗谁付？

买陂塘 怀省议会旧同事左云璈、颜伯基、孙宪章诸友在衡阳

望衡阳、伯劳和燕，东西飞却无据。回思落帽塘前过，韩玄落帽塘在省议会寄宿舍中。车水马龙珠屦。矜时誉，听四座、谈锋怕把苍生误。凭高那处。有七泽三湘，万家忧乐，筹借匡时箸。

隙驹逝，大息轻轻一别，数年迟了书素。雁归回雁无消息，盼断几重云树。天难度，侵略战、群魔肆虐天应怒。旧游眷顾。剩劫后哀黎，郑图莫写，残砾炊烟暮。长沙经大火后。

潇湘夜雨 怀省议会旧同事湘阴彭百涵（二首）

试望中原，别歌南浦，汨罗江上云封。古今苍莽几文雄。瞻故国，咸阳灰烬；长沙大火。怀往事，碧浪诗筒。伤时恨，如闻太息，贾傅祠中。

梧桐露冷，洞庭水阔，萍动秋风。正欃枪光影，闪射长空。坛坫上，万家息息；魂梦里，万卷熊熊。君藏书帖四万卷，来书云

被敌焚尽，如丧灵魂。千秋业，艰难抗战，如障百川东。

北望浮云，南来飞雁，散人湖上从容。君函以湖上散人自居。东坡屐笠也龙钟。遭丧乱，君同我老；与君同庚，年周花甲。悲身世，命比才穷。情何限，去年此日，双鲤曾通。

君山如髻，罗江似练，涤荡心胸。忽夜叉横海，吐焰成虹。烽烟逼，书焚厄火；鼙鼓急，泽满哀鸿。千秋业，艰难建国，期奏补天功。

蝶恋花　辛巳大旱，新秋喜雨

举目河山形景悴。无奈骄阳，苦把炎威肆。万顷青青生意闷，桔槔声里群情急。

天不绝人终有意。一雨随秋，膏泽沾原隰。抗战五年饶玉粒，神州不许留胡骑。

风入松　流萤

池塘芳草尽披离，陈腐化新奇。星星飞引儿童闹，轻罗扇、扑过疏篱。分破墙东暝色，穿摇屋角蛛丝。

飘零身世遍天涯，清影自参差。倚楼人正伤幽独，倩轻囊、携照孤帏。惯伴劳人苦读，逗牵骚客吟思。

绿意 夏荷

红芳待嫁。倚盈盈华靓，出尘潇洒。红了珠榴，绿了菰蒲，输了牡丹身价。湾湾坡过三十六，何处是、爱莲池也。逐时妆、薄傅胭脂，色在樱桃花亚。

撑若盘承玉露，翠盘千万叠，叠似鳞瓦。耐得薰风，禁得微凉，快到轻寒秋社。一生将老烟波里，浑不管、佛狸饮马。但欲学、清逸濂溪，啸傲楚天之野。

前调 秋荷

繁华欲卸。报新秋一舸，闹红犹夏。顾影亭亭，惯老烟波，胜似高人身价。鸳鸯也许栖同稳，怕只怕、寒潮惊夜。叹炎凉、独抱孤芳，香沁采莲兰麝。

记得濂溪故事，爱莲池畔过，想见风雅。绝世姿容，最易飘零，凉露翠盘频泻。砧声杵破华胥梦，飞不到、尘埃野马。看钓罢、南浦西风，鱼戏田田而下。

薄幸 辛巳秋感，时抗战已逾四年矣

举樽为寿。望碧落、玑璿挂斗。欲摘此、横天柄杓，一饮世间清酒。记当年、书剑飘零，浮名误我难回首。剩渴浦滩潮，幽燕夜月，休说屠龙屠狗。

放眼看、神州地，锦绣似，山河依旧。几回凭，碧血丹忱相换，伤今却被腥膻垢。不先偏后，倘卅年小我，单于手系牵凭右。国仇待复，趁取黄金印绶。

绮罗香　七夕

两地停骖，万家引领，乌鹊架桥成列。清浅银河，一度一年愁绝。织不尽、云锦文回，偿不了、风流债孽。尽缠绵、絮语频频，别离才叙又伤别。

欢娱真是一瞥，此后盈盈隔水，含情难说。月魄今宵，何事半环如玦。笑世间、乞巧娇娆，谁度汝、金针寸铁。这相思、万种千般，梦魂圆复缺。

鹧鸪天　遣怀

北雁南来秋满天，山村暗淡雨如烟。关山处处腾戎马，生意年年属管弦。

家计绌，国忧牵，频年丧乱恫山川。朝阳有意温幽卉，晚露无权润素莲。

玉楼春　辛巳中秋，因病得解除青农校长

苍凉庭树秋将老，落叶满阶飞不扫。哀鸿成阵过遥天，斜照留光陈古道。

霜轻菊报花开早，风急蝉鸣枝尚抱。相将筇杖入三山，检点芝囊寻四皓。

五福降中天 祝谢石麟先生八十寿

铎山疑是巨灵立，祥云掩映如盖。山岳钟灵，大椿纪岁，庆衍东山门第。五车学富。算一代经师，咸钦人瑞。泮水重游，耆英高会传佳事。

春风吹长百卉。更鲤庭教泽，阶满兰桂。东阁搜笺，南村绍业，邓湘皋晚号南村老人，编《资沅耆旧集》，谢先生续之，搜罗诗著甚富云。招得诗魂交至。人天如醉。看笔底收来，风骚重寄。借此长庚，照人间秘字。

阮郎归

壬午七夕，起视双星明列，而银河已渺，岂乌鹊果填耶？回忆去年今夕，与锦姬同看双星，怆然感赋。

苍穹四野丽繁星，天孙分外明。银河填澈渺无津，往来无碍程。

人影寂，月华清，人间天上情。美人魂返万山青，何时长梦醒？

鹧鸪天 哭六内弟刘式如（四首）

十月阳回十月才建斋。月在天，霜花如绮梦如烟。开来岭上梅花白，衬到人间素服鲜。

仙女寨，小冲泉，山带愁容水带咽。楚些招魂劳宋玉，黯然赋别怅江淹。

玉树风前忆俊姿，雁飞六七列行时。阶前棠秀花如锦，堂上椿高气似芝。

多少日，几何时，世事如棋局换移。去年五桂伤摇落，今岁飘零到六枝。

痛今龙战正玄黄，风雨横飞动八荒。可叹烽烟方肃杀，何堪疠疫又猖狂。

真病竖，据膏肓，良医无术起贤良。天上岂须修史吏，人间难觅返魂汤。

知命危墙立亦不，怪君何事苦淹留。当时误恋蓝田玉，今日徒嗟白露洲。壬午秋蓝田疫，盛君不避，被难。

情悢悢，恨休休，惹得纵横老泪流。堂前我进三觥酒，泉下君销万古愁。

青玉案　壬午除夕，子刻交春，即癸未岁首，赋感

年华不驻流光易，循汉腊、余残季。雪意酿成冰满地。南楼词剩，东窗风吹，芳讯更催至。

东皇蓦到人间世，岁首交春应休瑞。扰攘风云弥国际。极权权敝，盟军军锐，胜利期今岁。

祝英台近　春燕

浪莺飞，芳草软，稚柳黄深浅。社鼓初敲，结伴来非晚。隔年认取朱门，依稀相识，却又是谁家庭苑。

叹乖舛，旧日王谢堂前，画帘不垂卷。离乱家乡，巢幕难凭选。水云掠剪归来，昭阳宫里，遽岂料、双栖难稳。时锦姬云殂，故宫亦有麦兔之感。

南浦　秋雁

木落上林秋，画角催、征程万里遥试。栖处忆平沙，商量定、阵列一行成字。云罗缥缈，冲寒曾励凌云志。谁家幽思？把尺帛书成，青冥凭寄。

频年南北回翔，叹榆塞新霜，潇湘旧地。城郭是耶非，狼烟外、剩有嘶风胡骑。月明唳候，声闻却洒征夫泪。凭高有意。只择尽繁枝，惊飞三四。清末，以党人被缉，民国又为团枪，两遭密缉。

高阳台

左云璈兄，癸未暮春以书来告失偶，与锦姬亡逝，恰隔一年。春不宜人，两地同感，填此唁之。

雁夹书回，花随泪落，春来一例怆神。岱色河声，倚楼人立斜曛。君颜其著作之庭曰“河声岱色楼”。东风不管人孤寂，向天涯、吹绿重茵。独花晨、去岁招魂，今岁招魂。

彩云两地伤飘散，怅梅花清况，君挽内联语，有“生死傍书丛，清况比梅花何似”之句。桃渡迷津。老态婆娑，何堪泪洒罗巾。悲欢离合天排定，劝开怀、去证前因。叹三春、国难频频，家难频频。

寿星明

罗汉溟兄六十寿庆，其《抗战三周年》书成，驰此祝之。

娱老年华，成一家言，读百代书。念当年意气，残更灯火，文场角逐，艺苑驰驱。臧否人材，窥评治乱，肯向前人随步趋？菁莪叶，有三湘多士，乐育琼瑜。

居诸寥落亲疏，周甲到先生同剩予。看风云多幻，红羊苍狗；沧桑无定，帝社丘墟。半世才华，数篇史料，留得千秋定毁誉。沙和浪，看大江东去，淘尽贤愚。

夺锦标　祝内弟刘凤翔茂才六十双寿

蒲叶抽心，榴花照眼，寿域欢飞樽酒。世泽经传藜阁，乔梓青衿，父子茂才。竹林紫绶。诸侄服官。等陈平冠玉，又双璧、和谐厮守。妻夫和睦。采芹归、花萼楼头，兄弟怡怡师友。游泮后即课诸弟读。

啸傲南轩北牖。浅涨新添，据得小冲流水，高钓斜阳疏柳。钟鼎人忙，林泉我有。纵流年逝水，几何人、星霜盈首。绮筵开、洛社耆英，醉饱羔羊朋酒。

水龙吟 春水，用王沂孙咏落叶原韵

卖饧天暖初晴，桥头新涨添来早。粼粼似笑，沉沉欲醉，采蘋人悄。南浦生波，西泠话别，送君天杪。问桃花流过，鳜鱼肥候，此回去，何时到？

紫碧烟波浩杳，过前汀、回澜旋绕。无端吹皱，干卿甚事，撩人怀抱。一舸沧浪，半帆芳讯，幽情多少。怅滔滔东去，韶光不驻，落花难扫。

蝶恋花 萸江吟友柳敏泉，书来告丧偶，填两词相唁（二首）

宝瑟调弦声乍变。曲奏离莺，往事如奔电。慧比耆卿诗亦擅，濡毫莫谱离亭燕。

三五月华盈若砚。月到双弦，半似窥人面。春照柳条临别院，丝丝牵挂情如线。

终古情场多幻变。曩昔唐皇，也忆长生殿。离合悲欢曾惯见，落花何处无飞片？

我亦暮年余缺恨。儿女情长，尽有桃花扇。况是匈奴犹恋战，锦屏休把韶光贱。

菩萨蛮　祝晏叔珊校长六十寿词（四首）

华年逐艺昭陵道，居诸岁月催人老。平仲久交情。湖山认旧盟。

南山依旧碧，郁郁松和柏。东阁绮筵开，南山松柏陪。

流离稚子饥盈野，伤心郑侠图难写。天道有时穷，伊谁助化工？

仁心推晏子，育养兼容止。有院字慈儿，廿年泽惠滋。

树人为补时艰术，百年大计绸缪急。庠序动光风，上梅春意浓。

门前泓碧水，门内盈桃李。灌种自由花，乘风遍万家。

仓皇戎马弥寰宇，红羊劫运空前古。休咎卜天心，苍苍眷善仁。

由来仁者寿，与君歌进酒。再酿十年醪，重来祝碧桃。

前调　雨中悲秋，时倭寇进犯昭陵

秋山无限秋容好，秋容却被秋云恼。秋尽雨绵绵，秋鸿哀满天。

秋声鼙鼓急，秋馆离情涩。何士不悲秋，离人秋更愁。

雨霖铃　甲申深秋，苦雨新晴

河山蒙屑，殢云销敛，苦雨收歇。楼头听雨曾惯，起看丘壑，顿陈修洁。洗尽泥泞，也露出螺山青发。对旭日、千种情怀，似有沉冤一朝雪。

欣闻昨日殷雷发，振霆威、倏把阴霾澈。山容雅入图画，渲染着、夕阳红叶。耐过沉阴，算到、澄清朗豁时节。笑进酒、趁向晴空，醉把山灵酹。

南浦　避秦入山书感

扶杖入荒陬，夹道迎、高低两岸云树。牧笛不成腔，骑牛路、篆出蝌文形古。炊烟一缕，横斜掩茹劳农苦。等闲又暮。看山外夕阳，流光几许。

华年身世无凭，笑富贵浮云，功名尘土。老去欲逃禅，莫再说、燕市豢龙擒虎。茫茫劫海，无聊聊把新词谱。烦忧待诉。叹憔悴闾阎，何堪风雨！

瑞鹤仙　寄石参军醉六

高人权避地。到小隐维山，地灵人瑞。多君涉遐思，把河山收拾，抛除戎事。归鞭敛辔，重料理、文场旧帜。更埋头、幽渺张皇，理智索幽探异。君来书云："现埋头于张皇幽渺之哲学中。"

须计，一时显秩，百世修名，两般相易。貂裘换醉，功和利、总游戏。笑人间、多士迷离爵禄，博得平生咎戾。问千秋、得失乘除，又谁贱贵？

昭君怨　本意（二首）

短景朔风吹急，频酿南天雪意。家破在流离，有谁知。
莫向穷途诉苦，多少离群怨侣。回首望乡关，白云间。

谙受孤凄滋味，算了辛酸犹未。何处息尘装，总苍茫。
天末飞航何急，路侧王孙相泣。迢递数来程，又长征。

更漏子　苦抗战

炮烟明，关塞黑，迢递岭南燕北。弥紫极，簇欃枪，耀光明八荒。
佳兵策，寻戎隙，满地战骼狼藉。甘浴血，抗强权，后先年复年。

凤凰台上忆吹箫　重登凤园楼

予携张姬锦华，避俗居凤园之楼，一病不起。事隔经年，重来触恨，歌此遣之。

山色疑鬟，水声响佩，重来怕上楼头。看柳溪环抱，肠曲回流。倚遍栏杆结想，清静夜、魂或归不？归魂候，九皋暮黑，万籁深秋。

秦楼，旧箫吹歇，凰去后台空，徒剩繁忧。怅彩云天末，天尽云收。未入华胥幽梦，成幻蝶、身似庄周。忍回忆，余情往誓，都付盟鸥。

悼凰词 （九首）

悼凰词，为亡姬张锦凰而作也。姬以世家子，无条件归侍予，能佐予理家政，善伺意。原名锦华，为易华名凰，寓凤求凰之意。惟性偏急，屡劝不能改，坐是误病自殒，为词悼之。壬午春志。

多丽 悼凰之一

乍朝云，无端色笑如亲。想衣裳、匀红浅碧，依稀倩影犹陈。记花晨、拈毫问字，当月夕、执麈除蚊。收拾琴书，商量裘葛，时将软语慰殷勤。元宵候、罡风吹紧，鸾鹤驭灵氛。那忍对、零脂剩粉，翠袖茜裙。

到而今，嫣红姹紫，梨花惨白如银。入愁肠、酒成别泪，醒睡眼、凉犯孤衾。妒蝶寻芳，恼鸠唤妇，愁予渺渺独伤春。临邛客、黄泉碧落，何术去寻君？除非是、阳台通梦，再会真真。

花犯念奴 悼凰之二

巫峡断云雨，予梦亦醒初。花落名园无主，十斛枉量珠。恼煞无情双竖，困据膏肓上下，仓扁负徒呼。楚语招来些，魂兮归也与？

扬州梦，十年觉，总糊涂。人天信息无据，盼断五云车。万一辽阳化鹤，再见人民城廓，华表认归途。潘岳浑无奈，伤悼有诗余。

庆清朝　悼凰之三

黍谷春回，阳台梦渺，苍茫情景都乖。先知离恨，何如不到天台。怕见楼头紫燕，双栖稳，飞又参差。蓝桥路，凄红惨绿，迷却仙阶。

卿本瑶台旧侣，偶人间游戏，谪伴诗侪。伤蚕作茧，丝残蜕化蛾骸。十万落红成阵，踏春难驻玉蹄騧。尝盼到，五云深处，想见裙钗。

解佩环　悼凰之四

嫣桃委地，怅零落殷红，去年人面。离合悲欢，圆缺阴晴，三五月华难擅。骈肩步月低徊处，同踏遍、旧时庭院。今坐到、露重更阑，谁惜春寒人倦。

世岂为容在貌，杜荀鹤诗："承恩不在貌，教妾若为容"。劝情深一往，莫任孤狷。病为性急，屡劝不改，终于自误。弱影婷娉，楚些招魂，隐约玉人魂倩。伤侬老病交侵后，欲握管、支离频颤。难再得、翠袖添香，消我逸情清眷。

金缕衣　悼凰之五

一夜飞香片。问东风、云中司命，摧花何急？雨后梨花黏不起，大息春魂欲泣。试数过、柳阴成十。柳荡絮随飘泊尽，有词人殢酒伤春立。情未吐，愁先袭。

当垆往事何堪匹？只文君、环归佩渺，坠欢难拾。看到斜阳芳草外，花事参差不一。况花又、云封雨湿。锦样凰飞文采逝，枉教依曲谱求凰什。嗟予臆，复何笔。

念奴娇 悼凰之六

银河明灭，叹双星离合，年年伤别。纵使牛郎牵别绪，那抵人间永诀。月影婆娑，衣香约略，往事何堪说。稠情蜜意，追回惟有凄绝。

我似宋玉悲歌，江郎黯赋，唤起春魂热。莫测情天云变幻，数载流光如瞥。命比桃花，渡余桃叶，欢会成冰雪。飞灰化蝶，清明又到时节。

锁阳台 悼凰之七

满月当头，清晖到眼，思君长夜漫漫。东陈三五，星小嘒光残。此去天街缥渺，瑶池上、宴侍桃蟠。须珍重，琼楼玉宇，高处古来寒。

玉京尘迹远，琳琅宫阙，金碧栏杆。只襄王易醒，云雨阑姗。风泊鸾飘何似，梦魂觉、有泪偷弹。空余得，峰青江上，恰比髻如鬟。

鹧鸪天 悼凰之八

金谷名园惜物华，坠楼人去渺天涯。游丝牵惹王孙梦，杜宇啼残帝子花。

芳草邈，夕阳斜，人间何处觅香车。后庭月照三竿竹，窗影人疑半壁纱。

离亭燕　悼凰之九

盼盼楼头余燕，泥落空梁犹恋。物尚惹情天易老，何况有情天变。人面比桃花，遮面剩桃花扇。

别后柳条如线，天末彩云仍绚。春色恼人眠不稳，梦被啼莺惊唓。无限好韶光，看到离人都贱。

鹧鸪天　甲申秋雨声中，昭陵告陷，难胞载途

镇日吟魂带雨愁，长风涛浪撼松楸。掀天怨角邻城动，满眼征人客路遒。

风雨晦，古今秋，频年离乱笔端收。荒荒茂草伤周道，莽莽狼烟漫九州。

买陂塘　寄章行严兄，在上海申报，有序

丙戌秋，倭降期年矣。外祸方寝，与中共内战又起。忆四十年前，与行严、瑾午等，为国事同囚于沪上西狱，至今国势，犹飘摇不定。感时怀友，拳此寄慨。

望平原、茫茫劫海，几番离乱情绪。变衰草木羌无力，怎又重禁风雨。休容与，数成阵哀鸿，刚憩长天羽。今番节序。怅满地平芜，苍黄无主，消受繁霜苦。

伊人在，濄浦滩头旧地，应省当年盟侣。豢龙底事嗟畴昔，剩得吾曹几许。君记取，容易别、河梁一楫成吴楚。时艰再补。看一笔生花，万方司铎，凭写匡时语。

东风第一枝 咏兰，用张仲举忆梅原韵

香国称王，美人入室，寻春肯负欢约。涧深抱守孤芳，露重透浸冰萼。东风多态，欺弱茎、更番频掠。也纫佩、闺秀娇娆，伴友故山猿鹤。

桃灼灼、笑他轻薄。梅灿灿、望春摇落。烟笼秀挹梢头，月照影浮屋角。琴操漫谱，碍玉燕、梦中帘箔。纤手是、宝髻簪余，馥郁谢家庭阁。

风入松 丙戌深秋闻蝉

关山戎马大江东，高唱入长空。栖身常在高枝处，寸心抱、百尺丹枫。摇落共怜秋士，沉吟类似秋虫。

云收雨歇夕阳红，鸣咽语哀鸿。不平鸣是天涯路，尽年年、天听呼聪。耐伴寒更残月，飧余凉露西风。

寿星明 祝幼申君古稀之寿

十载流光，历尽沧桑，写尽蜀笺。艰难抗战八年，即君著述钞写之年。忆囊前周甲，笺诗问世；君六十《诗学赘言》出刊。古稀介寿，丛著成篇。今七十，丛著七八种成书。览遍诸家，在金陵盋山图书馆览名著多种。辟开众说，自宋朱子至清方润玉，近全公亮、顾颉刚之误解。讲学当仁肯让贤。名山业，拥书城百堞，寿域无边。

乾乾秉烛光延，把铁砚相将磨共穿。羡身经蜀道，山登金顶；峨眉金顶山。胸湔尘浊，水饮名泉。饮圣水阁天下第一泉。躲过

倭氛，适逢督噶，君在渝逢督噶上师讲颇凡法。大法亲承也算缘。相期证，鸢飞碧落，鱼跃清渊。

锁窗寒　题王君病除寒窗授读图，用周美成咏寒食原韵

曝日温经，含饴授课，薄寒侵户。桐枝挺秀，护育几番风雨。乐融融、青毡白屋，宁馨教读咿唔语。历祁寒溽暑，花晨月夕，燕鸿宾旅。

朝暮，旧游处。怅遗笏无痕，典坟三五。前绳继武，交遍文坛词侣。倩丹青、描绘成容，流风往昔犹昔否？剩旗山、一卷遗诗，韵事同笾俎。

以上《海沤剩沈·词剩》，1948年新化文化书店铅印本。